U0024353

寒山資料類編

峼榮森題端

葉珠紅◎編著

序

葉珠紅

　　鍾玲〈寒山在東方和西方文學界的地位〉一文，指出唐代詩人寒山「在國際文壇上，是一個突出的特例。」鍾玲認為自一九五八年起，寒山詩在美國大學校園的流行，使得披頭一代（The Beat Generation）奉寒山為精神領袖；而在同時期的臺灣，一個中文系出身的大學生「也不見得讀過一首寒山的詩。」

　　鍾文發表後，胡鈍俞主編的《中國詩》季刊，發行了兩期寒山詩專號，號召對寒山詩有興趣的讀者齊作詩；1985 年，臺灣天一出版社把鍾文發表後，自民國 55 年至 69 年，大陸以外地區所引起的「寒山熱」，集文共三百餘萬字，編為七冊，定名為《寒山子傳記資料》，所收集的研究寒山專文，分為：寒山研究、寒山詩之哲理、寒山詩評估、有關寒山研究論著及館藏，為台灣地區首度且唯一大量收集有關寒山資料的專輯。

　　《寒山子傳記資料》中，十之八九的作者，對記載寒山生平事蹟，署名為唐貞觀年間的閭丘胤，所作的〈寒山子詩集序〉一文，幾乎深信不疑；余嘉錫《四庫提要辨證》卷二十〈寒山子詩集二卷附豐干拾得詩一卷〉（1974 年），在證明閭丘胤的〈寒山子詩集序〉為偽作之後，並未引起《寒山子傳記資料》作者群的高度的共鳴；而大陸學者錢學烈《寒山拾得詩校評》（1998 年），以及項楚《寒山詩注》（2000 年），均認同余嘉錫所證明的，〈寒山子詩集序〉為偽序的看法，二書是近年來研究寒山詩之力作。

　　把寒山稱為文殊轉世；拾得是普賢再來；豐干是彌陀化身，流傳了一千多年，研究寒山的第一手資料──〈寒山子詩集序〉被證實為偽作之後，對致力於找出寒山真實姓名、生平事蹟的學者，寒山研究才只是個開始。在演述〈寒山子詩集序〉中，天台三聖（寒山、拾得、豐干）情節的禪宗祖師語錄中，看不到義旨晦澀，文辭瑣碎的釋教經文，只有吉光片羽任君挑的明白語；而相信〈寒山子

詩集序〉為真的歷代禪師與文人，在咀嚼寒山詩之餘，個人尋求清淨本性之下的靈光乍現，流傳至今的詩話、文集，是文學上的另類奇葩；而不管是釋子或文人，所作的和寒山、擬寒山，效寒山偈、擬寒山體，在屬於禪宗特有的「發心」過程中，所鋪陳出來的，心靈的高峰經驗，更是寒山詩真正的魅力所在。

　　本書的分類與選材，目的不在於提供還原寒山真實身份的可能（實際上也不能），而在於提供不識寒山子的讀者，一個尋得清涼地的可能。

二〇〇五年八月于台中

寒山資料類編　目錄

壹・文本資料

一、寒山詩版本、序跋、敘錄、目錄等文本資料

寒山子詩集序

朝議大夫使持節台州諸軍事守刺史上柱國賜緋魚袋閭丘胤撰

詳夫寒山子者，不知何許人也。自古老見之，皆謂貧人、風狂之士，隱居天台唐興縣西七十里，號為寒巖。每於茲地時還國清寺，寺有拾得知食堂，尋常收貯餘殘菜滓於竹筒內，寒山若來，即負而去。或長廊徐行，叫喚快活，獨笑獨言，時僧遂捉罵打趁，乃駐立撫掌，呵呵大笑，良久而去。且狀如貧子，形貌枯悴，一言一氣，理合其意，沉而思之，隱況道情，凡所啟言，洞該玄默。乃樺皮為冠，布裘破弊，木屐履地。是故至人遁跡，同類化物。或長廊唱詠，唯言咄哉咄哉，三界輪迴；或於村墅，與牧牛子而歌笑；或逆或順，自樂其性；非哲者安可識之矣。胤傾受丹丘薄宦，臨途之日，乃縈頭痛，遂召日者，醫治轉重。乃遇一禪師名豐干，言從天台山國清來，特此相訪。乃命救疾，師乃舒容而笑曰，身居四大，病從幻生，若欲除之，應須淨水。時乃持淨水上師，師乃噀之，須史祛殄。乃謂胤曰，台州海島嵐毒，到日必須保護。胤乃問曰，未審彼地當有何賢，堪為師仰。師曰，見之不識，識之不見，若欲見之，不得取相，迺可見之。寒山文殊，遁跡國清，拾得普賢，狀如貧子，又似風狂。或去或來，在國清寺庫院走使，廚中著火。言訖辭去。胤乃進途，至任台州，不忘其事。到任三日後，親往寺院，躬問禪宿，果合師言。乃令勘唐興縣有寒山拾得已否？時縣申稱當縣界西七十里，內有一巖，巖中古老見有貧士，頻往國清寺止宿，寺庫中有一行者，名曰拾得。胤乃特往禮拜，到國清寺乃問寺眾，此寺先有豐干禪師，院在何處？並拾得寒山子，見在何處？時僧道翹答曰，豐干禪師院在經藏後，即今無人住得，每有一虎時來此吼。寒山拾得二人見在廚中，僧引胤至豐干禪師院，乃開房，唯見虎跡。乃問僧寶德道翹，禪師在日，有何行業。僧曰，豐干在日，唯攻舂米供養，夜乃唱歌自樂。遂至廚中灶前，見兩人向火大笑。胤便禮拜，二人連聲喝胤，自相把手，呵呵大笑。叫喚乃云，豐干饒舌饒舌，彌陀不識，禮我何為？僧徒奔集，遞相驚訝，何故尊官，禮二貧士。時二人乃把手走出

寺，乃令逐之，急走而去，即歸寒巖。胤乃重問僧曰，此二人肯止此寺否？乃令覓房，喚歸寺安置。胤乃歸郡，遂製淨衣二對、香藥等，特送供養。時二人更不返寺，使乃就巖送上，而見寒山子乃高聲唱曰，賊！賊！退入巖穴，乃云，報汝諸人，各各努力，入穴而去，其穴自合，莫可追之。其拾得跡沈無所。乃令僧道翹尋其往日行狀，唯於竹木石壁書詩，並村墅人家廳壁上所書文句三百餘首。及拾得於土地堂壁上書言偈並纂集成卷。但胤棲心佛理，幸逢道人，乃為讚曰：

> 菩薩遯跡，示同貧士，獨居寒山，自樂其志，貌悴形枯，布裘弊止，出言成章，諦實至理，凡人不測，謂風狂子，時來天台，入國清寺，徐步長廊，呵呵撫指，或走或立，喃喃獨語，所食廚中，殘飯菜滓，吟偈悲哀，僧俗咄捶，都不動搖，時人自恥，作用自在，凡愚難值，即出一言，頓袪塵累，是故國清，圖寫儀軌，永劫供養，長為弟子，昔居寒山，時來茲地，稽首文殊，寒山之士，南無普賢，拾得定是，聊申讚歎，願超生死。

（《四部叢刊》初編集部《寒山子詩一卷附豐干拾得詩一卷》，上海涵芬樓借印建德周氏景宋刻本。）

豐干禪師錄

　　道者豐干，未窮根裔。古老見之，居于天台山國清寺。剪髮齊眉，毳裘擁質。緇素問鞠，乃云，隨時。貌悴昂藏，恢端七尺。唯攻舂米供僧，夜則扃房吟詠自樂。郡縣諳知，咸謂風僧。或發一言，異於常流。忽爾一日，騎虎松徑來入國清，巡廊唱道。眾皆驚訝，怕懼惶然，並欽其德。昔京輦與胤救疾，到任丹丘，跡無追訪，賢人隱遯，示化東甌，唯於房中壁上書曰：

> 余自來天台，凡經幾萬迴。一身如雲水，悠悠任去來。
> 逍遙絕無鬧，忘機隆佛道。世間歧路心，眾生多煩惱。
> 兀兀沉浪海，漂漂輪三界。可惜一靈物，無始被境埋。
> 電光瞥然起，生死紛塵埃。寒山特相訪，拾得罕期來。
> 論心話明月，大虛廓無礙。法界即無邊，一法普遍該。
> 本來無一物，亦無塵可拂。若能了達此，不用坐兀兀。

拾得錄

豐干禪師、寒山、拾得者，在唐太宗貞觀年中，相次垂跡于國清寺。拾得者，豐干禪師因遊松徑，徐步於赤城道路側，偶而聞啼，乃尋其由。見一子年可十歲，初謂彼村牧牛之子。委問逗遛，云：我無舍無姓。遂引至寺，付庫院，候人來認。數旬之間，絕其親鞫。乃令事知庫僧靈熠。經于三祀，頗會人言，令知食堂香燈供養。忽於一日，與像對坐，佛盤同餐，復于聖僧前云：小果之位，喃喃呵。俚而言傷哉。熠謂老宿等，此子心風，無令下供養，乃令廚內洗濾器物。每澄食滓，而以筒盛，寒山子來，負之而去。或發一言，我有一珠，埋在陰中，無人別者。眾謂癡子。寺內山王，僧常參奉，及下供養香燈等務，食物多被鳥所耗。忽一夜，僧眾同夢見山王云：拾得打我。瞋云：汝是神道，守護伽藍，更受沙門參奉供養。既有靈驗，何以食被鳥殘？今後不要僧參奉供養。至旦，僧眾上堂，各說所夢，皆無一差靈熠亦然，喧喧未止。熠下供養，忽見山王身上而有杖痕所損，熠乃報眾，眾皆奔看，各云夜夢斯事，乃知拾得不是凡間之子。一寺紛紜，具狀申州報縣，符下，賢士遁跡，菩薩化身，宜令號為拾得賢士。（其下小字：自此後常使淨人直香火供養。）又於莊頭牧牛，歌詠叫天，又因半月布薩，眾僧說戒法事，合時，拾得驅牛至堂前，倚門而立，撫掌微笑曰：悠悠哉！聚頭作相，這簡如何？老宿律德怒而呵云：「下人風狂，破於說戒。」拾得笑而言曰：無瞋即是戒，心淨即出家。我性與汝合，一切法無差。尊宿出堂，打趁拾得，令驅牛出去。拾得言：「我不放牛也。此群牛皆是前生大德知事人，咸有法號，喚者皆認。時拾得一一喚牛，云：前生律師弘靖出，時一白牛作聲而過。又喚前生典座光超出，時一黑牛作聲而過。又喚直歲靖本出，時一牯牛作聲而出。又喚云：前生知事法忠出，時一牯牛作聲而出。乃獨牽謗牛曰：前生不持戒，人面而畜心。汝今招此咎，怨恨於何人。佛力雖然大，汝辜於佛恩。大眾驚訝忙然。因茲又報州縣，使令入州。不赴召命，盡代人仰，因此顯現。寺眾徬徨，咸歎菩薩，來於人世。聊纂實錄。貴不墜爾。兼於土地堂壁上書，語數聯，貴示後人。乃集語曰：

> 東洋海水清，水清復見底。靈源涌法泉，斫水無刀痕。
> 我見頑囂士，燈心柱須彌。寸樵煮大海，足抹大地石。
> 蒸砂豈成飯，磨磚將作鏡。說食終不飽，直須著力行。
> 恢恢大丈夫，堂堂六尺士。枉死埋冢間，可惜孤標物。
> 不見日光明，照耀於天下。太清廓落洞，明月可然貴。
> 余本住無方，盤泊無為理。時陟涅槃山，徐步香林裡。

左手握驪珠，右手執摩尼。莫耶未足刀，智劍斬六賊。
般若酒清冷，飲啄澄神思。余閑來天台，尋人人不至。
寒山同為侶，松風水月間。何事最幽遐，唯有遯居人。
悠悠三界主，古佛路棲棲。無人行至此，今跡誰不躡。
旋機滯凡累，可畏生死輪。輪之未曾息，嗟彼六趣中。
茫茫諸迷子，人懷天真佛。大寶心珠祕，迷盲沈沈流。
汩沒何時出。

拾得自閭丘太守拜後，同寒山子把手走出寺，跡隱。後因國清僧登南峰采薪，遇一僧似梵儀，持錫入巖，挑鎖子骨而去，乃謂僧曰：取拾得舍利。僧遂白寺眾。眾方委拾得在此巖入滅，乃號為拾得巖，在寺東南隅，登山二里餘地。

　　聊錄如前，貴示後人矣。

（《四部叢刊》初編集部《寒山子詩一卷附豐干拾得詩
一卷》，上海涵芬樓借印建德周氏景宋刻本。）

　　若人何鄉姓何氏，隋季唐初豪傑士。屠龍技癢無所施，東守西征徒萬里。天厭荒淫羿（羊加歷）君，大地山河移姓李。滿眼清賢登廟堂，書生分合山林死。

　　揭來寒山三十年，不堪回首紅塵市。遨戲千巖萬水間，駕言足躡龜毛履。
不犢不采山中薇，渴來只飲山中水。風瓢戛擊惱幽懷，移家屢入深雲裏。
貧衣襤褸足風霜，不礙寒潭瑩無滓。時訪豐幹看拾公，膜外形骸忘爾汝。
擾擾人寰蝗蟇蜺，哂然一笑寒山齒。擬將大筏渡迷津，咳唾烟雲生筆底。
銀鉤灑洒落巖阿，至今護守煩山鬼。世無相馬九方皋，但從肥瘦求形似。
詩成眾口浪雌黃，往往視之為下俚。近來一二具眼人，頗憐名字遺青史。
雲哀霞纓妙語言，謂與騷章無異旨。寥寥千載無人知，偶逢知者惟知此。
知與不知於我乎何知，此其所以得為寒山子。

曩閱東皋寺寒山集缺此一篇適獲
聖制古文命工刊梓以全其璧觀音比丘無我慧身敬書

（宋版《寒山詩集》卷首，上海望平街有正書局發行。）

朱晦庵與南老帖

五月十三日熹悚息啟上：久不聞動靜，使至，特辱惠書，獲審此日住山

臺，即我同流，若不與我去，非我同流。」曰；「我不去。」師曰：「汝不是我同流。」寒問汝去五臺作什麼？曰：「我去禮文殊。」曰：「汝不是我同流。」尋獨入五臺，逢一老翁，問：「莫是文殊否？」曰：「豈有二文殊。」及作禮，忽不見，回天台而化。寒因眾僧炙茄，以茄串打僧背一下，僧回首，寒持串云：「是什麼？」僧云：「這風顛漢。」寒示傍僧曰：「你道這箇師僧費卻多少鹽醬？」趙州到天台，行見牛迹。寒曰：「上座還識牛麼？此是五百羅漢游山。」州曰：「既是羅漢，為什麼作牛去？」寒曰：「蒼天！蒼天！」州呵呵大笑。寒曰：「笑什麼？」州曰：「蒼天！蒼天！」寒曰：「這小廝兒卻有大人之作。」溈山來寺受戒，與拾往松門夾道作虎吼三聲。溈無對。寒曰：「自從靈山一別，迄至于今還相記麼？」溈亦無對。拾拈柱杖曰：「老兄喚這箇作什麼？」溈又無對。寒曰：「休，休，不用問它。自從別後已三生，作國王來總忘卻也。」拾掃地，寺主問：「姓箇什麼？住在何處？」拾置帚叉手而立。主罔測。寒拋□□曰：「蒼天！蒼天！」拾問：「汝作什麼？」寒曰：「豈不見道：東家人死，西家助哀！」因作舞笑哭而出。又於庄舍牧牛，歌詠叫天，曰：「我有一珠，埋在陰中，無人別者。」眾僧說戒，拾驅牛至，倚門撫掌微笑，曰：「悠悠哉，聚頭作相，這箇如何？」僧怒呵云：「下人風狂，破我說戒。」拾笑曰：「無瞋即是戒，心淨即出家。我性與汝合，一切法無差。」驅牛出，乃呼前世僧名，牛即應聲而過。復曰：「前生不持戒，人面而畜心。汝今招此咎，怨恨於何人。佛力雖然大，汝辜於佛恩。」護伽藍神，僧廚下食，每每為烏所耗。拾杖扶之曰：「汝食不能護，安能護伽藍乎？」神附夢于合寺僧曰：「拾得打我。」詰旦說夢，一一無差。視神像果有所損。驚異，牒申郡縣，群謂賢士遯跡，菩薩應身，號拾得賢士。

　　初閭丘胤將牧丹丘，頭疾，醫莫能愈。遇禪師名豐干，言自天台來謁使君。告之病，師曰：「身居四大，病從幻生。若欲除之，應須淨水。」索器呪水噀之，立愈。閭丘異之，乞示此去安危之兆。師曰：「記謁文殊普賢，此二菩薩見之不識，識之不見，若欲見之，不得取相，國清寺執爨滌器寒山、拾得是也。」閭丘到任三日，至國清寺問此寺有豐干禪師否，寒山、拾得復是何人。僧道翹對曰：「豐干舊址在經藏後，今闃無人矣。寒山、拾得尚處僧廚。」閭丘入師房，止見虎跡。復問在此作何行業，翹曰：「唯事負舂供僧，閑則諷詠。」入廚尋訪寒、拾，見於灶前向火，撫掌大笑。閭丘致拜，二人連聲呵叱，執手復大笑曰：「豐干饒舌饒舌，彌陀不識，禮我何為。」相攜出松門，自此不復入寺。閭丘歸群（編按：應作「郡」），送淨衣香藥到岩。寒高聲喝曰：「賊！賊！」遂入岩石縫中，且曰：「報汝諸人，各各努力。」石縫忽合。後有僧採薪南峰，距寺東南二里，遇一梵儀持錫入岩，挑鑌子骨

曰：「取拾得舍利。」乃知入滅于此，因號岩「拾得」。閭丘倖道翹尋訪遺跡，於林間葉上得寒所書辭頌及村野人家三百餘首，拾亦有詩數十首，題石壁間。

云：按舊序，二人呵叱自執手大笑，閭丘歸郡遣送衣藥，與夫挑鑷子骨等語，乃知寒山不執閭丘手，閭丘未常至寒巖。拾得亦出寺門二里許入滅。今《傳燈》所錄誤矣。因筆及此，以俟百世君子。

　　　　　淳熙十六年歲次己酉孟春十九日住山禹穴沙門　志南謹記
　　　　　　　　　　　　　　　　　（明嘉靖四年天臺國清寺道會刊本）

大士垂迹，不泄密因。語言三昧，發於淵才雅思。大圭不琢，豈追琢者可同日而語。或直道其事，使賢鄙同笑，粗言軟語，咸彰至理，悅耳目，適口體。此其深誠，究己窮明心性；此其格言，緩細披尋，大有好笑。板行其可闕乎？東皐除茲芻無隱得舊本，感慨重刊，俾為讎校，因題其後。一覽知妙，且由此而入，較卅里，尤當寶翫，□屠維赤奮若陬月上澣，華山除謹男可明敬跋。

　　　　　　　　　　　（宋版《寒山詩集》卷末，上海望平街有正書局發行。）

重刻擬寒山詩序

佛言：若要世間無刀兵，除非眾生不食肉。茲者三災並起，人命危脆，或募兵守城，或遁逃山林，或隱匿海島，以自為計。雖貪生怖死，人之常情，豈知定業有不可逃者。蓋殺生之極，感刀兵災；偷盜之極，感饑饉災；淫邪之極，感疾疫災。非天降，非地湧，非人與，皆眾生自業吸引，因果相酬，如影隨形，如響應聲。欲不受果，惟不造因，因亡則果喪，業空則報亡耳。道獨偶閱慈受禪師擬寒山詩，見其詞語懇切，深錐痛箚今人通病，實對治之良劑，玩味不已，重梓流通。伏冀諸賢詳審，起大慈心，悲愍眾生，不食其肉，齋戒清淨，謹敕身心，眾善奉行，諸惡莫作。一人依之，一人不受業；眾人依之，眾人不受業，斯即善身保家，壽國之良圖也。

　　　　　　　　　　　　　　　　　　（《宗寶道獨禪師語錄》卷六）

元徐一夔重刊中峰和尚廣錄序

大德延祐之間，中峰本公居天目山，有《擬寒山詩廣錄》鏤板於杭州之南山大普慶寺。板燬，有武弁之士曰張子華，謀於智嵩、慧澤二師重刊，踰年而功完。

白珽《湛淵靜語》，呂洞賓、寒山子，皆唐之士人。嘗應舉不力，不羣於俗，蓋楚狂沮溺之流。觀其所存詩文可知。如寒山子詩，其一云：「有人兮山陘，雲卷兮霞纓。秉芳兮欲寄，路漫兮難征。心惆悵兮狐疑，蹇獨立兮忠貞。」前輩以為無異離騷語。今行於世者，多混偽作以諧俗爾。

（《寒山寺志》卷三）

錄郭（上本下中）書

夫寒山詩者，昔天台國清南老將前太守閭丘採集詩卷，重新刊木流通，此本年遠不存。元貞間余偶得之于錢唐，謹自重書，用以流傳。必有慕道之士，一覽而深省者。余雖老死丘壑而志願終矣。昔元貞丙申聖制日前休子郭（上本下中）焚香敬書。

（《寒山子詩集》，咸豐六年丙辰秋廣州奉恩寺刊板。）

半山老人擬寒山詩跋

月在秋水，春在花枝，若待指點而得者，則非其天矣。吾讀半山老人擬寒山詩，恍若見秋水之月，花枝之春，無煩生心而悅。果天耶？非天耶？具眼者試為薦之。

（《紫柏尊者全集》卷一五）

跋半山老人擬寒山子詩

受持千百萬過，心地花開；香浮鼻孔，鼻孔生香，香不聞香。善知此者，則半山老人，舌根拖地，亦不分外也。

（《紫柏尊者全集》卷一五）

明瞿汝稷寒山詩序

嚴道行刻《寒山詩》，命那羅延窟學人序之。那羅延窟學人曰：「寒山氏，日與羣有酬酢於無盡哉？曰：『以其言之得，復謂於世乎？』曰：『未也。』夫棲遲於寒巖，躑躅於國清，此寒山之可見者也。小言大言，若諷若道，瀏乎若傾雲竇之冷泉，足以清五熱之沈濁；暾乎若十日之出搏桑，足以破昏衢之重幽。此寒山之可聞者也。之二者，於寒山妙莊嚴海之一漚也。有能循夫

可見，而見不可見；循夫可聞，而聞不可聞。則知寒山昔未嘗示跡於始豐，今未嘗謝跡於人閒也。吾默而息，泊乎以同寂；吾蕩而趨，奚適而不與。吾俱一身蹠乎石山而無界，多身起於剎塵而非出，充吾之目，塞吾之耳，皆寒山也。而眾生各鑰其見而不見，各鑰其聞而不聞，顛冥於三苦，回環於永劫。於是寒山哀之，釋珍御，襲弊垢，運漚和慈，勤惓告試，培眾生之鑰，使之見，使之聞，以息其崩奔，俾休於常寂。而眾生卒不能盡見盡聞也，可不大哀耶？夫既以宗於不可見，而帝於不可聞，又何欲培眾生之鑰，使之見，使之聞，而哀眾生之不盡見盡聞耶？不可見矣又何見？不可聞矣又何聞？見於見，不見於不見；聞於聞，不聞於不聞，故聞鑰於聲，見鑰於色，眾生之所以眾生也。見於不見，聞於不聞，故不運吾目，而殫見沙界無盡也。不闢吾聰，而殫聞沙界無盡也。此所以躡寒山而游於無盡也。欲聞於不聞，必以聞而旋其聞，欲見於不見，必以見而旋其見，此寒山之所以不能不言，而道行不能不以剞劂利生也。審於是，即以其言之得，復諮於世，而謂寒山日與羣有酬酢於無盡可也。」《瞿同卿集》

（《寒山寺志》卷三）

徐𤊹《寒山子詩跋》

余他日偶訪瀚上人於平遠臺山房，見案頭有《寒山子詩》一帙，上人不知愛重，鼠齧其腦，漸至於中。余曰：「《寒山子詩》，詩中即偈，師其知寒山之禪機乎？」上人茫然不答。余遂丐歸，上人視之如棄敝屣也。山窗無事，手自黏補，重加裝潢。第鼠齧處，闕深傷字，為可恨也！載觀卷首朱晦庵、陸放翁二札，則明老、南老賢於瀚上人遠矣。識者能不呵呵大笑邪？

己亥閏四月徐惟起跋。《紅雨樓題跋》

（《寒山寺志》卷三）

天台三聖詩，流布人間尚矣。古今擬詠非一，而未有次其韻者。余不揆凡陋，輒撰次和之，殆類摸象耳。雖然象之耳，亦豈外於似箕之言哉。歲丙申中秋四明比丘梵琦頓首。

（據上海法藏寺募刻揚州藏經院藏版《合訂天台三聖二和詩集》）

富哉三聖詩，妙處絕言迹。擬之唯法燈，和之獨楚石。
十虛可銷殞，一字難改易。灌頂甘露漿，何人不蒙益。

楚石和尚和三聖詩集，晟藏主編次，求余題之，因用韻以寓擊節之意云。

至正十八年十月初三日，南堂遺老清欲。

（據上海法藏寺募刻揚州藏經院藏版《合訂天台三聖二和詩集》）

《首楞嚴》云：我滅度後，勑諸菩薩，應身生彼末法之中，作種種形，度諸輪轉。終不自言我真菩薩，洩佛密因。唯除命終，陰有遺付。天台三聖，其斯之謂與。舊集載朱晦翁與國清住持手帖，勸其重刻寒山詩板，有刊成當見惠之語，得非以其辭理淳正，有合於儒道耶。西齋老人屬和，灼見三聖之心，其言無今昔之異。華藏原明禪師，刻梓以傳，使三聖人撫掌於大寂定中，西齋為不滅矣。其法利無窮，可得而思議哉。洪武戊寅冬，僧錄司左善世，吳門大佑。

（據上海法藏寺募刻揚州藏經院藏版《合訂天台三聖二和詩集》）

刊三聖諸賢詩辭總集序

宣情達事，世教有取於詩。吾宗聖賢，高蹈遠視邈然矣，亦彷人情近習，酌為文句，蓋憫物之心不可遏也。亦將激誘於道，奚嘗宣情達事，流翫百世珠玉之擬哉。觀夫豐干寒拾三聖所唱，楚石琦公之和，韻皆痛快激烈，斥妄警迷。山中天靈義首座，服膺有素，願繡梓以傳焉。且纂舊本諸名公序帖，及三隱集記系之。又以佛國白禪師所作文殊指南贊，詞勝理詣。永明壽禪師，布衲雍，鏡中圓，前後山居唱和之什，暨古德十牛頌，并諸歌偈，切於風礪，有禪益於世者，比次成帙。勸率善信陳智寶、賈福常，俾諸眾緣，併與刊行，謁言為弁。因謂醫方萬品，求對治而休，海寶千般，得如意而足。披此集者，驀然逗著一言半句，撲落眼屑，粲發心華，方信聖賢憫物之心，誠有在也。是則助揚激誘，微天靈之勛，吾誰與歸。永樂丙申夏，結制一前日，僧錄司右闡教，兼住鍾山靈谷，幻居比丘淨戒。

（據上海法藏寺募刻揚州藏經院藏版《合訂天台三聖二和詩集》）

楚石和三聖詩跋

昔人有云：儒有向上功夫，詩文特土苴耳。余謂此曠達至當之論也。忘情絕愛，此瞿曇氏之所訓。吾今入空門，身為衲子，心落騷人之境，朝吟夜詠，只關奇爭巧，矜衒其言，初無濟世恤物之志，豈所當□？發言若是，孰能免土苴之譏也哉？閒語多吐，無禪於人道，片言隻字，其猶為多，詞句纏出，有補於世教，汗牛充棟，又猶不足。一日大明高僧□□□善公禪師，攜

此編來抵，余披而視之，且手舞足蹈於三聖詩篇，而顏開頤解於楚石賡和矣。夫聖賢教人，必須其世俗所好，三聖亦豈必有意於詩乎？只借意於吟詠以導之耳。□蓋苟息，借悲歌皷琴而諫晉獻之驕奢手也。且詩可以觀人，圓頂方袍之士，作詩而取識於明眼人，莫如丁謂以掉臂字取識於王元之禹偁好。

勢州沙門道標指月謹書
（《楚石和三聖詩》）

和三聖詩自序

　　嘗讀三聖詩，聲韻似出尋常，意義都超格外。故愚者讀之易曉；智者讀之益深，三聖之詩至矣。追夫三聖示迹寒巖，或悲或笑，或舞或歌，或書石壁，或書樹皮，為狀不一，為語甚奇，人皆目之為風顛漢也已。自豐干饒舌，閭丘傳頌，而後世知其為三聖詩，然不知其詩曷為而作也。不知作者之意而讀之何為？蓋三聖以憫世之熱腸，為惺世之冷語，其意以諸經之旨玄微，未能旦晚解悟，故以觸景即物之句，為引迷入悟之門，使智者得魚忘筌，愚者因象覓意。智者去浮辭而證實際，愚者由粗言而悟直指。此三聖憫世惺世之深意也。擬作者如法燈、慈受、中峰諸祖，而賡韻者惟國朝楚石梵琦禪師。余出讀之，不知三聖之為楚石，楚石之為三聖，再讀之，恍若三聖之參前，楚石之卓立也。事時凡遇佳山勝水，好風朗月，目之所見，意之所會，輒不禁長吟短詠。獨於三聖詩，未敢輕和。癸未罷參，高臥黃海，復見三聖詩，讀之爽然曰：此余向所欲和者也。去余三百年之上有楚石，去楚石五百年之上有三聖，時移事易，風韻若何符節。彼在盛唐國初者，猶有世道人心之嘆。今時人心逾薄，生茲不辰，所見所聞，又當超三聖楚石而快言之，隨拈三聖韻而為石樹詩，不逾月而和竟。乃釁然曰：吾願在二十年前，而酬於二十年後，吾事畢矣。但未知於三聖憫世惺世之旨有當乎否也，姑錄此藏之名山，俟後五百年，或復有人焉讀之和之耳。

石樹道人通隱題于黃海石筍峰前
（據上海法藏寺募刻揚州藏經院藏版《合訂天台三聖二和詩集》）

寒山唱合序

　　佛祖慧命相沿，雖貝笈梵函，喝棒顧盼，作用不同其體一也。唐世韻語盛行，村稚孌婦，能解歌吟。寒、拾二老潤跡於中，移商換徵，積成篇什，大要憫世癡迷沈沒于利欲生死之海而不知止息，故開言以挑，冷語以諷，痛

言如罵，正語如經，縱橫反覆，斜側正視，無非為此大事，毋令斷絕耳。余嘗題其端曰：掃盡塵沙覓見沙，千年苕帚白生花。閭丘只認豐干舌，落葉飄零何處家。嗣後擬其作者代有，而步武全韻，銖兩不殊者，則楚石琦公一人，今石樹隱公繼之矣。蓋江河愈下，可涕可悲，事有甚於古時，援手無力，忍俊不禁，乃以舊時機杼，重翻花樣，雖文彩頓新，而絲篦相接，綿密無間。余喜而為詠曰：「糞掃堆頭無價珠，癡人覿面漫躊躕。千年長夜黑如漆，忽發神光是此書。」世有讀者，無俟豐干、閭丘而後知其人。

木叉道人鄭龍采法名弘辨

（據上海法藏寺募刻揚州藏經院藏版《合訂天台三聖二和詩集》。）

合刻楚石石樹二大師和三聖詩集序

寒山拾得豐干三大士，不由閭丘之口傳之，孰知為文殊普賢彌陀之化身也。嘗誦其詩，或喜或悲，或笑或罵，究其所以然者，無非使人徵善棄惡而已也。斯後楚石、石樹二公，何其人，輒敢和之，亦嘗誦其詩，亦喜亦悲，亦笑亦罵，雖時移事易，究其和之所以，亦無非徵善棄惡而已也。其詞轉意婉，悉亦如之。嘗錯雜于三大士篇，若不可辨。然則二公者，抑天台水牯牛之化蹟耶，抑三大士願力未諧而再來應身耶？不然，何其聲氣之同如此！夫楚石、石樹，既不下三大士之風，吾輩又豈甘遜閭丘之志哉。閭丘錄詩于石壁高巖老樹之上，余則錄詩于空江瓢笠之內，因編次之，遂成古今合璧，不敢私祕一肘，公與天涯有道共之。於是稽首以偈贊云：

> 稽首三聖，楚石石樹。三聖去遠，楚石已逝。五百年來，聲韻幾墜。唯我石翁，唱導末世。繼寒拾風，承豐干智。追挽古音，筆花生瑞。黃海天台，去來何處。文殊古院，國清破寺。短句長謌，不落文字。宸生何緣，得聞開示。廣陵道上，負笈隨侍。每見揮毫，因錄編次。合刻流通，永傳聖世。曰三曰五，是一是二。請著眼看，快追雲馭。

虞山社弟子許宸翰法名且住

（據上海法藏寺募刻揚州藏經院藏版《合訂天台三聖二和詩集》）

和天台三聖詩敘

虛空可畫乎？雖不可畫，而天地山川，烟雲人物，細而醯雞太末，大而剎海浮幢，太虛空中一物不受，而實無一物不包也。然求圖畫虛空，打破大

唐，難遇好手。有大脫空漢，寒山、拾得并豐干三人。掣風掣顛，炊熱國清冷竈，唐言梵語，題徧天台山巖山壁。有好事者編成書冊，目之為詩，而實於三人實際分中，不留剩迹也。數百年後，有法鐙、慈受、中峰諸老，從而擬之，已是犀角生紋，月邊帶暈矣。又有楚石琦老，從而步韻，不免虛空釘橛。我石樹法兄，以烟霞道骨，丘壑心胸，高掛鉢囊，放浪黃海，雖胸中空洞無物，而咀嚼寒山諸人言句，忍俊不禁，復為步和。一字一句，如入萬山深處，荒寒幽悄，使人毛髮俱慄。又若高山望海，靜夜聞鐘。曠若發蒙猛地痛醒。較之楚石，可謂後來居上，壓倒元白。而實石兄實際分中，亦不留點墨，歸於圖畫虛空而已。雖然如是，三十年後，有人沾著字句，如塗毒鼓，聞者皆喪，莫謂紙墨文字中，遂無殺人刀活人劍也。真具眼人，急著眼覷。

住西江雲居晦山法弟戒顯題於鄧峰禪室

（據上海法藏寺募刻揚州藏經院藏版《合訂天台三聖二和詩集》）

附重刻和天台三聖詩序

　　楚石琦禪師，自雙徑發悟後，作為詩文，皆第一義。如雪山肥膩，純淨無雜。本傳所載，著有北遊鳳山西齋三集，及和天台三聖，永明、陶潛、林逋諸家詩。而西齋集與和三聖詩，五百年來，尤膾炙於老儒尊宿之口。西齋集既刻於吳中，和三聖詩獨無傳本，輒以為恨。今歲清涼寺傳戒，隨藥、藕二公登藏經閣，見有以禪林唱和集名者，乃楚石石樹二老人，和天台三聖詩也。爰分為三集，藕公刻原唱，藥公刻石樹，寂與季子我甫刻是編，一夕之聚，頓令三聖密語，二老心傳，幷垂不朽，詢樂事也。席汪大紳之論詩曰：有詩人之詩，有道人之詩。夫範水模山，吟風弄月。一草一木，窮其幽致。一字一句，盡其推敲。此詩人之詩，於出世第一義，渺不相值也。若夫道人之詩，一自真性中流出，通天地萬物之靈，而無所作為也。湧泉源萬斛之富，而不立一字也。苟得其意，雖漁歌樵唱，鳥語蟲吟，乃至山河大地，牆壁瓦礫（編按：「礫」應為「礫」之誤），有情無情，若語若默，一一皆宣妙諦塵塵普轉法輪。若是者可與讀楚石詩，幷可與讀三聖詩。彼執指為月，隨語生解者，雖讀盡三藏十二部，如數他家寶，於己無分，何足以知是詩哉。

光緒甲申季冬，海虞弟子張寂謹序。

（據上海法藏寺募刻揚州藏經院藏版《合訂天台三聖二和詩集》）

合訂天台三聖二和詩集新刻緣起

　　雲騰鳥飛于虛空，而虛空無跡。風動塵翳于日色，而日色不變。生死煩惱現乎我心，而我心體本清淨。所謂終日在妄，終日恒真也。舉其真，真不可見。檢其妄，妄不可覓。真雖不見，而性包十虛。妄雖難覓，而十界咸具。有無既亡，言思何及。古哲謂諸佛到此口掛壁，斯之謂也。然則諸佛說教，祖師垂言，豈非以釘釘虛空乎。空寧可釘哉？涅槃經有四不可說，以四悉檀因緣故可說。蓋眾生既迷，不以教無以入其門，何令升堂入室耶？法華云：佛種從緣起，是故說一乘。是故聖賢，立言垂教，或讚或毀，或順或逆，棒喝交馳，與奪分明，種種巧施，總趁機妙用，即令觸處親見面目也。且天台三聖，內秘根本之智，外現落拓之形。詩歌隨口，言言顯諦。笑罵狂發，處處靈機。凡眼莫覷，皆以為癡。非閭丘感豐干之愈疾，孰知其為三聖耶？，又其詩，散乎巖石舊壁樹葉，及人家壁，誰為收錄之。是知聖作，必有克傳，緣固然耳。原本寒山詩三百七首，豐干詩二首，拾得詩四十九首，明初楚石琦公一一和之，明末石樹師為之載和。禪機俱徹，足見三聖之心矣。初刻分三集，名禪林唱和集。又刻或將二和簡次於原詩，參刻成集，名和三聖詩集。然今坊刻寒山原詩，只一百二十七首，次第亦別，乃清雍正御選本也。光緒間有耦師刻原唱，藥師刻石樹，海虞張寂居士刻楚石，仍分三集，其序附此。民國三年春，常熟法華寺，耀文和尚，請余講彌陀疏鈔，城有張楚懷居士，以二和詩兩本，并娑羅閣清言見贈。十餘年來，欲刻未遂。戊辰有覺觀師，函索方外詩類之書。余志方切，遂函常熟耀師，蔡善士慧清，於藏書家訪之。唯得龐北海居士家所藏張刻楚石版，而耦刻藥刻二版，未知所藏。庚午秋又講圓覺於法華寺，本城蕭沖友居士，以唱和合刻舊本見送，余時猶欲三集分刊。待辛未春赴蘇隆慶講彌陀要解，特詣報國寺印光法師，言及於斯。即呈舊本，請以校閱。師云盍依舊刻之醒目易讀乎。師縱慧眼，所有誤者及俗體破體字，悉改正焉。余易其題，曰合訂天台三聖二和詩集，遂登梨棗。即祈來者隨讀，直得寒山真面目，而於清風明月，流水高山，恍然莫知我誰，可謂覿面而見三聖矣夫。

　　　　　　　民國二十年辛未春天天台石梁觀月比邱興慈謹撰

雲居山常寂光佛法僧覺觀裹成見立寶雲清元會元根禪了策德珩寬道等十人見聞隨喜共集板資四十元上海法藏寺壹百元伏願法界有情同圓種智

（據上海法藏寺募刻揚州藏經院藏版《合訂天台三聖二和詩集》）

和天台三聖詩自序

　　道不能自鳴，待人而鳴，鳴雖各異，而道未嘗不同也。苟不同，不足以為道。然而形雖萬殊，而性則同，猶薪有千般，而火無異。齊乎千載之上，等乎百世之來，此心此理，無不同也。故知所同者，道也，理也，心也，性也；所不同者，形也，器也，色也，境也。是故從流而溯源，則幾於道矣；從一而分殊，則流於形矣。即形而實踐之，以明乎道，則思過半矣。余於蚤歲讀御選寒山、拾得二大士詩，其神韻鏗焉。道在言外，具見一斑，有如身入虛空，廓焉無際，雖欲從之，末由也矣。越廿載癸巳春，於玉麟居士處得見《天台三聖二和詩》，持歸一一讀之，獲窺全豹，不禁怡然神往，雖出諷世之冷語，實為證道之要言。前輩擬之者，有法鎧、慈受、中峰諸大師。賡韻而和者，有明初楚石梵琦禪師；再和者，有明末石樹通隱禪師。二師之巨作，不僅為千載唱酬之韻事，實為無量眾生之慈舟，不意煥然善哉。石老禪師有序言曰：「俟後五百歲，或有人焉讀而和之。」余生於二老五百年之後，以吾向所欲和者，今繼二老之後而完成之。豈期我得會三聖於千載之上，及約二老於五百年之前，以締千載唱酬之法緣也歟。

寬仁居士林春山序於海曙樓。
（浙江天台國清寺印行《寒山詩》卷首）

《天台三聖詩集和韻》序

　　憶五六歲即聞吾鄉有閭丘尋豐干、禮寒、拾事，比長入天台國清寺，則豐干與寒、拾像具存焉，《方外志》亦備載其始末，殆非虛事也。世傳寒、拾、豐干諸詩，或沖淡深粹，有陶靖節、孟襄陽之風，閒或作偈語，蓋意主於開導世愚，故冷提熱弄，要使聞者憬悟，而不在乎詞之工也，先進陳木叔自謂寒山後身，因以寒山為號。予謂寒山托跡貧士，不求人知，迨為閭丘胤物色，及隱身不見。今木叔方欲以文章名天下，甚者至不免聲色，烏在其寒山哉。

　　既而經鼎革，即屏居雲峰寺，姬妾滿前，能不為生死所惑，賦詩數百，遍作書以別同人，自擇死之日，時延諸僧繞室誦經，就湛明法師禪牀化去焉。由此觀之，非有夙根者能如是耶？常聞王摩詰、白樂天、蘇玉局皆為高僧轉世，又安知寒山、拾得不至今常在人間哉。吾至滇，得從野竹和尚遊，博學能文，洞晰禪理，所集語錄久為宗門傳誦。蒲團餘暇，仿元楚石故事，悉取寒、拾遺詩和之。友人劉文季持以見示，且命為序。夫寒、拾既以佛菩薩轉

身，楚石、野竹又皆禪林老宿，其道一矣。斯其言前後若合符節，尤非儒名墨行者所可幾。予門外漢也，何能窺一班，乃不辭友命而輒為序者，欲世人讀是編，識四君子發意知所存耳。經云：有以某身得度者，即現某身而為說法。故知聖賢不得已而說法，致落語言文字，皆度人之心迫而為之，非樂以是自見也。

不然，寒山固文殊也，當問疾維摩詰，乃至無有言說，斯真不二法門，又烏用是絮絮韻語為哉。世或至執是編以求野竹、楚、石與寒、拾焉，吾見其覿面而失之矣。持語野竹和尚，將以予言為然否？

康熙庚戌孟秋賜進士出身中憲大夫歷知雲南永昌澂江楚雄四府事天台同學弟馮甦再來氏盥沐拜題。

（康熙刻本《天台三聖詩集和韻》卷首）

和三聖詩序

和三聖詩，和也，非倡也。予以嵩山之和三聖詩，倡也，非和也。古之倡教者，佛法必有過人處，手眼必有精明處，是故玄要君臣，十智同真，三關險峻，各各建立不同。或兄弟倡和，或父子倡和，大抵皆激揚道法，別有一番光彩。此所以倡即和，和即倡，擬易非易，反騷乃騷也。嵩山和尚具丈夫衝天之志，不跡如來行處行，矧豐干乎？矧寒山、拾得乎？三聖者皆奇怪示人，而嵩山惟以平常合道。三聖者祇以散聖鳴世，而嵩山則以適統相傳。

然則和之者亦猶非郭註莊，而莊註郭云爾。為我語國清寺，不必於竈上尋得三聖，不必於三聖集中尋得三聖，不必於三聖集中尋得三聖，惟於嵩山集中尋得三聖。故曰：嵩山之和三聖詩，倡也，非和也；和也，即倡也。

賜進士出身文林郎知江川縣事耕煙張方起拜題。

（嘉興藏本《天台三聖詩集和韻》卷首）

《天台三聖詩集和韻》後跋

三聖詩，傳之舊矣，而擬者過半，未有如元楚石和尚次其韻，高朗如日星者。昌小駑學不及古，然敢忘先德之遺愛哉。乃今憶吾師野竹和尚住嵩山寺十有四年，康熙己酉秋，忽湖南巨微大師至自天童，惠楚石和尚和三聖詩集，吾師讀竟，愛其蒼奧高朗，絕不襲時人故事，遂和之。稿成，張公柏麟居士及雪可廣兄、文遠端兄議昌走吳，尋善梓者以廣其傳。烏乎，先輩有善，不能昭昭於世，皆後學之過，昌敢辭間關之勞而不行乎？乃拉化一、夢周二

兄，以壬子四月長發，至七月始抵蘇，又二月梓成。昌不文，且不避不文，而聊識歲月云。

盧陵門人宗昌識。

（嘉興藏本《天台三聖詩集和韻》卷末）

《寒山子詩集跋》

西方合論刻事告竣，碧池師復有寒山詩之命，出一疏相示，蓋華首空隱和尚，飛錫南禪，度人心切，欲倡眾僧以成之者也。嗟乎！今有徙宅而忘其妻者，至愚之人，莫不咲之。畢生勞役，蠢蠢待盡，自少至老，皆造業因。是并忘其身者，恬然不以為恠，此寒山子之所惻然於中，托呵笑為悲哀，現菩薩身而說法也。余觀世之人，靦顏自負者，皆云心好矣，甚至于敗理滅倫，肆懷無畏，貪貨賄以行私；輕生命如菅艸，亦必不以其心惡，則衣中寶、法中王，一點靈明，如何識取。秖供口頭抹殺焉已乎？一日見閻羅老子，果如是便足抵對乎？三途業報，屢有徵驗，果如是其庶幾免乎？幸清夜細思一番，倘或抵對不來，箕免不得，意中稍有狐疑，巫巫焚香盥手，諷詠寒山詩，敬禮寒山子。

佛弟子甘爾翼薰沐稽首書

（明萬曆年間（1573-1620）甘爾翼校刊本）

（編按：此版本封面題《寒山詩》，正文卷端題：《寒山子詩集》）

錢曾《讀書敏求記》

《寒山拾得詩》一卷。豐干語閭邱允寒山、拾得，文殊、普賢，真為饒舌矣。允令國清寺僧道翹纂集文句成卷，而為之序讚，附著〈拾得錄〉於詩之前。惜乎傳世絕少，此從宋刻摹寫，考南北藏俱未收。余謂應同龐居士，並添入《三藏目錄》中，庶不至泯滅無傳耳。

（《寒山寺志》卷三）

陸心源〈儀顧堂題跋〉

《寒山詩》□卷，毛氏汲古閣影宋鈔本。光緒伍年，以番板五枚得此書於吳市，蓋何（原注：當作胡）心耘博士舊藏也。端陽前五日，以舊藏廣州刊

本，及《全唐詩》校一過。《全唐詩》即從此本出，卷末「怡然居憩地」，「日」以下缺，亦同廣州本。序次既異，字句亦多不同。拾得詩缺〈人生浮世中〉、〈平生何所憂〉、〈故林又斬新〉、〈一入雙谿不計春〉凡四首。寒山詩缺〈沙門不持戒〉、〈可貴一名山〉、〈我見多知漢〉、〈昔年曾到大海遊〉、〈夕陽赫西山〉凡五首，非善本也。

（《寒山寺志》卷三）

誰月軒人跋

余昔庚午秋，自關東行腳至金剛山之正陽菴，得斯集於隱溪禪翁，如對聖賢，欽詠不斁，足見三聖人風彩，正如清風明月之共一天，雖片言半句，照人耳目，銷鄙恪，鑠昏蒙，頓獲清涼於熱惱之中，可謂救世醫王，最上靈丹也。慈受叟賡歌於其後，推行三聖人愍物之心，而諄諄之慈益深且切，使頑懦之儔感發良心，所謂「將此深心奉塵剎，是則名為報佛恩」。余既得之，不可私祕，亦因隱溪禪宿之獎，命工鋟梓，以壽其傳。所冀諸上善人偕嘗法藥，辨惑瘳痾，革凡成聖，上致　一人於堯舜之上，下招三有於安養之中，至盡未來，法輪常轉者矣。時甲戌秋七月有吉，誰月軒人玉峰謹跋。

（四部叢刊景高麗刊本《寒山詩一卷豐干拾得詩一卷附慈受擬寒山詩一卷》卷末）

黃丕烈〈士禮居藏書題跋記〉

《寒山拾得詩一卷》，載諸《讀書敏求記》，此從宋刻摹寫。余向收一精鈔本，似與遵王所藏本類，當亦宋刻摹寫者也，惜首尾略有殘缺耳。後五柳主人自都中寄一本示余，楮墨古雅，甚為可愛，細視之，乃係外洋版刻，惜通體覆背俱用字紙，殊不耐觀。頃命工重裝，知有失去半葉者共四處，以洋骨補之。復取向所收者，核其文理，始信二本互異。詩之序次有先後，分七言于五言之外，洋版所獨。此拾得詩「雲林最幽樓」一首，內「日斜掛影低」句，精鈔本「日」字下俱缺，此外皆不可考矣，故茲所失四葉半無從補全。而二本版心，彼題「寒山子詩」，此題「三隱」，後又云「深詩」，本不相類也。惜遵王所記，但云傳世絕少，豈知宋刻摹寫之外，尚有他刻流傳于世耶？此刻似係洋版，然寒山詩後有一條云「杭州錢塘門裏車橋南大街郭宅□鋪印行」，則又不知此刻之果為何地本矣，俟與藏書家諗之。

嘉慶丁卯春三月二十有五日，復翁黃丕烈識。

（四部叢刊景高麗刊本《寒山詩一卷豐干拾得詩一卷附慈受擬寒山詩一卷》卷末）

寒山子詩集二卷附豐干拾得詩一卷

案寒山子，貞觀中天台廣興縣僧，居於寒巖，時還往國清寺。豐干、拾得則皆國清寺僧也。世傳台州刺史閭邱允遇三僧事，踪跡甚怪，蓋莫得而考證矣。其詩相傳即允令寺僧道翹，尋寒山平日於竹木石壁上及人家廳壁所書，得三百餘首；又取拾得土地堂壁上所書偈言，並纂集成卷；豐干則僅存房中壁上詩二首；允自為之序。宋時又名《三隱集》，見淳熙十六年沙門道南所作記中。《唐書‧藝文志》載《寒山詩》入釋家類，作七卷。今本併為一卷，以拾得、豐干詩別為一卷附之，則明新安吳明春所校刻也。王士禎《居易錄》云：「寒山詩，詩家每稱其『鸚鵡花間弄，琵琶月下彈。長歌三月響，短舞萬人看。』謂其有唐調。」（編按：項楚《寒山詩注》案：「此明‧江盈科雪濤評語，士禎引之。寒山子即唐人，盈科以為有唐調，蓋偶未考其時代。」）其詩有工語，有率語，有莊語，有諧語，至云「不煩鄭氏箋，豈待毛公解。」又似儒生語，大抵佛語，菩薩語也。今觀所作，皆信手拈弄，全作禪門偈語，不可復以詩格繩之；而機趣橫溢，多足以資勸戒，且專集傳自唐時，行世已久，今仍著之於錄，以備釋氏文字之一種焉。又案《太平廣記》引《仙傳拾遺》曰：「寒山子者，不知其名氏，大曆中隱居天台翠屏山。其山深邃，當暑有雪，亦名寒巖，因自號寒山子。好為詩，每得一篇一句，輒題於樹間石上，有好事者隨而錄之，凡三百餘篇（編按：「篇」為「首」之誤）。多述山林幽隱之興，或譏諷時態，能警勵流俗。桐栢徵君徐靈府序而集之，分為三卷，行於人間」云云，則寒山子又為中唐仙人，與閭邱允事又異，無從深考，姑就文論文可矣。

（文淵閣本《欽定四庫全書總目提要》卷一四九，《寒山子詩集》卷首。）

寒山子詩集二卷附豐干拾得詩一卷

寒山子、豐干、拾得，皆貞觀中台州僧，世頗傳其異跡。是集乃台州刺史閭邱允令寺僧道翹所蒐輯。寒山子詩最多，拾得次之，豐干存詩二首而已。其詩多類偈頌，而時有名理。邵子《擊壤集》一派，此其濫觴也。

（文淵閣本《四庫全書簡明目錄》卷十五）

御定《全唐詩》

寒山子，不知何許人，居天台唐興縣寒巖，時往還國清寺，以樺皮為冠，

布裘弊履，或長廊唱詠，或村墅歌嘯，人莫識之，閭丘後宦丹丘，臨行，遇豐干師，言從天台來，閭丘問彼地有何賢堪師，師曰：寒文山殊、拾得普賢，在國清寺庫院廚中著火。閭丘到官三日，親往寺中，見二人，便禮拜，二人大笑曰：「豐干饒舌，饒舌，阿彌不識，禮我為何？」即走出寺，歸寒巖，寒山子入穴而去，其穴自合，嘗於竹木石壁書詩，并村墅屋壁所寫文句三百餘首，今編詩一卷。

（卷八百六。文淵閣本《四庫全書》集部，總集類。）

御定《全唐詩》

拾得，貞觀中，與豐干、寒山相次垂跡於國清寺。初豐干禪師遊松徑，徐步赤城道上，見一子，年可十歲，遂引至寺，付庫院，經三紀，令知食堂，每貯食於竹筒，寒山子來，負之而去。一夕，僧眾同夢山王云，拾得打我，旦見山王，果有杖痕，眾大駭，及閭丘太守禮拜後，同寒山子出寺，沈跡無所。後寺僧於南峰采薪，見一僧入巖，挑鎖子骨，云取拾得舍利，方知在此巖入滅，因號為拾得巖，今編詩一卷。

豐干禪師，居天台山國清寺，晝則舂米供僧，夜則阿房吟詠。一日騎虎松徑來，入國清巡廊唱道。眾皆驚怖，嘗於京輦為閭丘太守救疾，閭丘之任台州，便至國清問豐干禪院所在，云在經藏後，無人住得，每有一虎，時來此吼。閭丘至師院，開房惟見虎跡，今存房中壁上詩二首。

（卷八百七。文淵閣本《四庫全書》集部，總集類。）

擇是居叢書本《寒山子詩集》

《寒山詩集豐干拾得詩附》影宋寫本，每半葉八行，行十四字，前有閭邱胤序，後有淳熙十六年歲次己酉沙門志南記，又有己酉屠維赤奮若可明跋，附朱晦庵與南老帖，陸放翁與明老帖。志南即南公，可明即明公，朱子與放翁所往還者。而前又有寒山序詩，觀音比丘無我慧身所補刻。是此書宋時一刻於淳熙己酉，曰國清本；再刻於紹定己丑，曰東皋寺本；此則三刻，又在東皋寺本之後，然不分七言於五言之外，不以拾得加於豐干之上，仍其舊第，字大如錢，清勁悅目，玄、胤、恒、貞、殷、朗缺末筆，亦可謂最善之本矣。是書藏之有年，日本島田彥槙寄來新刻，出自內府宋本，并序此集源流甚悉。因出此本，取而校之，亦有「無範」、「慶福」圖書，同出一源，亦可謂下真蹟一等矣。寒山詩云「五言五百篇，七字七十九。三字二十一，

都來六百首。一例書巖石」，今檢是本，寒山詩三百四首，而次之以豐干詩二首，及拾得詩四十八首，不符於六百之數。然閭邱胤序，其屬道翹所撰次者，已不過三百餘首，云：「唯於竹木石壁書詩，并村墅人家廳壁上所書文句三百餘首，及拾得於土地堂壁上書言偈，并纂集成卷」，與此集合。《唐・藝文志》載入釋家類，作七卷。宋寶祐乙卯江東漕司重刻本則分五七言，又退豐干於後，已與此本不同。元高麗覆東皋寺本，卷尾題云：「嘉議大夫耽羅軍民萬戶府達魯化花赤高麗匡靖大夫都簽事評理上護軍朴景亮刊行。」新安吳明春本作三卷，是　《四庫》所收者，黃蕘圃所得二本均一卷，板心一題「寒山子詞」（編按：「詞」為「詩」之誤。），一題「三隱詩」，云係外洋板，頗似高麗覆宋本，然寒山詩後一條云「杭州錢塘門裏車橋南大街郭宅□鋪印行」一條，瞿氏書目所載《寒山詩一卷拾得詩一卷附慈受擬寒山詩一卷》，寒山詩後亦有「杭州錢塘門裏車橋南大街郭宅紙鋪印行」一行，卷心亦作「三隱集」，與黃目合，末有「比邱可立募眾刊行」。明刻本（原注：似明僧輯刻。）歸安陸氏書目所載《寒山詩一卷豐干拾得詩一卷》，毛氏影宋本，每半葉十一行，行十八字，又舊藏廣州海幢寺本，八行十七字，字句不同，黃跋云：「有拾得雲林最幽棲一首，此篇所無，惜無別本可校耳。」徐興公書目作五卷，五字疑三字之誤，另有《慈受擬寒山詩一卷》，然據《紅雨樓題跋》，亦有朱子放翁手札，似與瞿氏本同。島田影摩朱子、放翁兩帖，寒山詩首二行，於俱用新式鉛字排印，不如從前東國影刻書遠甚。今刊此書，質之島田，當為我取各本一校異同否？

江陰繆荃孫跋。
（《叢書集成》）

擇是居叢書本《寒山子詩集》

《寒山詩集一卷豐干拾得詩坿》唐興縣寒巖僧號寒山子，豐干拾得皆國清寺僧，其迹甚異。台州守閭丘胤錄得其詩以傳。此書宋時一刻於淳熙己酉，曰國清本；再刻於紹定己丑，曰東皋寺本；此則三刻，又在東皋寺本之後，然不分七言於五言之外，不以拾得加於豐干之上，仍其舊第，字大如錢，清勁悅目，玄、胤、恒、貞、殷、朗缺末筆，亦可謂最善之本。是書藏之有年，日本島田翰寄來一冊，云出自內府宋本，與此本同出一源，惜島田止摹半葉，余即舊寫本覆刻，而以日本排印本校之，亦可謂下真蹟一等矣。歲在昭陽赤奮若相月，烏程張均衡跋。

（《叢書集成》）

《寒山子詩集》

寒山詩三百餘首，拾得詩五十餘首，唐閭邱太守寫自寒巖，流傳閻浮提界。讀者或以為俗語；或以為韻語；或以為教語；或以為禪語，如摩尼珠，體非一色，處處皆圓，隨人目之所見。朕以為非俗非韻非教非禪，真乃古佛直心直語也。永明云：「修習空花萬行，宴坐水月道場；降伏鏡裏魔軍，大作夢中佛事。」如二大士者，其庶幾乎？正信調直不離，和合因緣，圓滿光華，周遍大千世界。不萌枝上，金鳳翔翔；無影樹邊，玉象圍繞。性空行實，性實行空，妄有真無，妄無真有。有空無實，念念不留；有實無空，如如不動，是以直心直語如是如是。學者狐疑盡淨，圓證真如；亦能有無一體，性行一貫，乃可與讀二大士之詩，否則隨文生解，總無交涉也。刪而錄之，以遺後世。寒山子云：「有子期，辨此音。」是為序。

雍正十一年癸丑五月朔日御筆。

（清宣統庚戌（二年）蘇州程氏思賢堂重刊本卷首）

家藏寒山子詩一卷，讀而愛之，而不識其意，嘗質吾友超羣和尚。和尚能於句外解之，且言欲重鋟傳世。會有五臺之行，不果，忽忽已數載矣。今年遊滬上，而和尚歸自普陀，以書來招，即返棹，與和尚會，因命校刻此書。

案是本系明台州太守計益軒所刊，寒山詩三百六首，拾得詩四十八首，豐干詩二首，併為一卷，別本世不多見。　御選語錄刪去一百九十一首，第二十首，寒巖深復好，原本復作更；五十七首，進求空勞神，空作虛；又引虛不居存，虛作處；一百七首，幾箇得泥洹，洹作丸；一百六十八首，光華明日月，月作日；一百七十二首，一瓶鑄金成，瓶作瓦；二百十二首，脫體似蟬蟲，蟬作蟬；二百十九首，我見百十狗，十作千；二百五十三首，余背一卷經，背作持；二百六十一首，作現多求福，作作詐；拾得詩五首，光射無明賊，光作先；四十一首，誅剝累千金，累作壘；今一以　御本為正，仍錄之，以備後人考證焉。爰手錄一過，付梓，工將竣陽堂半谷上人以中峯懷淨土詩一百八首來附，因迤刻焉。鄞吳宗元謹記。

（清宣統庚戌（二年）蘇州程氏思賢堂重刊本卷末）

俞太史陛雲題辭

無我更無彼，非偈亦非詩。即此靈臺地，如覲寒山師。
迴風發故響，槁木開生姿。存滅喻冰水，上與千載期。

光緒三十有四年，十一月上澣，讀寒山詩竟，起視中庭，霜月澄泂，廓然有蓮廬宙合之思，題四十字於卷端。世無寒詩，孰證斯意。

（清宣統庚戌（二年）蘇州程氏思賢堂重刊本卷末）

寒山子詩集跋

　　庚戌夏孟，予移撫三吳，政事餘暇，稍稍歷覽古蹟，以存守土之責。時方有重建楓橋寒山寺之議，甚盛舉也。未幾，趙大令夢泰，以羅兩峯繪寒山拾得像來視，鄭中翰文焯，亦以舊繪寒山像為貺，最後復得寒山子詩集於俞階青太史。千數百年，流風逸采，萃集一時，不禁為之歡忻贊嘆，釋氏所謂因緣者，殆類此歟？寒山子生有唐之世，值海內初平，瘡痍未復，青宮貽失德之漸，黔首苦征戍之勞。雖以房杜諸賢，曾不能致國家於無敵，傳未數紀，遂螗沸雲擾，天下亂作，故寒山子凜冰霜之履，抱杞人之憂，託迹方外，佯狂傲世，字放於山顛水涯間，一以詼諧謾罵之辭，寓其牢愁悲憤之概，發為詩歌，不名一格，莫可端倪，其瑰博也，若商彝夏鼎，沉霾千載，一經暴露，光恠陸離，不可逼視；其清雋也，若味明水太羹，若嚼梅花飲冰雪，涼冽澈人肺腑；其幽靚也，若方春之花，磊落而逋峭，若秋嶽木落，山骨巉然，其音節之高簡也，若聆蕢桴土鼓弦管箏琶，頓絕凡響；其說理之平實也，若老農老圃坐話桑麻間事；其意境之寫遠而沈寥也，若朝遊丹嶽，莫栖蒼梧，咳唾九天，珠玉皆落；其滑稽也，若東方曼倩；其譎變也，若莊周，若列御寇，要其惟一之指歸，則欲使一世之人人蠲嗜欲，明慧業，不為塵世纏網所牽縛，迺能卓然有所成就。用心良苦，造意深微，彼賈島之逃禪，秘演之厭世，非其比也。予少歷險阻，中經患難，觀釋氏脫形累，達死生之旨，契然有合，深嘅夫世道陵夷，風會日變，雖學士大夫，往往汨沒心靈，馳騖榮利，蕩然而不知所返，極其弊害，遂隱中於國家，每思一大智慧人，雷音海潮，喚醒一世，迺久久不可必得，今得寒山子之粲花妙舌，苦口婆心，揆以今日社會趨向，未始非對證良藥，故屬之僚採，付諸剞劂，將以接迷津之寶筏，然暗世之明鐙，世之學人若僅沾沾於禪悅字句中，則又相即遠矣。昔六祖智能信口說菩提明鏡一偈，立證大乘，了無賸義；朱子宿金山寺，五更聞鐘聲，心中便把握不住，若寒山子詩菩提抄偈耶？金山晨鐘耶？願與海內具慧根人共參之。詩凡一卷，都三百八首，坿拾得詩四十八首，豐干詩二首，渜鄞吳宗元氏精校本，舊為曲園先生藏，刻既竣，疏其大恉如此。

宣統庚戌十月，雲陽程德全，跋於蘇州節署之思賢堂。

（清宣統庚戌（二年）蘇州程氏思賢堂重刊本卷末）

程德全〈重修寒山寺志碑記〉（節錄）

　　天下起衰振廢之心，砭愚訂頑之旨，與崇德報功之典，常相因也。而樺冠敝裘，遯世無悶，非遇聖人在位，末由闡其微，而大發其光。寒山子書壁之詩，傳於世者，千有餘年矣！當時國清僧眾，莫測端倪，即天台刺史，亦驚神異，知敬禮而已。……寒山子詩曰：「子期辨此音。」又曰：「楊修見幼婦，一覽便知妙。」寒山該一乘宗旨，作為山歌，以警世之頑愚，苟非天稟聰明，孰有能合中西儒釋而一以貫之者乎？。我世宗憲皇帝之序寒山詩也，曰：「真乃古佛，直心直語。」嗚呼！盡之矣。讀寒山之詩，知道法明於天下後世；讀世宗上諭，知治法行於天下後世，皆古佛直心直語也。今世政治家詈宗教，宗教家亦詈政治，不知廢政治，則宗教為無用矣；離宗教，則政治為無本矣。寒山子云：「報汝諸人各各努力。」夫政治宗教，雖各有異，而要其終始，總不出各各努力一言。嗚呼！時至今日，豈非臣下努力時哉？

（《寒山寺志》卷一）

陸鍾琦〈重修寒山寺記〉（節錄）

　　明姚少師舊記謂「額題寒山始於唐元和中」，此與閭邱太守所撰〈寒山子詩集傳〉（編按：應作〈寒山子詩集序〉）不合，然猶得以神仙解之。若韋應物刺蘇州，固在貞元初，去元和尚遠，何以先有〈夜宿寒山寺〉一律耶？

（《寒山寺志》卷一）

鄒福保〈重修寒山寺記〉（節錄）

　　釋氏無為故名，而無為之名，其得流傳於後世者，則有因緣在。寒山子特唐詩一枯僧耳，一瓶一缽，雲水生涯，故非求名者。乃因僧而有寺，因寺而有詩，因詩而奇人其地之名，遂歷千餘年而不朽，非佛家所謂因緣者邪？

（《行素齋詩集》）

（《寒山寺志》卷一）

寒山子詩一卷

唐釋寒山子撰

豐干拾得詩一卷

唐釋豐干、拾得撰

　　宋刊本，十一行十八字，白口，左右雙闌。刻工有徐忠、李春、章椿、陳亨、董源、施昌諸人。　首閭丘胤序，次寒山詩，次豐干禪師錄，次拾得錄，次拾得詩。

　　鈐有「毛晉私印」、「子晉」、「汲古主人」、「宋本」、「甲」諸印，又有「天祿琳琅」、「乾隆御覽之寶」、「五福五代堂寶」、「八徵耄年之寶」、「太上皇帝之寶」、「天祿繼鑑」諸璽。（原注：周叔弢藏書。甲子）

（傅增湘《藏園羣書經眼錄》卷十二）

寒山詩集一卷

唐釋寒山子撰

附豐干拾得詩

唐釋豐干、拾得撰

　　宋刊本，版匡高六寸八分，寬五寸，半葉八行，每行十四字，白口，左右雙闌，版心上記數字。　前有七古一首，半葉六行，每行十二字。後有「觀音比丘無我慧身敬書」（原注：二），蓋集中所缺補行刊入者也。　次閭丘胤序，半葉九行，每行十五字。　次朱晦菴與南老帖四葉。　次陸放翁與明老帖一葉有半，皆以行書手蹟摹刊。　書名大字占雙行，下分注「豐干拾得詩附」。　後有淳熙十六年歲次己酉孟春十有九日住山禹穴沙門志南撰天台山國清寺三隱記。　又屠維赤若奮（原注：己丑）陬月上澣、華山除饉男可明跋。

別附墨書跋語，末署苞字，錄後：

「桂屋老兄所弃宋板寒山詩一卷，卷首閭丘允序外有比邱慧身序、朱晦翁與南老帖、陸放翁與明老帖及志南、可明二跋。　二翁筆勢固佳，而辭意諄諄，有令字畫稍大便於觀覽之語。　陸所寄楚辭集中所載多九字，蓋未得帖之前已刻者耶？視二帖亦足以見古人于事物一一致意之概也。　余以萬曆間釋普文刻本及全唐詩讐照之，其篇數編次無有相同者。序中所云於竹木石壁書文句三百餘首纂集成卷，既已成卷矣，不知何緣動搖搖如此者。　又篇中有都來六百首，一例書巖石，則今存者僅其半耳。余把寒山反覆誦咏，可明所謂淵才雅思，且其詩篇必多是壯歲螢雪餘業矣。其辭采富腴贍縟，絕無寒乞相，似非其風狂子衝口而成篇書諸竹木者，不特其至理明性喃喃呵呵為警世頓祛之言而已。　留院累日，書此以質老兄。　丁巳之立秋節。　苞。」

全書四周紙幅俱裁去，改裝冊頁式。

按：是書余曾覯一宋刊本。　半葉十一行，每行十八字，字體方整，似南渡初刊本。　舊藏天祿琳琅，載入序目，今歸秋浦周君叔弢，因假得細勘，視此本溢出寒山詩四首、拾得詩五首，別改訂三百餘字。如「余見僧繇性希奇，巧妙間生梁朝時」，句下有：「道子飄然為殊特，云（編按：「云」為「二」之誤）公善繪手毫揮，逞畫圖真意氣異，龍行鬼走神巍巍」四句。　又「久住寒山凡幾秋，獨吟歌曲絕無憂」句下有：「蓬扉不掩常幽寂，泉誦甘漿長自流，石室地爐砂鼎沸，松黃柏茗乳香甌」四句。　又「我見世間人，堂堂好儀相」一首末多：「我法妙難思，天龍盡迴向」二句。　又「心神用盡為名利」一絕與「老病殘年百有餘」一絕本合為一首，此本分為兩絕。　且詩句下往往有小字夾注，或釋字音，或解字義，或訂正文句及序次異同至十一條之多，此本咸不載。　似天祿本勝於此本，審其刊工亦較前，竢更詳考以決之。（原注：日本帝室圖書寮藏書，己巳十一月十一日觀。）

（傅增湘《藏園羣書經眼錄》卷十二）

寒山子詩集一卷

唐釋寒山子撰

明萬曆二十七年台守計益輯刻本，八行十七字。　前有萬曆己卯王宗沐

序，細黑口，單闌。　卷後牌子如左：

「大聖愍眾心怵於淫殺業海，不能解脫，是以乘大願輪，垂蹟混塵，觸境題咏，含蓄至理，此其陰有遺付也。　凡具夙心者請勤覺悟云。　萬曆己亥冬，釋普文題於幻寄齋。」（原注：葉定侯藏書，甲戌四月見。）

（傅增湘《藏園羣書經眼錄》卷十二）

寒山子詩集不分卷

唐釋寒山子撰

廣州海幢寺重梓，八行十七字，似明末刊本，寫印甚精。　余君嘉錫見示。（原注：戊辰。）

（傅增湘《藏園羣書經眼錄》卷十二）

魏子雲朱筆校勘及手書題記

汲古閣毛晉本（原注：商務四部叢刊景印本）收錄寒山詩，校之日本慶福院所藏宋版（原注：上海有正書局景印），多錄五言詩十一首七詩一首。惟其中五言詩有兩首，與拾得詩□□□□句一類似，文則多有豐干錄與拾得錄兩錄（原注：篇），慶福院則多有陸游之明老帖與朱熹之南老貼（編按：「貼」為「帖」之誤）兩篇，以及可名之跋。本版本多甘爾翼之序言（編按：「序言」應作「跋語」）一篇。

中央圖書館藏明嘉靖年間刻本，另本為白口版亦明刻本，現藏故宮博物院，該版收詩之排列秩序與本版相同。本書維非據白口版翻刻，亦必曰一流傳版也。（原注：今已知乃萬曆間寫刻本）

錢濱泗（編按：「濱泗」應作「賓四」）先生在香港新亞書院季刊首期寫有讀寒山詩一文，提及有人夯山徑一詩，慶福院本未照放，為明老帖正刻，本版已正，汲古閣本亦未正。

民戊寅重抄卅八年前記

日本澁江全善森立之《經籍訪古志》

　　《寒山子詩集附豐干拾得詩》一卷，宋槧本，姬路河合元昇藏。卷首題「寒山詩集」，下記「豐干、拾得詩附」，每半板八行，行十四字，界長六寸七分，幅四寸九分，左右雙邊。「胤」、「貞」、「玄」等字欠末筆，字畫端楷，宋槧之佳者。首有觀因比丘無我慧身記一篇，閭丘胤序並讚。又有朱晦庵與南老帖，陸放翁與明老帖，皆從真蹟摹入。末有淳熙十六年沙門志南記及可明跋。卷首有「慶福院」印及「無範」印。

（日本（趏加水部）江全善道純森立之立夫合輯《經
籍訪古志》卷六，轉引自葉昌熾《寒山寺志》卷三）

《寒山子詩集管解》序

　　曰若稽古寒山、拾得及豐干三神人之勝躅也，自備於閭丘氏序與南公記矣。且歷考我書，或列通之科，或內散聖之類，文殊之變寒山，普賢之化拾得，無量壽佛之現豐干，人人莫不得而知焉。各各有詩，言志所之。若夫諸聖之所志者何也？寒山曰：「今日得佛身，急急如律令。」拾得曰：「依此學修行，大有可笑事。」奚翅使人多識於鳥獸草木之名而已哉。昔寶覺禪師嘗命太史山谷道人和寒山子詩，山谷諾之，及淹旬不得一辭。後見寶覺，因謂：「更讀書作詩十年，或可比陶淵明；若寒山子者，雖再世亦莫能及。」由是觀之，其詩律之妙，當默而識之，決非世間之拘墟於宮商、束教於平側者之所能髣髴也。余自蚤歲喜讀之，其間或一句，或一章，若有會意，則不勝欣然忘食矣。於是顧其為詩也，自群經諸史，至異書曲典，拾其英，擷其華，莫不以發之於置字造句之間也，況於我佛祖之遺編乎？譬如良匠締構室屋，大木為㭾，細木為桷，各得其宜，待用無遺也。彼詩之廣也若天，余見之小也似管，管之所見不亦小乎？雖曰至小，其間豈無不違天之小分者乎？是以若有得一義、得一事，則必箋之其下，如是日將月就，得十一於千百，分為七卷，名曰「管解」，藏之笥篋，以備遺忘矣。第恨獨學寡聞，兼之林下貧書，是故引事一一不能索其隱，解義句句不能鉤其玄，惡乎識無杜撰耶？惡乎識無燕說耶？曾聞曹山本寂禪詩注釋，謂之《對寒山子詩》，只願得其註釋，而朗然見義天之大全也，至其時，當廢余之《管解》，而覆醬瓿而已矣。

（日本古刊本《寒山子詩集管解》卷首，轉引自項楚《寒山詩注》）

《寒山詩闡提記聞》序

寬保辛酉秋，同參百餘員破衲子拗折杖子，親參鵠林闡提窟。窟中枯白而不能容稠眾，各走西東五六里之間，舊舍廢宅老院破廟借以為安居之處，屹屹而癡坐，其艱辛刻苦，見者皺眉，聞者淚浮。今歲十月望，各聚會闡提窟中參禮，參禮亦但有禮無參。師時從容而告曰：「勉旃諸子，莫以飢凍為患。夫學也者無美乎苦學焉，道也者莫尊乎貧道焉。古天台有寒山子，是即文殊法王子之應現，而果滿妙覺之調御師也。然偶出現於世，無放光動地之祥瑞，無紫磨金軀之莊嚴，唯是一箇蓬頭垢面菜色凍餒窮乞者而已。是唯富貴者蠹害你善心，枯淡者玉成你道情之謂也。其顛吟狂歌，今有寒山詩。」語未終，有一僧失笑曰：「甚哉師不精品藻也。我願得寒公貧戰一場去，恐佗戰鼓未轟，寸刀未交，彼必捨兵走乎，卸甲降乎，不出此二之間。我輩今入窮巷陋區，借破屋坐，藉枯薪臥，上漏下濕，東邊頹落，西邊傾側，晴星彩滿屋，雨無地移破蒲，冰雪亦必無心矣。人向到其不可住捨，今借其捨居，人若可居，人其捨諸，豈得入吾膝。偶向煙霞之村，欲擎瓢鉢，有乞兒酋長，右手握短木楯，左手逼塞行路，叫曰：『今歲蝗蟲入境，無當官租粒米。』所以家家恐諸乞如疫鬼，若強要供養我手中短木，張眼呵，高聲叫，其勢欲裂食。於此低頭過別村，村村皆然。終懸寒囊，帶夕陽，郎當歸破屋，縮項坐，空華亂飛，飢腸頻鳴。雖鳴，無可颺煙寸薪，無可投口粒米，舉頭望西東，不見噉餘菜滓，國清寺無授與竹筒拾得子。有孫吳才，兼良平能，無不飢死奇計。夫如侏儒鬪長，以矮為勝。今吾輩若擇師，佛亦不可，祖亦不可，特寒山足以為師。雖詩不會，禪不知，彼必為貧過師，為證據，伏冀評唱彼癲吟，以隼旦望茶，吾輩擬點心以忘飢凍而已。」越師慘然評唱，得聞未聞，眾心大悅可。有少解文字僧七八輩，憂難遭微言未離席悉忘失，隨師講演密筆記焉。講畢日，各會一處，互相校讎，解陳篇背飜裏面書之，終分得三帙，各欲傳寫以祕重焉。時有寒餒禪者，且沉思而言：「依諸君勤勞，未聞高論，永留下後世，定為林下遺寶乎？謂窟中美器乎？雖然，席上暫時口授，恐多暗記失，往往有捨金擔草底之漢子，不能賞高明之智鑑，徒泥文證字據，終惹刁刀之謗。願歷師電照一拂，而後以路分，不亦佳哉。」諸子低頭云：「公言然，公實善，是萬全一舉也，隨議于公矣。」別有高聲笑者曰：「不可也，不可也，必廢此盛事。」見來者飢凍上座者也，勃如而攢顙曰：「師一顧而命管成子訂正之，諸君各開懷歡喜矣。若一瞬而喚丙丁童斷送之，諸君必囓臍懊惱焉。與拂正烏焉之死灰，孰若多魚魯之微言留焉。」諸子受凍敏點，抑飢腸一笑。時有窮乏道者，是亦高蹈之士也，燕麥麩食，

披禾蓻坐，常如老鶴在雞群，矣窮照為懷，凜乎而柴立，而破衲如薜蘿垂，面如霜後菜，眼如巖下電，戛然而告曰：「悠悠哉諸子，西東英豪有後生大可畏者，各有梁棟才，帶神俊氣，彼盡忘飢寒坐，拋軀命，修佛法，大欲得人，寔寸陰寸壁日也。我筆敤足拭目，待彼打發來。若盡效諸子傳寫記誦，棄擲圍蒲，舐筆墨歟，恁麼去，到解制賞勞日，有蟲氣息底漢子亦不能得。彼亦人之子也，欲推青草窠裡乎？欲拽白魚隊裡乎？請且捲懷之。見奚氏之僧祕之，逢周氏僧慶之，見張氏之子附之，逢呂氏之子寄之。草稿若有所可取，龍天豈舍損之哉，他日必有人壽于梓。其實放小錢一箇箇，背手而探得把之。此日瞖擲橫撒，恣行大法施，豈不痛快哉。是則本根固而華果可湌者也，今又有何暇攀扶疏蔓葛廢道業者哉。」其苦諫如刺如縛如剝，似一鍋沸湯灑半酌水，堂中大冷，諸子收眸居、結手坐矣。

　　　　寬保第一辛酉歲仲冬下浣，闡提窟中困學寒士飢凍布衲炷香稽首題
　　　　　　（日本古刊本《寒山詩闡提記聞》卷首，轉引自項楚《寒山詩注》）

　　唐有三隱一歐，曰寒山、曰拾得、曰豐干，壽則虎也。飢偷食國清，飽睡雲天台，而同其睡，異其夢者，何哉？蓋瞻語不同也。大鼎老人和他四睡，更添一夢，題曰《三隱詩集索頤》，引証詳備，其功勞矣。老人一日就余請序引，余不敢辭，亦唯不□原古人之夢，要且使天下人去夢之所在耳。

　　　　　　　　　　文化甲戌六月，不顧庵主□拙周樗
　　　　　　（日本古刊本《寒山詩索頤》卷首，轉引自項楚《寒山詩注》）

序

　　恭惟等明二覺，垂化世間，慈善根力法爾。處相應，時相應，行相應，說法相應。斯集也者，二覺三尊之說法也。是以諸佛內證之秘頤，四眾修觀之玄樞，莫不備焉，時眾病良藥，長夜炬燈也。雖然，隨宜說法，意趣難解，或眼高見不至黃金，或膚受不識骨肉，時濁人劣，久處暗而不知暗，（右犬左申）病而不知病。誠病而不知病，暗而不知暗，則安有意於求燈藥乎？苟無意於求之，即雖無償寶珠，盲者於文章，聾者於音樂，亦何異乎？余僻此集尚不問，而語諸道路，路人不顧。欲告之以迷者知迷，病者知病，喻之打靜以聲，寡聲不敢眾聲。其不勝矣，莫如不告，而欲強告之，又一病也，苦切、苦切！遂瞻言曰同病救救。于時文化十二乙亥暮秋吉備僧惠然序。

　　　　　　（日本古刊本《寒山詩索頤》卷首，轉引自項楚《寒山詩注》）

讀　例

　　一熟以三隱士一代行狀，除「咄哉咄哉，三界輪迴」，言其餘云。為凡情絕域，唯所遺詩，契理契機，濟世醫王，末代大師，垂迹大旨，專在詩中。然書不盡言，言不盡意，而況詩句意在言外乎？況於聖人善巧深旨乎？非審究深味之，難矣見大人也。

　　一問：凡說法教誡，必應萬機，故佛依蘇曼陀聲以說法弘教，聖賢亦俗文傳之。大士誠欲普度眾生，何故不以諦實之語，而用浮華豔辭為耶？曰：順俗故特為豔麗之辭。唐朝盛名之士，莫不詩人，故時人不言詩，則以為愚也，以為愚則不用。是以順世之所好，裁錦婉曲。唐三百年絕妙佳句，少陵捲舌，山谷杜口者，無礙巧說誘世方便也。方便難解大智，則言外識趣。

　　一詩中多用比體，且如閨怨詩，若不知所比，與婦女癡情復何異？故隨句悉指之，引經證之。問：苟順俗，胡用比體，使人苦於難解？曰：此亦詩一體也，知者則知，般若非文字，文字顯般若。黃絹幼婦，解者少矣，解者知絕妙。寒山子云：我詩比曹娥。若嫌難解，安至絕妙？若嫌文字，爭顯般若？

　　一篇中大凡借用時俗所喜、詩家所用之辭，以彰無言之道。若假仙境，顯不生滅，假隱逸幽邃，明無漏聖境是也。今詳所顯，而略能顯。

　　一調高句美，文穩易解，而意味深長者，天台寒山之光景也。就其淵索之，若穿然，一任罪我。

　　一詩中有釋經論之意者，牒舉兩三字本文，以發明出世本懷，如是之類，不猒繁其引其文。或有不牒經文，與經一致者，是所謂所說法門符合經旨者也，亦引文消之，非涉多端。

　　一詩曰：「都來六百首，一例書巖石」，由之觀此似六百首末後，一時書以遺之，然則必有前後次第。今所傳者，既失其半，然猶序、正、流通之三全備焉，示、勸、證之三亦含其中，故集中有二章、三章同一意者，而先後貫通，亦承其意疏之。

　　一大都非主曲調，非取佳句，假世間常語，而示出世近要，貶有為幻化，勸無為常住，語則淺近，大悲深重，自非審察，天門不啟。寒山子自云：「我詩合典雅」，又曰：「若能會我詩，真是如來母」，大聖有妄語乎？若能熟讀，則所謂於一言音中具一切妙音，一一妙音中具最勝音，轉三世諸佛清淨妙法輪之趣溢於言外。余作之解，所冀讀者為索佛海之深，唯疏字義耳。至其奧，則香象負擔，非驢所勝。如《華嚴》云：「假使有人以大海量墨，須彌聚筆，寫於此普眼法門，一品中一門，一門中一法，一法中一義，一義中一

句，不得少分，何況能盡？」

（日本古刊本《寒山詩索賾》卷首，轉引自項楚《寒山詩注》）

刻宋本《寒山詩集》序

　　蘇峯先生，既刻我《古文舊書考》，又將表章遺經，詢目於予。予謂之曰：「將以表章經本，則如《古文尚書詁訓傳》、《大唐書儀》及《道藏》中諸書，皆卓卓可傳者，惟其卷帙浩瀚，未易鋟梓耳。震發舊本之異同，參辨佚存古逸之妄改，是亦一道。然已有我《群書點勘》在，如《玉燭寶典》卷第九，亦收在其中矣。無已，則有一於斯。予昔奉青山相公命，徧校內府之書，舊鈔舊刻皆有校本，佚篇則有傳錄，而其新收本中所儲寒山一集，獨尠卷帙，又夥異同。而世所傳永和本薩天錫雜詩，是明清所佚，薈之梓之，以永其傳，其可乎？」於是出其校本，并為之序曰：寒山沒千有二百餘年，遺集寥寥希傳。雖以南北釋藏之博，猶未採輯之，而高麗藏亦未收，其見於《讀書敏求記》者，殆幾乎斷種。清《四庫總目》所著錄，則不過明新安吳明春刻本，而黃蕘圃所獲精鈔本及外洋刻者，亦今不知其已歸于何人之手。雖元有高麗刻本，明有閩刻，而近時亦有金陵刻本，實多訛誤，而宋本竟無一存者，蓋非必其書之未足傳後也。清淡冲朕，唐人所不好，而宋元兩代，又視之蔑如，不肯數動棗梓，何怪乎其日就埋滅也。則及今為之表章，亦吾儕之責也。顧僧詩之流傳于今者，唐有皎然、齊己，宋有九僧，（原注：劍南希晝、金華保暹、南越文兆、天台行肇、沃州簡長、青城惟鳳、江東宇昭、峨眉懷古、淮南惠崇九人）契嵩、道顯、道潛、惠洪、居簡、無文，而其《吳興晝上人集》、《白蓮集》、《九僧詩》、《鐔津文集》、《雪竇祖英集》、《參寥子集》、《石門文字禪》、《北磵集》、《無文印》諸集，今皆存宋元本與舊刊覆宋本。而寒山之詩，機趣橫溢，韻度自高，在皎然上、道顯下，是木鐸者所潛心。其失傳為尤可歎，書為姬路河合元昇暢春堂舊收，刻搨精妙，字大如錢，紙質緊薄，光潤似玉，墨色奕奕，撲人眉宇，足與祕府《王文成集》、《誠齋集》相頡頏。胤、恒、貞、殷、朗，避宋諱，缺末筆。左右雙邊，半番界長六寸八分五釐，幅四寸五分，八行，十四字，魚尾上方記字數，大名則併二行大書，下分書「豐干拾得詩附」六字。蓋宋室南渡以降，卷尾記字之體壞亂無存，於是有算一番所有大小字數，楷文記之於縫心者，如「大幾字、小幾字」即是也。至宋季，多易楷以行草，而其字數則視猶弁髦，故宋元陋版，其所記字數多不相符者，此古今之升降也。首有寒山序詩，六行，行十二字。末云：「襄閱東皐寺《寒山集》，缺此一篇。適獲聖制古文，命工刊梓，以全其璧。觀音比丘無我慧

身敬書。」次閭丘胤序，九行，行十五字。次晦翁與南老帖，並從真跡刻入。卷尾有淳熙己酉沙門志南〈三隱集記〉，又有紹定己丑可明跋，捺「慶福院」、「無範」、「埴村書屋」、「霞亭珍藏」、「暢春堂圖書記」五印。寒山詩云「五言五百篇，七字七十九。三字二十一，都來六百首。一例書巖石」，今檢是本，寒山詩三百四首，而次之以豐干詩二首，及拾得詩四十八首，不符於六百之數。然閱閭丘胤序，其屬道翹所撰次者，已不過三百餘首，云：「唯於竹木石壁書詩，并村墅人家廳壁上所書文句三百餘首，及拾得於土地堂壁上書言偈，并纂集成卷」，蓋其書竹木石壁，故多遺佚歟？抑三僧蹤蹟極怪，莫得而考證也。其詩，《唐書・藝文志》七卷，徐靈府所序本則分為三卷，又別稱《三隱集》，見於志南〈記〉。宋時國清南老一刻於淳熙己酉，南老即與朱子友善，晦翁文集中引其「沾衣欲濕杏花雨，吹面不寒楊柳風」二句，以為清麗有餘，絕無蔬筍氣者。朱子使之稍大於字畫，便於觀覽。然其所刻，竄改易置最多。東皋無隱再刻於紹定己丑，而是篇則觀音比丘無我慧身所補刻，又在東皋寺本之後。又有寶祐乙卯行果就江東漕司本所重鐫者，至茲始分七言於五言之外，又以拾得加於豐干上。元時有高麗覆宋本，蓋據東皋寺本所改行上梓，卷尾題云：「嘉議大夫耽羅軍民萬戶府達魯化赤高麗匡靖大夫都簽議評理上護軍朴景亮刊行」。紙質黃紉，宛似元本，而據其裝成梵夾，又似麗藏，嘗抵川越，見喜多院高麗藏，卷尾結銜正與此相符，而彼別有「皇慶三年二月日」一行，然徧檢全帙，不收此集，乃知其非出於麗藏，蓋當時景亮為之鋟梓，而未及編入者矣。明則有吳明春刻本，清《四庫總目》載之，未見。又有閩建陽書坊慎獨齋刻本，即係於正德丙子刻本，次序與寶祐本同，而版貌緊縮，字字皴皺，若使其無正德木記，妄人則必以為元刻矣。不獨止慎獨齋本，大抵閩刻之書皆然，即如《史記》、《漢書》、《四書集注》、《山堂考索》、《事文類據》、《韻府群玉》、《翰墨大全》、《事林廣記》、《大學衍義》、《黃氏日鈔》、纂圖互注莊、列、荀三子，《萬寶事山》，猾賈之所奇貨以贗元刻，而妄人之不能辨元與閩，常受其欺者也。攷宋時有監本，有坊本。監本即國子監校定狀奏、得允准乃印造呈進，然後得頒行，故監本或有載奏狀進啟，及敕牒准詔等文，具列校官銜名，及有司銜名，刻工書手名氏，對勘斟訛，故《宋史・趙安仁傳》云：「國子監刊《五經正義》板，以安仁善楷隸，遂奏留書之。」端拱監版即安仁書也，而正與師藏單疏本《毛詩》銜名符。坊本即徒為射利計，非欲以傳後也。宋初印書蜀為最，汴末蜀刻微衰，而杭為上，蜀次之，閩本最下。杭本蜀本皆大字闊版，戕刻亦不甚減監本，但不精加讐校。方是時，刻書之盛，莫最于閩建陽之麻沙、崇文二坊，及陳解元書棚。凡書入刻，三坊必先，故其書旁行于天下，而其最爛惡亦莫過於

《新唐書》卷 59《對寒山子詩七卷》

　　天台隱士，台州刺史閭丘胤序，僧道翹集。寒山子隱唐興縣寒山巖，於國清寺與隱者拾得往還。

（文淵閣本《四庫全書》）

《宋史》卷二百八僧道翹《寒山拾得詩一卷》

（文淵閣本《四庫全書》）

《通志》卷六七《寒山子詩七卷》

（文淵閣本《四庫全書》）

《浙江通志》

　　《寒山子詩七卷》《唐書‧藝文志》僧道翹集。按《宋史‧藝文志》作寒山拾得詩。

（文淵閣本《四庫全書》史部，都會郡縣之屬。）

《崇文總目》卷十

　　寒山子詩七卷

（文淵閣本《四庫全書》史部目錄類，經籍之屬。）

《遂初堂書目》釋家類

　　寒山詩

（文淵閣本《四庫全書》史部目錄類，經籍之屬。）

《文淵閣書目》卷四

　　寒山詩一部一冊

（文淵閣本《四庫全書》史部目錄類，經籍之屬。）

《秘殿珠林》卷二十三

　　寒山拾得詩一部

（文淵閣本《四庫全書》子部，藝術類，書畫之屬。）

《千頃堂書目》卷二四

　　張守約和寒山詩一卷，號梅村，秀水人。

（文淵閣本《四庫全書》史部目錄類，經籍之屬。）

《千頃堂書目》卷一六

宋・懷清擬寒山詩一卷

（文淵閣本《四庫全書》史部目錄類，經籍之屬。）

《唐音癸籤》卷三十

寒山子詩七卷

（文淵閣本《四庫全書》集部，詩文評類。）

《浙江通志》卷二百五十

和寒山詩一卷

檇李詩繫張守約著號梅村秀水人。

（文淵閣本《四庫全書》史部，都會郡縣之屬。）

（編按：此條誤。檇李詩繫作者為沈季友，有「和
寒山詩三首」；張守約著有「擬寒山詩一卷」。）

二、寒山詩之綜述資料

余嘉錫《四庫提要辯證》

〈寒山子詩集二卷附豐干拾得詩一卷〉

案寒山子，貞觀中天台廣興縣僧，居於寒巖，時還往國清寺；豐干、拾得，則皆國清寺僧也。世傳台州刺史閭丘允（原注：本胤字，《提要》避諱改允。）遇三僧事，蹤蹟甚怪，蓋莫得而考證也。其詩相傳即允令寺僧道翹尋寒山平日於竹木石壁上及人家廳壁所書，得三百餘首，又取拾得土地堂壁上所書偈言，並纂集成卷，豐干詩則僅存房中壁上詩二首。允自為之序。宋時又名《三隱集》，見淳熙十六年沙門道南所作記中。

嘉錫案：閭丘胤〈寒山子詩集序〉（原注：見本集卷首）云：「詳夫寒山子者，不知何許人也。隱居天台唐興縣西七十里，號為寒巖，每於茲地，時還國清寺。」又云：「胤至任台州，乃令勘唐興縣有寒山、拾得，是否。時縣中當縣界西七十里內有一巖，巖中古老見有貧士頻往國清寺。」《提要》本之立言而作廣興縣，蓋其所據刻本誤「唐」為「廣」耳。（原注：閣本《提要》亦誤作「廣興」）序中自言受任丹丘，（原注：即天台。）臨行前，遇豐干為治頭痛，令見寒山、拾得。及至台州，拜二人於國清寺，二人急走出寺，寒山入穴，其穴自合，拾得亦跡沈無所，而不言事在何時。《提要》以為貞觀中者，據宋沙門志南（原注：《提要》作道南，亦誤）所作之〈三隱集記〉也。（原注：記作「正觀」，避宋諱改。）考之陳耆卿《嘉定赤城志》卷八秩官表，貞觀十六年至二十年，台州刺史正是閭丘胤，與志南所云正觀初者合。耆卿此表，係據咸平間知州事曾會所作壁記（原注：見小序。）《赤城集》（原注：林表民編）卷二載其文（原注：目錄誤作曾教授）云：「唐武德二年，改海州為台州。及今皇宋，混一區宇，凡一百二十六政，總三百六十一年，歷記存焉。」則會又本之於舊記，歷任相傳，最為可信。元釋覺岸《釋氏稽古略》卷三列其事於貞觀十七年，近之矣。然考《元和郡縣志》卷二十六云：「三國時，吳分章安置南始平縣。晉武帝以雍州有始平，改為始豐。肅宗上元二年，改為唐興。」（原注：唐之高宗及肅宗，皆有上元年號。此肅宗之上元，《新唐書》卷四十一〈地理志〉，以為高宗上元二年更名，誤也。）徐靈府《天台山記》云：「州取山名曰台州，縣隸唐興，即古始豐縣也。肅宗上元二年，改為唐興縣。」是則貞觀之時，台州只有始豐縣，安得遽呼為唐興乎？即此一事觀之，此序之為後人依託，必

不出於閭丘胤之手，固已甚明。及讀其詩，有曰：「自聞梁朝日，四依諸賢士。寶誌萬迴師，四仙傳大士。顯揚一代教，作持如來使。」案《宋高僧傳》卷十八〈釋萬迴傳〉，所敘之事皆在武后、中宗朝。《太平廣記》卷九十二〈萬迴〉條，引《兩京記》云：「太平公主為造宅於己宅之右，景雲中卒於此宅。」寒山果為貞觀時人，安得以萬迴與古之寶誌、傳大士並稱乎？又有七言一首云：「余見僧繇性希奇，巧妙間生梁朝時。道子飄然為殊特，二公善繪手毫揮。」吳道子為玄宗開元時人，《歷代名畫記》卷九紀之甚詳。寒山既於貞觀中自瘞山穴死，安知天下有吳道子者哉！然則寒山子雖實有其人，亦必不生於唐初，可斷言也。釋贊寧《宋高僧傳》卷十九，有〈封干傳〉，後附木潚師、寒山、拾得三人，其傳曰：「釋封干師者，本居天台國清寺也。剪髮齊眉，布裘擁質，身量可七尺餘。人或借問，止對曰隨時而已，更無他語。樂獨舂穀，役同城旦，應副齋炊。嘗乘虎直入松門，口唱〈唱道歌〉。時眾方皆崇重。及終後，於先天年中，在京兆行化，非恆人之常調。士庶見之，無不傾禮。以其躡萬迴師之後，微亦相類，風狂之相過，言則多中。」以上所敘封干事蹟，除舂穀唱歌外，皆不見於閭丘胤序中，其後接敘寒山、拾得及胤事，則又盡與序合。（原注：惟篇末有干入五臺逢老翁事，凡三十許字，不見於序。）其木潚附傳曰：「次有木潚師者，多游京邑市廛間，亦類封干。封、豐二字，出沒不同，韋述史官（原注：原作吏官，恐誤。）作封疆之封，閭丘序三賢，作豐稔之豐，未知孰是。」由此觀之，贊寧所敘封干形態，及先天中行化之事，蓋采自韋述所撰之《兩京新記》，《太平廣記》所敘之萬迴師事，即采自此書，可以為證。否則所撰之《唐書》也，述一代良史，記所親見，足稱實錄，然則封干非貞觀時人也。贊寧之敘寒拾，則純取之閭丘之序。寧博學有史才，故雖左右采獲，然實深信韋述之書，不甚信偽序。其寒山子附傳，言寒巖所在為天台始豐縣西七十里，則已覺閭丘序中之唐興縣不合於史，逕行改正矣。傳後系曰：（原注：系即史之論贊）「按封干先天中遊邀京室，知閭丘、寒山、拾得，俱睿宗朝人也。奈何宣師《高僧傳》中，閭丘，武臣也，是唐初人，閭丘序記三人，不言年代，使人悶焉，復賜緋，乃文資也。（原注：序首署銜朝議大夫、使持節、台州諸軍州守刺史、上柱國、賜緋魚袋閭丘胤撰。按唐時文武官皆可賜緋，贊寧以為文資，未確。）夫如是，乃有二同姓名閭丘也。又大溈祐公於憲宗朝遇寒山子，指示泐潭，仍逢拾得於國清，知三人是唐季葉時猶存。夫封干也，天台沒而京兆出，寒、拾也，先天在而元和逢，為年壽彌長耶？為隱顯不恆也？」觀贊寧之言，其於閭丘胤遇三賢之事，固已疑其時代不合矣。依言檢尋釋道宣《續高僧傳》卷二十五〈釋智巖傳〉，果有閭丘胤姓名，其略曰：「釋智巖，姓華氏，弱冠智勇過人。大業季年，大將

軍、黃國公張鎮州（原注：《舊唐書》卷六十七〈李靖傳〉云：「十六年，輔公祏於丹陽反，詔孝恭爲元帥、靖爲副以討之，李勣、任王襄、張鎮州、黃君漢等七總管並受節度。」）奏策爲虎賁中郎將。武德四年，從鎮州南定淮海，（原注：案武德四年，降臧君相，平李子通，皆在淮海之間，史不載張鎮州事，略之耳。）時年四十，遂入舒州皖公山，從寶月禪師披緇入道。昔同軍戎，有睦州刺史嚴撰、衢州刺史張綽、麗州刺史閭丘胤、威州刺史李詢，聞嚴出家，在山修道，乃尋之，謂嚴曰：「郎將癲邪，何爲住此？」答曰：「我癲欲醒，君癲正發。」考《元和郡縣志》卷二十六婺州條云：「武德四年，討平李子通，置婺州。」又永康縣條云：「武德四年，于縣置麗州；八年廢州，縣屬婺州。」胤蓋從張鎮州與於討李子通之役，賊平，朝廷賞功，故析置麗州，以胤爲刺史。至八年州廢，胤亦必改官，及貞觀十六年，復出刺台州，前後相距纔二十年，其爲一人無疑。贊寧以爲有二閭丘，非也。胤序自言臨途之日遇豐干，其事當即在貞觀十六年。又云：「到任後至豐干禪師院，開房唯見虎跡，乃問僧：禪師在日，有何行業？」既問其在日，是其人已死矣。死而能爲人治病，已屬不經；韋述言其先天中在京兆行化，則又距其見胤之時已六十年，尤爲怪誕。贊寧亦疑序言之不實，而不肯誦言其僞，乃以隱顯不恒巧爲迴護，未可謂僧之「董狐」；然談言微中，能示人以可疑，其識見亦不可及矣。至於大溈祐公之遇寒、拾，亦見《宋高僧傳》卷十一，略云：「釋靈祐，俗姓趙。冠年剃髮，三年具戒。及入天台，遇寒山子於途中，乃謂祐曰：「千山萬水，遇潭即止。獲無價寶，賑卹諸子。」祐旋造國清寺，遇異人拾得，申繫前意，信若合符。遂詣泐潭謁大智師，頓了祖意。元和末，隨緣長沙，因過大溈山，遂欲棲止，群信共起梵宇。以大中癸酉歲（原注：大中七年）正月歸滅，享年八十三，僧臘五十九。」贊寧因閭丘之序三賢不言年代，據韋述言封干以先天中行化京兆，故以三人爲睿宗朝人，又因靈祐嘗遇寒、拾，而以元和末至大溈山，故謂之先天在而元和逢。余考《傳燈錄》卷九云：「靈祐年十五辭親出家，二十三遊江西，參百丈大智禪師。」（原注：《宋高僧傳》言祐冠年剃髮，三年具戒，又言享年八十三，僧臘五十九，則其參師受戒時正二十三歲。）以其卒年推之，蓋生於代宗大曆六年，下數至德宗貞元九年，年二十有三。其遇寒、拾，參百丈，當皆在此年。贊寧以爲憲宗元和間事，亦非也。由先天元年下距貞元九年，凡八十二年。寒山有詩曰：「慣居幽隱處，乍向國清中，時訪豐干老，仍來看拾翁。」則三人之相識，皆在國清寺。其詩又曰：「出世三十年，嘗遊千萬里，今日歸寒山，枕流兼洗耳。」是其人三十歲後始隱於寒山，而其與豐干相識，必在豐干未離天台之前。其詩又曰：「昔日經行處，今復七十年。余今頭已白，猶守片雲山。」則其居寒山甚久。以此推之，當其遇靈祐時蓋

已百餘歲矣。釋道二氏，類多長年，寒山春秋雖高，尚未過上壽百二十之數，固亦事理所有。贊寧疑其年數彌長，未為通論，但如信偽序之說，以為閭丘胤真與寒、拾同時，則自貞觀十六年起算，至貞元九年，已一百五十二年，再益以寒山子未入天台之前三十年，合計將近二百歲，必不可得之數也。蓋閭丘胤及豐干禪師，雖實有其人，然閭丘生際隋、唐之際，與先天間之封干本無交涉，至於貞元以後之寒、拾，尤不相干。寒、拾生平，亦無可考，第其偈頌傳誦一時。唐末僧徒，樂於傅會，以二人皆居天台，而閭丘為本朝名宦，假借此人，易於取信，遂依託姓名，偽為一序，杜撰事蹟，以惑後人。贊寧考證，雖未盡精確，而語必有徵，尚不失為信史，俗僧惡其戇實，多不從之。《宋高僧傳》表上於端拱元年十月，（原注：見本書卷首）楊億等所刊定之釋道原《景德傳燈錄》上於祥符二年正月，（原注：見《續通鑑長編》卷七十一及《玉海》卷五十八）相去已二十年，道原、楊億等宜無不見之理，故其卷二十七敍寒山子事，稱寒巖在始豐縣西七十里，不作唐興縣，明係採用《宋高僧傳》之文。然其餘仍沿襲偽序，惟益以與豐干問答之語，而於贊寧所考閭丘胤為唐初武臣，豐干於先天中遊遨京室之說，概行刪除，不留一字，可謂習非勝是，牢不可破者矣。宋末釋普濟作《五燈會元》，其卷六敍豐干、寒、拾，刊去見閭丘胤諸奇怪事，而云：「趙州遊天台，路次逢寒山，山指牛跡問州識否。」趙州者，唐趙州東院僧從諗也。《宋高僧傳》卷十一有傳，不言何時人，惟有真定帥王氏阻兵之語，知在唐末。《傳燈錄》卷十云：「從諗，唐乾寧四年十一月二十日，右脅而寂，壽一百二十。」則當生於代宗大曆十一年，雖不知以何年逢寒山，然時代尚約略相當，或實有其事，亦未可知。其不敍閭丘胤事，則其書之體例本自紀言而不紀事，非真能毅然不信也。元僧念常《佛祖通載》卷二十敍豐干事，乃謂貞元末閭丘胤出守台州，殆因贊寧有兩閭丘之疑，遂奮筆改貞觀為貞元以實其說，不知寒、拾雖貞元時尚存，而胤實以貞觀間剌台州，安得隨意移下百餘年耶？以此知贊寧著書，雖不免張皇彼教，而能實事求是，不肯杜撰以欺世，如念常之比，所言靈祐之遇寒、拾，其必有所據矣。若夫閭丘胤之事，荒謬無徵，等於盲詞小說，贊寧雖未嘗質言其偽，然觀其寒山子傳後之語，已不啻明白指出。《提要》於贊寧之書，略不一考，故雖疑閭丘胤遇三僧事為甚怪，第以為莫得而考，不知其為偽作也。

　　《唐書》藝文志載《寒山子詩》入釋家類，作七卷，今本併為一卷，以拾得、豐干詩別為一卷附之，則明新安吳明春所校刻也。

　　案：《唐書》藝文志無釋家類，但以釋氏之書附之道家耳。中有《對寒山子》七
　　卷，注云：「天台隱士。台州剌史閭丘胤序，僧道翹集。寒山子隱唐興縣寒

山巖，於國清寺與隱者拾得往還。」至其何以名《對寒山子》，則未之言。《提要》不解其意，遂逕刪去「對」字，非也。豈不聞鶴脛雖長、斷之則悲乎？《宋高僧傳》卷十三〈梁撫州曹山本寂傳〉云：「注《對寒山子詩》，流行寓內，蓋以寂素舉業之優也。文辭遒麗，號富有法才焉。」又卷十九〈寒山子傳〉云：「乃令道翹尋其遺物，（原注：謂閭丘胤令道翹尋之。）唯於林間綴葉書詞頌，並村墅人家屋壁所抄錄，得二百餘首。（原注：偽閭丘胤序及《傳燈錄》並作三百餘首。）今編成一集，人多諷誦。後曹山寂禪師注解，謂之《對寒山子詩》。」然則《對寒山子詩》者，本寂注解之名也。寂蓋以其頗含玄理，懼人不解，遂敷衍其義，與原詩相應答，如〈天問〉之有〈天對〉，故謂之對。《新志》置之不言，又不出本寂之名，殊為疏略。《崇文總目》釋書類有《寒山子詩》七卷，當即本寂注解之本，故卷數相同。（原注：金錫鬯《輯釋》謂《唐志》作釋智昇《對寒山子詩》，蓋因《唐志》上文有智昇所撰三書而誤。）其書名亦誤去「對」字。（原注：此其誤雖在《提要》之前，然《提要》乃刪改《唐志》，尤為大誤。）《遂初堂書目》釋書類有《寒山子詩》，不著卷數，不知為何本。然《宋志》別集內有僧道翹《寒山拾得詩》一卷，則故明明為無注之本，故其書只一卷，與《唐志》不同。蓋本寂之注，至宋已亡，獨其原詩尚存耳。繆荃孫《藝風堂文續集》卷六〈寒山詩集一卷跋〉云：「《寒山詩集》，豐干、拾得詩附，影宋寫本，前有閭丘胤序，後有淳熙十六年歲次己酉沙門志南記，又有屠維赤奮若可明跋，附朱晦翁〈與南老帖〉，陸放翁〈與明老帖〉。志南即南老，可明即明公，朱子與放翁所往還者。而前又有寒山序詩，觀音比丘無我慧身所補刻。是此書宋時一刻於淳熙己酉，曰國清本；再刻於紹定己丑，曰東皋寺本；此則三刻，又在東皋寺本之後；然不分七言於五言之外，不以拾得加於豐干之上，（原注：案分七言五言云云，蓋指明刻本。）仍其舊第；字大如錢，清勁悅目，玄胤恒貞殷朗闕末筆，亦可謂最善之本矣。」今《四部叢刊》第一次所影印，號為高麗本，（原注：不知是否高麗所刻。）無可明跋及朱子帖，其原書遞為黃丕烈、瞿鏞所藏，（原注：見〈士禮居藏書題跋記〉卷五及《鐵琴銅劍樓藏書目錄》卷十五。）雖於寒山詩及豐干、拾得詩自為起訖，似是兩卷，然其葉數自第一至七十三前後相連，仍只一卷。其寒山詩後有小字一行云：「杭州錢塘門裡車橋南大街郭宅紙鋪印行。」（原注：紙字印本不明，據瞿氏書目補。）案《咸淳臨安志》卷二十一橋道門，西河有車橋，在國子監後，《夢梁錄》卷七同，是其源亦出於宋本。由是觀之，此書唐人之所輯，（原注：託名釋道翹，實無其人。）宋人之所刻，皆祇一卷。《唐志》作七卷者，蓋本寂作注時之所分也。《提要》既不考《宋高僧傳》及《宋史》〈藝文志〉，又未見宋刻，遂以一卷之本為明人之所合併，其誤甚矣。（原注：《叢

刊》第二次影印，係用《天祿琳瑯後編》所載宋本《寒山詩》至三百十三首，蓋最足
之本，然亦只一卷。）

又案：《太平廣記》引《仙傳拾遺》曰：「寒山子者，不知其名氏。大曆中隱居天
　　台翠屏山，其山深邃，當暑有雪，亦名寒巖，因自號寒山子。好為詩，每
　　得一篇一句，輒題於樹間石上，有好事者隨制錄之，凡三百餘首，多述山
　　林幽隱之興，或譏諷時態，能警勵流俗。桐栢徵君徐靈府序而集之，分為
　　三卷，行於人間。」云云。則寒山子又為唐末仙人，與閭邱允事又異，無
　　從深考，姑就文論文可矣。

案：《提要》所引，見《太平廣記》卷五十五。《仙傳拾遺》為前蜀道士杜光庭所
　　著，《宋史》〈藝文志〉神仙類著於錄。光庭既云「桐栢徵君徐靈府序而集之」，
　　則其所敘寒山事蹟，必即採自靈府之序。靈府有《天台山記》，篇末自云：「靈
　　府以元和十年自衡嶽移居台嶺，定室方瀛，至寶曆初歲，已逾再閏，聊採經
　　誥，以述斯記。」記中敘國清寺甚詳，而無寒山子事。蓋靈府於元和中移居
　　天台，已不及識寒山，其後始聞其名，又得其詩，乃為之序而集之。序稱寒
　　山子以大曆中隱居天台，光庭又終言之曰「十餘年忽不復見」。（原注：此句即
　　在行於人間之下，《提要》未引。）從大曆中下數十餘年，正當貞元間，與吾所
　　考靈祐以貞元九年遇寒、拾者，適相吻合。祐遇寒山於天台途中，又遇拾得
　　於國清寺，蓋寒山即以此時出天台，遂不復見。而拾得仍居國清。偽序言寒
　　山入穴不出，拾得沈跡無所者，誣妄之言也。寒山自言守雲山七十年，（原注：
　　見前。）則其居天台久矣，不只大曆中，靈府第據所聞言之耳。《嘉定赤城志》
　　謂靈府居天台雲蓋峰，目為方瀛；會昌初，頻詔不起；大中、咸通中，與道
　　士葉藏質重修天台桐栢崇道觀；（原注：詳見道家類《文子纘義》條下。）故《仙
　　傳拾遺》稱之為桐栢徵君。宋張唐英《蜀檮杌》卷上云：「乾德三年（原注：
　　即梁末帝龍德元年。）八月，行以杜光庭為傳真天師、崇真館大學士。光庭字
　　賓聖，京兆杜陵人。應百篇舉不中，入天台為道士。卒於蜀，年八十五。」
　　不言卒於何時。《皕宋樓藏書志》卷七十一著錄舊抄本《廣成集》，有無名氏
　　序云：「杜光庭一日謂門人曰：『吾恐不久於世。』時後唐莊宗長興四年，（原
　　注：「莊宗」當作「明宗」。）年八十四，趺坐而化。」與《蜀檮杌》略有不同。
　　由長興四年上推八十四年，唐宣宗之大中四年也。至懿宗咸通間，徐靈府尚
　　存，光庭年已十餘歲，其入天台修道，去靈府時不遠，靈府所序之《寒山子
　　集》，光庭自得見之。其書既行於人間，則傳世者非一本，光庭之言，絕非
　　意造，較之閭邱偽序，可信多矣。惟其後又言咸通十二年道士李褐見寒山子
　　事，此非靈府序中所有，近於荒誕，不可盡信耳。釋氏之徒，以寒山與豐干、
　　拾得並稱三隱，牽引入於彼教。然寒山雖出家，（原注：其詩有云：「自從出家

後，漸得養生趣。」）往還於國清寺而不住僧寮，不受常住供養，為僧為道不可知，試就其詩以求之，宣揚佛教、侈陳報應者，固指不勝屈，而道家之言，亦復數見不鮮，如云：「家住綠巖下，庭蕪更不芟。仙書一兩卷，樹下讀喃喃。」又云：「欲得安身處，寒山可長保。下有斑白人，喃喃讀黃老。」又云：「有一餐霞子，其居諱俗遊。論時實蕭爽，在夏亦如秋。」又云：「寒山有躶蟲，身白而頭黑。手把兩卷書，一道將一德。」又云：「鍊藥空求仙，讀書兼詠史。今日歸寒山，枕流兼洗耳。」此皆自敘之詞，而其言如此，蓋其人實為黃老神仙之學者。自晉宋以來，道家者流固嘗有取於釋氏，如朱子所譏道書中地獄託生之說，皆是竊佛教中至鄙至陋而為之者。（原注：見《語類》卷百二十六。）寒山子之融匯二氏，好說輪迴因果，不足異矣。其詩又曰：「驅馬度荒城，荒城動客情。高低舊雉堞，大小古墳塋。所嗟皆俗骨，仙史更無名。」又曰：「骨肉消散盡，魂魄幾凋零。遮莫齒交鐵口，無因讀老經。」又曰：「神仙不可學，煩惱計無窮。歲月如流水，須臾成老翁。」又曰：「沙門不持戒，道士不服藥。自古多少賢，盡在青山腳。」此則有感於生死之無常，而歎世人不知修道，所謂「何不學仙家累累」也。然又有譏學仙無益者，如云：「仙客心悄悄，常嗟歲序遷。辛勤采芝朮，搜斥詎成仙。」又云：「暖腹茱萸酒，空心枸杞羹。終歸不免死，浪自覓長生。」又云：「徒閉蓬門坐，頻經石火遷。唯聞人作鬼，不見鶴成仙。」又云：「采藥求長仙，根苗亂挑掘。數年無效驗，癡意瞋怫鬱。」與前所言，自相矛盾，何也？蓋寒山初亦鍊藥求仙，久而無效，始知大道不在於此，所謂：「服食求神仙，多為藥所誤」也，此其義已自言之矣。故其詩有曰：「益者益其精，可名為有益。易者易其形，是名為有易。能益復能易，當得上仙籍。無益復無易，終不免死厄。」又曰：「昨到雲霞觀，忽見仙尊士。星冠月帔橫，盡云居山水。余問神仙術，云道若為比。謂言靈無上，妙藥必神秘。守死待鶴來，皆道乘魚去。余乃返窮之，推尋勿道理。但看箭射空，須臾還墜地。饒你得仙人，恰似守屍鬼。心月自精明，萬象何能比。欲知仙丹術，身內元神是。莫學黃巾公，握愚自守擬。」由是觀之，寒山所謂丹術，蓋內丹也。其術不外導引服氣以保元神，與外丹黃白服餌之術異，故辭而闢之，以為服藥求仙，縱或延年，而終不免於死，是名守屍之鬼，惟有鍊精換形，始可上列仙籍耳。其言明白若此，然則若寒山子者，何害其為唐末仙人也哉！徐靈府未嘗言其成仙，杜光庭始列之於仙傳，仙不仙雖不可知，而其人於神仙之學實深有所得，不可謂非學仙者也。注寒山詩之本寂，《宋高僧傳》雖題為梁人，然《傳燈錄》卷十七稱其以天復辛酉季夏告寂，壽六十二，則實死於唐昭宗之世，未嘗入梁，由此上推六十二年，當生於文宗開成五年。徐靈府於元和十年至天台，

年輩遠在其前（原注：靈府至天台二十五年，本寂始生。）寂之所注，當即根據徐本，蓋閭丘胤之事，本屬誣妄，所謂僧道翹者，子虛烏有之人也，安得輯寒山之詩。輯寒山詩者，莫早於靈府，但《仙傳拾遺》敘寒山事，無一語涉及豐干、拾得，則二人之詩自非徐本所有。據《宋高僧傳》〈拾得傳〉，本寂所注，實兼有拾得詩，不知寂何從得之，豈本寂所自搜求附入歟？抑《仙傳拾遺》之文為《廣記》刪削不全歟？（原注：觀其文義，似本無拾得事。）未可知也。至於豐干之詩，則又本寂所未見，奚以明其然也？閭丘偽序及《宋高僧傳》、《傳燈錄》，皆只言道翹尋得寒山詩三百餘首，及拾得言偈，纂集成卷，不言有豐干詩。《唐志》著錄寒山詩，謂為道翹所輯，實即本寂所注也，亦只言寒山與隱者拾得往還，而無一字及豐干。《宋志》載僧道翹寒山拾得詩，亦無豐干。孫從添《上善堂書目》（原注：近人趙詒琛刻本）有影宋鈔寒山拾得詩。（原注：注云汲古閣有跋。）徐乾學《傳是樓宋元書目》（原注：《玉簡齋叢書》本）有元本《二聖詩》一本，注為寒山、拾得，二聖之名，疑亦沿用唐宋之舊。至南宋刻本，二聖忽變為三隱，於是豐干始有詩二首。今取其詩觀之，第一首尚無可議，但語意雜亂無取；其第二首云：「本來無一物，亦無塵可拂。若能了達此，不用坐兀兀。」明係襲用六祖慧能「本來無一物，何假拂塵埃」之語。（原注：見《傳燈錄》卷三。）豐干於先天中行化京兆，後即不見蹤跡，慧能以先天二年八月示寂，（原注：見《宋高僧傳》卷八。）二人正同時之人，年輩當不相上下，何至公相盜襲，作偽之跡，不可復掩矣。《唐志》所載《對寒山子詩》，有閭丘胤之序而無靈府之序，疑本寂得靈府所編寒山詩，喜其多言佛理，足為彼教張目，惡靈府之序而去之，依託閭丘，別作一序以冠其首，謬言集為道翹所輯，為之作注，於是閭丘遇三僧之說盛傳於世，不知何時其注為人所削，而寒、拾之詩幸存，宋之俗僧又偽撰豐干詩附入其中，謂之三隱。（原注：疑志南之前已如此，以志南所刻既為朱子所見，不容不知其偽也。）陽羨鵝籠，幻中出幻。吁！可怪也。以此推之，寒山之詩，亦未必不雜以偽作，特無術以發其覆，不能不引以為據耳。權而論之，唐末天下大亂，獨醒之士，多思高蹈遠舉，若寒山子者，遁跡空山，避人避世，不過隱逸之流，為仙為佛，總屬寄託，如必考其實，與其信閭丘之偽序，無寧信光庭之《拾遺》，以光庭所記之徐靈府，年月出處皆有可考，與寒山正相先後，不似僧徒所託之閭丘胤，時代事蹟無不牴牾荒謬也。《提要》以為就文論文，不必深考其實，苟於寒山及光庭之文留心細讀，又何嘗不可考哉。

（雲南人民出版社）

寒山在東方和西方文學界的地位

鍾玲

　　中國唐代詩人寒山在國際文壇上，是一個突出的特例。在中國從唐代以降，寒山一直是個不入流的詩人，即使是在七十年代的臺灣，一位正規大學中文系出身的學生也不見得讀過一首寒山的詩。而在日本幾百年來，寒山卻一直是個公認的禪宗大詩人，其詩的評價也很高。而更令人難以置信的是：自一九五八年到現在這十年之間，寒山的詩在美國竟風行起來，他竟成為披頭一代（The Beat Generation）心目中的偶像。下面這個實例可以說明寒山詩在美國風行的情形。

　　今天若是你漫步於那幾間美國名大學的校園裡——例如加州大學、威斯康辛大學——遇見那些蓄了長髮、光著腳、掛著耳環（男的或女的）滿街跑的學生，不妨問一問他們有沒有讀過寒山的詩，十個有五個會告訴你，他們很崇拜這位中國詩人寒山。底下便是我在威斯康辛大學與一位這種 Hippie 型學生的對話：

"Have you read Cold Mountain's poems translated by Gary Snyder?"

"Woo, yah"

"Do you like Cold Mountain's poetry?"

"Yah –sure!"

"Why?"

"Why? Because hi is BEAT man!"

　　這些嬉皮學生喜好寒山詩，是因為他們覺得寒山有他們的嬉皮的氣質。不但這類學生接納他的詩，就是美國學術界的漢學家們，也對寒山的詩有相當的評價。

　　本文將陳述這個國際文壇上的特殊現象，亦即描寫寒山在這三個傳統中，所受不同的接納底情形；並且嘗試去探討這個特殊現象的原因，也就是說，在中國傳統文學上寒山何以無一席正式的地位，而在日本和美國文壇上卻輕而易舉地獨占鰲頭？由於研究這個國際的文學接納涉及廣泛的社會文化背景——如群眾心理、學術主流、時代精神等——本文所能找出的答案不可能囊括一切原因，而祇是試為提供一些導致這個文壇上特殊現象的主要原因。

一、寒山在三個傳統裏所受的接納

在中國一般來說寒山被稱為寒山子。在日本，他被稱為寒山，在美國，他被意譯為 Cold Mountain，或是音譯為 Han Shan。

寒山在中國詩壇雖然不是公認的大家，至少他不是個沒有讀者的詩人。他的詩在九、十、十一世紀是相當風行的。宋朝時出版的《新唐書・藝文志》第四十九中（十一世紀中葉出版），寒山詩七卷列在釋家裏，又宋時出版的《太平廣記》（十一世紀），包括一段錄自杜光庭「仙傳拾遺」的寒山記事，寫寒山成仙後的事跡。也就是說，在這兩部宋朝廷所編修的正統大書裏，寒山並沒有被摒棄在外。

在胡適的《白話文學史》一書中，他提供了兩項資料都足以證明寒山的詩在民間是很流行的。第一樁是十世紀的禪宗大師延紹（編按：「紹」應為「沼」之誤）禪師在他的風穴語錄中引了一首現已不傳於各種寒山詩本底詩：

> 梵志死去來，魂識見閻老，讀盡百王書，未免受捶拷，
> 一稱南無佛，皆以成佛道。

這首詩沒有出現在現存的版本中，如果這是事實的話，則當時不少流行的寒山詩現在已經是失傳了。胡適所提供的第二個資料是敦煌寫本裏有一首王梵志的詩與慧洪所引的寒山詩大同小異：

> 世無百年人，強作千年調，打鐵作門限，鬼見拍手笑。（王梵志）
> 人是黑頭蟲，剛作千年調，鑄鐵作門限，鬼見拍手笑。（寒山）

寒山詩之竄入王梵志的詩集（倘若慧洪沒有引錯了詩），可以證明寒山這類半偈半詩的作品在當時是相當流行的。

但是，由十二世紀到十八世紀初，這六百年裏寒山的詩一直被摒棄於正統之外。也就是說，今日我們仍能讀到寒山的詩全是靠民間詩人所印寒山詩的單行本。十二世紀由計有功所編的《唐詩紀事》，收了一千一百五十五位唐代詩人，沒有收寒山。十四世紀楊士宏編的《唐音》，十五世紀高棅編的《唐詩品彙》，也都沒有收寒山的詩，這些集子裏都有僧人詩的一部門，收了一些比寒山差很多的詩人，寒山詩之不受收錄是很奇特的現象。

不但在重要詩集中沒有他的詩，就是在道藏和佛藏中也沒有他的詩，也就是說，在儒、釋、道三個傳統裏，寒山是沒有正式地位的。然而在民間，寒山一直擁有不少讀者。在釋家的圈子裏，寒山詩一直是有道高僧所樂於稱道的。禪宗大師貫休（832~912）曾說：

「子愛寒山子，歌唯樂道歌。」

《宋高僧傳》卷十一載僧人靈祐在天臺山曾遇寒山子；《宋高僧傳》卷十三，僧人本寂便曾為寒山詩作過注解，這注解本還很風行一時。不但在釋家寒山詩受歡迎，在儒家人士中亦如此，宋明的新儒有很多多少受一點寒山詩的影響，如邵雍的《擊壤集》，莊泉的《定山集》，陳獻章的《白沙集》和呂坤的《小兒語》。一直到清朝，寒山詩才被正統人士接納。《四庫全書》（一七八二年編成）收了寒山詩；一七〇七年編成的《全唐詩》收了二千二百多位唐詩人，寒山詩被列在釋家詩之首。一八八八年沈炳震所編成的《成語典故字典》、《唐詩金粉》收了兩條有關寒山的成語：「豐干饒舌」和「蚊叮鐵牛」。

一直到清朝，寒山詩才被正統人士接納，但實際上，正統文學批評家並不注意他。直到民國，寒山在文壇上才以詩人身份佔一席之地。五四運動健將胡適在一九二一年就對寒山發生了興趣，下了點工夫來考證他的年代。在一九二八年他的《白話文學史》中，寒山與王梵志，王績三人並列為唐早期的三位白話詩人。

鄭振鐸在一九三八年所出的《中國俗文學史》也同意寒山是王梵志的直接繼承人。一九三七年余嘉錫在他的《四庫全書提要辨正》一書中對寒山的身份、詩、和版本問題作了一個相當精湛的研討。而商務出的《四部叢刊》包括了《寒山子詩集》（一九二九年出版），至此寒山才算在文壇上有了奠定的地位。然而自一九三八年以後，寒山似乎又被人們遺忘了。近二、三十年來在中國鮮見有關寒山的學術論文或批評文字發表。

在日本，寒山詩受相當高推崇。海內外現存的最早版本大概就是存於日本皇宮書陵部的一一八九年國清寺發行版本。此外，日本現存有許多種近幾百年來寒山詩的注解，在中國，只存詩本，而注解本已無一存在。日人的注本包括白隱禪師的《寒山闡提紀聞》（編按：書名應作《寒山詩闡提紀聞》），大鼎禪師的《寒山詩索賾》（編按：書名應作《寒山詩索賾》），連山所著的《寒山詩手書》和《寒山詩管解》。而日本畫家對寒山與其同伴拾得亦特別偏愛。一頭亂髮，裂牙癡笑，手執掃帚的兩個小瘋和尚成為近幾年來日本畫界的一個熟悉題材。在中國十三世紀的禪宗大畫家梁楷也曾把寒山和拾得作為他的主要題材。

二十世紀裏寒山集曾在日本一再地出版。一九〇四年翻印了日本皇宮圖書館的那十二世紀版本，由日本名漢學家島田翰作序，序裏把中國與日本的各珍藏版本作詳細介紹（這個序收在一九二七年藻玉堂出版島田翰的古文舊

書考中)。一九二五年岩波書店出了一本有詳細注解的本子。一九五八年，鐮倉石井氏私資出版他們家藏的珍本。一九五八年岩波書店出了由入矢義高注解的寒山詩選集，收在「中國詩人選集」裏。入矢義高寫的序，和吉川幸次郎寫的跋都有劃時代的意義，因為他們是第一個對寒山詩以西方文學批評的方法，作純文學的評價者。在這以前，日本的注釋家和中國的歷代僧人都把寒山詩作宗教詩來研讀，在其中尋找宗教思想；宋明新儒則把他的詩當作玄理詩來讀。在二十世紀，文學批評家不是用傳統的抽象辭語來形容他的詩（如劉大杰的「高遠空靈」，或島田翰的「清淡沖脈」）；就把他作為唐代白話詩的代表人（如胡適和鄭振鐸）。一直到入矢義高和吉川幸次郎的序和跋，寒山詩才被以純詩來對待，並進一步的探索其詩歌的價值。入矢義高稱讚寒山詩境對人生和大自然的美感底捕捉。吉川幸次郎則稱讚寒山詩境所表現的是一種人類心靈所能達到的徹底自由的解放。此外，日本近代名小說家森鷗外，根據閭丘胤所寫的〈寒山子詩序〉（編按：應為〈寒山子詩集序〉）（見四部叢刊本《寒山子詩集》），他寫了一篇名叫寒山拾得的小說，不少評論家認為這是森鷗外最好的作品之一。

在美國有三種寒山的譯本。亞瑟・魏雷 Arthur Waley，史奈德 Gary Snyder，以及華特生 Burton Watson。魏雷可以說是到目前為止二十世紀所產生的最傑出的中翻英的大譯家。他所翻譯的中國古典詩集，日本古典詩集，長篇小說如中國的《西遊記》和日本的《源氏物語》，在美國無論在學術界或一般讀者都受到一致的推崇和歡迎。魏雷在一九五四年九月在 Encounter 雜誌上登了寒山詩二十七首 "27 poems by Han Shan"。他之翻譯寒山詩可能是因受日本學術界對寒山詩很推重的影響。魏雷的二十七首裏有八、九首是有關寒山自己塵世生活的詩，其它是富於宗教意味，有關他在寒巖上生活的詩。

史奈德自己是一個近十年在美國詩壇崛起的頗有名氣的詩人，史奈德在譯寒山詩的時候（一九五五），已在加大柏克萊苦讀過幾年的中文了。史奈德的二十四首寒山詩 "Cold Mountain poems" 一九五六年八月登在 Evergreen Review 上。史奈德之對寒山發生興趣，源於一幅日本畫上。史奈德在他寒山詩的短序的開頭裏說：

一九五三年美國有一次日本畫展，其中有一幅畫裏出現過一個衣衫破爛，長髮飛揚，在風裏大笑的人，手握著一個捲軸，立在山中的一個高巖上，這就是寒山。

史奈德譯的二十四首詩，清一色都是與寒巖和禪境有關的。

華特生是漢學家，在哥倫比亞大學任教，他譯的《莊子》一書在美國大

學生中相當流行。一九六二年他出版了一本《寒山詩集》（Cold Mountains，New York……Grove Press），收了一百首寒山的詩。華特生的翻譯與他的序大致取材自一九五八年日本岩波書店出的入矢義高校注本。

這三種譯本中最受歡迎的是史奈德的二十四首，這二十四首詩變成披頭一代（The Beat Generation）的精神食糧。這並不是因為史奈德本身是屬於 The Beat Generation 的代言人。相反的，史奈德有許多主張與 The Beat Generation 是背道而馳的。譬如說，嗜食大麻精，史奈德大聲疾呼說：

「當人吸食了麻精，他就失去了理智、意志和同情心，此外，一個人變成了麻精迷的話，對世界上任何人都沒有好處。」

又譬如說 The Beat Generation 對任何型態的文明都存反抗心理，而史奈德是愛好文明的，尤其是古老莊嚴的文明，如中國文明便是一例。而且史奈德譯的寒山詩本身在美國學術批評界並沒有引起任何注意。倒是一九六五年韓國漢學家 Achilles Fang 發表了一篇有關華特生譯詩的評論文字。史奈德之寒山詩的出名可以說是借另一本書做為媒介的。

這本書就是克洛厄 Jack Kerouac 的《法丐》The Dharma Bums。這本書把寒山和史奈德雙雙捧成 The Beat Generation 的宗師。《法丐》是一本自傳體的小說，描寫作者克洛厄和史奈德的一段友誼，寫克洛厄如何傾聽史奈德所譯的寒山，所講的寒山精神，寫史奈德如何把克洛厄導向山嶺和頓悟。《法丐》一書在一九五八年一出，不但吸引了讀者，立刻就有幾位批評家熱烈的寫書評。這是因為克洛厄是 The Beat Generation 最重要的小說家。以下三篇批評文字都涉及討論史奈德在《法丐》一書中譯寒山詩的經過：Irving Feldmans "Stuffed Dharma" (1958) Stephen Mahoneys "The Pervalence Zen" (1958) Alan W.Wattss Beat Zen ,Square Zen and Zen(1959) 一九六六年胡菊人在香港《明報月刊》上發表了一篇〈詩僧寒山的復活〉，介紹寒山在美國風行一時的情形。

《法丐》一書的第一頁就寫：

「獻給寒山」（Dedicate to Han Shan）這是個奇異的獻書之舉——把書獻給一位一千多年前的中國詩人。事實上，克洛厄是把書獻給史奈德的；克洛厄書中寒山和史奈德實際上是不可分的一個人。這一個不可捉摸的人，在高山上，在雲霧間，能擺脫一切世俗的、文明的糾纏，自在、自足、而冷漠，而他表面上卻裝瘋作傻，狀如乞丐。克洛厄筆下的這個一體二面的主角，就變成 The Beat Generation 崇拜的偶像。

現在不僅在 The Evergreen Review 收了史奈德譯的二十四首詩,《法丐》一書中也收了一些史奈德譯這些書的初稿,這二十四首詩還出現在其它四個集子裏:

A Case Book on the Beat

Snyder, Riprap &Cold Mountain Poems

Snyder,A Range of Poems

Anthology of chinese Literature, ed. Cyril Brich

最後一本書是當前最流行的《中國文學選集》的英文本。幾乎在美國每一間大學都擁有大量讀者。這個集子沒有收古詩十九首,沒有收辛棄疾的詞,卻把史奈德譯的寒山詩收入,可見寒山詩之受歡迎了。

二、何以寒山詩在三個傳統裏有不同的反應

在中國傳統裏,寒山在二十世紀三十與四十年代之受重視,是有其明顯的理由。當時正值白話運動風起雲湧之際,寫民國以前白話文學史的學者當然會應時之需,到灰塵滿佈的古籍裏去找口語化的詩文。寒山之受重視,被列為初唐三大白話詩人之一可以說是應時之需,因為他的詩很少用典,而且什麼體材都用之入詩,當然他會被白話運動者挖掘出來。

但是何以在十八世紀以前,寒山幾乎從來沒有被傳統學者正式接納?這不是因為寒山的詩不夠水準,寒山詩至少有七、八十首可以一讀(在他現存的三百多首詩中),而且傳統學者接納一些遠不如寒山的釋家詩。這也不是寒山的詩缺乏欣賞者,他在僧人、道士與儒生中,每代都有為數不少的讀者,他們都稱寒山的詩有味,有哲理,有意境。寒山之不受儒、釋、道三家正式接納,與他本身的身份與行文有關。在行徑上,寒山的亦道亦釋亦儒使這三家都不願意接納他。在他的詩裏,寒山好論輪迴報應之說,然而儒家正統信奉「子不語怪力亂神」,因此寒山詩當然會被認為是難登大雅之堂。雖然寒山離開家庭,斷卻塵緣幾十年,卻沒有剃度,因此釋家也不會接納他為詩僧(雖然後代人稱他為詩僧,事實上寒山是個隱士,不是個正式的和尚);寒山好「導引服氣,以保元神」,近於道教徒之鍊內丹者,但與唐代盛行的服食外丹派道士亦不相同,因此道家對他亦不接納,所以他的詩不見於佛藏與道藏中。再加上寒山在文字上用通俗字句,棄而不顧中國傳統文學所重視的典雅、含蓄和律法,因為他與正統文學潮流背道而馳,當然是不被文學傳統接納的。然而因為寒山的詩擁有讀者,釋道二家在通俗宣傳上就故意為寒山生平編造許多成仙的故事,以收宣傳效果。因此他時而成為佛家的菩薩轉

世，像閭丘胤的序裏就說寒山是文殊菩薩轉世。寒山時而成為道家得道飛升的仙人，像在《太平廣記》裏，他肉身出現來點化一個道士。由於寒山是個特立獨行的人，不完全歸屬於任何一個派別，因此他被摒棄於正統之外；但由於他的詩好歷代民間讀者對他的支持，使他的詩得以流傳下來。

寒山詩在日本幾百年來都有穩固的地位，有兩個原因：一是宗教意味的詩在日本所得的評價遠比在中國高，尤其是有禪宗意味的詩，禪宗由中國渡海到日本後，發展得益發欣欣向榮。在日本詩的傳統裏，許多一流的詩人都是僧人，像是十二、十三世紀的《新古今集》的西行法師，和十七世紀俳句大師松尾芭蕉，都是詩僧，寫佛教意味很濃的詩。寒山的詩有不少禪宗的道理，例如：碧澗泉水清，寒山月華白，莫知神自明，觀空境逾寂。

由於寒山詩中的宗教意味是日本各階層的讀者都歡迎的，因此使他的詩能夠流傳不衰；另一個理由是，日本人一向歡迎中國詩裏白話成份較多的詩，如白居易和元稹在日本的地位遠比在中國高。寒山既然寫的是通俗、簡明、流暢的文字，正投合日本人之所好，故能成為評價很高的詩人。寒山的通俗文字在中國文壇造成不被接納的後果，而在日本文壇反而一帆風順起來。

至於寒山詩能在二十世紀的美國大行其道卻是非常特異的。因為在時間上，隔了一千多年，在空間和文化背景上，屬於東西兩個完全不同的系統。我將由三方面來探討這個問題：（一）美國六十年代的時代背景。（二）寒山與 The Beat Generation。（三）寒山與現代文學。

（一）美國六十年代的時代背景：一九五八年克洛厄（Jack Kerouac）並非把寒山介紹給一個全然陌生的西方世界；六十年代末期，正當禪宗在美國大行其道，因此寒山若是一棵被移植的植物，全美流行的禪宗就是一個肥沃的溫床。The Beat Generation 稱他們自己作 Zen Hipsters，人們把禪宗稱作「亞洲流行性感冒」（Asian Flu）（這種感冒很使美國人頭痛，因為他流傳很廣，而且美國人又不敢用特效藥來治。）一九五八年有一期芝加哥雜誌 Chicago Review 出現了十篇有關禪宗的論文和小說，還有禪宗的詩和畫，各大學東亞研究所開的佛教史一門課成為大受歡迎的熱門課。至於何以禪宗會在廿世紀的美國大行其道呢？美國禪宗研究家，兼自命禪宗的瓦茲（Alan Watts）曾作過一個禪宗在美國之所以受歡迎的文化鳥瞰！

「以下這些多少（與禪宗在美國的發展）有關──禪宗藝術大大吸引了西方所謂有『現代』精神的人們，加上鈴木大拙（T.D.Suzuki）對禪宗作英文介紹，第二次世界大戰裡的對日作戰，那些令人心動的禪宗小品故事，以及在西方的客觀科學裡，一種非觀念性，而屬體驗性的哲學所造成的吸引

力。我們可以再加上，禪宗與下列純粹屬於西方的學派遙相呼應，像是 Wittgenstein 的哲學，存在主義，語意學（General Sementics），還有 B.L.Whorf 的後設語言學（metalinguistics）（研究語文與人的行為、背景、文化的相互關係）以及在科學哲學與心理治療學方面的某些新學說。而在我們這個文化背景深處，一直有一種朦朧的不安，我們不安於我們基督教文明的人工化與違反自然——基督教文明有一套政治化了的宇宙觀，工業文明把大自然以帝國主義的方式機械化了，因此，在這樣的一個世界裏，一個人自然而然地會覺得陌生人般地格格不入起來。」

由日本傳入美國的禪宗，順理成章地成為這種文化不安症的一帖藥。

（二）寒山與 The Beat Generation

在克洛厄《法丐》克洛厄《法丐》一書的結尾，克洛厄在史奈德去了日本之後，獨自爬上高山，去尋找他的理想英雄寒山，寒山終於顯靈了：「在群山裡，我呼喚寒山的名字，沒人應我。我在晨霧裡呼喚寒山———一片靜默……忽然，我似乎看見那難以想像的中國小流浪漢立在霧裡，在他風霜的臉上，是種冷然的幽默。這不適真實生活裡的史奈德，不是那理頭學佛家理論的他，或參加瘋狂宴會的他，這是在我夢想中，比生活更真實的史奈德；他站著沒有話說。然後，他高聲一叫把不可言喻的千川飛瀑岩穴都喚了下來：『滾，這群心賊！』」

顯然地，這一段裡的寒山已經美國化了，他不是中國唐代的詩人，而是六十年代的一個美國流浪漢。所謂「冷然的幽默」（Expressionless humor）即是 The Beat Generation 所崇尚的一種態度，他們認為一個人能不捲入生活，能冷才算了不起：He is cool，通常是他們的一種讚語。

然而，在最表層的行徑上，美國六十年代的流浪漢與寒山是相當接近的。胡菊人在他的〈詩僧寒山的復活〉一文中已作了個比較：

「而他（寒山）『樺皮為冠，布裘破敝，木屐履地，是故至人遯迹，同類化物，或長廊唱詠，唯言咄哉咄哉，三界輪迴……』則與搜索一代（The Beat Generation）的比尼克（beatnick）之蓄聲長髮，粗衣破服，足履爛鞋，唱民歌、誦詩、聽爵士樂，基調是並無不同的。而寒山『或於村墅與牧牛子而歌笑，或逆或順，自樂其性……』又正與搜索者的生活格調相合，他們之特別以寒山作為他們的象徵也就不足為奇了。」

由於寒山在穿著方面的衣衫襤褸，加上瘋瘋癲癲的行為，再加上他傳奇神秘的存在，The Beat Generation 很自然地會對他一見傾心了。此外，有克洛厄的大肆鼓吹，寒山之偶像化乃是必然的事情。

事實上，寒山不僅在表面行徑上與（The Beat Generation）The Beat Generation 相吻合。現在的美國英雄不是在一百多年前在西部獨來獨往，替天行道的神槍手；而是很冷，很超然，能擺脫美國式的生活卻又隱身在大眾裡的「群眾英雄」（The Mass hero），瓦茲（Watts）說：

> 「我們喜愛這些（禪宗）聖人，因為在他們身上，我們首次見到一種不是搖不可及的超人，而是徹頭徹尾人間世的聖賢。」

對克洛厄和史奈德來說，這種群眾英雄常化身為流浪漢（bum）浪跡四處，不僅克洛厄筆下的寒山是這樣的一個「法丐」（有道的流浪漢），就是史奈德筆下的寒山亦如此；在他譯詩的短序裡，他說：

> 「他們（寒山和拾得）已經變成了仙人，今天有時候，你會在美國的破敗陋巷裡、果園中，或是荒林的流浪漢群中和伐木營地裡，與他們不其而遇！」

（三）寒山與現代文學。

寒山詩的世界至少有三點與現代西方文學的重點是彼此呼應的：（1）「孤寂的現代英雄」，（2）西方對文學作品所表達的「心境」（State of Mind）的重視，以及（3）通過詩而完成的個人或群眾的救贖。

（1）西方現代文學裡常出現一個典型的孤寂者：像是法國卡繆的《異鄉人》英國亨利‧詹姆斯（Henry James）在《叢林野獸》（The Beast in Jungle）一書中的主角，或德國卡夫卡（Kafka）筆下的人物，或德國赫塞（Hermann Hesse）在《草原之狼》（Steppenwolf）一書中的 Harry Hallero。這些英雄都覺得他們是現實世界裡的異鄉人，他們的唯一真實就是內在的自我世界，他們自覺地或下意識地轉而向內探索自我。而禪宗的原則也是內求的，禪宗的頓悟，一種絕對自由的境界，即是通過內求而完成的，外來的棒喝只是觸媒劑。寒山的孤寂世界可以由這一首詩中顯示出來：「杳杳寒山道，落落冷澗濱，啾啾常有鳥，寂寂更無人，淅淅風吹面，紛紛雪積身，朝朝不見日，歲歲不知春。」

史奈德——這位披頭一代的偶像——他自己就過著寒山式的生活。詩人寒山把寒巖當作是他的家，一個與世隔絕以面對自己的地方，史奈德築居於山間，日日坐禪以尋求自己。

（2）三位寒山的英譯家對寒山的詩都有不謀而合之見，即他們認為寒山的「心境」是很突出的。魏雷氏（Arthur Waley）在他的詩序中說：

「『寒山』常是指一種心境，而非地點。」

史奈德說：「當寒山在詩中提及『寒山』的時候，他是指他自己、他的家、以及他的心境。」

西方人所謂的「心境」即指人的主觀內在經驗和內在精神，而這種「心境」的顯現，常是投射在外在客觀事物上。由美國一九一〇——二〇年代間的意象主義運動（The Imagist Movement）起，到一九五〇年代黑山學派（Black Mountain School）為止，大致上都贊成在詩中應把主觀的心境用客觀的實物表達出來。詩人寒山對「寒山」這二字的用法剛好符合現代象徵主義把心境投射在實物上的高妙手法。詩人寒山住在寒山上，詩人即山，山即詩人。詩曰：「人問寒山道，寒山路不通，夏天冰未釋，日出霧朦朧。似我何由屆？與君心不同，君心若似我，還得到其中。」這首詩前十個字裡的兩個「寒山」可以讀做事實際在浙江省的那一座山，但「何由屆」（「怎麼會來到這裡？」）就不是指那座山了，而是指頓悟過以後的「心境」，即寒山本人已達到而一般俗人仍可望不可及的「心境」。因此「寒山」成為一個物我合一、主客合一的象徵，亦是美國詩壇這幾十年來意欲苦心經營的象徵。

（3）二十世紀詩壇有一種傾向，即許多詩人認為「創作」或「詩的文字」本身，就是詩人在一個黑暗世界裡唯一的自救之道。例如說美國詩人Hart Crane 的名詩〈橋〉（The Bridge）裡的橋，就是這一種象徵，批評家L.S.Dembo 把這座「橋」解作：

「『橋』代表了一位詩人尋求絕對真理時，在心理與道德上所通過的全程……『橋』是個新發現的字眼，把夢想和真實溝通起來……」

「寒山」也是這樣的一個象徵；對詩人寒山自己來說，他是他自己絕對的真我。只有在他找到這個真我的時候，或是說、象徵地，當他側身在這山嶺上，或這座山存在他心中時，他才得到徹底的自由和解放，所以他說：

「一自遯寒山，養命餐山果，平生何所憂，此世隨緣過。日月如逝川，光陰石中火，任你天地移，我暢巖中坐。」

「寒山」不僅是個「救贖個人」（Personal Salvation）的象徵。詩人葉慈在〈航向拜占庭〉一詩中，願把自己化做一隻人工製的金鳥，點醒過去、現在、未來的人們，這隻金鳥即詩人的化身，他的作用是拯救一個墮落的世界。「寒山」亦是詩人的化身，他的作用也是拯救痛苦盲目的芸芸眾生。所以寒山說：

「我語他不會，他語我不言，為報往來者，可來向寒山。」這兒的「寒山」二字是詩人向世人伸出的援手，能把未悟的引到悟境去，就像是古廟的鐘聲一樣。

詩人寒山，在「寒山」這個象徵裡，與自我結合了；而寒山認為，世人也能通過「寒山」與他們的真我結合；在二十世紀的實際生活裡，通過「寒山」這個象徵，西方人多多少少結識了一位東方詩人，多瞭解了一點東方世界。

（轉引自《寒山詩集》，台北：文峯出版社，民國五十七年七月，頁1~44。）

貳·事蹟資料

一、佛藏、道藏等與寒山、拾得、豐干相關之資料

唐天台山封干師傳木㵎師寒山子拾得

　　釋封干師者，本居天台山國清寺也。剪髮齊眉，布裘擁質，身量可七尺餘。人或借問，止對曰：「隨時」二字而已，更無他語。樂獨舂穀，役同城旦，應副齋炊。嘗乘虎直入松門，眾僧驚懼。口唱唱道歌，時眾方皆崇重。及終後，於先天年中在京兆行化，非恒人之常調，士庶見之無不傾禮。以其躡萬迴師之後，微亦相類，風狂之相過之。言則多中，先是國清寺僧廚中有二苦行，曰寒山子、曰拾得，多於僧廚執爨，譏託二人晤語，潛聽者多不體解，亦甚顛狂糾合相親，蓋同類相求耳。時閭丘胤出牧丹丘，將議巾車，苦頭疼羌甚，醫工寡效，邂逅干造云：「某自天台來謁使君。」且告之患，干曰：「君何慮乎？」便索淨器呪水噴之，斯須覺體中頗佳，閭丘異之，乃請干一言定此行之吉凶，曰「到任記謁文殊。」閭丘曰：「此菩薩何在？」曰「國清寺廚執爨洗器者是。」及入山寺，問曰；「此寺曾有封干禪師。」曰：「有。」「院在何所？寒山拾得復是何人？」時僧道翹對曰：「封干舊院即經藏後，今闃無人，止有虎豹，時來此哮吼耳。」寒拾二人見在僧廚執役，閭丘入干房，唯見虎跡縱橫。又問「干在此有何行業？」曰「唯事舂穀供僧粥食，夜則唱歌諷誦不輟。」如是再三歎嗟。乃入廚見二人，燒柴木有圍爐之狀。閭丘拜之，二人連聲咄吒，後執閭丘手褻之若嬰孺呵呵不已。行曰「封干饒舌。」自此二人相攜手出松門，更不復入寺焉。干又嘗入五臺巡禮，逢一老翁，問曰：「莫是文殊否？」翁曰：「豈可有二文殊。」干禮之未起，恍然失之。

　　次有木㵎者，多遊京邑市廛間，亦類封干，人莫輕測。封、豐二字出沒不同，韋述吏官作封疆之封，閭丘序三賢作豐稔之豐，未知孰是。

　　寒山子者，世謂為貧子，風狂之士弗可恒度推之，隱天台始豐縣西七十里，號為寒暗二巖，每於寒巖幽窟中居之，以為定止。時來國清寺，有拾得者，寺僧令知食堂，恒時收拾眾僧殘食菜滓，斷巨竹為筒，投藏于內；若寒山子來即負而去，或廊下徐行；或時叫噪凌人；或望空漫罵；寺僧不耐以杖逼逐，翻身撫掌呵呵徐退。然其布襦零落，面貌枯瘁，以樺皮為冠，曳大木屐，或發辭氣，宛有所歸，歸于佛理。初閭丘入寺訪問寒山，沙門道翹對曰：

「此人狂病，本居寒巖間，好吟詞偈言語不常，或臧或否終不可知，與寺行者拾得以為交友，相聚言說不可詳悉。」寺僧見太守拜之，驚曰：「大官何禮風狂夫耶？」二人連臂笑傲出寺，閭丘復往寒巖謁問，并送衣裳藥物。而高聲倡言曰；「賊我賊退。」便身縮入巖石穴縫中，復曰：「報汝諸人各各努力」其石穴縫泯然而合杳無蹤跡，乃令僧道翹尋共遺物，唯於林間綴葉書詞頌，并村墅人家屋壁所抄錄得二（編按：「二」為「三」之誤）百餘首，今編成一集，人多諷誦。後曹山寂禪師注解，謂之對寒山子詩，以其本無氏族越民唯呼為寒山子。至有「庭際何所有，白雲抱幽石句。」歷然雅體。今巖下有石亭亭而立，號幽石焉。

　　拾得者，封（編按：「封」為「豐」之誤）干禪師先是偶山行至赤城道側，仍聞兒啼遂尋之，見一子可數歲已來，初謂牧牛之豎，委問端倪云：「無舍。」孤棄於此，封干攜至國清寺付與典座僧，或人來認必可還之，後沙門靈熠攝受之，令知食堂香燈。忽於一日見其登座與像對槃而餐，復呼憍陳如曰「小果聲聞。」傍若無人執箸大笑，僧乃驅之。靈熠咨尊宿等罷其堂任，且令廚內滌器，洗濯纔畢澄濾食滓，以筒盛之。寒山來必負而去，又護伽藍神廟每日僧廚下食，為烏鳥所取狼藉，拾得以杖扑土偶三二下罵曰：「汝食不能護，安護伽藍乎？」是夕神附夢與閤寺僧曰：「拾得打我。」明日諸僧說夢符同，一寺紛然，始知非常人也。時牒申州縣，郡符下云：「賢士隱遁，菩薩應身，宜用旌之，號拾得為賢士。」又於寺莊牧牛，歌詠呼天。當其寺僧布薩時，拾得驅牛至僧集堂前，倚門撫掌大笑曰：「悠悠者聚頭。」時持律首座咄曰：「風人何以喧礙說戒。」拾得曰：「我不放牛也，此群牛多是此寺知僧事人也，拾得各呼亡僧法號，牛各應聲而過，舉眾錯愕，咸思改往修來感菩薩垂跡度脫。時道翹纂錄寒山文句，於寺土地神廟壁，見拾得偈詞，附寒山集中。

　　系曰：按封干先天中遊邀京室，知閭丘寒山拾得俱睿宗朝人也，奈何宣師高僧傳中閭丘武臣也，是唐初人；閭丘序記三人不言年代，使人悶焉。復賜緋乃文資也，夫如是乃有二同姓名閭丘也。又大溈祐公於憲宗朝遇寒山子指其溿潭，仍逢拾得於國清，知三人是唐季葉時猶存。夫封干也，天台沒而京兆出；寒、拾也，先天在而元和逢，為年壽彌長耶？為隱顯不恒耶？易象有之，小狐汔濟，其此之謂乎？

（《宋高僧傳》卷十九）

唐大溈山靈祐傳

　　及入天台遇寒山子於途中，乃謂祐曰：「千山萬水，遇潭即止。獲無價寶，賑卹諸子。」祐順途而念，危坐以思，旋造國清寺遇異人拾得，申繫前意信若合符，遂詣泐潭謁大智師，頓了祖意。（節錄）

（《宋高僧傳》卷十一）

梁撫州曹山本寂傳

　　復注對寒山子詩，流行寰內。蓋以寂素修舉業之優也，文辭遒麗，號富有法才焉。（節錄）

（《宋高僧傳》卷十三）

天台山豐干禪師

　　因寒山問：「古鏡未磨時如何照燭？」師曰：「冰壺無影像，猿猴探水月。」曰：「此是不照燭也，更請道看。」師曰：「萬德不將來，教我道甚麼？」寒山、拾得俱作禮而退。師欲遊五臺，問寒山、拾得曰：「汝共我去遊五臺，便是我同流；若不共我去遊五臺，不是我同流。」山曰：「你去遊五臺作甚麼？」師曰：「禮文殊。」山曰：「你不是我同流。」師尋獨入五臺，逢一老人，便問：「莫是文殊麼？」曰：「豈可有二文殊。」師作禮未起，忽然不見。(趙州代曰：「文殊！文殊！」)

（《五燈會元》卷二）

天台山寒山子

　　因眾僧炙茄次，將茄串向一僧背上打一下，僧回首，山呈起茄串曰：「是甚麼？」僧曰：「這風顛漢。」山向傍僧曰：「你道這僧費却我多少鹽醋。」因趙州遊天台，路次相逢，山見牛跡，問州曰：「上座還識牛麼？」州曰：「不識。」山指牛跡曰：「此是五百羅漢遊山。」州曰：「既是羅漢，為甚麼却作牛去？」山曰：「蒼天！蒼天！」州呵呵大笑。山曰：「作甚麼？」州曰：「蒼天！蒼天！」山曰：「這廝兒宛有大人之作。」

（《五燈會元》卷二）

天台山拾得子

　　一日掃地，寺主問：「汝名拾得，因豐干拾得汝歸，汝畢竟姓箇甚麼？」拾得放下掃帚，叉手而立。主再問，拾得拈掃帚掃地而去。寒山搥胸曰：「蒼天！蒼天！」拾得曰：「作甚麼？」山曰：「不見道東家人死，西家人助哀。」二人作舞，笑哭而出國清寺。半月，念戒眾集，拾得拍手曰：「聚頭作想那事如何？」維那叱之，得曰：「大德且住，『無嗔即是戒，心淨即出家。我性與你合，一切法無差。』」

（《五燈會元》卷二）

天台豐干禪師

　　不知何許人，居天台國清寺。剪髮齊眉衣布裘，嘗誦唱道歌，乘虎入松門，眾僧驚畏。本寺廚中有二苦行，曰寒山子、拾得，二人執爨，終日晤語。潛聽者都不解，時謂風狂，獨與師相親。一日寒山問：「古鏡未磨如何照燭？」師曰：「冰壺無影像，猿猴探水月。」曰：「此是不照燭也。」更請師道。師曰：「萬德不將來，教我道甚麼？」寒、拾俱禮拜。師欲遊五臺，問寒、拾曰：「汝共我去遊五臺，便是我同流；若不共我去遊五臺，不是我同流。」山曰：「你去遊五臺作甚麼？」師曰：「禮文殊。」山曰：「你不是我同流。」師尋獨入五臺，逢一老人，便問莫是文殊麼？曰：「豈可有二文殊？」師作禮未起，忽然不見。（趙州因沙彌舉此，州代干云：「文殊！文殊！」後回天台山示滅。師凡有人問佛理，止答「隨時」二字。初閭丘胤，出牧丹丘，將議巾車，忽患頭痛，醫莫能愈。師造丘，以呪水噴之立差，胤異之，乞一言，師曰：「到任記謁文殊普賢，曰：『此二菩薩何在？』師曰：『即國清寺寒山拾得也。』」胤後既至任，即入寺問師所在，及寒拾踪跡。僧道翹對曰：「豐干舊院，在經藏後，今閴無人矣。寒、拾二人，現在僧廚執役。胤入師房，惟見虎跡。復問翹師：「在此作何行業？」翹曰：「惟事舂穀供僧，閒則諷詠。」乃入廚訪寒拾，如下章敘之。

（《指月錄》卷二）

寒山子

　　本無氏族，始豐縣西有寒明二巖，以其於寒巖中居止得名也。容貌枯瘁，布襦零落，以樺皮為冠，曳大木屐。時來國清寺，就拾得取眾僧殘食，及菜

渾食之。或廊下徐行，或望空噪罵，寺僧以杖逼逐。拊掌大笑而去。眾僧炙茄次，將茄串向僧背上打一下，僧回首，山呈起茄串曰：「是甚麼？」僧曰：「這風顛漢。」山向旁僧曰：「你道這僧費却我多少鹽醬？」趙州遊天台，路次相逢，山見牛迹，問州曰：「還識牛麼？」州曰不識，山指牛迹曰：「此是五百羅漢遊山。」州曰：「既是羅漢，為甚麼却作牛去？」山曰：「蒼天！蒼天！」州呵呵大笑。山曰：「作甚麼？」州曰：「蒼天！蒼天！」山曰：「這廝兒宛有大人之作。」閭丘入厨見山，同拾得圍罏語笑，丘致拜，二人連聲咄叱，且笑曰：「豐干饒舌。」二人即相携出松門，閭丘又至寒巖禮謁，送衣服藥物，二人高聲喝之曰：「賊！賊！」便縮身入巖石縫中，唯曰：「汝諸人各各努力。」其石縫忽然而合，閭丘哀慕，令僧道翹尋其遺跡，得所書林間葉上，及村墅屋壁辭頌，共三百餘首。後曹山寂禪師，為之注釋，謂之《對寒山子詩》，行於世。

（《指月錄》卷二）

拾得者

　　不言名氏，因豐干禪師山中經行，至赤城道側，見兒孤啼，拾歸國清，故名。後沙門靈熠攝受，令知食堂香燈；忽一日登座，與佛像對盤而餐；復于憍陳如上座塑形前呼曰：「小果聲聞。」靈熠怒，因罷斥，令厨內滌器；每濾食渾，以筒盛之，寒山來，即與負去。一日掃地，寺主問：「汝名拾得，因豐干拾得汝歸，汝畢竟姓個甚麼？」拾得放下苕帚叉手而立。寺主再問，拈帚掃地竟去，寺主罔測，寒山搥胸云：「蒼天！蒼天！」拾得却問：「汝作甚麼？」山曰：「不見東家人死，西家助哀。」二人作舞哭笑而去，國清寺半月念戒眾集，拾得拍手曰：「聚頭作想那事如何？」維那叱之，拾得曰：「大德且住，『無嗔即是戒，心淨即出家。我性與你合，一切法無差。』」僧厨食為鳥所啄，拾得以杖抶伽藍神曰：「汝食不能護，何能護伽藍？」是夕神示夢合寺僧曰：「拾得譴我。」由是著異，呼曰賢士，未幾與寒山隱石巖而逝。道翹纂寒山詩，得偈亦附焉。

（《指月錄》卷二）

佛祖統紀

　　寒山子者，隱居天台之寒巖，時入國清寺。有拾得者，因豐干禪師，於赤城路側得之。可十歲，委問無家，付庫院養之，三年令知食堂。常收菜渾

於竹箇，寒山若來即負而去。或長廊叫喚快活，寺僧逐罵輒撫掌大笑。閭丘
胤初為台州刺史，臨途頭痛，遇豐干言從天台國清來，為噀水治疾，須臾即
愈。胤問：「天台有何賢士？」師曰：「見之不識，識之不見，若欲見之不得
取相。寒山文殊遯迹國清；拾得普賢狀如貧子。」胤至郡即詣國清問豐干院，
僧道翹引至空房，多見虎迹，云：「禪師在日唯春米供眾，夜則唱歌自樂。」
又問寒山、拾得，引至竈前，見二人向火大笑，胤前禮拜，二人喝胤曰：「豐
干饒舌，彌陀不識，禮我何為？」二人即把手而笑，走向寒巖更不返寺。胤
乃令道翹於村墅人家屋壁竹石之上，錄歌詩三百餘首傳於世云。

（卷三九）

聖賢出化

豐干彌陀化現，寒山文殊化現，拾得普賢化現。唐太宗正觀七年（云云）

（《佛祖統紀》卷五三）

祖堂集

潙山和尚嗣百丈，在潭州。師諱靈祐，福州長溪縣人也，姓趙。師《小
乘》略覽，《大乘》精閱。年二十三，乃一日嘆曰：「諸佛至論，雖則妙理淵
深，畢竟終未是吾棲神之地。」於是杖錫天臺，禮智者遺跡，有數僧相隨。
至唐興路上，遇一逸士，向前執師手，大笑而言：「餘生有緣，老而益光。
逢潭則止，遇潙則住。」逸士者，便是寒山子也。至國清寺，拾得唯喜重于
師一人。主者呵嘖偏黨，拾得曰：「此是一千五百人善知識，不同常矣。」
自爾尋遊江西禮百丈。

（卷十六）

趙州真際禪師語錄

師因到天台國清寺見寒山、拾得。師云：「久嚮寒山、拾得，到來只見
兩頭水牯牛。」寒山、拾得便作牛鬥。師云：「叱！叱！」寒山、拾得咬齒
相看，師便歸堂。二人來堂內問師：「適來因緣作麼生？」師乃呵呵大笑。
一日，二人問師：「什麼處去來？」師云：「禮拜五百尊者來。」二人云：「五

百頭水牯牛簟，尊者。」師云：「為什麼作五百頭水牯牛去？」山云：「蒼天！蒼天！」師呵呵大笑。

（《古尊宿語錄》卷十四）

寒山老

天台寒山子，本無氏族，始豐縣西七十里，有寒、闇二巖，子嘗居寒巖中，故以名焉。容貌枯悴，布襦零落。以樺皮為冠，曳大木屐。時來國清寺，就拾得取菜滓食之。或廊下徐行，或時叫噪。寺僧以杖逐之，翻身撫掌大笑。雖出言如狂，而有意趣。

（《祖庭事苑》卷三）

天台寒山子於國清寺見僧半月說戒次，云：「聚頭作相，那事悠悠。」僧皆打叱之，乃與拾得撫掌大笑而出。

（《祖庭事苑》卷一，十五入夏。）

御製揀魔辨異錄

世傳永明為彌勒，寒山、拾得為文殊普賢，以至近世茆溪為大通佛等，不一而足。奚止仰山為小釋迦？若為了徹者言，則是實有其事，纖毫不爽；若為未了徹者言，可云皆為捏怪，直是塗污諸古德。

（卷八）

國清寺三隱士

唐貞觀中有寒山、拾得、豐干三人，隱于天台國清寺。始者正諫大夫閭丘胤出刺于台州，尚未登途而遽爾沈痾，欲起不能，忽見一僧曰：「吾豐干也，其止者天台，以公病故來，因取水噀其面，病即而穌，公幸其復生，因復請曰：『天台吾屬邑，其有賢者可親乎？』干曰：『可親而不可見寒山焉，可見而不可附拾得焉，彼文殊普賢二大士也。』胤至郡之五日，訪之僧道翹，曰：『豐干院在經藏後，今已無人，寒拾見在廚然爨。』又問：『豐干作何行業？』答曰：『唯事供舂，夜則唱歌自樂，時復騎虎松徑往來。』公至廚見而禮之。且訝且罵曰：『豐干饒舌彼自彌陀不識，却來禮我何為？』徒眾驚之，二子隱矣。古人有言曰：『聖賢混跡，而世難見，豈其是耶。』三士之

詩警世良多,具見本集。

(《樂邦遺稿》卷一)

豐干禪師寒山拾得

　　豐干垂跡天台山國清寺,庵於藏殿西北隅。乘一虎遊松徑,見一子可年十歲,扣之無家無姓,師引之歸寺養于廚所,號曰拾得。有一貧士,從寒巖來,曰寒山子。三人相得歡甚,是年豐干雲遊,適閭丘胤來守台州,俄患頭風,豐干至其家,自謂善療其疾,閭丘見之,師持淨水灑之即愈。問所從來,曰:「天台國清。」曰:「彼有賢達否。」干曰:「寒山文殊,拾得普賢,宜就見之。」閭丘見之,三日到寺訪豐干遺跡,謁二大士,閭丘拜之,二士走曰:「豐干饒舌,彌陀不識,禮我何為?」遁入巖穴,其穴自合。寒拾有詩散題山林間,寺僧集之成卷,版行于世。(國清寺記碑刻)

(《釋氏稽古略》卷三)

應化聖賢

　　天台豐干禪師一日欲去遊五臺,向寒山拾得曰:「你共我去遊便是我同流,若不去不是我同流。」山曰:「你去遊作什麼?」干曰:「禮文殊。」山曰:「你不是我同流。」

　　天台寒山子因趙州遊天台路次相逢,見牛跡。山問曰:「上座還識牛麼?」州曰:「不識。」山指牛跡曰:「此是五百羅漢遊山。」州曰:「既是羅漢,因什麼卻喚作牛去?」山曰:「蒼天!蒼天!」州呵呵大笑。山曰:「作什麼?」州曰:「蒼天!蒼天!」山曰:「者小廝兒卻有大人作略。」

　　寒山子因眾僧炙茄次,山將茄弗向一僧背上打一下,僧回首,山呈起茄弗曰:「是什麼?」僧曰:「者風顛漢。」山卻向傍僧曰:「你道者個師僧,費卻我多少鹽醬。」

(《宗門拈古彙集》卷四)

應化聖賢

　　天台拾得一日掃地次,寺主問:「汝名拾得,因豐干拾得汝歸,汝畢竟名甚麼姓甚麼?」拾得乃放下苕帚叉手而立。主再問,拾得拈帚掃地竟去,寺主罔測。寒山搥胸曰:「蒼天!蒼天!」拾得曰:「作甚麼?」寒山曰:「不

見道東家人死，西家人助哀。」二人作舞笑哭而去。

（《宗門拈古彙集》卷四）

天台豐干禪師

謂寒山拾得曰：「你共我去遊五臺，便是我同流；若不去，不是我同流。」山曰：「你去遊作麼？」師曰：「禮文殊。」山曰：「你不是我同流。」

（《宗鑑法林》卷五）

天台寒山子

因趙州到，遊山次見牛跡。山問：「上座還識牛麼？」州曰：「不識。」山指牛跡曰：「此是五百羅漢遊山。」曰：「既是羅漢，因什麼却喚作牛去。」山曰：「蒼天！蒼天！」州呵呵大笑。山曰：「作什麼？」曰：「蒼天！蒼天！」山曰：「者小廝兒却有大人作略。」

寒山預知溈山來國清受戒，遂與拾得往松門接。溈山纔到，二人從路兩邊透出，作大蟲話三聲，溈山屹然無對。寒山曰：「自從靈山一別，迄至於今，。還相記得麼？」溈山無對。拾得拈起拄杖曰：「老兄喚者個作什麼？」溈山又無對。寒山曰：「休休不用問，他自從別從已曾三生作國王來，總忘却也。」

（《宗鑑法林》卷五）

百丈懷海傳法靈祐

靈祐，長谿趙氏子，年十五剃染受具，究大小乘教。嘗遊方，至國清寺，與寒山拾得，往松門夾道，寒作虎吼三聲，祐無對。寒曰：「自從靈山一別，迄至於今，還相記麼？」祐又無對。拾拈杖曰：「老兄喚這箇作什麼？」祐又無對。寒曰：「休休！不用問他，自從別後已三生，作國王來，總忘却也。」貞元九年，祐年二十三，遊江西參懷海。

（《佛祖綱目》卷三二）

佛祖歷代通載

時寒山子者，不知其氏族鄉里，隱於台州唐興縣寒岩，故父老以寒山子

稱之。為人瘋野，好冠樺皮冠，著木屐；裘衲襤褸，狀若風狂，笑歌自若。其所居近天台國清寺，寺僧豐干者，亦非常人也，每自薪水力於杵臼，以給眾用，與寒山子為方外友。先是豐干行赤城道中，聞兒啼草萊間，視之見孩童十餘歲，問其出處，初無言對，心異之，引歸寺令掃除，以其得之於野，因名拾得。既長，頭陀苦行，精敏絕倫，甚為豐干寒山所器，與之偕遊，三人者相得歡甚，寺僧皆訝之，然中心疑而莫之省也。拾得日常滌器翼有殘月肅，著以筒留餌寒山。二子皆能詩，或時戲村保，寓事感懷輒有詩以見意。或書石壁，或樹葉間，或酒肆中，語皆超邁絕塵，雖古名流未能彷彿也。自述云「元非隱逸士，自號山林人。在魯蒙白幘，旦愛裹疎巾。道有巢許操，恥為堯舜臣。獼猴罩帽子，非學辟風塵。」又曰：「欲得安居處，寒山可長保。微風吹幽松，近聽聲愈好。下有斑白人，喃喃誦黃老。十年歸不得，忘卻來時道。」又曰：「有身與無身，是我復非我。如此審思量，遷延倚巖坐。足間青草生，頂上紅塵墮。以見世間人，靈床施酒果。」又曰：「玉堂掛珠簾，中有嬋娟子。顏貌勝神仙，容華若桃李。東家春霧合，西舍秋風起。更足三十年，還如甘蔗滓。」其句語若此者甚夥。拾得嘗掌供獻，至食時對佛而食，又於憍陳如像前訶斥之曰：「小根敗種何為者耶？」寺僧深怪之，不使直供，又伽藍神粥飯多為烏鳶所殘，拾得杖擊神而嫚罵曰：「汝食猶不能護，焉能護伽藍乎？」神遍夢寺僧曰：「拾得鞭我。」至旦互以語及，一一皆同。志（編按：「志」為「至」之誤）是眾駭之。豐干出雲遊，貞元末閭丘胤出守台州，欲之官，我病頭風，名醫莫差，豐干偶至其家，自謂善療此疾，閭丘聞而見之，干命水噀濡之，須臾所苦頓除，因是大喜甚加敬焉，問所從來，曰「天台國清。」曰「彼有賢達者不？」曰「有之，然不可以世故求也，寒山拾得師利普賢示迹，二子混干國清，公若之官當就見，不宜後也。」閭丘南來上事未久，入寺訪豐干遺迹，但見茆宇蕭條虎伏舍側，復入寺謁二大士，寺僧引至後廚，閭丘拜謁二大士，起走曰：「饒舌彌陀汝不識，禮我何為？」遽返寒巖，次日閭丘令遺贈，寒山見使至罵曰「賊賊！」遂隱入巖石，拾得亦潛去，後不知終。

（卷十五）

拾得呵神

　　（傳燈二七）天台拾得者，不言名氏，因豐干禪師山中經行，至赤城道側，聞兒啼聲，遂尋之。見一子可數歲，初謂牧羊子，及問之，云：孤棄于此，豐干乃名為拾得。攜至國清寺，付典座僧，曰：或人來認，必可還之，

有護伽藍神，庿每日僧厨下食為鳥所有，拾得以杖扶之，曰：汝食不能護，安能護伽藍乎？此夕，神附夢于合寺僧，曰：拾得打我。詰旦諸僧說夢符，同一寺紛然，牒申州縣群符至，云：賢士隱遁，菩薩應身，宜用旌之，號拾得為賢士，隱石而逝。

（《禪苑蒙求瑤林》卷一）

豐干饒舌

（傳燈二七）閭丘徹（編按：應作「胤」。）請豐干欲住持，干不從，丘云：若然彼處可拜誰師手？干曰：彼有寒、拾者，則文殊普賢化身也，可拜彼。丘行天台興聖寺，拜寒、拾，寒、拾曰：因何拜我？丘云：豐干和尚曰：寒拾者，文殊普賢化身也，行可拜彼，故來拜寒、拾，笑曰：豐干饒舌！豐干饒舌！汝何不拜，豐干豈不知阿彌陀如來。

（《禪苑蒙求瑤林》卷三）

應化聖賢

天台豐干禪師，因寒山問：「古鏡未磨時，如何照燭？」師云：「氷壺無影像，猿猴探水月。」云：「此是不照燭也。」更請道看。師云：「萬德不將來，教我道甚麼？」寒山拾得，二俱作禮而退。師欲游五臺，問寒山拾得云：「汝共我去游五臺，便是我同流；若不共我去游五臺，不是我同流。」山云：「儞去游五臺作甚麼？」師云：「禮文殊。」山云：「儞不是我同流。」大溈祐禪師，作沙彌時，往國清受戒，寒山預知，同拾得往松門接，祐纔到，二人從路傍跳出，作大蟲吼三聲，祐無對。山云：「自從靈山一別，迄至于今，還記得麼？」祐亦無對。拾得拈拄杖云：「儞喚這箇，作甚麼？」祐又無對。寒山云：「休休！不用問他，自別後，已三生作國王來，總忘却了也。」

（《聯燈會要》卷二九）

三教平心論

寒山隱入石壁，生死去來惟意所適，神通變化不可測量；是雖佛教之糟粕，初非宗門之所尚。然自餘教觀之，終未有如是之奇蹤異軌。

（卷下）

護法論

豐干禪師，居常騎虎出入，寒山拾得為之執侍。

（卷一）

普賢聖誕

是則本迹相同，因果相類，所有德相、神用、說法、利行禮誦感應，皆遍三藏，非此筆墨所能具錄。即唐時天台，寒山拾得二僧，屢著靈異，各有詩集傳世，咸以為文殊普賢化身。古今相傳，亦奇跡也。

（《百丈清規證義記》卷三）

仙傳拾遺

寒山子者，不知其名氏。大曆中，隱居天台翠屏山。其山深邃，當暑有雪，亦名寒岩，因自號寒山子。好為詩，每得一篇一句，輒題於樹間石上，有好事者，隨而錄之，凡三百餘首，多述山林幽隱之興，或譏諷時態，能警勵流俗。桐柏徵君徐靈府，序而集之，分為三卷，行於人間。十餘年忽不復見。咸通十二年，毘陵道士李褐，性褊急，好凌侮人。忽有貧士詣褐乞食，褐不之與，加以叱責，貧者唯唯而去。數日，有白馬從白衣者六、七人詣褐，褐禮接之。因問褐曰：「頗相記乎？」褐視其狀貌，乃前之貧士也。逡巡欲謝之，慚未發言。忽語褐曰：子修道未知其門，而好凌人侮俗，何道可冀？子頗知有寒山子耶？」答曰：「知。」曰：「即吾是矣。吾始謂汝可教，今不可也，修生之道，除嗜去欲，嗇神抱和，所以無累也。內抑其心，外檢其身，所以無過也。先人後己，知柔守謙，所以安身也。善推於人，不善歸諸身，所以積德也。功不在大，立之無怠，過不在大，去而不貳。所以積功也。然後內行充而外丹至，可以冀道於髣髴耳。子之三毒未剪，以冠簪為飾，可謂虎豹之鞹，而犬豕之質也。」出門乘馬而去，竟不復見。

（李昉等編《太平廣記》卷第五十五〈寒山子〉北京：中華書局，1995年。）

大還心鏡

《寒山子至訣》云：但悟鉛真，藥必自神；但記汞正，藥如自聖。修之合聖，天地同慶；得因師傳，為道之經。所以古之聖人，不直言之愚容易，

託之《周易》，寄之五行，合之符契，真仙之理，莫若大丹之神歟！大凡人間之大丹，疑誤萬端，有智者了解，用之一神，所以祕易成難，貴道不可輕也。昔三聖遺言，著之金簡，名曰《參同契》，世皆寫之，悟無一二。得其理者，未敢造；明其事者，猶豫因循。疑來，倏忽而邁，榮華閃目，金玉縈心，財色介懷，百年空棄，長生之道，罕有留心，不知為色欲勞神，光陰侵歲，以此之故，遞有多疑。或至人述以遠近之丹，愚者便說秦皇漢武。秦皇即口是心非，貪情肆欲；漢武乃雖慕玄境，心在色情，何得而長生不死？何不言黃帝與上古人乎？黃帝傳玄女還丹之術，言補金汞於丹田，後人不訣，真宗誤入御女之道，豈太上仙女，必無對心說傳色之心？愚者惑之，傚於萬古，其歌訣書在《金丹論》中者，得可明矣。

　　余早年慕道，幸得傳真，克奉仙師，親承旨教。只論鉛汞之妙，龍虎之真。去四黃之大非，損八石之參雜，要在鉛汞。合天地之元紀，包日月之精華，上冠於乾，下順於地，總七十二石，統天地精光，修鍊成丹，服之延駐，何不信乎？且五穀既能救命，豈可不奉神丹？黃精猶服長生，勾吻服之必死，目擊可見，真聖奉之。然神丹至寶，萬人之中，得者皆宿契道合，尤留心志，非一朝一旦可致耳！然還丹之靈，不救自刑之禍；聖人慈愍，不救宿業之殃，此亦在人心弘道旨，又不可信任狂，非惑之神術手！今以《大丹心鏡》者明心，彼心明，丹中至藥不惑他物，物非其類，丹必不靈。心非道心，修成必禍，此深可戒而省已修性也。

　　論大丹，唯一陰一陽謂之道，即合天機也；一金一石謂之丹，亦合天地也。一金者，真鉛中白虎是也；一石者，丹砂中水銀是也。陶埴真人云：「若用世間水銀化白煙。」此真言也。神符白雪門馬真人曰：「汞與水銀別，迷人用之拙。」即知此言。從凡化聖，聖不離凡；因凡入聖，凡中有聖，聖中出凡；即知水銀，本在丹砂中出，合鉛汞成至寶，色還本丹，丹更不能卻歸水銀，即真汞矣。既至真汞，即從凡入聖，可以統領萬靈，即馬真人云：「汞與水銀別」也。自後之學者寡學，生疑至此矣。陶真人云：「若言非世間水銀。」又云：「砂產於金也，汞生於鉛也。」此非世間，何不審之妙旨矣！自古真人皆從凡入聖，與大丹同契，以至上昇。而迷者多惑，如丹，唯一陰一陽龍虎二物，鉛是水一之名，北方河車，金生於水，金數四，水數一，共為五也。汞是青龍，東方木，木生火，木數三，火數二，丹砂火之名，二與三共為五也。五土無定位，四季立名，水與金共五，木與火共五，故曰三五道還丹，道之玄也。還丹之妙，罕有玄解，知之者聖人乎？可為造化在乎心，變轉自由耳。不知真訣，假如念誦真歌，不遇師受，終無成理。余憶昔年迷謬，徒歷山川，一事不為，虛棄財貨，忽然指悟，如醉醒焉。目前可致煙霄，

足知大道不遠。盖人祕易為難，恐愚者侮之容易，即天官滅，算神道奪壽，故《真人誡經》云：世皆延年，為人身命，漸被陰境侵之，以至陰死也，豈陽生之神術乎？夫不修行益生，損人侵物，何長生乎？雖遇至人，道不相契，固不傳其非人乎？《科儀》云：希長生，還用取。成大丹，不可不知鑪鼎也。知鑪鼎，又不可不知火候也；知火候，又不可不知心也；既知心，又應多難與宿殃也；萬一自知，又不可妄傳授於人也；道不傳即廢，傳非人即殃，故知萬妙不得其心也。心為出世之宗，丹為延年之藥，服之陽宮，即陰司落名，已後縱徒，亦神解上仙，此真聖之言不惑矣！余悟古賢真旨，至《參同契》、《金碧經》、《古文龍虎傳》，三聖遺文，眾真歌訣，不離真妙之鉛汞乎？恐後之有疑未決者，更序之於心鏡，必欲明其大道，照曜真元，滌學者凝滯之旨，曉愚者惑誑之說，悟而見受，可謂青雲可致，朗月當明，序而說之，知不惑眾者矣。

（《雲笈七籤》卷第七三，《四部叢刊》初編子部。）

（編按：《宋史》卷二百五載有「寒山子大還心鑑一卷」，實為道徒偽託。）

混元聖紀

天台寒山子，文殊之化身也。文殊乃七佛之師，有頌曰：「家住綠巖下，庭蕪更不芟。仙書一兩卷，樹下讀喃喃。」又云：「寒山一裸蟲，身白而頭黑。常持智慧劍，擬破煩惱賊。」又《嘆世頌》云：「埋著蓬蒿下，晚日何冥冥。遮莫咬鐵口，無因讀老經。」竊觀前哲，皆知尊重老子而重道德。後世學者，不究本原，乃毀師叛道，良可哀也。

（卷五。）

明詩綜〈二鬼〉（節錄）

自從天上別，別後道路阻隔，不得相聞知；忽聞寒山子徃來說因依，兩鬼各借聞，始知相去近，不遠，何得不一相見叙情詞。

（卷三，文淵閣本《四庫全書》，集部，總集類。）

明一統志

寒山拾得，隱天台始豐縣西寒巖幽窟中，時來國清寺，人以為風狂之士，或叫噪凌人；或望空漫罵，寺僧不耐，以杖遂之，翻身撫掌大笑。太守閭丘

訪問，見而拜之，寺僧驚曰：「大官何禮風狂夫耶？」閭丘復詣寒巖送衣物，即縮入石穴，縫泯無跡，後僧道翹抄錄人家壁上所題頌偈得二（編按：「二」為「三」之誤）百餘首，編成一集。初豐干禪師見赤城道側兒啼，乃携至國清寺，後稍長，令知食堂，即對像盤飡；復令滌器，即斷竹為筒，投殘食於內，寒山來必負去。又護伽藍廟為烏鳥取其供，拾得以杖擊神首罵曰：「汝食不能護，安護伽藍乎？」是夕闔寺僧夢神曰：「拾得打我。」一日驅牛，曰：「此知僧事者，即呼亡僧，牛各應之，衆皆愕然。偈詞附於寒山集中。

（文淵閣本《四庫全書》史部，卷四七。）

大清一統志

　　唐寒山、拾得，居天台寒巖，往還國清寺。樺皮為冠，布裘敝履，村野嘯歌，人莫識之。太守閭邱到官三日，親詣禮拜，乃入穴而去，其穴嘗自合云。本朝雍正十一年，勅封妙覺普渡和聖大士。不知其姓，豐干禪師步赤城道上，見十歲子，引至國清寺中，寒山來負之而去，後寺僧於南嶺採薪，見一僧，巖間挑鎖子骨云：「取拾得舍利。」知在此巖寂滅焉。本朝雍正十一年勅封妙覺慈度合聖大士。

（文淵閣本《四庫全書》史部，卷二百三十。）

浙江通志

　　豐干、寒山、拾得，《赤城志》號「國清三隱」。豐干者，貌尤寢，被髮布裘，或時唱歌，人問之，第云：「隨我。」騎虎遊松門，三人每邂逅，則長吟大笑，人莫測也。有詩偈三百，題松石間，如云：「日日日東出，日日日西沒。不知千古萬古人，送向青山成底物。」人競傳之。貞觀中閭丘守嘗問豐干：「天台有何賢聖？」答曰：「見之不識，識之不見；欲見而識，不得取相，國清有寒山、拾得，狀類風狂，歌笑不常，蓋普賢、文殊後身也，公至宜謁之。」至則二人方據火談笑，閭丘遽作禮，二人云：「豐干饒舌耶！」遂握手出門而去，其後寒山隱寒石山拾，得隱祥雲峯，遺跡可攷，獨豐干不知所終。國朝雍正十一年，勅封寒山妙覺普度和聖大士。拾得圓覺慈度合聖大士。

（文淵閣本《四庫全書》史部，都會郡縣之屬。）

浙江通志

《居易錄》寒山子有二，皆載《天台山志》，其一：即寒山、拾得，文殊化身；其一：道士李褐遇貧士，去數日，復乘白馬來，謂褐曰：「頗知寒山子乎？即吾是也。」

(卷二百八十。文淵閣本《四庫全書》史部，都會郡縣之屬。)

天台憶

豐干禪師，不知何許人？居天台國清寺，或云邑人豐尚書之子。形貌寢惡，被髮布裘。或時唱歌。人問之，第云：「隨我騎虎游松門」與寒山、拾得三人相親，每邂逅，則長吟大笑，人莫測也。

寒山不言氏族，以其寒石山中居止得名。雖出言如狂，而有意趣。予登寒、明二巖，蒼老絕似雁蕩，是其出游地也。

余住國清寺久，住拾得龕下，談論夜分，晴眺松岡，雨洗昏濛，夜半不辨濤聲、雨聲、松聲、梵聲，如是半月。

寒山子入滅後，有梵僧杖錫黃金鎖子骨，或問所以？對曰：「吾拾文殊菩薩舍利歸天。」後人於此建塔。(《無夢園集》)

(《寒山寺志》卷三)

二、佛藏中與寒山、拾得、豐干事蹟相關之祖師語錄

　　寒山子撫掌，拾德（編按：「德」為「得」之誤）笑呵呵。因何二老呵呵笑，不是同風人不知。此頌斯二散聖，不住那邊混跡今時，或笑或歌左右逢源，別有深意。

（《華嚴七字經題法界觀三十門頌》卷二）

　　新故故還新，隨緣即不變。不變却隨緣，此頌「故還新」者。是全主為伴，正顯此門一多之伴法也。如豐千（編按：「千」為「干」之誤）、萬回、寒山、拾得散聖人等，了却那邊實際理地，却來建化門頭示現形儀。接物利生弘揚聖道。隨緣日新全為其伴。故曰還新也。

（《華嚴七字經題法界觀三十門頌》卷二）

　　如何是第一要，師云：「言中無造作。」如何是第二要，師云：「千聖入玄奧。」如何是第三要，師云：「四句百非外，盡蹈寒山道。」

（《汾陽無德禪師語錄》卷一）

　　我有牧童兒，醜陋無人識。肩上一皮鞭，腰間一管笛。往往笑寒山，時時歌拾得。閭氏問豐干，穿山透石壁。

（《汾陽無德禪師語錄》卷三，南行述牧童歌。）

　　汾陽道廣勿遮攔，蹈著清涼路轉寬。拾得寒山誰辨明，分明同步是豐干。

（《汾陽無德禪師語錄》卷三，明道。）

　　師云：「知心有幾人？」學云：「寒山常撫掌，拾得每慇懃。」

（《法演禪師語錄》卷一，次住海會語錄。）

　　國無定亂之劍，四海宴清；門無白澤之圖，全家吉慶。若道有承恩力處，正是土上加泥，更或削跡吞聲。亦乃將南作北，到這裏縱橫十字，未免瞥訛。據位投機，猶較些子。且作麼生是據位底句，寒山逢拾得，撫掌笑呵呵。下座。

（《圓悟佛果禪師語錄》卷二）

　　上堂云：古者道：「結夏得十一日也，寒山子作麼生？」又道：「結夏得十一日也，水牯牛作麼生？」山僧即不然，結夏得十一日也，燈籠露柱作麼生？若透得燈籠露柱，即識水牯牛；若識得水牯牛，即見寒山子。忽若擬議，老僧在爾腳底。

（《圓悟佛果禪師語錄》卷七）

師云:「乾坤大地一時收。」進云:「只如垂鈎四海只釣獰龍,格外談玄為尋知識,誰是知識者?」師云:「赤心片片。」進云:「巨浪涌千尋,澄波不離水。」師云:「寒山逢拾得,撫掌笑呵呵。」

(《圓悟佛果禪師語錄》卷九)

舉,南泉示眾云:「文殊普賢昨夜起佛見法見,各與二十棒,貶向二鐵圍山去也。」趙州出云:「和尚棒教誰喫?」泉云:「王老師有什麼過?」州禮拜,南泉便歸方丈。師拈云:「南泉動絃,趙州別曲。苦痛蒼天,寒山、拾得。若是崇寧則不然,燈籠露柱昨夜起佛見法見,各與二十棒,令歸本位去也;或有箇出云和尚棒教誰喫?只對他道,落賓落主。」

(《圓悟佛果禪師語錄》卷一七)

舉,雲門示眾云:「結夏得數日也,寒山子作麼生?」大溈真如道:「結夏得數日也,水牯牛作麼生?」師拈云:「結夏得數日也,諸上座作麼生?」復云:「寒山子意在鈎頭,水牯牛事在函蓋。」且道:「諸上座,落在什麼處?惜取眉毛。」

(《圓悟佛果禪師語錄》卷一七)

復舉起云:「看看寒山拾得掃地,倒轉苕帚柄把露柱,一攛勃跳上兜率陀天,觸破非非想天人鼻孔,毘盧遮那如來忍痛不禁,走入雲門拄杖子裏藏身。雲門一眾呵呵大笑云:料掉沒交涉。正當恁麼時露柱與燈籠,畫眉又增得多少光彩?」良久云:「有意氣時添意氣,不風流處也風流。」

(《大慧普覺禪師住江西雲門菴語錄》卷七)

俊上座請示眾,拈拄杖卓一下云:「文殊普賢觀音彌勒。」又卓一下云:「迦葉阿難寒山拾得。」又卓一下云:「只恁麼全是中全非。」又卓一下云:「不恁麼全非中全是,來說一合相即非一合相,是名一合相。放過一著,文俊上座好與三十棒。且道:是賞他是罰他?擲下云:「具眼衲僧,試定當看。」

(《大慧普覺禪師住江西雲門菴語錄》卷八)

雲門今日為道上座決疑,且不用利劍,只有箇不是心,不是佛,不是物,若向這裏疑情脫去,天下橫行;若不然者,聽取箇註腳,一刀截斷生死路,摩醯正眼頂門開,無邊業障俱銷殞,畢竟如何?寒山拾得在天台。以拂子擊禪床一下,喝一喝下座。

(《大慧普覺禪師住江西雲門菴語錄》卷一三)

上堂,舉僧問雲門久雨不晴時如何?雲門對道箇。師云:「大眾,雲門

一箚，乾合區匝，海水騰波，須彌炭窠。」蕎拈拄杖卓一卓云：「雲門大師，向遮裏無出氣處。且道：烏巨活人眼在什麼處？」復卓拄杖云：「乃雨忽晴，天清地寧。寒山撫掌，拾得忻忻。恁麼會得，旱地遭釘。」

（《密菴和尚住衢州西烏巨山乾明禪院語錄》卷一）

上堂：默時說，說時默，寒山逢拾得，拈箒禿掃箒。東掃西掃，忽然撞著豐干禪師騎虎出來，放下苕箒，把手呵呵大笑。恰似販私鹽底草賊，有什麼共語處，復召大眾云：「且道，他笑箇什麼？」良久云：「東君行正令，花發樹南枝，喝一喝。」

（《密菴和尚語錄》卷一）

上堂，舉寒山子因眾僧炙茄，次將茄串向一僧背上打，僧回首，山呈起茄串云：「是甚麼？」僧云：「風顛漢。」山却向傍僧云：「爾道是僧費多少鹽醬？」師云：「欺敵者亡，者僧還甘麼？報恩若見他呈起茄串道是甚麼，便作聽勢擬議，奪茄串便打。」

（《虛堂和尚語錄》卷一）

中秋上堂，人間無天上有，往往無人脫窠臼。四海娟娟洗玉魂，九野茫茫白兔走。寒山子不關口，也落馬駒群隊後。

（《虛堂和尚語錄》卷三）

寒山、拾得，預知溈山來國清受戒。靈山一別無碑記，三度親曾作國王。主丈再探知遠近，眇然天地略玄黃。

（《虛堂和尚語錄》卷五）

舉，豐干因寒山子問：「古鏡不磨，如何照燭？」干云：「氷壺無影像，猿猴探水月。」山云：「此是不照燭也。」更請道。干云：「萬德不將來，教我道甚麼？」寒拾俱作禮而退。

代云：「因我致得。」

（《虛堂和尚語錄》卷六）

饟下偷僧飯，崖根抱虎眠。懶吟長短句，來把梵書看。真箇看牛，皮也須穿，帚柄不忘。寸心未息，冷眼看人，多少荊棘。咄哉遺棄小兒，豐干草裏拾得。

（《虛堂和尚語錄》卷六，寒山拾得。）

罵豐干，是者漢，竹筒盛菜粗，指出教人見。其實只要知機，不欲彰頭

露面。

（《虛堂和尚語錄》卷六，寒山背身立。）

木屐竹帚，粘脚綴手。古佛家風，泥猪疥狗。指天大笑一聲，驚得虛空倒走。

（《虛堂和尚語錄》卷六，拾得指空笑。）

萬德不將來，猛獸自馴伏。一嘯出林，陰風拔木。只知拊掌放憨，不覺山青水綠。

（《虛堂和尚語錄》卷六，豐干騎虎。）

金銀窟裏出來，彼此囊無一鏹。鬭貧不鬭富，做盡窮伎倆。大蟲來也，急須合掌。

（《虛堂和尚語錄》卷六，寒拾問訊。）

一句子，有也未。蹙斷眉頭，做盡手勢，靠倒維摩記得無？至今一默喧天地。

（《虛堂和尚語錄》卷六，寒山作吟身勢。）

頭戴樺皮冠，脚穿破木屐。有磨墨過筆之功。無二千酬瀉瓶之水。捉敗了也。國清寺裡偷佛飯。元來是爾。

（《虛堂和尚語錄》卷六，拾得磨墨過筆。）

五峯石上，雙澗松邊。是者伎倆，莫罵豐干。

（《虛堂和尚語錄》卷六，寒山拾得。）

萬物自全璧，蒙莊安可齊。月高松影細，風急雁行低。
誰把丹青入，難將竹帛題。寒山應笑我，携手隔雲泥。

（《虛堂和尚語錄》卷七，玄黃不真。）

師乃云：「光飛玉宇，影落秋江，是時人知有，因什麼寒山子。伸手不見掌，會得，正當三五夜，何處不嬋娟。」

（《虛堂和尚語錄》卷八）

中秋送鏡空西堂赴三塔，上堂，門當古道，塔帶寒江。不須招手自來，誰敢橫趨而去。景德堂上鏡空禪師，蘊前輩典刑，有尊宿禮貌，榮膺朝命，光闡宗猷。聚首龍峯，可無攀感。直得寒山拊掌，拾得歡呼，何也？卓主丈，此夜一輪滿，清光何處無。

（《虛堂和尚語錄》卷九）

中秋上堂，僧問：「寒山子今夜見月，因甚拊掌大笑。」師云：「眼裏著沙不得，耳裏著水不得。」僧云：「今夜還有人發笑也無？」師云：「直饒笑裡有刀，也須勘過。」

（《虛堂和尚語錄》卷九）

上堂云：大眾芝麻壓得油，粳米炊得飯，還我叢林飽參漢。衲僧履道貴平懷，何必臨機爭轉換。活計自然，家風成現，順水便風，歸舟到岸。寒山拾得笑呵呵，此心分付知音辨。

（《宏智禪師廣錄》卷一）

舉東印土國王，請二十七祖般若多羅齋，王問：「云何不看經？」祖云：「貧道入息不居陰界，出息不涉眾緣，常轉如是經，百千萬億卷。」頌曰：「雲犀玩月璨含輝，木馬游春駿不羈。眉底一雙寒碧眼，看經那到透牛皮。明白心超曠劫，英雄力破重圍。妙圓樞口轉靈機，寒山忘却來時路，拾得相將携手歸。」

（《宏智禪師廣錄》卷二）

入廛一鉢是生涯，來自寒山拾得家。曉影玉鉤蘿戶月，春叢黃粉蜜房華。午炊佛土香傳鼻，參飽雲門飯打牙。准擬神通何處借，淨名居士住毘耶。

（《宏智禪師廣錄》卷八，小師智寬與國清作丐請語。）

深深沈沈，心不見心。理亡出沒，妙超古今。錦機絲度密無縫，玉澗水流寒有音。友約寒山拾得子，拍手一笑舒胸襟。

（《宏智禪師廣錄》卷九）

拾得寒山老虎豐干，睡到驢年，也太無端。咦，驀地起來開活眼，許多妖怪自相瞞。

（《如淨和尚語錄》卷二，四睡圖）

如何是辨衲僧句？汾云：「西方日出卯。」空云：「嶽陽船子洞庭波。」總云：「天台柳栗黑瓛瓛」圓云：「寒山拾得。」

（《人天眼目》卷二，汾陽四句。）

若以法輪啟迪，多作沙門之形；設如異迹化成，或作老叟之貌。（寒山拾得）

（《宋高僧傳》卷二二，宋魏府印齋院法圓傳。）

問未剖以前請師斷，師曰：「落在什麼處？」曰：「恁麼即失口也。」師

曰：「寒山送溈山。」

（《景德傳燈錄》卷一八，杭州龍華寺真覺大師靈照。）

上堂，不是道得道不得，諸方盡把為奇特。寒山燒火滿頭灰，笑罵豐干這老賊。

（《續傳燈錄》卷七，越州姜山方禪師。）

僧問：「臨雲閣聳，太白峯高，到這裏如何進步？」師曰：「但尋荒草際，莫問白雲深。」曰：「未審如何話會？」師曰：「寒山逢拾得，兩箇一時癡。」

（《續傳燈錄》卷一一，明州天童澹交禪師。）

上堂，從無入有易，從有入無難。有無俱盡處，且莫自顢頂。舉來看，寒山拾得禮豐干。

（《續傳燈錄》卷一一，廬山歸宗慧通禪師。）

僧問：「為國開堂於此日，師將何法報君恩？」師曰：「香煙靄靄，瑞氣飄飄。」云：「恁麼則達磨舊時花葉，而今信手拈來。」師曰：「寒山拊掌，拾得呵呵。」

（《續傳燈錄》卷一二，壽州壽春廣慧法岸禪師。）

又上堂顧視曰：「楊子江心無風起浪，石公山畔平地骨堆，會得左右逢原，爭似寂然不動。」良久曰：「堪笑寒山忘却歸，十年不識來時道。」

（《續傳燈錄》卷一四，潤州甘露傳祖仲宣禪師。）

乃曰：宗門妙訣豈在多說，一言括盡便須頓歇。明眼衲僧秖自知，金色頭陀善分別。冬去春來夏酷熱，若遇寒山拾得時，傳語豐干莫饒舌。

（《續傳燈錄》卷一四，蘇州瑞光真覺守琮禪師。）

灌胡野錄云：「成指以問師曰：『汝會麼？』師曰：『不會。』成曰：『汝記得法燈擬寒山否？』師遂誦至『誰人知此意，令我憶南泉。』於憶字處，成遽以手掩師口，曰：『住住。』師豁然有省。乃曰：『元來恁麼地。』成曰：『汝作麼生會？』師曰：『春生夏長秋收冬藏。』成曰：『直須保任。』師應喏。

（《續傳燈錄》卷一七，衡州華藥智朋禪師。）

又上堂曰：今朝二月十五，惠果陞堂擊鼓。召集四海禪人，大家商量佛祖。寒山聞說呵呵，捨得起來作舞。直饒碧眼胡僧，也須點頭相許。還相委悉麼？歸堂喫茶去。

（《續傳燈錄》卷一九，潤州金山佛鑑惟仲禪師）

僧問：「解接無根樹，能挑海底燈，意旨如何？」師曰：「特地光輝。」僧云：「兔角點開千聖眼，龜毛拂盡九衢塵。」師曰：「寒山拊掌。」僧云：「好手手中呈好手，紅心心裏射紅心。」師曰：「闍梨還接得也未。」

（《續傳燈錄》卷二十，廬山萬杉紹慈禪師。）

僧云：「若不得流水還應過別山。」師曰：「知心有幾人。」乃曰：「天地一指絕諍競之心，萬物一馬無是非之論，由是魔羅潛迹佛祖興隆。寒山拊掌欣欣，拾得呵呵大笑。」大眾，二古聖笑什麼？良久呵呵大笑曰：「曇花一朵再逢春。」

（《續傳燈錄》卷二十，黃州柏子山德嵩禪師。）

上堂：拾得般柴寒山燒火，唯有豐干巖中冷坐。且道豐干有甚麼長處，良久曰：「家無小使，不成君子。」

（《續傳燈錄》卷二一，安吉州上方日益禪師。）

遮皮袋臭穢易壞，貪欲貪樂不解厭。學佛學祖總不會，慚愧寒山老。眠雲枕石塊，思量拾得歌。愛住深巖內，蓑衣為被褥。箬笠作冠蓋，祇如山僧恁麼舉唱。還有佛法也無？良久曰：「無為無事人，跳出紅塵外。」喝一喝。

（《續傳燈錄》卷二一，潭州龍興師定禪師。）

上堂：象王行師子住，赤脚崑崙眉卓竪。寒山拾得笑呵呵，指點門前老松樹，且道他指點簡甚麼？忽然風吹倒時好一堆柴。

（《續傳燈錄》卷三十，蘄州龍華高禪師。）

師嘗自稱寒、拾。里人橫川珙公在育王，以偈招曰：「寥寥天地間，獨有寒山子。」

（《續傳燈錄》卷三六，杭州徑山元叟禪師諱行端。）

從緣悟入之謂證，千聖履踐之謂道，吟咏其道之謂歌，故曰證道歌也。或人云：無修無證者，乃諸散聖助佛揚化，已於往昔證道不復更證。譬如出礦黃金，無復為礦，即寶公、萬回、寒山、拾得、嵩頭陀、傅大士等是也。即有所證，須求師印可，方自得名為證。

（《證道歌註》卷一）

上堂，象王行，獅子住，赤脚崑崙眉卓竪。寒山拾得笑呵呵，指點門前老松樹。且道他指點簡甚麼，忽然風吹倒，時好一堆柴。

（《列祖提綱錄》卷八，龍華高禪師。）

冬節小參，一生二，二生三，三生萬物。井底紅塵蔽日，山頭白浪滔天。翻身百草頭邊，跳出劫初田地。智不到處切忌道著，入水見長人，我宗無語句亦無一法為人。波斯入閙市，以思無思之智，返思靈燄之無窮。釋迦老子與天帝釋相爭佛法甚閙，雲門大師忍俊不禁。來山僧拂子頭上呵呵大笑，且道笑箇甚麼？我笑釋迦老子二千年前，不善輸機甘心受屈。當時若下者一著，免致笑殺旁觀，畢竟如何？卓拄杖云：「寒山拾得。」

（《列祖提綱錄》卷一二，古林茂禪師。）

虎丘隆禪師謝知事上堂：萬里浮雲捲碧天，年年此夜十分圓。今人轉憶寒山子，說似吾心恰宛然。所以道，欲明恁麼事，還他恁麼人；若是恁麼人，須明恁麼事。便能以此心相照；以此心相知，扶持野老無盡家風；成就叢林萬世基業。其把定也離念絕塵更無滲漏；其放行也光生瓦礫和氣靄然。高低普應前後無差，且道此人成得箇什麼邊事，還委悉麼？將此身心奉塵剎，是則名為報佛恩。

（《列祖提綱錄》卷三三）

大覺璉禪師解夏上堂：秋風起，庭梧墜，衲子紜紜看祥瑞。張三李四賣囂塵，拾得寒山爭賤貴。覿面相逢更無難易，四衢道中棚欄瓦市。遍塞虛空普天匝地，是臨濟赤肉團上，雪峰南山鱉鼻，玄沙見虎，俱胝竪指，一時拈來當面布施，更若擬議，千山萬水。復曰：「過。」

（《列祖提綱錄》卷三七）

雲峰悅禪師寒食日上堂：諸上座，還會麼？冬至寒食一百五，家家塚上添新土。翻思拾得與寒山，南北東西太莽鹵，南泉不打鹽官皷。以拂擊禪床下座。

（《列祖提綱錄》卷四十）

中峰本禪師獅子巖東岡幻住庵中秋示眾云：天上月，水中月，光漾漾，與誰說。今宵幸遇中秋節，記得靈山話，曹溪指，南泉翫，寒山比。將謂廣寒殿裏別無人，元來總是弄巧翻成拙。竹影篩金，瑤堦積雪，盡謂一輪光皎潔。那知今夜圓，後夜缺。有箇譬喻試聽說，三十夜止有一夜圓，此圓時如諸禪德之精勤勇猛也；三百六十夜止有一夜是中秋，此中秋之月如諸禪德於精勤勇猛中打成一片之時也，奈何精勤時少懈怠時多，又奚止於一暴十寒而已哉。雖三百六十夜遇此良宵，其或癡雲驟起迷霧橫陳，覿體暗昏昏依舊沒交涉，無始時來總是恁麼蹉過。昔人有喝火口號，謂日間鬧炒炒；夜間靜悄悄，可惜好光陰，一時都過了。照顧火燭時，聞者多有警，省本上座對此中

秋之月亦有箇口號，勉為大眾舉似，天上月月月，二十九夜缺，只有今夜圓，莫教雲霧攝。攝不攝，眨得眼來天又明，寬著程途，且待三生六十劫。

（《列祖提綱錄》卷四十一）

嚴前埽盡千秋月，松下吟殘五字詩。敗闕重重都納了，五臺山月照我眉（少室陸）。

一笑相看兩弟兄，面虎塵土髮鬅鬙。驚人有句知誰和，唱與森羅萬象聽（了菴欲）。

一句子寫不出，拖下紙把住筆。我今助汝腕頭力，動著晴天風雨疾（千嚴長四）。

一箇帚拈在手，大地塵日日有。轉埽轉多轉不休，放下自然清宇宙。

靚面相逢笑未体，現成句子筆尖頭。書來字字磨今古，祇恐芭蕉不奈秋。

十方世界海中沙，諸佛眾生眼裏花。一箇竹筒些子大，如何盛得許多渣。

一箇禿帚如許大，旁觀未免成話把。勸君不必費精神，撒手諸塵歸去罷（呆翁悅）。

（《祖宗雜毒海》卷一，寒拾。）

拾得寒山笑未休，豐干騎虎趁閭丘。而今依舊成羣伍，不是冤家不聚頭（笑翁堪）。

豐干拾得寒山子，靠倒無毛老大蟲。合火門頭同做夢，不知明月上高峯（虛堂愚）。

（《祖宗雜毒海》卷一，四睡。）

寒山竈下供燒火，拾得堂前拾菜渣。贏得坐籌香積國，後園茄子又開花（行可）。

（《祖宗雜毒海》卷三，留典座。）

江南木落雁天高，一路青山送客舠。應訪寒山舊苔跡，松門斜日聽秋濤。（退翁儲）。

（《祖宗雜毒海》卷三，送嚴使君端溪歸越中。）

漁父子歌甘露曲，擬寒山詠法燈詩。深雲勿謂無人聽，萬象森羅歷歷知。

（《祖宗雜毒海》卷七，山居。）

如何是賓中主？三山來云：「反鞭策鈍驚。」頌曰：賓中主，寒山顛作

舞，不辨來端由，笑伊目如瞽。

（《五家宗旨纂要》卷一）

一者相符正宗笑，如問答相符，彼此契合。寒山撫掌，拾得呵呵之類。

（《五家宗旨纂要》卷一，濟宗三笑。）

我手何似佛手，拈起扇子辮口。打落帝釋花冠，却是寒山埽箒。

（《五家宗旨纂要》卷一，黃龍三關。）

主中賓，南越望西秦，寒山逢拾得，擬議乙卯寅。釋云：「頌師家眼觀東南，意在西北。如寒拾相逢呵呵，若擬議則乙卯成甲寅，烏豆換矣。

（《宗範》卷二）

常獨步。從前更勿別門戶，何言寒山愛遠遊，如今忘却來時路。

（《證道歌頌》卷一）

若非寶器貯應難，舉世何人知此味，寒山撫掌笑豐干。

（《證道歌頌》卷一）

飲官酒臥官街，當處死當處埋。寒山逢拾得，撫掌咲哈哈。（此山應）

（《禪宗頌古聯珠通集》卷五）

打鼓弄琵琶，相逢兩會家。清風拂白月，地角接天涯。碎玉凝朝露，殘陽送晚霞。寒山逢拾得，拊掌咲嘎嘎。（南堂興　二）

（《禪宗頌古聯珠通集》卷六）

馬祖纔始陞堂，百丈卷席歸去。不是拾得寒山，有理也無雪處。（石窗恭）

（《禪宗頌古聯珠通集》卷九）

是精識精，是賊識賊，猛虎、鼈蛇，釋迦、彌勒，觀音、勢至，寒山、拾得，一盞清茶，古今規則。（南堂興）

（《禪宗頌古聯珠通集》卷一五）

弟應兄呼豈偶然，嬉遊時在舊山前。通身手眼如何會，拾得寒山笑揭天。（大洪預）

（《禪宗頌古聯珠通集》卷一七）

明日大悲院裏齋，鐵圍山岳盡衝開。猪頭象鼻烏觜魚腮，石人撫掌呵呵笑，寒山拾得在天台。（石菴玿）

（《禪宗頌古聯珠通集》卷二十）

拾得疎慵非覺曉，寒山懶墮不知歸。聲前一句圓音美，物外三山片月輝。
（丹霞淳）

（《禪宗頌古聯珠通集》卷二七）

打鼓普請看，直得眉毛寒。拾得寒山舞，笑倒老豐干。（楚安方）

（《禪宗頌古聯珠通集》卷二八）

一切智通無障礙，掃地潑水相公來。覿面當機如激電，寒山撫掌笑哈哈。
（拙菴光）

（《禪宗頌古聯珠通集》卷三四）

苦中樂樂中苦，大唐打鼓新羅舞。寒山燒火滿頭灰，却笑豐干倒騎虎。
（石菴玿）

（《禪宗頌古聯珠通集》卷三八）

聖僧黑漆實希奇，莫把丹青點汙伊。合掌燒香人不敬，寒山拾得笑攢眉。
（海印信）

（《禪宗頌古聯珠通集》卷三八）

我手何似佛手，合掌面南看北斗。兔推明月上千峯，引得寒山開笑口。
（雪菴瑾　四）

（《禪宗頌古聯珠通集》卷三八）

寶壽方云：「明施縱奪還他寒山，暗下鉤錐須是豐干。者漢是則是，在我衲僧門下並須喫棒。」

（《宗門拈古彙集》卷四）

靈巖儲云：「寒山也是　空裏剜窟寵，趙州眼光爍破四天下，盡力道祇道得個不識。國清要問諸人，祇如寒山趙州一等道蒼天！蒼天！還有優劣也無？一僧出云：「蒼天！蒼天！儲云識得你也。」僧擬議，儲却云：「蒼天！蒼天！」

（《宗門拈古彙集》卷四）

寶峰文云：「寒山打者僧，實為費鹽醬多，莫別有道理。」

（《宗門拈古彙集》卷四）

黃龍清云：「寒山子只知為者僧費多少鹽醬，不知自己拋撒更多。且道什麼處是拋撒處？良久云：十方世界成狼藉，一日收來五味全。」

（《宗門拈古彙集》卷四）

獅林則云：大樹大皮裹，小樹小皮纏。者僧既受寒山點檢，寒山也合受人檢點。還知寒山合受檢點處麼？試道看。

（《宗門拈古彙集》卷四）

靈巖儲云：「寒山將常住物肆意拋撒，全不顧潔淨地上狼藉，者僧合水和泥，鷟王擇乳素非鴨類，諸人還識旁僧麼？」卓拄杖一下云：「三生六十劫。」

（《宗門拈古彙集》卷四）

城山洽云：「寒山弄白拈手段當面瞞人，者僧當時何不便奪却茹弗打？」云：「茄子也不識。」

（《宗門拈古彙集》卷四）

靈谿昱云：「大小寒山出門不認貨，好與三十拄杖。且道是賞是罰，檢點得出，許你親見寒山。」

（《宗門拈古彙集》卷四）

靈巖儲云：「寺主祇問一個姓名，拾得將無量劫來氏族名字一齊陳出，寺主直是妙智圓明，分踈不下。寒山雖將眾藝字母重為注疏，幾多人作哭笑會，不識自己姓名者不妨疑著。」

（《宗門拈古彙集》卷四）

佛日晢云：「雲門大師一期演唱宗乘，美則美矣，未免瓺人喪德。山僧者裏則不然，若有問和尚壽年多少，但向道拄杖子同年。倘更問拄杖子年多少，便與劈脊一棒，管取慶快平生。雖然，也是寒山道底。

（《宗門拈古彙集》卷三五）

檀度依云：祥麐不踏生草，大鵬耻宿雞欄。寒山子忘却來時路，要且須知有倒行逆施手段。難足長安之句，雖空花水月，耀古騰今，不拜高風，於雪竇門下，吾必以省宗為巨擘焉。然而三十拄杖，畢竟是阿誰領。

（《宗門拈古彙集》卷四二）

昭覺示眾：「古德道結夏已十一日，寒山子作麼生？」又有道：「結夏已十一日，水牯牛作麼生？」山僧即不然，結夏已十一日，燈籠露柱作麼生？若識得燈籠露柱即識得水牯牛，若識得水牯牛即識得寒山子。

（《宗門拈古彙集》卷四四）

白巖符云：「我要問昭覺，寒山子作麼生識，眼目定動，便與掀倒禪床。」

（《宗門拈古彙集》卷四四）

翠巖芝云：「大似辯才見蕭翼，實壽方云：「明施縱奪，還他寒山暗下鉤錐，須是豐干，若在衲僧門下，并須喫棒。靈溪昱云：「五更侵早起，更有夜行人。」

（《宗鑑法林》卷五，天台豐干禪師。）

保福權云：「吾心似燈籠，點火內外紅。有物堪比倫，來朝日出東。」靈溪昱云：「大小寒山出門不認貨，好與三十拄杖。」

（《宗鑑法林》卷五）

古巖無路艸離離，拾得寒山總不知。竟日孤行行不到，寒猿祇聽叫巖巉。（古巖莞）

（《宗鑑法林》卷二九）

聖僧黑漆實希奇，莫把丹青點污伊。合掌燒香人不敬，寒山拾得笑攢眉。（海印信）

（《宗鑑法林》卷三十）

投子青云：「寒山睡早，拾得起遲。」復頌：雲暗東巖西峯明，汀洲南面起簫聲。天光睡重和衣潤，鶯囀高枝柳帶春。

（《宗鑑法林》卷四三）

一切智通無障礙，埽地潑水相公來。覿面當機如激電，寒山撫掌笑哈哈。（拙菴光）

（《宗鑑法林》卷四九）

出沒從教第二月，毫氂繫念三途業。令人千古憶寒山，舊路十年歸不得。歸若得，寥寥萬里一條銕。（一揆揆）

（《宗鑑法林》卷六二）

拾得疎慵非覺曉，寒山懶惰不知歸。聲前一句圓音美，物外三山片月輝。（丹霞淳）

（《宗鑑法林》卷六五）

徒敲布皷誰是知音。（寒山舉等。拾得點頭。）

（《禪門諸祖師偈頌》卷一，筠州洞山价禪師玄中銘。）

大洪預云：弟應兄呼豈偶然，嬉遊時在舊山前。通身手眼如何會。拾得寒山笑揭天。

（《禪林類聚》卷十）

楚安方云：「打鼓普請看，直得骨毛寒。拾得寒山舞，笑倒老豐干。」

（《禪林類聚》卷十八）

師云：寒山睡重，拾得起遲。名韁難繫絆，利鎖莫拘鉗。衲帔幪頭萬事休，此時山僧都不會。六門六戶六國六出，皆六根之異號也。

（《林泉老人評唱投子青和尚頌古空谷集》卷三，第三七則：雲居六戶。）

舉僧問巖頭，古帆不挂時如何？（平生厭風浪，抵死倦舟航）。巖云：「後園驢喫草。」（在意放者）師拈云：寒山睡重，拾得起遲。（筭來名利不如閑）。

（《林泉老人評唱投子青和尚頌古空谷集》卷四，第五三則：巖頭片帆。）

寒山睡重，拾得起遲。他誰管你前園與後園，喫草不喫草。雖然如是，休從長耳咆哮處。蹉過胡笳一韻長，頌曰：雲暗西巖東嶺明（隱而彌彰），汀洲南面起笛聲（不容探聽）。天光睡重和衣潤（始覺渾身泥水濕），鶯囀高枝柳帶春（切忌隨聲逐色）。

（《林泉老人評唱投子青和尚頌古空谷集》卷四，第五三則：巖頭片帆。）

不見一法即如來，方得名為觀自在。若論箇中消息，就裏行藏，非是人，難委悉。蓋由汝善熒惑，被無始劫來妄情埋沒。不識家珍，唯認茫茫業識。甘受輪迴，見道虛空點頭。不解齁為捏怪，可謂是寒山逢拾得，拍手咲呵呵。

（《林泉老人評唱丹霞淳禪師頌古虛堂集》卷五，第七七則：非思量處。）

寒山忘却來時路（十年忘却來時路，此言眾僧昧己逐緣也），拾得相將携手歸（閭丘胤逢拾得把手入門，尊者於王於眾未歸令歸未出令出，忒殺婆心）。

（《凈絕老人天奇直註天童覺和尚頌古》卷一）

遂往參潔空，從頭舉似。空曰：「不見道，莫謂無心云是道，無心猶隔一重關，道了便入寢室。」師自是茫無意緒，懷疑不決。一日見寒山詩：「吾心似秋月」之句，疑滯頓釋，後菴居古山，臨終書偈而逝。

（《徑石滴乳集》卷二，黔中正法雪光禪師。）

羅漢南和尚示眾云：「紅霞穿碧落，白鷺點滄洲。不是寒山子，時臨古渡頭。騎駿馬，驟高樓，萬里銀河輥玉毬。別明真解脫，撥火覓浮漚。

（《正法眼藏》卷二）

問：「寒山逢拾得，拍手笑呵呵。未審笑箇甚麼？」答：「飢嗔飽喜。」頌：寒山拾得笑呵呵，目擊心存會也麼？此意分明非委曲，更休特地覓譸訛。

（《青州百問》卷一）

問：「如何是驗衲僧底句？」師云：「寒山、拾得。」

（《古尊宿語錄》卷一一，慈明禪師語錄。）

兀兀隨緣任浮沉，不拘春夏及秋冬。闍梨請益平生事，問取寒山始知音。

（《古尊宿語錄》卷二三，僧請益。）

豐干欲遊五臺，謂寒山、拾得云：「你若共我遊臺，便是我同流；你若不共我遊臺，不是我同流。」寒山云：「你去遊臺作什麼？」干云：「禮拜文殊。」山云：「你不是我同流。」師云：「豐干大似辯才遇蕭翼。」

（《古尊宿語錄》卷二五，拈古。）

一住天台後，身單布亦穿。雖然筋骨露，歌笑不堪傳。

（《古尊宿語錄》卷三二，舒州龍門佛眼和尚語錄，憶寒山。）

問：「如何是諸佛出身處？」師云：「寒山不語拾得笑。」

（《古尊宿語錄》卷三八，襄州洞山第二代初禪師語錄。）

上堂，舉：昔日天台國清寺因炙茄次，有拾得以竹弗向維那背上打一下，維那叫直歲，你看這風顛漢。拾得云：「蒼天！蒼天！」寒山問：「你打伊作什麼？」拾得云：「費卻多少鹽醬。」諸禪德，拾得打維那，實謂費鹽醬多也。唯當別有道理，明眼衲僧試出來斷看，一為眾決疑，已曉未悟；二表自己參學，辨其是非。冷地裏說葛藤，貶剝古今，不為好手，有麼？若無，老僧為你決疑去也。直歲苦苦，告退再三，留得寒山、拾得，總分付卻，掃地底教掃地，燒火底教燒火，諸菁兒子莫令空過。饒舌豐干到來，老僧為伊勘過，監院、維那、典座、直歲，更須要知寒山、拾得姓箇什麼，若也不知，異日他時總遭伊把鼻孔領過，喝一喝！下座。

（《古尊宿語錄》卷四二，住洞山語錄。）

上堂，槌鐘復擊鼓，日輪正當午。拾得語寒山，畫龍却得虎。下座。

（《古尊宿語錄》卷四二，住洞山語錄。）

菩提數珠一百八，柳栗拄杖六七尺。象王蹴踏潤無邊，達磨唯留履一隻。至今天下重黃金，笑殺寒山與拾得。觀音慈，布袋憨，維摩問疾文殊堪。千奇萬怪狀無盡，皎然此理誰相諳。石城人物多賢善，仁者一到皆和南。有人問著新豐老，切忌承言落二三。

（《古尊宿語錄》卷四五，寶峰雲庵真淨禪師偈頌，送清禪者石城丐（清乃善畫）。）

宿來萬福數日，人事相煩。更不一一陳謝，禮煩即亂。知是箇般事便休，

且道：是什麼事？拈拄杖云：「風不鳴條，雨不破塊。堯風蕩蕩，行人讓路。萬姓歌歡，筠陽城中。誰家竈裡無煙？張公喫酒李公醉。」卓拄杖云：「寒山拾得。」

（《續古尊宿語錄》卷二，雲菴真淨文禪師語。）

報慈一要，凡聖同妙。犬吠驢鳴，龍吟虎嘯。道吾樂神，師巫祭廟。雨過山青，雲收日照。拾得與寒山，不覺呵呵笑。諸禪德，且道：笑个什麼？休休！他年自有智音，豈待今朝說破。

（《續古尊宿語錄》卷三，開福寧和尚語。）

卓拄杖一下云：白雲拄杖却飽，寒山撫掌呵呵，為什麼如此？豈不見，甘贄行者設粥，為狸奴白牯念摩訶；更有南泉潦倒，無端打破粥鍋。喝一喝云：「恁麼說話，唒我者少，笑我者多。卓拄杖。

（《續古尊宿語錄》卷五，石菴玊召和尚語。）

一二三四五，金木水火土。拾得語寒山，豐干騎老虎。報君知，莫莽鹵。從來保福四謾人，不似禾山解打鼓。

（《續古尊宿語錄》卷五，混源密和尚語。）

問：豐干，彌陀化身也；寒山、拾得，文殊、普賢也；彌陀之現，不領觀音、勢至，而挾文殊、普賢以遊，至所屬詞，又多宗門語，將無以念佛觀佛為局，而轉如來禪成祖師禪乎？抑常寂光土之人，匪是莫由接乎？

（《御選語錄》卷一三，御選雲棲蓮池示宏大師語錄。）

彼寒山之勖豐干，謂：「往五臺禮文殊，不是我同流。」此在通達佛道者，出辭吐氣自別。且也一切佛道以金剛、般若為入門；以佛華嚴為究竟，金剛則曰：「實無少法可得。」而佛華嚴所稱佛地二愚，一則曰微細所知愚；一則曰極微細所知愚，所以阿難自道不歷僧祇獲法身，識者猶且呵之。故或曰佛瘡，或曰佛魔，文殊瞥起佛見，未免貶向二鐵圍。嗟！嗟！見河能飄香象，智主不受功德；道人心無住處，蹤跡不可尋。故不歷權乘，獨秉一乘，此則不佞之所為惓惓者也。

（《御選語錄》卷一三，御選雲棲蓮池示宏大師語錄，答曹魯川。）

巖前獨坐月輪圓，對月只須作月看。指月是心心是月，寒山此語要重參。
（《御選語錄》卷一九，大學士伯鄂爾泰坦然居士，禪課截句。）

古尊宿剩語如雪峯者，殊難多得。但其間趙州不肯處，至今疑賺殺人。

若不是個裏轉身，具一隻眼，未易望殘蠡而津津也。得山林居士以入道因緣，紀號於雪峯夢裡，雲門先師奇之，將謂拾得、寒山同時說夢。

> （《雪峰義存禪師語錄》卷一，雪峯禪師語錄序。）

可憐寒山子，多言復多語。橫路作籬障，何如直下覓光舒。

> （《雪峰義存禪師語錄》卷一，因讀寒山詩。）

上堂，僧問：「如何是接初機句？」師云：「一刀兩段。」進云：「如何是驗衲僧句？」師云：「寒山拾得。」進云：「如何是正令行句？」師云：「來千去萬。」進云：「如何是立乾坤句？」師云：「天高海闊。」

> （《石霜楚圓禪師語錄》卷一）

問：「昔日世尊拈花，迦葉微笑；今日興化開堂，將何示徒？」師云：「有問有答。」進云：「寒山瞬目，拾得揚眉去也。」師云：「不覩雲中鴈，焉知沙塞寒。」進云：「入水見長人。」師云：「不如禮拜好。」

> （《石霜楚圓禪師語錄》卷一，師住潭州興化禪院語錄。）

君處皇都，我居林藪；林藪皇都，南星北斗。北斗南星，問誰見醜；溢目千岑，烏飛兔走。翻謂寒山，豐干饒口。我今珍重隴西公，獨坐毗耶師子吼。

> （《石霜楚圓禪師語錄》卷一，寄李駙馬都尉二首。）

南北東西道，東西南北祖。拾得問寒山，夜半日輪午。

> （《石霜楚圓禪師語錄》卷一，寄汾州一長老。）

上堂，拈主丈云：「寒山舞拾得笑，豐干一曲無羌調。囉囉哩哩哩囉，近日秋林落葉多。」卓一卓，下座。

> （《福州雪峯東山和尚語錄》卷一）

我手何似佛手，拈起扇子擗口。打落帝釋花冠，却是寒山掃箒。

> （《福州雪峯東山和尚語錄》卷一，頌古。）

一字不著劃，古錦寫回文。寒山指拾得，斗柄插雷門。

> （《福州雪峯東山和尚語錄》卷一，幽巖禪師。）

僧云：「解吹無孔笛，天下總聞聲。」答：「寒山撫掌，拾得呵呵。」

> （《保寧仁勇禪師語錄》卷一）

結夏上堂，大道無私遇緣展縮，季季四月，今朝普請，方來禁足，寒山舞袖舞三臺，拾得橫琴彈一曲。一二三，四五六，夏雨布長空，清聲發幽谷。

直饒不墮宮商，也是強生節目。爭如野外農夫，擊壤高歌鼓腹。不學禪律威儀，免見蠟人隨逐。雖然恁麼，不傷物義抹過時機。又且如何話會，丹鳳不棲無影樹，直透煙霄意自殊。

（《開福道寧禪師語錄》卷二）

入院指三門云，開池不待月。池成月自來，寒山逢拾得，拊掌笑哈哈。
（《月林師觀禪師語錄》卷一，開山湖州報因佑慈禪寺語錄。）

中秋上堂：靈山話月，曹溪指月，寒山比月，從上佛祖納盡敗闕，天寧即不然。有簡頌子舉似大眾，地黑天昏見得親，肯隨光影弄精魂。老僧拳下死中活，佛與眾生一口吞。

（《無門慧開禪師語錄》卷一，隆興府天寧禪寺語錄。）

店宿希雞唱，天明眼未開。丹霞沒火炙，木佛化成灰。院主眉鬚墮，寒山呌善哉。木人無自性，機關拽線催。淨樂無簡事，金弦彈子來。孤鶴翹松頂，得意懶相陪。倫搦筆端口，披雲帶雨回。維摩詰有問，搖手指天台。

（《普菴印肅禪師語錄》卷二，萍鄉縣宰，差淨樂僧，首求語，修宣風橋。）

青黃赤白異塵寰，知音希得似寒山。豐干未辨爭饒舌，光明不遍道應難。
（《普菴印肅禪師語錄》卷二，百寶光明。）

一切賢聖如電拂，智尊不動瑠璃色。紫金光聚沒遮欄，說甚寒山并拾得。
（《普菴印肅禪師語錄》卷二，證道歌。）

將勤補拙入廚中，不問青泥事事充。拾得寒山明此意，如今成佛滿虛空。
（《普菴印肅禪師語錄》卷三，行住坐臥。 三十二頌，飯頭。）

山雲昨夜雨，簷頭滴滴舉。寒山拾得知，雙雙為伴侶。
（《普菴印肅禪師語錄》卷三，莊嚴淨土分第十。）

上堂：葉落歸根，來時無口。不留朕跡，騰身北斗。火裏蚯蟒吞却嘉州大象，益州馬腹不覺膨脹。燈籠露柱大笑，拾得寒山撫掌。還會麼？莫待是非來入耳，從前知己返為讐。

（《虎丘紹隆禪師語錄》卷一，平江府虎丘雲巖禪寺語錄。）

入寺指三門，師云：寒山掃松徑，拾得拂蒼苔。憑仗東君些子力，一時吹入我門來。

（《瞎堂慧遠禪師廣錄》卷一，台州天台山景德國清禪寺語錄。）

乃舉寒山問豐干和尚：「古鏡不磨如何照燭？」干云：「氷壺無影像，獼猴探水月。」山云：「猶是不照燭，請師更道。」干云：「萬德不將來，教我如何道。」師云：「大小寒山子，被豐干當面熱瞞；大小豐干，被寒山子一問，元來膽小。」且道：「甚麼處是膽小，甚麼處是熱瞞？山僧三日前，看來好一局生面底碁，可惜被遮兩箇老凍儂著壞了也。如今莫有行得活路底衲僧麼？饒你先手出來，當頭下一著看。」拊掌云：「了。」

（《晦堂慧遠禪師廣錄》卷一，台州天台山景德國清禪寺語錄。）

敢問大眾：作麼生是月堂老人不露風骨底句，莫是諸行無常，是生滅法；生滅滅已，寂滅為樂麼？錯！錯！畢竟如何？以拄杖擊香卓一下云：「地戶牢關銀浪淨，天鑪不放火雲飛。苔封古路星河暗，拾得寒山總不知。」

（《晦堂慧遠禪師廣錄》卷四，為月堂和尚入壙。）

衲僧家，騎箇水牯牛，多快活，百無憂。健即行，困即歇，布袋頭親解結。釘打釘，鐵打鐵。寒道寒，熱道熱。此是諸佛心宗，亦名單提妙訣。七峰峰頂滑如苔，寒山拾得相拖拽。

（《率菴梵琮禪師語錄》卷一）

寒拾相逢便拍肩，雙收雙放笑掀天。古今一片閑田地，露出尋常茗蓽邊。

（《率菴梵琮禪師語錄》卷一，佛祖贊，寒山拾得。）

寒山指出，拾得執指。不曾見月，矮子看戲。

（《北磵居簡禪師語錄》卷一，〈贊‧寒山〉。）

上堂，井梧葉葉響颼颼，攪動明河萬里秋。柳栗摩挲生遠興，白雲流水共悠悠。不是寒山子，誰臨古渡頭。

（《物初大觀禪師語錄》卷一，慶元府大慈名山教忠報國禪寺語錄。）

橫也掃，豎也掃。七佛之師，狼藉不少。

（《物初大觀禪師語錄》卷一，〈佛祖贊‧寒山掃地〉。）

端午上堂：好是天中節，當陽見不偏。桃符懸壁上，艾虎挂門前。理應羣機合，心空萬境閑。無人知此意，令我憶寒山。

（《笑隱大訢禪師語錄》卷一，中天竺禪寺語錄。）

朝廷降給齋糧，併請監寺典座。上堂：我本無心，有所希求。今此寶藏，自然而至。楊岐金剛圈，十分光彩；東山鐵酸餡，百味具足。若是知恩報恩，不妨大家受用。且道：受用箇什麼？幾片白雲橫谷口，數聲寒雁起滄洲。令

人苦憶寒山子，紅葉斷崖何處秋。

（《笑隱大訢禪師語錄》卷二，大龍翔集慶寺語錄。）

上堂，龍翔孟八郎，惡辣難近傍。佛祖也潛蹤，從教人起謗。雲門扇子跳上天，趙州葫蘆挂壁上。寒山墡地接豐干，却是南嶽讓和尚。

（《笑隱大訢禪師語錄》卷二，大龍翔集慶寺語錄。）

上堂，入夏已半月，為問寒山子，天台不歸去，頭白紅塵裏。賴有同道人，相伴為如已。文殊踞虎頭，普賢收虎尾。佛法忽現前，不用生歡喜。洗面摸著鼻，元是自家底。

（《笑隱大訢禪師語錄》卷二，大龍翔集慶寺語錄。）

維爾之祖，曰東西喦。爾維似之，字以弗懃。喦不絕續，而應無窮。靜而能通，杳而有容。嗟喦之人，千古一息。不起于座，周乎八極。天華何來，若將我浼。譬如虛空，繪之五采。是故智者，贊毀不動。五嶽可輕，一芥可重。我銘于喦，傳之無已。識真者誰，惟寒山子。

（《笑隱大訢禪師語錄》卷三，天喦銘。）

上堂，結夏已過半月，是知無無不是。寒山子作麼生，山前麥熟也未。

（《偃溪廣聞禪師語錄》卷二）

除夜小參，一年將盡夜，古往今來，知是幾回？萬里未歸人，倚墻靠壁，有甚麼限？徑山門下，坐立儼然。大家在者裏，第一不問新年頭；第二不問舊年尾。又不似北禪老子，傷鋒犯手，筵鹽費醋，一杯酒上樓，一尺絹搨練。虛張意氣，徒逞奢華。只據見定，以雲門一曲，向今夜吹唱。寒山拍拾得笑，不是黃鐘宮，亦非大石調，何也？大盡三十日，小盡二十九。

（《偃溪廣聞禪師語錄》卷二）

上堂，古者道：知有佛祖向上事，方有說話分。只見錐頭利，不見鑿頭方。文殊不識寒山；普賢不識拾得，拍手呵呵大笑，笑倒五峯蒼壁，還知有向上事麼？驢年。

（《大川普濟禪師語錄》卷一）

採樵沿嶺去，提水傍谿歸。个般無出豁，七佛不曾師。

（《大川普濟禪師語錄》卷一，〈贊佛祖·寒山〉。）

脚下破木屐，手內生苔箒。放不下抛却走，笑指時人不知有。

（《淮海原肇禪師語錄》卷一，寒山拖屐執帚。）

上堂，一見便見，何勞言窒搭。將軍不上便橋，勇士不在掛甲。又說甚寒山子水牯牛，今日四，明日八。僧問巖頭，路逢猛虎時如何？捺。

（《介石智明禪師語錄》卷一）

跨猛處去來，與寒拾來去。賊火不勘，自相許露。謂是彌陀，有何憑據。

（《介石智明禪師語錄》卷一，〈讚佛祖‧豐干〉。）

五字忍飢吟，十年忘歸路。著不著大笑，一場吐不出。相似底句，是真文殊，無二文殊。蘇盧口悉唎，口悉唎蘇盧。

（《介石智明禪師語錄》卷一，〈讚佛祖‧寒山〉。）

來無地頭，去有蹤跡。笑不省是什麼意，掃不盡幾多狼藉。苦海無邊，行願無邊。喚作普賢，即非普賢。

（《介石智明禪師語錄》卷一，〈讚佛祖‧拾得〉。）

放下苕帚，對坐巖穴。眼看不停，口說不歇。想得峨眉五臺，無此一天明月。

（《介石智明禪師語錄》卷一，〈讚佛祖‧寒拾（放帚，坐對崖石，看月）〉。）

出鄉歸上堂，一九與二九，相逢不出手。巍巍不動尊，脚不離地走。有般漆桶，聞與麼道。便向東涌西沒，七縱八橫處，點頭嚗唾。這般野狐見解，是諸方普請會底。且超然拔萃一句，作麼生道？良久云：「寒山逢拾得，撫掌笑呵呵。」

（《曹源道生禪師語錄》卷一）

上堂，舉：古者道：結夏來五日，寒山子作麼生？靈隱結夏來十日，無陰陽地作麼生？良久，云：「風吹荷葉動，決定有魚行。」

（《松源崇嶽禪師語錄》卷二）

上堂云：雪埋松徑，梅著寒梢。露倮倮赤灑灑獨孤標。寒山逢拾得，撫掌笑呵呵。

（《無明慧性禪師語錄》卷一）

上堂舉寒山頌：秋光清淺時，白鷺和煙島。良哉觀世音，全身入荒草。點撿將來，罪過不少。只憑拄杖，一切靠倒。遂靠拄杖下座。

（《無明慧性禪師語錄》卷一）

上堂：萬木驚霜風，千林著秋色。堪笑寒山子，到處覓不得。拈拄杖云：

元來在這裏。看看！卓一下，云：「又入露柱裏去也。」

（《無準師範禪師語錄》卷一）

上堂，三月春將老，萬木獻青杪。微雨濕殘紅，泉聲雜幽鳥。堪悲！堪笑！寒山子歸不得，忘却來時道。

（《無準師範禪師語錄》卷一）

徑山少林和尚遺書至。上堂，召大眾云：「少林消息絕，大地一團鐵。愁殺寒山子，無言倚寥沉，悲風流水聲嗚咽。」

（《無準師範禪師語錄》卷一）

出山鄉歸上堂，召大眾云：「三家村裏神樹子，十字路頭牛屎堆。拾得寒山曾覷破，至今拍手笑哈哈。你這一隊後生，三條椽下閉眉合眼，恣意妄想，知什麼茄子、瓠子？」

（《無準師範禪師語錄》卷二）

冬夜小參，羣陰剝盡，向什麼處去也。一陽復生，又從何處來。知得來處，明得去處。冬至寒食一百五，籬邊石筍抽條長。丈二鐵樹開花又生子，直得寒山撫掌，拾得呵呵。釋迦老子鼻孔遼天，樓至如來兩脚踏地。惟有山僧拄杖子裂裂掣掣，硬蔦怛地，直是不肯點頭。却道我從賢劫來未嘗聞有這箇消息，吽！吽！幸然平似鏡，誰管曲如鈎。

（《無準師範禪師語錄》卷三）

手持經卷，付與同倫。己所不欲，勿施於人。
自有一經，不肯受持。却從佗覓，可煞愚癡。

（《無準師範禪師語錄》卷五，寒山持經拾得手接。）

一句子少機杼，作是思惟時。吾心在何許，芭蕉葉上三更雨。一見重巖壁立，挺然氣宇爭高。默默思量覓句，可怜走却金毛。

（《絕岸可湘禪師語錄》卷一，寒山。）

生苕箒提在手，放下絕諸塵。轉掃復轉有，松門十里春如晝。慶墨趯人下筆，肚裡難禁技癢。頻頻轉腦回頭，不知失了白象。

（《絕岸可湘禪師語錄》卷一，拾得。）

手携破竹筒，是甚閒舉止。零零星星，拾得蒝菜查，喜喜歡歡。相逢誇鼎味，香透普賢毛孔裡。閣筆靜沈吟，意中無活句。清骨瘦如柴，多為吟詩

苦，芭蕉葉上無愁雨（芭蕉題詩）。

（《樵隱悟逸禪師語錄》卷二，寒山。）

施于在茗蕚，一味弄奇恠。紛紛飛飛竟日掃不休，瑟瑟瀟瀟松頂風鳴籟，狼藉文殊金世界。錯腳到寒岩，夢逐塵寰轉。倚仗默思惟，客情多繾綣，峩嵋歸路如天遠。

（《樵隱悟逸禪師語錄》卷二，拾得。）

上堂：石中有玉，沙裏無油，德山臨濟，未出常流。却憶寒山子，時臨古渡頭。

（《石田法薰禪師語錄》卷一）

解夏，九十日夏，頭正尾正。寒山子，水牯牛。燈籠露柱，一一心空及第。惟有南山禪和子，頑皮賴骨，抵死謾生道：我一夏之中，全無絲毫所證所得。南山聞得，無可奈何。只向他道：「願你常似今日。」山僧恁麼道，諸人且道：「是肯他不肯他？」良久云：「相逢盡道休官去，林下何曾見一人。」

（《石田法薰禪師語錄》卷三）

三人必有我師，臭肉元同一味。把手聚頭，蘇盧悉里，只因一等饒舌，兩簡隱身無地。可惜當初國清寺裏，一隊懵憧師僧，更沒些子意智。

（《石田法薰禪師語錄》卷四，豐干寒山拾得圖。）

一等騎虎來，兩簡挨肩去。松門外聚頭，輥作一處睡。夢蝶栩栩不知，孰為人孰為虎。待渠眼若開時，南山有一轉語。

（《石田法薰禪師語錄》卷四，四睡圖。）

木葉題詩，寺廚執爨。遇夜乘閑，林間舒散。一片氷壺無影像，分明照破渠肝膽。堪笑當時天台山，中也無一簡具眼。

（《石田法薰禪師語錄》卷四，寒山拾得望月。）

上堂，九十長期，三分過二。覺海浪平，鐵舡無底。寒山子水牯牛作麼生？切不得道，大家在這裏。

（《劍關子益禪師語錄》卷一）

吟詩吟未就，執筆且搜枯。欲寫芭蕉上，依前一字無。

（《劍關子益禪師語錄》卷一，寒山把蕉葉執筆。）

結夏上堂：百二十日夏，今朝始發頭。飯抄雲子白，羹煮菜香浮。未問

寒山子，先看水牯牛。山前千頃地，信脚踏翻休。

（《希叟紹曇禪師語錄》卷一）

上堂，結夏已十日了也，寒山子作麼生？村詩吟落韻，竹管貯殘羹。

（《希叟紹曇禪師語錄》卷一）

國清竊得殘羹飯，也學人前弄竹篙。欲寫斷崖無活句，心如秋月待如何。

（《希叟紹曇禪師語錄》卷一，寒山題詩。）

面皮頑惡髮鬅鬆，磨墨元來也不中。冷看佗人書淡字，不知污得布裙濃。

（《希叟紹曇禪師語錄》卷一，拾得磨墨。）

復示頌云：不擬寒山落韻詩，未傳盧老潑禪衣。脚頭活取通宵路，來透庭前剗草機。

（《希叟紹曇禪師語錄》卷一）

楓橋姑山訃音上堂，半夜客船鍾，漁火愁眠省。不見老寒山，淚濕吳雲冷。幽鳥啼霜月影斜，楚橋楓葉翻紅錦。喚作聲得麼？喚作色得麼？（拂子擊床云）擊碎重關，姑山未泯。

（《希叟紹曇禪師語錄》卷二）

結夏上堂，百二十日夏，今朝始發頭。飯抄雲子白，羹煮菜香浮。未問寒山子，先看水牯牛。山前千頃地，信脚踏飜休。

（《希叟紹曇禪師語錄》卷二）

楓橋中庵和尚訃音上堂，吳江風急浪翻空，聲擊楓林半夜鐘。驚起客船塵夢破，踏翻大地去無踪。寒山撫掌，龐老槌胷。少室門庭空寂寂，凝寒古路綠苔封。

（《希叟紹曇禪師語錄》卷二）

為行者立參，貪傳無底鉢，栽松道者，七歲重來，愛吟落韻詩；寒山瘷兒，半生清苦，甘贄手親行襯，累南泉打破粥鍋，老盧眼不識書，搣黃梅非臺鏡，窮伎倆一時拈弄，惡聲響千古流傳。人苟存尊堯鄙桀之心，豈無希顏慕蘭之作。務在克遵師訓，更須痛念己躬。

（《希叟紹曇禪師語錄》卷四）

致令明覺老人，闇闇含笑，水邊林下，瘦策閑戲，將乳峰白石，傴蓋蒼松，錦鏡清光，珠林翠色，揍成瀑布一聯詩。那斯祁，力囚希，新翻音律，

逸格風規，梵語華言該不著，賡酬惟有夜虫知，(拍床云) 不遇寒山舉向誰。

(《希叟紹曇禪師語錄》卷四)

為行者立參，負石舂粃，盧行者十成鈍置；吟詩捉飯，寒山子一世顛狂。這不唧口留漢，鈍置叢林，惟大闡提人，別行活路，安排鍬钁，旋栽冬嶺之松；淬礪鋒鋩，快剗春庭之草，澡心清潔，潑凡夫成佛不為難；苦口叮嚀，老和尚怜兒不覺醜。急須悔過，莫返為冤，冀汝淨行人，速下菩提種。

(《希叟紹曇禪師語錄》卷四)

青燈繼晷，寒山子務學必求師；黃葉止啼，瑞巖老人怜兒不覺醜。切宜遵守，慎勿犯違。庶曹溪絕潢潦之流，俾良田純粳稻之種。

(《希叟紹曇禪師語錄》卷四)

不學寒山落韻詩，翻身來透祖師機。碓頭舂出非臺鏡，錯受黃梅半夜衣。

(《希叟紹曇禪師語錄》卷六，贈淨書狀。)

寒山詩句非知音，紛紛問字誰親切，勹不成勹ノ不ノ，爭得盧公賽子雲。一肩擔荷柴衝折，臨行密付阿誰邊。妙處休云子不傳，索性掃除元字脚，義天雲淨月孤玄。

(《希叟紹曇禪師語錄》卷六，靈叟小師，悟垓侍者，求語。)

門鈎弗解開扃，筥篲不能掃地。解說杜撰文書，背後有人切齒。將謂寒山聽信他，不知笑裏暗藏刀。

(《希叟紹曇禪師語錄》卷七，天台三隱 (寒山執卷笑，拾得腰挂門
鈎。一手箒，一手豎指，作講說勢。豐干立後，作扣齒勢)。)

加紗挂頭何規矩，眼要看經不識字。差般差樣掣風顛，硬作斑猫騎作虎。道是彌陀，有何本據。閭丘太守，似蘇州子。

(《希叟紹曇禪師語錄》卷七，豐干。)

國清竊得殘羹飯，也學人前弄竹蒿。欲寫斷崖無活句，心如秋月待如何。面皮頑惡髮蓬鬆，磨墨元來也不中。冷看他人書淡字，不知污得布裙濃。

(《希叟紹曇禪師語錄》卷七，寒山拾得 (一題詩，一磨墨)。)

冷坐松陰指顧誰，說無義語放憨癡。多方引得閭丘笑，彩好斑斑睡不知。笑裏藏刀語詐淳，握生苔篲鼓烟塵。謾將心污秋潭月，未必渠儂肯比倫。

(《希叟紹曇禪師語錄》卷七，豐干 (坐樹下，舉指作說話勢。
閭丘相對而笑，虎在邊。睡)；寒拾 (握苔篲，指月笑語)。)

國清竊了殘羹飯，也學人前弄竹篙。欲寫險崖無活句，心如秋月待如何。可憐拾得，側望徒勞，墨有消時恨不消。

（《希叟紹曇禪師語錄》卷七，寒拾磨墨題巖。）

滿地埃塵弗掃除，無端商校潑文書。灼然主丈能行令，不到豐干放過渠。

（《希叟紹曇禪師語錄》卷七，天台三聖圖（寒山兩手執卷，拾得
一手握幕，一手指點，相顧作商量勢。豐干倚杖，立其傍）。）

人無害虎心，虎無傷人意。彼此不關防，何妨打覺睡。

（《希叟紹曇禪師語錄》卷七，四睡。）

白雲萬里，青松幾樹。笑咏寒山詩，借宿周家女。死伎窮丰骨露，（智雲智雲）大有著你處。

（《希叟紹曇禪師語錄》卷七，為雲淨人入骨(天台周氏子)。）

上堂，結夏已十日，日日日東出。唯有寒山子難尋覓，東去沒踪由，西去無消息。（驀拈主丈，顧視云）叻。黑㹾皺長七尺，（卓一下）等閑題破千巖石。

（《西巖了慧禪師語錄》卷一）

虎怕人心惡，人欺虎太慈。雖逢賢太守，難打者官司。

（《西巖了慧禪師語錄》卷二，〈為超塵居士讚·豐干閭丘虎〉。）

五臺為床，峨嵋作枕。眠似不眠，惺如不惺。喚起來，三十苕帚柄。

（《西巖了慧禪師語錄》卷二，〈為超塵居士讚·寒拾(作一團眠，地有苕帚)〉。）

亂石當洶泓，千巖作詩軸。意到句不就，句到意不足。墨漸消，筆漸禿，蒼松偃蹇莓苔綠。

（《西巖了慧禪師語錄》卷二，〈為超塵居士讚·拾得磨墨，寒山題巖〉。）

高興上層巔，斷崖收晚烟。筆底兩三字，人間千百篇。
心手不相知，石上墨成池。劫石有消日，此墨無盡時。

（《西巖了慧禪師語錄》卷二，〈為超塵居士讚·寒山題巖，拾得磨墨〉。）

人兮不羈，虎兮不縛。是四憨癡，成一火落。雖然合眼只一般，也有睡著睡不著。無固無必，挨肩木尤膝。人夢不祥，虎夢大吉。世上有誰知，天台雲冪冪。

（《西巖了慧禪師語錄》卷二，〈為超塵居士讚·四睡〉。）

山河大地，猶一點埃。面前掃却，背後成堆，默默。

（《月礀禪師語錄》卷二，〈贊‧寒山〉。）

台雲萬丈，猶一菜滓。收拾筒中，如金自誇，差差。

（《月礀禪師語錄》卷二，〈贊‧拾得〉。）

所指是何物，所說是何言；心毒不如口毒，合成生死深冤，閭丘老惜尊拳。

（《月礀禪師語錄》卷二，〈贊‧豐干指虎與閭丘說〉。）

忘却自家心，却指天邊月。更言無物比倫，分明話作兩橛，生苔幕何不撼。

（《月礀禪師語錄》卷二，〈贊‧寒山拾得〉。）

虎依人人靠虎，一物我忘亦汝。肚裏各自惺惺，且作團打覺睡，誰管人間今與古。

（《月礀禪師語錄》卷二，〈贊‧贊豐干寒拾虎四睡圖（梁山）〉。）

上堂，舉雲門示眾云：「結夏已過二十日，寒山子作麼生？」自代云：「和尚問寒山，學人對拾得。親言出親口，平地成狼藉。會麼？」雙峰與麼道：「也是普州人送賊。」

（《平石如砥禪師語錄》卷一）

天台山中，國清寺裡。掃箒隨身，塵埃滿地。只知指點笑他人，對面有人還笑你。

（《平石如砥禪師語錄》卷一，〈真讚‧寒山〉）

爾名拾得，拾得者誰？不識一字，却要題詩。禿筆未曾輕點著，芭蕉葉上墨淋漓。

（《平石如砥禪師語錄》卷一，〈真讚‧拾得〉）

誰言道者少機關，慣向人前放軟頑。一對眼睛烏律律，天台勘破老寒山。

（《平石如砥禪師語錄》卷一，〈偈頌‧道者普圓之天台〉。）

金色界中銀色界，脚頭一步不曾移。天台若見寒山子，應問江西馬簸箕。

（《平石如砥禪師語錄》卷一，〈偈頌‧存上人禮峨眉五臺游天台回江西〉。）

上堂，一夏九十日，今朝事已周。寒山逢拾得，把手話來由。且道話箇什麼？梨出青州，棗出鄭州。

（《斷橋妙倫禪師語錄》卷一）

上堂，古者道：結夏已十日也，寒山子作麼生？又有道：結夏已十日也，水牯牛作麼生？瑞巖者裏，又且不然。結夏已十日也，寒山子，牽一頭水牯牛，向雙眉塘畔喫草，忽然顛發，走到僧堂前，笑你一隊瞌睡漢。騎箇牛又覓箇牛，不知千頭萬頭，元只是者一頭。叱一聲。下座。

（《斷橋妙倫禪師語錄》卷一）

陞座，拈香祝聖畢。乃云：天台北畔，石橋南邊，中有招提，號曰方廣。今當半癡半獃，半聾半啞底老僧為主。寒山拾得把定關津，然後豐干管領五百輩，無地頭漢，普請拗折主丈，割斷草鞋，各出隻手，扶持住山鈤斧，直得三邊雲淨一國風清，樵牧懽呼，禽魚鼓躍，正與麼時，且功歸何所？一爐沈水謝闇丘。復舉寒山拾得，問豐干和尚：「古鏡不磨時，如何照燭。」豐干云：「氷壺無影像，猿猴探水月。」寒山云：「此是不照燭也。」更請道。豐干云：「萬德不將來，教我道什麼？」二人禮拜而退。師拈云：幸然好一面古鏡，無端被寒、拾、豐干，強加繪畫，清明者逝矣。新國清，忍俊不禁。未免重為發揮去也。豎拂云：「不待高懸起，蚩尤已失威。」

（《斷橋妙倫禪師語錄》卷一）

師拈云：南泉二十棒，打文殊普賢，可謂棒棒見血，只是罕遇知音。國清門下，寒山拾得，昨夜三更，起佛見法見，山僧棒未曾拈，各自隱身無地，為什麼如此，蛇蘸草鞋。

（《斷橋妙倫禪師語錄》卷一）

結夏小參，東邊西邊，比比驢腮馬頷；者畔那畔，紛紛鬼面神頭。是皆諸方，錐不去鉤不來，一齊輥入五峰前雙澗裏。拽屨揢藤，行看雲冉冉，解衣拂石，坐聽水潺潺。瞋使寒山，笑驅拾得，牽藕絲縛住老虎；豎針眼放出大鵬。彈指越萬年，展眸終一夏。者箇猶是現前大眾，自受用三昧，且住山分上，又作麼生？紅莧葉間敷芍藥，紫荊花底結林檎。

（《斷橋妙倫禪師語錄》卷一）

寒山兄，拾得弟，相呼相喚，踏步于石梁橋畔；一出山去，永不回來，何故？將謂鬚鬚赤，更有赤鬚鬍。

（《方山文寶禪師語錄》卷一）

示眾：天台山中，方廣寺裡，五百應真，常在石梁橋上，捕風捉影。寒山拾得，倒跨猛虎，驀地走出，布袋口拄杖頭，跛跛挈挈，各自散去。大眾，且道散去後又作麼生？良久云：「歸堂喫茶。」

（《方山文寶禪師語錄》卷一）

心似秋月，話作兩橛。石壁題詩，弄巧成拙。

（《無見先覩禪師語錄》卷一，〈真贊・寒山〉。）

捱墨作戲，無可不可。閭丘老人，當面錯過。

（《無見先覩禪師語錄》卷一，〈真贊・拾得〉。）

擊頭破衲，百醜千拙。種茞不生苗，栽蔬根倒苗。勿逢穿耳客，機先還漏泄。眉間掛劍時，對面成途轍。窄則遍寥沉，寬則不容針。寒山撫掌咲呵呵，老倒豐干太饒舌。

（《無見先覩禪師語錄》卷一，〈自贊・窄菴首座請〉。）

與汝拄杖子，虛空裏釘橛。奪却拄杖子，大海中捉月。提起殺活劍，弄巧翻成拙。寒山與拾得，撫掌咲不輟。奇哉妙蓮花，出水常清潔。

（《無見先覩禪師語錄》卷二，〈偈頌・示山禪人〉。）

高束瓶盂住翠微，從教世態自隆夷。深明吾祖單傳旨，閒擬寒山出格詩。啼渴野猿窺澗水，聚羣林鳥折霜枝。賞音百舌陽春調，千載悠悠一子期。

（《無見先覩禪師語錄》卷二，〈偈頌・和永明禪師韻〉。）

目擊道存真慶快，心如水月照何窮。蒙頭跣足寒山子，珍重閭丘慎覓蹤。

（《無見先覩禪師語錄》卷二，〈偈頌・答劉知州〉。）

一嘯風生拍手歸，谷人相答樂熙怡。細看秋月寒山句，祇有天台拾得知。境入靜時山始好，橋逢斷處路方危。窮通已定宜安分，不見當年薦福碑。

（《無見先覩禪師語錄》卷二，〈偈頌・和永明禪師韻〉。）

上堂，結夏過半月，那事如何說？寒山子水牯牛，蠟人氷鵝護雪。總是鑽空覓穴，諸方難見易識。瑞筠易見難識，直饒萬緣休罷。一字不留，擬議不來，青天霹靂。

（《海印昭如禪師語錄》卷一）

瑞筠一夏，隨分攤出。寒山子，水牯牛；蠟人氷，鐵彈子，同諸人開鉢共飯，不作賤不作貴。東行不見西行利，有利無利，不離行市，瑞筠便是掗與人，也沒要底。啞！見之不取，思之千里。

（《海印昭如禪師語錄》卷一）

福源住山石屋珙公，早得及菴之傳，居山三十餘載，入定觀心，妙達真

體。故其言語不是造作，實自胸襟渾然流出者也。讀其山居諸偈，綽有寒山子之遺風，以及上堂示眾諸語，一皆切直諦當，有足警發於人。

（《福源石屋珙禪師語錄》卷一，原序。）

示眾，古德道：結夏半月日了也，水牯牛作麼生？有者道：結夏半月日了也，寒山子作麼生？福源道：結夏半月日了也，己躬下事作麼生？

（《福源石屋珙禪師語錄》卷一）

禪餘高誦寒山偈，飯後濃煎谷雨茶。尚有閒情無著處，携籃過嶺採藤花。

（《福源石屋珙禪師語錄》卷二，〈山居詩‧七言絕句〉）

少林直指無枝葉，接響承虛自言說。潦倒中峰力掃除，據古明今成漏泄。行藏我已知其端，扁舟出沒烟濤寒。太湖嚇殺李八伯，不許餘子探頭看。擬得寒山詩幾首，空裏猛風翻石臼。飄落人間幾箇知，露柱燈籠開笑口。

（《天目明本禪師雜錄》卷三）

獅子巖中峰禪師，徹法源底，廓同太虛，百千無量妙義皆從性海中滔滔流出，自然超宗越格，破胎息妄，傳正合圓，悟祖師意，闢義解流，謂從信心銘起，亦古人未論至此也。擬寒山百篇，辯七徵八還，及說如幻法五者，總名曰一華五葉。無非發揚佛祖向上一著，如珠在盤不撥自轉，非具大眼目破的大鉗鎚手，未易入其閫域與之共議也。

（《天目明本禪師雜錄》卷三）

國清寺裏炙茄次，維那被拾得打一竹串，維那叫云：「看者風顛漢。」拾得云：「蒼天！蒼天！」寒山問云：「你打他作麼？」拾得云：「費却多少鹽醬。」師云：「大樹大皮裹，小樹小皮纏，維那既受拾得點檢，拾得也合受人點檢。還知拾得合受點撿處麼？試道看。」

（《天如惟則禪師語錄》卷一）

轉掃轉多須放下，自舒自卷看教親。通身是箇無師智，不比誦苕帚忘帚人。

（《天如惟則禪師語錄》卷五，〈讚佛祖‧寒山（放苕帚看卷子）〉。）

隨時拾得隨時用，裏許空空實不空。本是願王無盡藏，向人只說菜滓筒。

（《天如惟則禪師語錄》卷五，〈讚佛祖‧拾得（携菜簡拾菜滓）〉。）

曾共豐干枕虎眠，又對趙州學牛鬥。喚作文殊與普賢，衲僧領下雙眉皺。

（《天如惟則禪師語錄》卷五，〈讚佛祖‧寒拾同軸〉。）

徑山偃溪珏荊叟國清源靈叟等訃音至，上堂，澗東一脉，滔滔聒聒，接於偃溪，波騰嶽立；甬東西湖，奔湍迅速。返本還源，龍淵窟宅，直得凌霄起舞，五峰唱拍，引得天台山國清寺東廊上，寒山拾得，颺下生苔帚，拊掌呵呵。金華傅大士，空手把鋤頭。涕淚悲泣，正任麼時，諸人還知三大老為人親切處麼？拍膝一下云：「憶著令人肝膽裂。」

（《兀菴普寧禪師語錄》卷二）

指東畫西，眼笑眉垂；心似秋月，髮如亂絲。吟句不成句，題詩不是詩；豐干輕饒舌，敗缺一時知。善哉苦哉，敢稱七佛之師。

（《兀菴普寧禪師語錄》卷三，〈佛祖贊・寒山拾得〉。）

上堂，結夏五日了也，寒山子作麼生？眼倒生筋，水牯牛又作麼生？昨夜今朝又明日，主人翁聾。諾！笑殺傍觀。

（《石溪心月禪師語錄》卷一）

上堂，禪禪萬萬千，眉插耳垂肩。千花影裏，百草頭顛。或時虛空裏釘橛，或時旱地上生蓮。引得寒山子笑掀天，吟得新詩一兩聯，足成三百篇。喝一喝！習氣猶在。

（《石溪心月禪師語錄》卷一）

上堂：春山青，春水綠，獨立危亭看不足。李花白桃花紅，一色同中又不同。知音惟有寒山子，拊掌歌笑臨春風。

（《石溪心月禪師語錄》卷一）

且圖寒山子水牯牛，隨隊於九十日內，渴飲飢　，謹初護末，且與麼過，莫教昏昏；瞌睡時，被鍾聲咬破七條打一番轉，撞倒僧堂，磕碎佛殿，直得盡大地人，眼橫鼻直，一布袋子，盛將去則不無。忽鏡容大士，擘破面皮，呵呵大笑云：「好勞勞攘攘一場，依然只在他圈子裏。」喝一喝云：「噷語作麼？」

（《石溪心月禪師語錄》卷二，蔣山解夏秉拂。）

皎潔清光艷艷寒，幾回撈摝犯波瀾。憑誰說與寒山子，莫把吾心一樣看。

（《石溪心月禪師語錄》卷三，〈偈頌・月潭〉。）

三春去向那邊去，九夏來從屋力來。一喝兩頭俱坐斷，人天眼目與誰開。烏飛兔走，地轉天回，時有清風匝九垓。寒山子滿頭灰，引得豐干笑滿腮。且道笑箇什麼？問取首座。

（《石溪心月禪師雜錄》卷一，勸請首座掛牌上堂。）

沒伎倆，愛吟詩。一句子，少人知。寥寥靜聽松風吹。

（《虛舟普度禪師語錄》卷一，〈真讚・寒山〉）

生掃箒，用得親。休指注，枉辛勤。本來田地絕纖塵。

（《虛舟普度禪師語錄》卷一，〈真讚・拾得〉）

五千餘卷總閒閒，文錦藏胸不露斑。江上忽投天外句，喚回拾得與寒山。

（《即休契了禪師拾遺集》卷一，龍翔輝藏主，下遺書，呈偈，用韻答之（三））

神光謂受老胡記，大渴如何望梅止。更將皮髓盡分張，直得渾無卓錐地。
滿面慚惶歸去來，剛言五葉一華開。山兄三昧誰能識，機如大地藏春雷。
劃然一震空眾說，衲子疑團湯沃雪。巨壑何曾却細流，千江有水千江月。
狂瀾倒久復障回，小谿從此清於苔。五月香浮天瑞雪，寒山拾得笑哈哈。

（《即休契了禪師拾遺集》卷一，次韻　答何山月江和尚。）

師乃云：凡夫色礙，二乘空礙，菩薩色空無礙。嘉州大像，騎個蹇驢兒，
走入陝府鐵牛鼻孔裏。拜白安居，撞見寒山拾得，跳出來，撫掌呵呵大笑云。
佛法不是者個道理，畢竟是什麼道理？任從滄海變，終不為君通。

（《月江正印禪師語錄》卷一）

對一說，沒誵訛。寒山逢拾得，撫掌咲呵呵。却笑長汀憨布袋，到頭不
識蔣摩訶。

（《月江正印禪師語錄》卷二）

三人行談甚事，不說峨眉五臺，便說西方淨土，國清寺風月平分。寒巖
下醜拙俱露，大人境界有誰知，幾回來往松門路。

（《月江正印禪師語錄》卷三，〈佛祖讚・豐干寒拾〉。）

六月臺山雪，人間沸似湯。芭蕉搖動處，遍界是清涼。
手內一卷經，字字無人識。赤脚下峨眉，九九八十一。
國清寺裏簡蓬頭，相喚相呼去牛牛。禿帚生苔偏峭措，襤襂破衲轉風流。
拈來一片芭蕉葉，寫出百篇張打油。回耐豐干輕觸諱，至今落賺老閭丘。
是誰拾得便為名，却道寒山是我兄。不放一塵來實際，盡將萬事付吟情。
打他土地防鴉食，嚇倒溈山作虎聲。拍手高歌脫身去，寒巖回首暮雲平。

（《月江正印禪師語錄》卷三，〈佛祖讚・寒山拾得〉。）

請西洲首座上堂，卷舒立方外乾坤，縱橫挂域中日月，首座打板坐禪，

長老舉揚宗旨。寒山、拾得掃地裝香；彌勒、釋迦搬柴運水。便下座。

（《曇芳守忠禪師語錄》卷一，曇芳和尚建康路崇因禪寺語錄。）

元宵上堂，山河無隔礙，光明處處通。佛殿上燒香，三門頭合掌。寒山拾得大咲掀天，一對金剛兩腳踏地。拍禪床，下座。

（《曇芳守忠禪師語錄》卷一，集慶路蔣山大崇禧萬壽禪寺語錄。）

上堂，舉古德道：結夏已半月了也，寒山子作麼生？又道：結夏已半月了也，水牯牛作麼生？師拈云：逕山結夏恰半月，寒山子水牯牛，嘯月眠雲，飢飡渴飲，似地擎山，不知山之孤峻，如石含玉，不知玉之無瑕。

（《曇芳守忠禪師語錄》卷一，杭州路徑山興聖萬壽禪寺語錄。）

上堂，舉豐干游五臺，問寒山拾得云：「你共我去遊五臺，便是我同流；若不共我去遊五臺，不是我同流。」山云：「你去作甚麼？」豐干云：「禮文殊。」山云：「你不是我同流。」師拈云：「寒山拾得與豐干，雖不是同流，於中有些相似處。諸禪德，會麼？落霞與孤鶩齊飛，秋水共長天一色。下座。

（《曇芳守忠禪師語錄》卷二，大龍翔集慶寺語錄。）

問那箇同大事？師云：「寒山拊掌，拾得呵呵。」

（《橫川行珙禪師語錄》卷一，鴈山能仁禪寺語錄。）

上堂，當處解脫，得大安穩。展鉢喫飯，開單打眠，孤峯頂上，十字街頭；十字街頭，孤峯頂上。卓拄杖云：「寒山拾得。」

（《橫川行珙禪師語錄》卷一，鴈山能仁禪寺語錄。）

做詩無題目，只要寫心源。心源雖難摸，淺深在目前。
白雲抱幽石，藤花樹上紆。豐干不識你，道你是文殊。

（《橫川行珙禪師語錄》卷二，〈讚‧寒山〉。）

是誰拾得你，便名為拾得。手把麤樀藜，要打天邊月。
埽地却有功，眼界得淨潔。閭丘太守來，也解生欣悅。

（《橫川行珙禪師語錄》卷二，〈讚‧拾得〉。）

人心既無，虎心亦無。騎來騎去，是汝是吾。松門杳杳，朗月輪孤。

（《橫川行珙禪師語錄》卷二，〈讚‧豐干〉。）

寒山做詩無題目，發本有天真；予獨處山寮，眼見耳聞底，皆清淨性中

流出。

（《橫川行珙禪師語錄》卷二，偈頌。）

門內天地闊，門外山水長。一句未脫口，遍界是冰霜。
寒光奪夜月，鬼神不敢當。本來清淨性，胸中無留藏。
拾得是我弟，寒山是我兄。明朝相隨去，一錫兼一瓶。

（《橫川行珙禪師語錄》卷二，〈偈頌・送明藏主〉。）

青猿長短聲，獨自倚廊柱。三際俱不來，一片冷泉水。
非唯無眾生，無佛亦無己。短句與長吟，遣與適意耳。
半夜落霜華，日輪正卓午。寥寥天地間，只有寒山子。

（《橫川行珙禪師語錄》卷二，〈偈頌・寄端書記〉。）

　　上堂，萬法本閑，惟人自鬧。放過臨濟德山，打殺雲門雪嶠。盡大地是金剛眼睛即不問，拈却糞箕苕帚。寒山子為甚麼拍手大咲？澤廣藏山，理能伏豹。

（《古林清茂禪師語錄》卷一，初住平江府天平山白雲禪寺語錄。）

　　上堂，鍾聲咬破七條，梁燕深談實義。可憐拾得寒山，借它鼻孔出氣。只如達磨面壁九年，二祖立雪斷臂。又明甚麼邊事，一花五葉無分付，幾箇男兒是丈夫。喝一喝！下座。

（《古林清茂禪師語錄》卷二）

　　主丈雲生，鉢囊花綻。抹過百城，去游台鴈。石鑿鑿兮白水漫漫，花片片兮錦霞爛爛。吞楊岐之栗蓬，笑睦州之擔板。續少室之真燈，開人天之正眼。君不見，應化寒山門獨掃兮；啟大溈三生宿習之既忘，吾祖曹溪大坐當軒兮，摧永嘉振錫繞床之我慢。

（《古林清茂禪師語錄》卷五，送禪之台鴈。）

　　試問寒山子，題詩在何處？風瓢歷歷鳴高樹。

（《古林清茂禪師拾遺偈頌》卷一，送要禪人遊台鴈四明。）

　　何況寒山拾得梁寶誌，一見合掌禮意勤。更須拋下手中斷貫索，捉住五色天麒麟。

（《古林清茂禪師拾遺偈頌》卷一，玄藏主求入山卓庵。）

　　家山好家山好，絕壁危巒分鳥道。昔不曾來今不歸，知心尚有寒山老。

寒山作詩無題目，石上松根寄幽獨。金鸞啼處白雲飛，黃葉落時歌一曲。
休居平生懶開口，咄咄擬題三百首。正音決定有誰知，古也不先今不後。
南閻浮提人我山，上者極易下者難。去與溪邊石頭語，他日重來結心侶。

（《古林清茂禪師拾遺偈頌》卷一，送怠侍者歸天台兼簡東嶼和尚。）

栽田博飯真難得，不似楊歧簡老賊。奪食驅耕手段高，湖南長老何曾識。
芝塘湖寺剖禪者，越格超宗頗奇特。受向門前弄土沙，兩手扶犁水過膝。
慇懃覓偈休居翁，休居患啞還患聾。有時信口道一句，逼塞大地凌虛空。
須彌為筆海水墨，描寫太虛成五色。擬向堁頭賣與人，笑倒寒山并拾得。

（《古林清茂禪師拾遺偈頌》卷一，剖禪者求。）

黑風捲雨敲琅玕，雪雹打碎芭蕉壇。寒山拍手拾得笑，但覺眼底雲濤飜。
（《古林清茂禪師拾遺偈頌》卷一，送德藏主。）

萬里無雲轉玉盤，幾多人在上頭看。古今只有寒山子，若不將心比亦難。
（《古林清茂禪師拾遺偈頌》卷二，月樓。）

覓得寒山偈一張，入門便覺菜桓香。不煩拾得重分付，自有豐干為舉揚。
霜濕輕色露濕衣，白雲深處怪來遲。破沙盆是閒家具，正是商量煑菜時。
（《古林清茂禪師拾遺偈頌》卷二，次楓橋韻送僧二首。）

上堂，舉圓悟和尚示眾云：古德道：「結夏已十一日，寒山子作麼生？」
又有道：「結夏已十一日，水牯牛作麼生？」山僧即不然。結夏已十一日，
燈籠露柱作麼生？若識得燈籠露柱，即識得水牯牛；若識得水牯牛，即識得
寒山子。脫或擬議，老僧在你腳底。師云：千鈞之弩，不為鼷鼠而發機，三
大老也是為他閒事長無明。開福結夏已十五日也，堂中兄弟，盡是諸方煅
了底金。總不須問著，行但行，住但住，坐但坐，臥但臥。忽若露柱著衫南
岳去，燈籠沿壁上天台。狸奴白牯無消息拾得寒山笑滿腮。山僧却有簡細大
法門，為汝說破。下座。巡堂喫茶。

（《了菴清欲禪師語錄》卷一）

上堂，真不掩偽，曲不藏直。一句截流，萬機寢息。拈拄杖卓一下云：
「寒山拾得。」

（《了菴清欲禪師語錄》卷一）

中秋上堂，久矣不上堂，口邊生白醭。侍者來燒請法香，拈出秦時舊車

度輅。金剛腦後下一錐，空裡磨盤生八角。寒山撫掌笑呵呵，夜來月向西邊落。喝一喝。

（《了菴清欲禪師語錄》卷二）

釋迦老子與天帝釋，相爭佛法甚鬧。王老師忍俊不禁，打二十拄杖趕出。是則令不虛行，其奈將真珠作豌豆糶却。本覺雖是死馬醫，就中要妙，拈拄杖卓一下云：「文殊、普賢，寒山、拾得。疥狗泥猪，者白拈賊。」喝一喝。

（《了菴清欲禪師語錄》卷二）

混俗威儀，出塵標格。見个甚麼，自笑自拍。明月清風三百篇，流落人間無處著。展開經卷，橫看竪看。脚瘦鞋寬，頭擊眼眩。萬行門中一法無，手面神機日千變。兩眼覷地，隻手指天。應得好拍，走不上前。國清寺裡齋鐘響，孤負巖西瀑布泉。一笑相看兩弟兄，面皮塵土髮鬅鬙。驚人有句無題目，說與森羅萬象聽。

（《了菴清欲禪師語錄》卷五，〈贊語・寒拾二大士〉。）

閉眉合眼人如虎，伏爪藏牙虎似人。夢裡乾坤無彼我，綠鋪平野草成茵。咄哉豐干，抱虎而睡。拾得寒山，正在夢裡。可憐惺惺人，未能笑得你。

（《了菴清欲禪師語錄》卷五，〈贊語・四睡〉。）

朗誦寒山三百篇，何待拈花發微笑。我觀古佛松月翁，老氣往往吞長虹。不知禪源倒溟渤，俱覺筆陣驅雷風。普應群機了無怠，天瑞流芳轉光采。撲碎驪龍頷下珠，一粟真堪眇滄海。

（《了菴清欲禪師語錄》卷六，次松月法兄韻送杲上人。）

風來松韻清，風去松韻停。松堂得松韻，六月生清氷。
重陰覆瑤席，時作韶鈞鳴。世無寒山子，好在誰解聽。
我欲呼朱絃，和此大古音。忽聞深澗泉，悠然契吾心。

（《了菴清欲禪師語錄》卷六，聽松堂。）

寒山拾得是勍敵，百靈龐老非同參。雲自高飛水自下，馬頭向北牛頭南。

（《了菴清欲禪師語錄》卷七，和竺元和尚閑居雜言韻。）

禺中巳，知音賴有寒山子。捯倒毗耶不二門，上大人丘乙己。

（《了菴清欲禪師語錄》卷七，和訥無言十二時歌韻。）

時有僧出眾云：拾得寒山古道場，金剛正體露堂堂。高提寶印乾坤大，

剎剎塵塵願舉揚。為國開堂，請師祝聖。答云：天垂寶蓋山河靜，地湧金蓮日月新。進云：恁麼則群生蒙帝力，四海樂耕耘去也。答云：紫闥宏開壽域碑。

（《穆菴文康禪師語錄》卷一，初住天台山明巖大梵禪寺語錄。）

結夏上堂，雲門云：「今月十五入夏也，寒山子作麼生？」靈巖道：「今月十五入夏也，黑漆桶作麼生？」旃檀叢林，旃檀圍繞；師子叢林，師子圍繞。衲僧鼻孔大頭垂，金剛腦後三斤鐵。

（《恕中無慍禪師語錄》卷一）

獨孤標獨孤標，牀頭蘇壁懸茶瓢。天光日出睡正穩，一聲窗外婆餅焦。寒山豎起竹掃，篲長汀解開布袋包。試問時人會不會，若也不會五柳先生元姓陶。

（《恕中無慍禪師語錄》卷五，戊申歲，坐夏金鵞。禪餘閱羅湖野錄，其中載竹山珪公廣鄂州潼泉山洪禪師獨孤標頌四首，謾次高韻，以示記侍者魯侍者軾侍者。）

輕重可權中奚權，權中之道應有焉。九年面壁涉計較，蘿陰高臥成徒然。要識圓常不偏倚，湛湛秋空沒纖滓。正當午夜月輪孤，於斯未可輕相比。寒山眼腦雖精靈，拈來秤尾元無星。半斤八兩定不出，拍手大笑歸巖扃。

（《恕中無慍禪師語錄》卷五，權中偈。）

元宵上堂，舉教中道：一切眾生，具有如來智慧德相。只為妄想執著，而不證得。乃云：「燈籠沿壁上天台，寒山拾得笑哈哈。自有一雙窮相手，不曾容易舞三臺。」

（《了堂惟一禪師語錄》卷一）

上堂，舉羅漢南禪師示眾云：「紅霞穿碧落，白鷺點滄洲。不是寒山子，時來古渡頭，騎駿馬驟高樓，萬里銀河輥玉毬。別明真解脫，撥火覓浮漚。」亦和一偈，舉似大眾：「直下蒼龍窟，踢翻鸚鵡洲。波斯入閙市，幾箇不回頭。擊鐵鼓臥龍樓，八十翁翁輥繡毬。娘生雙眼活，莫認海水漚。」擊拂子下座。

（《了堂惟一禪師語錄》卷二）

騎虎出松門，為人機用別。閭丘太守前，天機都漏泄。都漏泄，金剛腦後三斤鐵。

（《了堂惟一禪師語錄》卷二，〈了堂和尚讚語‧豐干禪師〉。）

掣風與掣顛，非凡亦非聖。颺下菜槎筒，放來苕帚柄。答豐干不游五臺，嚇溈山同出松徑。寫盡天下心，長吟并短詠。倒握鐵蒺藜，擊碎軒轅鏡。拍肩大笑太無端，森羅萬象齊歡慶。

（《了堂惟一禪師語錄》卷二，〈了堂和尚讚語・寒山拾得二大士〉。）

古有至人，善施法令。似空嚲空，如鏡照鏡。赴齋大士提起門槌，掃地寒山放下帚柄。百千劫未始拋離，二六時自然相應。修也何修，證亦非證。無言童子念摩訶，耳根塞却分明聽。

（《了堂惟一禪師語錄》卷四，示徒弟楚長老。）

上堂，心法無形，通貫十方。十方無壁落，四面絕遮欄。可憐傅大士，處處失樓閣。寒山、拾得，更是討頭鼻不著，便下座。

（《呆菴普莊禪師語錄》卷一）

人人有個生緣，會得只在目前。不識寒山、拾得，喚作文殊、普賢。

（《呆菴普莊禪師語錄》卷一）

斷江首座至上堂，山僧昔年行脚，駐足茲山，育王橫川和尚，一偈寄云：「清溪長短聲，獨自倚廊柱。三際俱不來，一片冷泉水。非惟無眾生，無佛亦無己。短句與長吟，遣興適意爾。夜半落霜華，日輪正卓午。寥寥天地間，只有寒山子。」好大眾，有祖以來，提持衲僧頂寧頁上一著子，如擊石火閃電光，搆得搆不得，未免喪身失命，總出不得者簡老和尚；今日因其得法上足，斷江首座垂訪，舉似諸人，大家薦取。

（《元叟行端禪師語錄》卷三）

作偈吟詩，既村且野。謂是文殊，吾不信也。
燒火掃地，掣風掣顛。安得佛世，有此普賢。

（《元叟行端禪師語錄》卷六，寒山拾得讚。）

國清寺裡豈無人，只話寒山拾得貧。苕帚糞箕常在手，可憐淨地却生塵。
（《楚石梵琦禪師語錄》卷一四，寒拾讚。）

寺裏隨僧住，山前跨虎過。閭丘太守到，道你是彌陀。
（《楚石梵琦禪師語錄》卷一四，〈因陀羅所畫諸聖，聞上人請贊・豐干〉。）

不居妙喜界，不戀清涼山。簡簡求成佛，輸他道者閒。
（《楚石梵琦禪師語錄》卷一四，〈因陀羅所畫諸聖，聞上人請贊・寒山〉。）

當初因拾得，便以此為名。欲識這簡意，無生無不生。

（《楚石梵琦禪師語錄》卷一四，〈因陀羅所畫諸聖，聞上人請贊‧拾得〉。）

昔年有簡閭丘老，不識豐干空懊惱。寒山拾得恣顛狂，走入深林無處討。永嘉得得訪曹溪，遠狀振錫呈威儀。松風江月只如舊，悟者自悟迷者迷。也無迷也無悟，俊鷹不打離邊兔。萬里無雲海月高，脚頭脚尾通天路。

（《楚石梵琦禪師語錄》卷一五，送義禪人遊台鴈。）

近從中竺來，却往四明去。玲瓏巖接玉几峯，總是尋常行履處。大梅即心即佛，寶陀聞熏聞修。岳林一簡布袋，天台五百比丘。寒山子往來華頂，諾詎那坐斷龍湫。一大藏教陳葛藤，自餘是甚椀脫丘。火本無火，承言者紛紛。自我鼇山店上喚師兄，黃蘗樹頭生蜜果。

（《楚石梵琦禪師語錄》卷一六，送中竺恭藏主回東浙。）

凌霄峯頭第二座，摩訶衍法曾明破。百非四句俱已離，白雪陽春有誰和。直得含暉亭踌跳上梵天，東城池吞却四明山。蕎然倒騎佛殿出門去，碁盤石任苔痕斑。君不見，寒山子歸太早，十年忘却來時道。又不見明覺老無處討，十洲春盡花凋殘，珊瑚樹林日杲杲。

（《楚石梵琦禪師語錄》卷一六，送徑山英首座歸鄞。）

飲光論劫坐禪，未免把纜放舡。文殊三處度夏，大似遶天索價。英俊道流，去住自由；朝遊檀特，暮往羅浮。天宮說法了也，知是般事便休。人人釋迦、彌勒，箇箇寒山、拾得。走徧天台雁蕩，抹過山城海國。從來鼻孔大頭垂，莫道相逢不相識。

（《楚石梵琦禪師語錄》卷一六，送炬首座遊台溫。）

新昌彌勒佛，脚不離地走。夜半過扶桑，面南看北斗。却入天台雁蕩，又到清涼補陀。撞著寒山拍手，聽他拾得高歌，阿呵呵阿呵呵，依舊堂中疊足坐，不勞萬里涉鯨波。

（《楚石梵琦禪師語錄》卷一六，送孚侍者之浙東。）

三點如流水，曲似刈禾鐮。佛祖莫能說，餘人誰解拈。吾聞寒山子，有偈非極談。徒然掛唇齒，秋月照碧潭。更誰知無物比，冷涵空兮清徹底。回光返照剎那間，一脉本從何處起。

（《楚石梵琦禪師語錄》卷一七，心源贈悅維那。）

不除妄想不除真，也是朱砂畫月輪。脫體承當能幾簡，將心湊泊有多人。

寒山直忘來時道，布袋橫拖滿眼塵。世出世間常快活，從他物我競踈親。

（《楚石梵琦禪師語錄》卷一八）

百煉爐中鑄鐵牛，一莖草上現瓊樓。豐干拍手寒山笑，誰似渠儂得自由。

（《楚石梵琦禪師語錄》卷一九，送瓊禪人之天台。）

復舉圓悟和尚示眾云：古德道：「結夏已十一日，寒山子作麼生？」又有道：「結夏已十一日，水牯牛作麼生？」山僧即不然。結夏已十一日，燈籠露柱作麼生？若識得燈籠露柱，即識得水牯牛；若識得水牯牛，即識得寒山子。大眾，碎金鷺頭，出五色髓，固是還他三大老之手；若是新靈巖，總無許多事，何故？家家門前赫日月，太平不用將軍威。

（《南石文琇禪師語錄》卷一）

手裏生苔，猶放不下。贏得埃塵，徧滿華夏。那一句子，不在思量。擎蕉執筆，驀過瀟湘。

拾得磨玄玉，寒山把毛錐。擬向萬仞崖，寫此一首詩。雖未形點畫，文采光陸離。渴讀即止渴，饑讀即止饑。除却老豐干，知音今有誰。

不是顛狂不是癡，或看經卷或吟詩。閭丘曾被豐干悞，却向枯椿覓兔蹊。

拾得展卷，寒山指月。用無所用，說無所說。惹得豐干饒舌閭丘屈節，謂其起佛見法見。貶向二鐵圍山，也是喚鹿作馬。證龜為鼈，別別別。大洋海底輥紅塵，六月炎天飛白雪。

（《南石文琇禪師語錄》卷二，〈佛祖讚‧寒山拾得〉。）

上堂云：季春纔罷入孟夏，總道今朝四月八。毗藍園裏石筍生，五臺山上風颯颯。木雞啼瓦，狗吠拾得，寒山猶春睡。東村王老夜燒錢，照動須彌峯岌岌。下座。

（《投子義青禪師語錄》卷一）

歲旦上堂云：元正啟祚，萬物咸新。千山秀翠於煙峯，綠水穿雲於碧霧。石牛運步瑞艸鮮明，木馬垂條靈苗艷發。古佛塔前善財得遇文殊，雞足山西飲光再逢彌勒。寒山添壽，拾得增年，同賀太平，共扶堯化。諸仁者，且道嘉州大象今日壽年多少？良久云：「千歲老兒顏似玉，萬年童子髮如絲。」下座。

（《投子義青禪師語錄》卷一）

歲旦上堂，良久拈拄杖卓一下云：大眾，塵劫來事被拄杖一時漏泄，若會得去，山僧走透無門；若會不得，當面瞞諸人去也。不見道：元正啟祚，

萬物咸新。千年谿水貫滄溟，萬載靈松入雲去。毗盧樓閣善財見七佛家風，華藏海心普賢指一生妙果。塵塵現影，剎剎光明。主伴交參互興佛事，致使堯雲彌布舜雨膏崩。星辰交換於九宮，和氣淳風於萬國。雖然如是，衲僧家到這裏須絕消息始得。直饒絕消息，猶被露柱冷笑一場。諸仁者，且道露柱笑箇甚麼？良久云：「還會麼？拾得來相賀，寒山空皺眉。」

（《投子義青禪師語錄》卷一）

師拈云：「寒山睡重，拾得起遲。」雲暗西崿東嶺明，汀洲南面起笛聲。天光睡重和衣潤，鶯囀高枝柳帶春。

（《投子義青禪師語錄》卷二）

拾得踈慵非覺曉，寒山懶惰不知歸。聲前一句圓音美，物外三山片月輝。

（《丹霞子淳禪師語錄》卷二）

霜曰：「寒山、拾得及第不得，碧眼黃頭遂是難得。」

（《淨慈慧暉禪師語錄》卷二）

素號無明實不明，憑條拄杖驗踈親。佛祖撞來只是打，看他那箇解翻身。直須藏身處沒踪跡，沒踪跡處莫藏身始得。作麼生是藏身處沒蹤跡，會麼？拾得撫掌笑呵呵，寒山忘却來時道。珍重。

（《無明慧經禪師語錄》卷一，〈建陽董巖請結制語錄‧上堂〉。）

問：「寒山拾得終日或笑或哭，敢問渠還有地獄分也無？」師曰：「啊！他那一處無分。」頌曰：「出纏人解入纏行，鐵壁銀山一掌平。遍體黃金膿滴滴，眼睛鼻孔若銅鈴。」

（《無明慧經禪師語錄》卷三）

問：「法是諸佛說，因何諸佛又以法為師；敢問諸佛未生時，法在甚麼處？」師豎起拂云：「會麼？此是佛法僧之師。」頌曰：「眾中不有寒山客，決莫同他說一言。昔日丹霞無點化，決然道彼瘋顛。」

（《無明慧經禪師語錄》卷三）

五百天冠門口稱，當頭一棒不容情。天台牛跡誰曾見，孤負寒山草裏行。

（《晦臺元鏡禪師語錄》卷一，遊平遠臺，示支提僧。）

示眾：乾屎橛，一千七百都漏洩。大千沙界熱漫漫，虛空拗斷成幾節。出諸訛入虎穴，夏至嚴寒冬至熱。狸奴白牯少知音，獨許寒山咲不徹。咄！也是眼中著屑示眾。舉狗子佛性有無話，師云：「老老大大，口生口熟。有

時火燄彌天，有時冰霜滿地。直饒掀翻海岳，倒轉須彌。總是乾弄一場。」

（《見如元謐禪師語錄》卷一）

蝶夢南華方栩栩。班班誰跨豐干虎。而今忘卻來時路。江山暮天涯目送鴻飛去。

（《大明高僧傳》卷第七，嘉興報恩寺沙門釋法常傳十三。）

經云：「止止不須說，我法妙難思。」安晚曰：「法從何來，妙從何有，說時又作麼生？豈但豐干饒舌，元是釋迦多口。這老子造作妖怪，令千百代兒孫被葛藤纏倒，未得頭出。

（《無門關》第四十九則）

又上堂曰：「近日稍春寒，寥寥宇宙寬。山河無隔礙，世界掌中觀。無口盧行者，饒舌見豐干。」

（《續傳燈錄》卷第十二））

除日上堂，殘冬已去，春風到來。木雞報曉，石女懷胎。庭前翠栢堪剪，溪邊嫩柳重栽。達磨不來東土，寒山元在天台。惟有臨濟大師，赤肉團上，無位真人。分身無量，散在汝諸人面門出入。未證據者看看，饑同餐渴同飲。寒同火睡同衾，若向者裏，儱侗瞌睡，未免受無位真人當面熱瞞。豎起拂子云：「諸昆仲會麼？圓明了知，不因心念。」珍重。

（《無異元來禪師廣錄》卷三）

所謂靈山話，曹溪指，南泉翫，寒山比，說得彷彷彿彿，依依稀稀。縱然道得十成，博山未敢相許。何以故？肘後不具靈符，盡在是非窩裏。大眾直須努力跳出是非關，若不跳出是非關，三途黑暗將何抵？珍重。

（《無異元來禪師廣錄》卷七，因事晚參。）

至于寒山道底，則曰：「我心似秋月，無物堪比倫。」嗚呼！月之德亦云盛矣，即立庵而專祀之，亦奚不可。況能因月而事佛，因佛而事心，則本覺自昭，障不能昏，非月之明乎？廣利無方，恩怨不二，非月之公乎？處喧囂而常靜，非月之寂乎？居塵穢而獨潔，非月之貞乎？自強不息，非月之恒乎？孚及豚魚，非月之信乎？順物而應，應而無心，非月之虛乎？夫如是，是真能事月者。

（《永覺元賢禪師廣錄》卷一七，降福山建庵疏。）

世人見汝，如風如狂。汝見世人，可笑可傷。高歌松下，抵掌路傍。寒

巖子影，草長烟涼。賴有豐干拾得，大家同上戲場。

　　　　　　　　（《永覺元賢禪師廣錄》卷二十，〈應化聖賢‧寒山大士〉。）

　　無姓無住，却是恰好。逢人撈著，敗露不少。寒山接拍，哭笑不了。一自寒巖歸去後，至今涼月炤秋草。

　　　　　　　　（《永覺元賢禪師廣錄》卷二十，〈應化聖賢‧拾得大士〉。）

　　敝衣垢面，蓬髮婆娑。持帚回顧，為箇甚麼。為彼世人，癡蠢者多。強執空影，為禍之囮。直須掃破，免彼蹉跎。長言不足，繼以悲歌。悲歌不薦，無可奈何。悲轉為笑，拍手呵呵。笑彼逐逐，如自燒蛾。噫！國清門外溪山古，至今明月挂松蘿。

　　　　　　　　（《永覺元賢禪師廣錄》卷二一，〈諸贊‧寒山拾得贊〉。）

　　中秋小參，師云：山僧在山中，與大眾三度過中秋。吃茶說話，茶不知吃，在那裏去了；話亦不知聽，在那裏去了。今夜又值中秋吃茶，又要山僧說話，不知說箇什麼。莫說月慶，靈山指、曹溪話，馬師父子甎、寒山子咏，這片月被這一隊弄影漢，賣弄殆盡了也，更教山僧說箇甚麼。

　　　　　　　　（《為霖道霈禪師餐香錄》卷一）

　　寒山拾得是冤讐，共入天台掃石頭。罵盡世人人不醒，自歌自笑却忘憂。呵呵！一自寒巖歸去後，只今明月照丹丘。

　　　　　　　　（《為霖禪師旅泊菴稿》卷四，〈贊‧寒拾二大士贊〉。）

　　溈山行脚，至天台山。遇寒山拾得，一陣茫然。寒山云：「自靈山別後，伊三生為國王，忘却了也。」果上菩薩，出生入死，尚且忘却；何況博地凡夫，如今不用汝棒喝交馳，機鋒酬對，古人喚作弄精魂漢。

　　　　　　　　（《宗寶道獨禪師語錄》卷三，示眾。）

　　寒山逢拾得，撫掌笑喧喧。傍人都不曉，却道是風顛。

　　　　　　　　（《宗寶道獨禪師語錄》卷四，臨濟三玄（之一）。）

　　山中多樂事，迥然異城郭。長年少閒事，白日多寂寞。所樂無他伎，所貴無拘束。散步時獨吟，縱曠絕稜角。為客樂不少，何意生煩惱。受用勝常時，未似山中好。不見寒山子，願言寒山老。永無塵累牽，自謂可長保。菓熟猿摘多，山深客過少。水清茶有味，葉墮風自掃。携手招拾得，共返來時道。

　　　　　　　　（《湛然圓澄禪師語錄》卷八，幽燕懷山中。）

黑來黑來黑臺黑臺，癡癡獃獃。若人識得，不在天台。

　　　　　　　　　　　　　（《法昌倚遇禪師語錄》卷一，詠寒山。）

　　千里同風君道好，正是將身入荒草。直饒顯在眾人前，想應未見黃龍老。貼肉汗衫新復新，三山帽子何曾倒。無銙腰帶兩頭垂，沒底麻鞋踏未破。來來，與你瓢苗石上栽，來年收得大冬瓜。快斧利刀斫不破，寒山拍手笑呵呵，指出南岳讓和尚。

　　　　　　　　　　　　　（《法昌倚遇禪師語錄》卷一，又答徐龍圖。）

　　素不學詩，應聲成偈。天然自韻，咸有可觀。膾炙人口，多能道之。或以比寒山、拾得。其逆知未來迎事，與人道意中語，應若合符節，亦莫得而致詰也。……如端師子，飽學乎經論，而自得乎蹄筌。蓋寶公之神悟，寒山之微言，普化之直裰，而船子之釣竿也。其可形似者，見其人矣；其不可即者，孰知其天乎。

　　　　　　　　　　　　　（《吳山淨端禪師語錄》卷二，端禪師行業記。）

　　師乃云：時節因緣自有由，知音千里遠相求。寒山陌上纔招手，拾得溪邊已點頭。

　　　　　　　　　　　　　（《慈受懷深禪師廣錄》卷一）

　　豐干端是饒舌漢，引惹閭丘特特來。累及寒山無雪處，巖門從此不應開。

　　　　（《慈受懷深禪師廣錄》卷二，安禪者為思谿國覺專使，遠至國清，以偈却之。）

　　檀越作炙茄齋請上堂，若據本分事中，說箇什麼事即得，便道人人具足；正是眉上畫眉，更言箇箇圓成，何異眼中著屑，總不恁麼，又作麼生。三寸舌頭無用處，一雙空手不成拳。復微笑云：昔日天台山國清寺炙茄次，寒山子拈茄串，於典座背上拍一下，典座乃回頭，寒山豎起串云：「你且道，費却我多少油醬？」師云：當時金沙不辨，玉石難分；自古至今，費油費醬，先聖莫不頭頭漏泄，處處打開。又布袋和尚，或在十字街頭，三叉路口，驀去人背上拍一下，纔回頭，展手云：「乞我一文錢。」師云：「且道：寒山布袋意在於何？」還會麼？寒山癡裏放矸，布袋闇中打閧；眾生業識茫茫，幾箇眼睛定動，要知祖師妙門，畢竟不離日用。乃豎起拂子云：「天時炎熱。伏惟珍重。

　　　　　　　　　　　　　（《慈受懷深禪師廣錄》卷三）

　　宋黃庭堅，號山谷。有貴人以絹求山谷書自所作文，山谷笑曰：「庭堅所作文烏足寶，惟寒山詩，乃沃火宅清涼之具，遂書與之。復囑之曰：「寒

山詩雖佳，然源從七佛偈流出。……夫死生榮辱好惡煩惱，皆以我身我心為本源。苟有勇猛丈夫，能直下拔其本，塞其源，則眾生之障礙，未始非諸佛之解脫也。」八大人覺經曰：「心為惡源，形為罪藪。」予以是愈信山谷謂寒山詩，為沃火宅清涼之具，源從七佛偈流出。

（《紫柏尊者全集》卷一二，釋毗舍浮佛偈。）

有勝解無慚愧，謂之見魔；有慚愧無勝解，謂之悲鬼。見魔悲鬼，皆自心宛昧所成，苟能逆順關頭，掉臂徐疾過得，所謂見魔悲鬼，俱鑄為文殊、普賢矣。嘻！知即易，行即難，萬仞崖端談笑蹋，寒山、拾得兩無功。

（《紫柏尊者全集》卷一五，書周輪雲發願文後。）

兄持數珠，弟握掃帚。若問雌雄，泥牛哮吼。山林市城，共覓無生。取像會意，撥粗得精。

（《紫柏尊者全集》卷一七，寒山拾得讚。）

中秋上堂，僧出問云：「今朝八月十五，正是月圓當戶。雖然匝地普天，要且絲毫不露。」師云：「坐在覆盆之下，又爭怪得？」進云：「露柱放光明，灯籠齊起舞。」師云：「且莫服花。」進云：「對境憑誰話此心，令人長憶寒山子。」師云：「寒山子道什麼？」進云：「記得昔日有院主，問馬大師，近日尊位如何？大師云：『日面佛月面佛。』」師云：「和尚吐出。」進云：「日面月面，突出難辨；明眼宗師，一見便見。」師云：「腦後見腮，莫與往來。」進云：「且道見後如何？」師云：「日面佛月面佛。」進云：「西風一陣來，落葉兩三片。」師云：「恁麼要見馬大師，三生六十劫。」進云：「心月孤圓，光吞萬像；光非照境，境亦非存，光境俱忘，復是何物？」師云：「描不成畫不就。」進云：「莫是月印長空，江河流影麼？」師云：「正是光影裏行。」進云：「靈山話曹溪指，何曾識得自家底。」師云：「月聾。」進云：「擬心便被黑雲遮，認著依前還不是。」師云：「爍破髑髏猶未覺。」進云：「不認著不擬議，是个什麼？」師云：「禮拜著。」

（《雲谷和尚語錄》卷一）

不是我同流，拔本得索性。此人若行時，奪汝苕帚柄。

（《雲谷和尚語錄》卷二，〈讚佛祖‧寒山(執掃帚)〉。）

問姓姓不知，問名名不識。全提一卷經，何似叉手立。

（《雲谷和尚語錄》卷二，〈讚佛祖‧拾得(執經卷)〉。）

又問：「古人相見，切忌明頭。不露言鋒，那知旨的。」師頌答曰：「甘

露臺前靡不達，免將明暗謼盲聾。當初貶着文殊處，笑殺寒山者老翁。」

（《天聖廣燈錄》卷一五，汝州風穴山延昭禪師。）

師上堂云：佛法不用學，寒山子欺倘，作麼生得不欺倘去。有人識得時，與山僧把將出來。汝若不識，看看燈籠露柱變作寒山子，與釋迦老子說法了，却從汝脚跟下走過，汝不見，却歸西天去也，有事近前。

（《天聖廣燈錄》卷一九，隨州雙泉山郁禪師。）

問：「祖意與教意，是同是別？」師云：「拾得寒山子，相招上石橋。」

（《天聖廣燈錄》卷二十，眉州西禪光禪師。）

問：「如何是佛向上人？」師云：「寒山不知何處去？拾得至今笑不休。」

（《天聖廣燈錄》卷二十，舒州天柱山禪師。）

師上堂，良久。有僧問：「如何是和尚為人處？」師云：「四海江波靜，一輪天地明。」進云：「莫便是和尚為人處也無？」師云：「寒山撫掌誰人會，拾得忻忻恃地迷。」

（《天聖廣燈錄》卷二一，蘄州五祖戒禪師。）

問：「如何是朕兆未分時事？」師云：「大眾難隱匿。」進云：「恁麼則分去也。」師云：「笑殺寒山子。」

（《天聖廣燈錄》卷二二，韶州白雲山福禪師。）

見話西來旨，微僧祇欲瞋。中流不易湊，須是上根人。明月三秋白，崖松一樣新。除却寒山後，屈指共誰陳。

（《天聖廣燈錄》卷二二，〈靈澄上座・西來意〉其四。）

達者目為散聖，如佛圖澄、寒山、拾得者，也故附於此。

（《天聖廣燈錄》卷三十，東京景德寺僧志言者。）

上堂云：擬而不擬，挂人唇齒。瞪目長江，徧觀海水。寒山道兮不知底，寒山性兮天下美。坐枯木兮有終有始，似孩童兮降伏魔鬼。入市忘歸兮清風自起，擬寒山兮白雲千里萬里。

（《建中靖國續燈錄》卷二，洪州觀音選禪師。）

上堂云：秋風起，庭梧墜，衲子紛紛看祥瑞。張三李四賣罌虛，拾得寒山爭賤貴。覿面相訓，更無難易。四衢道中，棚欄瓦市。匝塞虛空，普天币地。任是臨濟赤肉團上，雪老南山鼈鼻。玄沙見虎，俱胝舉指。一時拈來，

當面布施。更若擬議，千山萬水。復云：「過。」

（《建中靖國續燈錄》卷六，杭州靈隱山雲知慈覺禪師。）

上堂云：「寒山把糞箕，拾得拈掃箒。寺主不知機，豐干笑破口。」大眾還會麼？見月休觀指，歸家罷問程。拍禪牀，下座。

（《建中靖國續燈錄》卷七，潭州南嶽雙峯寺省回禪師。）

上堂云：因來即睡飯來餐，貴賤賢愚總一般。要會祖師端的旨，寒山拾得禮豐干。諸仁者，千般求法，莫若求心；萬種多知，不知禁口。百不知，百不會，誰知自得真三昧。一任傍人笑道癡，却笑傍人無見解。山僧今日漏泄，拖泥帶水，總為說了也。還委悉麼？良久。喝一喝。

（《建中靖國續燈錄》卷七，袁州崇勝文捷禪師。）

上堂云：雪，雪，應時應節，大地山河，盡皆銀屑。拾得當前，動步成拙；呆日處空，寒山欣悅。忽爾消鎔，川流不絕。法爾常規，孫賓善別。若便怎麼，西天相接。下座。

（《建中靖國續燈錄》卷九，舒州山谷三祖會禪師。）

上堂云：從無入有易，從有入無難。有無俱盡處，且莫自顢頇。不顢頇，舉來看，寒山、拾得禮豐干。珍重。

（《建中靖國續燈錄》卷一一，廬山歸宗慧通禪師。）

上堂云：心本絕塵，眾生自昧。猶如澄清大海，浪起風生；亦如皎潔太虛，雲興雨作。諸仁者，風未興，雲未起，寒山、拾得賀太平，九峻山嶺松高翠。寺前流水古今清，明眼衲僧須子細。乃笑云：「久立。」珍重。

（《建中靖國續燈錄》卷一二，安州九峻山圓明院法明禪師。）

上堂云：心如朗月連天靜，遂打一圓相。云：寒山子，儞性似寒潭徹底清，是何境界？良久。云：無價夜光人不識，識得又堪作什麼？凡夫虛度幾千春，乃呵呵大笑云：爭如獨坐明窗下，花落花開自有時。下座。

（《建中靖國續燈錄》卷一二，安州興國禪院契雅禪師。）

僧曰：「如何是要中要？」師云：「寒山逢拾得，拊掌呵呵笑。」

（《建中靖國續燈錄》卷一四，杭州南陽山慶善智圓禪師。）

上堂，顧視云：楊子江心，無風起浪；石公山畔，平地骨堆。會得左右逢原，爭似寂然不動。良久。云：「堪笑寒山忘却歸，十年不識來時道。」

（《建中靖國續燈錄》卷一五，潤州甘露寺傳祖禪師。）

上堂云：宗門妙訣，豈在多說；一言括盡，便須頓歇。明眼衲僧祇自知，金色頭陀善分別。冬去春來夏有熱，若遇寒山、拾得時，傳語豐干莫饒舌。

（《建中靖國續燈錄》卷一五，蘇州瑞光守琮真覺禪師。）

上堂，顧視云：鐵牛不喫欄邊草，丫角牧童互相報。放在高坡臥白雲，任渠七顛與八倒。阿呵呵！債有頭，冤有主，拾得要打寒山老。參。

（《建中靖國續燈錄》卷一八，歙州普滿明禪師。）

問：「為國開堂於此日，師將何法報君恩？」師云：「香烟靄靄，瑞氣飄飄。」僧曰：「恁麼則達磨舊時花葉，而今信手重拈。」師云：「寒山拊掌，拾得呵呵。」僧曰：「學人今日小出大遇也。」師云：「乞兒見小利。」

（《建中靖國續燈錄》卷一八，壽州壽春廣慧法岸禪師。）

上堂云：白雲峰頂，昔年嘗到。朝參暮請，依師學道。鬧市紅塵，煎熬不少。逐日忙忙，貪生至老。咄！遮皮袋臭穢易壞，貪欲貪樂不解厭。學佛學祖總不會，慚愧寒山老，眠雲枕石睡。思量拾得奇，愛住深岩內。蓑衣為被褥，箬笠作冠蓋。祇如山僧恁麼舉唱，還有佛法也無？良久。云：無為無事人，越出紅塵外。咄！

（《建中靖國續燈錄》卷二二，潭州龍興師定禪師。）

上堂云：始見山前麥熟，滿田又插新秧。東村人帶水拖泥，西家裏謳聲一片。所謂苦中有樂，眾生日用而不知，唯有寒山阿呵大笑。諸禪德，且道寒山子笑箇什麼？還會麼？不覺日又夜，爭教人少年。參。

（《建中靖國續燈錄》卷二四，廬山開先華藏海評禪師。）

上堂云：今朝二月十五，慧果陞堂擊鼓。召集四海禪人，大家商量佛祖。寒山聞說呵呵，拾得起來作舞。直饒碧眼胡僧，也須點頭相許。還相委悉麼，歸堂喫茶去。

（《建中靖國續燈錄》卷二五，潤州金山龍游寺佛鑑禪師。）

狂僧性且無拘束，落魄縱橫隨處宿。有時狂歌歌一場，驀地起來舞一曲。禪子云：甚奇特，到了依前六十六。阿呵呵！為君述，豐干老漢騎虎出，路逢拾得笑哈哈，却被寒山咄咄咄。

（《建中靖國續燈錄》卷二九，落魄歌。）

笑把寒山手，相將過野橋。水邊同坐石，林下各攀條。
日到天心盛，雲歸谷口消。寥寥人界外，何處不逍遙。

（《建中靖國續燈錄》卷二九，〈洪州龍安山兜率從悅禪師‧歸根〉。）

示眾云：牀窄先臥，粥稀後坐。熱即取涼，寒即向火。拾得哭寒山笑，莫道無事好。

（《聯燈會要》卷十八，江州東林道顏禪師。）

示眾云：丫角女子雪滿頭，毗盧頂上倒騎牛。寒山拾得呵呵笑，不風流處也風流。雖然如是，且道：拾得寒山，笑箇甚麼？拈起拄杖云：還見麼？一片月生海，幾家人上樓。

（《聯燈會要》卷十八，潭州大溈法寶禪師。）

上堂曰：也大奇，也大差，十箇指頭八箇蹺，由來多少分明，不用鑽龜打瓦，便下座。僧問：「臨雲閣聳，太白峰高，到這裏，如何進步？」曰：「但尋荒草際，莫問白雲深。」云：「未審如何話會。」曰：「寒山逢拾得，兩箇一時癡。」云：「向上宗乘又且如何舉唱？」曰：「前言不及後語。」

（《嘉泰普燈錄》卷三，明州天童澹交禪師。）

僧問：大覺世尊昔於波羅奈國轉四諦法輪，建隆今日開堂，未審轉那箇法輪？曰：「千江同一月，萬戶盡逢春。」云：「法輪轉處，達者皆知；旃檀爇時，香風匝地。」曰：「寒山拊掌，拾得呵呵。」

（《嘉泰普燈錄》卷九，楊州建隆原禪師。）

上堂，頭祖纔始陞堂，百丈卷席歸去。不是拾得寒山，有理也無雪處。

（《嘉泰普燈錄》卷一三，慶元府瑞岩石窗法恭禪師。）

上堂曰：象王行，師子住，赤腳崑崙眉卓豎。寒山拾得笑呵呵，指點門前老松樹。且道他指點箇甚麼？忽然風吹倒時，好一堆柴。

（《嘉泰普燈錄》卷一七，蘄州龍華高禪師。）

舉，寶應示眾云：欲得易會麼？第一莫將問來問，問在答處；答在問處，你若擬議，老僧在你腳底。師曰：寶應只解把住，翠巖即不然；寒山倒地，拾得扶起；豐干禮拜，不見文殊。更有觀音菩薩魚行酒肆，且不識主人翁。乃卓拄杖一下。

（《嘉泰普燈錄》卷二六，翠巖真禪師。）

信心戰退魔軍陣，此是華嚴最上乘。森羅萬象皆相應，勸君修，六門通達任優游。寒山、拾得纔相見，指點豐干哂未休。

（《嘉泰普燈錄》卷三十，〈冶父川·餐玄歌〉。）

如寒山子、拾得、豐干輩，皆知其為西方聖人，獨普化不知其自何方而

來。保持密因，不肯輕泄，此又一重身語秘密也。

（《大光明藏》卷二，鎮州普化和尚。）

問：「未剖以前，請師斷。」師曰：「落在甚麼處？」曰：「失口即不可。」師曰：「也是寒山送拾得。」僧禮拜。師曰：「住！住！闍黎失口，山僧失口。」

（《五燈會元》卷七，杭州龍華寺靈照真覺禪師。）

（蘿湖野錄云：成指以問師曰：「汝會麼？」曰：「不會。」成曰：「汝記得法燈擬寒山否？」師遂誦。至「誰人知此意，令我憶南泉。」於憶字處，成遽以手掩師口，曰：「住！住！」師豁然有省。）乃曰：「元來恁麼地。」成曰：「汝作麼生會？」師曰：「春生夏長，秋收冬藏。」成曰：「直須保任。」師應喏。

（《五燈會元》卷一四，衡州華藥智朋禪師。）

上堂，大方無外，含裹十虛。至理不形，圓融三際。高超名相，妙體全彰。迥出古今，真機獨露。握驪珠而鑑物，物物流輝；擲寶劍以揮空，空空絕迹。把定則摩竭掩室，淨名杜詞；放行則拾得搖頭，寒山拊掌。且道是何人境界？拈拄杖卓一下。曰：「瞬目揚眉處，憑君子細看。」

（《五燈會元》卷一六，岳州君山顯昇禪師 。）

僧問：「臨雲閣聳，太白峯高，到這裏如何進步？」師曰：「但尋荒草際，莫問白雲深。」曰：「未審如何話會？」師曰：「寒山逢拾得，兩箇一時癡。」

（《五燈會元》卷一六，明州天童澹交禪師。）

僧問：「寒山逢拾得時如何？」師曰：「揚眉飛閃電。」曰：「更有何事？」師曰：「開口放毫光。」曰：「如何是向上一路？」師曰：「七六八。」

（《五燈會元》卷一六，明州雪竇道榮覺印禪師。）

上堂：天地一指，絕諍競之心；萬物一馬，無是非之論，由是魔羅潛跡，佛祖興隆。寒山拊掌欣欣，拾得呵呵大笑。大眾，二古聖笑箇甚麼？良久，呵呵大笑曰：「曇華一朵再逢春。」

（《五燈會元》卷一七，黃州柏子山棲真院德嵩禪師。）

開堂日，上堂，稀逢難遇，正在此時。何謂釋迦已滅，彌勒未生？拈拂子曰：正當今日，佛法盡在這箇拂子頭上。放行把住，一切臨時。放行也，風行草偃，瓦礫生光，拾得、寒山，點頭拊掌；把住也，水洩不通，精金失色，德山、臨濟，飲氣吞聲。當恁麼時，放行即是？把住即是？良久曰：「後

五日看。」

（《五燈會元》卷一八，南嶽南臺允恭禪師。）

上堂，如來禪，祖師道，切忌將心外邊討，從門所得即非珍，特地埋藏衣裏寶。禪家流，須及早，撥動祖師關捩，抖擻多年布襖，是非毀譽付之空，竪闊橫長渾恰好。君不見寒山老，終日嬉嬉，長年把掃。人問其中事若何？入荒田不揀，信手拈來草。參。

（《五燈會元》卷一九，安吉州何山佛燈守珣禪師。）

參元叟於中天竺，叟問何處來？師曰：「天台。」叟曰：「曾見寒山拾得麼？」師叉手向前曰：「今日親見和尚。」

（《五燈會元續略》卷二，杭州靈隱竹泉法林禪師。）

示眾，舉乾峯舉一不得舉二話，師曰：「拾得酒酣，寒山醉倒；相扶相攙，和泥臥草。天明攜手出松門，直至如今無處討。」僧問：「如何是西來的的意？」師曰：「不是苦辛人不知。」

（《五燈嚴統》卷二四，北京笑巖月心德寶禪師。）

僧問如何是首山境？師曰：「白雲片片時來往，汝水潺潺流向東。」曰：「如何是境中人。」師曰：「寒山逢拾得，拍手笑呵呵。」

（《五燈全書》卷二五，開封襄城首山處珪禪師。）

問：「如何是諸佛出身處？」師曰：「寒山不語拾得笑。」

（《五燈全書》卷三一，襄州洞山守初宗慧禪師。）

上堂，朔風何蕭蕭，吹彼巖下衣。家業久荒蕪，遊天胡不歸。人生百歲豈長保，昨日少年今已老。翻憶寒山子，「十年歸不得，忘卻來時道。」

（《五燈全書》卷四九，嘉興府天寧冰谷衍禪師。）

因同參印過訪，師曰：「許久不相見，眉毛作麼生？」印曰：「將謂老兄忘卻。」師曰：「彼中快活法，還可舉似故人麼？」印曰：「愁人莫對愁人說。」師曰：「恁麼則同條不共命也。」印曰：「笑倒寒山子。」師曰：「謝老兄光重。」

（《五燈全書》卷六一，鞏昌廣嚴法興禪師。）

小參：風光　地，滿目韶華；楊柳放圓通眼，溪聲吼師子音。山花似錦，難為話會；好鳥呼春，不堪圖度。得之者，握土成金；失之者，刻舟求劍。君不見，金輪王御四天下，到處稱尊。又不見寒山子，「十年歸不得，忘卻

來時道。」擊拂子曰:「坐著其中宗不妙。」

（《五燈全書》卷六二，紹興府顯聖三宜明盂禪師。）

　　如何是十同得入，師曰:「東西南北趙州門。」曰:「與甚麼人同得入？」師曰:「寒山忘却來時路，拾得相將攜手歸。」

（《五燈全書》卷六二，寧波府天童山翁道忞禪師。）

　　上堂，以拂子打圓相曰:「大眾見麼？」靈山話、曹溪指、寒山比，惟有盤山曰:「心月孤圓，光吞萬象；光非照境，境亦非存，光境俱忘，復是何物？」豎拂曰:「鑒。」光境未忘，復是何物？放下拂曰:「瞎。」還知報恩落處麼？果也知得，不妨拗折拄杖，高挂盔囊，隨緣散誕，任意逍遙。脫或未然，報恩為伊，更通一線。以拂子作弓絃勢曰:「盈虧總在雙絃內，隱顯還歸一照中。」

（《五燈全書》卷六七，蘇州府鄧村報恩浮石通賢禪師。）

　　上堂，真不掩偽，曲不藏直；一句當陽，萬機寢息。到者田地，誰能會取。驀拈拄杖曰:「寒山拾得。」

（《五燈全書》卷七十，夔州臥龍字水圓拙禪師。）

　　小參，達磨不會禪，夫子不識字；山門據虎頭，燈籠收虎尾，笑倒寒山、拾得，畢竟是何宗旨？喝一喝曰:「迅雷不及掩耳。」

（《五燈全書》卷七三，湖州道場萬壽兀菴本源禪師。）

　　因雪示眾，夜來太雪紛紛，到曉依然不住。平地三尺二尺，高處堆山壓樹。一一帀地普天，片片不落別處。文殊眼裏屑添，普賢毛孔塵聚。極力奮掃轉多，寒山、拾得大怒。添得楊歧床頭珍珠，亂撒無數；突出大仰庭前師子，寒威可懼，龍牙趁隊打哄，唱曲雪花飛句。乃擊拂子，詠曰:「風凜冽漁父掉舟波上立，時把綸竿挈釣來，多是寒江雪。」

（《五燈全書》卷七三，潭州龍牙雲叟住禪師。）

　　晚參:清寥寥，白滴滴，佛祖門庭，冷如冰雪，趁此好安居。生死打教徹，徹不徹，結制已經三七日，水牯牛鼻孔要牢牽，寒山子面目須親識。大眾，寒山子作麼生識？莫是與你同門出入底麼？喝一喝曰:「切忌錯認驢鞍橋，作阿爺下頷。」

（《五燈全書》卷七四，杭州橫山光明圓智本緣禪師。）

　　晚參，結制已七日了，露柱燈籠，全無孔竅；釋迦彌勒，揚聲大叫。

最苦昏沉，散亂不好。惟有寒山子，逢人偏解笑。且道：「笑箇甚麼？」笑諸人，無端棄却家中寶，終日茫茫外邊討。翻身驀過祖師關，熨斗煎茶不同銚。

（《五燈全書》卷七四，六安大悲快庵鑑禪師。）

晚參，才質敏慧，必生驕矜之氣；博學強記，必生滿足之情；勞利相資，必生傲慢之狀；鈍根微賤，必生下劣之想。顧視左右曰：「山僧這裏，無此惡類，盡是寒山拾得，掣風掣顛。」喝一喝！

（《五燈全書》卷七六，臨清大藏桂昌銳禪師。）

示眾，舉古德曰：「打七三日了也，本分事作麼生？」又道：「打七三日了也，寒山子作麼生？」師曰：「山僧這裏總不恁麼，何故？此事極是現成，極是明白，有甚難處。恰如青天白日見阿爹相似，無一絲毫擬議思量。若有一毫擬議思量，即不是了也。還有麼？出來通箇消息。」師顧左右，良久，以拄杖施風打散。

（《五燈全書》卷七七，吳陵三塘乾乾湜禪師。）

晚參，桃花紅李花白，五陵公子遊芳陌。靈雲公案又重新，人人眼裏重添屑。知恩者截鐵斬釘，負恩者紅爐點雪。布袋老子笑呵呵，寒山拾得忙不徹。十字街頭石敢當，聲聲只　歸去歌。歸去歌，莫待蓼花紅似血。

（《五燈全書》卷七八，宜興芙蓉自閒覺禪師。）

示眾，喝一喝曰：「會麼？有禪可說，閉口波斯嚼生鐵。」又喝一喝曰：「會麼？」無禪可說，鞭打須彌痛不徹。文殊椎胸罵普賢，寒山拍手笑拾得。眼上眉毛八字橫，從來不曾少一搬。惟有兩片唇舌，日夜怨恨未休。何故？蓋因你眾兄弟們，二六時中，不稽之言太多，體究之功少，歸堂各自檢看。

（《五燈全書》卷七九，安東東山雲父徧禪師。）

中秋上堂，三乘十二分教，靈山猶如話月。非風旛動，仁者心動。曹溪猶如指月，千巖萬壑，幾度留題；林下水邊，長吟高詠。寒山祇善擬月，是餘雲門、趙州、德山、臨濟，盡平生伎倆，總向者裏，依摸脫墼。究竟為人處，何曾得勦絕。諸人要見真月麼？南屏山前，十里湖光如畫，樂殺歌樓游舫；理安寺裏，打鼓普請喫茶。參。

（《五燈全書》卷八十，江寧金陵寺梅谷悅禪師。）

上堂，連卓拄杖曰：「寒山顛寒山顛，理事絕偏圓。打開條火路，直出古皇前。可憐拾得子，轉掃轉連綿。更有豐干老，饒舌賺人天。擲下拄杖曰：

「奉報諸禪，斯道而今大不然。」

（《五燈全書》卷八四，天台國清毅菴英禪師。）

　　問：「三世諸佛，坐火焰裏，轉大法輪。火焰為諸佛說法，日日灶門頭，說個甚麼？」師曰：「寒山逢拾得，拍手呵呵笑。」

（《五燈全書》卷八四，杭州靈峰青原暐禪師。）

　　上堂，昨夜雪上更加霜，今朝佛面增百醜。文殊、普賢行路難，鷲奴白牯却知有。寒山燒火滿頭灰，拾得風前拈起帚。良久，顧眾曰：「你者一隊漢，冷冰冰地，在者裏討甚麼盌？」

（《五燈全書》卷八五，武昌洪山寶通俞昭汾禪師。）

　　初問道于德山賦覺，有省，後讀靈巖儲語錄，於言無展事語不投機句下，得旨。湘西高峰建刹，延儲請益。一日問儲曰：「既是羅漢，為甚麼却作牛去？」儲曰：「小出大遇，士呈。」頌曰：「孰為羅漢孰為牛，莫誤寒山老趙州。借問蒼天何處是，休誇嶽麓對湘流。」

（《五燈全書》卷八七，偏沅巡撫周召南。）

　　上堂，嚴寒月上遲，風勁猿聲早。妙喜世界百雜碎，寒山、拾得機關俏，機關俏，長把掃，入荒田不揀，信手拈來草。參。

（《五燈全書》卷九二，鼎州聚寶湖南則峰爥禪師。）

　　解制小參，九旬閉門造車，今朝開門合轍。打車打牛，總莫交涉。蘇州有常州有，八角磨盤空裏走。遇著拾得與寒山，鼓掌呵呵笑破口。

（《五燈全書》卷九七，洪都法藥百拙倫禪師。）

　　示眾：鳶飛戾天，魚躍于淵；龍吟霧集，虎嘯風旋；搬柴運水，喫飯打眠，頭頭本成現，物物自天然。七期三日了也，汝等諸人寒山子作麼生？良久曰：「一點是非纔入耳，從前好事盡成冤。」

（《五燈全書》卷九九，瑞安悟真南野纘禪師。）

　　中秋上堂，黑白未分，千聖罔測；纔形朕兆，萬象炳然。道甚麼靈山話，曹谿指，南泉翫，寒山比，莫怪石霜壓良為賤，總是一隊弄光影漢。大眾還委悉麼？以拂子打圓相曰：「此夜一輪滿，清光何處無。」

（《五燈全書》卷一百二，潭州瀏陽石霜碧眼本開禪師。）

　　示眾，十五日已前，煙迷古渡；十五日已後，月缺清池；正當十五日，青松樓白鶴，碧沼綻紅蓮。寒山子知不知，世情看冷暖，人面逐高低。

（《五燈全書》卷一百二，嘉興金明晦岳旭禪師。）

　　上堂，二由一有，一亦莫守。六祖愛喫和羅飯，李公好飲卯時酒。風吹石白演摩訶，妙德空生讚希有。大地山河著眼聽，森羅萬象齊稽首。惟有藥山老漢，跛跛挈挈，百醜千拙，與麼過日，又作麼生。龐公失却笊籬，寒山拈起筿帚，大笑下座。

（《五燈全書》卷一百三，溈山同慶易庵應禪師。）

　　乞食回小參，住山人無別計，饑則乞食持盂。飽即歸家任意，念觀音的。常念觀音，呼揭諦的，頻呼揭諦。負舂者，繼大鑑之高風；掃地者，奪寒山之長技。拾片雲補就袈裟，對殘月課完經偈。灼然無事於心，怡然無心於事。長聯床上飽齁齁，即此便名歡喜地。諸仁者，祇如一飽忘百饑的，還曾嚼著自己舌頭麼？

（《五燈全書》卷一百三，海雲浣墨源禪師。）

　　中秋月蝕晚參，靈山話、曹溪指、馬祖覷、寒山比，者一夥老古錐，都是弄光影漢。正眼觀來，合喫舜上座手中痛棒。邇者鐘皷鏗鏘，盡道：孤輪半掩，癡呆竚望，矇瞳沉吟，殊不知本有一段光明，早已印徹廣寒之府，為甚無人覺得，或有覷得破者，出來與舜上座拄杖相見。其或未然，特為指出去也。以拂子畫曰：「徧界不藏高著眼，大家休在闇中行。」

（《五燈全書》卷一百五，陝西寧夏準提洞然舜禪師。）

　　上堂，祖翁田地，契券分明；法王大寶，時至理彰。何煩鐘鳴皷響，自然布彩揚輝。衡上座抖擻尿腸，實無一字可說，只得借寒山禿箒，與大眾應箇時節。蕎豎拂子曰：「諸仁者還會麼？耳聞不如眼見，眼見不如耳聞。且道如何是祖師西來意聻？揮拂子曰：『風暖鳥聲碎，日高花影重。』」

（《五燈全書》卷一百七，通玄斯準衡禪師。）

　　上堂，要津把斷，聖凡不通，說甚上無攀仰，下絕己躬。到者裏，死水不藏龍。若是一口吸盡西江漢，則不妨洪波浩浪白浪滔天，自有通霄一路。如或未然，寒山逢拾得，正好上天台。

（《五燈全書》卷一百九，婺州文峰樵之淨玉禪師。）

　　立兩序，上堂，金多出鑛，米盡除砂。寒山逢拾得，撫掌笑呵呵。且道他笑個甚麼？打鼓弄琵琶，相逢兩會家。木人方打碓，石女便烹茶。指空曰：「看看，春風回郭外，鐵樹盡開花。」

（《五燈全書》卷一百一十，西鏞證果印如淨成禪師。）

　　上堂，節令不相饒，倏忽蕎麥老。不圖十分豐稔，試看農人舞蹈。風味

一亘籟，新歲運依舊。恰好任教村歌社，飲西歊東倒無腔。鐵笛聲鳴咽，放浪橫吹，驚起拾得。遇著豐干跨虎，不知歸向，道難難難，吸盡長淮玉影寒。更有寒山子，踏落華頂峰，笑道：「易易易。」一溪界破青山勢，驀喝一喝曰：「有甚碑記。」

（《五燈全書》卷一百一六，淮西洪福靈焰大弘禪師。）

除夕晚參，半生東奔西走，年窮覷破無口。雲中爆竹堆聲，水上權鯨疊吼。巖居一種風流，冷水快飲三斗。笑倒拾得寒山，撫掌竟忘禿帚。近來費盡米鹽，養得一頭癩狗。度歲聊以烹陳，愧乏泰和老酒。遂以手作供勢曰：「請。」

（《五燈全書》卷一百一八，吉州青原叶妙大權禪師。）

至正甲申，空室，偕數衲往謁，時師年踰九十矣。龐眉皓髮，頎然清癯。拽履而出，且行且問曰：「何處來？」空室曰：「江心。」師曰：「深幾百丈？」室曰：「謾老和尚不得。」師曰：「且坐喫茶。」徐觀其壁間題，有署僧詩，格調頗肖寒山。其辭曰：「五瘟不打頭自䭽，黃布遮身便是僧。佛法世法都不會，嘵猪嘵狗十分能。」空室須臾拜辭，不敢再犯其鋒。

（《五燈全書》卷一百二十，溫州靈雲省菴思禪師。）

上堂，三五十五，月圓當戶。然雖匝地普天，要且秋毫不露。對景憑誰話此心，令人飜憶寒山子。

（《增集續傳燈錄》卷一，四明天童無際了沤禪師。）

上堂，結夏已一月，光陰迅如注，水牯牛水草傷甘，寒山子飯飽弄筯，針膏肓，起沉痾。山僧有易簡私方，普施諸人去也。擊拂子，若飯食時量彼來處。

（《增集續傳燈錄》卷五，杭州淨慈靈石如芝禪師。）

上堂，六月一日前，萬象森羅替說禪；六月一日後，八角磨盤空裏走，今朝正當六月一，無位真人赤骨律，金毛獅子解翻身，無角鐵牛眠少室。十聖三賢總不知，笑倒寒山并拾得。

（《增集續傳燈錄》卷五，應天府天界覺原慧曇禪師。）

上堂，古德道：「結夏已五日了也，水牯牛作麼生？」又有道：「結夏已十日了也，寒山子作麼生？」聊成一偈舉似大家：一頭水牯一寒山，困則眠兮飢則飧。終日拈香并擇火，不知身在畫圖間。下座。

（《增集續傳燈錄》卷六，四明育王大千照禪師。）

中秋上堂，靈山指月，曹溪話月，寒山比月，馬師翫月，這一隊漢總是弄光影底，要見真月未得在，且如何是真月？以拂子打圓相云：「會麼？」「無物堪比倫，教我如何說。」

（《增集續傳燈錄》卷六，寧州兩峰千福木巖本植禪師。）

「清淨行者不入涅槃，破戒比丘不入地獄。」此山應頌云：「飲官酒臥官街，當處死當處埋，寒山逢拾得，撫掌笑哈哈。」

（《指月錄》卷一，《文殊所說般若經》。）

問：「未剖已前，請師斷。」師曰：「落在甚麼處？」曰：「失口即不可。」師曰：「也是寒山送拾得。」僧禮拜。師曰：「住！住！闍黎失口，山僧失口。」曰：「惡虎不食子。」師曰：「驢頭出馬頭回。」

（《指月錄》卷一九，龍華照布衲。）

雪竇頌：出草入草，誰解尋討。白雲重重，紅日杲杲。左顧無瑕，右盼已老。君不見，寒山子行太早，「十年歸不得，忘却來時道。」

（《指月錄》卷二十，韶州雲門山光奉院文偃禪師。）

上堂，點得無油燈，豁開頂門竅。走入鬧市叢中，左右逢源得妙。如何寒山子，忘却來時道。阮籍猖狂，孫登長嘯。

（《續燈正統》卷三九，杭州府愚菴三宜明盂禪師。）

示眾：不是心，不是無，不是物，一一為君都拈出，蓬頭垢面老寒山，却是十年歸不得，歸不得，朝朝難向五更啼。日日日從東畔出，堪笑無端王老師。殘花落地無人拾，大眾還會麼？一回雨過一回溼，卓拄杖下座。

（《正源略集》卷六，明州五磊拙巖懷禪師。）

上堂，赤手屠龍，空拳搏虎，世間稱為豪傑；若到衲僧門下，且過一邊，果是克家種草，終不向無佛處稱尊，偏於鬧中插足，橫拖布袋等箇人來，紫羅帳裏撒珍珠，捏雙空手，便與八大龍王鬪富，且畢竟如何？拈得寒山禿掃箒，掀翻蜆子酒臺盤，卓一卓下座。

（《正源略集》卷六，天台萬年無礙徹禪師。）

上堂，不是心，不是佛，不是物，兩手相呈，和盤托出。提起也傾國難酬，放下也分文不值。一百二十歲老趙州，齒不關風，道有道無；黑夜投珠，又何怪按劍相及，諸昆仲可惜許。坐在飯籮裏叫餓，反去胡餅上呷汁。逼到今朝，三七依舊二十一，豎拂子曰：「寒山、拾得。」

（《正源略集》卷七，苕溪鳳山多福林妙叶啟禪師。）

上堂，舉寒山子偈曰：「吾心似秋月，碧潭光皎潔。無物堪比倫，教我如何說。」本權禪師和云：「吾心似燈籠，點火內外紅。有物堪比倫，來朝日出東。」山僧不惜眉毛，再示一偈：「懞懂真懞懂，我心黑漆桶。何物堪比倫，好似海州接引寺路東角頭盛惡水底大瓦甕。大眾會麼？你若不會，山僧又將第二杓，驀頭潑去也。卓拄杖下座。

（《正源略集》卷八，千山龍泉剩人可禪師。）

中秋上堂，庭空月白明如鏡，寒螿遶砌送秋韻。寒山、拾得臥松林，幾人同此趣真境。驀卓拄杖云：「了盡凡情即佛性。」

（《正源略集》卷九，武康匡裔來禪師。）

上堂，清隱不會說禪，森羅萬象同參。寒山却笑拾得，沒却鼻孔半邊。呵呵呵！會也麼？楊岐驢子三隻脚，小樹小皮纏，大樹大皮裹。德山棒、臨濟喝，普化為何搖鈴鐸。莫莫莫！風吹石白念摩訶，設有伶俐衲僧，出來道：長老長老，今日悟公請法，直須舉揚向上宗乘，如何也似三家村裏長老，說幾句淡話便了。遂鞠躬云：「山僧今日失利。」

（《正源略集》卷九，天目獅子正宗形山寶禪師。）

上堂，無雲峯頂，微湧空劫金烏；枯木堂前，暗消剛骨紅影。達者深入閫奧，作家格外權衡。無孔笛橫吹倒吹，破甌子七零八落。寒山、拾得不知名，豐干尚且難摸索。擲下拂子曰：「諸人切莫亂卜度。」康熙丙午臘月十三日，師書偈曰：「今年五十七，捏碎孃生鼻。一生受用中，無得亦無失。昨夜泥牛鬥入海，直至如今無消息。真消息，今日西廊打倒東廊壁。放拾傀儡歸去來，莫教特地成狼藉。」擲筆而逝。

（《正源略集》卷十，京師海會憨璞性聰禪師。）

中秋小參：「此夜一輪滿，清光何處無。」古人恁麼去，未必到無疑。寒山比底，依稀似曲；南泉話底，彷彿同音。畢竟如何是真月，展兩手云：「團團有八角，劈破無兩邊。」

（《正源略集》卷十一，杭州龍泉匡源洪禪師。）

中秋上堂，中庭地白樹棲鴉，冷露無聲濕桂花。今夜月明人盡望，不知秋思在誰家。靈山指曹溪話，馬祖翫寒山比，畢竟那簡甕，試檢點看。殊不知貴在自肯承當，不可傍他門戶。打○相云：「汝等諸人，切忌錯認定盤星。」

（《正源略集》卷十五，鎮江乳山得一善禪師。）

上堂，僧問：「如何是維摩一默？」師曰：「寒山訪拾得。」曰：「恁麼

則入不二之門。」師噓一噓，復曰：「維摩大士去何從，千古令人望莫窮。不二法門休更問，夜來明月上孤峯。」乃曰：「七月七日復相見耳。」至期，盥沐攝衣，北首而逝。

(《錦江禪燈》卷三，明州雪竇重顯禪師。)

上堂：佛法無多子，仁者自迷源。南山對北斗，門戶共相連。出入同來往，坐臥同起眠。恒河沙數劫，常在於其間。天左轉地右旋，日月雙輪懸。照破寒山鼻孔，只教拾得流涎。咄咄咄！是甚麼乾矢橛。

(《黔南會燈錄》卷二，江口香山聖符越禪師。)

上堂，玄玄玄破五作三，妙妙妙呼鷄作鴿。撞著寒山、拾得淨盡掃，玉泉不惜兩莖眉，告報諸人莫妄造。若妄造，晴空霹靂當頭斜。

(《黔南會燈錄》卷三，安籠玉泉月幢了禪師。)

冬日上堂，凜冽彤雲彌布，長空碎玉篩屑。目前了無異色，惟有孤峰不白。驀拈拄杖云：「大眾且道，拄杖子作何下落？寒山逢拾得，撫掌笑呵呵。」

(《黔南會燈錄》卷四，普陽金鳳玉龍慧月眼禪師。)

僧參，師問那裏來？僧云：「天台。」師云：「寒山逢拾得，拍手笑呵呵，是天台語？不是天台語？」(蓮便喝。息云：向下文長，付在來日。)僧擬對，師便喝，僧亦喝。師云：「你看者瞎漢。」僧擬議，師云：「諸方頭破腦裂，者裏自領出去。」

(《揞黑豆集》卷六，杭州南澗理安箬菴問禪師。)

曹溪門大啟，應不阻人參。儞問西來意，同聲了了知。博聞非智慧，寡學豈愚癡。拾得能燒火，寒山解作詩。咄哉顛蹶漢，誰唱羅羅哩。

(《雲臥紀譚》卷二，湖州報本元禪師。)

中秋上堂。金風吹落葉。玉露滴清秋。叵耐寒山子。無言笑點頭。且道。笑箇甚麼。擊拂子。既能明似鏡。何用曲如鉤。

(《虛堂和尚語錄》卷一)

上堂：「心如朗月連天靜。」遂打一圓相曰：「寒山子輩，性似寒潭徹底清。是何境界？」良久曰：「無價夜光人不識，識得又堪作甚麼？凡夫虛度幾千春。」乃呵呵大笑曰：「爭如獨坐明窗下，華落華開自有時。」下座。

(《五燈會元》卷一七，安州興國院契雅禪師。)

上堂，舉豐干謂寒山拾得曰：「你與我去遊五臺，便是我同流。」山曰：

「你去遊五臺作麼？」干曰：「禮拜文殊。」山曰：「你不是我同流。」師曰：「豐干開口不在舌頭上，寒山同坑無異土。檢點將來，兩箇駝子廝撞著，世上由來無直人。（兩箇駝子胸貼胸。從來背背不相見）

（《揑黑豆集》卷一，杭州府護國臬菴宗禪師。）

横川珙公，在育王，以偈招之曰：「寥寥天地間，獨有寒山子。」師竟不渡江，而謁覺菴真公於承天。……居三歲，而巖逝，乃還淛右，虎巖伏公，時住徑山，請師居第一座，既而退處楞伽室，擬寒山子詩百餘篇，皆真乘流注，四方衲子，多傳誦之。

（《元叟行端禪師語錄》卷八，塔銘。）

參·擬和資料

一、和寒山詩

合訂天台三聖二和詩集

唐·寒山、豐干、拾得　原詩
明·四明楚石梵琦首和
明·西吳石樹濟岳載和

寒山原詩三百七首并二和詩共九百二十一首

我讀寒山詩，虛空尋鳥跡。誰能橫點頭，獨有松下石。
一字不可加，千金豈能易。捧心學西子，取笑非求益。（楚石）
乘霞入塢深，蒼苔幻成跡。笑看牧牛子，空山樵老石。
畢竟牛何歸，石頭不可易。花草總忘言，此中誰損益。（石樹）

身將枯木同，心與蓮華淨。萬善無異途，千邪皆棄正。
不離文字相，不即真如性。浩浩天地間，咸遵法王令。（楚石）
秋空潔如洗，我念歸真淨。山高絕世緣，樹影忘偏正。
林氣養素懷，天香適野性。記將今日期，鴻雁來時令。（石樹）

寒山不可見，石上訪遺蹤。木屐藏何處，華臺隔幾重。
溪流深夜月，樹老舊石松。可歎閣丘子，栖栖失所從。（楚石）
林中常獨步，幽徑絕人蹤。直上身孤險，迴看山萬重。
瘦藤牽古樹，破衲照青松。長憶寒巖子，追之安所從。（石樹）

人命呼吸間，榮華定難保。不如天台去，山水清且好。
江月長近簷，松風可娛老。胡為逐名利，來往紅塵道。（楚石）
亂離何足畏，慧命須勤保。泉石固幽深，隨緣納亦好。
偶爾住民房，且學棲賢老。塵市即山居，觸處無非道。（石樹）

莫比心如月，秋霜亦非潔。諸來參學人，試聽虛空說。（楚石）
小鐺煮日月，泉水何高潔。毛髮生光明，草木豈無說。（石樹）

昨向山中住，不知今幾年。巖高長隱日，樹密但藏煙。
策杖遊峯頂，飛禽過我前。澄潭深萬丈，徹底是青天。（楚石）
高巖託老骨，不必問何年。世事付朝露，人情任暮煙。
神留搖落後，意在發生前。流水杳然去，桃花笑碧天。（石樹）

東鄰嬌小女，芳意未闌珊。眉似初三月，琴能再四彈。
頻來花下坐，自向鏡中看。不料傷春死，瓊樓夜夜寒。（楚石）
十五西鄰女，金瑞玉珮珊。嬌姿依水見，素指把花彈。
老大誰為惜，虛無只自看。枯形向壁坐，萬古流蒼寒。（石樹）

誰家遊冶郎，白馬繫垂楊。卻引如花妓，同登載酒航。
春風弄水碧，落日映山黃。忽掩泉臺路，珍羞不得嘗。（楚石）
征夫如敗葉，驕子等枯楊。吾豈逐戎馬，自然浮野航。
梅花方丈白，菊柚洞庭黃。反笑風塵者，曾將此味嘗。（石樹）

住久都忘世，春深始覺年。山花紅似火，野草碧如煙。
月落澄潭裏，雲生疊嶂前。時時敲鐵磬，驚動老龍眠。（楚石）
河圖未下點，此際是何年。至靜立山水，無端起瘴煙。
紛紜成太古，寂寞置當前。不覺春風至，吳鸞三月眠。（石樹）

心如大圓鏡，萬象同輝耀。本淨非琢磨，元明不隨照。
于中有得失，向上無玄妙。打破此鏡來，無人云甚要。（楚石）
心與境絕滓，身與山爭耀。身心無異論，水月互相照。
於此悟尋常，何必譚玄妙。玄妙則不無，真機非至要。（石樹）

白石照清淪，幽棲遠俗塵。山高雲作頂，地僻虎為鄰。
縱有長生理，終無不死人。蟠桃花果熟，知是幾番春。（楚石）
所思若沈淪，聖解亦成塵。得到孤峯頂，方超萬壑鄰。
法忘不立我，我盡自無人。滿眼天花落，融融大地春。（石樹）

形將影自隨，行與止誰為。始富張車子，終窮蔡克兒。
才高鸚鵡賦，地絕鳳凰池。可信陽春力，難回朽木枝。（楚石）
舉橈波自隨，靜坐但無為。快織追雲使，憑凌歌水兒。
莫遲花兩岸，須聽月分池。此意向誰說，江頭鳥作枝。（石樹）

青春開上苑，白日照神州。出就都人飲，行陪國士遊。
馬驕晴更耀，花豔暮還收。老去空惆悵，河聲西北流。（楚石）

茅蓬地十尺，廣大過皇州。蒙眼入孤定，橫身縱四遊。
圖書一枕載，世界半竿收。若問此中意，黃河水逆流。（石樹）

磊落夔龍士，聰明堯舜君。黃扉論大道，紫塞樹奇勳。
食肉封侯骨，經天緯地文。北邙山下路，到此漫云云。（楚石）
少有屠龍劍，時艱未遇君。自從立志節，無復論功勳。
土壁霜分色，蓬窗雪照文。徘徊獨長嘯，情理為誰云。（石樹）

天下白玉棺，人成黃金槨。送終無貴賤，未可笑織箔。
不死丁令威，千年化為鶴。莊生喻髑髏，何用南面樂。（楚石）
勘破未生前，那用天為槨。生不重千金，死奚貴一箔。
不打嘉州象，便跨華亭鶴。無喜亦無瞋，何苦亦何樂。（石樹）

只道山無路，哪知處處通。澗泉聲滴瀝，雲月影朣朧。
上下千尋峻，東西四面同。谷神呼輒應，非在有無中。（楚石）
峯遠若無色，歌來徑別通。白泉黃葉溜，疎樹薄煙朧。
入壑探奇異，登巔觀大同。寒山招我去，謂嘯月明中。（石樹）

何處好園林，此中多樹木。擎天要一柱，匠者入空谷。
歲久霜霰繁，根深枝葉禿。棄之不肯收，無以成我屋。（楚石）
世如破漏船，身似無根木。船破須高岸，人老宜深谷。
水流岸已非，葉落山景禿。積雪送溪厓，寒林露茅屋。（石樹）

寒食向西城，其誰不慘情。白楊千萬葉，青草兩三塋。
再聽流泉語，如聞慟哭聲。焉知有死日，爭利復爭名。（楚石）
垂首望孤城，荒煙生慘情。玄雲迷故國，黃葉覆新塋。
不見人顏色，時聞野哭聲。嗟哉負心者，徒涴一生名。（石樹）

金籠鎖鸚鵡，鸚鵡苦思歸。既失煙霞伴，徒傷錦繡幃。
臨峯吐音響，對月理毛衣。若得君恩放，還尋隴樹飛。（楚石）
乾坤一籠耳，人鳥將何歸。安得恃金粟，而終依錦幃。
扶搖仍御氣，歌舞謾寒衣。我志不羈落，蓬蓬空外飛。（石樹）

翩翩馬上郎，借問誰家子。賤妾有高樓，須君駐行李。
雞鳴北斗斜，鴉噪東方起。君意終別離，妾身在泥滓。（楚石）
垂楊繫畫舫，水影照西子。色豔比天桃，命澀如苦李。
長歌絲竹交，短舞山雲起。爭望謂神仙，須臾成穢滓。（石樹）

田舍苦無多，荒來亦任他。草深蟲唧唧，林密鳥喁喁。
野老攜壺至，山童拍手歌。幽棲自可樂，百歲等閒過。（楚石）
華士硯田多，山僧甘讓他。真文毋甚解，閒話不勞喁。
露滴花含笑，風來鳥帶歌。日長無事做，但看白雲過。（石樹）

有美千般草，無令一樣荄。深林常積雪，別洞近寒巖。
碧樹雲相補，青山日半銜。不知何所說，幽鳥語喃喃。（楚石）
野草當鋤去，邪書遲筆荄。清風涼夏木，紫氣蒸寒巖。
松晝雲初合，花明鳥獨銜。丹經無句讀，諷誦口喃喃。（石樹）

春秋更代謝，暑往即寒來。一雨野花落，多風林木摧。
方看朝霧擁，欻見暮雲開。少小顏如玉，而今喚得回。（楚石）
節序何為者，盛衰迭往來。月光不云去，花影暗相摧。
小定香初刻，微吟鐘乍開。此時清興在，茗味舌端回。（石樹）

今日是何年，東風碧草鮮。山晴還起霧，水暖復生煙。
鳥語如相問，花枝豈自憐。野人無個事，高枕石頭眠。（楚石）
深山不記年，花草逐時鮮。瘦竹常穿月，高松不綴煙。
白雲容我嬾，破衲豈人憐。嘯傲孤峯頂，青燈影獨眠。（石樹）

堂堂七尺軀，所學尤奇偉。每著古衣冠，不怕閒神鬼。
達少窮困多，有材如命何。將琴換美酒，痛飲且高歌。（楚石）
苟無諂曲心，才氣自高偉。靦顏命為人，搖脣慣說鬼。
彌天此輩多，正法將如何。伎倆有時盡，奚用桃符歌。（石樹）

人生一世間，俯仰惟覆載。去者日已多，曾無故人在。
思之氣鬱律，感彼雲夔螭。高岸竟為谷，新松俄偃蓋。
百年能幾時，虛空終不改。（楚石）
但了目前事，無論千百載。勞勞聖人心，敬之儼然在。
日月自光華，雲霞自夔螭。恢恢大地中，那許微塵蓋。
俗眼縱遷流，至道何曾改。（石樹）

山林有何好，每愛此中遊。江月白如晝，海風涼似秋。
柴門向悄悄，樹葉風颼颼。寄語貂蟬客，可來消汝愁。（楚石）
道人有深意，山水恣夕遊。霜靜葦色苦，月高松陰秋。
鳥歸花亦睡，風定葉還颼。此意有誰解，江天釋我愁。（石樹）

趙女發清唱，聽之聲激揚。臨風奏此曲，曲短意何長。
夫婿出不歸，峨冠朝未央。焉知秋夜永，明月照空牀。（楚石）
娥娥燕趙女，夫婿客荊揚。獨處思激楚，短歌不能長。
引聲有時盡，含意殊未央。風月吹向夕，羅羅照人牀。（石樹）

自從開闢來，此地無車馬。而有聖道場，深山連曠野。
人生百年間，日照四天下。誰是金石姿，常存不亡者。（楚石）
萬派須歸宗，快會越天馬。如人拘小寶，忽然見大野。
亦猶三藏文，一時悟言下。言下事如何，不是之乎者。（石樹）

堆錢向百屋，我固不如君。一道清虛理，知君亦不聞。
下方陰有雪，絕頂晝無雲。未息塵勞苦，誰儂為解紛。（楚石）
世無知我者，而常懷此君。此君久默然，而我亦無聞。
丈室懸紅日，臥牀生綠雲。山光交四壁，心境絕塵紛。（石樹）

可愛白雲居，長年與世疎。花殘無戲蝶，水靜足遊魚。
野樹行堪倚，園葵懶不鉏。茅簷風雨過，飄濕案頭書。（楚石）
四照蘆花居，隔簾天影疎。分餐飼野鶴，科樹蔭家魚。
堤窄祇容屨，坡開好學鋤。此身山水鏡，几席不留書。（石樹）

地遠心逾寂，情忘理自窮。水聲常浩浩，嵐氣正濛濛。
永夜猿啼月，無時虎嘯風。纖塵遣未盡，不可住山中。（楚石）
丘壑探無盡，臥謠意莫窮。短笻分翠靄，孤笠入空濛。
松靜暗如雨，竹深涼欲風。此時聞亦寂，人在葉聲中。（石樹）

何由傾我意，不得與君論。一悟天真佛，長拋火宅門。
風霜令鬢改，利欲使心昏。頗憶阮生傳，危哉蝨處褌。（楚石）
心已同灰冷，更將何事論。世塵緣有路，吾道卻無門。
泉響能清愁，山光可滌昏。笑思团地日，無袴又無褌。（石樹）

青嶂鬱嵯峨，潺湲流水坡。林間無雀噪，谷口聽鶯歌。
回首暮雲合，向人秋意多。秦皇與漢武，千古恨如何。（楚石）
筆峯太峨峨，潭水清無波。上下隔千里，漁樵互答歌。
歌從何處接，聽者不能多。祇有無耳人，聞之將奈何。（石樹）

閒行芳樹下，卻坐小谿濱。白日又長夜，黃泉多故人。
悠悠前後事，擾擾死生身。借問東溟水，乾來幾度春。（楚石）

崒崒高峯頂，泠泠淺水濱。飄飄雲似鳥，磊磊石如人。
白白梅花骨，青青蒲葉身。悠悠世外曲，句句和陽春。（石樹）

遙見川上花，朱朱兼白白。開落不暫停，寒暑相催迫。
宿草生故墳，垂楊映新宅。新宅能幾時，百年如過客。（楚石）
不忍賦東園，桃紅兼李白。方茲朝露榮，倏為秋霜迫。
轉眼飛觴地，痛心改墓宅。人生聚沫間，誰是千年客。（石樹）

遣愁愁不去，認愁愁不真，誰知遣愁者，正是自愁身。
身貌年年改，愁端日日新。無愁亦無喜，方見本來人。（楚石）
學道莫乾苦，疑情須發真。掃開千件事，拚此一生身。
秋去黃花盡，春來綠葉新。靜中觀物理，何者可愁人。（石樹）

道傍多大樹，樹下群兒戲。上有一蟬鳴，不知身是寄。
螳螂來捕之，未免黃雀累。黃雀被彈射，哀哉作詩刺。（楚石）
融風吹白沙，萬物各遊戲。老蚌出潛波，肉張沙上寄。
彼饞鷸鳥來，持啄身兼累。漁父坐而收，乃為季子刺。（石樹）

五月南塘路，芙蓉正作花。朱門蔭楊柳，綠水鳴蝦蟆。
冷浸金盆果，濃烹石鼎芽。此中可避暑，修竹繞吾家。（楚石）
南陌採桑女，紅裳出眾花。朔風看戴勝，兆雨聽蝦蟆。
茗點楊花蕊，蔬烹蕨草芽。尋常生計好，稱是野人家。（石樹）

富謂無貧日，貧思有富年。由來人作鬼，枉用紙為錢。
白骨深泥下，青苔古墓前。虛空猶可料，生死莫知邊。（楚石）
人富愁貧日，吾貧如富年。萬峯隨分住，不用一文錢。
澗水茅簷下，巖花竹檻前。寒來可曝背，暑氣坐涯邊。（石樹）

人心常不足，此事古相承。富欲身千歲，官貪日九升。
黃泉葬白骨，粉字寫紅綾。酒肉陳高座，徒悲一聚蠅。（楚石）
愚夫做家業，念念子孫承。取利必高等，收租加大升。
廩盈愁絕食，箱滿歎無綾。勞碌為牛馬，屍牀弔臭蠅。（石樹）

六個兒郎同作伴，千般藝術更無倫。是非強要分清濁，聲色徒然立我人。
只道朱顏長滿鏡，那知碧海會飛塵。可憐掩泣華堂後，縱有笙歌不可陳。
（楚石）
裁詩補衲舊和新，體致從來重五倫。翻憶聖皇形似獸，詎知貪吏面如人。

恩輦愛日龍文錫，名浣秋風馬矢塵。遮莫生前忙悔過，森羅殿上恐難陳。
（石樹）

十年不相見，彼此無消息。待雁雁不來，釣魚魚不食。
天長關塞遠，佇立空悽惻。縱有一封書，何由寄親識。（楚石）
崑崙有大鵬，一舉萬里息。剛風壯其威，小人肥其食。
佛示無緣慈，午齋先憫惻。羽毛成世界，彼此不相識。（石樹）

天台國清寺，古木亂泉中。此地橫千嶂，何人識二公。
雲形旦暮改，石色古今同。須信這簡意，推尋無有窮。（楚石）
誦詩幽澗上，遺響白雲中。瀟灑寒山子，規模楚石公。
言詮非有異，神解將無同。信手揮毫處，層巒水不窮。（石樹）

迷是悟中迷，悟是迷中悟。迷悟非兩途，皆由一心做。
心源常湛寂，從本無住故。無住亦不立，生死海乃渡。（楚石）
知迷即不迷，求悟便難悟。但看日用時，祇貴無心做。
無心做什麼，清淨本然故。迷悟雲盡開，片花流野渡。（石樹）

朱門年少妾，白髮老來愁。竟作商人婦，長隨賈客舟。
花殘始春釀，霜隕未冬裘。歎息風波裡，何時返舊丘。（楚石）
長干有蕩婦，妖麗不知愁。爭試都中馬，頻乘江上舟。
瑲鳴珠翠襪，袖倚鷫霜裘。旦暮風流盡，煙埋骨一丘。（石樹）

飛雉感故兒，撮蜂念前母。焉知采桑人，正恨飛蓬首。
坎坷一生中，崢嶸千載後。真金去砂礫，嘉饌輕糟糠。（楚石）
昔日淮陰侯，一飧寄漂母。卒與三傑參，次列元功首。
醉飽雲夢前，笑譚鐘室後。不如平等人，窮老吃糖糠。（石樹）

路出危峯上，春深雪未消。獨行形問影，枯坐寂忘囂。
玉立千尋剎，金飛百尺橋。須臾雲欻起，化作雨飄瓢。（楚石）
高巖積空翠，極古未曾消。石迸泉云靜，雲開樹不囂。
神遊國清寺，夢坐石梁橋。得句笑無比，臨厓刻木瓢。（石樹）

虛心待萬物，無適而不宜。待物苟有心，紛然成與虧。
千峯若菡萏，孰是雕叟為。將欲究根本，問取石女兒。（楚石）
於心何所好，制用但隨宜。責己應長損，與人勿暫虧。
即名超有漏，不啻證無為。如是心持遠，真成作者兒。（石樹）

榮枯有定分，修短未嘗均。匕首生衽席，鷁頭沒戰塵。
清宮不畏暑，陋巷豈知春。一去無回日，驪山殉葬人。（楚石）
工夫如病瘧，寒曝未能均。暫爾破凡見，依然臥法塵。
野村花落晚，荒塚草為春。此景君須悟，這回可示人。（石樹）

東西南北人，南北東西道。有往必有來，無生定無老。
婚姻本相結，生死各不保。劫盡火洞然，誰論林與島。（楚石）
蕭蕭華表門，薜蘿遮墓道。靈臺何所歸，枯骨不知老。
狐魅雜相居，子孫安可保。其如頂後光，而照於林島。（石樹）

風輪轉烏兔，不得須臾停。昨暮沈厚地，今晨出高冥。
雪霜有肅殺，蘭艾俱飄零。人命若朝露，勸君尋佛經。（楚石）
須彌繞日月，飛光肯暫停。此方夜如晝，彼土日云冥。
彼土花將發，此方葉已零。世人何不曉，不讀雜華經。（石樹）

故人猶記面，相別未逾年。有恨成千古，無書達九泉。
殯宮新草木，華屋舊山川。不見高堂會，空悲畫像懸。（楚石）
莫問今何日，花開又一年。山深如隔世，世險即重泉。
過客草頭露，浮生萍在川。誰知峯頂月，無影直高懸。（石樹）

朝遊荷葉間，暮宿荷花裡。妾歌採蓮曲，君唱結襪子。
同帶復同心，心馨殊未已。（楚石）
我昔弄輕舟，泊在蘆花裡。靜看江紋生，坐到山月起。
垂綸追玄真，凭橈笑船子。今讀寒山詩，浩浩情何已。（石樹）

昔往桃作花，今歸雨成霰。扁舟隔江海，數夢還鄉縣。
逝水去不回，故人難再見。欲留五色絲，以繫孤飛燕。（楚石）
人身小天地，寒涕如飛霰。皮裡載溪山，胸中藏郡縣。
智人方寸施，肝膽萬里見。苟不本所從，茫茫梁上燕。（石樹）

前鬼擔屍來，後鬼欲奪喫。邀人證其虛，竟賴實語力。
雖遭後鬼啖，復因前鬼飾。思量我是誰，從此輪迴息。（楚石）
獸相食且惡，人類忍殘喫。殺子不充飢，賣身無氣力。
恩情既斷絕，天理難遮飾。怨報影隨形，輪迴辛未息。（石樹）

少年學弓劍，所向振威稜。碧海擒龍易，青山射虎能。
長尋花作伴，儘用酒為朋。一旦佳城閉，其誰見漆燈。（楚石）

偽儒談道學，狂氣似鋒稜。言大行偏寡，名華實未能。
蟊蝗傷稻客，蛺蝶盜花朋。秋盡愁無緒，書窗拍晚燈。（石樹）

富貴何日來，留將少年待。少年忽復去，惟有白髮在。
髮白歸九泉，須臾陵谷改。方當未足心，欲吸無窮海。（楚石）
古道空郵亭，光陰安可待。故人去不還，知己無多在。
秋柳寒風摧，紅顏霜鬢改。徘徊瞬息間，日又沈蒼海。（石樹）

七十白頭人，娶妻年二八。婚姻既失時，意氣何由佸。
豔婦不執刀，衰翁多被殺。夕陽在西山，好與兒女決。（楚石）
南方無垢女，年歲登二八。龍藏獻明珠，寶生位已佸。
豈如花柳淫，暗把英雄殺。旦暮入泉臺，妖魂受斷決。（石樹）

慎勿登權門，權門有覆轍。李斯遭族夷，蘇秦就車裂。
多結他人怨，獨求自己活。小人不容誅，君子先去殺。（楚石）
我看覆車人，方趑復蹈轍。良弓卒就夷，威骨終為裂。
歷歷千劫中，勞勞幾時活。如何不自珍，輾轉受誅殺。（石樹）

貪夫計斗粟，怒髮上鬐鬐。志士心四海，惟憂道不行。
鴟梟嚇腐鼠，返恐鵷雛爭。欲識曠蕩懷，悠然如水平。（楚石）
青青梅柳巷，螳蜋勢鬐鬐。俄驚車轍聲，礫礫從傍行。
不量些微力，鼓翅欲拒爭。前轍死無悔，後轍歎不平。（石樹）

萬古一相望，山川何渺茫。撫心兮踟躕，搔首兮徬徨。
明月混泥滓，伯勞栖畫堂。賢人不見用，自古涕淋浪。（楚石）
四望荒煙布，塵昏接混茫。人情安寢食，吾道歎徊徨。
魑魅登高殿，鳳凰棲草堂。空山每念及，涕淚一浪浪。（石樹）

荒郊枯髑髏，舊日如花麗。對鏡寫蛾眉，教人梳鳳髻。
嬌歌及豔舞，側立兼傍睨。一去不復還，冥冥泣其塉。（楚石）
美婦街頭走，丰姿頗佳麗。火榴妒長裙，雲山挽新髻。
三市蹁躚行，萬夫婉轉睨。一朝珠翠沈，誰肯為伊塉。（石樹）

白日城東際，紅妝水北陸。尋春何處女，障面不勝吹。
蕙草縈羅帶，穿花避玉鞍。風前立不語，此意有誰知。（楚石）
何事東家女，尋春走四陸。繁花當路笑，弱柳任煙吹。
蕩子青絲履，王孫白玉鞍。無言聊一盼，意不恥人知。（石樹）

女伴踏春陽，名園百草香。雙飛憐翡翠，並立妒鴛鴦。
柳細風吹面，花深露滴裳。暮歸如有失，閑夢亦驚惶。（楚石）
山寺襯河陽，佳人燒願香。身光飛孔雀，步影動鴛鴦。
草鬥合歡帶，花吹學舞裳。不知春夢短，老淚各愴惶。（石樹）

鬼是人所為，人正鬼亦懼。鬼若異於人，陰陽孰來去。
明知心自驚，卻喚佛相助。瞋喜在面門，何曾離當處。（楚石）
有客論無鬼，見鬼必惶懼。幼小讀中庸，切身不可去。
孰令幽怪形，而借神明助。正直視吾心，若曹無立處。（石樹）

寒暑去復來，未知何時息。嘗聞古老說，天地有終極。
螻蟻保一身，蟣蝨恃兩翼。人心苟不妄，本具大神力。（楚石）
伊空立世界，旋轉無暫息。濁惡沈幽冥，清真歸太極。
誰無三藏樞，皆具六經翼。文字縱荃蹄，此中寓道力。（石樹）

向上無爺孃，向下無妻子。自語還自歌，獨行又獨止。
人人我知識，處處吾鄉里。借問何以然，佛種從緣起。（楚石）
將軍噴虎威，性命輕蘭子。遇敵若為休，交鋒不可止。
枕戈守一隅，帶甲奔千里。眨眼死刀頭，來生再殺起。（石樹）

先聖既有作，後賢可無述。如磨古銅鏡，塵去光自出。
一念成佛人，飄風未為疾。現前不了悟，浮雲掩白日。（楚石）
山水道之華，于予成著述。非天舌本窮，借我筆端出。
寧使煙霞痼，且消文字疾。林泉浣古心，蒼靄浴紅日。（石樹）

苦樂隨時改，形骸與化遷。未能拋富貴，何處覓神仙。
地發金鐘響，潭開玉鏡圓。世人空悵望，惟見嶺雲連。（楚石）
流水行雲處，因之見不遷。有心皆作佛，無事即為仙。
悟世微塵窄，窺天一鏡圓。頹然形影外，惟與道相連。（石樹）

直道兮為陘，芳心兮結纓。求賢兮不得，驪影兮孤征。
路遠兮難致，神勞兮何成。太虛兮寥廓，金石兮堅貞。（楚石）
子游兮野陘，蘭芷兮為纓。眾鳥兮煙起，孤鶴兮雲征。
佳人兮不至，好夢兮難成。于心兮玉潔，于志兮石貞。（石樹）

寧食自己肉，末攪他人腸。止殺可延壽，改過勝燒香。
人欲殺豬時，豬走無處藏。死後墮地獄，身先投鑊湯。（楚石）

陽世作屠戶，陰司拔肺腸。莫言豬肉好，須信菜根香。
故殺壽終促，清齋福久藏。滿腔蓮漏水，難入沸鑪湯。（石樹）

不見木傀儡，何嘗遺屎尿。高低逐線索，動靜因關竅。
渠本無愛憎，他來任嘲調。分明幕裡人，代作啾啾叫。（楚石）
謬說佛法者，分明運屎尿。不知宗教源，山海同其竅。
毛髮有差訛，黑風吹鬼調。不為野干鳴，便作蝦蟆叫。（石樹）

渴時飲水漿，飢來吞飯顆。但貪生處樂，不究死時禍。
先要斷惡緣，次宜營善果。了然見法王，從此除人我。（楚石）
生猶摭橡實，死亦艱蓬顆。不以善鍾祥，而為惡釀禍。
種麻豈得稻，樹果終成果。此說甚分明，爾毋辜負我。（石樹）

學道猶貪腹，為僧好買田。利名忙似箭，生死急如絃。
作福居人後，隨邪在眾先。鑽頭入古井，仰面望青天。（楚石）
學地貴英實，如秋秀稻田。悟禪若跳枕，調性似和絃。
臨事宜思後，當仁不讓先。始終無所失，言行利人天。（石樹）

須知真極樂，不離此娑婆。水樹談玄久，山禽念佛多。
參隨假菩薩，蹉過活彌陀。欲步金蓮去，其如未徹何。（楚石）
可笑少年婦，同群癡賣婆。閒行念佛少，聚首說人多。
買紙遊天竺，燒香過普陀。原非真實意，災障卻如何。（石樹）

眾生色所愚，喚作墜車驢。三業不清淨，還同碾死豬。
從來神識暗，反謂佛言虛。地獄方將入，天堂未肯居。（楚石）
昔人負業債，償報一頭驢。菩薩度生切，現身曾作豬。
頑皮等蒙昧，道眼本空虛。何故髑髏人，穹廬為隱居。（石樹）

必以身心淨，當於口齒廉。空門魚肉臭，暗室鬼神嫌。
稟戒情無礙，餐蔬味自甜。為僧最可惡，飲酒夜厭厭。（楚石）
有士用謙謙，名清字愛廉。讀書多聖解，做事少人嫌。
聞道生無苦，安心死亦甜。悠游天外想，何對又何厭。（石樹）

曾到幽居否，心知不在言。千峯雲影接，萬壑樹聲連。
鉢有松花粉，厓多瀑布泉。無人同道味，幸自樂吾年。（楚石）
諸子著高論，依余忘世言。芝雲松節古，洗時竹根連。
爾志在寒月，吾心如冷泉。因時發一曲，追和上皇年。（石樹）

本來無一物，必竟何損益。人壽有短常，虛空無移易。
身遭因果縛，名落生死籍。八萬大劫終，神仙詎逃厄。（楚石）
庸人不自損，我以損為益。庸人恐易之，我以易不易。
有益而損之，那得生死籍。不易而易之，何處是苦厄。（石樹）

有人尋佛教，凝坐誦禪經。不肯求諸己，徒勞識一丁。
茫然紙上語，默若霧中星。指出西來意，春山疊疊青。（楚石）
至文不加點，莫自詡窮經。道不滯三乘，力安用五丁。
畫前焉有易，悟後亦非星。落落見真意，巖巖眉欲青。（石樹）

眼將山共青，心與月俱白。魚戲水自閒，鳥鳴林轉寂。（楚石）
前山山氣青，後海海雲白。鳥語本非喧，猿啼真是寂。（石樹）

虛心絕嗜欲，實語無文綺。不學諸凡夫，誇張金與紫。
真空坐牀座，妙有為衣被。過去佛盡然，當來亦如是。（楚石）
傳來千佛衣，條律如文綺。雜采交光明，爛于恩賜紫。
三賢藉此遮，七聖以茲被。學道之禪人，必當尊敬是。（石樹）

至境離名相，將何作見聞。閒拋手中拂，坐對嶺頭雲。
朗月非標指，清風自掃塵。點頭猶有石，掩耳更無人。（楚石）
至道若為說，於茲示見聞。手邊霏玉雪，言下雨珠雲。
微指微群妄，高揮絕點塵。當年一喝下，千載鼓聾人。（石樹）

當知歷劫金剛體，即是浮泡夢幻身。豬肉案頭明底事，龍華會上待何人。
於中措意乖玄旨，直下忘言達本真。未悟終難安穩坐，三登九到且勞神。
（楚石）
微塵堆裡三乘法，泡影波中諸佛身。夢破峯前所有境，道明眼下已無人。
空來畢竟還歸實，幻了何勞更說真。目送遠山疎樹外，天高雲散獨馳神。
（石樹）

方袍圓頂人，多失出家利。佛棄金輪王，何曾戀榮貴。
子孫不唧嚼，個個無英氣。天子詔且辭，庶人呼即至。
唯貪衣與食，溫飽百事置。小輩作交朋，狂徒為法嗣。
閻羅使者來，然後分愚智。（楚石）
采采山中薇，豈同人世利。世人無路來，誰與論尊貴。
花木適性靈，陰晴看山氣。雲不呼自來，月不邀自至。
機不在迅截，用不在鈍置。此意豈人知，我言為我嗣。

聊爾託巖阿,絕聖而棄智。(石樹)

吾觀聚斂僧,不及盜家子。盜損己利他,僧損他利己。
善惡粲然分,吉凶從此起。蒼蠅案上立,心在糞堆裡。(楚石)
寄語參學人,毋認賊為子。子未盡偷心,毋當終累己。
法財長復銷,妄想滅還起。更不發深省,續麻荊棘裡。(石樹)

寧為市義客,勿作守錢奴。錢散義即聚,財多身乃殂。
黃金難免死,白璧易招辜。無備行險道,其誰為爾謀。(楚石)
武士嫻韜略,何如為佛奴。功成閣上畫,戰敗刀頭殂。
苟不希榮寵,何由懼罪辜。應懷竺乾史,萬古勒為謨。(石樹)

遊戲虛空藏,莊嚴智慧林。一毫無欲念,萬事不欺心。(楚石)
以瞋為佛事,雷動筍成林。雨歇雲開後,清光何處心。(石樹)

人我如山高突兀,中有四蛇同一窟。不持寸刀能斬之,頓使形神超恍惚。
人我轉作內外空,更無世間塵土汩。世間出世得自在,逆順縱橫是何物。
(楚石)
活卓青獅睡兀兀,乾坤浩蕩藏鋒窟。風梳石髮勢猙獰,氣噴雲根像恍惚。
覆爪香侵花草深,奮身影與煙霞汩。有時吼破太虛空,百怪愕然如喪物。
(石樹)

無始墮蒼茫,何由發智光。人間憂日短,地下恨時長。
外道癡尤甚,天魔毒自傷。直須收六國,處處奉君王。(楚石)
窅寐陰陽復,相須一道光。情癡嫌刻短,苦極恨年長。
不察天時度,翻將人理傷。冥盲坐暗室,何日悟心王。(石樹)

萬水朝東溟,眾星拱北極。悠悠天地間,畢竟承誰力。
虎豹能食人,魚蝦為人食。何嘗噉空虛,總不離形色。(楚石)
有日空之宗,無乃數之極。毫末成花種,普天歸帝力。
禽魚自飛躍,男女安衣食。奇哉造化工,一氣吞五色。(石樹)

無時因有無,有處緣無有。日月成晦朔,陰陽配夫婦。
非麤不辯細,見好方知醜。地上瀉水銀,一任東西走。(楚石)
無之不可無,有者如何有。昨見馬上郎,取歸閨中婦。
初年貌如花,老去顏多醜。緊縛不是繩,步步隨他走。(石樹)

天地一鴻鑪,萬物付陶冶。同在橐籥中,孰為呼吸者。

得鹿反失鹿，失馬卻得馬。如看畫壁人，特地分高下。（楚石）
別有煅鍊才，總歸一大冶。推出無位人，打徹癡禪者。
辯虎兼辯龍，呼牛復呼馬。此間是何境，擬議非高下。（石樹）

買肉又買魚，養妻兼養子。脂膏在他身，罪過歸自己。
可惜七尺漢，竟成一團滓。死後入地獄，生前昧天理。（楚石）
常觀萬物生，亦復有妻子。而忍破其群，以圖肥自己。
既調五味和，旋棄八珍滓。業報在陰山，輪迴有定理。（石樹）

財物聚必散，智人乃行檀。如將泥彈子，換彼黃金丸。
寸草不肯捨，凡夫甘自謾。使居輪王位，一切施更難。（楚石）
事多不可解，養棘而伐檀。怪看壺唾馬，術尚劍藏丸。
雖見邪風長，何愁正法謾。妖狐臨古鏡，醜狀避應難。（石樹）

作善如登梯，造惡如入井。持戒如守城，坐禪如磨鏡。
千般出心地，一等明佛性。聖者常自修，凡夫好爭競。（楚石）
迢迢平直路，故故投深井。失眼換魚珠，怖頭逃鵲鏡。
瞠眸昧幻形，隔殼猜真性。一擊碎虛空，問君何處競。（石樹）

參禪捷徑法，要自忞所知。先不昧因果，次令識幾宜。
無念念莫守，有念念成非。伊今正是我，我今不是伊。
從頭盡剗卻，何用存毛皮。（楚石）
世出世間法，咸當歸正知。遣魔律所尚，旌善史稱宜。
權在分輕重，機忘截是非。本來無相狀，何得邈名伊。
讒言同啄木，徒鼓一張皮。（石樹）

今時學道人，未困先疲極。無量劫修行，皆由勇猛力。
中心自勉強，前進勿休息。初種蟠桃枝，果熟乃可喫。（楚石）
懶殘不拭涕，精勤何至極。若作懶字看，便非知道力。
永明非不墮，五欲先知息。二老可同參，如飢得飯喫。（石樹）

心法自然真，世間無可比。乍同摩尼珠，又似清淨水。
若但著語言，何由出生死。百非俱剿絕，諸佛咸稱美。（楚石）
虛空不可量，大海若為比。毋以管窺天，莫將蠡測水。
魚通文字活，龍門劍環死。世眼雖重明，無能得盡美。（石樹）

當年可作樂，莫待老侵陵。少壯人所羨，英雄誰不稱。

臨餐獰似虎，使氣捷如鷹。一夜髮盡白，粗豪空自矜。（楚石）
獨影弔荒野，青天鬼哭陵。首陽名尚在，東海德無稱。
邱穴走蒼端，松楸啄怪鷹。生前不蝺沒，死後孰哀矜。（石樹）

幾般聲與色，專只誑愚夫。自不省己過，人皆來面諛。
龍泉雜鈍鐵，魚目混明珠。苦海方流蕩，身同汎汎鳧。（楚石）
綠竹名君子，青松稱大夫。節高竿尚直，皮老面無諛。
清露潤琅碧，名言吐玉珠。可思不可見，遠水照晨鳧。（石樹）

惡者從他惡，善者從他善。善惡都莫分，從他自舒卷。
舒來大地闊，卷來滄溟淺。伎倆有時盡，無窮不閒見。（楚石）
既不思為惡，亦無心作善。死生同夢觀，罪福如雲卷。
若使我山高，便知學海淺。古今一貫之，於此明真見。（石樹）

貧富各有死，富者徒輝煌。錦繡蓋棺上，笙簫盈路傍。
貧家雖冷落，土穴同埋藏。一入黃泉去，何由見日光。（楚石）
富翁居華屋，雕棟花修煌。貧者住茅屋，參差在道傍。
可憐兵火慘，大小沒囊藏。棲泊竟無所，哀哀泣露光。（石樹）

有客高當世，潛心學綴文。廟堂思輔主，巖谷比微君。
議論才無盡，吟哦句不群。惜哉輕佛法，口業太紛紛。（楚石）
靜入昆蟲性，微思成至文。蜂滾知報國，蟻食敢忘君。
出處常分序，飛行不亂群。人為萬物首，奚忍各紛紛。（石樹）

地僻無人到，苔深一徑微。松間縛茅屋，竹上掛蒲衣。
靜看青山朵，閒拈白拂枝。焚香作茗事，此外更何為。（楚石）
山響發清慧，泉聲語細微。松風吹茗火，竹陰透禪衣。
拭硯雲開石，臨書鳥下枝。物情為我轉，轉處見無為。（石樹）

不說無事禪，不飲無名酒。青山在吾左，流水在吾右。
芳草生滿庭，白雲飛入牖。從來只麼閒，倏忽成皓首。（楚石）
石根流乳泉，味不讓天酒。青山遮屋頭，白雲來座右。
奇書開古倉，高唱響空牖。杯茗獨斟之，瓶花相並首。（石樹）

農夫勞四肢，久坐即痠楚。公子美梁肉，啖藜為失所。
野人樂深禪，蔬果吾愛汝。使各捐故習，未免相齟齬。（楚石）
今非戰國時，朝秦而暮楚。英雄一委身，沒世在其所。

德祐自興亡，義熙相爾汝。此為守道人，吾法無齟齬。（石樹）

野鴉身弊惡，亦復有雄雌。粲粲鴛鴦鳥，行藏無不隨。
梳翎紫潭上，宛頸碧溪湄。何羨雲鵬翼，搏風朝夕池。（楚石）
溪上游鸂鶒，開關雄與雌。飛鳴何自在，來去每相隨。
莎草鋪青岸，萍花沾綠湄。芳春情正戀，忘卻華清池。（石樹）

羊祜五歲時，探環桑樹孔。前生明皎潔，後世直儱侗。
儒者或有疑，聞之心亦動。釋尊說因果，實為開懵懂。（楚石）
安得佛圖澄，夜光生腹孔。委身縱入夷，出語多能侗。
每使殺機回，屢消惡意動。二張積累勤，事物何懵懂。（石樹）

陶生自荷鉏，晚與五兒居。跡向東林近，心將上國疎。
有田多種秫，無事好觀書。本絕功名念，臨淵不羨魚。（楚石）
逃名志學鉏，野性託幽居。牆角孤梅老，門前五柳疎。
心中無俗累，身外有藏書。每向青溪坐，垂綸不釣魚。（石樹）

車輪生四角，行客心未止。堯舜尚為名，巢由不忘己。
龍中多蝘蜓，馬外無駃騠。亂世奸邪人，太平雄俊士。（楚石）
寰寰一大輪，善惡何時止。凡濁未忘身，聖賢能舍己。
世資豢犬羊，道駕疾驪騠。勿使蓬心人，反嗤夜糴士。（石樹）

世亂防邊將，時危納粟官。征夫多作鬼，戰馬得辭瘢。
寵贈真何用，名旌只好看。不因兵革苦，那識利名難。（楚石）
讀書嘗下第，援例輒為官。心有蓬茆塞，身無刀箭瘢。
煤山劍上恨，金匱畫中看。可歎謀臣輩，仍然善死難。（石樹）

世間貴與賤，相去不能寸。貴者隨心成，賤者作事困。
外物安可必，前生預排頓。不如兩置之，肚裡無憂悶。（楚石）
余觀苦與樂，總屬人方寸。澹泊享清安，貪婪置飢困。
爭名道德衰，好戰甲兵頓。不若至無為，淳淳而悶悶。（石樹）

天下不如意，恆十居七八。我此閻浮洲，地頑人性猾。
只欺瘦伶僆，偏愛肥嬋娜。積惡無所逃，終是惡合殺。（楚石）
老矣秦樓女，長年稱二八。商人買作妻，情性太輕猾。
猶逞美姿姿，以當肥嬋娜。精神暗裡消，不在執刀殺。（石樹）

為人不愛錢，生計何由厚。若學貪污輩，黃金堆到斗。

身雖著衣服，行不如豬狗。一似瞎獼猴，隨他驢隊走。（楚石）
營營富貴人，資性不忠厚。心計高于山，金珠量于斗。
紀綱僮僕千，不異看家狗。大樹一朝崩，猴猻各自走。（石樹）

近日為僧者，皆非貧道人。琵琶樹子葉，認作馬家親。
開口說相似，到頭心不真。借衣誆檀越，正是野狐精。（楚石）
世亂見忠孝，時艱念道人。犬恩尚戀主，鳥善不忘親。
慨論事何險，悲歌恨亦真。獨慚獵隱者，衣食敢求精。（石樹）

富至雖云樂，貧家亦有歡。門開當大野，客至倒深罇。
就把青荷葉，鋪為碧玉盤。浮生如過鳥，急景似跳丸。（楚石）
山居別有致，雲物自呈歡。軟草長為座，鮮花時在罇。
香泉煮石鼎，野果鬭磁盤。無事登巖首，雙眸送兩丸。（石樹）

鮮衣美少年，飽食閒庭院。父母使讀書，朝廷待開選。
裝囊千餘金，述作滿一卷。準擬買試官，攙先求字面。（楚石）
歙州程秀才，借席苕溪院。氣志本陵霄，文章曾入選。
如何奇寶光，僅作副圍卷。再舉圖天飛，朝廷已改面。（石樹）

孝廉逢世薄，交友為財疎。寂寂同孤影，煢煢守一隅。
仰看雲裡雁，誰贈雪中襦。縱得真金屑，緣貧化作麩。（楚石）
貧士無長策，交遊親亦疎。相逢遮半面，獨哭動三隅。
煮字難為粥，披衣罷作襦。胸中成錦繡，棄置等青麩。（石樹）

簇簇車馬地，重重歌舞樓。兒皆尚公主，女盡嫁王侯。
一旦長伸腳，頻呼不轉頭。寧知前去路，只有業交鈎。（楚石）
處處看花地，時時在畫樓。詩騷通爾汝，杯斝動公侯。
無幾春生頰，俄然雪滿頭。釣竿閒老手，難免上他鈎。（石樹）

晨昏但見雲霞起，杖屨惟隨麋鹿遊。野色山光同闃寂，車輪馬足省喧啾。
從他鏡裡添霜草，暢我林間坐石頭。無限英雄生又死，奈何日月去如流。
（楚石）
一生祇會夾山景，每到千峯恣獨遊。千嶂白猿銜月走，疎林翠鳥帶風啾。
辨音莫向人謀耳，得句先須自點頭。不覺理窮聲色斷，落花無語送長流。
（石樹）

何以禦凶荒，黃金不如米。有米復有金，四海皆兄弟。

世亂風土薄，人貧盜心啟。姦諛九天上，正直深溝底。（楚石）
有弟也有兄，有錢也有米。無錢無米時，無兄亦無弟。
汝貧到人家，報道門未啟。汝富坐在家，人來捧腳底。（石樹）

苦哉摩訶羅，破戒私置婦。官納田地租，家充弓弩手。
死生無人替，財物為他有。業鏡在面前，尾把插背後。（楚石）
鄰庵有一僧，還俗娶少婦。賣卻福田衣，鋤犁長在手。
姻緣誠偶然，廬舍原非有。牛尾縛乾柴，火來業在後。（石樹）

谷響雖似有，電光忽然無。人生何異此，不得久踟躕。
既旦還復暮，如妻必對夫。千齡同一盡，未用相賢愚。（楚石）
石火無為有，水鹽何得無。萬物亦如此，名相強踟躕。
緩急見儕輩，窮通明丈夫。誰云同一壑，不復辨賢愚。（石樹）

重義輕王侯，萬中無一個。他人願安樂，自己甘轗軻。
雖若晉楚富，不如夷齊餓。呦呦鹿鳴篇，我唱君可和。（楚石）
榮榮食祿者，死節無多個。月在雲迷天，車行石接軻。
晚花蝶夢寒，秋柳蟬聲餓。高操起頹風，後來寧寡和。（石樹）

兒侵父母財，在上須寬耐。父母借兒錢，不還傷所愛。
聖賢教尊卑，義利分向背。餓狗爭骨頭，人為畜生態。（楚石）
靜者性柔和，鬧者性不耐。鬧即貨利趨，靜將山水愛。
兩兩各自為，一一無所背。靜鬧一處居，便多可笑態。（石樹）

從小為近臣，未嘗讀經史。本非卿相才，翻傲文學士。
折獄不以書，耕田正無耜。斯民得財貨，財貨終害己。（楚石）
博達古今書，才如顏長史。兒孫各俊英，祖父皆卿士。
甲第列千門，良田開萬畝。財多誨盜淫，殃累歸諸己。（石樹）

古今無二道，魔佛亦同居。住相遭魔冒，觀空被佛驅。
水中偏得火，衣內不留珠。酪本全拋卻，誰來問熟酥。（楚石）
汪汪大宇宙，勿謂苟然居。身正天神護，心邪鬼使驅。
亡猿殘萬木，瘞鶴獻雙珠。德味誠哉重，馨香如美酥。（石樹）

樂甚無為國，蕭然不住家。都忘山色好，轉覺世情賒。
六月炎天雪，三冬枯木花。早來塵累盡，何處發根芽。（楚石）
天地為廬舍，鴻濛成一家。歲時隨分過，山水興偏賒。

披衲增雲結，加湌煮雪花。恬然無別事，靜默護蘭芽。（石樹）

吾年六十餘，自少離鄉里。謝事片時閑，推心何處起。
焚香讀經律，染翰修僧史。且莫徇浮名，人生行樂耳。（楚石）
停機復貯思，彈指已千里。直使迅雷崩，那容浮瘴起。
平酬入野謳，公斷如良史。聲色未分時，圓通無眼耳。（石樹）

我有一面鏡，照之無不見。中虛忘彼此，外物齊近遠。
老幼各隨形，妍媸皆滿願。夜深掛高堂，更是何人見。（楚石）
五色惑人眼，所見即非見。彼執幻色故，知近未知遠。
若能離見見，處處大悲願。一室懸明珠，大地無不見。（石樹）

白日誰扄戶，青山自繞庵。鑪香雲淡淡，鬢影雪鬖鬖。
鶴舞千尋樹，龍吟萬丈潭。蕭然坐深夜，見月出東南。（楚石）
不負梅花約，而來住破庵。蓬窗蒼霰入，紙被雪花鬖。
厓倒寒冰樹，雲深冷石潭。此時燒榾柮，吾道在江南。（石樹）

歲歲送春歸，春歸定可許。芙蓉滿池沼，杜若生洲渚。
衰鬢忽驚秋，飛光如插羽。欲求身後名，個是閑言語。（楚石）
春日正遲遲，游車驕自許。桃花迎遠村，楊柳拂清渚。
魴鯉躍金鱗，鴛鴦交錦羽。詩人縱曠觀，安得竟無語。（石樹）

人心剎那間，生滅不可紀。歷劫受輪迴，無明為種子。
貪財殊未歇，長惡何由已。若欲識其源，如身影相似。（楚石）
陰司善惡籍，名字不勝紀。張三為虎兒，李四作羊子。
生死既未休，輪迴那得已。一人破情見，萬類誰相似。（石樹）

成佛非外求，勸君當內省。從初放逸生，積久昏迷甚。
木葉衣可穿，茅端酒莫飲。道眼若未明，報作檀家葚。（楚石）
寢食尋常事，亦宜內自審。夢來覺匪遲，覺後夢猶甚。
至性通飢湌，真心見渴飲。君看萬樹桑，為結長生葚。（石樹）

如人臥一牀，夢想交相織。正欲渡河去，忽因乘舟力。
覺來念篙師，兩個元不識。石女問木郎，虛空作何色。（楚石）
夢中偶看月，五采霞光織。織女下階來，不借雲之力。
問我是何名，我答云不識。松風忽吹來，紅日映窗色。（石樹）

總為無錢悶，錢多始呈憂。積來常恐盜，散去又添愁。

護己蛇蟠窟，嫌人鼈縮頭。未言他世苦，已覺此生休。（楚石）
無田固呈苦，有產亦常憂。富者艱嗣恨，貧者多子愁。
東家少杓柄，西舍沒鋤頭。何日俱齊備，忙忙死未休。（石樹）

教君放下著，不肯暫回頭。只道身長在，那知死可憂。
自今須猛省，從此莫貪求。好個天真佛，逍遙有甚愁。（楚石）
勤抱栴檀樹，從他強出頭。問心能不愧，臨事可忘憂。
明日來誰在，浮雲去不求。笑看高座者，心戰暗生愁。（石樹）

有一好郎君，常居閫圍裡。論花花弗如，比雪雪難似。
白月當天耀，清風帀地起。惟聞古者言，不識誰家子。（楚石）
何宅俊兒郎，閒來名苑裡。面圓水月如，手秀蓮花似。
聞善身先拜，見賢心奮起。出言偏有序，真是成家子。（石樹）

不失沙門樣，何妨俗子憎。郎心徒狼狼，狗眼任瞢瞢。
一鉢檀家飯，孤雲野鶴僧。只談心地法，堪繼嶺南能。（楚石）
小兒無骨氣，閒戲也人憎。作事不聰敏，發言多懵懵。
昨看為濫丐，今見作頑僧。經典何曾識，偏于酒肉能。（石樹）

挽弓挽其絃，執斧執其柄。斷欲斷其心，拌死拌其命。
佛是大醫王，法為圓滿鏡。一照爍群昏，一丸消萬病。（楚石）
身從無相生，心豈可為柄。想納故承胎，蘊深而受命。
全聲歸普門，雜色交圓鏡。眾生繫其中，諸佛憂成病。（石樹）

錢氏有勢時，路人如骨肉。一朝逢破敗，百鬼瞰其屋。
弟死兄不葬，夫亡婦不哭。皆由積惡深，餘禍延遺腹。（楚石）
勢家貴快心，那痛他身肉。東郭佔田莊，西村拆樓屋。
彼情不可伸，此怨只聞哭。白日化冰山，鼪鼠齊滿腹。（石樹）

我詩非俗語，俗子徒嘲誚。既不說利名，又不干權要。
得句有誰知，臨風恆自笑。可喜復可愕，無玄亦無妙。（楚石）
道人自作詩，讀者任嘲誚。幾筆謂平常，數家矜典要。
豈期世俗知，但向山靈笑。適性偶吟之，有何妙不妙。（石樹）

凡曰剃髮人，後先非一輩。資財逐日貪，酒肉從頭醉。
遍造僧中惡，無疑地下儠。如來有方便，教汝勤懺悔。（楚石）
俯察天地間，庸夫無數輩。囊錢似虎爭，角酒如泥醉。

生犯王臣訶，死遭獄主儔。慈悲仍放還，惘惘不知悔。（石樹）

天地會有終，人生要當沒。無因駐少年，未免成枯骨。
卜地置墳塋，全身葬袍笏。焉知數世後，耕者翻泥垺。（楚石）
吾常弔古墳，老樹荒雲沒。枯葉蓋黃土，青苔生白骨。
誰為九院燈，誰是一門笏。回首歎茫然，風塵互垺垺。（石樹）

富家造生墳，樓觀何暐曄。疊石作高牆，通川與渠接。
多栽花數本，賸種松七鬣。葬不逾三年，廢蕩令人懾。（楚石）
何如尊宿家，不慕光塵曄。那有虎威戕，曾無鬼趣接。
觀心成水國，舉指生火鬣。遊戲在人間，境緣安所懾。（石樹）

死者何所歸，誰能問其狀。子孫亦流落，閭里難再訪。
個個嫌宅基，人人罪埋葬。良由德不修，使我心惻愴。（楚石）
自不為生謀，終當見死狀。泉臺何處歸，故舊無人訪。
一哭向靈牀，三杯澆野葬。茫茫萬古魂，弔影獨酸愴。（石樹）

先師有遺訓，守之不可失。勿云滅度久，長存平居日。
山鳥啼空空，野鼠叫唧唧。言是行乃非，苦輪何由畢。（楚石）
叮嚀學道人，無事勿相失。花間襯綠雲，松頭落紅日。
春深鳥語頻，秋老蟲聲唧。曉了此中玄，可云參學畢。（石樹）

無事晝寂寂，不眠夜悠悠。雜花春爛爛，喬木夏颼颼。
霜曉鶴踽踽，雪晴猿啾啾。此心坦蕩蕩，何必懷惆惆。（楚石）
心中常落落，世外任悠悠。春山花棣棣，秋樹葉颼颼。
雲門雁肅肅，石壁蟲啾啾。此際獨灑灑，切莫空惆惆。（石樹）

獼猴一舍住，窈窕六窗通。不限內與外，無妨西復東。
貪來心似火，老去鬢如蓬。善惡俱無礙，皆由本性空。（楚石）
松際結船屋，六窗齊豁通。煙雲或上下，日月自西東。
急影送流水，飛光如轉蓬。靜觀萬象外，雲洗一輪空。（石樹）

安危本自致，禍福非他與。小葷數相親，忠言多見拒。
三尊不自歸，六極先為所。勸作有義事，勿談無義語。（楚石）
善惡惟人招，異同非物與。眾形見合離，一念分迎拒。
亂況已彌天，忍心不作所。乃遺鄒魯言，而教鮮卑語。（石樹）

來往無量劫，受身安得同。昨朝為稚子，今旦作衰翁。

不出因果內，常淪生死中。未能超彼岸，爭奈腳瀧凍。（楚石）
日月人皆共，謀生未必同。嶮崎官路馬，潦倒野村翁。
不道常情裡，安知異類中。一言天地動，晴電灑塵凍。（石樹）

白衣施僧物，今日返持將。官吏加箠楚，誅求蝟毛張。
買田固不廉，流血非所望。先帝特蠲役，聖恩何可量。（楚石）
此身誠乃寄，長物況堪將。相彼守錢虜，胡為高氣張。
有無情不接，親友怨相望。時事滄桑變，生前未可量。（石樹）

人間一念惡，便屬閻羅部。兩手無寸刃，何以制鐵狗。
火逼寒風吹，顛狂四邊走。號呼痛切時，個是誰音吼。（楚石）
虛空大文章，函蓋乾坤部。點墨化雙龍，看雲變蒼狗。
鉢底山河藏，胸中日月走。猛風吹古嵐，草木知嗥吼。（石樹）

有個安樂法，傳從諸聖賢。但能依佛訓，何用置民田。
飢至托鉢食，困來伸腳眠。絲毫念不起，受用福無邊。（楚石）
杖履經過處，論交山最賢。一湌隨分寄，孤衲不須田。
石秀徜徉坐，雲深自在眠。夢回明月上，花影到牀邊。（石樹）

成郭多是非，林泉無畏懾。遊魚不識網，仁獸那知獵。
日出平地雲，風吹滿山葉。常憐巖徑幽，杖履歇復涉。（楚石）
世情殊可哀，山意不為懾。林木作衣裳，詩文當狩獵。
心閒如白雲，身輕似紅葉。猿鳥引吾前，恣懷登且涉。（石樹）

山中好畬田，種一收十倍。地主既不常，耕夫亦頻改。
泥沙得潤澤，粟菽生光彩。秋刈春復然，青山鎮常在。（楚石）
石樹生何代，青青深幾倍。堅貞雪不凋，古勁霜難改。
玉幹老一枝，瓊花新五彩。光澤照無窮，蔭覆天下在。（石樹）

欲待黃河清，難教白髮黑。勞生如掣電，努力在修德。
煮菜塞飢瘡，織麻縫破裓。心王寂不動，降盡持刀賊。（楚石）
遺吾青銅鏡，圓圓兼白黑。黑光鑑鬼心，白色照人德。
文水織空囊，菱花藏破裓。開來識者稀，能殺無明賊。（石樹）

死後書旌銘，棺中具印綬。多將異寶埋，未免偷兒掘。
數者何冥冥，思之轉鬱鬱。勸君營葬時，莫貯珍奇物。（楚石）
斗笠薄峨冠，草衣勝繡綬。忘機事釣綸，節用惜耕掘。

傲骨既崚嶒，雄心何怫鬱。內直而外方，筆下不容物。（石樹）

貧士養其親，所憂飢與凍。富人多酒肉，賓客常侳傯。
富人安足誇，貧士誠可痛。所喜老瓦盆，勝他金酒瓮。（楚石）
酒肉朱門臭，風霜寒士凍。金戈一闘爭，紈綺彌侳傯。
財散下場空，年衰孤影痛。當時賓客倚，誰復遺殘瓮。（石樹）

青山與白雲，可作高人侶。風月兩無心，時時到窗戶。
幾多塵外客，未識幽深處。自古優曇花，無緣不能遇。（楚石）
性情既寡合，雲水遂成侶。松柏為衣食，石巖作牖戶。
意超非想時，句到無言處。次第四時花，未開心已遇。（石樹）

無明煩惱窟，中有最靈物。含攝太虛空，光明如皎日。
不隨生死輪，何凝泡幻質。往往錯安名，非心亦非佛。（楚石）
無生那有窟，可死者何物。夢破斷浮塵，雲消見杲日。
晴霞照古文，華路潤清質。萬有交光明，故曰心即佛。（石樹）

學道要分明，勸君休莾鹵。譬如適萬里，復得還鄉路。
一旦造其居，全拋跋涉苦。升堂見本尊，個是家中主。（楚石）
海水煮成鹽，鹽成又作鹵。云何去者心，忘卻來時路。
蝶夢忙為歡，鳥聲頻話苦。我人稟最靈，安可不知主。（石樹）

深山一個僧，高臥白雲層。解把鑪中雪，分為海底燈。（楚石）
峯頂立孤僧，下深雲萬層。夜分紅日湧，樹挂千輪燈。（石樹）

平生愛山水，山水有清輝。不獨還林鳥，吾心亦倦飛。（楚石）
秋山如錦畫，雲霧生餘輝。倚杖看紅葉，無聲共鳥飛。（石樹）

本有黃金宅，光明了不隔。春來花自紅，雨過前山碧。
幸自開六戶，何須安四壁。空房我不居，曠劫誰能惜。
任此一朽舍，年深白蟻喫。成時藉他緣，壞亦非吾宅。
鼎鼎百年內，行行冥數極。誰為主人翁，凡聖咸取則。（楚石）
寒巖是故宅，久與風塵隔。繡石千尋高，幽溪萬里碧。
白雲護柴烏，青蘿生土壁。聲消闃始歸，色盡空猶惜。
摘葉作詩箋，煮花當茶喫。悠懷樹下居，愍念火中宅。
落落效古賢，超超悟玄極。應身水月如，化影無常則。（石樹）

婦女如畫瓶，纔觀知表裡。中藏屎尿惡，外假容顏美。

口吻流涎唾，髻鬞堆垢膩。面香只燕脂，衣臭同齊紫。
巧把珠玉裝，濃熏麝蘭氣。徒迷俗子眼，莫惑高人意。
轉盼顏色衰，須臾光景去。不肯斷淫心，猶然誇皓齒。
死時若朽木，未久蟲變異。遠送向荒山，遊魂作妖魅。
生前悟自性，便入如來地。（楚石）
偶來聚落間，猶在深山裡。有女如山花，兩者誰稱美。
女子不自然，偏著脂與膩。山花發天妙，本色開紅紫。
女子多豔情，山花但清氣。看女同看花，莫生分別意。
癡人看女子，心魂被鉤去。不想西施塚，蒼苔生皓齒。
何如山花落，年年常不異。以是鏡古今，可辨狐與魅。
從此更超進，已越諸十地。（石樹）

只管徇塵緣，何由成道果。朱顏暗裡消，白日忙中過。
古聖傳藥方，教君免貪火。將求安心法，且去面壁坐。（楚石）
一鉢隨時納，澗毛兼野菜。花雲飄衣來，天露送食過。
厓滴珍珠泉，風吹石子火。烹茶獨飲之，靜與青山坐。（石樹）

大我須忘我，居塵莫染塵。有心皆作佛，無路不通津。
語默空為座，行藏道是親。吾非憎濁富，性本愛清貧。（楚石）
空谷寂無人，蒼厓不受塵。蘭風石上拂，松雨澗邊津。
聲靜詩偏瘦，聞深道益親。山花長富麗，道者莫言貧。（石樹）

我聞梁武帝，起自一名士。入相又為君，尊賢復用士。
初迎栴檀像，特遣黃華使。達磨西天來，臨朝談妙理。
真心本自明，聖諦翻為累。即迷悟求之，如反覆手爾。
此道尚儼然，古人今亡矣。欲明達磨心，武帝迷者是。（楚石）
晉唐佛法盛，時亦多偉士。近世法道衰，豈無忠孝士。
名臣忍垢己，僧作兵奴使。更慨法中人，財色兼為累。
意態何所為，不及庸人耳。緬懷上古風，我其苦守爾。
哀哉復哀哉，斯道將已矣。哀哉復哀哉，法弊至于是。（石樹）

弟兄同造論，無著與天親。不料千年後，空堆一屋塵。
寂寥師子吼，孤負比邱身。末世誰弘法，靈山見佛人。（楚石）
萬法不為侶，于中誰更親。坐消一頓飯，勘破半微塵。
不識方真識，忘身是大身。寒雲沒花影，無境亦無人。（石樹）

人間忤逆子，善語難勸誘。但苦爺孃心，偏甜妻子口。
東鄰破糞箕，西舍生苕帚。不及鸚鵡兒，能供盲父母。（楚石）
引導二乘人，化城方便誘。豁開正法眼，笑破虛空口。
日月兩芒鞋，乾坤一敝帚。靜看無極前，萬物得其母。（石樹）

三四十年前，吾家大叢席。僧如無心雲，座若不轉石。
今日多閉戶，貪夫乃懷璧。將來知興亡，現在識損益。（楚石）
古人為道切，脇不沾牀席。開田手荷鋤，舂米腰墜石。
乾慧忽傾湫，高操如執璧。慚惶流俗師，與法曾何益。（石樹）

山居無可說，世事不須論。栗色衣遮冷，松明火照昏。
青黃林葉變，黑白野雲屯。半夜千峯頂，開窗日已暾。（楚石）
物情皆失所，山事可深論。清梵聲無際，孤燈影不昏。
月從厓腳出，雲向寺邊屯。巖壑初開夢，青松湧曉暾。（石樹）

不覺成遺老，猶能話舊遊。千人同一帳，萬里只孤舟。
北過黃龍塞，南登白鷺洲。頻遭風雪苦，耳畔尚颼颼。（楚石）
寒巖生異色，時復坐而遊。雲軟幻成海，山深夢在舟。
神清低五嶽，氣爽出三洲。不必誇悲壯，風沙塞草颼。（石樹）

聰明長不昧，隱見果何神。似谷忽成響，如波疊作文。
聖凡形盡壞，今古理常存。若向言中覓，徒添鏡上痕。（楚石）
至道識高遠，幽操動鬼神。行言須尚質，道德必兼文。
風柳情無緒，寒松志獨存。將心函皓月，碧落見天痕。（石樹）

拾得寒山弟，寒山拾得兄。從來無住處，借問甚時生。
寒暑隨緣過，乾坤似掌平。何人知此意，步步踏瑤京。（楚石）
天地共根本，聖賢皆弟兄。史經雙眼活，花鳥百端生。
軍正邪多定，人安亂自平。寒巖憂未已，愧我念神京。（石樹）

甜桃不結實，苦李偏生子。昧卻祖師心，隨他文字語。（楚石）
春來草自生，秋老花結子。不用人力為，天公各無語。（石樹）

勸君了取自心休，心了從他雪滿頭。縱使染來仍舊白，此身無異壑藏舟。
（楚石）
何事古人不肯休，橫擔柳栗萬峯頭。誰知逼塞虛空去，卻笑藏舟有負舟。
（石樹）

井上一株木，藤纏枝已傾。上有二鼠侵，下有四蛇橫。
牛怒來觸之，勢危難久停。是身大患本，道亦因他成。（楚石）
名苑營臺閣，未成勢已傾。補東西又倒，整下上將橫。
雪壓窗差脫，風吹門不停。無人掃三徑，黃葉亂堆成。（石樹）

車馬填前巷，笙歌咽後堂。弟兄俱在座，兒女儼成行。
稱意錢堆屋，排頭笏滿牀。黃金難贖命，碧樹不禁霜。（楚石）
富室日彫落，難留一草堂。明珠空有斛，古木斷無行。
劍佩橫都市，琴書散石牀。回看門下士，面冷半天霜。（石樹）

登山頂不露，入海腳不濕。虛空量不大，閃電光不急。
利劍斬不斷，俊鶻趁不及。一句絕思量，石從空裡立。（楚石）
草履石痕青，繩衣山翠濕。風喧花影狂，人靜灘聲急。
飛鳥過無心，行雲追不及。澄懷玩物理，嘗到溪頭立。（石樹）

提籃買魚蝦，只撿鮮鱍鱍。拋放池水間，十可八九活。
斫肉血淋漓，揮刀難止遏。殺生養己命，怨報何時脫。（楚石）
呼狗狗頭顛，刺魚魚尾鱍。人心愛瀟灑，物命貪生活。
如何殺不止，而使善根遏。譬汝坐囹圄，寧無求早脫。（石樹）

人間那個無生死，萬萬千千為識情。提起金剛王寶劍，卻來諸聖頂頭行。
（楚石）
前境本來清淨故，如何後境起迷情。當知真體無前後，不向祖師行處行。
（石樹）

愚人日日營財產，百口團圞繞一軀。眼下只誇今日有，生前不信本來無。
（楚石）
澄清覺海忽生泡，莫認浮漚是汝軀。縱使馮夷鼓天浪，馮夷歸息浪還無。
（石樹）

貪心不足可傷嗟，鳳髓龍肝更吐粗。歷歷心珠能返照，茫茫業海此為涯。
彎弓射落青天月，信手拈來鐵樹花。多少神通並妙用，盡歸無事道人家。
（楚石）
志不榮華少怨嗟，名言聲譽味如粗。自從夢斷霞天月，不復塵緣鏡水涯。
白氣浩吞無海岸，青峯高出大蓮花。尋常一日三回步，沒個閒人到我家。
（石樹）

仰則觀天文，俯則察地理。無一事不知，不知便為恥。
身從何處來，昧者真疎矣。向外馳求人，虛生浪死爾。（楚石）
住山實瀟灑，不執尋常理。衣葉亦成趣，食松豈曰恥。
古人誠有之，世味久疎矣。好句生風泉，笑歌為樂爾。（石樹）

如來所說法，尚有不了義。外道豈無書，其言多諂詖。
太虛絕朕跡，真性離雕偽。灑掃菩提場，拔除煩惱刺。（楚石）
往聖倡微言，後賢標大義。末流遭亂離，眾說歸淫詖。
不謂世風衰，反疑人性偽。我儕重有憂，寓誨於嘲刺。（石樹）

把境照自身，自身從鏡出。若離鏡即背，若認身非實。
此鏡與此身，不異復不一。貪玩掌上珠，蹉過天邊日。（楚石）
磁瓶養小鵝，漸大身難出。鵝勿傷其命，瓶無損其實。
破此必彼亡，兩者不存一。若要出活鵝，先問做瓶日。（石樹）

層巒疊嶂勢難齊，到頂方知世界低。鬱密深林藏鳥獸，蕭條古洞起雲霓。
縱橫徑路從何入，來往遊人向此迷。仙境重重遮不見，漁舟錯怪武陵谿。
（楚石）
削去芙蓉天欲齊，長空翠浪浴高低。春朝華頂來青雪，秋晚楓林帶紫霓。
漫道俗人遊不到，縱教仙子過還迷。石梁獨坐看飛瀑，一滴沿流分萬谿。
（石樹）

每愛天台景物奇，奇花異卉發無時。騰騰任運難拘束，跨虎豐干是我師。
（楚石）
法運垂秋異出奇，道人聽訟太傷時。從今只合埋雲去，敢曰寒山是我師。
（石樹）

獨將瓶鉢度春秋，喜本無心更有憂。可信途中未歸客，千呼萬喚不回頭。
（楚石）
眼前不識是何秋，一笑黃花百不憂。坐到忘形人境寂，風吹桐葉響牀頭。
（石樹）

道果圓時五眼明，日輪出後眾星沈。奇哉快樂無憂佛，只個逍遙自在心。
（楚石）
一室寒燈竹戶深，夢回鶴立影沈沈。臥看月在高峯頂，個是無為道者心。
（石樹）

滿鉢持來飽有餘，人間天上任君居。從心印出凡和聖，一悟真空脫舊模。
（楚石）
屈指今來四十餘，廿年水宿與山居。舍舟擲釣黃蘆岸，撥草瞻風見古模。
（石樹）

山川險谷間，藥草常豐蔚。潤之以甘雨，曝之以烈日。
根莖初不同，花果亦異出。誰知有用材，本是無情物。（楚石）
茅堂坐臥深，胸次殊超蔚。碧樹襯黃雲，丹霞吐白日。
晚看村犢歸，朝聽林樵出。我亦採山花，聊儲鉢中物。（石樹）

在昔有幽人，自言吾喪我。我今亦喪吾，隱几軒中坐。
雲散碧天高，風來黃葉墮。泠然水一杯，旋摘枝頭果。（楚石）
不問今何日，安知人與我。悠悠雲外想，兀兀巖中坐。
新竹葉方舒，深松子正墮。頓令心地清，句裡超因果。（石樹）

每見高明士，難將毀譽論。燒天徒費力，研水不成痕。
舌是興亡本，心為福禍根。萬般皆自造，誰謂屬乾坤。（楚石）
聞有曲轅樹，蔽牛安足論。百圍橫幹影，千仞見枝橫。
匠伯不為顧，斧斤寧及根。安能如散木，朽廢在乾坤。（石樹）

孤雲出沒了無蹤，昧者何曾達本空。現前不費纖毫力，日出西方夜落東。
（楚石）
虎頭戴角漫追蹤，舌上蓮花透碧空。莫問西天十萬隔，即今移置娑婆東。
（石樹）

持齋猶不足，茹素太無厭。就筍煨糠火，生蔥拌食鹽。
麵同魚作鱠，麩借肉為臉。妄想沈生死，都因為口甜。（楚石）
安閒便是福，澹薄未曾厭。舌靜不思醬，山深那得鹽。
煮花誇肉膾，烹筍勝魚臉。睥睨刀尖死，只為口頭甜。（石樹）

個個貪生富，家家怕死貧。偏盲識字眼，不喜讀書人。
玉帛能招禍，文章好飾身。然臍郿塢日，何止一酸辛。（楚石）
讀書可不死，讀書可忘貧。至若不讀書，便是貧死人。
能達孔聖意，即是如來身。不悟兩家旨，讀書徒苦辛。（石樹）

將瓶貯虛空，繞四天下走。貯處空不少，瀉時空不有。
神識空一無，妄想著如韭。出釜而入腸，到頭何所有。（楚石）

衲袖貯朝雲，雲氣隨我走。歸布尺宅中，斯須復何有。
吾心似明月，并照山中韭。帝釋王都見，光輝無不有。（石樹）

此身閒逐片雲孤，明月清風何處無。盡大地人教作佛，一莖草上一金軀。
（楚石）
兩莫雙分一莫孤，鎮洲道有趙州無。天高雁影分南北，交頸鴛鴦不露軀。
（石樹）

飢食山中一口松，臥枕松根一拳石。自己猶如陌路人，誰能更向他家覓。
（楚石）
瘦骨終當埋白雲，此心久已同巖石。霜天月白露華濃，切忌道人無處覓。
（石樹）

近望天台接雁山，道人住此絕攀緣。身心契理無多少，鏡像交輝有百千。
赫日雖高行嶺下，恆沙不遠在窗前。世間出世俱稱妙，情與無情總入圓。
（楚石）
不住舟兮即住山，山頭水面寄生緣。詩題殘碣知存幾，字化蒼龍不計千。
有想亦同明月上，無心恰遇落花前。夜分夢坐須彌頂，日照中天分外圓。
（石樹）

茫茫苦海實堪嗟，浩浩滄溟尚可涯。需信有錢公子宅，不如無事道人家。
鵲巢豈厭棲高樹，毳衲何妨續斷麻。聲色縱橫魔境擾，一揮智劍斬群邪。
（楚石）
無航業海古來嗟，霧漲雲浮詎有涯。自入山中為道者，不隨世上做人家。
興來隸字閒書葉，笑殺謀生亂績麻。忽忽歲華驅我去，晚年何以敵諸邪。
（石樹）

四明咫尺是天台，野鶴孤雲其往來。水石參差連梵宇，金銀璀璨接天台。
攀蘿挽葛登山頂，解帶披裘曳履回。長憶豐干與寒拾，此中行坐儘優哉。
（楚石）
吳興南望即天台，一道江波得得來。日月高懸寒石頂，風雲遙接國清臺。
丹丘碧海聲猶在，木屐樺冠笑不回。逸響於今非寂寞，琦公而後屬誰哉。
（石樹）

物換人皆老，星移歲又除。閻浮界上客，閃電影中居。
一念從今悟，群昏自此袪。了知心地藏，無欠亦無餘。（楚石）
原草春方長，野燒寒復除。物隨中氣換，人得幾時居。

駒隙能無警，狐疑貴自袪。幡然今入道，了了不知餘。（石樹）

歷歷根境識，堂堂佛知見。本空不待掃，元有何須轉。
得旨長快活，臨機善通便。舒開白玉毫，突出黃金面。（楚石）
欲契聖人心，而當離所見。隔窗花影搖，高樹鶯聲轉。
美容易為衰，靈臺不可變。如何無相中，菩薩夜叉面。（石樹）

熱則普天熱，寒則普天寒。欲免寒與熱，何異熱與寒。
不信作佛易，翻成行路難。自家真面孔，直待畫來看。（楚石）
寒時勿太熱，熱時無太寒。忽寒又忽熱，兼熱亦兼寒。
知此養生易，迷此養生難。司空顛倒讀，譜牒向誰看。（石樹）

眾生不了悟，曠劫徇根塵。自性常空寂，由來絕糾紛。
人生貪食獸，獸死卻為人。人獸更相食，妨他業鏡昏。（楚石）
欲盡空成色，思揚水起塵。雲山方作舞，花雨自交紛。
紅藥如歌女，青松可韻人。清芬滿眼耳，智鏡不為昏。（石樹）

哀哉三界苦，可以一念息。大旱渠不焦，大浸渠不溺。
日月借輝光，天仁荷恩力。真源竟何在，無得無不得。（楚石）
大士為有情，慈悲未曾息。從火而出火，因溺而投溺。
以無身為身，以無力為力。了知生佛相，度心不可得。（石樹）

形山中有寶，識海外無厓。此日能詳審，迷雲盡豁開。
一塵收大地，六趣滅非埃。化彼同成佛，如將麥種灰。（楚石）
看山須到頂，學道如懸厓。仰嘯目無礙，高歌心自開。
夕陽虛過跡，空翠絕飛埃。翻憶劫前事，寒冰火結灰。（石樹）

大家訓奴僕，奴僕不肯信。得利轉聰明，失利恆遲鈍。
奴僕為利死，大家因財困。思量有限身，總被無常印。（楚石）
最後靈山事，垂嗣以表信。源流成遠迁，法弊成頑鈍。
而見高尚士，甘於林下困。哀哉斷索禪，妄受冬瓜印。（石樹）

是身如浮雲，又比鄰厓樹。雲散歸虛空，樹摧橫道路。
死生達其源，聲色非所慕。學道貴從師，師資傳有素。（楚石）
香嚴曾立言，口咬一枝樹。手足不相攀，有人問道路。
答之喪厥身，否則負所慕。萬竹吼千山，梅花影自素。（石樹）

正念快貓兒，邪心飢老鼠。縱鼠不養貓，斯人難與語。

併將貓鼠逐，善惡俱無侶。汝即是如來，如來即是汝。（楚石）
爭看搏貓兒，角尖入老鼠。貓口生流涎，鼠驚不敢語。
貓兒假小心，相與稱道侶。鼠子出角時，這回不放汝。（石樹）

不見虛空壞，徒傷岸谷遷。有情皆肉段，無漏乃金仙。
省去終由己，迷來實可憐。但令心作佛，何慮海為田。（楚石）
世亂少完璧，人情多變遷。有山難隱士，無地可雷仙。
兵火何其慘，民情甚可憐。道人一鉢在，何處問原田。（石樹）

聚財能作祟，貪酒遂成顛。為女將身縛，如蠶被繭纏。
轉添三毒盛，翻怪六親言。未死常遭病，魂靈在泰山。（楚石）
野性時違俗，人因號我顛。閒身荒寺寄，破衲斷雲纏。
面壁竟無語，看花或有言。吁嗟名利客，幾個到寒山。（石樹）

自我得身閑，彌年不下山。雲深同鶴住，果熟共猿攀。
最愛千峯碧，從教兩鬢斑。絕無名與利，誰肯扣松關。（楚石）
賦性樂幽閑，相宜惟在山。有詩懶琢削，無事絕躋攀。
任爾物華改，隨渠僧臘斑。柴門雲自護，雖設未曾關。（石樹）

各有隨身影，驅馳走四方。幾回開辯譎，何處細端相。
遠近燈肥瘦，高低月短長。不知圓寂夜，誰在涅槃堂。（楚石）
奔馳哀底事，黽勉紀遐方。道自鳶魚察，心為金玉相。
竹房松火煖，瓦竈茗煙長。澹泊得山味，清風來草堂。（石樹）

休學外道法，莫貪長壽天。如同地獄住，此是佛經傳。
頓悟無生理，方為不死年。若論因與果，來往似翻錢。（楚石）
參禪趁色力，出路問晴天。酌古非虛語，傷今自失傳。
謀生強壯日，悔過死亡年。枉復有家計，閻王不要錢。（石樹）

為王贍部洲，多住歡喜地。善報得富樂，生民免顑頷。
法輪轉其中，佛力無所墜。若比三洲人，此方根獨利。（楚石）
觀樹獨經行，乃思持心地。本根培植深，枝幹無顑頷。
露潤花修容，霜侵葉不墜。垂陰如淨居，幽廠快風利。（石樹）

無心邪即正，有念正成邪。識似瓶中雀，深如篋內蛇。
了然知幻夢，從此息紛挐。盡斬為三段，當陽按莫耶。（楚石）
誦詩三百篇，所貴思無邪。求友皆鳴鳥，于京兆夢蛇。

正聲尚和雅，真氣任騰挐。仰止聖王意，宮牆長昔耶。（石樹）

青松千萬樹，白屋兩三間。在世人人冗，為僧日日閒。
貪心多苦惱，俗事莫追攀。幸可供齋鉢，秋來芋滿山。（楚石）
曠志乾坤外，棲心泉石間。雲蒸土竈冷，風韻樹瓢閒。
野果吾先摘，好花仙未攀。奇哉可笑事，夢想不離山。（石樹）

佛滅幾經年，如今儵二千。誰明乾屎橛，總似爛泥團。
說法人成市，當陽口吐煙。身登師子座，心在野狐邊。（楚石）
說法何多口，狂花委大千。誰能如鐵橛，未到破蒲團。
認指徧忘月，聞香不辯煙。安知真實義，言論斷中邊。（石樹）

獨推華頂秀，難與眾峯群。遁跡潛心處，登高縱目頻。
青溪飛白鳥，碧落卷丹雲。不慕寒山子，其誰作隱倫。（楚石）
莫若金庭秀，諸峯不可群。台星臨耿耿，瑤草見頻頻。
高接三靈氣，平浮萬丈雲。寒山曾叱石，自許欲為倫。（石樹）

凡作史書者，篇篇論事實。推邪立忠正，萬古一寸筆。
孔子修春秋，蕭何制漢律。後賢多避禍，權勢諛滿帙。（楚石）
作詩關世風，美刺貴其實。命意動天神，寫之大雅筆。
請無文字觀，續史見條律。末俗逞浮華，濫觴千萬帙。（石樹）

屢欲談大道，難得忘言人。徒泥孔孟書，學為韓柳文。
書亦不成書，文亦不成文。開口說今古，籠罩天下人。
言語失次第，傳作一場笑。何異蠹書魚，故紙堆中老。
若識本無言，即除生死惱。（楚石）
閱世竟無味，令予思古人。功成不自伐，言立示無文。
後代澆漓甚，徒能作偽文。綱常等羽毛，孔孟稱同人。
畏哉豺狼心，刀筆在談笑。此筆毋與鄰，寧共蒼　老。
埋頭讀古書，永遠諸煩惱。（石樹）

君乘日本船，我泛高麗舸。風順且揚帆，浪麓宜正柁。
蛟龍任出沒，畫夜從掀簸。一日至寶洲，開懷促席坐。（楚石）
生死如大海，以智慧為舸。煩惱似長江，以戒定為柁。
識浪如山來，業風隨弄簸。任他水鬼忙，我且安然坐。（石樹）

種福如種木，種德如種穀。所積既已多，所須無不足。

當求早成佛，自具出世福。福德在世間，徒然長三毒。
得之固為喜，失之翻成哭。天眾愛莊嚴，凡夫干利祿。
文人筆不停，談士舌欲禿。只為無好心，何曾離地獄。
參禪見佛性，切忌作癡福。禮拜勤懺悔，時將藏經讀。（楚石）
善惡種不同，禾稗非一穀。為善如種禾，所食長得足。
為惡如種稗，不得享天福。乃勸今之人，切勿行慘毒。
現世不殺生，免向陰司哭。我愛灌蔬翁，雨露成恩祿。
我恨諸闡提，酒肉集群禿。明明三寶階，盲冥造地獄。
此筆無信根，安知享清福。少有血氣人，是詩當熟讀。（石樹）

世間何物大，最大無過理。你會即是我，我知即是你。
猶如一母生，故曰諸佛子。諸佛觀三界，惟將自身比。
自他等安樂，滅苦永不起。苦樂兩俱忘，淨心同止水。（楚石）
地水與風火，聚散有至理。聚則為你身，散則不是你。
血肉還父母，方始較些子。咄哉清淨身，無一物可比。
真心亦強名，何滅亦何起。偶爾布晴霞，明月印空水。（石樹）

苦海無舟楫，何由出渺茫。凡夫戀財色，總似一群狼。
快活歸自己，煩惱令他當。天報了不錯，去惡存善良。
來世羊食人，今世人食羊。強健作主宰，臨終發昏狂。
閻羅面前過，刀劍林裡臥。早晚脫輪迴，忙驢且推磨。（楚石）
百姓為芻狗，慘雲接混茫。天下有至理，聖人為貪狼。
令德使無訟，雷霆獨敢當。兵仗變農具，頑很化貞良。
歲豐享時若，高隱起屠羊。渾然塵埃裡，言笑但清狂。
老衲歸千峯，雲霞為坐臥。盈虛一掌中，乾坤如轉磨。（石樹）

面白髮蒙蒙，分明一躶蟲。不為鳥獸行，常在人天中。
性淨豁然悟，輪迴從此窮。鏟除地獄業，推倒閻羅翁。（楚石）
物我不相蒙，同一造化蟲。蚯蚓出土死，人死埋土中。
生死原不異，出入頗難窮。要作忘形者，寧為贅世翁。（石樹）

參禪了生死，特達英靈漢。只是一味真，能降眾魔怨。
幾多惡心性，孤負好頭面。不學向上人，甘為下劣漢。
恰似被罩魚，身受芒繩絆。（楚石）
欲入佛魔境，錚錚須鐵漢。情乾理亦忘，何處覓恩怨。
亞目見無頂，真心絕背面。堪憐近末流，總是鈍根漢。

不必辨來機，魚腮柳絲絆。（石樹）

方寸心難構，平常道在懷。終然無比況，勸你莫將來。

往往昏如醉，區區喚不回。都忘許大事，真個是癡獃。（楚石）

蒼蒼千仞壁，相對似無懷。石骨忘寒暑，雲心何去來。

獨看孤草死，幾見百花回。世智吾烏有，空山學老獃。（石樹）

一等離道人，形模恰似善。將心逐境流，作事隨情轉。

每日縱無明，貪杯打大讞。如何喚作僧，正是癡狂漢。（楚石）

天性本同然，何獨為不善。心肝鐵打成，口舌山旋轉。

笑挾鞘中刀，怒翻几上讞。率之地獄遊，閱盡猙獰漢。（石樹）

生死若循環，此中無可記。誰論得與失，謾說愚兼智。

諸佛本圓常，眾生非變異。同登甘露門，一種真金地。（楚石）

佛祖之正脈，將毋口吻記。選根斷偽情，悟理崇真智。

法弊聰明繁，道衰風教異。那得至誠人，神光照天地。（石樹）

人生一世間，那箇無天祿。但只貪富貴，未嘗憂寵辱。

酒思常滿杯，錢恨不盈屋。吾佛有勸戒，妻子真牢獄。

生聚暫為歡，死別常嘷哭。泉路動即至，火輪來甚速。

相逢盡冰炭，所啖非菽粟。都由在世時，軟滑生淫觸。（楚石）

卿相在朝廷，居高蔫厚祿。胡為體至貪，沒世受憂辱。

汝欲構園亭，萬民為卸屋。汝欲求珍珠，百姓為下獄。

汝欲饗肥甘，一群為慟哭。不知福易終，輪迴相報速。

刀山呈臥牀，鐵丸易精粟。警戒語諄諄，愚者不感觸。（石樹）

修心有善惡，報土開麓妙。末上得菩提，最先明旨要。

謗而不信者，頭作七分裂。懺悔福乃生，歸依罪尋滅。

自心即是佛，更欲從誰決。若待無常到，此時何所說。

祖師示方便，言語太直截。且向三句參，喫茶珍重歇。（楚石）

我觀了道人，無心求至妙。今之無明流，鬭爭為玄要。

惜矣蛍蛍氓，不顧石火裂。尋常戰兩頭，而苦於生滅。

一礙一切礙，去就未能決。要知佛祖原，如幻如實說。

山頂雲盡消，海底流俱藏。所以入生死，生死心已歇。（石樹）

囙耐貪瞋癡，使我長發惡。三賊暗埋藏，一朝親捉著。

心王苦相勸，令我莫打殺。元是自家親，孿生偏塵刹。

逆之即煩惱，順之即喜悅。譬如猴被縛，縛緊將繩掣。
掣繩繩轉緊，緩緩容渠說。渠說非我罪，總是君行轍。
所好君欲生，所惡君欲殺。君作我受名，豈願隨君活。
從此請辭去，不然同布薩。我聞頻點頭，契若石引鐵。
可以書諸紳，處處逢人說。（楚石）
嬰兒初生時，不識善與惡。蒙蒙天地間，寸心無耽著。
惜哉伊父母，真氣代殘殺。情愛深何海，罪過等塵剎。
黃葉作金錢，止啼為歡悅。鑿開貪欲根，金飾肘上掣。
忠孝節義因，誓不早陳說。欲教失端方，性成蹈故轍。
伏機當發張，恣意但行殺。很戾入神明，邪淫為快活。
衰亡醞釀深，血肉黷菩薩。武火肆燔燒，應無堅固鐵。
何如向道專，功德信難說。（石樹）

昨見一群僧，袈裟福田相。清晨入市鄽，彷彿如來樣。
開口論貨財，妒人生怨悵。師資甚失禮，犬馬猶能養。
既已傲同學，彌令心怏怏。行時又慢老，坐處各爭長。
飲酒無威儀，純成俗人樣。醉來即酣睡，睡起嫌未暢。
依前詣酒家，更脫衣衫當。問法法不知，問書書在鄉。
遊談誑檀越，假善求供養。又有一類僧，置產為高尚。
枷鎖不離門，長官時問狀。卻嫌坐禪侶，專作死模樣。
汲黯譬積薪，後來者居上。安危自業招，禍福非天降。
臨死壞爛時，不如豬狗相。（楚石）
千聖不傳妙，本來無形相。黃檗脅下拳，此是慈悲樣。
大事喪考妣，心中時悵悵。一朝悟徹時，方見真孝養。
孝養既無愧，心王何悒怏。發言同石立，積德俱年長。
今日之所為，後來之榜樣。哀哉像季秋，學道不通暢。
法未悟千差，世無行一當。外貌殊可觀，內心果何舜。
空耗住持糧，兼欺檀越養。出入近公侯，虛名自高尚。
些毫不遂心，撫按投公狀。從古迄至今，祖師無此樣。
覆惡佛不許，悔過淨名上。苟不發深省，奚免見升降。
照膽有神銅，難逃種種相。（石樹）

鷦鷯至魯門，空嗉不復食。雖有鐘鼓音，未知宮商律。
人憐文仲愚，謂是嘉瑞出。朱鳥在南方，來儀定何日。（楚石）
重明鳥至祥，飲以瓊膏實。難體玄黃文，鳳鳴天地律。

曾為皇漢來，本自月支出。今我懷佳音，翹翹企此日。（石樹）

最切不在身，至貴不在實。天堂任我為，地獄從誰造。
眼橫鼻直者，各自有心珠。玉兔與金烏，朝夕任來去。
只是一珠光，變現河沙數。（楚石）
大道誰賢愚，各懷一至寶。不知早自珍，乃欲更相造。
亦如醉臥人，顛忘衣裡珠。終朝向外尋，海北山南去。
忽得悔從前，奔走路無數。（石樹）

貪夫何日足，苦擔幾時輕。未讀升天論，那知了義經。
一頤和酒浸，雙手把錢擎。月算分毫聚，年推息利生。
無常旦夕至，只恐不惺惺。（楚石）
住山塵累遠，自覺一身輕。不作有為事，但看無字經。
經笺非玉版，萬古許誰擎。當下了其義，何勞智計生。
凝眸天地外，非寂亦非惺。（石樹）

捨家得出家，有學成無學。四壁冷蕭蕭，六門空索索。
已除桑下戀，聊向橘中託。天地即幻化，山林同旅泊。
笙歌與鼓鐘，非吾所謂樂。（楚石）
吾人想出塵，無習小乘學。若做不淨觀，白骨空胃索。
將謂數息是，氣散終無託。縱想入臨虛，究竟難棲泊。
到此放身命，方得大安樂。（石樹）

白首學神仙，黃冠稱道士。甚欲登蓬萊，奈何阻弱水。
肉身無兩翅，難與鴻鵠比。年老丹不成，書多術猶祕。
玉棺竟未下，金節徒思去。大患緣有身，長生諒非理。
縱饒八萬劫，寧免歸死地。在漢淮南王，求仙為廁鬼。
爭如學空寂，舉世絕倫比。詎見人民非，休論城郭是。
太虛常湛然，名相誰能擬。（楚石）
世上無真人，且多偽鍊士。貪癡障道門，不解火中水。
扇羽巾華陽，神仙高自比。道經尚未探，邪術亦深祕。
大藥詎人間，空使尋山去。縱負盈車來，丹成非極理。
張皇說解尸，如空必墜地。銅石說點金，如人必作鬼。
奇哉唐六如，擔水河頭比。鼎敗寒灰飛，精華何處是。
神仙不愛財，切莫錯相擬。（石樹）

來從無量劫，畢竟誰為主。綠水與青山，分明全體露。
只將這個法，普施霧霑雨。聞者心花開，塵塵剎剎爾。（楚石）
夢遊天地間，須辨其中主。月色自孤明，心光常獨露。
默時走迅雷，言處灑甘雨。萬物發陽春，如是運轉爾。（石樹）

人間好男子，總與婦為奴。色膽充三界，貪心滿八區。
高堂堆蜀錦，密座促齊竽。死去埋荒塚，猶含口內珠。（楚石）
豪為換馬者，吝即守錢奴。將相車千乘，王侯第一區。
空餘金谷酒，孰奏商邱竽。死隨賈胡去，剖身藏美珠。（石樹）

其下有積蛇，是中饒毒菌。啜羹必致死，染指無不盡。
瞋障亦復然，所以修慈忍。但取懷抱空，何妨市　隱。（楚石）
神仙嘗採芝，勿採山中菌。奚止傷昆蟲，食者同歸盡。
愚哉貪肥鮮，違戒何殘忍。不如守道人，飯蔬成大隱。（石樹）

利益眾生事，莊嚴百福身。修成現在業，報得未來人。
第一哀憐苦，偏多賑濟貧。非惟他受樂，亦足自怡神。（楚石）
獨游無伴侶，萬里只孤身。苦路懷慈母，荒山念道人。
見聞寧鄙陋，操履亦堅貧。瘦影臨蒼瀑，徘徊照入神。（石樹）

不假摩尼力，何由濁水清。心如難死草，境似易生萍。
菩薩愚癡障，聲聞解脫坑。凡夫著聲色，歷劫受聲盲。（楚石）
莫厭聲塵鬧，勿耽山色清。少時同夏木，老去即秋萍。
理盡聞思路，知深見識坑。茫茫陷身者，開眼卻如盲。（石樹）

有一如意寶，祕在形山中。濕煖歸水火，堅動還地風。
推尋不可得，受用了無窮。俗物都蹉過，喚他作天公。（楚石）
四邊不見表，況復論其中。世界水交火，人身地接風。
各還何處是，偶合若為窮。昂首貫寒暑，默然存至公。（石樹）

譬如一眼龜，墮在大海中。出入無量歲，隨波若萍蓬。
一朝值浮木，而不得其空。南去又向北，西來復往東。
忽然相撞著，處處是圓通。（楚石）
傀儡何人掣，顛顛光影中。霜清摧晚韭，朔吹捲寒蓬。
沫聚鷗移夢，星沉魚唼空。全迷天極北，不再日華東。
毗勉聲塵裡，怡然得大通。（石樹）

法界露堂堂，心王明了了。本來無聖凡，安得有生老。
慎勿起貪瞋，從此添熱惱。還栽地獄業，未出修羅道。(楚石)
鼎鼎百年間，世人多未了。我身如此閒，我性何曾老。
夢幻契無心，境緣安得惱。有時坐草庵，有日歌山道。(石樹)

欲與雲為伴，雲多不定蹤。澗將山作侶，山亦少玲瓏。
只是形兼影，相隨西又東。何須求富貴，富貴盡成空。(楚石)
孤鶴高飛去，白雲何處縱。澗茅徒偃蹇，山竹自玲瓏。
雪老陰厓北，輝生碧海東。須史光氣滿，朗朗照晴空。(石樹)

輪蹄俱不到，猿鶴自相過。每聽樵夫唱，時聞牧豎歌。
山根雲漫漫，洞口石峨峨。一片莓苔地，青松繞四阿。(楚石)
空巖花正發，清策每常過。流水如人語，鳴泉和我歌。
蒼苔供細頓，老石立嵯峨。意外吞無極，胸中小太阿。(石樹)

西南上峨頂，東北至臺山。菩薩所住處，眾生良福田。
福田徧大地，住處同一天。智慧即菩提，愚癡自縈纏。(楚石)
吸盡西江水，移開人我山。方知母產地，此是祖家田。
落落無為境，悠悠自在天。未曾起一念，那有識情纏。(石樹)

光武萬乘主，子陵一羊裘。寧知堯舜讓，未掩巢由羞。
社稷從爾好，簞瓢非我愁。夷齊竟餓死，天下亦宗周。(楚石)
三秋猶袗絡，五月尚披裘。自是高人分，寧為草服羞。
時窮貧足樂，道喪易成愁。我輩當如是，天心日月周。(石樹)

問我何所樂，山林可栖託。澗泉處處流，松籟時時作。
夜月點明燈，朝雲吐飛閣。六窗正虛寂，萬象同磅礴。
仙子海上來，俱騎一隻鶴。(楚石)
此生何所為，山水於焉託。少讀華亭書，老和寒山作。
拋卻七尺竿，高臥千巖閣。月來通嘯歌，雲過足盤礴。
一望浩無涯，松邊馴海鶴。(石樹)

吾聞鹿腳仙，草舍藤蘿繞。清淨無欲身，莊嚴不貪寶。
後因婬女過，貪彼顏色好。竟作蝜蝂蟲，俱成鴛鴦鳥。
自茲失神力，由是落魔道。爾輩居華堂，身心豈可保。
婦人如雨雹，能壞垂成稻。相勸早回頭，紅顏鏡中老。(楚石)
二僧談禪理，諸天皆圍繞。飛花雜彩雲，垂語成珍寶。

少頃論荒唐，品評姿色好。情動如獼猴，心飛類鵁鳥。
頓失大神通，而墮於邪道。紛然鬼使隨，慧命不可保。
譬彼植秀禾，禾秀不實稻。春夏不加工，無復歎秋老。（石樹）

山高數千仞，夜半日輪明。崔萃含雲氣，玲瓏列畫屏。
林華開又落，谷鳥送還迎。久不至城市，無人識姓名。（楚石）
事近轉難悟，思窮翻易明。掀開道理障，撤去見知屏。
本地風光露，故鄉山色迎。要知親切意，父母未安名。（石樹）

自古到如今，何人獨不死。燒香誦道經，願學長生士。
宿骨非神仙，塵容轉顛頜。飄蓬八十秋，彈指須臾爾。（楚石）
除非身不生，方得至無死。釋老尚遺形，況乎中下士。
若還取相求，神識徒顛頜。道德能現前，長生訣乃爾。（石樹）

天台山最高，遠望勢岧嶤。葉吐千千樹，花開萬萬條。
黃金堆作寺，白玉削為橋。不假神通力，凡夫豈易超。（楚石）
天台列河漢，望處轉岧嶤。江水流三浙，雲門路一條。
臨厓看瀑布，踏雪過溪橋。偶記寒山草，高吟性自超。（石樹）

深林人膽慄，絕澗水聲淒。桂樹山中滿，桃花洞裡迷。
靜聞鐘遠近，閒望月高低。不覺成華髮，何煩降紫泥。（楚石）
石瘦苔痕古，山深木葉淒。兼秋聲帶別，向夕望成迷。
夢與林鐘靜，風來野梵低。觀心遊物表，不復異雲泥。（石樹）

綠竹林中坐，青松樹下眠。山禽聽不絕，石室近相聯。
有意招人隱，無心學我閒。宗雷在何處，冷落半池蓮。（楚石）
石筍為清供，石牀堪穩眠。瓦鐺碧澗近，茅屋白雲聯。
念佛嗤多事，著書消大閒。興來時卓筆，攜杖上青蓮。（石樹）

我有一間屋，往來成逗遛。方當未壞時，且可隨緣修。
椽桷既差脫，崩摧何足憂。同袍儻見念，相送荒山頭。（楚石）
三界為鄽舍，隨緣且逗遛。悟真真不立，知幻幻宜修。
但了一生夢，勿擔千載憂。法身本無恙，日照青山頭。（石樹）

胡為起一念，不覺隨六趣。若了心體空，方知法身具。
靈山非遠近，曠劫真旦暮。生死甚疲勞，今朝忽然遇。（楚石）
山居餐飲外，事事成真趣。種火繼禪燈，汲泉供茗具。

栽花宜候時，了道不愁暮。日月迭往來，心光常與遇。（石樹）

張公問李老，郭五答鄭九。識滅生死離，四人皆肯首。
善財但合掌，妙德遙伸手。歷劫始相逢，奇哉諸佛母。（楚石）
天一不成孤，二偶翻作九。蜈蚣勞百足，菩薩摩陀首。
毒性及慈心，驢腳並佛手。更追威音王，還有老祖母。（石樹）

世事一何悠，星星放下休。枯椿臨倒日，惡貫結交頭。
有識成三界，無貪涸四流。歸來滿天月，不復見人牛。（楚石）
人生事悠悠，老大不知休。昔日蒼梧曲，今年青海頭。
舟車如寶筏，歲月過泉流。一事無消息，將鞭叱石牛。（石樹）

衣冠從五帝，耕稼本三皇。去古日已遠，為君年尚長。
後來耽富貴，非久就淪亡。安得淳風在，貪心益渺茫。（楚石）
北窗風有意，開卷問義皇。我道今無古，人情有短長。
滄桑多變故，王霸幾消亡。悲慨知何益，東流送渺茫。（石樹）

茫茫三界中，火宅豈可歸。修習戒定慧，滅除貪瞋癡。
貪瞋癡本空，戒定慧絕思。了此即是佛，非佛誰能知。
行住及坐臥，蕭然何所為。眾生不請友，日用無緣知。
萬象共酬酢，縱橫皆合宜。（楚石）
此身無住著，無住即云歸。世上有家者，翻然笑我癡。
有家便有苦，無住卻無思。此意問誰解，寒山片石知。
偶逢狂放筆，一任好施為。無故罵而去，還他三不知。
熙怡成解脫，逆順總相宜。（石樹）

往古出家者，出離三界家。近來出家者，返入他人家。
繼拜別父母，重重貪愛加。放錢作衣資，置產收租課。
結伴噇魚肉，同聲相唱和。厚茵高廣牀，未夜先眠臥。
肚裡濁如泥，外頭將水灑。童奴稍失意，未免惡瞋罵。
乃是羅剎黨，假號僧伽耶。（楚石）
曾無善根者，急難求出家。亦為無食者，勉強投僧家。
信基既不實，真誨從何加。口佛心不佛，人前講功課。
覓錢餧豕羊，生涯勤應和。遇酒便狂呼，翻經當枕臥。
有時賽神明，忍將雞血灑。是神其享之，必掃跡而罵。
假使佛出世，無法可救耶。（石樹）

僧寺收民田，官司驗物力。好閒呼小名，豈復尊大德。
常住歸自己，師資懷五逆。法王好基業，費蕩真可惜。
拋卻自家寶，走向傍邊覓。枷鎖亂縱橫，都緣耽酒色。
饅頭著菜蔌，抵死不肯食。百種邪思量，詐云我心直。
命終入地獄，鐵棒敲驢脊。灌口用洋銅，其時悔無極。
從今便覺悟，脇不至牀席。打破無字關，屏除煩惱賊。
卻觀大千界，掌上庵摩勒。（楚石）

荷負法門事，能具堅忍力。從來師資間，所重者道德。
今也不其然，師資互為逆。不如鄉裏兒，師道尚珍惜。
既稱悟道人，法眼盲無覓。用人多輕狂，行事不真色。
營豐華麗衣，遠致珍奇食。夢囈語言標，自是為指直。
何曾點石頭，莫謂望肩脊。虛消信施珠，罔報恩之極。
須臾病苦纏，懊惱占牀席。末後成懺懼，終為敗德賊。
吾儕當龜鑑，深思復銘勒。（石樹）

覓心不得心，我道無可道。枕石山中眠，批雲月下嘯。
昨來顏如玉，今旦身已老。寄語富家翁，田園是誰保。（楚石）
獨坐與不孤，每復懷斯道。至靜聞螳喧，高吟引虎嘯。
巖前石髮威，屋角雲頭老。憑檻摩蒼松，歲寒斯永保。（石樹）

有識乃同倫，無情亦我親。煙霞方外侶，風月坐中賓。
影散蒲萄夕，香吹菡萏晨。談玄常浩浩，聽者未逢人。（楚石）
石屋靜無倫，幽然影獨親。一峯能作主，眾壑不辭賓。
月出松當晝，風生蘭發晨。清歌天籟嘯，響答古來人。（石樹）

不作空王子，甘為贗道人。辭家剃鬚髮，娶婦著冠巾。
賈本牛羊質，湯休蟻蝨臣。明珠不自惜，一旦棄灰塵。（楚石）
吾道隨時去，孤村同俗人。長穿遵業履，兼著子雲巾。
卿相難為客，王侯豈得臣。何如罹世網，尺璧委埃塵。（石樹）

百二十年人，渾無一個存。白頭都入土，滄海竟揚塵。
有酒且飲濕，無錢空嚥津。煎膠粘日去，未解截風輪。（楚石）
世相若流轉，空花妄見存。真心長在月，道眼不容塵。
一喝山川走，片言河海津。天樞定物象，寸鐵運風輪。（石樹）

內外了無物，乾坤俱不收。草衣復草屨，山腳又山頭。

地暖白雲起，池寒紅葉浮。有身必敗壞，敗壞亦何憂。（楚石）
楓林萬葉下，靜聽秋聲收。水落見山腳，雲開露石頭。
蒼深煙影亂，虛白月華浮。安有輕塵集，朗懷捐百憂。（石樹）

由來隱淪客，自號清虛士。春暖且閒行，月明多不睡。
身從物外樂，事絕毫端累。坐石看雲山，餐松飲溪水。（楚石）
經緯竟無緒，超超為野士。都拋世上憂，但向山中睡。
理亂聽諸天，夢醒安所累。走窮華頂峯，飲盡桃源水。（石樹）

方哀西舍兒，又哭東鄰老。去矣喚不回，恝焉心似擣。
前時畫棟宅，今日青松道。客養千金軀，臨化消其寶。（楚石）
壽算謂無窮，形神嗟已老。雲光衣裡收，溪響夢中擣。
綠草布郊原，白羊吹墓道。大聲呼不還，埋沒天然寶。（石樹）

下士聞我說，堂堂拍手笑。老聃曾有言，不笑不為道。
頑若水浸石，忙如火烘螽。歸依佛法僧，始信吾家好。（楚石）
夾山早上堂，道吾京口笑。今日無知人，鼓舌亂談道。
燈燄上飛蛾，褌襠裡跳蚤。若是為法人，惜取眉毛好。（石樹）

吾家在何許，乃在白雲邊。上有數株松，下有一曲泉。
最好明月夜，方當素秋天。鳴蟲與落葉，共說無生禪。（楚石）
坐來閒不了，詩想到厓邊。動筆花飛硯，煎茶鶴聽泉。
日華籠翠樹，潭碧繪青天。人境尚雙遣，何容比量禪。（石樹）

我和寒山詩，有得復有失。覓句行掉頭，揮毫坐搖膝。
依他聲律轉，自我胸襟出。法法皆現前，當空一輪日。（楚石）
高吟非作詩，我心無得失。全刺寒山心，不搖楚石膝。
風從華頂來，泉向天根出。炯炯照余懷，何殊冷竈日。（石樹）

虛空一大宅，般若所生孃。身是神通藏，心為自在王。
千般歸有壞，一悟出無常。對境逢緣處，惟柔可勝剛。（楚石）
恩乳深於海，多生非一孃。悲傷堆古骨，慚愧老空王。
節孝寧虛幻，禪心非斷常。敢將浮脆事，言行證金剛。（石樹）

諸佛成菩提，始從一念信。未曾有一物，不被無常吞。
無常吞不得，閻老不敢恨。更擬問如何，但言今日困。（楚石）
所以為凡夫，祇因心不信。生死如鈎緣，情迷自暗吞。

悠悠何所歸，忽忽有遺恨。俊哉破網羅，毋為境緣困。（石樹）

我今欲說禪，不可作禪會。謂渠是即觸，謂渠非即背。
背觸二俱掃，洞庭湖無蓋。如何繼先德，將此傳後代。
白月上林端，清風起天外。（楚石）
世情付罔聞，禪道轉不會。塵剎既無方，此中安有背。
堂堂獨露天，無底亦無蓋。并不知有古，況復論當代。
悠然臥翠林，得句在言外。（石樹）

空中一片雲，地上一微塵。未絕身心累，難逃生死輪。
行尋難足隱，去與鷲頭鄰。可證僧為實，堪將法化人。（楚石）
雨過溪聲急，青山絕點塵。應機聞水碓，閱理悟空輪。
長嘯忽忘世，高操不見鄰。相承千古意，必竟待何人。（石樹）

飢餐嶺上松，困藉巖前草。動即行數步，靜時無一惱。
自從削髮來，便愛居山好。大抵出家人，灰寒而木槁。（楚石）
空巖抱古松，下長靈芝草。白鹿忘機來，體之無苦惱。
青猿摘果還，且比人心好。以類推其情，我願澤枯槁。（石樹）

春風入花柳，紅綠正堪憐。有女嬌顏色，無心理管弦。
空房掩病枕，逝水惜雕年。化作孤飛燕，還來舊閣前。（楚石）
芳草好顏色，美人生可憐。甫聞謌綠綺，忽愴斷朱弦。
野塚增新土，荒丘哭少年。寧無驚視聽，快悟未生前。（石樹）

吾廬信可樂，水石清且奇。渺渺沿流去，騰騰信腳歸。
千尋蔭嘉木，五采拾靈芝。天闊雲霧散，月明星宿稀。
無人同夜坐，自詠寒山詩。（楚石）
山林宜朴素，意不愛珍奇。瓦瓴擔泉去，竹籃挑菜歸。
水田栽紫芋，松地布青芝。籬下花常滿，座中人故稀。
眼前無限景，隨筆採為師。（石樹）

天上一晝夜，人間五百年。非生非死法，不有不無間。
血比大海水，骨如毘富山。從今休歇去，只這是誰言。（楚石）
至人出世上，一日勝千年。流俗雖百歲，無益於民間。
流俗遺臭名，至人德如山。我常讀典雅，因之重立言。（石樹）

睡時喚作夢，覺即呼為意。日夜不得閒，皆曰自心地。

心地本空寂，妄緣從何起。譬如已破瓶，無復作瓶事。（楚石）
柏子已成佛，西來豈有意。達磨未折蘆，個個踏實地。
鈍置哂蕭梁，是非風自起。何如立雪人，以竟一切事。（石樹）

達磨返流沙，遺下一隻履。踢出腳尖頭，嚇殺閻羅鬼。（楚石）
睦州忠孝事，草縛十圍履。山寇望而退，德風驚野鬼。（石樹）

借問山中人，居山有何好。春花滿路開，秋葉隨風掃。
獨唱誰與和，長年不知老。無榮亦無辱，此樂真可保。（楚石）
嘉樹滿山中，休誇枝葉好。花開有客攀，花落無人掃。
風雨蕩為塵，聲光容易老。英雄及早年，努力本根保。（石樹）

用酒為肝膽，將財作眼睛。頭風添艾炷，腋氣帶香瓔。
座客千金膳，家人七寶羹。惟言無後世，只要樂今生。（楚石）
吾人愛道德，如護兩丸睛。束篋能忘世，繩衣勝珮瓔。
泉炊鸚鵡粒，香泛雪霞羹。何必錢三萬，一杯當半生。（石樹）

孝子人所嗟，逆兒天不惜。妻孥受愛憐，父母遭訶斥。
簷水高下流，機梭往來擲。汝兒如汝為，何不報罔極。（楚石）
一朝聞道後，夕死又何惜。忠孝亟躬行，君親毋面斥。
友于尚石交，師道豈雲擲。四句銘中心，深操之至極。（石樹）

昔有婆羅門，脩身失其要。年衰得一男，首面殊娟妙。
不久乃傾逝，悲啼眾所誚。去尋閻羅王，欲索文簿照。
何遽奪吾兒，奔走來相召。其子為老翁，汝今年已劭。
暫時寄汝家，癡騃令人笑。（楚石）
石雲得我性，久默思玄要。雅志生清音，高情寄墨妙。
花嬌不待譽，花落何勞誚。佛火燃孤明，松煙薄四照。
泉光挂遠天，山響相應召。寡欲道真長，才明德益劭。
閒閒物外人，悠悠契微笑。（石樹）

若無眾生病，何用諸佛藥。一藏非正文，連篇皆註腳。（楚石）
古有妙醫方，醍醐離毒藥。悟服化千身，迷飲走四腳。（石樹）

寒山三百篇，十倍高風雅。舜若多神抄，無言童子解。
陽春白雪曲，自下和者寡。世應誦時空，塵緣吟處罷。
吾將列作圖，寢臥於其下。（楚石）

吾愛寒山詩，通俗兼通雅。石女笑無言，木人別有解。
倡前調既高，後和聲應寡。意句劂交光，仁風吹不罷。
朗誦心花開，如空雜寶下。（石樹）

知是道，行即到。絕相似，無可號。只心傳，休口噪。
直下是，從頭掃。青山巔，白石隩。或愚迷，須化導。
佛非佛，好不好。（楚石）
石梁道，人罕到。樹無名，泉無號。猿自啼，鳥自噪。
杲日生，浮雲掃。峯之巔，山之隩。苔簾詩，誰為導。
語世間，多不好。（石樹）

山上松，松下石。青者青，白者白。心無生，慮自釋。
何所為，一閒客。（楚石）
山雪老，冰成石。霜殺青，雲生白。春風吹，冰痕釋。
且煨火，漫作客。（石樹）

咄眾生，弄業識。請回光，本空寂。（楚石）
看青山，雲轉識。雲自閒，智自寂。（石樹）

言之深，達者心。貴似土，賤如金。無孔笛，沒絃琴。
是何調，太古音。（楚石）
山作骨，泉為心。貴白石，賤黃金。吹天籟，和帝琴。
與古人，同知音。（石樹）

深林中，聽松風。兩耳寂，萬竅通。盡情解，絕羅籠。
問是誰，寒山翁。（楚石）
石林中，臥高風。一字透，萬法通。問露柱，答燈籠。
呵呵笑，無事翁。（石樹）

咄諸子，只這是。信得及，長不死。（楚石）
楚石子，詩如是。與寒山，無老死。（石樹）

堪歎六尺軀，只憑三寸氣。無厭積金玉，不住增田地。
恨羅三，瞋郭二。瞥然喉中斷了三寸氣。名與姓，誰來記。（楚石）
本分衲僧家，泠泠丈夫氣。要於夢見處，瞥然悟心地。
一尚無，況說二。心佛眾生同此氣。曠大劫來都不記。（石樹）

多處三兩言，少時千百卷。擬抄寒山詩，歷劫寫不徧。（楚石）
我讀寒山詩，勝讀經萬卷。忍俊不能禁，隨口和一徧。（石樹）

豐干禪師詩

豐干原詩二首并二和詩共六首

吾佛住天台，隨機示往回。冰壺無影像，萬德不將來。
未免心中鬧，直須行佛道。佛是自心王，清涼除熱惱。
出離生死海，肯守涅槃界。透水摩尼光，六塵安敢埋。
尋常活鱍鱍。體淨絕纖埃。若去更不去，若來更不來。
無有去來者，併除事理礙。分明百草頭，畢竟一法該。（楚石）
悲憫娑婆苦，時時念幾回。眾生背正絕，塵劫不思來。
嬉戲抑何鬧，渾忘至要道。邅流生死中，轉輾增懊惱。
識陰淪業海，情障翳空界。而以妙明珠，同於塵坌埋。
咄哉豐干老，心淨無纖埃。不離蓮花上，化身天台來。
惟心即淨土，十方不隔礙。南無阿彌陀，名稱萬法該。（石樹）

太虛非有物，一任清風拂。悟得本來人，如癡還似兀。（楚石）
真空不礙物，隨用隨時拂。拂處更拂之，大智如癡兀。（石樹）

拾得詩

拾得原詩四十九首并二和詩共一百四十七首

行盡三千大千界，鳥啼花笑一般春。識得棚頭木傀儡，全是青布幕中人。
（楚石）
偶住天台國清寺，食堂忘卻幾多春。獨行獨笑知何事，快活徐行不見人。
（石樹）

君不見茫茫生死不可說，一念之間頓超絕。無手人挑海底燈，昔本不然
今不滅。（楚石）
君不見紅塵堆裏學無為，縛得浮雲何快絕。浮雲散盡繩結空，生滅中見
不生滅。（石樹）

落髮墮僧數，難輕小沙彌。眾流成大海，誰謂水滴微。
微塵積不已，泰山高可齊。凡夫至成佛，盡是昔愚迷。（楚石）
壞裙成蛺蝶，餘骨作須彌。多識情形變，方知道化微。
參差為物等，好醜自天齊。以此玩人世，灑然豁大迷。（石樹）

摩尼無表裏，亦不論高下。從本便圓明，走盤何脫灑。
一真含影像，五色交遞謝。非赤白青黃，任陰陽晝夜。（楚石）
日月能空明，難照覆盆下。心光安可遮，粲若珠雲灑。
常為萬象主，不與四時謝。塵剎皆徧周，須彌分晝夜。（石樹）

奇哉拾得公，說此無生理。本住天台山，常遊國清寺。
神珠照夜明，智劍吹毛利。你推倒普賢，普賢推倒你。（楚石）
偉哉普賢王，行願兼事理。嬉怡冷食堂，痛罵諸山寺。
辨才瓶水傾，智用劍鋒利。樓閣觀千身，非渠亦非你。（石樹）

一斬一切斬，自手握利劍。觸著無不燒，煌煌爇天燄。
愚癡輪轉中，何時受苦厭。吞刀走繩索，只管弄險。（楚石）
言下可生人，金剛一柄劍。按時魔膽消，渾處神光燄。
何故頑皮搭，受苦不自厭。聲色非毒藥，過於懸崖險。（石樹）

觸耳語清冷，狂夫盡喚醒。千邪俱打正，五道任流形。
永滅輪迴苦，休纏愛慾情。紅塵飛碧海，鐵樹吐春榮。（楚石）
好夢追千古，從今不用醒。青松同息影，怪石共忘形。
寒暑酌真味，歲時微遠情。高懷茲有託，莫問世間榮。（石樹）

長修破屋子，未免枯柴化。裂破酒肉囊，掀翻綾錦架。
臭煙四蓬烊，薰燎眾驚怕。何不審思量，尚然行詔詐。（楚石）
參禪無難易，米炭何人化。玄義豈在編，大經徒設架。
牀頭木虎驚，腳下繩蛇怕。古老示真機，今時學變詐。（石樹）

他心諸佛心，我肉眾生肉。都來無兩樣，豈可啖四足。
他是畜頭人，我是人頭畜。雖曰異皮毛，何曾殊愛慾。
請君斷羊膳，從此開魚獄。今世施歡喜，來生免嗥哭。
臘月三十日，革囊將火浴。首參無量壽，身著自然服。（楚石）
我見膏粱家，乘車而食肉。誰知所食者，前世之手足。
祇為業債深，墮胎作異畜。此身在苦中，錯雜耽淫欲。
眷屬生成繁，刀砧湯火獄。猶知孝道哉，殺母子號哭。

況乃含靈明，穢德不新浴。深省物同原，莫換他毛服。(石樹)

舉世重黃金，黃金未為貴。爭如無事人，樂道山林裡。
一等稱佛子，將身狥財利。纖毫不放過，贏得神顢頇。
圓頂披袈裟，末梢乖本志。怙終無悔心，有處安著汝。(楚石)
蕭疎林下人，珠玉不為貴。長嘯青風巔，高歌明月裏。
昨聞荊楚客，碌碌貪生利。臘月販寒冰，眉目皆顢頇。
寒冰何處無，失本兼失志。負之待高價，大有人笑汝。(石樹)

貧女無妝奩，美容人不聘。富家女雖醜，送禮求年命。
金玉為首飾，豬羊作盤飣。不知生死本，妄謂因緣定。(楚石)
石女好顏色，木人為歡聘。昨夜成婚姻，不宰六畜命。
交棗雲堆盤，山梨雪滿飣。為歡正未央，八字誰排定。(石樹)

前時美少年，豔豔如花質。不覺老來催，風霜面如漆。
勸君急回頭，念個波羅蜜。莫待獄主瞋，持書請臨屈。(楚石)
碌碌塵埃中，活埋清淨質。發言明似鏡，作事昏如漆。
心馳厓上馬，舌舔刀頭蜜。若肯尊恬止，安心不受屈。(石樹)

前是功德天，後是黑暗女。得失人不知，升沉海難度。
曾聞諸佛說，只有一條路。無出自家心，好從今日悟。(楚石)
怒目阿修羅，柔姿摩登女。都為道之因，彼皆為我度。
瞠開有頂門，無佛眾生路。祇要盡迷雲，雲盡不須悟。(石樹)

佛心憐眾生，如母病憶子。欲與子相見，方令母無事。
別離動萬里，呼召非一次。可惜好田園，死屬司農寺。(楚石)
佛以一言教，開示於諸子。三車強分別，所貴究竟事。
頓超十地位，證實無階次。為僧不了道，田園空守寺。(石樹)

無我亦無人，誰迷生死津。青梅和黃蘗，空自受酸辛。(楚石)
汪汪大海中，鹹淡不同津。一地所生菜，有苦復有辛。(石樹)

拾得與寒山，長詩與短偈。無窮大地闊，不見秋毫細。
道易卻成難，道難還似易。休從別處尋，盡說君家事。(楚石)
請以偈作詩，時而詩作偈。韻須等重輕，語不擇粗細。
晝夜辨剛柔，文章從簡易。今君悟此門，可了生死事。(石樹)

本有靈明性，癡人自作難。直饒當面見，早隔萬重山。

世上通無事，玄中悟又玄。推翻狂拾得，把住老寒山。（楚石）
悟之難即易，迷者易成難。山上見流水，水中看載山。
拾公一點墨，天地兩重玄。不必天台去，蘇州有寒山。（石樹）

世人妙丹青，傳相無不似。指點方寸間，難描在於此。
眾生所流出，諸佛只者是。大地與山河，頭頭皆自己。（楚石）
人心如面焉，亦有說相似。相似則非真，而況言彼此。
毋以是為非，勿以非作是。理長能服人，所貴在無己。（石樹）

罪福籠三界，榮枯寒兩儀。因雖無實法，果亦不虛施。
作佛須修慧，生天未免癡。癡人謗般若，開眼造阿鼻。（楚石）
亂世無完土，至人有靜儀。片言天地振，寸草雨雲施。
成佛豈非夢，度生亦是癡。於心忘善惡，空盡苦阿鼻。（石樹）

小兒要集學，先教一件事。與不善人居，如入鮑魚肆。
既已誦佛書，便當明道理。道理若不明，葛藤纏殺你。（楚石）
法無奇特見，但順尋常事。仁智當勇為，癡情勿恣肆。
莫忘君父恩，且逃禪淨理。本地悟來深，方不辜負你。（石樹）

德薄真成薄，山深未是深。古書嫌味淡，新曲教人淫。
富有回天力，貧無買藥金。唯餘閬老子，不逐勢浮沉。（楚石）
聖賢垂榜樣，悲願示何深。斷指毋貪殺，食針戒妄婬。
調心成道業，唾肉變黃金。果爾能如是，隨流性不沉。（石樹）

閻浮男子身，豈是容易得。削髮披袈裟，參方拜知識。
要明自己事，休問他人覓。廣大信解心，摩訶般若力。（楚石）
寒山非寒山，拾得非拾得。時時在世間，世人都不識。
三聖百千名，一從何處覓。咄哉祇者是，不著有無力。（石樹）

法身為假號，心印是權稱。問我何鄉邑，呼誰作弟兄。
翩翩遊濁世，處處度迷情。恰似中秋月，無雲點太清。（楚石）
問余何姓字，姓字若為稱。寒拾乃師友，聖賢皆弟兄。
依依如有意，落落竟忘情。月瀉梅花影，臨溪徹底清。（石樹）

古來持戒僧，不畜犬與貓。常為殺蟲命，紙衣無絮包。
三條束腰篾，一把蓋頭茅。今則異於是，紛然名利交。（楚石）
子胡慣養狗，南泉曾斬貓。用處了生殺，兩人同一包。

維摩除淨室，稚圭不剪茅。勤隋雖異性，意氣自通交。（石樹）

清涼觀國師，至老只著布。其子有圭峯，遺言以屍施。
當知虛妄身，不是真實義。畢竟歸空無，如何貪富貴。（楚石）
六度若貫垂，萬行深密布。佛種從心生，寶花隨手施。
孤雲勢薄天，層塔崇高義。所用皆御珍，不自道為貴。（石樹）

凡人行舟車，不可至夜發。後岸未移篙，前塗已礙轍。
須防蛇虎患，及有怨儺殺。莫待禍臨身，狼忙叫菩薩。（楚石）
獨露無言時，萬機從此發。松雲拂我衣，花徑迷人轍。
奔瀑欲何之，青山看不殺。狸奴卻有知，常演摩訶薩。（石樹）

閒依白石青泉坐，或向紅塵鬧市遊。南北東西無罣礙，茫茫大海一虛舟。
（楚石）
萬疊山川經覽後，小窗憑几夢中遊。何勞縮地觀河嶽，心境渾如竹葉舟。
（石樹）

尸毘古聖王，暇日遊林谷。一鴿遠飛來，而遭鷹所逐。
將身代鴿命，割己充鷹腹。為發菩提心，白骨重生肉。（楚石）
利名爭市朝，何暇投林谷。羶氣群蠅飛，腥風眾鴉逐。
霎時遭虎口，頃刻葬魚腹。父母哭哀哀，那處尋尸肉。（石樹）

道如身佩觿，一解萬結紐。悟得圓通人，明前復明後。
古今凡聖學，迷悟翻覆手。周利槃特迦，殷勤誦苕帚。（楚石）
癡情不可拔，柳線結雙紐。愛重則道輕，利先必義後。
財交不到頭，色盡終分手。何以蓬廬邊，自長青苕帚。（石樹）

修慈得梵福，作善除天殃。至死入冥路，隨身惟願王。
酥酡白玉饌，氍毹黃金牀。此樂不可既，非君誰敢當。（楚石）
一念超方便，能消萬劫殃。談經度野鬼，護戒敕天王。
曇花成金蓋，曇花逬鐵牀。人人本具有，若個敢承當。（石樹）

今來古往性常然，活動難收動用間。任你白雲千萬帀，到頭依舊是青天。
（楚石）
料得方圓又不然，那能恰恰有無間。從他榮辱隨時變，不換青松一片天。
（石樹）

天寒雨作雪，日暖冰為水。四大合而生，六塵離即死。

人壽能幾何，佛法無多子。（楚石）
人生在浮塵，魚命託流水。人墮水亡生，魚入塵即死。
靜看塵水中，生死沒些子。（石樹）

問石石不答，問山山不知。幾乾滄海水，誰食仙人芝。
佛性不曾變，人心猶自癡。祇陀樹下蟻，又見絣繩時。（楚石）
險夷驗道力，平澹契真知。苦志憑毫管，清言生玉芝。
臥心隨月性，開眼放雲癡。自笑人緣薄，林泉不逮時。（石樹）

水濁魚猶聚，花殘蝶尚迷。貪淫不肯止，昏惑太無知。
腳下五色索，心中千尺絲。當人解除斷，立見毘盧師。（楚石）
肉臭群蠅集，花殘人尚迷。邪風何所恃，正義忽無知。
滿眼壅污穢，渾身臥亂絲。臨終交劇苦，悔不早從師。（石樹）

貪心不知足，自昔頂生王。統御四天下，威神不可量。
上圖忉利主，淪墜始知殃。已過無量劫，傳聞為你傷。（楚石）
欺人強曰悟，閉戶僭稱王。白豕自奇異，黔驢不忖量。
虛言折盡福，妄想釀成殃。急早悔前過，天真毋太傷。（石樹）

富自貧時積，愁從喜處生。禪心須勉勵，佛戒好遵行。
直感人天豎，邪招鳥獸橫。心如一片地，不用掘溝坑。（楚石）
欲知不可死，已見未曾生。鉢塔雲頭護，鞋山水上行。
古今一舌在，天地兩眸橫。若論形骸事，賢愚無異坑。（石樹）

榮枯親眼見，善惡寸心知。可歎公侯宅，徒將錦繡圍。
財寧無散日，運亦有終期。松柏薪將盡，兒孫失所依。（楚石）
榮華徒自拏，夢幻總何知。漸禿松楸頂，難堪楊柳圍。
丹砂不駐色，白骨無窮期。念彼金枝貴，終為黃土依。（石樹）

貪為地獄因，瞋入修羅趣。只管向前行，也須回首顧。
如來出世間，本救眾生苦。（楚石）
聲聞拘小智，了了自為趣。獨覺耽神解，後群多不顧。
欽哉大菩薩，代受眾生苦。（石樹）

吾生太平世，親到帝王州。豈料干戈動，難為海嶽遊。
城池嗟已破，日月去如流。長夜何時旦，空歌宵戒牛。（楚石）
獨引蒲團坐，讀書至四州。雅文隨意及，好句縱心遊。

後不見來者，前誰爭上流。悠悠白雲外，何處覓人牛。（石樹）

山好千千萬萬重，馬蹄車轍永無蹤。道人靜坐深林夜，明月高懸太古心。
（楚石）
老衲斑斕山影重，草鞋無底印苔蹤。歸家洗腳埋頭坐，冷煖從來只問心。
（石樹）

頻言嫌我絮，寡語笑吾癡。但得偷心死，何愁別念馳。
方袍僧格量，圓頂佛容儀。有智誇兒老，無財厭老兒。（楚石）
但得無生理，何妨渾若癡。兩丸不可定，一念未曾馳。
老石頑猶韻，空巖影亦宜。偶拈紅葉子，題贈當家兒。（石樹）

無窮山水樂，不染利名人。松竹深深處，雲霞片片新。
鑪中撥芋火，月下轉茶輪。昔作紅顏客，今為白首人。（楚石）
點雲生五色，幻樹復如人。真見母忘舊，空花漫賞新。
胸中開露地，指外運風輪。獨笑劫前境，誰分天與人。（石樹）

洋銅一壺酒，熱鐵兩盤肉。諸佛無妄言，調達長在獄。
釋子當持戒，沙門合離俗。休誇色身健，正恐業果熟。（楚石）
林老幾碗酒，汾陽三塊肉。了即涅槃山，不了刀尖獄。
廣額本來佛，淨名偶示俗。禪為忠孝原，生處切須熟。（石樹）

若要速成佛，先須了自心。尋常行履處，徹見本來人。
遊戲神通力，莊嚴淨土因。何勞一彈指，花雨自繽紛。（楚石）
七徵覓無緒，何處是真心。得法應忘法，醒人不立人。
但空地獄業，莫作天堂因。一悟劫前事，珠光萬道紛。（石樹）

境勝多般異，峯高萬仞危。青天上頭轉，白日下方飛。
鐵磬侵晨響，金燈徹夜輝。居山亦不戀，涉世本無期。（楚石）
登頂若天步，身輕無險危。短筇同石立，破衲逐雲飛。
孤鳥入空翠，眾泉生遠輝。閒吟不能已，此路竟誰期。（石樹）

千峯嵐氣收，萬壑松聲起。明月為故交，白雲作鄰里。
清風屢披拂，流水長舉似。試問本來人，欲將何物比。（楚石）
終朝無所為，一念竟忘起。花笑兩三枝，雲來千萬里。
微言絕對待，老石或差似。盡法不容毛，擬將何者比。（石樹）

彼云無量壽，此曰釋迦文。不異我心出，還同他世因。

孜孜厚行願，漸漸惜貪瞋。大士可為法，諸賢相與鄰。
莊嚴信所慕，翹想在斯辰。（楚石）
古衲不談禪，名流不論文。既能空有相，亦莫謗無因。
仁極乃行殺，慈深故用瞋。居凡曾未累，在聖若為鄰。
落落隨時去，機前十二辰。（石樹）

松籟劇流泉，山嵐似吐煙。側身路渺渺，濯足波潺潺。
南北雙峯外，東西兩嶺間。誰能忘世慮，自此立禪關。
碧樹改紅葉，白雲停翠巒。林巢恣偃仰，野棹或洄沿。
城郭不可處，輪蹄何太喧。（楚石）
泉香流石骨，遠望似飛煙。聽徹峯恆靜，心通水得潺。
梅花開十里，茅屋祇三間。馴虎長依座，吟猿時護關。
山人飄白髮，竹杖過蒼巒。晤笑疎鐘動，迂迴古澗沿。
禪心清欲絕，不復信塵喧。（石樹）

三聖數百篇，篇篇明佛理。流傳古尚多，散落今餘幾。
讀者通賢愚，知之出生死。休將陽春曲，喚作江城子。（楚石）
數讀三聖詩，言言關至理。傳之古僅存，擬者空餘幾。
寡和調既高，真知句不死。其誰了了然，信是奇男子。（石樹）

（上海法藏寺募刻揚州藏經院藏版《合訂天台三聖二和詩
集》，台北：文峯出版社，民國五十九年七月。）

高侍郎念東和寒山子詩

詆佛躭空處，空于世何益。此言影響耳，元未究實際。
空者空情想，空者空慾嗜。空者空煩惱，空者空榮利。
未發之謂中，試想歸何處。真空乃妙有，此中生天地。
空有即中和，豈得妄同異。鼢鼠笑鴻鵠，下士多訿議。
學術本上乘，反訾無利濟。試看王陽明，勳業名當世。
吹毛詆良知，又謂學乖剌。旨哉古人言，蚍蜉撼大樹。

又

世儒詆仙佛，此亦不足怪。弟子不如師，門風坐頹敗。
兩家之兒孫，其行同乞丐。都是師了蠱，反把師子壞。

即如所謂儒，科第事冠蓋。豈徒周孔羞，那是程朱派。
所以秦始皇，辣手亦痛快。

前一首破卻頑空，後一首說盡三教末流之弊。

（《古夫于亭雜錄》卷一。文淵閣本《四庫全書》子部，雜家類，雜說之屬。）

和寒山子詩

明·陳芹

青煙紫霧夕冥冥，似雨飛泉滿戶庭。白日山人無一事，水晶簾下閱金經。

（《御定佩文齋詠物詩選》卷二三四。文淵閣本《四庫全書》集部，總集類。）

和寒山詩三首

沈季友

住世都忘世，春深始覺年。山花紅似火，野草碧如烟。
月落澄潭裏，雲生疊嶂前。時時敲石磬，驚動老龍眠。

可愛白雲居，長年與世疎。花殘無戲蝶，水靜足游魚。
野樹行堪倚，園葵嬾不鋤。茅簷風雨過，飄溼案頭書。

東鄰嬌小女，芳意未闌珊。眉似初三月，琴能再四彈。
頻來花下坐，自向鏡中看。不料傷春死，瓊樓夜夜寒。

（《檇李詩繫》卷三一。文淵閣本《四庫全書》集部，總集類。）

和天台三聖詩（三和）

鏡海老人　林春山　謹和

妙明心體虛，應物本無跡，自性涵萬靈，精誠貫金石。

名相幾變更，真如那有易，鼎鼎百年身，遑遑復何益？

本來無真妄，雲散天自淨。本來不偏邪，忘私心自正。
一覺破無明，湛然見本性。可憐迷路人，不遵王法令。

寒巖足終託，白雲認舊蹤。不知天台路，今登第幾重？
和風度幽徑，明月挂長松。悠悠千載下，何人卓爾從？

灼灼園中花，旖旎難久保。楚楚蛾眉嬌，冶容豈長好。
安得駐顏方，青春常不老。不知實相微，豈識真常道。

下印千潭月，上應一輪潔。心光遍太虛，此際豈容說。

山居少人事，寒盡不知年。藤蘿篆古壁，松檜弄寒煙。
瀑布落霄外，寒梅雪笑前。花發春來地，雲開月在天。

繁華春三月，春意亦闌珊。有事神方歛，無弦琴獨彈。
懶殘烤芋火，妙境少人看。坐破三更月，蒲團不知寒。

芊芊河邊草，青青夾道楊。少年奮銳氣，乘風萬里航。
妄謀千歲業，終委一丘黃。嗟彼紈褲子，瓊漿未許嘗。

得意形骸外，彭殤亦等年。寓形宇宙內，過眼如雲煙。
身立乾坤後，心通無始前。曾聞寒山子，松根枕高眠。

圓明遍大千，燦爛心光耀。虛懷含萬靈，了了無餘照。
心源自清淨，為何說玄妙。諸法本空相，還虛為至要。

浪莽淪清淪，湛然沒點塵。松篁成四壁，猿鶴為近鄰。
鏡水分池月，披經會古人。忘機以乘化，不知秋與春。

心動萬緣起，紛馳各施為。既得孟光婦，遠思碧眼兒。
垢積靈臺鏡，風波明月池。擾擾過一生，槐蟻夢一枝。

丈夫志四海，凌雲隘九州。騫翮思高舉，鵬程快壯遊。
飄蓬隨風播，浪漫難與收。何如滄浪子，濯足萬里流。

桓桓安國士，赫赫佐王君。緋魚垂象簡，紫綬著華勳。
龍圖思繡像，丹冊史傳文。落得荒壟冢，累累安足云。

富人頭未白，治塋備棺椁。為茲幻化身，廣置金銀箔。

豈忘百年身,形難同龜鶴。忘懷任化邊,靈府常自樂。

結茅寒巖上,落落忘窮通。微風度林隙,嵐煙照月朧。
爽氣充襟袖,簞瓢樂亦同。無窮清淨味,盡在不言中。

兩丸不肯遲,人生同草木。願茲百年身,滄桑變陵谷。
道心須日明,毛髮任伊禿。不問王公居,愛我煙霞屋。

策杖出東城,荒郊動我情。離離原上草,歷歷道旁塋。
人生如朝露,流水咽淒聲。可憐蚩蚩者,殉身以利名。

大鵬垂雲翼,矯矯南溟歸。鸚鵡鎖樊籠,翩翩困繡帷。
言禽何所異?只為美毛衣。繁華終有累,難得雲程飛。

赤檻綠窗前,娉婷麗姝子。自疑是嫦娥,人望如桃李。
妖冶臨風嬌,袖舞梨花起。骷髏笑蒙壯,終成溝中滓。

世途多歧路,曲直任由它。窗虛山入座,庭閒孺子過。
春風吹物長,林蔭藏鳥歌。將以暢幽懷,鄰曲時相過。

自得閒中趣!窗前草不芟。白雲飛茆屋,明月照寒巖。
梅影橫窗瘦,心燈滿鏡衡。彌陀夜深靜,淨課自喃喃。

寒暑往而復,居諸去又來。流光自荏苒,鬢髮任霜摧。
剛見秋花落,又看春卉開。人身最可貴,一失嘆難回。

層巖散餘綠,芬芳春物鮮。石蹬分遲日,幽林吐曉煙。
猿鶴時相顧,濯濯實可憐。松根可高枕,時擁白雲眠。

胸中養浩氣,顧盼亦雄偉。自反無慚愧,不怖神和鬼。
悠悠古道多,世棄乃如何。鳳分嘆德衰,接輿楚狂歌。

柯爛一局棋,七日數千載。世事翻新變,河山依舊在。
石澗水潺湲,巖松雲縈紆。撫鏡感年華,霜雪蒙頭蓋。
唯有此見精,無明長不改。

南方有一士,翛翛樂天遊。詩醉半床月,猿啼一澗秋。
飛泉流浩浩,風葉亂颼颼。將此情何限,何喜抑何愁。

何處孫登嘯,清音震谷揚。蒼龍翻濤雨,老幹依天長。

風拂碧玉帶，月臨天中央。此時與此境，繽紛花滿牀。

世事若浮雲，光陰如駛馬。芸芸懷我私，寂寂同人野。
撫養八紘中，棲遲三光下。悠悠百年間，茫無知道者。

博學強聞記，而吾次於君。卓爾從中道，而君猶未聞。
無朕先天地，變化出風雲。虛中呈妙相，何人說拿紛。

亭亭木石居，梅竹橫蕭疏。仰看沖天鶴，俯看躍淵魚。
採藥穿雲峽，藝花帶月鋤。樂此一境幽，松下讀道書。

極目萬峰頂，遠望浩無窮。清風起梢末，野水滴空濛。
身即雲衢迴，神存太古風。濤聲自天外，不在老龍中。

欲海有時竭，煙霞非等論。憐蛾常斷火，留月不關門。
峰積炎夏雪，陰披白晝昏。忘形自爾耳，蔽體不上裋。

天外峰嵯峨，澄潭水不波。自得個中趣，披雲發嘯歌。
一聲應萬谷，至精不在多。窮源本無事，遷流怎奈何。

采蕨西峰下，浣花北澗濱。落葉滿巖阿，山空不見人。
遺民非懷葛，戴道憑茲身。嘗聞大椿樹，八千為一春。

憶昔美朱顏，而今頭漸白。問渠何所以，駒隙頻相迫。
昔日王謝居，今變丘墟宅。誰識主人翁？喚醒旅中客。

靜度誰是我，朦朧認未真。如言識為我，識是根於身。
如謂身為我，衰頹日變新。須知不變者，方是到家人。

聚沫百年間，直同一幕戲。擾擾紅塵中，此身原是寄。
守約神自怡，炫長終見累。黃絹絕妙詞，尤為識者刺。

充饢聚黃葉，殘英掃落花。濠梁觀游魚，池上隱鳴蛙。
若斷無明根，須生知慧芽。維摩是居士，金粟是吾家。

莫愁已往日，須追未來年。靜修當精進，明道不用錢。
相掃聲聞後，心通無始前。善惡俱不立，如何趨兩邊？

淵明標勁節，高潔無與承。奚事阿世好，折腰為斗升。
苟非義所在，裋褐勝羅綾。笑煞趨炎客，驥驙附蚋蠅。

世間萬有人為貴，一得人身無等倫。實相完成無上道，了生方見本來人。
虛空有體須親證，明鏡無臺那有塵。若得西方真實意，紛紛言說未須陳。

茫茫微塵世，擾擾無休息。區區泡幻身，碌碌謀衣食。
遑遑名利中，戚戚長淒惻。哀哉此放心，歸家路不識。

智拔六根外，心涵萬法中。詩吟千載下，悠然見寒公。
宇宙渺一粟，孤衷誰與同？不同亦不異，薪盡火無窮。

逐境三毒迷，回光一心悟。一悟卻百非，知非卻不做。
是非都兩忘，心生無住故。須知萬劫身，還儀今生渡。

娉婷陌上嬌，嬉戲百不愁。朝游百花塢，暮唱採菱舟。
馳步乘肥馬，溫暖衣輕裘。誰知如露電，朽骨委一丘。

乍看小女娃，轉瞬為人母。昨日美丰容，今朝蓬葆首。
只知醉飽先，已忘老死後。奢望竟無窮，醉醇棄鑾鑾。

夏木交蔭翳，紛披暑氣消。深林卜幽棲，聊以避塵囂。
振襟萬峰頂，濯足萬花橋。臨流天若水，掬水月入瓢。

心明猶明鏡，應物各攸宜。人見有偏正，月輪何圓虧。
水波有起滅，濕性本無為。窮源且觀化，造化一小兒。

莊生論齊物，榮瘁常不均。以道觀天地，世界等微塵。
返照觀心源，桔楊亦爭春。須知生滅者，元是本來人。

不下苦功夫，焉得無上道。自性無死生，容顏自衰老。
彭殤亦等年，年盡難終保。快上大法船，同登彼岸島。

天地如橐籥，大化永無停。出則為旦晝，入則為夜冥。
春來皆暢茂，秋至各凋零。萬物都如此，人何不守經。

光陰不稍待，聞道重丁年。漫運桔橰水，需尋井底泉。
鄒孟傷牛木，尼山嘆逝川。實相非有證，月輪何處懸？

課餘掃紛鞅，宴坐幽篁裏。靜中觀我心，征心何處起。
滯境為凡夫，空心是呆子。了空空不空，貞元運不已。

兩儀闢鴻蒙，一陽沖雨散。身旅萬程中，心馳見家縣。

身行須循途，心行不可見。敝然莫扃扉，以待歸梁燕。

渴時思水飲，餓時思飯吃。細參思為誰？疑情須吃力。
榮枯世俗觀，衣冠優孟飾。幡然盍歸來，貪癡頓時息。

昨見湖海士，談吐舌有稜。天花欲墜地，謭行無一能。
高言成戲論，蓍龜重十朋。理知須躬踐，破暗需明燈。

花落又花開，歲時不稍待。借問金丹家，幾人長生在？
人生逆旅中，飄蓬玄鬢改。更見百年間，桑田變滄海。

久聞唯識論，含藏識乃八。識轉大悲智，真源其可佸。
首滅貪瞋癡，繼絕盜淫殺。禪淨資雙修，蓮生其可決。（原注：佸，至也。）

對待起千差，如輪轉轂轍。大道本圓成，人何扯之裂。
任運動不窮，潑潑又活活。生機自盎然，勝殘更去殺。

菩薩喜底眉，金剛目瞥瞥。若入般若海，黃河水逆行。
不來亦不去，無我亦無爭。本心即是佛，無波水自平。

生死如洪流，苦海嘆茫茫。若失歸來道，歧路探徬徨。
悠悠川逝水，歲月去堂堂。何如孺子牛，一曲歌滄浪。

灼灼海棠花，旖妮臨風麗。教坊蛾眉嬌，折以裝螺髻。
娉婷陌上行，游人爭睥睨。俄而花容枯，歎失東床婿。

結茆靈峰下，浩然超四陲。明月懷中照，清風面上吹。
飛瀑挂松稍，清淪暢孤鵜。悠然足終世，難得俗人知。
（原注：鵜同羈，孤鵜，猶不受拘束也。）

市闤少兒女，綺羅噴異香。紅顏如滿月，對對似鴛鴦。
雲鬢貼花鈿，微風動繡裳。若輩難聞道，到頭空自惶。

智照遍大千，無畏亦無懼。魑魅罔其形，明來暗自去。
持淨念彌陀，一心得佛助。雖未絕世緣，猶得安養處。

願上大法船，心平風浪息。若非了生死，煩惱盍有極。
隨流心憧憧，反觀心翼翼。慧刀斷葛藤，凴此大雄力。

涼窗展縹緗，細讀寒山子。道腴沁人心，返觀知其止。

妙竅發自心，一日已千里。心生心不生，心從無住起。

西來本傳心，頓悟無可述。若識本來人，青蓮逆火出。
一念破無明，永離諸苦疾。此境復何言？海天騰曉日。

本心原無妄，乃為境所遷。借問刀圭客，幾人成飛仙？
萬物冶洪爐，千潭印月圓。盍為歸去來，雲水共流連。

老千臥雲陘，紛披散綠纓。歲寒兮物落，參天兮獨征。
盤根兮錯節，拂雲兮天成。沖融兮成化，涵芳兮葆貞。

含靈各有覺，殺之軫回腸。晚食可當肉，素飽菜根香。
世有一般人，隨人誦佛藏。口腹恣烹殺，是心愧成湯。
（原注：湯王圍獵，網開一面。）

養生需飲食，糟粕化屎尿。養神需味經，理智益神竅。
見指需見月，豈徒唱高調。誦經不了義，面墻徒號叫。

生死事亦大，珠轉牟尼顆。撒手自從容，永離異趣禍。
過去與未來，現了三世果。豁然出窠白，蓮開見佛我。

去貪養常性，窒欲培心田。清音出金石，琴彈無字弦。
身立乾坤後，神遊太極先。混沌誰是我？白首扣青天。

京華美清夜，姝喉囀娑婆。歌罷長嘆息，良辰恨不多。
只求皎冶子，誰知禮佛陀？樂極即生悲，老死竟如何。

同家不相識，騎驢又覓驢。且觀塞翁馬，還看孟母豬。
非相方為實，執形反成虛。明朝晞髮去，擬就白雲居。

西山有清節，淳風起讓廉。貞操礪冰雪，不招世俗嫌。
是心何坦坦，忘情夢亦甜。陶然一榻坐，何喜又何厭。

兀兀騰騰坐，清淨已忘言。日冥華月上，山深雲樹邊。
無心風入戶，有信嶺來泉。於茲路終世，陶陶不知年。

盈虛觀否泰，消息還損益。激此環中理，微象呈大易。
儒佛亦同途，名言載六籍。大道原平康，由之離苦厄。

窮居寡人事，對月披道經。門庭無車馬，往來有白丁。

深情結跏坐，朗朗見明星。此時思已廣，浩浩入天青。

魚鳥自飛潛，山花或白紅。天外度鐘聲，豁然散幽寂。

我有一件物，不素亦不綺。問渠形何似？非青亦非紫。
穹空為帳幢，大地作氈被。欲說已忘言，言之即非是。

返視之謂見，旋聽之謂聞。杲日當天耀，晴空無點雲。
絕緣心不動，無承不受塵。湛然保真宰，無我亦無人。

互轉六根成四智，全憑一性證三身。若知諸法本無我，始得歸心識主人。
蕉鹿夢中都是幻，白牛車外更何真？丹家自古煉鉛汞，可有仙人見出神？

覺性無頓漸，根器法中王。歸命法中王，何欣朱紫貴？
執德重有恆，平心在養氣。只問勤耕耘，收穫還自至。
世有一般人，稍得便惰置。始則勇於行，終乃難以嗣。
人壽嘆無常，空有千般智。

可見一切形，難見這些子。形器終難久，誰識本來己？
水味本來淡，酸鹹變化起。本心原無妄，妄生分別裏。

富貴如可求，願為執鞭奴；既知不可求，胡為名利趄？
不貪神自清，寡欲心無辜。寄語貪癡者，耿耿垂諸謨。

止靜如水月，生嗔火燔林。忍辱怒自息，怡然見自心。

心光萬丈照無垠，一腳踢翻無明窟。莫攪六塵蔽性天，五蘊雜起心恍惚。
本來清淨即是禪，明月不將浮雲汩。儵然雲散天自清，太虛廓爾無一物。

空明心似鏡，清淨發智光。欲生極樂國，無量光壽長。
蓮池潔似珂，安養何悲傷。持名心自淨，依怙大願王。

茫茫大化中，往復何終極。日月經天行，出入憑誰力？
動植各生遂，渴飲而飢食。可擬又可思，妄起五陰色。

淨宗有入無，禪門無中有。陽乃陰中陽，婦元夫之婦。
對待生兩邊，本源何美醜。神思與境交，不脛而自走。

天地如橐籥，大化似爐冶。纖洪形器中，誰為主宰者？
形立性自隨，隨形喚牛馬。茫茫大夢中，惕然而淚下。

斯文猶未喪，纘緒思孔子。觀過斯知仁，復禮在克己。
失性猶行屍，空手皮袋淬。人禽何所分，那知有真理。

清晨結跏坐，爐鼎炷香檀。汎觀八鉉中，東西擲兩丸。
天道誠於一，二心徒自謾。猶如擲空石，空圖亦大難。

止欲如築堤，謀道猶鑿井。功深自達泉，淵源清似鏡。
平等即本心，真如即自性。回光自內尋，何須向外覓？

復落塵世中，瞥爾起知見。知見原是妄，識神胥非宜。
無知同瓦礫，有識總逐非。真知不遷者，本覺不隨伊。
能所具兩忘，須彌一毛皮。天道何有言？大化無終極。
只觀群庶藩，不見東風力。萬有有自無，有無通消息。
兩邊具不緣，菩提果得吃。

如何破我執，還將清水比。能成諸酸鹹，諸味俱一水。
水原無酸鹹，佛性超生死。唯有不隨者，應物無醜美。

人生如朝槿，滄桑忽陵谷。少年不努力，老大何述稱？
懲忿如降虎，室欲如伏鷹。鉛刀僅一割，點滴何足矜？

頓言當下悟，人天一丈夫。般若不壞相，實相無諂諛。
比鏡亦非鏡，言珠卻非珠。真如若著相，太空裊驚鳧。

無棄亦無取，非惡亦非善。清風自去來，浮雲任舒捲。
沈之不見深，浮之不為淺。讀誦萬卷經，一心還自見。

昨見浮夸客，舉止若煌煌。侈言驚四座，若無人在旁。
春池拾瓦礫，以為八寶藏。榮華終有盡，油盡燈無光。

經筵有博士，胸藏今古文。十年鑽故紙，懷才干時君。
雖得通款曲，顧盼亦不群。悠悠大夢中，隨人說挐紛。

月下倚桐坐，息息涼風微。星光點蒼穹，螢火撩素衣。
泉吼濤翻樹，花開香滿枝。此心與此境，如如兩無為。

醒轉牟尼珠，醉引菩提酒。怡然任所之，幽禽時左右。
松濤發蒼虬，明月窺綠牖。於中足盤桓，不知雪蒙首。

蘇張三寸舌，縱橫說齊楚。六國并歸秦，辯才已失所。

不識能言者，三寸舌是你。若言不由衷，內心自齟齬。

詩稱關關鳩，大旨正雄雌。形端表自正，影動形自隨。
一月印千江，三舟不同湄。且看矯天翼，終歸南溟池。

世有射利人，七竅開錢孔。利欲燻其心，性靈總倥侗。
萬牛挽不回，一味利心動。碌碌過一生，飯囊真懵懂。

意靜何妨鬧，市闤即山居。吾心無冰炭，人情任親疏。
敞扉邀明月，披襟讀道書。自得個中趣，何彈長鋏魚。

三教總同原，定靜在知止。雖窮萬卷經，悟證還在己。
任道望龍象，致遠資驊騮。莫笑陋巷中，自樂簞瓢士。

早年彭澤令，不為五斗官。辭賦歸去來，蛻世如疣瘢。
當年訪遠公，東林青眼看。虎溪傳三笑，聞道歎何難。

堂堂七尺軀，咽喉只三寸。縈縈百年謀，勞勞徒自困。
盡嘗百味饈，不過飽一頓。無波水自平，一撥雲霧悶。

每見紈褲兒，年方十七八。昵比游冶郎，盡把天性猾。
朝訪芙蓉居，暮宿楊柳姆。蚩蚩歸路難，欲海遭淹殺。

若無厚者薄，何有薄者厚？去來較錙銖，出入記升斗。
詭譎百謀生，白雲變蒼狗。外披人面皮，心同牛馬走。

已覺何談夢，醒眼看醉人。未覺猶是夢，依稀認未親。
雲開日自耀，水清月自真。非月亦非水，元明我見精。

林泉挹爽氣，恬淡有餘歡。涼風扇微暑，皎月將清樽。
蔓夢堪補屋，藜藿足充盤。消長合有數，春秋走兩丸。
（原注：兩丸，指日月也。）

澄慮對清池，息鞅向南院。剛日味道經，柔日讀文選。
窮居無長物，四壁攤書卷。引睡吟唐詩，枕肱勝南面。

世路多嶇崛，人情或冷疏。閉門事藝讀，頤和向海隅。
誰謂褞袍陋，寒暄有蔽襦。誰謂粗糲薄，佐膳有甘麩。

意靜神思迥，風清滿月樓。任天自敦化，素位勝王侯。

窮經求道本，飲水思源頭。平直即心地，金剛不作鉤。

何處鐘聲到古邱，潔然巾笠樂天游。久無蝴蝶漆園夢，尚有黃鸝深樹啾。
萬頃風煙過老眼，兩輪日月催霜頭。梁多識游魚樂，誰識橋流水不流？

蔽體謀衣裳，治生積柴米。明道參聖諦，傳心尋師弟。
頤神心日明，徇利私日居。欲實日以深，危哉不見底。

嘗見枯楊稊，老夫得少婦。癡笨如肥牛，自詡好身手。
油少燈見昏，臨風當烏有。無知作於前，業障隨其後。

常聞大根器，神清俗慮無。見道卓爾從，毅然弗踟躕。
渠成水自達，人天一丈夫。其智猶可及，不可及其愚。

杏壇三千徒，賢者七十個。繼往有顏曾，開來承孟軻。
惟憂志節移，不怕陳蔡餓。泰然張素琴，寧無智者和。

蒼蒼嶺頭松，婆婆歲寒耐。粲粲巖前梅，冷香令人愛。
問其何以然，堅貞無向背。掃卻繁華心，故有參天態。

古未寒窗子，儒雅重經史。腹笥翻文瀾，人皆稱博士。
衣食仰諸人，不諳織與耟。到頭窮秀才，書呆終誤己。

獅子法相座，蓮花妙淨居。本來無點塵，貪癡為欲驅。
昏沈闖天黑，激朗耀明珠。雲散月自見，陳飲醐醍酥。

有可還為境，不汝還是家。人事如郵舍，飄蓬歲月賒。
達摩度一葦，如來笑拈花。若達無生意，常萌智慧芽。

縱木及日邊，神超億萬里。境從眼中來，思從心上起。
運用妙無窮，過眼明文史。一念超萬年，萬年一念耳。

返聽之謂聞，返視謂之見。耳目之所及，見聞亦不遠。
耳目所不及，乃證菩提願。萬法總由心，心淨彌陀見。

紅日出林梢，白雲擁茆庵。落花飛點點，狂絮舞毿毿。
黃鶯囀深樹，錦鱗躍碧潭。此中見真性，能者仰嶺南。

碧澗流潺湲，一泓清如許。明日臨鏡池，野卉媚幽渚。
澄潭鑒我虛，足以伐毛羽。冷暖寸心知，脈脈難下語。

洪荒大造先，浩浩無窮紀。太始未有人，誰人為父子？
子子又孫孫，亙古靡有已。惟有不變者，名狀難以似。

觀心參念頭，念前細自審。轉念即遷流，續念滋擾甚。
亂以智照平，渴求甘露飲。放以回光收，飢餐寒山葚。

治家在勤儉，男耕與婦織。一飯兼一衣，還仗自己力。
懶惰常依人，困窮人不識。忍飢兼受寒，鳩形見菜色。

安命故常足，樂天故不憂。貪夫患得失，得喜而失愁。
鑽營入牛角，微利覓蠅頭。守財慳布施，波波死不休。

光陰如擲梭，忽忽又白頭。人生不滿百，常懷千歲憂。
願為執鞭事，癡心富貴求。斷水水難斷，澆愁愁更愁。

吾家有六門，通達無表裏。兩扉常不扃，應物無非是。
主人常惺惺，六塵淨不起。恰如象帝先，不知誰之子？

一心無外相，如是何喜憎？應物不見跡，不著常不憎。
天君常泰然，無事在家僧。若知不二法，吾所亦無能。

我以身喻燈，身為心之柄。我以心喻火，心為身之命。
燈火互為用，光照明如鏡。若言光即燈，執燈卻成病。

人生不學道，如走一團肉。顛沛逆旅中，何處是家屋？
遑遑數十春，日暮途窮哭。暗室無明燈，悶煞糞穢腹。

自適閑賦詩，不關人喜誚。天籟自成文，吐論皆心要。
風物是心聲，得旨仰天笑。白賁無綺辭，非同黃絹妙。

大雄奮無畏，超拔仰前輩。常懷救世心，振鐸千年醉。
人天大導師，度人苦海儓。可憐蚩蚩氓，罪深不知悔。

雨過天自青，太空纖雲沒。秋高氣自清，木落露山谷。
舸棱月一鉤，天外數峰筍。對此足怡情，超然出氛埒。

心生境自生，太空閃電曄。知見瞥然興，憧憧往來接。
心猿攀柔條，意馬走風鬣。擾擾塵壤中，危崖真可懾。

昨日過北邙，壘壘莫名狀。棺朽荊棘生，碑殘沒人訪。

故坟見湮圮，新坟疊舊葬。故鬼泣新魂，淒然神獨愴。

本有豈云得，真空豈有失。莫傷逝水年，須爭未來日。
動靜皆自如，莫弄閑啾唧。一切還歸一，歸一萬事畢。

江水流浩浩，歲月去悠悠。野花香冉冉，松風涼颼颼。
孤雲自峭峭，林鳥時啾啾。樵歌音裊裊，對此何惆惆。

六根自具足，定一即神通。心原無南北，境自有西東。
只為三毒礙，意緒類飄蓬。隨流日逐境，耽枯日玩空。

張子說西銘，曠懷廓胞與。善則同心應，惡則千里拒。
大禹拜善言，納善如歸市。大舜察邇言，好同師良語。

形下分萬異，形上道一同。此言如不信，且問蒴䅈翁。
可知不變者，往來形器中。又見隨化者，溫暘而冷凍。

大我外形骸，鄭念何迎將。此心同冷暖，形貌分李張。
推己以及人，人我同所望。以是平等心，法海嘆無量。

老聃五千言，道德經一部。天地胡不仁，萬物為芻狗。
無為法自然，雲龍風虎走。松濤起風湍，一噫萬竅吼。

家貧見子孝，世亂思仁賢。人皆貴金屋，而我重心田。
知足心常泰，常伸兩腳眠。心安夢自穩，遲日來窗邊。

凤癖好名山，扶筇登不慴。幽澗水冷冷，雲林風獵獵。
石磴嘯青猿，溪橋飛紅葉。足以暢天懷，已忘羊腸陟。

庭前有老梅，遞年高一倍。春來枝葉榮，秋來霜枝改。
葉落即歸根，寒香雪爭彩。枯榮是更代，精靈久常在。

夜暗無明燈，四壁如漆黑。猶人不明道，憧憧何功德。
枉食世間粟，枉披人衣襪。五陰覆真如，自把天性賊。

惡人一肚糞，外飾錦繡紱。剛愎無不為，盡把根性掘。
僥倖雖快心，鬼神暗怫鬱。損人利自肥，終非自家物。

歲寒朔風厲，天寒地又凍。可憐窮巷兒，骰觫竄㥁傯。
思己雖溫飽，傷彼涸轍痛。借問輕肥者，曾不施餘瓮。

道與器雖分，形與神為侶。形以神為宰，神以形為戶。
形質雖萬殊，神遍一切處。同居一室中，終焉不相遇。

定靜由知止，致知在格物。雲散海天清，太空騰杲日。
隨緣不遷流，彬彬稱文質。火裏燦金蓮，定見彌陀佛。

未悟須求悟，已悟行勿闖。欲超煩惱海，須走菩提路。
五蘊若皆空，永離一切苦。告我客途人，識取家中主。

未識寒山路，雲山隔萬重。今識歸來道，明月即心燈。

照寂心光耀，潭空孤月輝。太空無一物，何礙白雲飛？

嘗聞武陵源，紅塵一水隔。桃花映溪紅，青嶂插天碧。
白雲鎖洞門，煙霞罩四壁。中有野人居，靈源真可惜。
渴飲廉泉水，飢來山果吃。超然遺塵氛，怡我天真宅。
世事任桑海，真源曷有極。率性自秉彝，有物必有則。

萬別千差象，不外方寸裏。心生境自生，見色如花美。
面貌本非姣，敷粉飾脂膩。珠翠雲鬢翹，綺羅拖紅紫。
巧裝芙蓉嬌，香流重麝氣。一顧人生憐，再顧蕩人意。
神魂飄盪中，脈脈隨伊去。如此輕薄兒，何足掛人齒。
云何不審想，老少悉變異。當年美朱顏，倏成羅剎魅。
醒眼神歸心，谹然超覺地。

預知前世因，需看今生果。欲知後世果，今生莫錯過。
真修猛力繼，猶鑽木中火。希有我世尊，雪山六年坐。

虛空何有相？明鏡本無塵。不登般若筏，緣何渡迷津。
象罔無人我，心平何怨親？千金不足貴，破衲不為貧。

佛自漢明興，梁唐多開士。達摩初祖來，弘法有賢士。
悠揚振宗風，密承三寶使。黃梅道已南，大闡頓教理。
南嶽與青原，百丈等積累。鼎鼎五百年，運肇西來意。
西佛漸式微，中佛轉盛矣。佛道近乎儒，本源同一是。

竭來無所滯，平生與道親。太空本無物，何處著囂塵？
須見真如性，莫執浮漚身。毋認習氣我，以來本來人。

師恩等親恩，諄諄繼善誘。逆耳多忠言，良藥多苦口。
師道今漸微，人棄如敝帚。如親養兒成，長成忘父母。

道不須臾離，弗匱於袵席。體獨於隱微，此言如金石。
不有琢磨功，焉能成圭璧。一曝十日寒，因循復何益。

駒光莫虛擲，靜參無上論。松陰翳浩暑，山月上黃昏。
竹籟微風過，山幽雲氣屯。平旦結跏坐，東海湧朝暾。

得意自忘象，浩然樂天游。蕩胸雲千頃，隨人月一舟。
於此覲岱岳，高懷臨九州。說到無言處，松濤聒耳颼。

釋重戒定慧，道充精氣神。夙世垂餘音，傳真在至文。
萬物各有盡，吾道常獨存。落得蹄荃外，紅爐點雪痕。

塵寰同日月，四海皆弟兄。形交萬流會，原從一處生。
著物起憎愛，澄心神氣平。莫把緇塵染，回頭認舊京。

祇園千五眾，杏壇三千子。洋洋性海中，天耳承天語。

若把塵勞真歇休，談經自有石點頭。豁然悟入無生趣，渡海還凭般若舟。

無相無生滅，有形有覆傾。此心真不動，萬物任縱橫。
太和自升降，氣機不曾停。一真無去來，菩提果自成。

恬淡多幽趣，娟月窺茅堂。芬蘭香襲座，細柳翠成行。
吟風發微嘯，披經踞石床。蒼龍後凋者，青青耐雪霜。

物理各有則，火燥水流濕。漸行須有常，頓悟亦非急。
精一在執中，有無還兩及。此言若見非，紅日凭空立。

萬類各有覺，鳶飛魚鱍鱍。同處太和中，動植各遂活。
澄懷安所安，逐欲生機遏。靜看池中蓮，污泥頓超脫。

日往月來如流水，萬死千生無限情。此生不向今生渡，更於何處起深行？
人身一失難修到，莫負昂藏七尺軀。須惕百年容易盡，火殘燈炧月來無。

一失難追事可嗟，從來大德不逾柤。人生若夢終須覺，世事難窮豈有涯。
大度乾坤容放步，多情風月伴名花。安得浩然披髮去，白雲深處可為家。

為道須自修，漫說無窮理。不為富貴容，不以貧賤恥。

何以得吾心？一真而已矣。何以暢吾懷，不為形役爾。

世有虛張士，好名多襲義。外貌似謙恭，言詞皆譎詖。
吾心不可欺，難掩諸隱偽。不待明眼人，針砭下諷刺。

有身斯有影，是影從身出。若謂形為妄，此身原非實。
如何見是真，一切還歸一。若識此見真，黑夜騰曉日。

獨上重巖看物齊，舉頭紅日橫空低。艫棱一角落霄外，崣岇群山接晚霓。
山花搖曳嬌無奈，雪瀑空濛天欲迷。莫遣花飛流水去，武陵原是避秦溪。

六足神通不足奇，依然復我本來時。不循聲色尋枝葉，應是真源大導師。
落葉窗前又報秋，湛然何喜又何憂。茫茫塵世爭蕉鹿，輸與青山枕石頭。

獨對青燈一點明，市嘩深夜已消沈。天河歷歷明星耿，圓明顯出大道心。
古人學足樂三餘，宴坐蒲團即廣居。若識吾心遍滿處，此時認取甚形模。

博士擅鴻才，其文稱炳蔚。落筆驚鬼神，壯懷凌雲日。
孰明載道文，誰能拔萃出？可憐百年身，終作溝中物。

騎牛又覓牛，求我誰是我？內外具難尋，閉門獨靜坐。
輕者還之升，重者還之墮。輕重俱不計，感因即見果。

獨坐碧窗外，幽微誰與論？銀河星數點，天衢月一痕。
廓爾神自清，回光淨六根。心原真不動，易簡識乾坤。

好從面壁溯芳津，九載蒲團入太空。若得真源這些子，吾心掛在日頭東。

敝衣頗自可，素餐何足厭。舌本知味根，酸鹹具梅鹽。
有物方起知，無物無背臉。啞子吃黃蓮，何由說苦甜。

人為萬物質，賦予不為貧。莫以造化跡，認作本來人。
真源無名相，任運隨化身。心不為形役，泰然忘苦辛。

人生不聞道，空來寶山走。波波過一生，到頭何所有。
不若灌園丁，清晨汜綠韭。韭老復生新，萌蘖從根有。

喜有善鄰德不孤，同看山月欲上無。從來萬物皆備我，莫負昂昂七尺軀。
久忘朱紫慕世榮，愛我白雲抱幽石。幾多忘卻自家珍，枝枝葉葉外頭覓。

結茆素願在名山，正是三生結靜緣。莫把因循度歲月，且將慧眼窺大千。

要終有象豈為後，原始無朕孰在前？自是貞元運不已，心珠朗朗本來圓。

茫茫大夢可長嗟，欲海狂瀾豈有涯。倦鳥尚知還舊藪，心猿何事不歸家。
天風寥廓消殘暑，慧劍神鋒截如麻。誦取周詩三百首，一言以蔽思無邪。

閉門無事即天台，不管紅塵滾滾來。身似菩提寧有樹，心如明鏡本非台。
平康直道歸家路，破浪慈舟得岸回。千載獅弦振寒拾，後先嗣音感人哉。

錯落閻浮界，榮瘁有乘除。且離煩惱宅，愛此清淨居。
澄懷生定慧，正念邪魔祛。諸相皆虛妄，一真更無餘。

以鏡喻吾心，鏡見心不見。悟自疑中來，智從識處轉。
不變任隨緣，隨緣亦不變。無去本無來，方識菩提面。

冷暖性自知，心外無暑寒。烈火騰餘熱，堅冰經冱寒。
五陰覆真知，雲遮見日難。反觀本來者，莫向鏡中看。

本心自清淨，太空無點塵。只因心扳緣，隨物交馳紛。
此心已離所，失卻本來人。水清本見底，揚泥水即昏。

若存正念時，塵緣登時息。入火而不焚，入水而不溺。
若識此真源，須凭大雄力。藏經是津梁，了義須自得。

盡忏往日過，立馬懍懸崖。障礙自消盡，愚蒙一時開。
慧日懸空際，太空不着埃。真空涵萬有，非同槁木灰。

祛偽存其真，博厚敦忠信。迷悟有疾遲，根性有利鈍。
萬法總維心，妄行終自困。自心即佛心，心心自相印。

灼灼園中花，青青河邊樹。隨處見道機，總是長安路。
願讚法中王，世榮何足慕。細繹此心源，萬彩彰於素。

養性雞孵卵，閑邪貓補鼠。須臾不可離，可離何足語。
明道須聖師，輔仁資賢侶。潛移日不知，迥非前日汝。

道元貞於一，萬乘何足邊？真常皆可佛，無欲即為仙。
堪嗟歧路人，徬徨真可憐。己田己荒蕪，而耘人之田。

雞鳴桑柘頂，鳳巢庭梧顛。茆棚紫霞補，古碣青蘿纏。
終日心常泰，妙明誰與言？吾懷安所託，圓月上寒山。

清音振千載，鏗爾見寒山。警世有明燈，息緣無所攀。
春來花自發，秋至葉成斑。任運且觀化，六門何用關？

余家有一寶，外物難比方。在道不遺器，在空涵萬象。
卷之已無內，引之極天長。問渠何所以，靈光耀佛堂。

顏夭而跖壽，搔首問青天。世人計修短，神以形質傳。
形質終有壞，真源無盡年。記取無邊樂，清風不用錢。

人生在宇內，頂天而立地。順天自向榮，背道日憔悴。
栽者自培之，傾者自覆墜。成敗還自招，洪鈞無私利。

燈來暗自去，正見心無邪。不是幻成鬼，何有杯弓蛇？
妄除人我見，何事說紛挐。抗塵有高士，虛舟泛若耶。

放浪形骸外，委情邱壑間。平居寡人事，松鶴伴雲閒。
曲肱生餘樂，澄懷無所攀。蔓膌日初上，野花紅滿山。

沙界自浩渺，三千又大千。四生自吞噬，如蠅吮肉團。
心平氣自靜，嗔起騰火煙。着境心住物，無住心無邊。

高步萬峯頂，飄然欲出群。杲日吐林梢，幽禽歌唱頻。
山挾蒼波湧，胸蕩出岫雲。寒山雖已杳，清音無等倫。

寒暑迭更遷，春華又秋實。剝復兼否泰，一一垂聖筆。
有條理不紊，道軌留至律。此言如不信，試讀前聖帙。

人生貴聞道，弘道亦由人。道本無言說，載道重至文。
若以文勝質，寧為質勝文。見指當見月，方稱到家人。
若執指為月，此見真堪笑。聖經如道途，途中豈長老。
循途知還家，到家無煩惱。

人生貴聞道，渡海須慈舸。欲出風波險，全凭方寸柁。
念息風濤欲，心生黑浪簸。性定水波平，泰然穩安坐。

為道如種田，孝心如藝穀。只問勤耕耘，收穫當自足。
不須向外求，自求當有福。守戒生定慧，貪嗔則生毒。
得則喜為笑，失則愁而哭。縈縈謀於私，所求在利祿。
腐儒多好名，編書筆欲禿。言行斯兩忑，昧心黑如獄。

心平氣自清，德立自多福。欲求心地明，楞嚴須細讀。

道器非兩途，萬殊還一理。試思聚沫身，孰是真常你。
春來百花開，秋來多結子。花果復為因，生生無可比。
真空空不空，萬法從此起。悟此還自知，如飲冷暖水。

人心不向道，孽海嘆茫茫。萬類互吞噬，兇狠如虎狼。
芸芸眾生中，相殘苦莫當。誰振仁慈風？殘暴化賢良。
誰著初平志？雲山叱石洋。誰識聖人心？接輿歌楚狂。
往者俱已矣，不如華山臥。寒盡不知年，人世蟻旋磨。

吾豈耽吟者，唧唧如秋蟲。寄懷風月外，觀奇造化中。
雖無驚坐句，其樂亦無窮。無弦彈真曲，千載寒山翁。

人心即天心，如日處霄漢。分別起愛憎，心中無恩怨。
一手分拳掌，兩忘何背面。當機莫錯過，迷情是癡漢。
慧劍且高揮，永斷業藤絆。明鏡本無滓，燦燦愜素懷。
世垢日相汨，昏蒙失本來。此生如不悟，虛生此一回。
棄金而拾礫，真是老癡呆。

各有天真佛，自性俱萬善。只為塵緣牽，逐物隨境轉。
碌碌過一生，行屍又走肉。空有此妙明，附與蠢愚漢。

一般參禪人，玩空犯無記。死常滅根性，頑石豈生智。
生機已自殘，槁木一無異。如是修行人，如何登佛地？

自古大聖賢，尊道輕利祿。如來忘尊榮，出家願忍辱。
不問美味甘，不戀黃金屋。上不見天堂，下不知地獄。
願舍王子榮，乃憂眾生哭。希有我世尊，成道何其速？
雪山苦行時，日食一麻粟。為道已忘軀，人天都感觸。

常見蘇張家，口說天花妙。又見湖海士，動人談至要。
更聞有奇俠，應命矢頭裂。又聞善泅者，終焉遭滅頂。
如是諸穎秀，聰明多勇決。具此天挺才，消磨不可說。
此人入道流，勇見當直截。何不幡然來，塵心一時歇。

心體本湛然，非善亦非惡。圓明悉周遍，一塵都不著。
只因無明根，潛伏盜淫殺。習氣已難除，造業力塵剎。

從欲則如流，返經非所悅。妄根日以深，盡為情欲掣。
雖遇善知識，亦難為渠說。稍醒旋復迷，仍然蹈覆轍。
非無萌蘖生，頻遭芻樵殺。苦海漫無涯，回頭即快活。
屠刀若放下，立地成菩薩。一得乃永得，百煉成鋼鐵。
佛說三藏經，總為迷人說。

佛說金剛經，妙義空四相。四相若未空，羝羊觸藩樣。
滯境無攸遂，恚惱心惆悵。中心失所主，浩氣無由養。
遂欲則欣欣，拂情則怏怏。本性日以遷，善根難滋長。
狠心日以萌，形同虎狼樣。更有驕謾者，訐人以為暢。
所言不及義，所行無一當。私意日憧憧，往來莫知鄉。
只顧妻子肥，不顧父母養。又有貢高者，夸張為風尚。
弛言空四海，所說皆無狀。及見尊貴人，貼耳如犬樣。
若見誠愨人，心傲居人上。高山猶可平，妄心難伏降。
寄語緇素流，學佛離諸相。

無為無不為，虛中自有實。無去本無來，精修重戒律。
達者知其幾，蓮從火裏出。虛室自生明，雲開中天日。

世人貴財寶，而忘自身寶。內寶有萬靈，不假外人造。
世人買珠櫝，而遺櫝中珠。心珠光朗朗，外人偷不去。
不需向外尋，自寶價無數。

戒貪欲自少，無累一身輕。欲入大法海，直了華嚴經。
心經本無字，縹緗不用擎。太空煜杲日，不令浮雲生。
吾心坦蕩蕩，無事日惺惺。

欲出塵世累，須窮無上學。此學本無為，非是離群索。
浩氣充兩間，夫焉有所托。真照澈無邊，神光無棲泊。
放下一切心，方知涅槃樂。

昔游清虛境，中有修真士。道貌乃岸然，怡情在山水。
飄飄欲出塵，自謂天仙比。謂言丹已成，深得黃庭秘。
互古金丹家，幾人飛升去？在秦有始皇，癡心長生理。
徐福使東瀛，直到蓬萊地。曾不見神仙，人都死為鬼。
死生糟粕餘，精靈無可比。須知不壞者，無明本心是。
萬劫常湛然，外物難比擬。

天地如逆旅，萬物常無主。鳥語與花香，真體已全露。
妙境不可言，如灑甘霖雨。萬率都涵芬，化育自爾爾。

為富多不仁，真是守財奴。華屋二三里，良田數百區。
濟世慳毫末，張宴列笙竽。昔殉珠寶葬，今掘冢中珠。

人壽嘆無常，倏忽如朝菌。訪友半為鬼，長短同歸盡。
悠悠者蒼天，淒然奚獨忍。芻狗胡不仁，陶然歸大隱。

曾經風霜飽，如得歲寒身。莫作夢中囈，醒眼看醉人。
明鏡方能照，樂道繞安貧。花殘又月落，依然不動神。

寡欲心常泰，澄泥水自清。生滅如石火，離合猶水萍。
欲斷見聞惑，先填物我坑。未開佛知見，如聾又如盲。

心通六合外，形參天地中。四大運無極，地水與火風。
形形斷又續，生生豈有窮。不二名中道，廓然而大公。

名山多高士，往來風塵中。破衲如鶉結，禿鬢若飛蓬。
市朝大綽步，名卿巨眼空。壺中藏天地，日月運西東。
寂然如不動，應物感遂通。

圓明般若智，照空五蘊了。我形有盛衰，我性無稚老。
若得平等心，何處著煩惱。若問歸家程，須識來時道。

指月見真性，風幡識道蹤。一心生萬法，八面著玲瓏。
有相有方所，無形無西東。中道無邊畔，萬物涵虛空。

幽巖俯萬物，徑寂無人過。猿鶴時相顧，林深任鳥歌。
蟄龍翻濤雨，謖謖臨嵯峨。斧斤長不到，千歲老巖阿。

窒欲如填海，懲忿如摧山。世間無難事，一切在心田。
雖然分寸地，神通天外天。一絲都不掛，何來糾葛纏。

董子灌園樂，卅年一敝裘。顏子陋巷貧，簞瓢不足羞。
安貧與道俱，樂此以消愁。此樂當無盡，蕩蕩思孔周。

夙愛白雲居，山林可終托。雨翻竹籟清，風呼松濤作。
石上奔飛泉，林中突孤桐。玉鏡掛天心，清氣自磅礴。
眾星散九天，長空戛夜鶴。

太上出函關，紫氣東來繞。不因朝嵐清，元是具三寶。
後說漸支離，採補戀色好。謂燒冶汞丹，實類鴛鴦鳥。
鼎爐安水火，已落旁門道。天仙尚未成，性命已難保。
苗秀而不實，莠稗猶勝稻。不上大法船，難避無常老。

研幾卜初動，慎獨思誠明。從心不逾矩，守經不設屏。
有名招損益，無滯何將迎。萬殊歸一本，太始本無名。

貞元一始終，真際齊生死。神明大無畏，悲智思壯士。
心源無榮枯，容顏有憔悴。遑遑百年中，電光石火耳。

五嶽從心起，群峰望嵾嶤。馴虎不驚客，和風不鳴條。
聽泉橫石枕，玩月歌虹橋。風月皆吾性，心閑神自超。

春秋多佳日，景物自清淒。和風吹霜鬢，娟月入林迷。
意靜地遍回，山高雲見低。吾心無所適，蓮花拔污泥。

日出群物動，日入萬機眠。眾鳥喧庭戶，煙嶂雨天聯。
與物不相忤，禽魚共此閑。是心無所染，污泥出淨蓮。

天地如逆旅，日月不停留。此身須今度，勿望來生修。
當下不聞道，來生憂更憂。年光容易盡，落日近山頭。

莫以閑過日，須得個中趣。何期自性中，萬法皆全具。
春冬一呼吸，古今一朝暮。個物圓陀陀，今日才相遇。

參伍成三五，陰陽用六九。三百八十四，還歸一為首。
上下頂交中，東西兩只手。個意是怎麼？元為萬物母。

歲月冉冉去，滔滔逝水休。花開春已曉，木落山露頭。
花木自開落，溪月不隨流。商略溈山道，閑話水牿牛。

人知血氣我，誰識性中皇？容顏分美醜，是非計短長。
須知形器中，消長隨存亡。唯有不變者，真宰非渺茫。

旅客似蓬轉，飄零嘆安歸。吾道豈長夜，障在貪嗔癡。
逐境則遷流，曾不返然思。見境即見心，離境何用知。
未識夢中夢，坐靜亦胡為？心澄道自見，無住是真知。
應場如明鏡，寂照任隨宜。

即心原是佛，即佛是還家。僧伽不弘法，空自名出家。
出家心未出，貪癡日益加。擾擾塵影中，如何立功課。
只聞步虛聲，鐘鼓遙相和。若是真佛子，參禪夜少臥。
真照及無邊，心光獨脫灑。忍辱自如如，不計人唾罵。
他非我不非，於我何有耶？。

斷欲出三界，須凭般若力。若非大根器，如何明道德？
末世世風漓，人情多拂逆。道德如秕糠，聖言不足惜。
師道日以廢，師資難以覓。放浪無攸歸，馳心於聲色。
寧知道義乖，只求豐衣食。夸己以為榮，許人以為直。
博得蠅頭利，不妨折腰脊。哀哉此放心，狂妄何終極！
如逢大德言，坐常不暖席。哄焉大笑之，盡把心性賊。
軼駕忽臨崖，深望回頭勒。

吾心無所好，自樂寒山道。遙遙互唱和，怡然發長嘯。
只求道心明，不管容顏老。道心永不虧，容顏豈長保。

忘機常自樂，猿鶴時相親。夜招娟月伴，朝迎紅日賓。
眠花又嘯竹，月夕與風晨。遣懷風月外，契與素心人。

世味從來淡，無為閑道人。明月窺窗牖，花影上角中。
麋鹿可為友，鼁旒不得臣。就此三徑裏，足以出風塵。

性外皆非我，心中自存存。無棄亦無取，無物可惹塵。
神光常獨耀，翩然溯道津。惟是不遷者，毫端轉法輪。

碧山如新沐，風定白雲收。松陰蔽戶牖，蘿薜上牆頭。
功名如蟻虱，世事任沈浮。此心原不動，何喜更何憂？

紅塵染俗流，白雲臥高士。久聞華山翁，百年一鼾睡。
滌此攀援心，足以超世累。冰心在玉壺，湛若清潭水。

世事如推轂，盛衰嘆生老。急轉牟尼珠，先將無明搗。
此言只自知，難向外人道。莫戀珠櫝美，遺卻櫝中寶。

如來在靈山，拈花示微笑。個是心傳心，難將形容道。
眾生皆具足，會心須得蚤。喚醒遠遊人，應識歸家好。

極目千峰頂，振襟雲海邊。峭壁垂青練，松梢落飛泉。

誰謂天若水，勿疑水中天。水天皆兩遣，直達本來禪。

詩可發情性，境自寓得失。富貴若嬌人，奴顏又婢膝。
貧賤若嬌人，抱道終不出。若非真知者，盲人誇耀日。

只此肉皮袋，始生根爺娘。父母未生前，何處覓心王？
二者是更代，一者是真常。一二俱不立，般若是金剛。

欲求出世學，願行資深信。氣已蘊風雲，心平江海吞。
不鼓業情識，何處生嗔恨？只恐隨境遷，不懼逆境困。

妙道忘荃蹄，只可神而會。行庭不見人，反身艮其背。
大地為茵毯，昊天作羅蓋。日月如水流，古今無謝代。
無去亦無來，早超死生外。

孰為知道者，了然迥出塵。寒暑自更代，日月如轉輪。
人生如朝槿，及時求道鄰。修身以立命，長為現化人。

蒼蒼庭前樹，芊芊池畔草。草木欣然榮，人何獨煩惱。
草木任其天，人情分歹好。終日心縈縈，容顏早衰槁。

晨興日初上，紅霞實可憐。川流有聲月，鳥轉無琴弦。
蕩蕩自有樂，寒盡不知年。身在希夷後，神超無始前。

偏有山林癖，水石多清奇。幽草洞前綠，春風柳上歸。
絕塵遮世累，養生茹紫芝。忘情麋鹿友，地僻行人稀。
試言此中樂，風月自成詩。

自樂寒山道，渾忘衰老年。妙察幾微理，道在希夷間。
動則觀流水，靜則對青山。動靜俱不著，天道本無言。

看經須明義，會取言外意。了心即豁然，超然登佛地。
六識出六門，六塵淨不起。無往而生心，清淨無一事。

動念在觀幾，考祥在視履。杯弓自非蛇，何疑生暗鬼。

性有清淨人，風光四時好。明月可為燈，清風堪作掃。
花落又花開，不記春秋老。任渠兩鬢霜，心珠乃長保。

聞聲開耳竅，見色入瞳睛。聲色非聲色，珞瓔非珞瓔。

若心真不動，且嘗玄妙羹。有無俱打卻，無生生不生。

貧子衣中珠，貧死不知惜。未遇善導師，寶珠亦擯斥。
瞶瞶過一生，真源盡拋擲。如處暗室中，黑漆無終極。

莊生喻解牛，庖丁得其要。如來具六通，禪關得其妙。
大德越常倫，不管人誹誚。心如月懸空，千江自分照。
又如嘯空山，陵谷自應召。涵虛道日尊，謙恭德欲劭。
此旨實幽微，托向山花笑。

有過須改之，無妄乃勿藥。了義三藏經，皆為我註腳。

載道寒山詩，不僅博風雅。大音振愚蒙，行之不求解。
三百詩不多，一言道不寡。既竭吾才力，欲罷不能罷。
得意需忘象，見道在言下。

若知道，實踐到。須心行，非口號。莫取相，寧無噪。在放下，不用掃。
見有情，在僻奧。行方便，善為導。同聲登，彼岸好。

渺渺水，磊磊石。天自清，日自白。這疑團，煥然釋。百年中，如過客。

法相生，起情識。只不動，感而寂。

天是性，地是心。柔是水，剛是金。誰為彈？萬古琴。孰為聽？海潮音。

有道骨，自仙風。靜而動，塞而通。超世網，出樊籠。
這什麼，主人翁。這些子，何者是。光灼灼，超生死。

人命呼吸間，何苦爭閒氣。丈夫志四海，參天而贊地。
握萬機，持不二。至大至剛在養氣，審獨知，君須記。

寒山載道文，會成詩一卷。繼往與開來，益人無不遍。

（《寒山詩》原名天台三盛二和詩附三和詩，浙江天台山國清寺印行。）

和豐干禪師　二首

鏡海老人　林春山　謹和

欲海汩靈臺，萬牛挽不回。隨流任漂泊，狂潮滾滾來。
靜自斷塵鬧，反身即至道。復我清淨心，超然脫苦惱。
圓明般若珠，神光周沙界。晴空日一輪，勿被浮雲埋。
本來雪雪亮，貪癡著紛埃。貪癡易定慧，依然見本來。
塵影瞥然興，吾心原不礙。一真一切真，體用兩兼該。

衣中有一物，灼灼不用拂。個物本無為，騰騰又兀兀。

和拾得大師詩原韻

鏡海老人　林春山　謹和

一氣推遷寒與暑，兩丸交擲秋復春。生也有涯同爾爾，無生方識本來人。
君不見石火光中生死輪，五陰蓋覆真如絕。
掃卻浮雲日杲然，本來自性何生滅。

小不容浮埃，大不見須彌。須識神思妙，方知道意微。
雖言道器一，誰能萬物齊？齊物莊生論，猶是醒中迷。

日月走西東，乾坤定上下。虛空不可量，圓明真瀟灑。
是物無新陳，云何有代謝？個中無背面，云何分晝夜？

大哉拾得子，無為說真理。高唱化世人，遁跡天台寺。
智照無間明，鋒入虛空利。若問三世因，究竟誰為你。

破暗須明燈，拼邪揮智劍。內心自清涼，何怕燒天焰。
世人貪欲多，求多反成厭。艤舟失篙柁，安出風波險。

一覺無明破，千生大夢醒。原同一爐冶，品物隨流形。
殘薪傳餘火，悠悠覺有情。碩果還秋實，滋生春復榮。

瞻彼園中花，天天誰為化。縱觀宇內形，亭亭誰為架。
只自直心行，正直屬鬼怕。蕩蕩無所名，何處生譎詐。

人生不聞道，行屍又走肉。貪欲豈有窮，稱心猶未足。
喪失本來心，人面同六畜。無恥兼無廉，放恣肆情欲。
陰險絕天倫，黑暗如地獄。只願自身肥，那顧他人哭。
不持聖人戒，只圖愛河浴。到頭無常來，帶角被毛服。

惟有道足尊，王公失其貴。道非由外尋，反身觀其裏。

覺性有自來，非云根器利。自性無枯榮，容顏有顑頷。
植此金剛身，須抱移山志。一悟透心源，已非前日汝。

明達禮賢仁，殷勤致幣聘。覺世與羸民，承天之休命。
論道入幽微，文辭實飽飣。若出世間塵，須入老僧定。

形質自天性，天性自形質。踐形大化中，行神如膠漆。
放之六合彌，卷之藏於密。引之有兩端，體之無伸屈。

佛愍世間人，情牽男與女。孽海泛慈舟，盡把眾生度。
般若是道津，菩提乃覺路。一得永無退，須從本心悟。

文殊寒山尊，普賢拾得子。外示若瘋顛，內干上乘事。
六識不動塵，六門不取次。浩然百衲衣，冷食國清寺。

苦海無邊岸，何人問道津？不登菩提岸，如何拔苦辛？

聊以暢懷詩，充作明道偈。斐然自成文，不關粗與細。
不悟歷劫難，會之剎那易。佛法不離心，且了心中事。

智者多自滿，愚者常畏難。此心若清淨，鬧市即深山。
定從動處見，何用說妙玄。若墮雲霧中，開門不見山。

分之見萬殊，物物無相似。合之為一源，浩浩道在此。
道在器中行，器載道如是。雖有三藏經，會之須在己。

萬靈含一理，乾坤闢兩儀。日月互來往，風雲自施設。
吾心任自然，執著卻成癡。癡人更說夢，眼耳兼口鼻。

世事滋紛擾，湛然本無事。蕩蕩神自清，翼翼心何肆。
求道反著魔，文字適障理。四大若分散，畢竟誰為汝？

懸崖須勒馬，履薄思臨深。常持定慧戒，莫犯殺盜吟。
毋矜千慮得，須成百煉金。學金堅固力，莫隨俗浮沈。

為道豈由他，念心須自得。無始本來人，見面不相識。

不由虛空見，不從名相覓。覓角挑水月，如何著得力？

萬有未生死，渾無名相稱。父母未生前，從何分弟兄？
滔滔四海內，誰超生死情？打破無明幕，雲開天自清。

靜若孵雞卵，照如貓補鼠。自性周無際，空餘皮骨包。
人情貴珠玉，道不遺士茅。於相而離相，圓融空色交。

心量如虛空，莫遣浮雲布。騰出一輪月，清光遍地施。
因指須見月，看經當了義。諸佛垂教言，自覺方為貴。

昨捉六個賊，隱情已盡發。屢誡都不悛，仍然蹈覆轍。
今若不回頭，罪行應合殺。從此善日邊，慈悲若菩薩。

維摩一榻原非病，欲度眾生贊化游。普願群萌登覺岸，十方同上寶蓮舟。

古云遷喬木，未聞入幽谷。神識日紛然，惟向利名逐。
取皮以為衣，啖肉以充腹。自手試沸湯，誰憐眾生肉？

世有一般人，心結名利紐。珠玉紛於前，姬妾充其後。
蚩蚩百年中，到頭終撒手。這個臭皮囊，竟委如敝帚。

為善降之祥，為惡降之殃。善惡皆不著，粲然見性王。
天幢以為帳，地席以為床。充此大法身，誰者敢承擔？

自性無為只自然，更無毫末著其間。色塵原不為空障，諸法云何礙性天。

花茵如錦團，花落隨流水。隨流掉闤中，如何出生死？
常思未發前，誰造這些子？

靈臺莫能狀，冷暖只自知。未能成正果，安得雲仙芝？
悟時心即佛，迷時佛變癡。若識真常道，萬物未生時。

夢醒方為覺，心癡總是迷。誰澈夢中夢，昏憒總不知。
眼中紛五色，心坎亂千絲。不除人我障，難見人天師。

若見天真佛，名為大法王。分之復又合，恆沙數難量。
順天邀天眷，背道則招殃。本來各具足，毋為物欲傷。

心平澄萬源，心起恬諸趣。勿助兼勿忘，體用斯兩顧。
中道即躍然，永離一切苦。

文壇多名士，壯懷臨九州。含英與咀華，橐筆四方游。
高談自生風，應答如水流。不達真元我，騎牛又覓牛。

漫入水裏挑蟾月，且入虛空索鳥蹤。無弦一曲知音少，彈出高山流水心。

本來無一事，貪嗔起我癡。境閑性自定，心淨念不馳。
萬化承無極，乾坤開兩儀。誰司鴻爐冶？還覓胎前兒。

逆旅原是客，歸家識主人。江山景物舊，風月歲時新。
曦車催老鬢，迅如星火輪。毋追已往日，新作未來人。

洋洋釜中魚，齞齞几上肉。了無惻隱心，云何超地獄？
聖者不遺凡，真道不離俗。華胥夢初醒，菩提果正熟。

一心生萬法，萬法不離心。若澈無明夢，須看醉中人。
久泯人我障，長寂業緣因。定中看動用，萬交靖不紛。

層峰睨四野，岧嶤插天危。雲中鶴語音，松外瀑飛泉。
謖謖濤翻雨，溶溶月生輝。美景有時盡，靈源無盡期。

晚來秋氣清，坐遲山月起。身在雲山中，心超億萬里。
一月印萬川，吾心恰相似。湛湛我心源，難擬又難比。

良朋可二三，松下談至文。若怕吃苦果，須先滅苦因。
能施藥貪念，思難可平嗔。見道須賢佐，親仁擇善鄰。
無適亦無莫，眾星拱北辰。

青幢入空翠，幽林吐曉煙。松風煮濤雨，莎澗滴清潺。
鶴巢亭梧顛，雞鳴桑柘間。禽魚皆入趣，戶牖不常關。
閑作孫登嘯，曳杖陟重巒。千山萬山去，探幽摩葛沿。
素有山林癖，巨耐人世喧。

至哉三聖詩，諷世皆真理。遙遙千載下，會者能有幾？
遺跡自天台，精靈恆不死。余殿楚石後，和者成三子。

和天台三聖詩終

附：

壬戌春仲校閱竟敬題一律呈鏡海老人禪席

圓澈

曾是靈山會上人，未須明月問前身。靈臺得句忘能所，法海窮源泯舊新。
拈出空王塵外偈，吟來覺世性中春。婆心掬盡悲無盡，永續心燈示本真。

寒山詩和唱

白雲禪師

重山有隱僧，茅舍杜人跡，庭荒蕪所有，流泉洗山石；
濁足經幾年，泥濘除不易，嚮往曹溪水，浸身當有益。

凡學吟詩者，意性蓮荷淨，絕貪俗世緣，滿腔氣養正；
捨棄諸事業，一心尋真性，浩然妄念中，認取法王令。

莫笑泥沙路，更少車馬蹤，道旁禾稼地，貧富養命珍；
日中婦還早，鷺漢憩依松，仰首棲宿處，欣幸鶺鴒從。

亂世多悲苦，志堅節長保，八風傷慧命，聲色遠離好；
放眼荒塚間，男女都不老，回首前塵事，每歎晚行道。

掐水鉢藏月，繁露浴身潔，野莓和粥　　，法味不可說。

人命何太苦，幾許享天年？世有崎嶇路，何處無狼煙？
貪生忘死後，不如看眼前，正義養心性，道高不戀天！

聲傳嬌媚女，色玉秀可餐，輕歌花間送，琴弦月下彈；
麗影池邊映，卿卿畏人看，一陣夜鷹急，才覺夢中寒。

輓歌情僧絕，色形伴枯楊，捧鉢無言說，望月踐心航；
都道利祿好，明日短飛黃？不識三惡毒，輒作醍醐嘗。

離塵方外去，已過五十年，每憶功向上，一路無風煙；
願微道不進，性傲境在前，背手明月下，感愧不成眠。

海濱跏趺坐，凝目波光耀，萬頃盡起伏，一葉相映照；
浮沉猶相度，莫讚非姿妙，滿載苦厄人，度脫最緊要！

枝高常顯拙，性疏混紅塵，一肩如來業，飢渴塚為鄰；
名利非不曉，生死最惱人，殉道娑婆界，任他喪幾春！

風起浪自隨，舵穩急何為？欲渡生死海，定靜是慧兒；
縱使驚濤起，如泳白蓮池，常念極樂早，如雀夜棲枝。

少小離家出，頭陀遍湖州，飢渴風雨裡，無復我悠遊；

禪海尋面目，苦林總欠收，掐水和月夐，火中守道流。

關山初作客，所遇皆魔君，在緇貪墨者，在素爭功勳；
追名復逐利，忘卻因果文，今我離此去，毀譽不足云。

有魔現心田，自造朽棺槨，學佛不修行，猶燒紙金箔；
趨炎攀權勢，夢裡跨白鶴，地獄本無門，強鑽有何樂。

長安千條路，有心盡不通，輒戀春江月，夜夢識朦朧；
棄髮原為道，居久志不同，名利常趨步，擠身獅蟲中。

宿業原倔強，輒成孤獨木，不是天地材，硬闖青山谷；
常認年未老，忘記髮已禿，自信手遮天，卻住漏頂屋。

捨馬別京城，京城有雙親，堂上天倫樂，宅第古晶瑩；
遠離雙親後，梵剎共樵聲，為除凡俗骨，幼受沙彌名。

為道常參學，佛地輒不歸，善德朝夕奉，理食並整悼；
滌鉢添茶水，提藍溪浣衣，不知時與日，虹起彩雲飛！

草庵掛柴簾，內棲伶仃子，不食非學仙，不語非啞李；
晨間看霧合，日落睡不起，怎麼耗英年，為除心渣滓。

事業經營多，重切盡為他，晨昏常悔懺，所作量功過；
明面不善舞，暗底非讚歌，如此常保住，自無人說過！

家住窮鄉下，田蕪本不芟，秋蔥圍圳繞，流水趁古巖；
田果隴上摘，游魚鳥不銜，貝葉翻兩卷，經樓誦喃喃。

時光流不息，日去月又來，習氣隨緣謝，魔境棒下摧；
證明無餘暗，愚破佛知開，任他黃泉路，去來復折回。

寒去換新年，枯枝披綠鮮，名花不免謝，最雅溪柳煙；
清淨常自樂，昭彰是可憐，雲水尋知己，冷風伴月眠。

傲莫太縱橫，此情自雄偉，生來空幻身，死後誰作鬼？
明知牛馬多，不覺徒奈何？泅游法海裡，應唱行解歌！

有一禪和子，平生嗜獨遊，青山碧綠水，長共度春秋；
世情本無緣，心底冷颼颼，空暇耽寂坐，無有妄與愁。

野僧臨海住，聽濤共抑揚，輒觀頑岩處，衝擊志更長；
起倒無氣餒，英勇力不央，行者常諦視，何異守禪牀！

死前緊操舟，死後不戀馬，精勤迎歲月，安養心莫野；
消遙禪悅中，活潑耕種下，不羨陶潛公，田園屬雅者。

智者不是我，愚拙我乖君，業中原無智，不是充耳聞；
入夜伴明月，侵晨數白雲，無才強口手，糾葛必紛紛！

新舍吾獨居，門前顯貴疎，田蛙唱星月，有水不藏魚；
屋後果菜便，田園不勞鉏，鐵牛功具備，秋到勝求書！

行腳臺灣島，臺灣道無窮，溪多海岸遠，蕉風椰雨濛；
時觀濤與浪，意識不覓風，能捨水變異，道在風浪中。

六根常為困，九竅廣用論，七八原一家，無相住無門；
禪中明日月，夢裡醒晨昏，洒脫塵勞事，杖下有得裙。

雲清漫太虛，風微送潭波，水邊尋禪悟，林下唱道歌；
不識七音調，任他煩惱多，兩足行天下，孔方奈我何？

時時除蕪草，浣衣淺水濱，豐年賴耕作，果熟摘估人；
輒遇風雨襲，辛勤挺立身，正道正性命，年年樂新春。

佛子無所愁，愁來徒鬚白，白了無所愁，愁來業逼迫；
鉢空清風夐，無屋塚當宅，有道常自在，自在伴老客！

行道魂離道，此語最是真，念生明知過，念念總纏身；
念止意猶在，意盡念更新，誰知岩樹下，盡是意念人。

兩足踏自車，輒作泥濘戲，一念從天來，何如身暫寄；
欲斷世間情，安於風雨累，仰面吞天水，任他詛諷刺。

八月秋風俏，紅葉勝嬌花，飄飄如弄蝶，匍伏似蛤蟆；
風起岩邊馼，雨落不發芽，非是爭顏色，席地勝人家。

苦海是娑婆，塚內多英年，世人愛執我，貪欲色與錢；
有名不甘後，有利奔在前，慾望倘不止，遺屍在路邊。

行善不望報，百事孝先承，慈悲心坦赤，為善盡斗升；

飢寒災禍裡，喜捨減穿綾，難者同我日，戶外絕蒼蠅。

多少自認聰明士，逐利追名委緣生，欲圖浮幻損老宿，想方設計摒行人；
稱慈治化施胡亂，直謂為教清埃塵，不計前途因果路，落魄三塗不可陳。

翠竹共黃花，認作窠休息，捨正求玄妙，說是道糧食；
不記輪迴苦，生死最慘惻，覺醒還正道，諸業離含識。

僻居邊海地，造庵綠野中，晚眺黃昏早，晨聽啼雞公；
輒臥平疇晏，田蛙話合同，露起無源水，源竭天也窮。

凡事不順莫吁嗟，苦樂恰似無底涯，安危交替千千劫，喚起悲歡是冤家！
成敗利鈍猶幻影，名聞利養亂如麻，莫取他人短絀處，躍登聖位任他邪！

生前貪嗔癡，遠離大覺悟，今朝立無錐，總是自己做；
倘使再不修，來世還如故！苦海覓無船，茫茫何時渡？

窈窕誰家女，何來如許愁？晨起懶梳頭，黃昏眺行舟；
迎風欄干邊，不著彩鳳裳，總念雲天外，夫婿埋荒丘！

父有美嬌妻，子有慈祥母，相守一條心，唯願共白首；
昨日三人行，相擁無先後，只為母步艱，扶持如鴛鷫。

暇遊千佛山，明潭煙不消，黛翠如波起，幽景無喧囂；
放眼赤崁遠，低徊腳下橋，世外桃源地，狂情飲一瓢。

月印千潭水，水月各相宜，水若乾涸竭，圓缺總是虧；
群山如千佛，常寂無不為！入山尋根本，蛇鬪石龜兒！

世無不死人，人死本來均！富貴與貧賤，最後一聚塵；
泉下翻身日，如畫探早春，淒風冷雨夜，怨天愁煞人。

行腳在海天，處處坎坷道，長夜寂無伴，每覺心已老；
兩鬢添白髮，無常命不保，倚巖凝遠處，雲深無仙島。

有意鴻飛去，時運若停擺，屍腐誰造業？果報通幽冥；
不忍世煎逼，情甘苦孤零，刀耕並火種，月下誦律經。

平生沈默坐，空度六十年，從不為功德，誰判下黃泉？
尋求棒與喝，渺如雲躍川，嘆然不見跡，哀哀淚雙懸！

教下老法將，凋謝輓歌裡，後生多遲暮，家業誰繼起？
長江有後浪，代代真佛子，稽首常祈願，佛光照不已！

往事盡如煙，毀譽皆似霰，身居是非窩，心處奈何縣；
衲本無福子，名利最怕見，任他摩天樓，此生孤飛燕！

有露自餐飲，有芋自煨喫，梵剎住福僧，草庵賴自立；
莫貪市繁華，柴扉藤裝飾，朝聞瞿曇道，夕死可安息。

一具臭皮囊，骨肉極薐稜，轉眼六十歲，身無點滴能；
敲唱常脫板，參學無良朋，唯獨一椿惡，死守無盡燈。

欲得梅花香，徹骨寒不待，訪尋禪林中，每嘆無師在；
跋涉覓道蹄，有錯無人改，仰首迎眾惡，我欲為大海！

夢中僧伽首，忘卻圓臘八，西方尋歇處，蕃籬為樂恬；
棄他佛慧命，甘心凡俗殺！今世住娑婆，來朝輪迴決！

衲僧四海遊，眼看人世遷，昨辭瘦老去，今聞已歸仙；
人命原無常，幾度明月圓？茫茫尋歸處，山水相留連。

林間踏山徑，脅下少紅纓，披荊戴雨露，辛勤為誰征？
只為多少事，晝夜夢不成，欲解長流水，臥禪守堅貞。

杜鵑啼哀苦，遊子寸斷腸，海天雲深處，古屋有桂香；
高堂無親在，子虛誰予藏？能捨世間俗，骨肉任沸湯！

總持得三昧，能忘屎與尿，常住陰晴雨，輒虧弱九竅；
何者是衣食？何者消遙調？名聞利養心，揚棄無鬼叫！

爬上登雲梯，伸指數星顆，浴罷銀霄漢，未理染災禍！
浸身幻化中，無意昧因果！問取夢醒時，橫直不是我。

在戶不善織，在野懶耕田，日間蕩山水，夜來撥月絃；
輒解風霜苦，安歇不敢先！只為心頭事，凝目向中天。

自詡行正道，守屍効度婆，原來般若少，名聞利養多；
暗裡窮計算，人前念彌陀，忘卻無常至，三塗苦奈何？

偶踏長橋過，跨下無小驢，橋頭一片店，門吊羊與豬；

驚心欲轉去，意語莫執虛，不變隨緣法，任處可堪居！

人評衲傲慢，無貪意潔廉，守正自己解，性直誰不嫌？
為出生死苦，不羨利祿甜，常持披剃志，兢兢不倦厭！

海隅擇居地，窮鄉更莫言，廣袤綠浪裡，戶與阡陌連；
露打芒鞋濕，引入地下泉，閒來無所事，諸芋度殘年。

教乘識其精，他我皆有益，宗下偶有蠹，輒認捷徑易；
利益本非易，徼倖上仙籍，無益只求易，終必淪苦厄。

妄言說禪史，動輒談佛經。通牀高唱調，寒夜苦零丁；
大智原若拙，弄巧假煞星，莫疑山無虎，猴諍不汙青。

常言真實語，莫道邪與綺，隨他亮顏色，桃紅不是紫；
為己求福慧，為人祈加被，預知前世因，今生受者是。

一炷心香誠，佛在萬里聞，不虛放烟霧，護頂盡祥雲；
忍辱容他侮，心識不惹塵，消遙行宇內，真正自由人！

人命非為財，猶若母與子，子常奉慈母，每憂捨自己；
聚時無所覺，離散憶念起，親情如天地，沐浴春暉裡。

離鄉逾萬里，不為降匈奴，探尋娑婆苦，捨命不諱殂；
我死安足惜，眾生苦何辜，鑽研釋尊教，慈悲是上謨。

諸業識茫茫，理應祈佛光，世間重年齒，出世畏報長；
無欲非癡子，有求徒增傷，法中知出離，道諦覺是王。

囊貧道不窮，智高慧無極，塵境在其中，莫依造化力；
世人為飽暖，行者不愁食，因果都不昧，地獄無顏色！

宇寰多少人，乍說無中有，虔婆配俊夫，闊佬卻無婦；
侯門兒可憐，俏娘養女醜，朝指日西昇，暮云月東走。

有情執貪婪，沈淪如鑪冶，火宅是其家，三毒兼慢者；
拼死爭錢財，畢生若牛馬，不捨情天外，怎沐法雨下？

芸芸諸眾生，個個為人子，孝養多安順，功德不歸己；
屢世結善緣，不為地獄滓，老萊閔氏謙，遺範留道理。

蒼蒼老勁松，不亞白栴檀，經藏探知識，可以入泥洹；
養性先修心，阻障數驕謾，水到渠自成，聖果本不難！

日出我揮鋤，歸來掘泉井，自編茅草屋，泥牆不懸鏡；
室內無廣牀，敬裡養心性，塵外本無緣，名利不敢競！

戴露夜看月，凝目窮至極，太虛有漏星，銀漢費心力；
驀然風雲起，林內生歎息，捧缽戴月歸，麥粥獨自喫。

認取趙州的，蛇非井繩比，繩影借井力，似蛇在井水；
蛇繩心境相，井枯影亦死，蛇繩不相傷，諗老云腳美！

往昔沙彌日，天岳住丘陵，幼小立大願，山主不足稱；
一缽行天下，雲水狎隼鷹，逍遙遊宇內，沾沾竊自矜。

偃寂山巖下，安貧學農夫，不羨名僧位，最懼阿諂諛；
大捨怨憎恨，信道有智珠，耽浸無字裡，意駕天上鳧。

慈隱他人惡，滅業多行善，拔苦與眾樂，福德忌留卷；
二乘執功德，聖智慮學淺，今逝昨亦逝，明朝當自見。

名高坐廟堂，錦食享輝煌，雅寮充蘭若，侍僕依兩傍；
儼然徹悟者，大事袖裡藏，一手遮天地，滿室盡珠光。

表彰才智士，常著謢論文，一筆書佛字，諦理任由君；
管他何宗說，通家異眾群，莫究個中意，作者也紛耘！

遠眺雲天外，水雲無隔微，風飄捲浪至，飛濺濕衲衣；
肩揹方便鏟，芒鞋伴箬笠，自心尋自佛，行腳何所為？

求真佛前懺，繁露勝美酒，殿前香一炷，福不離左右；
禪座臨窗底，銀液盈甕牗，慧澀心飢渴，擊甕吞何首！

僧家忌隨俗，念度追齊楚，貝葉述如是，生滅歸能所；
問取西方意，祖佛不是汝，巖前數星月，淨域無齟齬。

欲雨風先至，風雨無雄雌，雷響生閃電，沙鑠每相隨；
破天不驚膽，靜坐海岸湄，心識無苦樂，塵同聖瑤池。

兩袖藏清風，襟裾百千孔，心煩云兀兀，意亂我侗侗；

疎狂成氣候，世事無所動，揰捨不忌私，休歇取懵懂。

浮丘除髮辮，少小共師居，慈母常慽慽，惱兒遠懷疎；
嚴父憂稚子，雅齋懶閱書，為酬雙親苦，殿中守磬魚。

塵勞世俗事，紛紜何時止，六道三塗業，化龍不是已；
有願登極樂，非憑跨駼騚，心淨復精勤，俗子成開士。

遠隱情非弱，披剃不為官，紅塵去染淨，利祿若瘡癥；
人毀莫尋錯，他諍我讀看，能求菩提道，盡管多苦難。

佛法似浩海，宣導靠三寸，莫依文解意，吐絲將自困；
認取究竟底，明妙悟而頓，一味窮思量，莫如閑解悶。

為文三十二，齠宇二十八，先後六十年，從不學狡猾；
言來厭鴉雀，行止惡婠妠，畢生尊智者，有心將愚殺。

名聲揚四海，其德不純厚，到處張旗幟，禪門稱泰斗；
片店營何業？羹中辨羊狗？兀兀橋水事，跨奔趁風走！

可憐一癱難，惡癌侵善人，腐肉又蝕骨，摧殘釋門親；
欲作獅子吼，病貓怎成真，瞿曇福慧命，誰共保元精？

遠名避海隅，畏利走深山，水邊消餘歲，林下露藏鐏；
甘藷煨菜餚，山產滿碗盤，倦來隨處坐，須彌亦彈丸。

群山號千佛，潭畔建禪院，闢地種百菜，造景谷中選；
丈室無餘物，架上皆黃卷，來訪諸道友，莫要嫌垢面。

衣襤腹中飢，性傲常狂疎，寄身宗門下，三藏不局隅；
學佛見道理，不是披錦褥，凡事求踏實，食麵不捨麩。

樹上安草厝，強似十層樓，藷芋養生命，逍遙勝封侯；
仰天綠藍蓋，俯首探日頭，池塘倒影現，水月曲如鉤。

朝夕伴禽獸，從不爭錢米，分別討生活，情猶好兄弟；
自由共相處，經年口不啟，澗溪同飲酌，不愁水見底。

我若無道心，身邊已伴婦，兒女繞膝前，整日肩攀手；
一擔千今業，滿懷百般有，未煎識鍋熱，自無苦在後。

新猶切莫造，舊業但求無，虔誠佛前懺，精進不踟躕；
管保心清淨，意識無俗夫，功成法雲地，德被世間愚。

世間無限事，出世唯一個，眾生享榮華，佛子貧轍軻；
衣食但取飽，任它明朝餓，凡俗財勢多，難買氣祥和。

畢生慣雲水，意念不編織，禪中乍有思，不為功德力；
人呼強應諾，厚顏毀知識，頻喚充耳聞，唯恐強笑色。

安貧非是道，洒脫真不憂，寧為玉碎可，赤躶也不愁；
虔心從家業，重擔荷肩頭，究詰生死苦，任它幾時休。

人云衲癡憐，評之謂呆頭，利祿不會享，甘願三頓憂；
世說身後事，眼前何不求？忘卻因果律，來往輪苦愁。

若論俗家室，處身富貴裡，製衣綢與緞，裝扮畫相似；
馳騁跨白馬，侍僕隨塵起，見者皆仰羨，惜不同家子。

惜不同家子，難免惹人憎，幾次險綁架，年幼心瞢瞢；
幸得師引度，稚齡得為僧，禪門蹉歲月，願效釋迦能。

心以意為本，本以識為柄，本在識不邪，識邪喪本命；
未解義中諦，猶如拭明鏡，不執句與文，行道無垢病。

世俗迷酒色，孰辯靈與肉，富時多珠寶，豔娘藏金屋；
一朝錢財盡，臨終無人哭，只圖貪眼前，從無擔憂腹。

下愚讀我詩，每予譏和誚，中庸讀我書，貶斥無心要；
上賢讀我詩，面頌背諷笑，投火一把灰，鬼神當知妙！

眾多是非人，誰稱是非輩？憑著兩片皮，巧言常令醉；
舉杯一餐飽，唯命不嫌累，造罪擔風險，到頭方愧悔。

出門每經坆，欷噓嗟存歿，野狗掘破棺，狼籍遍地骨；
坆頭荒草淒，敗竹吊紙笏，飄然隨風舞，塵沙亂垺垺。

群峯稱千佛，潭水光瞱瞱，漫山生百菓，竹木相連接；
崗巒無虎跡，潭深無鯨鱟，悠悠山水間，蜂蝶不懼懾。

出身無貴賤，旨在格與狀，人多隨流俗，利祿相追訪；

忘卻今稱師，明朝入火葬，三塗不得閒，徒喚苦悽愴。

毀譽他人造，本份不可失，識藏阿賴耶，懺磨在今日；
善惡起須臾，如蟲夜啾唧，經誦末後篇，非是諸事畢。

燈前守夜盡，文中意悠悠，窗畔透曙色，戶外冷颼颼；
雞唱五更早，池畔留殘啾，光瀉映鏡照，鬢白老惘惘。

生平喜淡薄，六藝皆不通，長袖忌趁舞，禪意學指東；
為文行方便，嘴硬不轉蓬，究詰何顏色，非有亦非空。

功名總不受，利率君莫與，名聞他人事，利養從來拒；
有道胡不為，來朝歸善所，輒取祖庭言，不敢越師語。

世事無厚薄，眾生個不同，醉翁笑癮老，癮老笑醉翁；
相互指鼻笑，不肯飲杯中，忘卻語捲舌，猜拳每瀧凍。

人有愁錢日，囊空成貸將，一旦得溫飽，拋卻窮李張；
患難能與共，富貴不相望，勸君無閒事，行為慎思量。

欲知生死苦，窮攻十二部，佛前真懺悔，能蛻牛與狗；
心唯菩薩願，娑婆最好走，來生尋去處，靜聽獅子吼。

世間本無事，強別愚與賢，聞達住華屋，安貧守畝田；
五欲隨它去，孤坑正好眠，莫迷座右句，輒記案頭邊。

千佛山峯奇，如浪聲威懾，日照綠油油，風過枝頭獵；
翳陰投錦花，古樹雲充葉，澄雨難改容，塵囂無交涉。

有女巧勝年，知識越一倍，根機上上材，原彫不用改；
言行坦蕩蕩，從不作文采，情如泉沁心，誰解真實在！

洒家一貧僧，頭白心不黑，整天愛讀書，文章循道德；
雙肩挑月影，烈日披衣襪，放聲嘯宇寰，願醒法中賊。

世人忌白首，我夢卸朱紱，學佛不羨仙，唯把智慧掘；
饒益諸有情，立願解憂鬱，明朝批袈裟，盡棄紅妝物。

風雲願可貧，更不畏饑凍，心心相契合，無暇理倥傯；
常涉千萬里，忘卻足踝痛，再世共廝守，尋道毀飯瓮。

道在心無物，意淨無魔侶，聲色門外鬧，不塤清修戶；
念隱方寸間，識遍一切處，放之盡須彌，收攏難遭遇。

畢生交一友，友家無長物，陳年不生火，貧困度時日；
山菜養色身，百衲遮幻質，管它損與讚，常伴是我佛。

沙門大比丘，辦事不莽鹵，利祿與名聞，深體障覺路；
邪道切莫行，歧途最是苦，證道靠工夫，自性本自主。

披剃隱山水，勤修道之果，從無衣食憂，行止隨緣過；
警覺時如川，生命石中火，輪苦人間事，不如林間坐。

世間本無事，心起戀浮塵，沈迷賭酒味，輒貪色聲津；
記取情如幻，恩愛片時親，剎那人命逝，何如道不貧。

吁嗟生死病，立意捨友親，甕空不求飯，甌盡任塵封；
出離諸般苦，蘭若養法身，暫隔人間世，先成大覺人。

法眷莫太多，已度勤訓誘，常耐心頭亂，省事多緘口；
折攝須機智，清淨學箕帚，律令猶嚴父，撫育如慈母。

晨昏讀黃卷，志不在西席，伽藍無我踪，茅庵伴巖石；
俗子輒過往，禪語代金璧，欲尋菩提果，諸苦充助益。

千佛林深處，雅靜無比倫，究詰風幡動，勤道守晨昏；
枯枝煮藷芋，甘泉戶後屯，管它鬢眉白，長記日頭暾。

從不憶往昔，命窮懶遠遊，閒來登萬仞，爽心泛小舟；
徜徉山水間，怡情住瀛洲，海天無顏色，誰說冷颼颼？

告諸修行者，住巖非養神，五蘊如頑物，無明亦無文；
塵起境相應，無事影不存，但得智維護，勿令爪留痕。

去年聽鳥鳴，堪稱好弟兄，今年聲微妙，似解我偷生；
日月如梭變，山高雲不平，哀哉風露客，何如安樂京。

一座華麗院，支離危欲傾，意如甄瓦礫，念如蛛網橫；
常守愚盲至，待兔樹旁停，暴起轟然塌，重建實難成。

颯然精神爽，心念意堂堂，有志窮霄漢，靜極沿水行；

山石夜當枕，枯樹作牙牀，滿懷情感感，禪林降冷霜。

學佛無高低，行修每汗濕，朝起暮伸腳，道如舟行急；
順水可及時，逆水趁不及，槳葉揮不停，彼岸足下立。

我本苦衲子，求道覓真理，遠隔今古人，寂靜在知恥；
不屑世間言，恐損胸襟矣，記得昨日非，急取眼前俪。

獨處斷往來，孤身非無義，閒暇少是非，夜寐即險詖；
晨起刀耕種，衣食不欺偽，暮息共道情，意念無棘刺。

一心住世間，一心為世出，二心禪中看，認取孰踏實；
辨時心有二，照業皆共一，回互果因生，莫耗黃金日。

半茅蹋草廬，炊煙火不蔚，拾薪煨生藷，流泉共時日；
每聞車馬來，察內人不出，忘卻天地人，甘為頑愚物。

是身非本身，覓我不見我，耗是頻思量，不如寂然坐；
念滅念復生，頂開無妄墮，會見本來人，我原業報果。

晨起歌旭日，晚來無可論，片雲隨風轉，星殞夜留痕；
人命猶萬象，浮萍不繫根，狂飆雷雨至，苦難滿乾坤。

眾生多眾病，常癡貪不厭，煎炒蒸煮炸，糖醋醬茶鹽；
嚐遍三海味，樽盈染紅臉，消磨自生命，為取眼前甜。

光說不免死，光說不免貧，只知趁口舌，一味壓他人；
生平無修養，處處圖安身，不識愁滋味，到老受苦辛。

多少損人漢，舉火迎風走，欲毀天下士，燒天滅無有；
多少被損人，猶如園中韭，盡管不時割，明朝韭復有。

人命如露柱，日出即消除，莫計平常事，娑婆好安居；
縱不因循過，不為三毒袪，更不尋煩惱，一生富有餘。

不染冰玉性，唯澄得明見，窮道非靜事，觀照莫為轉；
妄念生滅相，識心不改變，有所能不為，真知稱南面。

食理不飽腹，知衣不禦寒，從實於衣食，色體免飢寒；
凡夫窮思量，只道正覺難，即心本來佛，何用外頭看。

月起日頭落，藝紛盡是塵，伽藍蘊道業，正見抑藝紛；
脫胎換頑骨，聲聞二乘人，燃燭移暗室，光現滅沈昏。

娑婆業報苦，妄念難停息，猶墮深海裡，岌岌危沈溺；
多少非份想，命中無福力，兢兢覺道本，頓悟勤中得。

晚來聽風雨，猶坐夢幻崖，抬頭朝天望，天頂雲不開；
捕風指縫過，捧雨落塵埃，嗟然徒太息，難滌一身灰。

自古多少恨，無覺無自信，造業咎自取，巧拙歸利鈍；
一生弄計謀，到頭自受困，若得心坦然，勤行佛必印。

移錫千佛山，先植菩提樹，開山種百菓，砌石修通路；
叢林解脫門，遍邀善信慕，廣施佛法緣，皈敬讚茹素。

學佛不從師，猶如土撥鼠，鑽地開路徑，只堪共蟻語；
寂然度世紀，長年無朋侶，到頭兩眼閉，屍寒誰葬汝？

修心須淨念，養性任境遷，但圖正法覺，從不羨神仙；
教有三無漏，越軌自可憐，山間度歲月，默默耕識田。

人嫌衲最野，無事學濟顛，四事皆清苦，半生為貧纏；
守口不誇志，非禪無言語，獨享生死命，藏身千佛山。

看破心意閑，無疑不住山，離世無憑杖，業緣只為攀；
近水沈潭翠，依石伴綠斑，看似人煙遠，心動自通關。

鎮日山間住，人謂學偏方，上乘菩提道，原不生諸相；
若願度他人，必須有所長，德行具法眼，眾生樂堂堂。

死生非由命，貧賤不在天，人嘴喜言語，造業常謬傳；
無學稱善德，受苦日如年，認取自家珍，富裕非紙錢。

苦以業為本，猶物興於地，地沃物豐腴，地貧物顢頇；
明妙勤道本，放逸三塗墜，執空雲追月，徒勞鮮有利。

無語不可說，心念莫轉邪，上承列祖業，沈淪伴毒蛇；
除煩去知障，擇善手勿挈，統理無礙事，南無佛陀耶。

貧僧學佛道，年近耳順間，一生無掛礙，住世情最閒；

有路不通俗，固執懶高攀，禪林樂寂照，願營千佛山。

裟婆苦堪忍，眾生萬萬千，弱者常遭養，多為貪肉圍；
癡妄念不絕，道如雲與煙，朗朗中天月，垢盡亮無邊。

初朝香洋頂，千山似星群，猶如羅漢聚，更像海潮頻；
滿目青翠色，潭映藍天裏，非為樂山水，是處有道倫。

生死死復生，輪迴是真實，不讀書千卷，何來生花筆？
學佛知經論，止作嚴戒律，欲脫生死苦，記迷他書帙。

人海求珍寶，莫乘朽壞舸，遙見帆桅具，艙無方向柁；
如無順風水，只有任顛簸，有心到彼岸，奈何共賊坐。

眾生戀世情，恰似糞中蟲，終日駢頭鑽，不離屎尿中；
沈迷不休歇，看似樂無窮，其實苦歲月，強作老醉翁。

寄語諸仁者，莫忘道為懷，披上衲衣事，志在見如來；
遺落菩提願，三塗轉互回，捨本去逐末，無異自癡獸。

當下承擔者，無惡也為善，已見主人公，隨緣不變轉；
灑脫施饒益，忘卻臭皮鬐，獻身菩薩業，非是稱好漢。

明知十方佛，從來不可記，窮諸佛因緣，相境差別智；
先後時空殊，弘願不一異，但得自性顯，皆登如來地。

人皆有塊地，每每失其主，主在花木盛，主亡地無露；
滿目蒼涼景，只聆苦風雨，欲保主長存，覺醒自莞爾。

敬告諸佛子，莫為名利奴，錢財障道業，浮名亂靜區；
朝若空度過，鎮日猶吹竽，曲終人散盡，一生毀智珠。

逆境不惆悵，人命似菇菌，發時香四溢，敗後腐蝕盡；
懊惱早成哀，毀不先學忍，諦當且諦當，可免山間隱。

苦難因前業，莫怨現前身，無關風與水，認命是癡人；
運氣不可信，誰能使汝貧？一心向道業，縱苦也精神。

每聽人為鬼，只在心不清，晦盜兼淫逸，緣合若浮萍；
不知諸惡報，皆是自掘坑，舊業隨緣了，切莫耽迷盲。

六道輪迴相，吾人在其中，團團趁勢轉，自造自迷風；
無殘欠愧意，猶誇道不窮，碌碌忙數劫，三塗稱老公。

娑婆堪忍者，輪苦何時了？迷茫耗歲月，剎那人已老；
懵懂逐名利，無異尋煩惱，待到百年後，難超三惡道。

八萬四千門，處處有道蹤，若慕諸魔燄，道心變玲瓏；
所有生死計，迷不辨西東，唯入行門處，常寂住虛空。

群山隱白雲，草長無人過，滿谷皆飛鳥，相應唱山歌；
流泉山下撲，奇石枕嵯峨，茅庵無俗客，了生葬巖阿。

任他如旭日，我守一片山，廣袤泛洪水，不淹山上田；
秋收黃金粒，衣食不靠天，似貧卻最富，道貫腰十纏。

食但求能飽，衣不羨狐裘，漫山皆珍味，蜂乳謀不羞；
取不傷膚髮，群命無憂愁，求道忌名利，來朝無不周。

三湘廣遼闊，洞庭水色明，桃江人清秀，步陵橫翠屏；
從來英才聚，代代功相迎，名譽流今古，僧俗有嘉名。

疾苦娑婆界，六道輪生死，貪瞋癡三毒，欲解求乞士；
歸依投覺路，永不淪顛頂，臨命往蓮邦，花開極樂爾。

誓願人天外，菩提道嵽嶢，一悟千愚絕，如瀑垂練條；
洗滌無明業，躍越生死橋，法爾常寂靜，圓融在獨超。

常結跏趺坐，塵外不冷淒，窺水思雲過，面霧透蒙迷；
禪中尋歇處，輒忘日影低，湛然觀心識，從不染污泥。

宇寰廣行腳，風雨露天眠，雲幃草作褥，泉水枕相聯；
怡情山水趣，養性意遊閒，方寸無惱事，煩盡猶白蓮。

寄語學佛者，任止任去留，惟當觀自己，可具道德修？
名利今日美，難保明朝憂，正勤常精進，何愁不出頭！

捨俗出離後，曾否養法趣？貪得世間全，虧了六根具；
衲衣隨歲月，四事遺時暮，一身施者債，誰與道相遇！

雲水本悠悠，貪欲不肯休，無常生死苦，業海淹歿頭；

五蘊多變異，八識莫隨流，根為火宅主，清淨騎白牛。

心嚮菩提道，不羨帝與皇，管他神仙術，諸般不久長；
道微魔摧折，無住覺不亡，體得世尊意，度脫遠迷茫。

林間遣歲月，水邊辦佛道，韶光無所住，意念任遨嘯；
飛禽走獸近，孤峯伴吾老，身隨寒暑遷，法嬰懷中保。

平生慕道倫，道倫度怨親，凡界塵沙眾，願作佛前賓；
正勤菩薩學，每忘昏與晨，盡捨世間欲，個個淨行人。

有心作隱士，人謂林內人，拋卻財與帛，摘下冠頭巾；
道中尋自樂，百折不稱臣，管他猴頂帽，我本遠紅塵。

人生縱百年，屍骨地底存，生緣為業識，過眼皆客塵；
財豐名四海，窮途誰問津？韶光眨眼逝，學佛超苦輪。

早晚思己過，靜中諸念休，一抹通靈智，千慧起心頭；
宛若風雲會，猶如光影浮，認得娑婆垢，無住即無憂。

千佛山水間，輒隱行道士，門前不遊景，室內不貪睡；
不著諸伎倆，心自無拖累，一念禪悅喜，滿懷聖智水。

時光要把握，莫待春光老，今朝得人身，遠挨地中搗；
磨碓油鑊鼎，無問苦無道，佛陀度眾生，囑尋自家寶。

念起本如流，念止惹人笑，只要提正念，念中無邪道；
既不離塵境，也不除垢蚤，清淨自來去，生生度人好。

孤傲自陶醉，虛妄語無邊，人後不慚愧，偷飲甘露泉；
泉中乍見月，以為登上天，仰首學獅吼，心無半點禪。

有個大學士，笑我吟詩失，徒耗佛印紙，為名像牛滕；
得機沾管袖，忘卻取次出，時興一味寶，何如仰看日。

自小離塵世，有爺早死孃，從來俗名失，任他喚李王；
畢生尚修學，志氣在平常，常輕名和利，不動逾金剛。

白雲本無語，語亦無人信，開口使人煩，阿諛團圖吞；
蜜劍每喪生，臨危方悔恨，失陷莫奈何，認命從其困。

重山不阻雲，繁露滌埃塵，築屋水邊住，夜讀藉月輪；
牀頭花樹茂，麇鹿每為鄰隣，消遙林間客，誰識方外人。

馬牛拖犁軛，飲食賴水草，鞭下討生活，誰云無煩惱；
到頭任宰割，桌上充餚好，煎煮燉炒炸，唯餘白骨槁。

水中逍遙遊，無水最可憐，一絲垂入水，莫認是琴弦；
戲之雖有趣，吞卻喪英年，少欲聚而散，無淚掛眼前。

我住伽藍處，倏乎五七年，塵俗隨時了，每喜茂林間；
任他鬢髮白，猶樂水與山，禪中尋智慧，研教透佛言。

大智生慧心，思緒具正意，精進道乃得，常住三摩地；
緣境不追逐，念自不妄起，無念無無念，解脫生死事。

遙見雲飛揚，作畫背景好，剎那風止處，隨即天雨掃；
平地水成河，瓜果一夜老，芳甜皆消失，世事難長保。

畢生爭頭角，半世凝虎睛，錦衣呢絨織，胸配耀眼瓔；
飯前黃騰酒，席上羔羊羹，一朝無常至，誰能保長生？

堂中儉吃用，伽藍遠慳惜，一襲灰袈裟，任他色催斥；
常住叢林下，光陰不輕擲，早晚唱禪歌，悲願窮無極。

既捨世法身，無諍無意氣，何來苦幽惱，執持虛妄地；
修三學，行四攝，任我任去來；無意氣，都拋卻，真授記。

綠水繞青山，曾經千萬載，巨壑與溪澗，奔流最自在；
寂時人鳥絕，幽然雲靉靆，霧帳草鋪床，雙露星月蓋。
擁風枕石頭，再久不更改。

浸身禪海向上事，靜慮參深無比倫，頓然來朝得證悟，見性明心真道人；
有願擔負如來業，雪山梵志步後塵，盡捨榮華名食色，有所不為功德陳。

貪欲全在求快活，莫忘戕害百年身，記取玩火被燄灼，遍體鱗傷非別人；
意念消靜不捨垢，蓮出污泥始是真，亮節高風參天竹，蒼松古柏最精神。

世上苦惱人，追逐名與利，出世離塵者，無貪捨富貴；
攀援損道心，欲念如煙氣，諦觀娑婆界，忽然老死至。
庸勞數十年，最終黃土置。頑固念不休，無異懸後嗣。

待到三塗墮，懊喪已非智。

閉目藏晴灰身智，得意讚言迦葉窟，遠遁深山修梵行，其實頑愚淪恍惚；
離塵學法非正理，認取本來業汩汩，垂命無常壓迫時，受苦色緣不是物。

千佛山水翠連碧，雙潭映影盡客遊，輒遇月圓色皎皎，蟲啼蛙唱鳴啾啾；
水畔孤僧跏趺坐，已忘時催人白頭，五七法身平庸過，六四韶光附東流。

佛子何事最堪嗟，無視因果造罪相，堂上作威每失格，呵佛罵祖學生涯；
不諳霜飛黃葉落，卻認楓紅樹開花，讚雪掩污淨世界，心空意絕稱作家。

披剃不是萬事休，濟世悲懷學從頭，六度四攝非說理，大行大願馭悲舟。

追名逐利貪無厭，生死纏縛不捨情，記取誰是轉世寶，犧牲享受樂梵行。

玉山嶂處併雲齊，俯瞰合歡較足低，蒼松古柏成青幛，老僧峰頂伴虹霓；
雲輕風淡漫山秀，霧露穿巖滿谷迷，眼起眼合景常變，似水流年盡落縠。

何云吟僧性最奇，山居自遣每耗時，負手常為禪蹤跡，意念不離惠公師。

千佛山上逾五秋，自生自活忘煩憂，心有一味隨緣藥，更不仿古冀著頭。

雙潭如鏡晝夜明，殿宇燈火照黑沈，莽莽娑婆皆尋夢，唯獨雲白透月心。

老來多病惜殘餘，六四韶光得山居，文采已是如煙過，授業更加走樣模。

煩惱菩提影隨蹤，識得心念無不空，管他照見穢與潔，更不行參走西東。

休庵長夜心識孤，疑那鏡臺一物無，莫非無視偈中寶，但看陰起不損軀。

朝見江水向東流，暮伴春花凋落石，倏覺老來無所依，回歸山門把道覓。

僧家到處不離山，水邊林下結禪緣，晨起漫山收露跡，夜半捧泉洗大千。
止心息念三摩地，虛靈名照法當前。認得識中珠一顆，智深慧博事理圓。

不事修行常嗟吁，無明谷裡苦生涯，來來去去經千劫，輪迴國中結怨家。
長老大德揚名姓，臨命終時亂如麻。明知濁世不了道，四生九類逐魔邪。

千佛山上設鏡臺，普度無門謝客來，絕塵隔世林泉遁世間何處築蓮臺。
一襲百衲瀟灑步，方便鏈頭擔月回。忘卻人寰多少事，不誇自在說奇哉。

盡耗韶光尋名利，安逸貪婪養肥軀，覺到油枯燈花爐，茶毗之餘點物無。

桑門住凡俗，每思俗不耐，棄髮再染衣，世人多不愛；
六道苦輪迴，迷貪無棄背，倘識出世理，盡見可憐態。

身披福田衣，應讀諸經史，窮究生滅事，修道成開士；
名聞與利養，書卻操未邦，一領百補衲，從來施自己。

欲調五陰魔，四蛇不分居，迷情心點燭，三毒自會驅；
知了六個賊，總也難掠珠，任他業風起，安穩澹如酥。

兩肩擔著天，雲水是我家，孤影行四海，無欲不言賒；
林野常作客，巖頂賞百花，情識本無種，自造自生芽。

僧身五六年，行腳千萬里，四山多聖跡，朝罷心不起；
立誓從宏願，勤研教與史，尚志來又去，淨濁兼洗耳。

世上有智人，為學多知見，每究真實情，偏激去道遠；
教下重無相，非僅陳虛願，頓悟知生死，證佛之知見。

非是情不堪，遁隱茅草庵，臥雲餐風露，坐茵軟氃氃；
溪流伴時逝，怒瀑沈淺潭，禪中忘歲月，戶扇忌向南。

採桑專揀葚，山蜜浸少許，封罈藏地下，醉醇蘭澤渚；
飄飄乘風去，儼然身化羽，倡懷邀明月，淺嚐不言語。

躋身禪歲月，匆匆半世紀，養牀一臭蟲，不覺多少子；
蟲子復生兒，綿延無窮已，訊息傳開出，身價金相似。

靜中常寂寂，禪思每慎審，無明煩惱悼，勘斷苦更甚；
識得人法假，福慧為他飲，一身無長物，飢渴採桑葚。

山間多竹林，筍車碾留轍，繁茂節節高，筍自竹根裂；
代代續生命，誰歟為生活？榨漿作成紙，一筆血紅毅。

世有各色狗，有馴有猙獰，馴者閨房臥，獰者街坊行；
閨飼不啃骨，野遊屎也爭！只為人估價，貴賤不公平。

憑欄海天遠，雲水兩茫茫，晚霞送歸鴉，風滯意徬彿；
頓地光四起，燈耀燦堂堂，夜來何須問，善惡在滄浪。

洛陽傳紙貴，都因文采麗，冷寂寒窗下，不慕香妃髻；

沈醉智慧海，故爾人睥睨，始招眾妒怨，欲逼成婚媾。

千肥山下埠，夾岸柳簾陲，鐘鼓響早晚，樵磐聲不吹；
三寶莊嚴相，護法金色鞞，僧尼隱梵剎，名捨利不知。

夏雨戲夕陽，風送山花香，層雲越中天，湖上看鴛鴦；
雙雙游水樂，浸濕采羽裳，頓爾黃昏歿，夜黑意惶惶。

若逢小人謗，切記莫驚懼，縱然狂凌辱，無妨隨他去；
嗔火燒無明，忍辱息煩惱，謗者由他謗，吾居清靜處。

苦海無邊際，修行不可息，勤研佛陀法，六時無有極；
常生菩提心，如虎添羽翼，待到髮脫時，入滅不吃力。

腳踏兩邊船，難圓如意子，抽腿失雙足，危厄何能止？
心存三分善，夜行百十里，鬼魅不侵身，災禍總不起。

沈默非無言，說法為眾述，潛修慧命養，大智道中出；
利勢與聞達，結果成魔疾，淨心坐八風，聖果在指日！

（據白雲禪師《寒山詩和唱》，佛印月刊社，民國六十九年六月一日版）

二、擬寒山詩

擬寒山拾得二十首

宋・王安石

牛若不穿鼻，豈肯推人磨。馬若不絡頭，隨宜而起卧。
乾地終不流，平地終不墮。擾擾受輪迴，秖緣疑這箇。

我曾為牛馬，見草豆歡喜。又曾爲女人，歡喜見男子。
我若眞是我，秖合長如此。若好惡不定，應知爲物使。
堂堂大丈夫，莫認物爲己。

凡夫當夢時，眼見種種色。此非作故有，亦非求故獲。
不知今是夢，道我能畜積。貪求復守護，嘗怕水火賊。
旣覺方自悟，本空無所得。死生如覺夢，此理甚明白。

風吹瓦墮屋，正打破我頭。瓦亦自破碎，豈但我血流。
我終不嗔渠，此瓦不自由。衆生造衆惡，亦有一機抽。
渠不知此機，故自認怨尤。此但可哀憐，勸令眞正脩。
豈可自迷悶，與渠作冤讎。

若言夢是空，覺後應無記。若言夢非空，應有眞實事。
燔燒陽自招，沈溺陰自致。今汝嘗驚魘，豈知安穩睡。

人人有這箇，這箇没量大。坐也坐不定，走也跳不過。
鋸也解不斷，鎚也打不破。作馬便搭鞍，作牛便推磨。
若問無眼人，這箇是甚麽。便遭伊纏繞，鬼窟裏忍餓。

我讀萬卷書，識盡天下理。智者渠自知，愚者誰信爾。
奇哉閑道人，跳出三句裏。獨悟自根本，不從他處起。

幸身無事時，種種妄思量。張三袴口窄，李四帽簷長。
失脚落地獄，將身投鑊湯。誰知受熱惱，卻不解思涼。

有一即有二，有三即有四。一二三四五，有亦何妨事。
如火能燒手，要須方便智。若未解傳薪，何須學鑽燧。

昨日見張三，嫌他不守己。歸來自悔責，分別亦非理。
今日見張三，分別心復起。若除此惡習，佛法無多子。

傀儡祇一機，種種沒根栽。被我入棚中，昨日親看來。
方知棚外人，擾擾一場數。終日受伊謾，更被索錢財。

季生坦蕩蕩，所見實奇哉。問渠前世事，荅我燒炭來。
炭成能然火，火過却成灰。灰成即是土，隨意立根栽。

眾生若有我，我何能度脫。眾生若無我，已死應不活。
眾生不了此，便聽佛與奪。我無我不二，四天王獻鉢。

莫嫌張三惡，莫愛李四好。旣往念即晚，未來思又早。
見之亦何有，欻然如電掃。惡旣是磨滅，好亦難長保。
若令好與惡，可積如財寶。自始而至今，有幾許煩惱。

失志難作福，得勢易造罪。苦即念快樂，樂即生貪愛。
無苦亦無樂，無明亦無昧。不屬三界中，亦非三界外。

打賊賊恐怖，看客客喜歡。亦有客是賊，切莫受伊謾。
樂哉貧兒家，無事役心肝。旣無賊可打，豈有客湏看。

有一種貧兒，不能自營生。若不作客走，即須隨賊行。
復有一種貧，常時腹彭亨。若有亦不畜，若無亦不營。

汝無名高者，以見利貪叨。汝無行實者，以取著名高。
行實尚非實，利名豈堅牢。一朝投土窟，魂魄散逃逃。

勇有孟施舍，能無懼而已。若人學佛法，勇亦當如此。
休來講下坐，莫入禪門裏。但能一切捨，管取佛歡喜。

利瞋汝刀山，濁愛汝灰河。汝癡分別心，即汝澹魔羅。
圓成但一性，一切法依他。偏了一切法，不如且頭陀。

（《臨川先生文集》卷第三，《四部叢刊》初編集部。）

半山老人擬寒山詩跋

月在秋水，春在花枝，若待指點而得者，則非其天矣。吾讀半山老人擬

寒山詩，恍若見秋水之月，花枝之春，無煩生心而悅。果天耶？非天耶？具
眼者試為薦之。

跋半山老人擬寒山子詩

受持千百萬過，心地花開，香浮鼻孔，鼻孔生香，香不聞香。善知此者，
則半山老人。舌根拖地，亦不分外也。

（《紫柏尊者全集》卷十五）

居士分燈錄

介甫《擬寒山詩》有云：「我曾為牛馬，見草莨歡喜。又曾為女人，歡
喜見男子。我若真是我，祇合常如此。區區轉易間，莫認物為己。」介甫此
言，信是有見，然胡不云：「我曾聞諛言，入耳則歡喜。又曾聞讜言，喜滅
而嗔起。我若真是我，祇合常如此。區區轉易間，莫認物為己。」而乃悅諛
惡讜，依然認物為己耶？故知大聰明人，說禪非難而得禪難也。

（王介甫）

慈受深和尚擬寒山詩

宋・慈受叟 懷深 述

寒山、拾得，迺文殊普賢也。有詩三百餘首，流布世間。莫不丁寧苦口，
警悟世人種種過失。至於幼女艾婦之姿態；惡少偷兒之性情；斗秤欺瞞，是
非品藻，靡不言之。其間稠疊言之者，誡殺生也。詩云：寄語食肉輩，食時
無逗留。今生過去種，未來今日修。祇取今日美，不慮來生憂。老鼠入飯瓮，
雖飽難出頭。又云：人喫死豬肉，豬喫死人腸。豬不道人臭，人反道豬香。
豬死拋水裏，人死掘地藏。彼此莫相食，蓮花生沸湯。嗚呼！聖人出現，混
跡塵中。身為貧士，歌笑清狂，小偈長詩，書石題壁，欲其易曉而深誡也。
經云：若不去殺，斷一切慈悲種。慈悲者，仁也。余因老病，結茅洞庭，終
日無事，或水邊林下，坐石攀條，歌寒山詩，哦拾得偈，適與意會，遂擬其
體，成一百四十八首。雖言語拙惡，乏於文彩，庶廣先聖慈悲之意。建炎四
年二月望日序。

我愛寒山子，身貧心自如。吟詩無韻度，燒火有功夫。
弊垢衣慵洗，鬆鬖髮懶梳。相逢但長嘯，肉眼豈知渠。

拾得詩清苦，風騷道自存。看雲歇恠石，步月出松門。
識取心中佛，休磨鏡上痕。時時多漏泄，塵世少知恩。

寒山三百篇，言淡而有味。論心無隱情，警世多逆耳。
下士聞之嗔，上士讀之喜。翻笑老閭丘，對面如千里。

吾詩少風騷，急欲治人病。譬如萬靈丸，服者無不應。
良藥多苦口，忠言須逆聽。勸君勉強服，生死殊不定。

佛以真實口，說法無虛謬。人天常誦持，龍神知護祐。
施食放生命，決定報長壽。過酒與僧尼，後世必無手。

在家聞見熟，意謂合食肉。一蟻不忍殺，何況烹六畜。
願君青眼開，試將黃卷讀。要聞知見香，熏汝腥羶腹。

世上多殺生，遂有刀兵劫。負命殺汝身，欠財焚汝宅。
離散汝妻子，曾破他巢穴。影響各相似，洗耳聽佛說。

偶然家計富，享用便過度。猪獸思食羊，魚獸思食兔。
朝昏但醉飽，錐刀圖積聚，不畋鶉在寀，（原注：出莊子）此理早須悟。

何曾食萬錢，顏子飲一瓢。賢者心念道，愚人志在庖。
賢愚趣不同，何啻雲泥遙。摹養恐非福，可信如昭昭。

世間一等人，諂事諸神鬼。殺命欲邀福，皇天無此理。
種棘不生禾，身曲影難直。孔子有箴誡，可信如金石。

人生平為福，有餘返為害。莊周燭理明，可作貪者戒。
富漢喜食肉，貧家多喫菜。喫菜比食肉，且無身後債。

漁者不能獵，獵者不能漁。
（原注：楞伽經云：為利故殺生，以錢網諸肉。二俱為殺生，死墮號口丰獄。）
貴人錢為網，水陸皆可圖。
畜生肉嘗遍，諸佛心轉踈。黃泉途路滑，失腳恐難扶。

富人聚族多，魚肉論秤買。腥羶眾口分，罪業一身載。
既失慈悲心，恣情為殺害。忽然死到來，去還畜生債。

祝壽作生日，親朋互相慶。未燒一爐香，且殺百箇命。
奴僕各醉飽，歌舞亂觀聽。如此望長年，為汝慚諸聖。

日食半斤肉，十年一百秤。且限六十年，不知幾箇命。
肉塊高如山，業坑深似井。前路黑漫漫，勸君宜猛省。

有酒方開顏，無肉不舉筯。顛倒自戕賊，擬將血肉補。
棄卻囊中金，反收路傍土。不見富貴家，未死神先去。

人生稍富足，著意營口腹。買魚尋鱖魚，買肉要羊肉。
諦觀異類身，無非親眷屬。正當舉筯時，仁人宜自燭。

忽聞賊殺人，吞聲眉已皺。不知盂中羹，甘肥自何有。
汝身既怕死，物命亦愛壽。彼此莫相殺，且要無身後。

忍人喜啖膾，砧几膏血灑。想見魚痛時，正似人遭禍。
咀嚼稱珍奇，惻隱略也無。影響恐非遙，不在九泉下。

肉食未必珍，蔬食未必惡。若知妄想根，始笑舌頭錯。
此身喻行廁，臭穢相句絡。打破飯袋子，光明常爍爍。

豬狗啖人糞，人啖豬狗肉。臭穢都不知，薰蒸境界熟。
身口既不淨，諸天多努目。自新宜早為，況是光陰速。

買肉須要肥，買魚須要活。買酒須要美，買田須要闊。
買婢須要峭，買奴須要黠。若教買香燒，一毛不肯拔。

美食意生貪，糲食心起怒。喃喃嗜飽蒲，殊不知來處。
人生一飯間，貪瞋癡悉具。智者善思惟，莫為餔啜悮。

人生貴無求，樂善而知足。安步以當車，晚食以當肉。
藜羹傲鼎食，草茵欺綉褥。須知高明家，鬼神瞰其屋。

有箇聰明漢，家中五慾全。喫得肉已飽，來尋僧說禪。
心口自違背，佛祖望齊肩。不知有底急，平白要瞞天。

冷笑富家翁，營生忙似鑽。囷裡米生虫，庫中錢爛貫。
白日把秤稱，夜間點燈筭。形骸如傀儡，莫教麻線斷。

一翁生七兒，各房納一婦。親賓常有歡，鵝鴨殺無數。

不覺子孫生，婚嫁未曾住。閉門造婬殺，也好思量取。

福輕似鴻毛，禍重如厚地。避禍而修福，百中無一二。
黃雀死彈丸，錦鱗喪香餌。箴誡甚分明，願君宜早計。

大富長者家，具足諸煩惱。福多作業多，福少作業少。
爭如貧道人，一裘一紙襖。也不怕死生，也不憂賊盜。

我口常喫菜，你腹常飽肉。看你肥如瓠，笑我瘦如竹。
我瘦且無冤，汝肥恐非福。斯言雖逆耳，請君徐徐讀。

好生惡死心，人畜無差別。刀砧纔見前，愁苦不容說。
鵪詩頗哀鳴，（原注：蔡元長太師喜食鵪子羹，庖人常養之於籠，日取烹之，一夕，
夢鴝鵪非至座前，乃作人語，具道誡殺意，遂賦詩一首，以乞命云：食君數粒粟，作
君羹內肉，一羹九錢命，下筯猶不足。勸君慎勿食，禍福相反覆。蔡公遂撤鵪羹，一
味不悟詩中之意。）牛拜彌慘切。（原注：梁孝元帝在江州時，有人為望蔡縣令，
經劉敬躬乱，縣廨舍被焚，寄寺而住。民將牛酒作禮，縣令以牛繫殺，屏除像設，鋪
陳床座，於堂上接賓客，未殺之。頃，牛解繩來塔下而拜，令大笑，令左右殺之，飲
啖醉飽，便臥簷下，及醒，即覺體痒，抓搔癮疹，因成癩，十許年方死。出《顏氏家
訓》，亦載《太平廣記》。）嗟吁人不悟，一至身殂滅。

刀上有少蜜，小兒爭欲舐。花底藏毒蛇，老翁不瞥地。
割舌與傷身，皆從貪愛起。世上聰明人，往往皆如是。
有人好臧否，信口亂比況。張三小有才，李四大無當。
終日品藻人，不知是虛誑。自己一靈物，拋在糞堆上。

人生萍託水，流轉諸愛河。鼓激無明風，出入生死波。
一念若知歇，諸魔必倒戈。急須登覺岸，勸子莫蹉跎。

肥魚死砧机，過在貪香餌。蚌蛤不吞鉤，亦遭人所嗜。
有身則有苦，無身則無累。跳出業波瀾，始到安樂地。

人生貪愛重，所欲未嘗周。一飯飽足矣，萬鍾心未休。
黑業埋頭做，紅裙判命求。鬢毛已侵雪，猶自不知羞。

一朝失一朝，一瞬老一瞬。去生漸漸遠，去死漸漸近。
願君倒指數，光陰有幾寸。驀被死魔牽，前頭多悶悶。

黃犬被人殺，哀號告訴人。汝不辨犬語，犬必怨汝身。

惡根今日種，苦果異時新。酬償恐未已，早以戒香熏。

黃大見人喜，未喚先掉尾。長年護汝家，深夜不敢睡。
無罪忽見烹，此理恐未是。細推犬有功，卻歎人無義。

因果耳不聞，說話多差錯。畜生若不殺，世上無處著。
此語乃魔語，誘人入鼎鑊。不知羊與人，互換相酬酢。

今生你殺羊，後世羊殺你。兩角還兩角，一尾償一尾。
假使百千劫，影響無差理。見你氣崢嶸，無人敢啟齒。

君看砧上魚，忍痛不能語。身雖遭斬斫，心猶念男女。
人既有妻兒，魚豈無子母。若懷這簡心，如何可下筯。

貴人惜性命，奉養欲長生。空心鹿茸酒，補氣腰子羹。
湯藥不離口，卑濕豈敢行。饒君善將理，難與死魔爭。

人生貴無業，不貴多伎能。伎能人看好，業能災汝形。
文章妙天下，氣宇吞滄溟。此身若一失，六趣且飄零。

豬羊養一群，雞鵝不知數。準擬賓客來，旋殺供盤。
烹羊豬已驚，割雞鵝已懼。從頭喫至尾，不知何以故。

嗟乎崔道紀，酒狂啖龍子，天網信不漏，響應若彈指。
既失黑頭相，便作黃泉鬼。憐君學仲尼，曾無子產志。
（原注：唐前進士崔道紀，為人狂率，喜談莊老，及第後，遊江淮間，遇酒醉甚，臥于客館中，沒水，有一魚隨捅而上，僕者異之，以告道紀，乃喜曰：「魚羹能醒酒，可速烹之。」既食，良久，有黃衣使者，自天而下，立於庭中，連呼道紀，道紀使人執提，宣敕龍曰：「崔道紀，下土小民，敢殺龍子，官合至宰相，壽合至七十，並除。」言訖，昇天而去，夜，道紀暴卒，時年三十五。出《異錄記》。）

貧民餓欲倒，富漢米不糶。米爛化為虫，猶嫌價利小。
價利更若高，溝壑皆餓殍。人生萌此心，鬼神暗裏笑。

世人無智慧，區區營口體。啜茶伯損脾，食蔬恐耗氣。
二毛今半百，千金買一醉。算來點是癡，嗟君開眼睡。

老翁急營生，貪饕不可化。一截已入土，百事放不下。
經卷無暇看，數珠未曾把。死去見閻王，必定遭唾罵。

貧賤關前業，休嗟命未亨。田園不種樹，花果何由生。
升沉兩條路，看你如何行。願君牢著腳，前面有深坑。

人生如春花，能得幾時好。朝吹與暮洗，朱顏變枯槁。
花落有時生，人老不復少。萬事只今休，莫惹閑煩惱。

富漢欺貧漢，南鄰瞞北鄰。斗秤有兩樣，言語無一真。
大秤買他物，小斗糶與人。眼下得便宜，暗中多鬼神。

人生重道德，不重多金銀。金銀潤汝屋，道德光汝身。
金銀生盜賊，道德息貪嗔。尋思富漢子，不如貧道人。

健啖眾生肉，癡心要作過。白髮五六十，紅裙七八箇。
歌舞中笑談，錦繡中坐臥。苦海前頭深，莫教船子破。

天高聽甚卑，神幽察甚厚。（原注：神幽，即陰司也。）埋蠶蠶變尸，燒蟻
蟻成漏。呵吹一氣間，冷暖各成就。惡從汝心生，還從汝心受。
（原注：蜀郡大慈寺僧修準，雖云齋戒，性甚褊躁，庭前植竹，多蟻，緣欄檻，準怒，
伐去竹，盡取蟻子，棄灰火中，準後患癬瘡，遍於頭面，不勝其痛苦，醫者云：「蟻
漏。」竟終此病，出《儆誡錄》。唐咸通庚寅歲，洛師大飢，穀價騰貴，民有菜色，
至蠶月，桑為蟲食，葉甚貴，有村民王公直，有桑百餘株，與妻謀曰：「蠶尚未知有
得失，以我計者，莫若棄蠶，乘貴賣葉，可獲錢百千，而蓄一月之糧，則接麥矣。」
妻曰：「善。」即攜鍬掘地，卷蠶數箔，埋焉，明日凌晨，荷葉鬻得錢數千，買肉餅
餌以歸，至徽安門，門吏見囊中滴血，既搜之，得人左臂，若新斬者，遂送至所司，
考之，其款云：「某埋蠶賣葉，買肉以歸，實不殺人。」監令就發其坑，果得一死人，
闕其左臂，府尹曰：「王公直設無殺人之辜，且有埋蠶之咎，法亦可恕，情罪難容，
況蠶，天地靈蟲，綿帛為本，敢加剿絕，與殺人同，當真嚴刑。」遂命於市殺之。王
公直既死，再驗埋蠶，皆為腐蟲。出《三水水牘記》。）

池中養却魚，岸上養却鴨。瘦者餵教肥，肥者便要殺。
不思身債重，只要口甘滑。臘月三十日，看你成忉怛。

世上聰明人，必欲聞其過。不知是業牽，却云合恁麼。
因果鏡中容，容豈非是我。陰報最分明，不論官職大。

口如無底谷，餔啖何時足。力未能長蔬，心且戒四肉。
（原注：四肉者，自殺、見殺、聞殺，或至親舊之家專為我殺。）
腥羶念有間，慈悲種漸熟。人生彈指間，少恣無明腹。

世人點是癡，忘身多為口。拚命吃河魨，忍臭餐石首。
年年江浙間，藥殺十八九。自云直一死，佛亦不可救。

自能持不殺，隨處多放生。如人犯刑憲，墮落枷鏷坑。
忽然身得脫，驚喜且悲鳴。含生皆怕死，何欲苦相烹。

前世殺害多，今報夭折苦。方矜面如花，已見身歸土。
哭倒白頭親，怨殺朱唇婦。因果鏡中形，毫髮無差悞。

人間官法中，畜生殺無罪。朝烹與暮割，恬然不知悔。
世法雖不理，冤債何時已。不見遂安公，五犬逼而死。
（原注：唐交州遂安公李壽，好獵殺鄰家犬，餵鷹。公因疾，見五犬索命，公曰：「殺你者，奴之過也，非我罪也。」犬曰：「奴豈得自由，是你使之，我等既不盜你之食，自於門首過，奴殺我終不休也。」公謝罪，請為追福，四犬許之，一白犬曰：「既無罪殺我，我氣未絕，生割我肉臠，爛苦痛，吾思此毒，何可放也。」有頃，少甦，遂患偏風，支體不遂，雖為犬追福，公竟疾不差。出《冥報記》。）

前世食肉多，今報疾病苦。針艾遍支體，呻吟徹朝暮。
良醫雖有術，夙業豈能去。願君祈懺摩，剋心聽佛語。

守口要如瓶，語言當自保。多知多是非，少出少煩惱。
東平樂為善，（原注：東平王蒼，顯宗弟。顯宗問：「卿在家，以何事最樂？」蒼云：「為善最樂。」帝歎之。）司馬只稱好。（原注：後漢司馬徽，口不談人之短，與人語，無問好惡，皆言好。有人問：「安否？」答曰：「好。」有人自陳子死，答曰：「好。」妻責之曰：「人以君有德，故問，何故聞人子死，亦言好？」徽曰：「卿言亦大好也。」）相逢但寒溫，萬事皆默了。

浮生類俳優，但可付一笑。做人復做馬，喫飯今喫草。
富貴變貧窮，醜陋却美好。不識主人公，去來三惡道。

人云我聰明，識盡天下理。逐日弄精魂，長年鑽故紙。
自家一箇心，殊不知落地。及乎死到來，看你無巴鼻。

世人怕說死，說著死便諱。及期死到來，老眼先垂淚。
戀妻復戀妾，見神并見鬼。不入祖師門，癡迷直到底。

六十休造屋，七十莫置衣。縱然得受用，能得幾多時。
身心要早歇，準擬與死期。正如人遠出，預辦者便宜。

野鹿貪嗜草，忽中獵師箭。老鼠翻飯盆，已落狸奴便。
禍從貪上起，苦自愛中現。貪愛若不生，災害自然遠。

道力與福力，平時似亂真。福力有盛衰，道力無富貧。
人生不學道，只種輪迴因。君看天福盡，滿眼生埃塵。

不貪以為寶，日用無欠少。一裘聊禦寒，百味無過飽。
堪嗟塵世人，經營長擾擾。衣底摩尼珠，光明都昧了。

善惡生汝心，汝心宜早戢。鵝烹語告人，狗死魂猶泣。
警誡甚分明，愚耳終不入。苦果一朝熟，恐君悔不及。
（原注：唐何澤者，容州人。嘗（左手右禹）四會縣令。性豪橫，唯以飲啖為事，尤
嗜鵝，鄉胥里正，常令供紬，日加烹殺，只有一子，形貌秀整，受憐特甚，嘗一日烹
鵝，爨湯以待沸，鵝忽作人語，曰：「我四回為鵝，皆遭知縣殺之，何如？更延我數
月之命。」庖人驚訝以告澤，澤親問之，鵝亦如前語，澤曰：「只此一回，後次不殺
汝也。」遂烹之。其子似有鬼物撮置鑊中，舉家驚，往就出之，則與鵝俱爛矣。出《勸
善錄》。唐貞觀間，螫屋鄠縣界，有果毅者，每有客來必置犬以設饌，衛士家有十犬，
前後買盡，其最後一犬，煮未熟，果毅對客坐，遂聞婦人哭聲，意疑其事，向家看之，
不見哭，至廳前再見妻，不哭，如此者數四，後再向家，即聞哭聲於門外，若門外，
即聞哭聲在門內，其客大驚，坐不安席，仍聞哭聲，云：「男女生十簡，盡被果毅喫
盡，皇天厚地，豈不憫我，客聞之數遍，了了分明，果毅因此得病，苦痛累月而終，
長安共傳。出《法苑珠林》。」）

老翁死卻兒，晝夜搥臆哭。痛心徹骨髓，叫云我孤獨。
何不返思量，恣啖豬羊肉。羊豈不思兒，豬亦有眷屬。

惡人罵善人，善人摠不對。善人若還罵，彼此無智慧。
不對心清涼，罵者口熱沸。正如人唾天，還從己身墜。

莫憂家未富，家富鬼神惡。莫憂官未穹，官穹朝市妒。
多求災禍根，知足安樂處。君看權勢家，晝夜如騎虎。

一日日知衰，一年年覺老。唯有貪愛心，頑然如壯少。
臨行念子孫，垂死顧財寶。世間此等人，可哀不可吊。

眾生方寸間，貪量如海闊。保持一簡身，擬作千年活。
金玉已滿堂，更欲相攘奪。至死少一官，令人冷笑發。

小人妒君子，百計求全毀。自己醜惡聲，不知滿人耳。
譬如蜣蜋蟲，輥臭為香美。卻笑鸞與鳳，不與己為類。

人身如假借，其勢豈能久。（原注：《涅槃經》云：「人身如假借，物豈能久留。」）
鏡中兒時面，轉眄成老醜。
安得閑日月，與人鬭棋酒。不能求放心，處處隨物走。

人身有一疾，呻吟徹眠夢。買藥與呼醫，告佛仍設供。
諸佛雖不語，愍汝顛倒重。殺羊食其心，何不念他痛。
（原注：法進禪師，開皇中，蜀王臨益州，以妃患心痛，命醫。方士符咒無效，乃請進，進辭曰：「某住山，今八十歲，與木石等，願報大王，不及出也。」王再三請進，堅不行，王遂怒，欲斬之，既見進，王不竟身顫汗下，遂回心曰：「妃病心痛，日夕呻吟，誠不忍聞，願師慈悲救此苦。」進曰：「大王每日殺羊食心，豈不□□一切眾生皆是佛子，何因此妃，生此偏愛。」王懺悔，謝進曰：「請王先行。」進隨入，妃一見師，汗流，因尒便愈，王與妃見師足離地四五寸。出《高僧傳》。）

世人無慈悲，恣情為殺害。喫肉如大蟲，唯誇牙齒快。
不念眾生苦，暢我箇皮袋。皮袋暫時肥，須臾卻敗壞。

世事多不平，平者唯有死。死若更不平，貧漢何時已。
朱樓高插雲，金帶光照地。無常一日來，閻王誰管你。

若以諍止諍，其諍轉不已。唯忍能止諍，是法中尊貴。
不見老瞿曇，妙相三十□。卻笑刀劍來，只以無心對。

富甚足憂煩，貧甚多飢餓。要於貧富□，□足隨緣過。
人生不知足，貪財是貪禍。□□功德天，尋常一處坐。

嗔火焚和氣，令人相貌惡。脩羅纏現前，菩薩都走卻。
養就三毒軀，恣為五欲樂。智者善思惟，早服慈悲藥。

心王不自明，便被六賊擾。見色已昏迷，聞香即顛倒。
功德與法才，盡底遭劫了。只因無慧力，貧窮三惡道。

世人皮底點，肚裡沒頭癡。只取眼前樂，不憂身後非。
眼前樂不久，身後苦多時。願君早為計，後悔恐難追。

求名趨於朝，求利入於市。古今朝市間，相爭如鼎沸。
不如歸山林，揩磨自心地。心地若分明，名利如唾涕。

人身苟無業，生死何足疑。生也不須戀，死亦不須悲。
一身真逆旅，萬事皆兒嬉。請來綠巖畔，與君歌紫芝。

因果如影響，毫髮無差錯。啖炙僧腸穿，（原注：有人逐羊奔寺，比丘遂指示
之，乃殺以炙啖，比丘食只炙，遍於皮下走，穿腹而卒。出《辨正錄》。）指熊樵
臂落（原注：有樵夫入山，值大雪，極寒，有熊似知人意，遂引入窟，至雪霽，樵
夫下山見獵人，乃指示其熊窟處，舉手指之，即時臂落出經。《異相論》。）
獸面心有仁，人面心有惡。天地終不容，立見身消爍。

靜看營巢燕，銜泥日千轉。一棲貧家梁，一宿王者殿。
寄託暫時間，何暇分貴賤。人生達此理，沒齒無欣怨。

貴人何所憂，所憂唯是老。既老何所憂，憂見無常到。
逢人問方術，閉門弄丹竈。此心若不歇，至死亦顛倒。

可畏是輪迴，念念無停住。纔見出頭來，又見翻然去。
換面與呿頭，為男或作女。不識主人翁，來去多辛苦。

蠶忙貪作繭，蜂忙貪作蜜。繭成自己寒，蜜就別人食。
世上憂家翁，辛苦無暫息。也似二蟲癡，於身無所得。

三四小孩兒，爭拈百草嬉。懷中有梨栗，衣上污塵泥。
也似年高者，貪迷聲色時。世間無老少，總是一般癡。

貪嗔汝鑊湯，愚癡汝地獄。劍樹及刀山，汝心皆具足。
要以智慧水，洗此無明毒。凡聖路無多，正如手翻覆。

譬如臨明鏡，面目各相對。好者默自欣，醜者默自愧。
唯鏡兩無情，光明常一體。若人心似鏡，成佛在彈指。

厚葬非孝心，死者必遭辱。君看離亂時，何墓不伐斸。
黃金眾賊分，白日孤鬼哭。最愛老莊周，天地為棺木。

屋可蔽風雨，何苦鬥華麗。堯舜乃聖君，光宅天下被。
茅茨未嘗剪，土墀亦不砌。不知爾何人，鱗鱗居大芳。

出家要省緣，省緣易入道。如何無事人，摟攬閑煩惱。
奔走富貴門，莊嚴房舍好。不知被物使，區區真到老。

傷嗟富貴家，殺害無虛日。食羊割你膀（原注：京師之羊旁，殺羊方取一二

斤，貴人多食之，為近乳也。）烙鱉呼卒律（原注：以熱火筋，活刺鱉身，內在
上，呼為鱉卒律，其人因病，有小鱉無數，自臍中出，累年方死。）
物有千般痛，汝無一念恤。福力忽然終，黃連猶是蜜。

浮生七十歲，二萬五千日。睡眠與疾病，光陰強半失。
火急便回頭，寸陰誠可惜。嗟吁世上人，班白猶放逸。

世上貪饕漢，因財日夜兼。天公借與汝，看守七十年。
譬如良田穀，春種秋方圓。不見張車子，生來便有錢。
（原注：昔人貧，日告上天，以求富盛，遂感，天帝見之，令借張車子錢十萬貫，與
之，待十年卻還，後至十年，其人欲移居以避天帝還錢之語，以車數十乘，載其所畜，
至中路，僕夫姓張，妻在車下生子，小字曰車子，車子既生，生計日盛，其人遂窮。）

有福莫享盡，福盡身貧窮。有勢莫使盡，勢盡冤相逢。
福分常自惜，勢分常自恭。人生驕與侈，有始多無終。

自料七十歲，可期不可期。況今五六十，形骸日漸衰。
正如春暮後，青多紅少時。去住呼吸間，佛言真不欺。

我者被人罵，佯聾不分說。譬如火燒空，不救自然滅。
嗔火亦如是，有物遭他熱。我心等虛空，聽你飜唇舌。

四大是假合，何況四大外。假者是色身，外者是財賄。
可憐世上人，說與終不會。相爭一丈錢，費卻多少氣。

人生被愛使，奔走如奴僕。愛官被官牽，愛財被財蓄。
晝夜不曾閑，身心無暫足。佛云恩愛奴，斯言真可錄。

世人多放逸，極力事侈靡。樂極悲哀來，福盡貧窮至。
天福尚有盡，世福豈無已。人多議論乖，享得是我底。

世人貪積財，受盡種種苦。求時多辛勤，守時足憂怖。
散時哭不休，死時戀不去。輪迴六趣中，只因為物惧。
（原注：《涅槃經》云：眾生於財色四種怖，四種者，王、賊、水、火、也。）

有恩念念報，報則合天道。有冤念念解，解則無煩惱。
一身類浮雲，百年同過鳥。若以冤報冤，萬劫無由了。

名湯并利火，古今燒殺人。只貪炙手熱，應笑甑生塵。

虎口都忘嶮，龍鱗不怕嗔。利名心未足，□老已及身。

可怜一等人，不善又不惡。一邊說參禪，一邊取娛樂。
貪得生死間，都不受寂寞。此云癡種子，要覓楊州鶴。

人如食藥蟲，通身總是苦。喫苦尚不休，抵死鑽頭做。
古人知此味，念念求退步。樂道山林間，榮枯誰管汝。

有求皆是苦，眾生須要求。因名忘性命，為利起戈矛。
不足無時足，知休直下休。死生呼吸至，無人替汝愁。

世上聰明公，癡心自蔽蒙。步步常行有，口口只說空。
既空無嗜慾，既空無窮通。因何臨財色，身心如轉蓬。

眾生點是癡，積惡望無過。譬如顛倒人，尋覓無熱火。
火則決定熱，惡則必招禍。勸君慎所積，（原注：傳云：『善不積無以成名，
惡不積無以戒身。』）有花終結果。

一念染心生，撞入胞胎去。父精與母血，妄認為住處。
種子既不淨，臭氣相薰污。業風吹出來，萬苦從頭做。

出家要清閑，卻被人使喚。門徒數百家，追陪日忙亂。
施利得十千，人情費七貫。彼此沒便宜，他年難打算。

更有一般僧，因果殊不顧。心裡似屠沽，口中呵佛祖。
心口不相應，佛祖豈容侮。投子與趙州，肯踏名利路。

池中一土墩，（原注：又名魚千里，俗呼迷魚臺。）魚日遶墼轉，
人觀咫尺間，魚謂千里遠。
正如躁進人，分寸變眉目。要在張三前，還落李四儍。

勸君莫嗜酒，嗜酒多過咎。不為損汝福，亦乃夭汝壽。
獨飲醉一夫，共飯飽十口。（原注：諺云：『一醉之資，可飽十口。』）
人生福幾何，飢貧恐在後。

世間一等漢，做盡百家冤。錐刀爭利祿，尺寸竟田園。
世上若無死，塵中應更喧。勸君衣帶上，分明書此言。

僧家乃野人，何苦事迎迓。佛法變人情，真實成虛假。
不見老趙州，禪床猶懶下。但願大王知，誰管都衙罵。

區區求富貴，求得一何用。前遮並後擁，假合成戲弄。
正如夢南柯，妄認位貌重。忽然睡眼醒，始笑乾陪奉。

勸汝諦觀身，此身真可惡。上下九箇孔，臭穢常流注。
內外四條蛇，輕躁不停住。智者善思惟，莫被皮囊悞。

女色多瞞人，人惑總不見。龍麝暗薰衣，脂粉塗厚面。
人呼為牡丹，佛說是花箭。射人入骨髓，死而不知怨。

人生如下棊，機巧未嘗已。劫劫只圖生，忙忙誰怕死。
路頭既錯了，心眼亦虛棄。不薦這一著，對面若千里。

白日鬧喧喧，夜間靜悄悄。夜間與白日，且道誰欠少。
飢時覓飯噇，困便尋床倒。不省這箇意，區區直到老。

往事莫追尋，未來莫希望。見在休執著，自然心坦蕩。
有心終不堪，無念以為上。君看太虛空，何嘗有遮障。

莫嫌門戶小，轉富轉心勞。夜怕奸偷至，時防風火燒。
名高招謗重，財積致讒饒。外物多為累，令人思許巢。

麝為香而死，龜以靈故焦。既為世所用，憂患無門逃。
名高謗之本，財聚禍之苗。三怨粗能免，世無孫叔敖。

日暮片雲愁，邊廷戰未休。萬人齊拼命，一將獨封侯。
孫武子兵法，田將軍火牛。筭來成底事，摠是百冤頭。

合嗔不須嗔，合喜不須喜。喜時風自吹，嗔時火自熾。
風火非外來，皆從自心起。不見四禪天，三災都不至。

不栽一株葉，不種一粒粟。口體每輕肥，倉庫常滿足。
蓬門漏不蔽，你居大華屋。常懷知愧心，少恣無明欲。

一鼠變蝙蝠，群鼠相慶賀。飛鳴覺身輕，自喜脫　禍。
日中不見物，夜裡常忍餓。不如做鼠時，窟裡飽眠臥。

貧窮難作福，富貴易造罪。有力無道心，有心無財賄。
有福有道心，百中無一二。不見老瞿曇，福慧二嚴美。

佛為大醫王，留經治病眾。眾生雖讀經，展轉不相應。

病是貪嗔癡,掃除愛淨盡。貪嗔癡不除,無緣了真性。

貪夫如撲滿,(原注:俗呼為藏瓶。)不慮滿時禍。未盈猶可存,已滿終歸破。
君看石齊奴,不義蓄財貨。喫劍為綠珠,至死不知過。

奸漢瞞淳漢,淳漢總不知。奸漢作驢子,卻被淳漢騎。
當時誇好手,今日落便宜。圖他些子利,披卻畜生皮。

君看轉輪王,七寶光中坐。一朝福力盡,頭上花冠破。
正如劍射空,勢盡還退墮。升沉無數劫,只因迷者箇。

不必揚人惡,切忌伐己善。行人口似碑,好醜悉皆見。
祿厚恐禍生,言深慮交淺。不如省事休,彼此無欣怨。

君看草頭露,日出還消去。也似世間人,閻浮暫時住。

愚人尚不知,紛爭求貴富。只應明眼人,未能笑得汝。

人生不滿百,常懷千歲憂。猶嫌金玉少,更為子孫求。

白日曉還黑,綠陽春復秋。無過富與貴,不奈水東流。

入寺設僧齋,先且問客食。一味不可口,滿座皆啾唧。
回顧憍陳如,鉢盂未嘗濕。恁麼說齋僧,有名而無實。

辛苦置田園,歲取五千斛。死了付兒孫,兒孫享其福。
忌辰飯十僧,紙錢燒一束。人生為子孫,所得何纖束。

一年五千斛,十年計五萬。不知十年間,所作何事辦。
暴殄天物多,也好自思筭。福若不消磨,除君是鐵漢。

人人要便宜,箇箇覓小利。所爭能幾何,失卻大人體。
饒人福自來,瞞人禍自至。此理甚分明,尚猶不瞥地。

傅大士種瓜,瓜熟人偷竊。以籃投園中,與偷便提挈。
偷兒感此情,再拜心服悅。無爭與莫爭,盡向慈門攝。

法燈禪師擬寒山

今古應無墜,分明在目前。片雲生晚谷,孤鶴下遙天。

岸柳含煙翠，溪花帶雨鮮。誰人知此意，令我憶南泉。

幽鳥語如簧，柳垂金線長。煙收山谷靜，風送杏花香。
永日蕭然坐，澄心萬慮亡。欲言言不及，林下好商量。

誰信天真佛，興悲幾萬般。蓼花開古岸，白鷺立沙灘。
露滴庭莎長，雲收溪月寒。頭頭垂示處，子細好生觀。

閑步游南陌，唯便野興多。傍花看蝶舞，近柳聽鶯歌。
稚子撈溪菜，山翁攜蕨蘿。問渠何處住，迴首指前坡。
每思同道者，屈指有寒山。得意千峯下，無人共往還。
朝看雲片片，暮聽水潺潺。若問幽奇處，儂家住此間。

三春媚景時，疊嶂含煙雨。攜籃採蕨歸，和米鐺中煑。
食罷展殘書，鶯鳥關關語。此情孰可論，唯我能相許。

幽巖我自悟，路險無人到。寒燒帶葉柴，倦即和衣倒。
間牖任月明，落葉從風掃。住茲不計年，漸覺垂垂老。

野老負薪歸，催婦連宵織。看他家事忙，且道承誰力。
問渠渠不知，特地生疑惑。傷嗟今古人，幾箇知恩德。

自住國清寺，因循經幾年。不窮三藏教，匪學祖師禪。
一事攻燒火，餘閑任性眠。生涯何所有，今古與人傳。

颯颯西風起，飄飄細雨飛。前村孤嶺上，樵父擁蓑歸。
躡履尋荒徑，撐笻似力微。時人應笑我，笑我者還稀。

擬寒山詠法燈詩

深雲勿謂無人聽，萬像森羅歷歷知。坐石已知毛骨冷，漱泉長覺齒牙清。
箇中有味忘歸念，身老無餘合此情。幽巖靜坐來馴虎，古澗經行自狎鷗。
不是忘機能絕念，大都投老得心休。怕寒嬾剃鬖鬆髮，愛煖頻添榾柮柴。
裸色伽梨撩亂掛，誰能勞力強安排。
其詠閑適情，可謂得之至矣，儻非中有所養，孰能爾耶。

（《羅湖野錄》卷一，臨川化度淳藏主。）

擬寒山詩

明・釋隱元撰　釋道澄錄

擬寒山詩自序

　　余家閩之福唐東林林氏子，幼以耕樵為業，以供母氏。及母棄世，即脫白黃檗，期了生死大事，用報養育之恩。初未知子史為何物也，又曷敢言詩？迄今年逾七旬，應化此邦，已三開法祉。尋退休松隱，與二三子優游以樂，不知老之將至。有時適興說偈，或應善信之請，日久成帙。好善者，乞為流通；不逆人意，輒付之剞劂。故方來衲子，吟之不無慕腥，謂余能詩，余實未能也。亦有能而不能，蓋真能也。余果不能，豈敢言能？但適時情而已矣。如其褒貶，是在仁者，我奚辭焉？季春望日，偶過侍者寮，見几上有寒山詩，展閱數章，其語句痛快直截，故知此老遊戲三昧，非凡小愚蒙所能蠢測也。侍者啟曰：「和尚去夏有松隱吟五十首，甚暢於懷。今再擬寒山詩百首，以廣益壯之風，不亦善乎。」余曰：「詩亦難言，豈易吟乎？而擬之又難於言與吟也。或一言半句，不合其宜，未免寒山所哂。以瀆林泉，非所益也，且余未敢即擬，恐孤所請，聊試自擬其拙、自狀其醜，庶幾以慰其誠。」時楮先生與管城子在旁，唯唯點首，以助老興，遂掀飜枯腸，疏通源脈，津津然湧出。不二旬而就。雖無妙句可觀，亦一時適趣也。第不無出醜外揚，塗污寒山不少。適高泉法孫，遠來省侍，見是集，即乞刊行，大似傳言送語，重增老者之醜。雖然，不妨面皮厚三寸，與夫寒山子把手峰頭，呵呵大咲，且不知余之為寒山歟？寒山之為余歟？惟呵呵而已。設有豐干筆，陡然突出，饒舌一上，覷破此集，則余與寒山覿面逡巡，思無所遁焉。

　　　　　　　　　　　　　　　　　　時
　　　　　　　　　　　　　　　寬文六年歲次丙午孟夏
　　　　　　　　　　　　　　　佛誕日松隱老人隱元識。

擬寒山詩跋語

　　詳夫寒山詩者，蓋寒山大士之所作也。大士為憫念眾生，故示現人間，常出入天臺寒巖中，與豐干拾得為友。狀若風狂，好大咲，喜歌詠，然不事褚筆。每有所作，輒書諸石壁竹木間，幾無知者。一日為閭太守所識，傳布天下。其風韻超卓，非所世所及，故世之淵才逸思者，則擬而詠之，蓋高其

風也。甲午歲，吾祖隱老人應聘東國說法十餘霜，（訪去言加耳）開山黃蘗，遂逸老松堂，坐臥之餘，亦喜歌詠。尋有松隱吟五十首，響震山川，雅有寒山子之風。今年春季，為侍者澄月潭所啟，復擬寒山詩一百首，惟信口而出，聽筆而書，方旬餘而告成。初未嘗凝滯其中，或美或刺，或抑或揚；或敷衍人倫，或發揮宗乘，重重錯出，種種交翻。泠泠焉！如逝川之玉髓，隱隱焉！若際天之松濤。妙矣哉！不可思議之極致也。澂小子輩，其知之乎。雖曰不知，亦知其有益於天下也，迺踴躍歡喜，拜乞繡梓以壽其傳，使天下知吾祖之婆心，亦不亞於寒山者矣。用是僭述數語於末，大似執管窺天、持蠡測海，觀者得無捧腹一笑耶。

奧州法苑山法孫性澂百拜
敬跋

隱元和尚擬寒山百詠

侍者道澄錄

寒山徹骨寒，黃蘗連根苦。寒盡自回春，苦中涼肺腑。
先賢開後學，後進繼前武。今昔一同風，利生非小補。

又

孤迥寒山道，躋攀不等閒。奇峰高突兀，瀑布响潺湲。
一陟三思退，十登九個還。若非真鐵漢，爭透頂門關。

又

同心友拾得，來去無拘束。克腹飽殘羹，養真居洞壑。
容華不久留，貧賤常知足。省用世間財，免投驢馬腹。

又

且欲擬寒山，玉毫露一斑。天無少間息，人豈可偷閒。
古聖混塵世，後昆力仰攀。墨池聊瀎處，秀氣滿林間。

又

寒山路險隘，樹密不成行。高鑑無空隙，善登豈在忙。

文章陳夢語，詩賦老枯腸。吹入今時調，呵呵咲一場。

又

雲散長空月，花開不夜天，老人惟遠慮，浪子不歸田。
堂上風光少，庭前栢影連。未施如意福，爭得壽綿延。

又

百歲長宵夢，幾能醒一場。四生同性命，何忍更殘傷。
布德及鱗羽，興慈至善良。力行廣濟道，物我樂無疆。

又

薰風來殿角，個個盡歡樂。毛孔忽生香，千年大夢覺。
清凉界上行，魔佛掌中握。霹靂震雷聲，須彌驚倒卓。

又

萬丈寒岩境，悠然出世間。俊英多意氣，耆德獨安閒。
稚鳥鳴新葉，歸雲投晚山。團團微咲會，未易許君攀。

又

吾有一寶劍，可擬不可見。放去寂寥寥，拈來光燄燄。
護身億萬秋，今朝畧顯現。魔軍若到來，斬作千萬片。

又

寒山不可擬，擬則隔千尋。若眜先賢旨，活埋古聖心。
八紘空眼界，一筆寫胸襟。併作巇中響，聲光應古今。

又

道情不可測，妄念亦難量。探海海無際，窮天天更長。
外尋真鹵莽，內省是賢良。古者既如此，今何徒自忙。

又

烏兔走雲霓，忙忙東復西。兩輪相互照，萬物豁然齊。
雲散千鄰曉，春歸百鳥啼。道高超象外，魔類絕攀躋。

又

有個單傳客，迢迢渡遠津。滿頭堆白雪，一棒指當人。
胸秘光明藏，舌翻太古春。儼然靈鷲會，不負老能仁。

又

拂拂南來風，青青楊柳色。閒談絕點塵，略試出標格。
滿腹是經綸，所行鬼途轍。嗟嗟大博士，返作狼煙客。

又

隻手破天荒，大開正法場。聞風俱偃帅，返炤忽生光。
法護舒明鑑，魔羣輙退藏。一時露赤膽，千古為金湯。

又

浪著書千卷，難描半點真。返觀無住處，微見本來人。
自得尋常樂，何須更問津。一聲清磬動，敲出滿林春。

又

嗟嗟黃口兒，唯見巢中好。學語未成章，喃喃鬪佛老。
尺鷃咲鵾鵬，朝昏徒懊惱。那知天地外，更有無窮道。

又

林間閒夢醒，無事可思量。種竹招鸞鳳，誅茅結帅堂。
水輪清老眼，甘露潤枯腸。奕葉彌今古，枝花播遠香。

又

吾非擬寒山，自擬主人翁。雖則不相似，寒山在其中。
一毫頭透脫，萬類躲通同。物不昧人眼，唯人眼自蒙。

又

佛乃聖中聖，萬靈之祖考。龍天八部眾，仙鬼五通道。
一切盡歸依，人間俱讚可。魔外自無知，云他不及我。

又

黃檗無多子，聞賢必賞音。聊書先聖跡，以副本來心。
天下欽言行，林間閱古今。年來甘隱遁，不與世浮沈。

又

錫寄重巖上，胸開一義天。日常自守拙，暗地獨推閒。
不作繁華夢，惟談解脫禪。心無閒草木，滿眼是青蓮。

又

物物俱貪生，人人盡怕死。何事害他命，以肥我腹子。
愚蠢好饕餮，聖賢返恕己。最憫互相殘，何時能抵止。

又

壽生廣物命，樹福布津梁。德振乾坤大，心明日月長。
擴充臨濟脈，直接少林芳。正道通今古，真風四海揚。

又

光陰忙似箭，世上幾人閒。聽法心無定，探花戀未還。
浮雲掩白日，綠水映青山。無限丈夫子，活埋天地間。

又

我無驚人句，一向只平常。信手拈來用，當機不著忙。
淡中偏有味，妙處却難量。未得箇中旨，徒勞較短常。

又

老倒掣風顛，邇來愈悄然。春肥燕子國，秋老菊花天。
喜得清閒樂，免教福業牽。以斯微妙景，唯我占機先。

又

眼底幾春冬，少年易老容。無增閒碧落，不減舊青峰。
大道離名相，善行絕朕蹤。夜來忘管帶，逗漏數聲鐘。

又

君是誰家子，岭㟓最可憐。功名無插腳，文獻未成篇。
指路歸鄉處，迷頭不見天。風光賣弄盡，可值半文錢。

又

迷人不自惺，遺累百千生。久作貪嗔客，長為虛誕泯。
鬼心假佛面，獸行張儒名。掩耳偷鈴漢，到頭無一成。

又

娟娟碧漢月，湛湛澄潭水。水月隔淵天，函容兩不已。
至真非所窮，圓徹烏能比。大道廓靈明，可探不可擬。

又

不貪花柳色，兩眼獨圓明。不上險嵬路，腳跟一坦平。
心空無物累，道樂有餘清。世事付流水，閒看枯復榮。

又

大道絕中邊，臨機契妙玄。有時鞭腦後，倏爾拶鋒先。
逆順無增減，行藏豈變遷。吾家真種艸，徹底潔如蓮。

又

世味濃如酒，林泉清似茶。嗜茶醒心眼，躭酒破身家。
智者擇賢語，愚人溺見邪。到頭隨業去，莫怨佛陀爺。

又

淨眼看塵世，幾能保萬全。迷頭真可惜，逐物更堪憐。
勸子早回首，知非痛策鞭。人身一失後，求出待驢年。

又

有個真貧士，寒巖為故宅。閒吟宇宙清，一掃風月白。
古者不須論，今時豈亦得。河頭賣水人，咲殺老黃檗。

又

學道莫辭難，如登萬仞巒。腳跟生鐵鑄，眼睚赤金丸。
步步起雲浪，朝朝踞寶壇。八風吹不動，一片玉心肝。

又

天地為吾廬，始終無變異。十方沒壁落，門戶何須立。
佛老空身心，孔丘無固必。大哉三聖師，萬古為標式。

又

春去鳥啼忙，聞聲也斷腸。人情淡若水，道性潔如霜。
身世空花影，乾坤夢幻場。個中能作主，在處樂無疆。

又

白面好郎君，內含黑漆漆。潛心鼓是非，返炤有何益。
昧已昧無知，瞞人瞞不識。業緣貫滿時，未免墮阿鼻。

又

假仁德之賊，僭道佛之魔。弊久勢難挽，時哉奈若何。
欲超真士女，須仗好英豪。突出金剛眼，風回一剎那。

又

濁世鮮明眼，度生念亦堅。內藏淨寶月，外現老風顛。
智者不全識，凡夫盡罔然。偷光擬陳跡，大似管窺天。

又

無貪即布施，無嗔是慈悲。貪嗔既已斷，慧業巨思議。
更須亟返照，父母未生時。覷破本來面，分明不自欺。

又

昨夜瞻星斗，邪氣干文翰。聊展小神通，比試看一看。
拔劍跳黃河，鋒芒射碧漢。驚翻舜若多，流出渾身汗。

又

咲看五濁世，難得好賢郎。八九爭門戶，二三立界疆。
此時不反炤，何日得歸鄉。撲落碍膺物，玲瓏洞十方。

又

圓明是佛見，返覺即佛知。既悟佛知見，便是瞿曇兒。
撲鼻馨香候，蓮花出水時。點塵俱不染，果結復何疑。

又

僧傳佛慧命，氣宇不尋常。覷破大千夢，便登正覺場。
胷流百寶藏，口吐鉢曇香。聞見離情謂，人天共讚揚。

又

道證妙難窮，人情胡可測。山居日無為，趣靜心自克。
不見利和名，那聞聲與色。杯茶洗熱腸，靚露誠明德。

又

佛不孤人願，人須奉聖言。戒為萬善本，得本自還源。
定立空諸相，相空入慧門。三全通大道，兩足獨稱尊。

又

師寫洪匠範，範出法無差。鎔會萬物體，鑄成一大家。
本來無二致，分別隔天涯。找轉鐵巴鼻，共登百寶華。

又

衲僧崇明眼，豈可事無知。明眼醒塵夢，無知墮污泥。
由來齷齪漢，教壞好男兒。今日微光霽，何妨提一提。

又

夢到華胥國，醒來咲一場。覓時詎可得，用處獨全彰。
性達融今古，胸開淨雪霜。徘徊慧日下，何處不風光。

又

柳浪起薰風，南來好消息。老無腳頭力，唯有聞知識。
何處碧蓮開，倏然香撲鼻。返聞聞性空，天大事已畢。

又

偶提實相印，印破此山靈。可闡單傳旨，堪為列祖庭。
燈聯無盡藏，道得永安寧。更喜萬松老，長年一色青。

又

擇居傍勝跡，處友得名賢。密返三思旨，淨脩百福田。
時行深般若，日覲大金仙。果熟香飄遠，道超帝象先。

又

兀坐西來翁，廓然無所得。談空空所沈，說有有為塞。
踢脫兩頭關，指歸一路客。停機默竚思，覿面千山隔。

又

幽谷遯佳士，沒絃竟日彈。警世能藏世，謾人只自謾。
投機有拾得，饒舌是豐干。一歸不再返，千古見賢難。

又

杖藜直指東，突出一輪紅。陽谷風光振，寒巖瑞氣融。
古今人有盡，生死事無窮。試問諸賢者，如何一貫通。

又

人道孝為本，忠臣出孝門。脩身弘正道，說法度親冤。
親德萬靈重，孝名四海尊。力行斯大旨，報德又知恩。

又

三界寄浮旅，百年頃刻間。何期現瑞兆，令我夢寒山。
捉筆龍蛇動，追思佛祖顏。言言超聖諦，不是等閒閒。

又

生死急如絃，亟開般若田。當機能覷破，聞善必爭先。
閒處無虛度，忙時亦悄然。兩輪催白髮，萬古一青天。

又

論交志在賢，何必尚新鮮。勝友空諸相，名師淨福田。
有為皆夢幻，無事即神仙。宿業忽星散，長眠不夜天。

又

子規催逆旅，血淚染青山。堂上春光老，庭前氣象閒。
飯鴉遠落日，回驥轉鄉關。路半浪遊客，如何不早還。

又

遠客寓扶桑，朝昏近日傍。雖然未正炤，不與人爭先。
萬物原同體，單傳豈有方。大哉造化主，不宰功能長。

又

論禪真妙訣，直截當機歇。一歇萬慮空，千差俱合轍。
蓮開香有餘，旛動心無別。堪咲老太虛，至今又未撤。

又

翻轉蚖蛇窟，西江一口吞。心空含法界，眼廓小乾坤。
豁醒三春夢，頓消百劫冤。舉頭天外看，若個是知恩。

又

無事無為者，尋常獨自閒。千生大夢醒，萬里一朝還。
植福深如海，安仁儼若山。果然鐵漢子，翻轉剎那間。

又

隱隱長松下，休休逸老人。囊藏格外旨，筆絕世間塵。
你涉寒山跡，收回覺苑春。和峰增秀麗，又見一番新。

又

四海為吾家，隨方度歲深。片心含寶月，兩眼爍空花。
饑食金牛飯，渴斟趙老茶。長伸雙腳睡，不覺在天涯。

又

識得自家寶，垂慈須急早。百年倏忽間，萬事一齊掃。
害命損根元，養生益壽考。君能力受持，福祿可長保。

又

衲僧開隻眼，佛祖一心腸。不食人唌唾，口門自放光。
不行花柳徑，足底愈清香。踢起明如日，流輝炤萬方。

又

凡夫少慧眼，愚執自成勞。苦海千尋浪，我山萬丈高。
驅馳諸衲子，叱咤老頭陀。業累既盈滿，臨終奈汝何。

又

人人歸正信，始是報親恩。靚露樂邦境，大開至善門。
眉橫雙日月，胸納一乾坤。掃盡群魔影，方知大道尊。

又

佛光臨萬古，道契不尋常。恢廓拈花旨，全憑鐵鑄腸。
頻吹無孔笛，唯熱本來香。觸破遼天鼻，單傳正脈長。

又

自從退隱後，任運獨逍遙。不作塵中主，惟懸樹下瓢。
鳥吟動老興，竹戛起風標。試問管城子，虛空豈易描。

又

春去未歸來，子規啼出血。溪山勿論同，雲月何須別。
一念既還源，千差俱合轍。妙哉大智師，扭得鼻梁折。

又

一物不將來，空空絕點埃。一文費不去，了了莫疑猜。
來去塵無累，行藏心自開。分明濁穢土，出處是蓮臺。

又

生成黃檗叟，卓錫太和天。翠茂萬松境，清冷一脈泉。
不孤面壁漢，無愧紫金仙。放下開山斧，閒吟樂永年。

又

新荷香映水，綠柳醉花村。啼鳥送春去，薰風自到門。
江山無減色，時節不相存。欲透西來意，摟空造化元。

又

父母天倫重，生身德莫量。分皮未足報，碎骨豈能償。
心徹情無寄，道成名可揚。諭親歸佛乘，孝義始全彰。

又

弟兄敬愛深，隨順無難色。履險力爭扶，建功退讓得。
連枝返本元，同氣承天德。恩大一乾坤，義當共肖克。

又

投師貴道德，訪友必賢良。道德超生死，賢良消暴狂。
神光立雪重，船子接機忙。乞法忘軀命，為人覆小航。

又

竟日衛門牆，爭如平心好。小知聲唧唧，大道明杲杲。
古聖弗能窮，凡愚豈可造。莊生猶未聞，以下休艸艸。

又

老夫睡未足，好鳥噪山堂。乞法誰家子，投誠五分香。
憨眠無味語，豁醒自成章。筆底風雲會，林巒盡放光。

又

吾道通凡聖，悟迷自古今。脩身齊宇宙，潔己樂山林。
若個空諸相，幾能徹自心。其中親覷破，點鐵也成金。

又

劈開混沌竅，徹見其清濁。日日自風光，時時常洒落。
離名復離相，無適亦無莫。如說而奉行，許登清淨覺。

又

玄妙不思議，人天難可測。心包老太虛，幻出洞岩窅。
眼底獨圓明，胸中無礙塞。大哉沒量人，千古為標格。

又

茫茫週沙界，忘卻本來尊。教攝三勝眾，行分八萬門。
捨身弘正道，力願報洪恩。濁劫雖難度，有知終返元。

又

隻葦渡東溟，飄然直至今。寸絲懸落日，一刻抵千金。
靜坐空三際，當機廓片襟。尋常無個事，贏得臥□□。

又

圓頂方袍士，唯禪是所依。更須參向上，豈可學卑微。
透徹頂門眼，頓超過量機。是名真鐵漢，不愧出家兒。

又

鑽花如麻葦，若個賦心田。翰苑尚文雅，檗山續正傳。
和風長道樹，德水綻金蓮。浪闊分千派，流高第一泉。

又

大方尚雅宜，名士出青藍。闊論空諸相，澄心映碧潭。
有時鳴歷歷，無事□憨憨。不覺滿頭雪，峻嶒上寶庵。

又

彈出無生曲，幾能解賞音。怖頭錯認影，斷臂得安心。
迷悟隔天壤，賢愚自古今。檗山三頓棒，痛快廓胸襟。

又

莊嚴三寶像，世世誕王家。尊貴無輪匹，□□絕點瑕。
萬邦慶瑤彩，上屆獻天花。昔布尊榮福，今還果不差。

又

娘胎纔突出，七保已隨身。信手用無竭，平心運轉真。
因施如意福，果獲吉祥珍。自作自家受，更無第二人。

又

曩劫慳不□，而今徹骨貧。一錢何處乞，盞飯□□□。
赤體無遮蓋，終年受苦辛。自知慳業報，警誡世間□。

又

自無筋骨力，終日附他人。背負重難忍，鞭笞痛莫伸。
前因欺上善，後果受卑身。報應無差忒，吾言真可珍。

又

> 今朝天氣朗，想有故人來。竹徑從頭掃，柴門八字開。
> 久思情倍切，覿面喜無涯。萬事付流水，罄談大快哉。

又

> 世上無三寶，便成□惡道。外魔侵法身，內障添煩惱。
> 自滅滅他人，親冤冤佛老。苦哉末劫時，黑業誰能掃。

又

> 擬轉寒山窟，幻成五葉蓮。轟轟傳正令，落落遠高賢。
> 逗漏玄中旨，瀾翻海上篇。既成滿百福，拍掌樂堯天。

（日本寬文六年刊本）

梅村先生〈擬寒山詩序〉

梅村張先生，博學力行，究心佛乘，善貧而好施予。世出世間，作諸利益事以百千種，緇素賴之。晚乃盡謝世味，一蔬一飯，參誦西方，大覺不休。叩以宗　旨，瀟瀟終日，激切斐亹，大有儆動，居然闡法，善知識也。其所游戲翰墨，率稟於教，驟聞之，即里耳可入。潛玩而深體之，即古微言奧義不啻也。以其類寒山子詩，遂名擬寒山。吾烏知寒山之為文殊，而梅村之為寒山邪？！以其言可為後學之梯航，則輔教翼聖之功，不可泯滅。他日與寒山詩並傳永永，末世眾生，其尚有大造哉。故為之序，而俾梓之以傳焉。

社末鎮山居士唐守禮識

梅村居士〈擬寒山詩序〉

寒山詩非詩也，無意於詩而似詩，故謂之寒山詩。梅村居世擬寒山詩若干首，警醒世迷，發明大道，聲響意寫，無非似寒山者。以無意於寒山，故能似寒山也。居士素工詩，老而逾妙。笥中薰計不下數千篇，為李為杜，為王為孟，為陶為謝，靡不各極其致。至所擬寒山詩，則又若歌若嘯，摹寫人情物態，爽豁痛快，讀之令人鼓掌頓足，心神為開，而毛髮為竪，有味乎言之也。夫寒山子示跡污穢，而獨以吟詠，留題巖谷，傳布街衢里井之間，居士沈冥當世，笥中之藏，幾為韞櫝，而獨以是編，付諸副墨。之子假剞劂以

公同志，而示人之意，可想而知己。嗟嗟濁世，不可莊語，故曼衍以窮年，高言不止於眾人之耳，則淺言以見意，世之人以詩道求，居士是編，何足以盡詩？居士之詩，則固為李為杜，為王孟，為陶謝，自足稱雄；詞林上下，千古恨世，莫得而盡見之耳。乃余之知居士則未始以詩，居士棲心禪那數十年，究竟最上一乘之旨，疑是龐老後身，即列諸高士傳，彼似有所不屑。世之讀居士詩，宜想見其人，并求其意焉可也。

福山同社　明居士蔡善繼

儗寒山詩自敘

　　寒山子詩以及慈受諸公儗寒山詩，皆所以歌詠性靈，闡揚道妙，欲使眾生去妄婦真，舍凡入聖，厥旨微矣。但多提唱宗乘，罕有及乎淨土，故約以為釋迦文　佛入滅之後，正法五百年，持戒堅固；像法千季，禪定堅固；末法萬年，念佛堅固，而今故末法時也。予山居多暇，間為儗寒山詩，要在勸人念佛，往生樂國，橫出三界，永斷輪迴，次則啟人戒殺放生，長養慈心，以為生方津筏。至若山居賦事，咏物等作，敢以發寒山慈受諸公之法施，殆所謂覆杯土於泰山添勺水於滄海，不自量哉。冀覽者或另著眼，則狗尾蛇足之誚，庶幾其少寬耳。

梅村居士張守約書

擬寒山詩

明・張守約撰
梅村居士張守約追擬
五臺居士陸光祖訂正

　　寒山三百篇，篇篇是警策。或歌廊廡間，或書院宇壁。
　　當時國清寺，僧行如雲集。有耳胡不聞，有眼胡不識。

　　寒山出寒山，拾得路拾得。豐干自豐干，三聖同混跡。
　　閭丘太守至，當下齊言出。拍手歸去來，雲山高突兀。

　　予擬寒山詩，亦是隨口出。也不期叶韻，也不求諧律。
　　但欲勸世人，偶尒盈紙筆。若徒炫耳目，視之有何益。

吾詩非蹈襲，古風三五七。但擬寒山子，積累歲月日。
觀者休錯會，等同閑書帙。言雖似逆耳，可以愈癴疾。

佛於三界中，老婆心太切。念念度眾生，念念無休歇。
眾生當痛心，莫更造惡業。恐負諸如來，一點菩提血。

死生亦大矣，休若夢中過。存者親朋少，去的歲月多。
菩提開覺路，進步莫蹉跎。這簡埋塵鏡，應須著刀磨。

修行法門多，從何門裏進。纔逢善知識，霹面去詰問。
或云戒定慧，或云經律論。唯有修西方，直入無漸頓。

莫謂畜生微，與人同氣血。但恣我肥甘，不顧他死活。
痛口說向君，畜生非是別。過去之六親，未來之諸佛。

遁居霞霧峯，千山萬山裡。白雲傍榻飛，草閣依嵓起。
閑臥擁鹿裘，清譚揮麈尾。童子采茶歸，自去汲泉水。

簷端宿白雲，峯頂懸孤月。辭樹葉飛飛，繞堦泉決決。
靜夜永如年，素衾明似雪。林僧趣頗同，磬擊秋山裂。

佛是悟眾生，眾生是迷佛。悟似月當天，迷似雲遮月。
嘗游雜華林，就中聞妙訣。心佛及眾生，是三無差別。

百年骨肉親，猶如逆旅客。倏聚得相逢，倏散又相隔。
要死留不住，受苦替不得。懇懇勸世人，各須自努力。

菩薩度眾生，應身隨萬類。或現蚌腹中，或處牛腎內。
一物度不盡，誓不登佛位。眾生太無知，恣造彌天罪。

破屋覆煙蘿，石牀苔蘚駁。雲光澗底明，泉韻嵓頭落。
山深忘歲年，心懶醉丘壑。木食與艸衣，自得其中樂。

傀儡共登塲，呈盡千般伎。謾將笑劇看，世上總兒戲。
傍觀若自由，未免線索繫。舞罷寂然休，與人死無異。

我愛山居好，遶屋都種竹。松風清我心，礀月明我目。
有客便喫茶，無飯便喫粥。世人那得知，清閑是真福。

心為諸惡源，身為眾罪藪。觀心是無常，萬善自諧偶。

觀身如實相，百福緣茲有。善惡初無根，由於能觀否。

高高峯萬層，小小菴一個。並無俗士來，時有高僧過。
種楮補衣裳，採薇供旦暮。最愛聽松風，就枕松根臥。

生死輪迴理，儒家信不及。羊祜孩提時，探環隣樹窟。
若使無輪迴，那能知往跡。此是世間事，非關佛書出。

獨倚斷崖石，閒看孤雲飛。松風颯然來，吹我身上衣。
群峯插霄漢，青天四邊垂。幽懷渺難言，行行歌紫芝。

性具形氣中，似人之處宅。宅成則居之，宅壞又他適。
其宅有時壞，而人未嘗沒。形死性不滅，此喻可槩得。

犯罪禁官牢，舉家多痛哭。痛其遭鞭撻，哭其被桎梏。
世人却不知，家家有地獄。籠鷄以待烹，圈豬以待傮。

深深藤蘿谷，裊裊松筠徑。澗澗水交流，山山鳥相應。
低低一個菴，寂寂數聲磬。皎皎青天月，團圓如寶鏡。

喦泉清溜溜，林壑靜悠悠。飛鳥影翩翩，鳴鹿聲呦呦。
峯頭雲靉靆，松頂風颼颼。一念恒寂寂，萬緣總休休。

若人大夢中，自能做得主。則於死來時，亦能做得主。
夢中若顛倒，死來那由你。請將生死事，卜諸夢寐裡。

徙仗出風林，嵒泉飛瀑布。石上坐盤桓，忽逢胡僧過。
云自天台來，此去訪霞霧。竪起柱杖子，還識得這個。

訪隱暮歸遲，柴門半開閉。踏葉微有聲，黃犬隔籬吠。
屋角梅花橫，寒光月在地。仰止渴心生，瓦罏湯正沸。

世有殺人刀，鋒利逾金鐵。晁錯被其誅，孫臏被其刖。
或問何物造，佞人三寸舌。殺了多少人，不見半點血。

昨夜北風狂，吹落滿山雪。嵒岫見高低，路徑難分別。
欲出辦勾當，猶恐有錯跌。只得且耐心，少不消時節。

枕石抱白雲，聽泉臥空谷。豺虎不動心，荊榛皆悅目。
嵒畔與溪邊，處處種脩竹。儼然類瀟湘，況沒有人哭。

人人有個佛，竟將埋沒了。人人有個死，竟若忘記了。
盡向外馳求，略不一返照。螃蟹落湯時，你却怎生好。

昔有師子覺，專修覲彌勒。已生迷外院，內院不得入。
何似修西方，但唸彌陀佛。一生不退轉，且是甚省力。

蝦蟇避蛇啗，急跳僧傍歇。只因恐懼深，喘懼久未絕。
須臾見小蟲，張威便去囓。惹得老中峯，愛作蝦蟇說。

開得兩坵田，種下一色稻。辛苦沒人幫，稻熟兒孫要。
既謂那坵堪，又謂這坵好。憑他自揀擇，我只呵呵笑，

五戒生人到，十善得生天。享盡人天福，還須受業冤。
若能加念佛，托生寶池蓮。無常生滅苦，泛此沒相干。

世出世間法，都要辦肯心。肯心若辦得，決不賺其人。
肯心若不辦，枉自喪青春。功夫既到處，鐵杵磨做針。

白雪易盈頭，紅塵難下足。卑哉楊州雀，謬矣荊山玉。
儒書散與人，梵筴堆連屋。非是慕多聞，聊假以遮目。

小病常須有，荒年不可無。順風船易覆，險道馬無虞。
死豈分衰壯，貧何別智愚。人能諳此埋，勝讀十車書。

岧屋結婆娑，林扉開窈窕。泉遶灶前流，月向牀頭照。
日日白雲尋，夜夜青猨叫。咲殺一樵夫，蕭然來問道。

聖人能盡善，眾人得失均。舍短取其長，個個是好人。
舍長取其短，個個是匪人。唯能行一恕，大地是陽春。

修羅姓多嗔，諸天心正樂。鬼神沉憂愁，鳥獸懷猖狂。
惟人坦蕩蕩，儘堪修白業。若但因循去，世無自然佛。

有一猛丈夫，登山誓見佛。蛇虎任吞噬，向西瞻禮切。
彌勒欲化度，其志竟難奪。尋感彌陀來，授衣親記莂。

平地三尺雪，當牕一片月。清宵如白晝，梅花香不絕。
童子謾煎茶，阿翁默念佛。不是世間人，烹庖醉麴蘗。

富貴本在天，枯榮元有命。笑殺癡呆漢，欲以人力勝。

瞞心并昧己，行險以僥幸。人雖巧作為，天更巧報應。

得人之小恩，長須懷大報。不知報恩者，多遭橫死道。
此是金口宣，普為諸人告。以德去報怨，老子術亦好。

有鳥八八兒，解隨僧念佛。臨終能立化，埋後尤其特。
口內出蓮花，定生極樂國。世間闡提人，可以鳥不及。

佛說一切經，開口便稱孝。天經與地義，儒家用立教。
孝行故多端，順親為至要。無間地獄中，第一不孝道。

昨日顏如渥，令朝鬢雪生。年光若流水，東去無回聲。
不早著精采，何能出火坑。改頭并換面，錯了定盤星。

我欲去打人，人亦來打了。我欲去罵人，人亦來罵了。
卻如自打罵，並不差毫眇。箅來沒便宜，不如忍耐好。

青春窈窕女，年當十六七。脩眉柳葉纖，暈臉桃花色。
輕盈不動塵，巧笑能傾國。多少好男子，出他手不得。

蒼天愛我深，許作清閒客。苕霅山水佳，其中為窟宅。
清秋新雨霽，箕踞盤陀石。夕陽下嶺時，支頤看山色。

舉世好滋味，慣常不知過。食羊要擇肥，喫蟹必揀大。
不知人與畜，元是輪流做。至哉祖師言，一個還一個。

蓮花中化生，人多起疑惑。不見蚊蟲艸，蚊蟲草莢出。
十萬億佛土，恐難便到得。不見夢中行，萬里在倏忽。

日日望春來，忽然秋又至。花開不多時，落葉已滿地。
少壯易老衰，與彼何以異。不早去修行，生死非兒戲。

竊聞無是公，慣居何有鄉。逃形遊鹿豕，慕古夢義皇。
穴處三冬暖，裘披五月涼。床頭堆橡栗，卒歲有餘粮。

近世塑菩薩，思憶眾生相。面敲于掌中，臂拄于膝上。
思憶由于心，豈在做模樣。菩薩名六端，胡妄造斯像。

後生見老人，心中常鄙賤。同席不交談，閒時懶會面。
天那忍假年，與此浮薄漢。省得他老來，又被後生厭。

眾生正性命，皆起于嬌慾。嬌慾由恩愛，生死因相續。
恩愛若斷時，那為生死梏。□□三界賓，菩薩別機局。

善人人人喜，惡人人人惡。明知為善好，暗造惡何故。
為善由于己，善人不難做。為惡加于人，惡人未易做。

凡欲修行人，務要除習氣。習氣若未除，修行力正未。
嗔多先戒嗔，技癢先棄技。儒家克己功，須從難處去。

竹底搆危亭，花間開小徑。策杖謾經行，閉關還取靜。
重逢長者車，恆抱維摩病。住處近僧廬，風林聞夕磬。

桂醑金巵泛，華堂寶篆燒。妖童歌皓齒，豔妓舞纖腰。
事事如心意，時時逞富豪。世間無奈爾，只是死難逃。

塢畜幾隊雞，池養一群鴨。待客不必言，自奉亦常殺。
口裏語喃喃，舌頭响扎扎。原要喫還他，竟不思量著。

人若負我物，恨他不肯還。吾若少人財，置之如等閒。
本是一個心，用之有兩般。所以三惡道，只在方寸間。

教起韋提希，具說十六觀。勝劣皆往生，仗佛弘誓願。
橫出三界中，工夫且易幹。別修至有頂，終未到彼岸。

懸壁灑風泉，清秋殘暑退。入谷尋僧廬，垂藤牽客袂。
雨餘山翠流，葉落林聲碎。老衲據繩牀，白頭忻晤對。

昨天弔一鄰，今日哭一親。年皆少于我，地下先修文。
雖然有先後，未免輪到身。不早辦盤費，臨期忙殺人。

郡中有市肆，廣集四方物。早晚應人求，至於廢寢食。
這等好念頭，人何不感激。但有覓利心，枉費許多力。

盡羨張三乖，皆嫌李四愚。愚者為田夫，乖者作訟師。
耕田足衣食，爭訟多是非。君看愚與乖，那個得便宜。

宋氏曾渡蟻，遂獲大魁福。方氏曾殺蛇，遂遭赤族戮。
昆蟲且如此，況乎禽與畜。殺生與救生，報應何其速。

淨土妙法門，彌陀大願力。千生萬劫來，今朝始識得。

當生難遭想，慎物更錯失。念佛求往生，貴在心專一。

處人若太刻，其心懷恨切。無有銷化時，如服金剛屑。
萬劫與千生，抱冤無停歇。著實勸世人，冤家不可結。

屋角放梅花，一時香撲鼻。東風驀地來，滿地花狼籍。
衰榮若夢幻，生死在倏忽。吾心感物情，倚杖花邊立。

種樹欲成陰，教子欲成人。竟忘要緊者，自己一個心。
說在腔子裡，要尋無處尋。若還認得了，青山無古今。

槲葉紉為裳，蘭蓀儲作糧。別人笑我懶，我笑別人忙。
靜夜聞天籟，寒潭弄月光。不教塵土夢，惱亂我心王。

世人欲自立，不敢為妄語。妄語多破賺，見絕於鄉里。
佛若有虛誑，龍天肯信許。唯其語真實，故號世無比。

柏子滿爐燒，馣然香縷縷。蒲團作半趺，山室靜如許。
歲晚梧桐飛，夜深魍魎語。懸燈照寂寥，瑟瑟踈林雨。

一生作樵夫，總被青山弄。雙鬢看看白，兩眉轉轉痛。
晨採和雲濕，暮挑帶月重。無錢儘取去，但不上門送。

目連持鉢食，救母地獄間。母怯餓鬼覷，以手遮鉢前。
即便為猛火，一粒不得湌。業力勝神力，除飢要除慳。

參禪難把捉，誦經非究竟。佛開方便門，末法眾生幸。
至心唸彌陁，觀想西方境。直超生死流，修行最捷徑。

漁者不能獵，獵者不能漁。唯養口腹人，以財為網羅。
羽毛并鱗甲，無不被其屠。反重漁獵罪，哀哉復嗚呼。

見有聰明漢，未說先會得。當在人面前，經律如口出。
轉在人背後，葷腥恣意喫。不是要瞞人，只是信不及。

堪憐世間人，因妄起諸病。卻去殺生靈，禱神祈感應。
人既欲求生，物獨不愛命。正直者為神，肯玩生殺柄。

須彌大海中，半居天上面。周圍四天下，日月腰間轉。
東曉則西昏，南午北夜半。如是之世界，不可數量算。

人生處世間，取法當如錢。裡面既要方，外面又要圓。
不圓行不去，不方守不住。凡我子若孫，毋忘這幾句。

佛家有焚身，燃臂及燃指。能捨其難捨，或者起非議。
人于無始來，虛浪幾生死。危脆易堅固，未知斯理耳。

西天多外道，九十有六種。一切諸經書，見題便成誦。
不能了自心，狂慧亦何用。妄謂證菩提，罪犯過十重。

三伏火雲烈，農夫無躲藏。面上汗如雨，田中水似湯。
螞蟥叮腿痛，苗葉割體傷。粒粒皆辛苦，斯言慎勿忘。

北人不夢舟，南人不夢車。世之說夢者，由所見所思。
有不因聞見，形夢卻何如。曩者藏八識，多生發現之。

或難無量眾，林中齊念佛。那得許彌陀，同時具引接。
不見月在天，一輪更無別。萬壑與千江，處處皆得月。

眾生遞相啖，決定無疑議。人喫羊不難，羊喫人亦易。
相傳村俗言，且自有意味。蜻蜓咬尾虭，星星自喫自。

荒年食反足，皆因去歲豐。熟年腹反飢，皆因去歲凶。
情事甚明白，可以曉兒童。三世罪福因，其理將無同。

物外寄閒身，諸緣任運歇。不染半點塵，唯念一聲佛。
性使軟如綿，心教硬似鐵。肯作無益事，水底去撈月。

人生有定分，各宜安分好。鳧頸與鶴頸，長短非多少。
若去強安排，闇中被鬼笑。野鹿逐陽焰，辛苦徒自討。

我愛崗畔松，年年長一臺。松花炊作飯，松枝修作柴。
松聲風送至，松影月移來。當時空錯過，恨不買山栽。

葛繁辦好心，日行利人事。念念在利人，此心與天契。
生為陰司重，死踏蓮花地。勸君學葛繁，利他亦自利。

若人能斂念，靜坐一須臾。勝造恒沙數，七寶窣堵波。
寶塔久必壞，靜心功莫逾。只此這一念，究竟證真如。

盧山聽經鷲，徑山聽經難。師化亦俱化，禽中也太奇。

多見世間人，聞經反皺眉。於汝意云何，問取須菩提。

我有一般寶，六處常放光。無中亦無表，非圓又非方。
不與萬物侶，能為諸法王。虛靈離影像，堂堂復堂堂。

僧有貪婪者，恣情於味上。食稍不稱意，怒罵捷影響。
病臥起不能，眾惡絕其養。嗔心轉熾盛，生身化為蟒。

山空宿鳥鳴，澗道眠松影。涼月夜淒淒，明河秋耿耿。
長歌復短吟，來往無人境。踈髻不堪搔，綌衣風露冷。

世人城府深，相交匪容易。面是而背非，外親而內忌。
戎狄生同舟，風波起平地。真是苦娑婆，只宜早拋棄。

得生成家子，心意恒歡忻。或生敗家子，終日起怒嗔。
不知成與敗，前生造定因。還債并討債，此語不差分。

畎田愽飯喫，紡布愽衣穿。未嘗見官府，肯去學神僊。
花外聽禽語，松間看月圓。此心休休地，終日抱琴眠。

鬼神見惡人，則起嗔怒心。菩薩見惡人，則起慈悲心。
慈悲思救度，嗔怒降災禍，菩薩與鬼神，便差這地步。

綠楊掩画橋，並立啼煙鳥。羽毛分外奇，音聲亦甚好。
自喜時飲啄，將謂長相保。那知輕薄兒，挾彈春風道。

藤覆石牀平，霞明山閣曉。花香和暖雲，芳塢啼春鳥。
習嬾起常遲，遣魔醒獨早。真風生性空，摠把情塵掃。

行也行方便，坐也行方便。諸聖尋常察，上天自然見。
不錫之以福，即加之以算。還有好因緣，在於你後面。

昨日入蓮社，口佛心亦佛。今日火宅中，事雜念亦雜。
若非根器深，未免塵勞汩。是以古哲人，山中修淨業。

諸佛有大戒，偶因藏中讀。度酒與僧尼，百劫無手足。
度者罪非輕，飲者罰尤酷。不惜苦口言，勸君宜三復。

嗜味忍心人，環火去逼羊。充饌固然美，痛苦那堪當。
罪囚縛都市，刀劊遶其傍。此時因心苦，與羊畧相償。

春光正明媚，杜宇催歸急。豔杏與天桃，漸漸減顏色。
長林宿雨收，方艸連天碧。陌上絕遊人，山頭臥閒客。

人若富得快，貧也貧得快。人若富得遲，貧也貧得遲。
眼中往往見，世上人人知。到手多願快，如何復何如。

心若想懸崖，足跟便酸澀。耳聞談酢梅，口中便水出。
懸崖未現前，酢梅非真喫。口水與足酸，畢竟從何得。

愛殺天台山，石梁橋下水。自古以及今，潺潺流不止。
人代有變遷，水聲只如此。好與五百流，洗得一雙耳。

雀本是仙禽，那堪同碌碌。如何受拳養，卻被世人畜。
竹間欲雙翼，花底縮兩足。萬水與千山，可無一飽腹。

有客修西方，過我問方便。眷屬生厭離，彌陀起慕戀。
五戒宜精專，一心常不亂。如此用工夫，截流登彼岸。

至哉至人語，冤乃生於親。離親即離冤，平生聞未聞。
一人譬居越，一人譬居秦。從來不親識，何處啟冤嗔。

青山對白頭，電景良堪惜。纔過三月三，又早七月七。
花開春霧香，葉落秋風急。垂老撫嬰兒，何時能替力。

長見世間人，眷屬如意少。初然甚疑之，既而心了了。
此皆是宿生，滛欲所招報。自作還自受，不用生煩惱。

猗歟純陽子，神仙中第一。自從見黃龍，深悔平生術。
金丹不復煉，瓢囊摠拋擲。寄語道家流，休錯用心力。

烏鵲哺雛時，萬分心愛護。一啄十餘呼，一飛十餘顧。
辛苦養長成，驀被罟師捕。哀鳴及追逐，我不忍聞覩。

有錢父母死，子孫純是爭。無錢父母死，子孫純是哭。
此語非無稽，時常經耳目。着什麼來由，抵死去積畜。

佛身充法界，疑信尚未定。吾有一譬喻，請君細詳聽。
國朝洪武間，術人冷起敬。得罪遁瓦餅，餅碎片片應。

木榻眠雲穩，梅花入夢香。平生讐禮法，盡日嬾衣裳。

野老遺鳩杖，鄰僧助雀粮。山居是非外，甲子亦都忘。

五百鬼啼哭，五百鬼謳吟。悲歡非孟浪，升墜由子孫。
子孫方作善，謳喜出離辰。子孫方造惡，哭為轉沈淪。

趙姬一十八，周母四十五。盡去觀趙姬，無人理周母。
母向觀者言，昔我還嬌嫵。不穀三十年，渠亦如今我。

鄰娃貴介得，眾中獨取憐。嬌花爭色豔，細柳鬥腰纖。
雲鬢教人整，羅衣不自穿。秋霜暗點鬢，明月落誰邊。

秦人親越人，肥瘦不關己。人子見親骸，其顙忽生泚。
這點差別心，畢竟從何起。虛空落地時，方好說向你。

參禪與念佛，難易那推測。譬如竹中蟲，其心欲求出。
逐節蛀到頂，盡形未可得。若能從橫蛀，出離不終食。

順風則張帆，逆風則牽縴。但期舟必進，隨宜而應變。
世間出世間，亦各有方便。毋作面牆人，不知牆外面。

嵓壑絕還通，盤迴千百折。洞深雲住寬，溪曲水流活。
白日送樵歌，青山違俗轍。閒情何處消，一卷唯新訣。

自從無始來，造罪亦造福。幾番上天堂，幾番入地獄。
幾番生鬼趣，幾番為人畜。未能出三界，罔受輪迴促。

城東有老母，一生不見佛。但曉東家丘，聖人即不識。
二事傳世間，至今為口食。當面錯過者，此類常六七。

當時布袋咲，應咲世人喫。富貴有窮日，憂危無了期。
不知元分定，只顧討便宜。罪業誰能替，酬償悔自遲。

憫念諸飢禽，索食無處討。割少常稔田，年年重成稻。
寒冬風雪中，用以濟一飽。但願我後人，弈世常相保。

三寶一文錢，晝夜七毫息。本息又相生，積算無底極。
借得紙一張，還了絹一疋。勸人雖貧窘，莫負常住物。

心平休持戒，行直莫參禪。此乃到家語，浪作話柄傳。
平要佛樣平，直要佛樣直。眾生心與行，果能如是不。

捨財為財施，捨法為法施。急難令無畏，是名無畏施。
有心愧乏財，是名曰心施。心施財施等，忍辱真布施。

崖崩徑轉紆，纍纍橫墮石。豹隱山霧黃，龍臥潭雲黑。
蕙帳動涼飆，苧裘便瘦骨。常吟落葉穠，虛室踈燈夕。

再貧乏衣食，再富當戶役。不富與不貧，自畊還自喫。
念句阿彌陀，訪個善知識。恁麼過將去，一日是十日。

牛與人畊田，犬為主防盜。田畊食有餘，盜止財可保。
二者俱有功，食常不充飽。少病即殺喫，人心忒不好。

離親為出家，出家反結拜。世上雖有緣，僧中卻無賴。
一頂如來衣，竟被他販賣。出此敗家兒，佛也無可柰。

客欲游匡廬，遠過林間別。相送出柴門，涼風吹華髮。
獨倚蒼崖畔，正奈流泉咽。也崔忽飛來，踏破松稍月。

佛是渡海舟，業如大小石。業重能念佛，石大仗舟力。
業輕不修行，石小乏舟楫。大石竟得渡，小石飜成溺。

做官不要錢，本分何足道。間有不潔者，便謂清官好。
官清性多刻，民亦受苦惱。清而復愛民，乃是國之寶。

徵心歷七處，辯見窮八還。釋老婆心切，阿難迷執堅。
處尚不可得，心於何所緣。可還自非汝，不還為誰焉。

一女兩家求，住處東西列。東富陋容貌，西貧美人物。
父入謀諸女，女乃從容答。東家去喫飯，西家去宿歇。

鸚鵡巧能言，羽族最珍貴。豪家爭市之，貯諸金籠內。
卻顧枝頭鳥，飛鳴得自遂。嗟吾獨被羈，飜受能言累。

斗室天樣寬，高臥寄遐想。灌木翳清陰，踈篁流逸想。
名場有客爭，真境無人賞。皓首出商山，傍觀殊不像。

世緣染習久，粘於膠與錫。未能便出離，如法去修行。
生處放教熟，熟處放教生。漸趣入佳境，方有少相應。

口是禍之門，禍常從此出。萬言而萬當，總不如一默。

嗟哉國武子，因言襪其魄。允矣磨兜堅，緘口終無失。

心悟轉法華，心迷法華轉。天堂不可攀，地獄應難遣。
只在一念間，苦樂自殊顯。長空杳無際，白雲任舒卷。

世間諸事業，但將直心做。直心是道場，成敗非所睹。
做事無利心，便差也有數。做事有利心，便好也有數。

閻王發憤願，由于治冤敵。故作地獄主，亦為眾苦逼。
臥熱鐵牀渴，渴飲熱鐵汁。地獄諸眾生，受苦更無極。

生類弗身剪，即手不親殺。君子遠庖廚，即耳不聞殺。
雉三嗅而作，即疑為己殺。分明三淨肉，渾合佛家法。

許日不開門，落花鋪滿地。嬾看仙人綦，喜誦胡僧偈。
谿潤月隨行，石林雲共憩。萬緣摠去心，一事偏留意。

駕一艀艋舟，彭蠡湖中過。湖闊風又高，水深浪又大。
叫苦聲連天，覆了舟無數。性命呼噏間，急須牢把柁。

世事多不平，畧舉一兩椿。趙文呆喫飯，錢武乖喫糠。
醜女嫁好夫，美婦歸村郎。不知是那個，其中暗主張。

從他鬪蟭螟，任彼呼牛馬。世界等空花，此身本虛假。
事業做不了，得歇且歇罷。一曲沒絃琴，可惜知音寡。

無端八識藏，古今書契事。有時提起來，未免碍心地。
欲究本來人，宜須掃文字。心空及第歸，花滿菩提樹。

昨見兩秀才，講論許道理。語夢與學庸，六經及三史。
吾幼曾讀書，至今在心裡。上言上大人，下言丘乙己。

形朽神飄散，宋儒曾云云。及註鄉人儺，恐驚先祖神。
既有神可驚，烏得言飄散。其語自矛盾，讀之發三歎。

若要做好人，先須行好事。若要不怕人，休行怕人事。
云何為好事，一切有益是。云何怕人事，一切非理是。

有禪有淨土，永明上生去。閻王重其人，繪像日頂禮。
有僧死復甦，具言如此事。更求禮其塔，因以傳後世。

百病催人死，狂風促花落。花落有時開，人死不可作。
縱有千金遺，從無半日樂。罪業受輪迴，皆因念頭錯。

澗底石齒齒，澗水清可掬。一隊小魚兒，駭避風吹竹。
魚長不寸許，解發機心速。此心即佛性，含靈皆具足。

去年梅花開，盈盈如雪白。今年梅花開，不改舊形色。
更聞馥郁香，卻從何處得。能識此真機，作佛非奇特。

暗昧造諸惡，唯幸天不知。小小為一善，唯恐福報遲。
笑殺世間人，無如此等癡。不知心即天，毫髮難自欺。

世人視妻子，以為親眷屬。至人視妻子，以其似牢獄。
牢獄有時出，眷屬被纏縛。相牽入愛河，何時有止泊。

祛暑則用扇，禦寒則用綿。寒暑本大數，人以巧勝天。
既能奪造化，亦可為聖賢。一切唯心造，我曹當勉旃。

僧投山廟宿，夜中神現形。云主此生死，地獄列友名。
求神為度脫，命寫法華經。歸寫經題時，友已天上生。

人見鳥營巢，無不開口咲。哺子羽毛成，各自分散了。
不知佛視人，亦如人視鳥。辛苦做成家，兒孫受溫飽。

淨土遠難到，下劣或生疑。那曉乘佛力，隨念生蓮池。
譬諸無足蟲，跬步不能移。得附於飛龍，可以升須彌。

四生六道中，造下許冤業。冤冤要相報，那有了時節。
君莫儱侗去，及今好解結。殺父亦不報，可與知音說。

開闢成真境，風光自不群。峰高撐墮月，竹密礙行雲。
山色陰晴變，泉聲旦暮聞。麻姑青鳥信，邀過武夷君。

曾見游蕩子，廢產日不足。一擲錢百萬，一咲珠十斛。
當其豪富時，犬也皆食肉。及其傾敗後，人也都喫粥。

輪迴六道轉，此乃一定理。有信有不信，未之詳審耳。
玄鳥生商帝，彭生化為豕。宋仁赤腳僊，昭昭見經史。

客問梅村子，地獄有也不。其人業頗深，聊以片語激。

在他人則有，在故人則沒。復詰何以故，君卻有不得。

世人憂不足，山翁樂有餘。得粮分鼠食，結屋借僧居。
雲光開錦繡，松籟奏笙竽。時或有新句，隨處竹間書。

富人嬾布施，惋財生煩惱。貧人喜布施，無財生煩惱。
煩惱雖然同，其如異果報。貪者得生天，富者墮惡道。

菩薩處世間，如人去扮戲。為官不自官，為隸不自隸。
離合與悲歡，讚揚及罵詈。甚至白刃加，何嘗動心地。

人于太平時，終日懷憂戚。患難一臨身，求前不可得。
世事如空花，得日且過日。妄想多著魔，平心便是佛。

猛虎吼一聲，百獸皆駭愕。那知女婦人，比虎猶似惡。
我語非荒唐，請君自忖度。婦人坐虎皮，虎毛當時落。

彌陀甚易念，西方甚易生。但慮信不切，休憂力不能。
若能一念頃，十聲稱佛名。隨念往生去，如響之應聲。

獅子去搏虎，故然奮全威。師子去搏兔，亦要奮全威。
搏兔若不力，被兔得便宜。損威殆不少，難免眾獸嗤。

人于臨終時，甚勿相愛戀。亦不宜悲哭，恐使其心亂。
心亂神識迷，三途去如箭。念佛助往生，第一好方便。

道士被鬼迷，無法之可治。幸逢人救甦，感德不能置。
謝以辟鬼符，其人咲倒地。世之徒法者，何異此道士。

青青一片山，矮矮三間屋。愛松兼石移，飲泉和月掬。
無錢可買忙，有藥堪醫俗。行雲聞我歌，亦向嵓頭宿。

丁亥歲大祲，飢民死多少。撥盡樹上皮，糠也無處討。
即今穀稍登，就撿米堪好。這等薄福人，終須作餓殍。

牢自乃從牛，獄字卻從犬。不食犬與羊，牢獄自然免。
偶逢與人語，一時良有感。古人察蒭蕘，言近理或遠。

以缾盛虛空，至彼虛空放。彼空不增加，此空不減喪。
形骸譬則缾，業識虛空況。執缾內外生，除器空無狀。

貪明蛾赴火，貪餌魚上釣。傍人冷眼看，不覺失聲笑。
人本靈於物，財色溺所好。殺身了不顧，與物同一調。

六賊聚為黨，晝夜謀行劫。一切功德財，剽掠靡遺子。
內若無賊媒，外寇何能入。家賊最難防，識得真英傑。

山居要省緣，百凡取諸豫。殘山開種茶，宿火留煨芋。
貧養崔傳書，閑酬僧索偈。黃茆覆屋重，風雨何須慮。

受諸苦惱者，業由前生造。今生又不修，來世還招報。
說與田舍翁，不行也道好。說與讀書人，不信反要咲。

我見讀書人，遍讀諸經史。古人邪與正，一一皆能指。
及為物情弊，無暇顧道理。那知後世人，亦能檢點你。

我愛真西山，寫經祈薦母。刺血以為墨，誠孝自忘苦。
一時皆右袒，君獨袒其左。不為習俗移，未易屈指數。

了來尊者迎，呆來盞花獻。人情有兩般，恩義貪處斷。
令我隨喜時，些子也不見。硯底水淙淙，峰頭雲片片。

手種數株梅，高者三尺強。倏然餘丈許，花開滿樹香。
人若能修行，積累奚可量。終日叮叮噹，鍊鐵自成剛。

天地嗔惡人，萬中擊一二。擊之況有時，使之知警懼。
見惡若便擊，天威無時霽。人宜擴其量，包荒如天地。

人物自相友，無有介傷心。凡有血氣者，莫不相尊親。
吾詳味斯旨，上古未茹葷。禍首燧人氏，肇起殺生因。

若人念佛多，上品蓮花坐。若人念佛少，下品蓮花坐。
譬民財寶多，則稱為上戶。譬民財寶少，則稱為下戶。

卻笑癡迷漢，貪心不可量。憂教頭髮白，算得面皮黃。
田地連千頃，金銀滿十倉。難教買生死，枉用一生忙。

凡人臨事機，有個好法則。譬如欲左轉，左轉轉不得。
隨即便右轉，右轉轉不得。驀地於中間，一齊都跳出。

林間僧說法，挂笠入煙霞。示我衣間寶，逢君門外車。

群兒出火宅，窮子得還家。與佛因緣大，能聞妙法華。

隙地有喬椿，雙鵲久棲住。吾意將築室，鵲忽委巢去。
此機未及發，彼已先禦備。人為物之靈，何用使機智。

捨財不在多，貴心生悅懌。樵夫施三錢，歸途喜形色。
後感國王報，金錢復多獲。步施若懊悔，生彼穿心國。

游戲入吟壇，有時尋二朗。斜扃隱竹松，荒徑披蓁莽。
石可千人容，室無十笏廣。譚詩并論禪，清賞入吾黨。

古來生淨土，歷歷皆名賢。晉如劉遺民，唐如白樂天。
宋如黃龍舒，以及蘇子瞻。其餘難俱述，愚人卻可憐。

往往人生辰，殺生以慶喜。爾既欲長年，彼豈愛速死。
人畜雖不同，輪迴則一理。不恠你喫他，只怕他做你。

眾生世諦中，識趣最顛倒。但喜指人短，不喜揚人好。
聞人議論他，即便生煩惱。自己議論人，終日不可了。

人或被毀謗，宜先自反己。於心若無愧，竟須置不理。
譬如有一人，遺我以幣禮。我若不受納，少不原還你。

雲山高不極，結茆山之頂。不是我好奇，但取一味靜。
松月來昏定，海日來晨省。泉水自然盈，不必更穿井。

上品見佛速，下品見佛遲。雖有遲速異，終無退轉時。
參禪病著相，念佛貴斷疑。實實有淨土，實實有蓮池。

鞭魚作鱠時，睜目無人憐。但把尾來掉，而口不能言。
負痛入鼎鑊，何處去伸冤。有日因緣會，也聽我烹煎。

像季開方便，東林晉遠公。翻然徹講席，肇爾啟蓮宗。
一念存安養，三番覩聖容。斯人若可作，執鞭以相從。

定慧戒為基，功德信為母。無癡慧自開，無嗔福乃厚。
發心要明師，聞道須善友。早尋衣下珠，弗飲無明酒。

貧賤子孫多，富貴子孫少。貧賤或壽長，富貴或壽夭。
非關未定天，各自受果報。種瓜止得瓜，種棗止得棗。

無事常不出，有門常不開。吟詩四五首，打頓兩三回。
身視如傳舍，心教若死灰。秋風入茆屋，黃葉滿牀堆。

三個或五個，喫飽聚頭坐。不逞自己能，便說他人過。
快活度朝昏，佛也不要做。臘月三十到，手足無所措。

殺羊豬受怕，殺雞鴨受驚。死者已真死，生者亦偷生。
三四好兒女，一子忽命傾。不知自反本，枉哭眼睛盲。

二鬼見前屍，一鞭一禮拜。目連逆問之，各有緣故在。
拜因曾作善，福報今倚賴。鞭因曾造惡，罪報為償債。

石梁苔蘚厚，閒坐看流水。澗畔誰家坟，鬱然林木美。
哀哀聞哭聲，埋骨添新壘。一自入山來，幾人化作鬼。

竹未出土時，已具稜稜節。總然勢拂雲，其中元無物。

清風徐徐來，彷彿琅玕戞。孑立崑崿間，何曾畏霜雪。

正人說正法，聽者沒幾個。幻師呈幻術，觀者應無數。
顛倒其知見，不知是何故。所以世間人，名之為措大。

痴人燒紙錢，喚名曰寄庫。若死入地獄，那放你空過。
卻有真預修，彌陀作功課。逕趨極樂邦，踏翻生死路。

一童嗜雞子，每竊火燒食。被鬼誘入城，門閉不得出。
遍城皆火灰，奔走痛無極。父喚城忽隱，腿燒爛盈尺。

名利誰不愛，命中倘沒有。譬之鏡中花，雖好難到手。
或得之非分，禍患緊跟後。如喫刀上蜜，雖甜恰傷口。

故人山中來，亦羨山居好。旦暮遺家累，入山恨不早。
及去逐聲華，依舊猒枯槁。所以巢由後，山人直恁少。

若造種種業，輪迴入諸趣。唯有修西方，與佛為伴侶。
好事幹兩椿，彌陀念兩句。預辦了盤纏，憑他幾時去。

咬菜君笑我，喫肉我憐君。菜澹免償債，實自愛其身。
肉肥要酬報，端自戕其身。形殊性不殊，山谷見理真。

一人山之巔，一人山之趾。初然人見之，高卑勢難比。

從巔下不休，從趾上不已。卑者反在頂，高者反在底。

偶經貴公墓，淒涼心慘傷。青山臥碑碣，黃土蓋文章。
哭無騎馬客，咲有牧牛郎。意氣兼功業，都歸夢一場。

為善獲善報，造惡受惡報。不用去占龜，何須來討筊。
智人固能知，愚者亦能曉。何造惡者多，而為善者少。

青山不負我，棲遲興自別。林間臥紫煙，澗底弄明月。
春閣送冥鴻，秋崖聽落葉。地覆及天翻，與我無干涉。

人固愛妻孥，物亦戀眷屬。曾見人縛雞，驚飛共趕逐。
殺害彼性命，厭飫我口腹。巡行善惡神，暗裡定怒目。

佛言四事供，閻浮諸眾生。或於取乳頃，能念佛數聲。
較量其功德，念佛妙難稱。直至菩提果，皆由這念成。

一念何萬年，萬物何一體。或人致疑問，聞喻躍然喜。
周卜得八百，萬年同此理。明王斬塑像，一體差堪擬。

往歲曾瞻禮，育王舍利塔。非金亦非石，非木亦非鐵。
舍利隱或現，金鐘動不歇。大小及形色，變幻不可說。

老大青樓妓，鬢邊生白髮。猶記少年時，花枝滿頭插。
擬人似舊憐，見者反咲殺。不識進退人，蚌蓋頗合著。

人人對人言，唯說喫虧好。蘧然事臨頭，前言又忘了。
討得些便宜，歡喜呵呵咲。若被人占先，冤家直到老。

岜頭打睡餘，偶念一朋友。自負經濟才，立名期不朽。
空谷絕足音，風塵浪奔走。夷齊死山中，聲譽且長久。

石崇在地下，飢餓去求食。范丹悋問云，君富胡亦乞。
答言我來時，一些挈不得。此雖是預言，其理卻真實。

班魚乖性氣，浪行煙波中。偶自觸於物，忿懥即填胸。
仰覆浮水面，萬斛不能容。鳶鷗得乘之，因以斃厥躬。

持齋恐壽促，乃叩善知識。命之到市中，問取賣棺客。
喫素人買多，則齋固無益。喫葷人買多，死不干齋得。

東海有一魚，其名曰烏賊。如遇網捕人，吐墨染水黑。
冀以得逃形，因之被全獲。拙因弄巧成，非獨此微物。

修行碍心田，無如錢最惡。謂其屬五家，愈多愈不樂。
龐老沉之江，君休入水摸。樂邦諍念生，非藉錢財慱。

不念佛者死，如囚去見官。未免受刑罰，那不心膽寒。
能念佛者死，如客去登筵。無非享宴樂，自然生喜懽。

春雨曉來過，山泉飛百道。落花溪澗香，翫景學行釣。
路逢白頭翁，背懸青笠帽。非狷亦非狂，自歌還自咲。

白首臥林丘，此心良獨苦。親友多死亡，轉眼成千古。
知誰登天堂，知誰游地府。我顧不得他，他顧不得我。

往見豪富家，魚肉小百姓。橫割與豎割，畏威那敢掙。
冥冥善惡報，纖悉明扵鏡。越做勢頭大，越見子孫病。

昔者張善和，宰牛作活計。臨終牛索命，其心大恐懼。
負極念彌陀，佛即接引去。況能平時修，往生何足慮。

魚以海為室，畜之盆池中。鳥以林為家，置之尺許籠。
拂彼自然性，為汝耳目充。無罪囚汝獄，汝心從不從。

久矣臥長林，人間無夢到。門容竹籟敲，榻藉松陰掃。
長日恬如年，清閑愛似寶。紅塵與白雲，你道差多少。

大人澤天下，立法垂萬古。小人困一身，晨不謀及暮。
局量天淵殊，皆由方寸做。胡樂為其小，而不為其大。

因指得見月，見月還忘指。認指以為月，斯亦愚人耳。
聞教合明心，明心教可已。執教以為心，法眼生塵滓。

山徑艸蕭蕭，林扉扃白板。春深摘茶遲，僮出炊飯晚。
自無分寸長，天生得一嬾。從來不見人，何煩青白眼。

浮生如蜉蝣，促景陽焰然。何不一返照，終日苦憂煎。
使盡多伎倆，未免土中眠。一具枯髏骨，被他螻蟻鑽。

五祖戒禪師，於法已得悟。後身為東坡，如何反退墮。

恒持彌陀像，西方作公據。念佛穩扵禪，觀此可自喻。

人皆喜長壽，長壽居八難。錯過好時光，反被長壽賺。
人多好好名，好名居五欲。五欲自恣者，三途所收錄。

今日去牧牛，明日去牧牛。蘆管吹作笛，牛背穩於舟。
放之桃林野，飲以瀨水流。不犯他苗稼，牧童自己休。

眼下見喫虧，到底不喫虧。眼下見便宜，到底失便宜。
那老有記性，譬彼善射師。箭箭皆中的，但發絃線遲。

女人修西方，生者如兩點。其故果何為，一心能不亂。
我勸丈夫兒，一刀須兩斷。少分不相應，總被鬼王算。

醯雞亦愛生，蜉蝣亦畏死。嗟嗟世間人，生死何異此。
人之視昆蟲，如天視我你。不早求出離，虛浪何日已。

昔人重寫經，不獨血為墨。紙剝身上皮，筆析身上骨。
但生難遭想，身命那遑惜。親見人及經，梵書方半尺。

破衲擁寒雲，短牀堆亂石。但憂景逼人，不慮貧入骨。
林鳥語關關，嵓泉流汩汩。風和花雨香，何處尋樂國。

夢糞則得銀，銀是臭穢物。夢蛇則得錢，錢是毒害物。
人扵銀起貪，被他污名節。人於錢多畜，被他纏命殺。

作福先避罪，布施先還債。此語若鄙俚，其義卻廣大。
念佛貴念心，持齋貴持戒。此言最親切，往生決非下。

世緣不耐煩，甘爾遁嵓穴。煙霞一片心，霜雪數莖髮。
減口施飢禽，開池受明月。悠哉復悠哉，吾樂不可說。

有戒殺為先，有罪酒為首。二俱是重業，彼此相前後。
慈心傷扵殺，佛性亂扵酒。嘗問酤酒人，罪十屠宰手。

事常意外生，忙向閒中討。池涸遠疏泉，臺荒頻刈艸。
種花蝶占多，惜果猨偷早。算到泥羅婆，不若無為好。

禪牀僧夜起，誤傷一蝦蟇。竟夕苦索命，薦度許修齋。
及晨往視之，卻是遺地茄。疑心生暗鬼，弓影盞中蛇。

造化不能苦，形骸何足累。藜杖倚花前，石牀橫竹內。
欲行即便行，欲睡即便睡。古人曾有言，無事以當貴。

郁翁示微疾，云逝在十五。屆期道友來，屋陋天大雨。
量晴更二十，坐脫觀如堵。念佛如是功，生死能由我。

溪魚被漁獲，將去市上貨。顧見水中魚，回頭如泣訴。
爾曹謾嬉嬉，道我獨受禍。未免早晚間，在他手裡過。

見有多畜者，夜被群盜縛。百刑慘逼之，更加以炮烙。
寧死庇其財，子孫享快樂。無不咲其癡，後又有人學。

他若來打我，我便先眠倒。他既省氣力，我又省煩惱。
此言若淺易，其理甚微妙。人生一世中，儘受用不了。

飯飽沒些事，寒泉弄雙足。紅映澗邊桃，青映崑畔竹。
水本是無情，辯色由于目。人死目尚存，云何不能矚。

倩女病離魂，隨即去鄉國。生子復歸寧，女聞病如失。
盛妝出相迎，兩體合為一。衣則重疊穿，斯旨未易測。

天氣殊困人，時值炎蒸候。竹房膽虛閑，高枕臥清晝。
飛泉毛骨爽，南山當戶牖。汗雨走紅塵，暫息那能彀。

大道昭日星，非有甚祕訣。能識鑛為金，便知心是佛。
寒梅自爾香，古鏡由來徹。打頭遇作家，不值繫驢橛。

古來文章士，少有信佛法。貝葉與蓮花，致將資笑謔。
自誇鸚鵡賦，爭寶蘭亭帖。生死驀臨頭，文字用不着。

口內念彌陀，心中須存想。念佛的是誰，不使生情妄。
禪亦在其中，決定生安養。無量諸法門，莫能出其上。

有福不享福，有勢不使勢。一名為菩薩，一名為大器。
薄畜若厚亡，傾家可立至。飄風更滿帆，覆舟恐難避。

明月挂峯頭，崑巒淨如洗。良夜不成眠，仍復披衣起。
長嘯秋山空，聲聞幾十里。早晚恐有人，入雲踪跡你。

疾病非壽盡，便是欠調攝。壽盡誰能免，調攝仗藥物。
胡乃信邪師，濫殺希幸活。反以速其亡，更造酬償業。

菜葉澗流出，人家疑住近。那知煙霧中，卻有道人隱。
捫蘿扣竹扉，相見但微哂。坐久竟無言，客塵銷殆盡。

萬法歸扵一，一歸何處覓。一歸不須歸，其法故不立。
公案非擬議，我以算數繹。傳播與諸方，是非從此出。

門前水自分，雲外峯如削。徒徑遠漁樵，開林容鳥雀。
但修出世方，肯服延年藥。情景雖然佳，吾心元不著。

鄰叟過林間，論說因緣理。緣必生扵因，因從何處起。
我嘗竊聞之，因緣空無主。或遲曩劫中，或生今日裡。

城內韓才子，萬卷山中讀。十年不下山，咳唾成珠玉。
聰明竟天亡，父母如割肉。好個美丈夫，換得數聲哭。

七十古來稀，前面無多日。急急辦盤纏，猶恐來不及。
橫也任他橫，直也任他直。那有閒工夫，與之分皂白。

僧去山愈靜，人閑日倍長。泉聲到枕簟，霞氣滿衣裳。
松閣看雲起，花緣與世忘。經年不出戶，直是嬾中王。

將軍永無敵，爭戰是平生。箭射天山定，戈揮落日停。
英雄能蓋世，勳業可圖形。惟是無常到，難將氣力爭。

牛為鳥雀乘，以無殺心故。鸇使鳥雀避，以有殺心故。
鳥雀最微物，尤識生死路。人而得為人，可但瞞頇過。

泉石入膏肓，愛向重崑隱。勝水及名山，訪求無遠近。
風爐煮瀑花，雨屐尋松菌。古寺踈鐘吟，空林抱月寢。

幾劫功行修，為僧非草草。圓頂及方袍，尊貴稱三寶。
酒杯手內傾，肉骨口中咬。謾說失人身，看來俗殺了。

勿謂曾為惡，不好去修行。千年暗室內，一燈隨即明。
我語未能信，請君觀觀經。十惡五逆者，念佛亦往生。

春寒風雨多，谷暝煙雲亂。緬念貧屋人，何心弄筆硯。
偶然檢藥方，吟草亡失半。除却擬寒山，其餘總沒幹。

擬寒山詩終

（明刻本，收錄於《四庫未收書輯刊》第陸輯。）

天目中峰和尚〈擬寒山詩〉

　　有客從予而問曰:「叢林戶稱為參禪,且禪固不可逆測而知,惟參之一言,莫識所云,請釋之。」予曰:「所云參者,乃古人咨決心疑、究明己事,不可不由之徑也。如安心懺罪,洗缽盂、聞水聲之類耳。蓋生死之心疑未決,如墮網之欲出,若沐漆而求解。望見知識之容,未待卸包脫屨,其胸中岌岌未安之事,遽衝口而問之;一言不契,又復往叩而佗之。或停餐輟飲、廢寢忘勞。至若風雨寒暑之不移、禍福安危之莫奪,其所參之念,不致洞明,不已也,是謂真參。餘皆似之耳,非參也。何謂似?如火爐頭、禪牀角,領納一言半句相似語,蘊於情識,不自知覺,久之遇緣逢境,忽然觸發,是謂知解依通,非參也。或於方冊梵夾中,以聰明之資,博聞廣記,即其所曉處,和會祖機,一一合頭,乃穿鑿摶量,非參也。或循規守矩,不犯條章,靜默安舒,危坐終日,乃緣境攝持,非參也。或搜尋難問,記憶機緣,堂上室中,苦攻逆敵者,乃狂妄時習,非參也。總而言之,但胸中實無為生死大事之正念,或形影相弔於巖穴之下,或肩駢踵接於廣眾之中,各偏於所向而取著之,非吾所謂參也。」

　　客又曰:「近代尊宿,教人起大疑情,看古人一則無義味語,斯可謂之參乎?」予曰:「傳燈初祖,各有契證,初未聞有看話頭、起疑情而悟者;良由機緣泛出,露布橫生,況是學者胸中為生死之心,苦不真切,腳未跨門,咸遭誆惑,由是據師位者,不得已而將箇無義味話,放在伊識田中,教伊吞吐不行,咀嚼不破,孜孜兀兀,頓在面前,如銀山鐵壁,不許其斯須忘念,日深月久,情塵頓盡,心境兩忘,不覺不知。以之悟入,雖則不離善權方便,亦與參之之義,幾近矣。或學者不實以生死大事為任,則師與資,俱成途轍,荊棘祖庭,穢淬佛海,豈參云乎哉?因往復酬酢,遂引其說,偶成〈擬寒山詩〉一百首,非敢自廣,蓋痛心於教外別傳之道將墜,無何,誠欲策發初心之士耳。」

　　或謂:「宗門有活句、死句、全提、半提,擒縱無偏,與奪自在之理。子何不發明之?此何時而尚欲以實法綴繫於人耶?」予曰:「世有能跨千里之步,而終身不能自越其閫者,予不信也。彼與奪自在之師,皆由參之不謬、悟之無垠、蓄養深厚,如千里駒輕肆其足,便有追風逐日不可及之態而不自知也。使彼師苟存,其與奪自在之見於胸中,則人法不空、能所交接,與魔外何異哉?當知真寂體中,尚無地可寄,其與奪自在之跡,則其可講而學耶?得不重貽達者之所譏?蓋識法者懼也,道人其鑒諸。」

參禪一句子，衝口以成遞。擬欲尋篇目，翻然墮水泥。
舉揚無半字，方便有多岐。曲為同參者，吟成百首詩。

參禪莫執坐，坐忘時易過。疊足取輕安，垂頭尋怠惰。
若不任空沈，定應隨想做。心華無日開，徒使蒲團破。

參禪莫知解，解多成捏怪。公案搰脣牙，經書塞皮袋。
舉起盡合頭，說來無縫罅。撞著生死魔，漆桶還不快。

參禪莫把玩，流光急如鑽。那肯涉思惟，豈復容稽緩。
時刻不暫移，毫釐無間斷。撒手萬仞崖，乾坤無侶伴。

參禪莫涉緣，緣重被緣邊。世道隨時熟，人情逐日添。
工夫情未暓，酬應力難專。早不尋休歇，輪回莫怨天。

參禪莫習懶，懶與道相反。終日尚偷安，長年事踈散。
畏聞廊下魚，愁聽堂前板。與麼到驢年，還佗開道眼。

參禪莫動念，念動失方便。取捨任情遷，愛憎隨境轉。
野馬追疾風，狂猿攀過電。醵唾捉蓬塵，癡心要成片。

參禪莫毀犯，動輒成過患。作止誠可分，開遮豈容濫？
內外絕安排，自佗俱了辦。突出摩尼珠，光明照天岸。

參禪莫揀擇，舉世皆標格。曾不問閒忙，何嘗分語默。
一念離愛憎，三界自明白。更擬問如何，當來有彌勒。

參禪莫順己，動須合至理。工夫要徹頭，志願直到底。
瞥爾情念生，紛然境緣起。白日擬偷鈴，難掩虛空耳。

參禪宜自肯，胸中常鯁鯁。不擬起精勤，自然成勇猛。
一念如火熱，寸懷若冰冷。冷熱兩俱忘，金不重為鑛。

參禪宜退步，勿踏行人路。橫擔一片板，倒拖三尺布。
得失豈相干，是非都不顧。蕎直走到家，萬象開門戶。

參禪宜具眼，庸鄙休觀覽。千里辨雌黃，雙輪豈推挽。
洞見佛祖心，爍破鬼神膽。遙遙照世光，不受眉毛□。

參禪宜朴實，朴實萬無失。纖毫若涉虛，大千俱受屈。
話柄愈生踈，身心轉堅密。一氣直到頭，捏出秤鎚汁。

參禪宜努力，真心血滴滴。如登千仞高，似與萬人敵。
有死不暇顧，無身未堪惜。冷地忽擡頭，何曾離空寂。

參禪宜簡徑，只圖明自性。了了非聖凡，歷歷無欠剩。
擬向即是魔，將離轉成病。脫略大丈夫，塵塵自相應。

參禪宜及早，遲疑墮荒草。隙陰誠易遷，幻軀那可保？
當處不承當，轉身何處討。寄語玄學人，莫待算筒倒。

參禪宜正大，切勿求奇恠。真機絕覆藏，至理無成壞。
拽倒祖師關，打破魔軍寨。赤手鎮家庭，塵塵俱出礙。

參禪宜決定，莫只成話柄。瞥爾墮因循，灼然非究竟。
但欲了死生，何曾惜身命。一踏連底空，佛魔聽號令。

參禪宜捨割，命根要深拔。活計再掃除，生涯重潑撒。
寸念空牢牢，萬古阿剌剌。放出一毫頭，光明吞六合。

參禪要明理，理是心王體。每與事交參，惟有智堪委。
法界即其源，禪河以為底。後園枯樹椿，勿使重生耳。

參禪要直捷，一切無畏怯。用處絕踈親，舉起無分別。
法性元等平，至理非曲折。過去七如來，與今同一轍。

參禪要到家，不必口吧吧。履踐無生熟，途程非遍遐。
寸心常不動，跬步亦何差？踏斷芒鞋耳，門前日未斜。

參禪要脫略，何須苦斟酌。道理要便行，事物從教卻。
豈是學無情，自然都不著。更起一絲頭，茫茫且行腳。

參禪要精進，勿向死水浸。動若蹈輕冰，行如臨大陣。
晝夜健不息，始終興無盡。捱到髑髏乾，光明生末運。

參禪要高古，備盡嘗艱苦。身世等空華，利名如糞土。
深追雪嶺蹤，遠接少林武。道者合如斯，豈是誇能所。

參禪要識破，萬般皆自做。榮辱與安危，存亡并禍福。
元是現行招，等因前業墮。如是了了知，世間無罪過。

參禪要本分，只守簡愚鈍。豈解敘寒暄，何曾會談論。
兀兀似枯椿，堆堆如米囷。一片好天真，常不離方寸。

參禪要孤硬，素不與物諍。白日面空壁，清塵堆古甑。

遇境自忘懷，隨緣非苦行。昨夜煮虛空，煨破沙糖甕。

參禪要深信，豈應從淺近。直擬誇懸崖，不辭挨白刃。
橫披古佛衣，高佩魔王印。道源功德山，咸承慈母孕。

參禪為生死，豈是尋常事。從始直至終，出此而沒彼。
不啻萬刼來，曾無片時止。今日更遲疑，又且從頭起。

參禪為成道，丈夫宜自保。雪嶺星欲沈，鰲山話將掃。
疾捷便翻身，更莫打之遶。轉步涉途程，出門都是草。

參禪為超越，大地無途轍。寸心千丈坑，萬里一條鐵。
躍出威音前，坐斷僧祇劫。回首照菱花，銳氣生眉睫。

參禪為絕學，擬心成大錯。既脫文字禪，還去空閑縛。
拈卻死蛇頭，打破靈龜殼。腰間無半錢，解跨揚州鶴。

參禪為究竟，直入金剛定。兩端空悟迷，一道融凡聖。
澄潭浸夜月，太虛懸古鏡。儱擬著眼看，即墮琉璃穽。

參禪為直指，未舉心先委。動足路千條，擡眸雲萬里。
安心鍮雜金，懺罪乳加水。棒喝疾如風，暖熱門庭耳。

參禪為己事，要明還扣己。得失莫回頭，是非休啟齒。
不肯涉蹊徑，直欲探源底。流出自胸襟，孤風絕倫比。

參禪為圓頓，豈分根利鈍？草木尚無偏，含靈皆有分。
一法印森羅，三藏絕言論。更擬覓端由，道人今日困。

參禪為求悟，胸中絕思慮。但欲破疑團，絕不徇言路。
寢食兩俱忘，身心全不顧。蹉腳下眠牀，絆斷娘生袴。

參禪為明宗，道不貴依通。鷲嶺花猶在，熊峰髓不窮。
心空千古合，見謝五家同。情識猶分別，門庭是幾重？

參禪無利鈍，且不貴學問。妙悟在真疑，至功惟發憤。
任說佗無緣，直言我有分。一踏桶底穿，蟭螟吞混沌。

參禪無古今，但勿外邊尋。席上沈孤影，牎前惜寸陰。
志密行亦密，功深悟亦深。打開無盡藏，撮土是黃金。

參禪無貴賤，各各不少欠。密護在真誠，精操惟正念。
廊廟倦躋攀，輿臺忘鄙厭。悟來心眼空，昭然無二見。

參禪無奇特，惟貴心無惑。對境消佛魔，當機泯空色。
問著有來由，舉起無縱跡。曾不離平常，通身自明白。

參禪無巧妙，非覺亦非照。將底作光明？以何為孔竅？
佛祖弄泥團，象龍噇草料。海底黑波斯，卻解逢人笑。

參禪無限量，古今稱絕唱。跳下破繩牀，拈起折主杖。
祖令要親行，佛亦難近傍。子細點撿來，盡是做模樣。

參禪無秘訣，只要生死切。心下每垂涎，眼中常滴血。
盡意決不休，從頭打教徹。脫或未相應，輪回幾時歇？

參禪無僧俗，四大同機軸。一念根本迷，萬死常相逐。
推開生死門，打破塵勞獄。攜手下煙蘿，共唱還鄉曲。

參禪無愚智，家親自為祟。智者落妄知，愚人墮無記。
□破兩頭空，轉歸中道義。拈起一莖柴，覆卻西來意。

參禪無靜鬧，盡被境緣罩。聞見有兩般，混融無一窖。
水底月沉沉，樹頭風浩浩。更擬覓家鄉，路長何日到。

參禪非義學，豈容輕十度。拽斷葛藤根，解開名相縛。
一句鐵渾崙，千聖難穿鑿。蹉口忽咬開，虛空鳴嚷嚷。

參禪非漸小，至體絕邊表。難將有限心，來學無為道。
一證一切證，一了一切了。遙觀兔渡河，特地成煩惱。

參禪非可見，可見墮方便。鳥跡尚堪追，電光還有現。
靈鑑寫群形，體用成一片。礙剔兩莖眉，浮雲遮日面。

參禪非可聞，敲唱謾區分。語默影搏影，放收雲合雲。
石鼓鳴晴晝，煙鐘送夕曛。未能忘口耳，響寂動成群。

參禪非勸誘，誘引那長久？超越須自心，出生離佛口。
一步跨向前，萬夫約不後。作略解如斯，步步無窠臼。

參禪非術數，單提第一句。佛祖不能窺，鬼神爭敢覰？
靜若須彌山，動如大火聚。遍界絕覆藏，當機無覓處。

參禪非息念，妙姓圖親見。瞥起落緣塵，不續墮偏漸。
起滅有蹤由，渾崙非背面。當處悟無生，塵塵離方便。

參禪非自許，至理通今古。覓處不從佗，得來須契祖。

句句合宮商，門門追步武。毫髮若有差，惺惺成莽鹵。

參禪非杜撰，要了舊公案。擇法任胸臆，為人若冰炭。
道本絕踈親，理爭容混濫。一點更留情，自佗何了辦？

參禪非教外，亦不居教內。兩頭能混融，一道無向背。
法法契真宗，處處成嘉會。少存分別心，直入魔軍隊。

參禪絕所知，有知皆自欺。靈光雖洞燭，當體屬無為。
擿瞎棒頭眼，掃空繩上疑。更來存此跡，節外又生枝。

參禪絕能所，獨行無伴侶。既不徇涯岸，何曾立門戶。
空棒鞭鐵牛，幻繩牽石虎。機關活卓卓，疑殺少林祖。

參禪絕勝凡，三界沒遮欄。染淨遭佗惑，悟迷還自瞞。
倒卓清雲眼，橫趨赤肉團。欲名名不得，今古許誰看？

參禪絕階級，坦蕩又平直。擬動腳趾頭，直墮心意識。
三界鼓狂花，萬里栽荊棘。舉似王老師，堪嗟又堪惜。

參禪絕露布，機前莫罔措。喝退趙州無，趂出雲門顧。
縛住走盤珠，塞斷通天路。不假拈一塵，兩手都分付。

參禪絕有無，道人何所圖？空中書梵字，夢裏畫神符。
不有何庸遣，非無曷用除。話頭如不薦，徒費死工夫。

參禪覺真妄，語言難比況。幻名惟兩端，空花非一狀。
智者欲掃除，愚人常近傍。舉措似勤渠，於法皆成謗，。

參禪絕修證，生死那伽定。三有金剛圈，十虛大圓境。
徧界淨法身，極目真如性。動著一毛頭，驢年會相應。

參禪絕照覺，道人休十度。擊碎明月珠，剪斷黃金索。
拈過赤斑蛇，放出青霄鶴。去就不停機，依前未離錯。

參禪絕影像，豈許做模樣？象龍徒蹴踏，佛祖謾勞攘。
徧界覓無蹤，當陽誰敢向？有人稱悟明，快來噇主杖。

參禪最易為，只要盡今時。不作身前夢，那生節外枝？
日移花上石，雲破月來池。萬法何曾異？勞生自著疑。

參禪最簡捷，當念忘生滅。聞見絕羅籠，語言盡超越。
昨夜是愚癡，今朝成俊傑。好個解脫門，惜無人猛烈。

參禪最成現，元不隔條線。滿眼如來光，通身菩薩面。
圓聞聞不聞，妙見見非見。墮此兩重關，入地獄如箭。

參禪最省力，不用從佗覓。壯士臂屈伸，師王影翻躑。
纖疑或未銷，操心來辨的。回首望家鄉，鐵壁復鐵壁。

參禪最廣大，一切俱無礙。橫亙十方空，豎窮三有界。
既不涉離微，曾何有憎愛？時暫不相當，依前入皮袋。

參禪最明白，大用無軌則。揭開三毒蛇，放出六門賊。
遍造業因緣，都成性功德。勿使路人知，恐佗生謗惑。

參禪最瞥脫，不受人塗抹。來去赤條條，表裏虛谹谹。
喜時則兩與，怒來便雙奪。觸處不留情，是名真解脫。

參禪最安樂，不被情塵縛。真照豈思惟？靈機非造作。
一處證無為，千門成絕學。窮劫墮輪回，由來自擔閣。

參禪最枯淡，冥然忘毀讚。兀兀守工夫，孜孜要成辦。
如飲木札羹，似噇鐵釘飯。此心直要明，不怕虛空爛。

參禪最寂寞，寸懷空索索。四大寄禪牀，雙眸旋壁角。
疑團不自開，情竇徒加鑿。但得志堅牢，何愁天日薄？

參禪不持戒，那更存知解。弗省是自瞞，尚欲添捏怪。
生死轉堅牢，輪廻無縫罅。坐待報緣消，且來償宿債。

參禪不守己，硬要說道理。十度須彌山，便是栢樹子。
但只鼓唇牙，不肯憂生死。禪到眼光沉，噬臍無及矣。

參禪不合度，紛紛徇言路。公案熟記持，師資密傳付。
世道愈相攀，己躬殊不顧。十冊古傳燈，轉作砧基簿。

參禪不解意，纔聞便深記。兜率有三關，曹洞列五位。
楞嚴選圓通，雜華宣十地。及話到己躬，一場無理會。

參禪不著物，立地要成佛。肯將生死心，沉埋是非窟。
從古墮因循，如今敢輕忽？生鐵鑄齒牙，一齩直見骨。

參禪不顧身，直與死為鄰。寸念空三際，雙眸絕六親。
門前皆客路，衣下匪家珍。誰共滄溟底？重重洗法塵。

參禪不可緩，自心須自判。迷悟隔千塗，首尾惟一貫。

撥轉鐵圍山，現出金剛鑽。變化不停機，把伊眼睛換。

參禪不屈己，人天咸讚美。英氣逼叢林，真風振屏几。
千聖共櫨眸，萬靈皆側耳。一句絕承當，敲出少林髓。

參禪不求勝，勝為禪人病。勝乃脩羅心，勝即魔軍令。
勝非解脫場，勝是輪迴穽。惟佛無勝心，所以稱殊勝。

參禪不求名，參禪不為利。參禪不涉思，參禪不解義。
參禪只參禪，禪非同一切。參到無可參，當知禪亦戲。

參禪第一義，全超真俗諦。達磨云不識，六祖道不會。
古月照林端，高風吹嶺外。兒曹共指陳，呼作西來意。

參禪欲悟心，該古復該今。仰處如天闊，窮之似海深。
名聞三際斷，體露十虛沉。圓湛含空色，奇花秀晚林。

參禪非戲論，直欲契靈知。積學非佗得，施工是自欺。
精金離煅日，古鏡卻磨時。或未忘聞見，何曾出有為？

參禪禪有旨，旨悟亦無禪。少室空餘月，靈山獨剩天。
認聲言直指，對影說單傳。今古尋玄者，區區亦可憐。

參禪緣底事，獵縣更遊州。但覺千山曉，那知兩鬢秋？
工夫增執縛，學問長輕浮。逗到龕帷下，青燈照古愁。

參禪何太急？東去又西馳。走殺天真佛，追回小廝兒。
空中施棒喝，靴裏動鉗鎚。縱有神僊訣，難教出水泥。

參禪誰作倡？少室有神光。雪重齊腰冷，刀輕隻臂亡。
真風陵大法，英氣屬頹綱。孰謂千年後，門前賊獻贓？

參禪無樣子，樣子在當人。本淨通身白，元無徹骨貧。
胸襟懸古鏡，懷抱積陽春。不待重開眼，何曾隔一塵？

參禪作麼參？切忌口喃喃。擺尾淹蘿甕，低頭入草菴。
有言非向上，無句豈司南？未解如斯旨，前三復後三。

參禪參不盡，參盡若為論。鶴放青松塢，牛尋碧水村。
雨深苔蘚路，雲掩薜蘿門。更覓禪參者，歸家問世尊。

（《天目中峰和尚廣錄》卷第十七，民國二十五年
（1936 年）上海影印宋平江府陳湖磧砂延聖院刊本）

擬寒山子一首

元・張雨

　　元張雨擬寒山子一首〈贈活死人窩玄道先生〉（原注：此詩在補遺）：「有一道先生，船居活潑潑。視身為浮漚，閱世同水沫。釣徒非吾友，荷鍤未為達。做得活死人，方是死人活！」

　　又：自覺生死忙，因書四韻，予豈效寒山子者？「人生浪自苦，古今無了。雞命湯火間，喔喔猶戒曉。預憂復何益？轉使髮白早！不如嚐酒糟，糟邱無壽夭。」（《貞居先生集》二首）

（《寒山寺志》卷三）

擬寒山四首

長靈卓和尚

有物是何物，周流泄妙機。春晴山鳥語，日暮洞雲歸。
指是馬還是，心非佛亦非。誰能同彼此，攜手入玄微。

一念通真際，塵塵秘藏開。當頭誰是主，撒手自為媒。
大海收毛孔，神珠隱蚌胎。此時知佛祖，猶向外邊來。

問訊西來祖，人心為有無。如何垂直指，早晚轉凡夫。
洛水澄如練，嵩山秀若圖。不知端的者，剛道有差殊。

見道即修道，無心誰悟心。是非凡與聖，成壞古無今。
碧澗流殘葉，微風入靜林。誰來石嵒下，教汝夜穿針。

擬寒山子詩四十一首

元叟行端

百千諸佛師。只者心王是。廓然含十虛。靈明妙無比。

棄之而別求。機巧說道理。非徒謗宗乘。亦乃謾自己。

出家學參禪。只要了生死。生死不了時。非干別人事。
疾病被他牽。強健被他使。推尋不見他。無名又無字。

權門有貪狼。掠脂又剜肉。一己我喜歡。千家盡啼哭。
溢窖堆金銀。盈箱疊珠玉。只知丹其轂。不知赤其族。

此箇血肉團。也須識得破。飲食聊資持。衣裳暫包裹。
中有寶覺王。常居法空座。相逢不相識。永劫成蹉過。

何事居此中。此中絕塵跡。盈朝霧濛濛。竟夜泉瀝瀝。
巉岏四面山。磈砢一拳石。高眠百無憂。任你春冬易。

城中一少年。容貌如神僊。身披火浣服。手把珊瑚鞭。
常騎紫騮馬。醉倒春風前。三日不相見。聞說歸黃泉。

吾家有一物。出入身田中。趁渠渠不去。覓渠渠不逢。
賑渠渠不富。劫渠渠不窮。圓光爍萬像。如日遊虛空。

形本無其形。分彼復分此。名本無其名。攻非復攻是。
一朝兩眼閉。送向荒山裏。蓬蒿穿髑髏。誰管他與你。

昨日東家死。西家賻冥財。今朝西家死。東家陳奠杯。
東東復西西。輪環哭哀哀。不知本真性。懵懂登泉臺。

近來林下人。多學塵中客。養婦兼養兒。買田復買宅。
善果無二三。惡因有千百。他日閻王前。恐難逭其責。

古今學僊者。煉藥燒丹沙。七龍兼五鳳。期以昇紫霞。
一朝兩腳僵。骨竟沈泥沙。前路黑如漆。苦哉佛陀耶。

佛以慈悲故。金口宣金文。三百六十會。八萬四千門。
顯此本有性。隨彼眾生根。似劍斫虛空。何處求其痕。

人生在世間。其才各有施。大非小所堪。小非大所宜。
若使堯牽羊。而令舜鞭之。羊肚不得飽。堯舜空自疲。

田園草舍間。男女每團團。摘果謀供客。繅絲備納官。
婦憂夫貌悴。母憂子身寒。一箇溘然死。號咷哭繞棺。

心為萬法宗。萬法因心有。心空萬法空。生死沒窠臼。

世間多少人。聞法不聽受。騎驢更覓驢。顛倒亂狂走。
有婦眩顏色。折華吳水春。繡裙金蛺蝶。寶帶玉麒麟。
窈窕言無斁。娉婷謂絕倫。誰知楊氏女。骨化馬嵬塵。

木落湫水寒。千峯正岑寂。惟聞虎嘯聲。不見人行跡。
霜露濕巖莎。月輪掛空碧。此時觀此心。獨坐磐陀石。

世有無上寶。其寶非青黃。在人日用間。皎潔明堂堂。
萬像他為主。萬法他為王。與他不相應。盲驢空自行。

名利是何物。人心自不灰。榮來終有辱。樂去可無哀。
富塚草還出。貧門華亦開。耕桑枉辛苦。鬢白鬂毛衰。

生知生是幻。則生可以出。死知死是幻。則死可以入。
智士登涅槃。癡人受羈靮。本身盧舍那。只要信得及。

世有一般漢。實少虛頭多。口中一片錦。肚裏森干戈。
真佛自不信。喃喃念彌陀。饒你見彌陀。彌陀爭奈何。

浮世空中華。只今須勤絕。四蛇同篋居。兩鼠共藤齧。
六道常輪迴。三途每盤折。一生百千生。何時得休歇。

今古一場空。憑誰較吉凶。巴歌攪白雪。瓦缶亂黃鐘。
運去虎為鼠。時來魚作龍。賢明貧轗軻。癡騃富雍容。

偃仰千巖內。超然與世違。采芝為口食。紉榞作身衣。
瀑水淋苔磴。湫雲漬草扉。閒吟竺僊偈。幾度歷斜暉。

人生無百年。業累有千般。姦詐盈腸肚。貪婪滿肺肝。
聲為聲詿惑。色被色欺瞞。欲脫輪迴去。如斯也大難。

山中高且寒。人罕來登陟。松搖雪珊珊。蘿冑煙羃羃。
巖華春不開。潭冰夏方釋。住此夫何為。心源湛而寂。

我住在峯頂。白雲常不開。窻扉沿薜荔。門徑疊莓苔。
山果猨偷去。巖華鹿獻來。長年無一事。石上坐堆堆。

紙薄未為薄。人薄方為薄。虎惡未為惡。人惡方為惡。

虎惡尚可防。人惡難捉摸。紙薄尚可操。人薄難憑託。
天堂是自修。地獄非他作。何如早歸依。如來大圓覺。

東海揚蓬塵。青山作平地。王母蟠桃華。迢遙不知處。
人生能幾何。剛抱千年慮。芭蕉欲經冬。秋來早枯悴。

磨甎不成鏡。掘地難覓天。如何苦死坐。要學如來禪。
欲識如來禪。歷劫常現前。卷之在方寸。舒之彌大千。
耆婆不得妙。烈火開金蓮。

報爾參玄人。及早須猛省。心佛皆虛名。浮生只俄頃。
莫待無常來。臨嫁却醫癭。

我笑一種人。平生好輕忽。讀書不曾精。開口輒罵佛。
佛者覺義也。何必苦罵之。古佛去已久。罵之徒爾為。
覺即覺自心。常令無染污。寶月瑠璃中。光明洞今古。
心外無別佛。佛外無別心。此心若不信。六道長漂沈。
西方大聖人。況乃孔丘語。吾儂非謬傳。你儂須聽取。

祖師鐵牛機。虛空沒關鎖。須彌上搖船。大海裏燒火。
放去非屬他。收來豈存我。咄哉啞羊僧。如虎觀水磨。

高高峯頂頭。閴寂無人遊。煙雲日夜起。崖樹風颼颼。
巢鶴作鄰竝。野鹿為朋儔。渴酌巖下水。寒拖麤布裘。
捫蘿陟危嶠。跧石窺遐陬。盤桓倚松坐。俛仰時還休。
逢春恰如臘。在夏常如秋。長年沒羇絆。終身有何愁。
東西市廛子。苦火燒髑髏。今生不了絕。更結來生讎。

人生在世有何事。日用但教心坦平。珠與金銀衒屋棟。到頭難免北邙行。
眾生所抱病根別。諸佛因談藥味殊。別亦不真殊亦妄。妄窮真極本如如。

因果歷然如指掌。顚頂莫謾過青春。皮囊出了又還入。六趣茫茫愁殺人。
天上日沒月又出。山中葉落華還開。黃泉只見有人去。不見一人曾得回。

當人早早宜自修。歡樂何曾有終畢。長安陌上貂錦兒。祇恐無繩繫白日。
業風鼓擊枯髑髏。貪心如海不知足。諸佛悟之登涅槃。眾生從此入地獄。

事過都是空。事來本非有。請君聽我言。莫飲無明酒。

（《元叟行端禪師語錄》卷六）

和元叟和尚擬寒山（三首）

我見世間人，利名日交接。二鼠每侵藤，四虵常在篋。
要得脫苦輪，三生六十劫。廣額放屠刀，滅却三途業。

參禪并看教，迷悟千萬般。常啼學般若，何須賣心肝。
賢愚同一揆，僧俗互相瞞。十步九喫顛，方知行路難。

菩薩不猒喧，二乘墮空寂。豐干騎虎來，拾得指羊跡。
題巖千偈多，照水雙瞳碧。不貴萬戶侯，豈羨二千石。

（《月江正印禪師語錄》卷三）

擬寒山詩

雨落田中濕。風搖樹上寒。時人塵肆去。山翁屋裏眠。
似醉人難識。如癡兩鬢班。白顏猱叫處。驚出一雙猨。
好是住汾陽。猶連子夏岡。西河蓮藕熟。南國果馨香。
野客爭先採。公侯待後嘗。仲尼不遊地。唯我獨消詳。
紅日上東方。霞舒一片光。皎然分萬象。精潔涌潮岡。
蝶舞叢花拆。鶯啼煙柳茂。孰能知此意。令我憶南陽。
余家路不遙。金界示金橋。香嶺叢花拆。煙嵐日上銷。
清涼千谷靜。紫府萬賢高。我笑寒山笑。豐干脚下勞。
無德住西河。心閒野興多。太虛寬世界。海嶽蹙江波。
獨坐思知己。聲鍾聚衆和。欲言言不盡。拍手笑呵呵。
百福莊嚴相。從頭那路長。雲生空裏盡。雨落滿池塘。
春鳥喃喃語。秋鴻役役忙。孰能知此意。獨我化汾陽。
方種巧升騰。須知一點真。古今研至理。明暗示餘塵。
虜塞風霜急。長空雨露頻。天台山裏客。却與我相隣。
歷劫何曾忘。長年只麼閒。蓼花芳浦岸。松韻響溪間。
三島雲開靜。五峯雨霽山。古今常不昧。金界碧霄看。
寂寂虛閒處。人疎到此來。透窗明月靜。穿戶日光開。
鶴聚庭前樹。鶯啼宇後臺。同心誰得意。舉目望天台。

全體是寒山。唯能向此眠。捉猿高嶺上。放虎石溪邊。
花拆香風遞。松分細雨穿。疎林竹徑重。將謂是神仙。

（《汾陽無德禪師語錄》卷三）

三、仿作

〈錦錢餘笑〉二十四首

宋・鄭思肖

或問錦錢者，何義？曰：「以錦為錢者，雖美觀實無用也。」

有時粲一笑，清於萬壑冰。有時吐一語，濁於三月春。
所以天地間，不著如是人。任之波波走，永刧長沉淪。

昔有古先生，忒殺不唧溜，拈得一枝花，失却一張口。
白晝叫不醒，徒爾打筋斗。若欲了此意，但飲一杯酒。

晚年闇閉國，僑寓陋巷屋。屋中無所有，事事不具足。
終不借人口，伸舌覓飯喫。以此大恣縱，罵人笑吃吃。

山中一溪水，絕與衆水別。不解飲清風，只解醉明月。
一片清泠意，活動流不徹。何勞濯纓人，再三苦饒舌。

我家南山南，日月最相愛。清光潑面來，只是無人買。
我昔買得之，翻手恣買賣。山北諸草木，也只得禮拜。

佯狂真佯狂，踏碎東風影。一任東風吹，花意亂不定。
閙閙人叢中，人人喚不應。借問老先生？莫教是姓鄭。

頭戴爛紗巾，脚踏破鞋底。不知以何道，琮琤宇宙裏。
或恐是達人，毋乃是癡子。我亦欲問之，面冷似鐵鬼。

我有一句子，朗朗最分明。問水水亦笑，問石石亦嗔。
獨有老枯樹，聞之彌精神。從此開笑面，惱殺天下人。

崛強數十年，只弄一枝筆。筆是無根花，日月常結實。
千千萬萬顆，顆顆如紅日。日日採將來，布施十方佛。

蒼蠅亦奇哉，腹內矢何物。黑者變為白，白者變為黑。
不換人活眼，何以化流俗。我來閻浮提，却喜無此術。

一火陶鑄來，莫不皆完具。豈有一造化，而勞別父母？

可憐生盲者，當面不辨主。此理甚無斁，唾汝化為土。

不怕明日死，且喜今日活。拍響浪敲擊，飛謔訊挑撻。
直送□眼去，天外破毫末。盧都橫上唇，口門八寸闊。

三三即九九，數之何曾有？九九非三三，拈來不用參。
滿頂髮鬔鬆，滿面骨巉巉。不知死日至，只是弄癡憨。

巉巉巖谷中，盡謂是白石。一見一摩挲，老眼滴寒碧。
絕無一點香，蒼頂直堅立。當道橫黃金，惜哉無人識。

叫笑舞荒唐，面上生雪霜。一味呵呵笑，赤腳走四方。
明月忽見憎，憎我太枯清。我亦罵明月，罵月弄光明。

每愛入深山，最怕石路惡。剖樹斫木屐，堅欲護雙腳。
即忙著將來，步步革落落。從教世上人，罵我錯錯錯。

二十餘年來，非不喜飲酒。近日青天癡，也逐世人走。
罵詈古冰雪，讚歎新花桺。安得不獨行，鼻角插入口。

飄飄山中行，與雲同出沒。飢來餐生石，入口細無骨。
滿吻流甘香，不嚼而味出。幽禽獨賞音，數聲不可忽。

生來好苦吟，與天爭意氣。自謂李杜生，當趨下風避。
而今吾老矣，無力收鼻涕。非惟不成文，抑且錯寫字。

昔者所讀書，皆已束高閣。只有自是經，今亦俱忘却。
時乎歌一拍，不知是誰作？慎勿錯聽之，也且用不著。

突然出身來，撥却青天轉。擊破古洪濛，碎作七八片。
片片生春風，散作花柳面。面回冷眼笑，何處不相見。

頑絕絕頑絕，以笑為生業。剛道黑如炭，誰知白似雪。
笑殺娑婆兒，盡逐光影滅。若無八角眼，豈識四方月。

叫賣沒底有，有價不敢道。拾得一塊泥，勝如萬塊寶。
如此至鶻突，直是不老艸。逢人但點頭，好好好好好。

何待死方休，即今骨已朽。奇特動天地，也擲向背後。
咄這臭矢囊，恣情開大口。幾翻說淨風。驚落虛空走。

（宋·鄭思肖《所南翁一百二十圖》。《四部叢刊》續編，集部。）

擬寒山自述

勝因戲魚靜禪師

多見擬寒山，不然擬拾得。冲天各有志，擬彼復何益。
居山山色翠，臨水水聲長。風華與雪月，時處自歌揚。
頗憶未參禪，教中聽十年。晝夜數他寶，何曾得半錢。
發志出行腳，遍求無病藥。及至休歇時，依舊沒鞋著。
行時唯信腳，到處便為家。午飯隨麤細，三衣亂掩遮。
空名耳裏水，微利眼中砂。一覺黃昏睡，金烏出玳涯。
目述自高吟，自高非倨傲。高懷肯隨動，幽鳥徒輕噪。
無水定無源，有煙必有竈。天堂并地獄，自作還自報。
近見一般人，堂堂似佛祖。入室求知識，為明生死事。
問汝莫是賊，當時面如土。語言勿生嗔，只箇是生死。
參禪脫生死，輒莫被魔使。八風一任吹，六塵終不污。
非語亂如麻，截斷眾流句。仰面看青天，立地超佛祖。
五更一盂粥，辰時一頓飯。晝夜兩覺眠，一日事俱辨。
毀我還自毀，贊我還自贊。是非與榮辱，紅爐亦金彈。
良田著力耕，自利復利故。莫栽荊棘樹，子孫沒出路。
仁者愛安仁，狡佞生嫉妒。勸汝早回頭，翻覆面前覷。
莫笑我自述，麤言無義理。豈為騁文辭，因筆寫其志。
百年呼吸間，何用苦較計。勸汝莫癡毒，無常忽忽至。
一曲樂昇平，非關囉哩棱。山河俱屬宋，雲水且饒僧。
時擊松風磬，長然潤月燈。願王似南嶽，萬世碧層層。

（《嘉泰普燈錄》卷二九）

陳汝楫〈效寒山子體〉十四首

看看江上過三冬，方丈能將七尺容！香炷旋銷虛室白，透霜林外一聲鐘。
我是人閒無事人，山林城市往來頻。關河一色空明裏，中有梅花萬樹春。
暗裡香生不待風，枝頭消息觀中通。淺清池水黃昏月，又道巡檐是夢中！
鼓打殘更難已號，霜生屋瓦何寥蕭？起來自檢寒灰看，一點星紅尚未銷。
懸厓無路有風雲，天上人閒自此分。也知就裏春如海，一點桃花漾水紋。

松搭荒筠竹架扉，滿山桂子拾樵歸。一輪海月從空湧，長嘯數聲煙四飛。
生來頑傲不成仙，須信威音有劫前。爛吃豬頭按村酒，倒騎雕虎過山巔。
出入常從鹿豕游，百年日月儘悠悠。石梁苔滑便休去，坐聽溪聲不斷流。
得句何因更帶泥？春光到處不愁歸。禪心常似東風煖，儘逐楊花上下飛。
千年古洞偶然開，桃自生花水自迴。我笑漁人歸去後，卻尋舊路又重來。
一消瓜瓣根四開，也應兜頂是蓮胎。藤蘿斬盡風雲絕，上有真人獨往來。
貝葉莊嚴白□繙，人閒多病是醫門。藏中一字何曾說？卻有虛空挂墨痕。
一粒粟中藏世界，許君同禮維摩足。忽然粉碎這些兒，大千世界一粒粟。
非偈非詩亦可憐！終身拍手向風前。人閒鼓笛皆敲破，好譜陶家壁上絃。

（原出《賞詩格集續編》，轉引自《寒山寺志》卷三）

擬寒山送僧

擇木有靈禽，寒空寄羽翼。不止蓬萊山，冥冥去何極。

（《明覺禪師語錄》卷五）

日覺死生忙曰書四韻予豈効寒山子者

人生浪自苦，古今無一了。難命湯火間，喔喔猶戒曉。
預憂復何益，轉使髮白早。不如嚼酒糟，糟丘無壽夭。

（《句曲外史貞居先生詩集》卷二《四部叢刊》初編，集部。）

効寒山體

嗟我世間人，有山只暫聚。富貴空中花，遇合風裏絮。
夜夜植業種，朝朝奔苦趣。佛有妙蓮花，讀取平等句。
嗟我世間人，強有六親念。看子是惡少，目妒作美艷。
分香且供佛，有財莫言儉。俯仰即異世，六尺那可占。

（《松隱集》卷九。文淵閣本《四庫全書》集部，別集類。）

用韻効寒山

貧賤恥爲拙，富榮常好更。高論古今事，中懷名利情。
堂堂無復見，小小或能成。浪說神仙在，從來不住瀛。

四郊多竊盜，村裏夜支更。爲語長官道，能無患盜情。
家家愁日暮，處處望秋成。飢鼯飽倉粟，苦海變蓬瀛。

（《白沙子》卷之七《四部叢刊》三編，集部。）

洪州觀音選禪師

上堂云：「擬而不擬，挂人唇齒；瞪目長江，徧觀海水。寒山道兮不知底，寒山性兮天下美。坐枯木兮有終有始，似孩童兮降伏魔鬼。入市忘歸兮清風自起，擬寒山兮白雲千里萬里。

（《建中靖國續燈錄》卷二）

居易錄

有和寒山詩云：「我著功垢衣，衆人生譏誚；我著珍御衣，衆人稱切要；我著毛羽衣，衆人皆大笑；若我不著衣，何人知我妙。」又：「白鶴欲升天，黃鶴不相許。飛入鸚鵡洲，求食洞庭渚。千年復千年，雙雙變毛羽。兩兩竟成仙，誰向凡人語。」

（卷二十一。文淵閣本《四庫全書》子部，雜家類，雜說之屬。）

樓雲樓晏坐効寒山偈

春陰蔽幽齋，朝來始和霽。春風悠然來，花雨滿庭際。
對雨千峰靜，看山百慮輕。昨宵明月夜，露地白牛生。

（《御定佩文齋詠物詩選》卷四百七。文淵閣本《四庫全書》集部，總集類。）

彭定求〈題寒山集〉

（原注：此詩亦效寒山子）

一卷寒山詩，恰稱幽人讀。嘹嘹天籟聲，空山洗絲竹。
中有如意珠，明光徧地燭。憐憫諸有情，色味同徵逐。
那堪慧眼觀，一笑發其覆。所以紫陽翁，嘉歎好篇牘。
（原注：朱子偶摘寒山詩云：「煞有好詩，人未易到此。」）
紛彼淫哇興，盈耳滋導欲。誰能契真原？脫足離五濁。
千古南華仙，不殊轂與軸。我行置座隅，六時矢薰沐。

《南畇先生詩錄》。

肆・詩話資料

一、歷代祖師語錄有關寒山、拾得詩之評論

萬卉流芳不知春力，巖畔澗底鷰紅皺碧，乘興復誰同，孤蹤遠儔敵。君不見，五百聖者導雄機，靈峯晦育深無極，寒山老寒山老隨沈跡。迢迢此去須尋覓，華落華開獨望時，記取「白雲抱幽石。」

（《明覺禪師語錄》，〈送僧之石梁〉）

汝欲真僧應供者，當發平等心，不擇微賤，普施無遮，福無涯矣。又寒山詩云：「擇佛燒好香，揀僧歸供養。羅漢門前乞，趁卻閒和尚。不悟無為人，從來無相狀。封疏請名僧，嘰錢兩三樣。雲光好法師，安角在頭上。汝無平等心，聖賢俱不降。凡聖皆混然，勸君休取相。」又《地藏經》指營齋度亡，亦須精勤護淨，奉獻佛僧，方能存亡獲利。

（《百丈清規證義記》卷五，飯僧。）

寒山有詩一首：吾心有似秋月，影現碧潭皎潔。世間無物比論，教我如何宣說。可謂秋江一點，依稀大海潮平，恍惚冰壺雪實，表裏瑩徹無瑕，可憐心地洒然。

（《初學記》卷一）

拾得疎慵非覺曉（兀兀無知），寒山懶惰不知歸（騰騰何往）。聲前一句圓音美（有語應難會），物外三山片月輝（無言心自知）。師云：無用處成真用處，不風流處轉風流。如愚若訥超情謂，凡聖由來總不收。天台山拾得子，不言名氏，始因豐干禪師經行到赤城，道側聞兒啼隨聲，尋之見一子僅十歲，初謂牧牛子，問之乃曰孤弃，於是豐干攜至寺，因呼為拾得。一日掃地，寺主問：「汝名拾得，因豐干拾得汝歸，汝畢竟姓簡甚麼？」拾得放下掃箒叉手而立。主再問，拾得拈掃箒掃地而去。寒山搥胷曰：「蒼天！蒼天！」拾得曰：「作甚麼？」山曰：「不見道東家人死，西家人助哀。」二人作舞笑哭而出。林泉道：弄精魂漢有甚麼限，國清寺半月誦戒眾集，拾得拍手曰：「聚頭作相，那事如何？」維那叱之，得曰：「大德且住，無嗔即是戒，心淨即出家。我性與你合，一切法無差。」林泉道：「兩般了也。」天台山寒山子亦不知姓氏，以乞丐自養，古老見之咸曰風狂人也。唐興縣西七十里有寒巖，在國清寺之側，因居於此故號寒山子。容貌枯悴，布襦零落，冠樺皮冠，曳

大木履。時來國清寺，有拾得知食堂，常收殘餘貯竹筒中，山至則授之，或就食或負去，每徐行廊下，嘗有詩云：「欲得身安處，寒山可長保。微風吹幽松，近聽聲愈好。下有斑白人，嘮嘮讀黃老。十年歸不得，忘却來時道。」因眾僧炙茄次，將茄弗向一僧背上打一下，僧回首，山呈起茄弗曰：「是甚麼？」僧曰：「這風顛漢。」山向傍僧曰：「你道這僧費却多少鹽醋。」林泉道：「若不蓋覆將來，險些為伊淡了。」因趙州遊天台路次相逢，山見牛跡問州曰：「上座還識牛麼？」州曰：「不識。」山指牛跡曰：「此是五百羅漢遊山。」州曰：「既是羅漢為甚麼却作牛？」山曰：「蒼天！蒼天！」州呵呵大笑。山曰：「作甚麼？」州曰：「蒼天！蒼天！」山曰：「這簡廝兒，宛有大人之作。」林泉道：「好手手中還好手，紅心心裏中紅心。況乃聲前一句圓音落落而韻美，堪聞物外三山片月輝輝而光明可玩。若是汝識心見性，何消我恃語多言。其或未然，三腳靈龜荒迸走，一枝瑞草亂峰垂。

　　　　（《林泉老人評唱丹霞淳禪師頌古虛堂集》卷二，第二三則，洛浦供養。）

　　師云：寒山子道：「吾心似秋月，一輪光皎潔。無物堪比倫，教我如何說。」況此一片靈明亘古亘今，本自妙圓了無空缺，更須就裏參詳簡中體究，非隱非顯非正非偏，瞻之在前忽焉在後，終日尋不得有時還自來。寶峰瑞草雖無根蒂，而綴葉聯芳禪花心苑，賴有聲名而賅天括地，空劫威音之際那待春功，古佛興化之時潛通曉意。雖非著色還自鮮明，不涉威光果能遍照，有具眼者試請辨看。瞎。

　　　　（《林泉老人評唱丹霞淳禪師頌古虛堂集》卷二，第三二則上藍本分。）

　　學者參悟見道，頃刻之間便可明生死幻妄之因，識得即生死而離生死之理。然明雖在一時，而了不可限期。真心若不修無修，幻身何得證無證。所以道，祖言外其身而身存。寒山大士言：「易者易其形。」夫外易之道有二：有從內而外身易形之道；有從外而外身易形之道。若執內之外易，則似滯殼迷封；若執外之外易，則似癡狂外走。若不明二種外易之道，但囫圇排撥，復不力行行業，則饒伊經千生百劫，亦不過空言。明知生不是生，死不是死，為何被生死之所流轉，委之其力，未充而已。擬欲腳踏實地，了明生死，不能也，且將二種內外外身易形之理試體會看。若也體會得出，許汝明佛仙一貫之道；若也不能體會，不可執狂空以欺己欺人也。即圓明亦不敢自言了證，但所見實有確據，願與同見者，期共勉同行云爾。

　　　　（《御選語錄》卷一二，和碩雍親王圓明居士語錄。）

　　師舉僧問洛浦：「學人擬歸鄉時如何？」浦曰：「家破人亡，子歸何處？」

僧云：「恁麼則不歸去也。」浦曰：「庭前殘雪日輪消，室內紅塵遣誰掃。此所心無心無緒話求歸也。尋思到此，似與寒山同參。」山有詩云：「欲得安身處，寒山可常保。微風吹幽松，近聽聲愈好。下有斑白人，嘮嘮讀黃老。十年歸不得，忘却來時道。」若是端的得到不知不會處，非唯參見地藏，許伊親見黃蘗。雖然如是，林泉門下不得點臮擔板。

（《林泉老人評唱投子青和尚頌古空谷集》卷二，第二八則歸根得旨。）

故靈鷲說法，常以月為喻，寒山則云：「我心似秋月，無物堪比倫。」嗚呼月之德，可謂盛矣。

（《百丈清規證義記》卷二，附中秋祀月。）

僧舉寒山詩，問：「白鶴銜苦桃時如何？」師曰：「貞女室中吟。」曰：「千里作一息時如何？」師曰：「送客郵亭外。」曰：「欲往蓬萊山時如何？」師曰：「欹枕覷獼猴。」曰：「將此充糧食時如何？」師曰：「古劍髑髏前。」

（《五燈會元》卷七，福州羅山道閑禪師。）

師舉：寒山云：「吾心似秋月，碧潭光皎潔。無物堪比倫，教我如何說。」拈云：「既說不得，就模子脫出一個：吾心秋月印中天，到處相逢到處圓。普請且歸林下坐，好看光影未生前。」

（《雲谷和尚語錄》卷一）

寒山子詩曰：「庭際何所有，白雲抱幽石。」世之高明者，無論今昔，皆味之而不能忘，豈不以其天趣自然，即物而無累者乎？

（《紫柏尊者全集》卷一三，積慶菴緣起。）

上堂，舉「吾心似秋月，碧潭清皎潔。無物堪比倫，教我如何說。」師云：「寒山子說不得，即且止，諸人還說得麼？直須口似磉盤，方始光明透漏。」

（《慈受懷深禪師廣錄》卷一）

夜參：「吾心似秋月，圓滿光皎潔。無物堪比倫，教我如何說。」噫！大小寒山，徒為文殊後身，口門窄，說不出；老朽又且不然：「吾心似秋月，圓滿光皎潔。無物堪比倫，雲門已漏泄。」大眾，且道雲門大師作麼漏泄？良久云：「胡餅也不記得。」

（《湛然圓澄禪師語錄》卷四）

中秋上堂，「吾心比秋月，秋月有圓缺。世間無比倫，教我如何說。」

噫！寒山老人，云是文殊化身，何以口門窄，說不出。徑山不敢與古人爭衡，也要效顰說兩句伽陀：「吾心非秋月，秋月有盈缺。萬物有無常，這個不生滅。」

（《湛然圓澄禪師語錄》卷二）

傳璧傳禪二上人，求戒請上堂，寒山道：「無嗔即是戒，心淨即出家。我性與你合，一切法無差。」鼓山道：「心空即是戒，身空始出家。本來無一物，何處會千差。」大眾且道：與古人相去多少？試揀辨看。

（《為霖道霈禪師餐香錄》卷一）

師彈指一下云：大眾作麼生會？眾無語。師曰：不會出世師，空勞一彈指。最無分曉句，真是難接嘴。倚天長劍逼人寒，不是其人徒側耳。方知一顆摩尼珠，解用須是寒山子。下座。

（《無明慧經禪師語錄》卷一，〈建陽董巖請結制語錄・上堂〉。）

前釋迦，後彌勒。心不見心，無相可得。出門綠水青山，到處花紅草碧。如斯舉似，魚魯參差。直下承當，天地懸隔。寒山子道：「千年石上古人蹤，萬丈巖前一點空。」此一點空不可取，天台鴈蕩隨西東。衲僧行腳休輕議，略以虛懷標此位。非凡非聖強安名，高踏毗盧頂上行。

（《楚石梵琦禪師語錄》卷一七，送儀侍者游天台鴈蕩。）

上堂，八月秋何處熱，岩桂吹香滿寥沉。風景淒清，泉聲幽咽，祖意明明誰辨別。大藏小藏，橫說豎說，不出如今箇時節。同不同別不別，堪悲堪咲老寒山，剛道「吾心似秋月。」拍禪床，下座。

（《呆菴普莊禪師語錄》卷二）

乃云：諸佛不出世，祖師不西來。解脫門開，七通八達。雲從龍風從虎，水流濕火就燥；一一蓋天蓋地，頭頭玉振金聲。奴使文殊普賢，婢視釋迦彌勒。驅耕夫牛，令他苗稼滋盛；奪飢人食，教他永絕飢虛。喚作神通妙用也得，喚作法爾如然也得。所以寒山子道：「寒山無漏巖，其巖甚濟要。八風吹不動，萬古人傳妙。」諸人還知落處麼？白雲影散青山出，幽石巖高寶月圓。

（《穆菴文康禪師語錄》卷一，初住天台山明巖大梵禪寺語錄。）

上堂，舉寒山子道：「我見瞞人漢，如籃提水走。急急走歸家，籃裡何曾有。」保寧勇和尚舉了拍手大笑云：「有意氣時添意氣，不風流處也風流。」師云：「然則下坡不走，快便難逢。」保寧老漢腳跟下，好與三十棒。

（《了菴清欲禪師語錄》卷一）

白雲口裏道，誰敢道不好。此話誠未然，休向句中討。如王髻中珠，得之方是寶。天台銑維那，志氣非艸艸。遍歷宗匠門，所得恨不早。認著大哥妻，元來是阿嫂。此行歸故鄉，去問寒山老。黃葉滿堦前，便是來時道。

（《古林清茂禪師拾遺偈頌》卷一，送銑維那歸天台。）

萬里無寸草，出門便是草。瀏陽與洞山，一老一不老。君不見，寒山子，十年歸不得，忘却來時道。

（《古林清茂禪師語錄》卷五）

上堂，僧問：「兩劍交鋒時如何？」師云：「險。」進云：「如是則一塵不立，鼓腹謳歌去也。」師云：「且喜天下太平。」乃云：「一夏九十日，尚有十五日。報汝參玄人，光陰莫　擲。『天高高不窮，地厚厚無極。開單展鉢時，札札用心力。』忽若寒山子，騎牛入你鼻孔裏去，又作麼生？直得額頭汗出。」

（《古林清茂禪師語錄》卷二。）

中秋上堂，十五日已前，掘地覓青天；十五日已後，攜籃盛水走；正當十五日，天明日頭出。待得黃昏月到窗，無限清光滿虛空。豈不見，寒山子曾有言：「巖前獨靜坐，圓月當空耀。萬象影現中，一輪本無照。」若謂中秋分外圓，墮它光影何時了。下座。

（《古林清茂禪師語錄》卷二）

吾有一菴曰松月，為愛歲寒拜皎潔。不拘南北與東西，有月有松即休歇。撫松問松松不言，舉頭問月月在天。拾枯爇瀑邀明月，我心與月同孤圓。冰輪常遠須彌，走擘來不假修羅叱。缺時圓處光不分，圓時缺處光何有。永嘉證道曾有辭，江月照兮松風吹。寒山「靜聽聲愈好」，馬師賞翫增光輝。有誰識得菴中主，無去無來無所住。去來恰似月行空，住著猶如風過樹此菴無壞亦無成。於中只麼老此生，松花採摘飢可食。桂子飄洒香風清，分明一片清涼國。松自青青月常白，傳家清白是此歌，堪與兒孫為軌則。

（《月江正印禪師語錄》卷三，松月菴歌。）

送寒巖長老上堂，一住寒巖萬事休，未是放身命處。更無雜念挂心頭，喫飯屙屎。聻。閒於石壁題詩句，大好無。任運還同不繫舟，浣盆浣盆，寒山子得力句。國清已為花擘了也。就中些子諱訛，不可說破。何故？自有主在。

（《斷橋妙倫禪師語錄》卷一）

　　上堂，寒山子詩云：「白鶴口銜苦花，千里作一息。欲往蓬萊山，將此充糧食。」好諸禪德，向者裏瞥地者多，錯會者亦不少。所以道：「我詩也是詩，有人喚作偈。詩偈總一般，讀時須仔細。」

（《平石如砥禪師語錄》卷一）

　　中秋上堂：吾心似秋月，秋月似吾心。雙照纖塵淨，俱清萬籟沉。十分明又白，一樣古猶今。不是寒山子，何人解此吟。

（《環溪惟一禪師語錄》卷一）

　　中秋上堂，萬籟聲沉沉，虛堂夜寂寂。不見寒山子，未免空相憶。休相憶，遂舉拂子云：元來在這裏與諸人共賞中秋，從而惡口小家道：「吾心似秋月，碧潭清皎潔。無物堪比倫，教我如何說。」說則說了，諸人因甚見似不見，聞似不聞，拍禪牀云：「可煞惺惺。」

（《無準師範禪師語錄》卷一）

　　中秋上堂，靈山話月，曹溪指月，玄沙已是嚼飯餧嬰孩。寒山子無端更道：「無物堪比倫，教我如何說。」秀峰路見不平，卓拄杖云：「打破窠窟。」

（《破菴祖先禪師語錄》卷一）

　　舉寒山道：「我聞釋迦佛，不知在何方。思量得去處，不離我道場。」師曰：「是什麼思量？釋迦老子，在甚處，試定當看。」

（《黃龍晦堂心和尚語錄》卷一）

　　僧問一物不將來，請師一接。師曰：「寄放何處去在。」云：「何不領話？」師曰：「又道不將一物來。」云：「直下似簡大虫。」師曰：「只恐汝不肯。」云：「嘉州大象吞却陝府鐵牛，坐斷衲子舌頭，不無好手，如何令不具口的人能言？」師曰：「你道阿誰是具口的？」云：「百匝千重，不消一撈。」師曰：「自起自倒，自領去。」云：「多少天台人，不識寒山子。」師曰：「莫將寸管，擬覷穹蒼。」僧便喝。

（《御選語錄》卷一九，海會寺方丈僧超盛如川。）

　　王云：「寒山大士道：『瞋是心中火，能燒功德林。欲行菩薩道，忍辱護真心。』圓明今日道：『情是身中水，能迷般若津。欲行菩薩道，戒慾護真身。』且道是同耶異耶？」

（《御選語錄》卷一二，和碩雍親王圓明居士語錄。）

舉寒山子道：「一念了自心，開佛之知見。」

（《續古尊宿語錄》卷六，別峰雲和尚語。）

今朝臘月十五，切忌葛藤露布。者事直下分明，當處超佛越祖。便與麼去，苦！苦！何故？寒山子能莽鹵，十年歸不得，忘却來時路。阿呵呵！天道運行，節氣頻更，五日為候，十日為旬；三十日為月，十二月為年，一日一日，因循因循，五九盡又逢春。擊禪牀，下座。

（《續古尊宿語錄》卷一，湛堂準和尚語錄。）

寒山有偈曰：「吾心似秋月，碧潭光皎潔。無物堪比倫，教我如何說。」

（《宗門拈古彙集》卷四）

寒山云：「我見轉輪王，千子常圍繞。十善化四天，莊嚴多七寶。七寶鎮隨身，莊嚴甚妙好。一朝福報盡，猶如棲蘆鳥。還作牛領蟲，六趣受業道。況復諸凡夫，無常豈可保。」爭似無為實相門，一起直入如來地，無為實相者，即涅槃妙心實相無相法門也；如來地者，即前後際斷一真法界也。於此領旨，如王子登極，白衣拜相，故云：「直入如來地。」

（《證道歌頌》卷一）

寒山子云：「嗟見世間人，永劫墮迷津。不省這箇意，修行徒苦辛。」是以禪門了却心，頓入無生知見力。所謂還丹九轉點鐵成金，至理一言轉凡成聖。」

（《證道歌頌》卷一）

師乃云：本無如許多事，做來做去，便有如許多事。如今却從許多事中，減來減去，要到無許多事處。只爾尋常起滅者是生死，起滅若盡，即是本來清淨底，無可指註，無可比擬。寒山子道：「吾心似秋月，碧潭澄皎潔。」直得皎皎地如秋月，尚恐不是。又道：「無物堪比倫，教我如何說。」既是無物，又作麼生說？」所以道，不可亦不可，此語亦不受，謂之迥絕無寄。一切處寄不得，箇是遍底心，安向什麼處。淨裸裸赤洒洒，絲毫立不得。

（《宏智禪師廣錄》卷五）

君不見，寒山子，（癩兒牽伴）行太早，（也不早）十年歸不得，（即今在什麼處？灼然）忘却來時道。（渠儂得自由，放過一著，便打。莫做這忘前失後好。）

（《佛果圜悟禪師碧巖錄》卷四）

寒山忘却来時路，（暫時不住如同死人）拾得相將携手歸。（須是當鄉人）
(《萬松老人評唱天童覺和尚頌古從容庵錄》卷一，第三則〈東印請祖〉。)

如何是第三要？汾云：「四句百非外，盡踏寒山道。」吾云：「夾路青松
老。」

(《人天眼目》卷一，三玄三要。)

賓中賓，出語不相因，未諦審思惟，騎牛過孟津。
賓中主，相牽日卓午，展拓自無能，且歷他門戶。
主中賓，南越望西秦，寒山逢拾得，擬議乙卯寅。
主中主，當頭坐須怖，萬里涉流沙，誰云佛與祖。

(《人天眼目》卷一，翠巖。)

鈔釋云：「空有稱真之理者，此空是外空；若以理空對外空，外空離法，
是斷滅空。理空即名為真空，若以外空亦心現，亦由對色，滅色方顯，則此
斷空，從緣無性，即性空也。故十八空中明大者，謂十方空。即十方虛空，
亦是性空矣。所以千聖付囑，難遇機緣，若對上根，豁然可驗。如寒山子詩
云：「自古多少聖，語路苦叮嚀。人根性不等，高下有利鈍。真佛不肯信，
置功扛受困。不如心淨明，便是心王印。」

(《宗鏡錄》卷二)

佛言：一切聲聞獨覺菩薩，皆共此一妙清淨道，皆同此一究竟清淨，更
無第二。我依此故，密意說言。唯有一乘，乃至譬如虛空，遍一切處，皆同
一味，不障一切所作事業。如是世尊，依此諸法，皆無自性，皆同一味，不
障一切聲聞緣覺。及諸大士，所修事業。寒山子詩云：「余家住此號寒山，
山巖栖息離煩喧。泯時萬像無痕跡，舒即周流遍大千。光影騰輝照心地，無
有一法當現前。方知摩尼一顆寶，妙用無窮處處圓。」

(《宗鏡錄》卷一二)

上堂，舉寒山詩曰：「梵志死去來，魂識見閻老。讀盡百王書，未免受
捶拷。一稱南無佛，皆以成佛道。」僧問如何是一稱南無佛？師曰：「燈連
鳳翅當堂照，月映娥眉卑頁面看。」

(《列祖提綱錄》卷七)

靈隱淳禪師中秋上堂：吾心似秋月，碧潭清皎潔。乃喝云：「寒山子話
墮了也。諸禪德，皎潔無塵，豈中秋之月可比；虛明絕待，非照世之珠可倫，

獨露乾坤，光吞萬象，普天匝地，耀古騰今，且道是箇甚麼？」良久云：「此夜一輪滿，清光何處無。」

（《列祖提綱錄》卷四一）

寒山子詩云：「重巖我卜居，鳥道絕人迹。庭際何所有，白雲抱幽石。住茲不記年，屢見春冬易。寄語鍾鼎家，虛名定無益。」

（《祖庭事苑》卷三，白雲抱幽石。）

如寒山云：「萬境俱泯迹，方見本來人。」未必須泯，只謂眾生不達空花起滅，不復一心本源，故令泯絕。若入心體，唯是湛然，不落斷滅，自然從體起用，用徧恒沙。

（《宗範》卷一）

寒山詩曰：「若解捉老鼠，不在五白貓。若能悟理性，那由錦繡袍。珍珠入蓆袋，佛性止蓬茅。一羣取相漢，用意總無交。」

（《宗鑑法林》卷五）

寒山曰：「井底生紅塵，高峰起白浪。石女生石兒，龜毛寸寸長。若要學菩提，但看此模樣。」

（《宗鑑法林》卷五）

寒山偈曰：「吾心似秋月，碧潭光皎潔。無物堪比倫，教我如何說。」

（《宗鑑法林》卷五）

上堂，舉夾山道：「鬧市門頭，識取天子；百草頭上，薦取老僧。」雲居即不然，婦搖機軋軋，兒弄口喁喁。

（《續傳燈錄》卷五）

示眾，舉夾山道：「鬧市門頭，識取天子；百草頭上，薦取老僧。」三峽即不然，婦搖機軋軋，兒弄口喁喁。

（《聯燈會要》卷二，南康軍雲居曉舜禪師）

上堂：一塢耕樵，門烏綠蘿。富驕時少，貧樂時多。婦搖機軋軋，兒弄口口過口過。澗水松聲交節奏，拍床禪（編按：應作禪床。）云，何似東山瓦鼓歌。

（《希叟紹曇禪師廣錄》卷一）

雲居舜云：「古人與麼，實為慈悲。大眾，且作麼生是鬧市門頭天子，

會麼?愁人莫向愁人說,說向愁人愁殺人。又舉了云:「我則不然,婦搖機軋軋,兒弄口喝喝。」

(《教外別傳》卷一,夾山善會禪師)

問:「可來白雲裏,教你紫芝歌。如何是紫芝歌?」師云:「不是吳音,切須漢語。」

(《古尊宿語錄》卷二六《舒州法華山舉和尚語要》)

「寒山忘却來時路,拾得相將携手歸。」此頌國筵海眾鑽紙穿窻,尊者老婆略與,鉤簾歸乳燕,穴紙出癡蠅。用寒山詩,若合符節。詩云:「欲得安身處,寒山可長保。微風吹幽松,近聽聲愈好。下有斑白人,嘮嘮讀黃老。十年歸不得,忘却來時道。」閭丘胤訪後與拾得相携,出松門更不還寺。有本云:「喃喃讀黃老。」此頌弱喪忘歸與迷人指路也。

(《萬松老人評唱》卷一)

雪竇道:「君不見,寒山子行太早。十年歸不得,忘却來時道。」寒山子詩云:「欲得安身處,寒山可長保。微風吹幽松,近聽聲愈好。下有斑白人,嘮嘮讀黃老。十年歸不得,忘却來時道。」

(《碧巖錄》卷四)

入京歸,上堂:「赤腳走紅塵,全身入荒草。費了幾精神,不若山居好。一塢閒雲,千峯啼鳥。聲色全真,是非不到。堪悲堪笑寒山子,十年歸不得,忘却來時路。」

(《希叟紹曇禪師廣錄》卷一)

「寒山忘卻來時路,拾得相將攜手歸。」

(《宏智禪師廣錄》卷二)

僧云:「手把過頭杖,逢春點異花。」師云:「還真箇也無?」僧云:「直得頭頭是物物渠。」師云:「十年歸不得,忘却來時路。」僧云:「為什麼却如此?」師云:「直須忘却始得。」

(《宏智禪師廣錄》卷五)

潤州甘露傳祖仲宣禪師,……良久曰:「堪笑寒山忘却歸,十年不識來時道。」

(《續傳燈錄》卷一四)

問:「如何是十年歸不得,忘却來時路?」師云:「得樂忘憂。」僧云:

「忘卻什麼路？」師云：「十處即是。」僧云：「還忘却本來路也無？」師云：「亦忘卻。」僧云：「為什麼不言九年，要須十年？」師云：「若有一方未歸，我不現身。」

（《祖堂集》卷八，曹山和尚。）

舉寒山道：「欲得安身處，寒山可長保。微風吹幽松，近聽聲愈好。下有班白人，誦誦讀黃老。十年忘不歸，忘却來時道。」僧問：「作麼生是來時道？」師指香爐曰：「看，寒山來也，見麼？」僧曰：「好簡香爐。」師曰：「慚愧！」師又問：「是爾從什麼處來？」僧曰：「寮中來。」師曰：「從寮中來底，如今是記得，是忘卻？」僧曰：「只是自己，更說什麼記忘！」師曰：「將謂失卻，元來卻在。」

（《寶覺祖心禪師語錄》）

君不見，寒山子，歸太早，十年忘卻來時道。又不見，明覺老，無處討，十洲春盡花凋殘，珊瑚樹林日杲杲。

（《楚石梵琦禪師語錄》卷十六〈送徑山莫首座歸鄞〉）

今朝臘月十五，切忌葛藤露布。者事直下分明，當處超佛越祖。便與麼去，苦、苦！何故？寒山子，能莽齒，十年歸不得，忘却來時路。

（《續古尊宿語要》卷一，湛堂準和尚語。）

五祖箇老翁，從來多指注。不是不知歸，忘却來時路。

（《續古尊宿語要》卷五，混源密和尚語。）

心不是佛，智不是道，唯此一事，如何尋討。赤水得之非真，崑岡拾來非寶。寒山子，曾了了，解道「微風吹幽松，近聽聲愈好。」

（《絕岸可湘禪師語錄》）

擬不擬（蒼天蒼天咄）止不止（說什麼。更添怨苦）簡簡無視長者子（郎當不少。傍觀者哂）評唱：爾若擬議，欲會而不會，止而不止，亂呈懷袋，正是簡簡無視長者子。寒山詩道：「六極常嬰苦，九維徒自論。有才遺草澤，無勢閉蓬門。日上巖猶暗，煙消谷尚昏。其中長者子，簡簡總無視。」

（《碧巖錄》卷五）

問：「承古有言：其中長者子，簡簡總無視。如何是長者子？」師云：「祇你是。」云：「是簡什麼？」師云：「貓兒打筋斗。」

（《古尊宿語錄》卷三八《湘州洞山第二代初禪師語錄》）

上堂，舉道吾示眾云：「高不在絕頂，富不在福嚴，樂不在天堂，苦不在地獄。相識滿天下，知心能幾人？」師云：「徑山即不然，高在絕頂，富在福嚴，樂在天堂，苦在地獄。誰知席帽下，元是昔愁人。」

（《大慧普覺禪師語錄》卷四）

妙勝和尚至上堂，僧問：「雪峯見僧來參，低頭歸庵，此意如何？」師云：「誰知席帽下，有此昔愁人。」

（《虛堂和尚語錄》卷二）

雪峯普請般柴，問師曰：「古人道：誰知席帽下，元是昔愁人。古人意作麼生？」師側戴笠子曰：「遮箇是什麼人語？」

（《景德傳燈錄》卷一八，福州長生山皎然禪師。）

師問皎然曰：「古人道：誰知席帽下，元是昔愁人。古人意作麼生？皎然側戴笠子曰：「這箇是什麼人語？」

（《佛祖歷代通載》卷一七）

問：「法華曾演汾陽旨，白雲今日事如何？」師云：「誰知席帽下，元是昔愁人。」

（《古尊宿語錄》卷二六《舒州法華山舉和尚語要》）

世界闊一尺，古鏡闊一尺。不信道，誰知席帽下，元是昔愁人。

（《續古尊宿語要》卷一，翠巖真禪師語。）

雲門曰：「露還會麼斗，轉風雷吼，星移海嶽昏，誰知席帽下，元是昔愁人。」

（《南宋元明禪林僧寶傳》卷六，淨慈雲禪師）

小參，前三三乾坤之內，後三三宇宙之中。豎拂子顧左右曰：「誰知席帽下，元是昔愁人（退翁儲嗣）。」

（《五燈全書》卷八七，鳳巢咸菴及禪師）

僧舉寒山詩問師曰：「百鳥銜苦華時如何？」師曰：「貞女室中吟」。曰：「千里作一息時如何？」師曰：「送客遊庭外。」曰：「欲往蓬萊山時如何？」師曰：「欹枕覷獼猴。」曰：「將此充糧食時如何？」師曰：「古劍髑髏前。」

（《景德傳燈錄》卷一七，福州羅山道閑禪師。）

上堂曰：「吾心似秋月，碧潭清皎潔。無物堪比倫，教我如何說？」堪

嗟古人心，難與今人說，語與時人同，意與時人別，語同人盡知，意別少人別，今人不會古人意，今日教我如何說，直饒會得寒山意。秋月碧潭猶未徹，如何得徹去？此夜一輪明皎潔，縱目觀瞻，不是月，是箇甚麼？咄！

（《嘉泰普燈錄》卷十，紹興府慈氏瑞仙禪師）

　　一日定中聞巖瀑聲觸發，默舉從上佛祖機緣，一一透得，遂往參潔空，從頭舉似已。空曰：「不見道，莫謂無心云是道，無心猶隔一重關。」道了便入寢室，師自是茫無意緒，懷疑不決。一日見寒山詩「吾心似秋月」之句，凝滯頓釋。後庵居古山，臨終書偈而逝。

（《五燈全書》卷五九，思南正法雪光禪師）

　　上堂：「吾心似秋月，碧潭清皎潔。」乃喝曰：「寒山子話墮了也！諸禪德，皎潔無塵，豈中秋之月可比？虛明絕待，非塵世之珠可倫。獨露乾坤，光吞萬象，普天匝地，耀古騰今，且道是箇甚麼？」良久曰：「此夜一輪滿，清光何處無。」

（《五燈會元》卷一六，臨安府靈隱惠淳圓智禪師。）

　　上堂，舉寒山偈曰：「吾心似秋月，碧潭清皎潔。無物堪比倫，教我如何說。」老僧即不然：「吾心似燈籠，點火內外紅。有物堪比倫，來朝日出東。」傳者以為笑。死心和尚見之，歎曰：「權兄提唱若此，誠不負先師所付囑也。」

（《五燈會元》卷一七，漳州保福本權禪師）

　　上堂：「古人見此月，今人見此月。此月鎮常存，古今人還別。若人心似月，碧潭光皎潔。決定是心源，此說更無說。咄！」

（《五燈會元》卷一八，安州應城壽寧道完禪師）

　　中秋上堂：一年有十二箇月，每月一度團圓，其餘盡是缺。中間晦明出沒，太半有不見者，惟有今宵，分外皎潔。無物堪比倫，教我如何說？

（《虛堂和尚語錄》卷一）

　　寒山子道：「吾心似秋月，碧潭澄皎潔。」直得皎皎地如秋月，尚恐不是。」又道：「無物堪比倫，教我如何說。」既是無物，又作麼生說？所以道：不可亦不可，此語亦不受，謂之迥絕無寄。一切處寄不得，箇是遍底心，安向什麼處，淨裸裸赤洒洒，絲毫立不得。

（《宏智禪師廣錄》卷五）

上堂:「吾心似秋月,碧潭清皎潔。無物堪比倫,教我如何說?」寒山子勞而無功,更有簡拾得道:「不識這簡意,修行徒苦辛。」恁麼說話,自救不了。尋常拈糞箕,把掃帚,掣風掣顛,猶較些子。直饒是文殊普賢再出,若到洞山門下,一時分付與直歲,燒火底燒火,掃地底掃地,前廊後架,切忌攪匙亂筋,豐干老人更不饒舌。

(《續傳燈錄》卷二二,瑞州洞山梵言禪師。)

上堂,舉「吾心似秋月,碧潭清皎潔。無物堪比倫,教我如何說?」師云:「寒山子說不得即且止,諸人還說得麼?直須口似礫盤,方始光明透露。」

(《慈受懷深禪師語錄》卷一)

中秋,上堂:「吾心比秋月,秋月有圓缺。世間無比倫,教我如何說?噫,寒山老人云是文殊化身,何以口門窄,說不出?徑山不敢與古人爭衡,也要效顰,說兩句伽陀:吾心非秋月,秋月有盈缺,萬物有無常,這簡不生滅。」

(《湛然圓澄禪師語錄》卷二)

夜參:「吾心似秋月,圓滿光皎潔。無物堪比倫,教我如何說?噫,大小寒山徒為文殊後身,口門窄,說不出。老朽又且不然:吾心似秋月,圓滿光皎潔。無物堪比倫,雲門已漏泄。大眾,且道雲門大師作麼漏泄?」良久云:「胡餅也不記得。」

(《湛然圓澄禪師語錄》卷四)

中秋,上堂:「吾心似秋月,碧潭清皎潔。無物堪比倫,教我如何說?」師云:「寒山子與麼道,大似抱臟叫屈。」便下座。

(《平石如砥禪師語錄》)

上堂,舉寒山頌云:「吾心似秋月,碧潭清皎潔。無物堪比倫,教我如何說?」師云:「寒山好頌,只易見難說。虎丘卻有簡方便說與諸人:若教頻下淚,滄海也須枯。」

(《松源崇嶽禪師語錄》卷上)

上堂,舉寒山子詩云:「吾心似秋月,碧潭清皎潔。無物堪比倫,教我如何說?」師云:「寒山子坐在解脫深坑,若是北山門下,打你頭破額裂。」

(《無明慧性禪師語錄》)

是故寒山子見徹平常心，便道：「吾心似秋月，碧潭清皎潔。無物堪比倫，教我如何說？」

（《破菴祖先禪師語錄・與戢菴居士張御帶》）

忘卻自家心，卻指天邊月，更言無物比倫，分明話作兩橛。生苕箒，何不摵。

（《月磵禪師語錄》卷下，寒山拾得。）

上堂：「吾心似秋月，碧潭光皎潔。無物堪比倫，教我如何說？曩謨悉達多般怛囉，春風吹萬彙，觸處盡開花。」

（《穆菴文康禪師語錄》）

中秋，上堂：「吾心似秋月，碧潭光皎潔。有月則似月，無月又似箇什麼？可笑寒山子，是亦不是，非亦還非，還我清光未發時。」

（《虛舟普度禪師語錄》）

寒山曾有言：「吾心似秋月。」我亦曾有言：「吾心勝秋月。」秋月非不明，有圓復有缺。安得如我心，圓明常皎潔。有問心如何，教我如何說？

（《石屋清珙禪師語錄》卷下〈歌〉）

「吾心似秋月，碧潭清皎潔。無物堪比倫，教我如何說？」寒山子貴價精神賤價賣，子細思量，有甚來由。雖然如是，三十年後有人檢點保寧去在。

（《續古尊宿語要》卷三，保寧勇禪師語。）

「吾心似秋月，碧潭清皎潔。無物堪比倫，教我如何說？」師云：「大小寒山子，大似抱贓叫屈。若是山僧，又且不然。」以柱杖打一圓相云：「騰騰離海嶠，漸漸出雲衢。」

（《續古尊宿語要》卷四，別峯珍禪師語。）

中秋，舉「吾心似秋月，碧潭清皎潔。無物堪比倫，教我如何說。」「大眾，寒山子比也比了也，說也說了也，且從諸人點頭嗤唾。忽若月落潭枯，莫諸人討頭鼻不著。設使寒山子親到，也則未免脚跟下黑漆漆地。眾中莫有透出重關者麼？出來與華藏相見。」良久云：「無人知此意，令我憶南泉。」

（《續古尊宿語要》卷五，遯菴演和尚語。）

「奇怪諸禪德，文殊普賢化作寒山拾得，頭戴炙脂帽子，脚踏無底麻鞋，身著鶻臭布衫，腰繫斷鞓腰帶，手執拍板，口唱高歌，歌曰：「吾心似秋月，碧潭清皎潔。無物堪比倫，教我如何說？」華藏當時若見，每人痛與一頓。

何為如此？且教伊不敢掣風掣顛，免使後人疑著。乃拈柱杖云：向什麼處去也？乃擊繩床，下座。」

（《續古尊宿語要》卷六，開先慶鑒瑛和尚語。）

中秋小參，靈山指月，曹溪話月，馬師翫月，護國總不恁麼，何故？人人心月孤圓，個個性天朗耀。豈不見寒山曰：「吾心似秋月，碧潭清皎潔。無物堪比倫。教我如何說。」山僧說亦說了，如何是真月？以拂子曰：「切忌眼花。」

（《五燈全書》卷九十，武林護國仁王寺天昂亞禪師。）

中秋應祖印之請，示眾，寒山曾有言：「吾心似秋月。」普陀今指出，卻值箇時節。山谷重相招，木樨香更徹。驀召眾云：「知得者箇時節，古今不離當念，自他不隔毫端，便知晦堂老漢落處，亦知普陀不起于座。」

（《普陀列祖錄》卷一，潮音旭禪師。）

上堂，蓬萊突兀無遮護，鐵壁銀山無入處。有時關棙一時開，放出毒蛇當大路。參禪人早回顧，莫待臨時生怕怖。荊棘林中暗坐時，百尺竿頭須進步。三十三人老古錐，象轉龍蟠曾指注。休指注，成露布，蚊子上鐵牛，無你下觜處。

（《嘉泰普燈錄》卷一六，慶元府蓬萊鄉禪師。）

凡語言注解不得處，便道：「蚊子上鐵牛，無你下嘴處。」如此之類，謂之句中玄。

（《指月錄》卷三二，徑山宗杲大慧普覺禪師語要下，〈普說〉。）

初遇源明和尚，示無字話，師當下便能領解。舉似明，明曰：「我二十年看箇無字，如蚊子上鐵牛，子纔學做工夫，便有許知見。」

（《續指月錄》卷一二，杭州天真毒峯本善禪師。）

小參，夫子不識字，達磨不會禪，一卷好心經，被箇歪嘴和尚念壞了，你還透得壞處麼？打一錘一塊腫，踢一脚一塊青，因甚麼蚊子上鐵牛，癩士聽雷聲，欲得不招無間業，莫謗如來正法輪。

（《正源略集》卷一六，杭州天長守約信禪師。）

師曰：「某甲在石頭處，如蚊子上鐵牛。」祖曰：「汝既如是，善自護持。」侍奉三年。（法雲秀云：「石頭好箇無孔鐵鎚，大似分付不著，藥山雖然過江西悟去，爭奈平地上喫交，有什麼扶策處，具眼者試辨看。」五祖演云：「老

僧在眾日，聞兄弟商量道：即心即佛也不得，不即心即佛也不得，若恁麼說話，敢稱禪客？殊不知，古人文武兼備，韜略雙全，山僧見處，也要諸人共知，只見波濤湧，不見海龍宮。」大溈智云：「說什麼在石頭時，如蚊子上鐵牛，只今又何曾吐露得出？」溈山果云：「前箭猶自可，後箭射人深，藥山直鏡恁麼悟去，也落第二月。」徑山杲云：「好箇話端，阿誰會舉，舉得十分，未敢相許。」楚石琦云：「藥山只知蚊子上鐵牛，不知鐵牛叮蚊子，露柱親遭一口，燈籠無地藏身。嚇得馬大師，變作老妙喜。我且問你：話端從甚麼處說起？相罵饒你插觜，相唾饒你潑水。」）

（《教外別傳》卷一四，藥山惟儼禪師。）

上堂，舉藥山首造石頭，次參馬祖有悟，乃曰：「某甲在石頭，如蚊子上鐵牛機緣。」頌曰：「倒腹傾　說向伊，不知何故尚遲疑。只今便好猛提取，莫待天明失卻雞。」

（《五燈全書》卷四七，杭州徑山蒙菴元聰禪師。）

祥符蔭曰：「藥山祖於大寂言下，悟得在石頭處如蚊子上鐵牛底道理，一物不為，石上栽花，有一句子，待特牛生兒即向汝道，非情識到，宵容思慮，潛行密用，如愚若魯，此寶鏡三昧之所由立也，故曰：力在逢緣不借中。」

（《宗年編統》卷一三）

上堂，略說廣說，喻說直說，讚說毀說，安立說顯了說，以至塵說剎說，熾然說無間歇，總不出這一句。且道：「是那一句？」喝一喝曰：「蚊子上鐵牛，無你下嘴處。」

（《五燈全書》卷一百六，鹽官中洲海嶽禪師。）

請師代語，博理前問，師云：「須彌南畔，把手同行。」博竚思，卻云：「未審意旨如何。」師云：「蚊子上鐵牛。」博云：「請和尚為某甲說。」師云：「請去卻妻子來，老僧為汝說。」博云：「只如長老，還行得也無。」師云：「老僧每日，上藍寺送客，行百十遭。」

（《聯燈會要》卷一四，洪州翠巖可真禪師。）

如何是直截根源，師曰：「蚊子上鐵牛。」曰：「直截根源人已曉，中下之流如何指示？」師曰：「石人脊背汗通流。」

（《續傳燈錄》卷一三，金陵保寧仁勇禪師。）

問如何是西來意，師曰：「蚊子上鐵牛。」

（《景德傳燈錄》卷二一，泉州招慶院道匡禪師。）

　　我此門中無理會得理會不得,「蚊子上鐵牛,無爾下嘴處。」須信古人垂慈,則有法無法,不垂慈,道眼未開大法未明,豈免向他人口裏覓禪覓道覓玄覓妙。

(《大慧普覺禪師語錄》卷一六)

　　馬云:「爾見什麼道理?」山云:「我在石頭時,如蚊子上鐵牛相似。」今時眾中兄弟便道:「石頭一向壁立萬仞,所以他不會,馬祖放開一線,他乃悟去。」

(《圓悟佛果禪師語錄》卷一三)

　　師禮拜了,却入客位,具威儀再上人事。東寺見乃云:「已相見了也。」師云:「怎麼相見,莫不當否?」東寺歸方丈,閉却門。師歸舉似溈山,溈山云:「寂子,是甚麼心行?」師云:「若不恁麼,爭識得伊?」(保福展云:「仰山大似蚊子上鐵牛。」承天宗云:「仰山識得東寺,強說道理,即不可,設使溈山去也未能得與東寺相見在。」)

(《袁州仰山慧寂禪師語錄》卷一)

　　雲巖却問師:「百丈大人相,如何?」師云:「巍巍堂堂,煒煒煌煌,聲前非聲,色後非色,蚊子上鐵牛,無汝下嘴處。」

(《潭州溈山靈佑禪師語錄》卷一)

　　今夜如此提持,全無巴鼻,全無滋味,如蚊子上鐵牛相似,直是無下觜處。

(《密庵咸傑禪師語錄》卷下)

　　若論此事,如蚊子上鐵牛相似,更不問如何若何,便向下觜不得處,拼命一鑽,和身透入。

(《高峰原妙禪師禪要》)

　　活衲僧,生鐵鑄,吐出鐵心肝,掛起鐵面具,蚊子上鐵牛,無你啗啄處。

(《希叟紹曇禪師廣錄》卷二)

　　義有河沙數,不出這一句,蚊子上鐵牛,無你下觜處。

(《楚石梵琦禪師語錄》卷二)

　　師曰:「某甲在石頭處,如蚊子上鐵牛。」祖曰:「汝既如是,善自護持。」

(《五燈會元》卷五,澧州藥山惟儼禪師。)

上堂，若論此事，如鵶啄鐵牛，無下口處，無用心處，更向言中問覓，句下尋思，縱饒卜度將來，翻成戲論邊事。

（《五燈會元》卷一七，桂州壽寧善資禪師。）

州云：「曾有人問我，直得五年分疎不下（面赤不如語直，胡孫喫毛蟲，蚊子咬鐵牛。）」

（《碧巖錄》卷六）

蓋緣是知軍請命，寺眾誠心，既到遮裏，且說箇什麼即得，還相悉麼？此若不及古人便道，相逢欲相喚，脈脈不能語。

（《景德傳燈錄》卷二六，廬山歸宗寺義柔禪師。）

問：「相逢欲相識，脈脈不能言時如何？」師云：「適來洎道得。」

（《祖堂集》卷八，雲居和尚。）

問：「古人有言：相逢欲相喚，咏咏（脉脉）不能語。未審還相喚也無？」師云：「似卻古人機，還同舌頭備。」僧曰：「與則學人無端去也。」師曰：「但莫踏泥，何煩洗腳。」

（《祖堂集》卷一二，禾山和尚。）

僧問老宿：「魂兮歸去來，食我家園葚。如何是家園葚？（玄覺代云：「是亦食不得。」。法燈別云：「污却爾口。」）

（《景德傳燈錄》卷二六，諸方雜舉徵拈代別語。）

藥為非藥者，即不識病原，反增其疾。如說法者，不逗其機，淺根起於謗心，下士聞而大笑，醍醐上味，為世珍奇，遇斯等人，翻成毒藥。如上上人根人，纔悟其宗，不俟言說。所以古聖云：「上士見我詩，把著滿面笑。楊脩見幼婦，一覽便知妙。」

（《宗鏡錄》卷二三）

後繼住三峰，室無長物，孤介自持。示寂日，有僧問：「法體如何？」師曰：「皮膚脫落盡，唯有一真實。」竟爾趨寂。

（《五燈全書》卷八二，虞山三峰千華裕禪師）

頌云：「無縫塔兮不是影，廓然一入真如境。爍迦羅眼電光流，杳杳冥冥不見頂。」此亦眼力盡處高巀巀。天童頌針線貫通云：「巀巀青山著秋瘦，毛髮凋殘風骨舊，此亦雲收山瘦秋容多。可謂「皮膚脫落盡，唯有一真實」。

（《萬松老人評唱》，第八十五則國師塔樣。）

　　古德云：「皮膚脫落盡，唯一真實在。」又如栴檀繁柯脫落盡，唯真栴檀在。斯遣現業除助因刳正性之極致也。

（《大慧普覺禪師書卷》第二五）

　　馬大師問藥山：「子在此許多時，本分事作麼生？」山云：「皮膚脫落盡，唯有一真實。」祖云：「據汝所見，可謂協於心體而布四肢，何不將三條篾，束取肚皮，隨處住山去？」山云：「某甲何人敢言住山。」祖云：「不然，未有長行而不住，未有長住而不行，欲益無所益，欲為無所為，宜作舟航。」由是住山。

（《圓悟佛果禪師語錄》卷二）

　　古德云：「皮膚脫落盡，惟一真實在。」又如栴檀繁柯脫落盡，惟真栴檀在。斯遣現業，除助因，刳正性之極致也，公試思之，如此說話，於了事漢分上，大似一柄臘月扇子，恐南地寒喧不常，也少不得，一笑。

（《指月錄》卷三二，〈徑山宗杲大慧普覺禪師語要〉下，酬答法要之餘。）

　　問：「古人有言：皮膚脫落盡，唯有真實在。皮膚則不問，如何是真實？」師云：「莫是將皮膚過與汝摩？」

（《祖堂集》卷一三，招慶和尚。）

　　這柱杖子，皮膚脫落盡，惟有真實在。

（《續古尊宿語要》卷四，無示諶和尚語。）

　　祖問：「子近日見處作麼生？」師曰：「皮膚脫落盡，唯有一真實。」

（《五燈會元》卷五，澧州藥山惟儼禪師。）

　　赤肉團上，無位真人，鬧市門頭，富貴底漢，堂堂不昧，恰恰現成，直饒破二不成一，猶是建化門頭事。不見道：皮膚脫落盡，唯有一真實。恁麼時節，身不待父母和合，道不假天地生成。

（《宏智禪師廣錄》卷一）

　　何物那斥兒，少小能卓識，骨肉還二親，惟存一真實。

（明‧釋大香《雲外集》卷二〈擬古二十首〉之一六）

　　故知萬法同會斯宗，若諦了之，一切在我，昇沈去住，任意隨緣，示聖現凡，出生入死，變化難測。運無作之神通，隱顯同時；闡如幻之三昧，是非冥合。逆順同歸，語默卷舒，常順一之道；治生產業，不違實相之門。運用施為，念念而未離法界；行住坐臥，步步而常在其中。若不信之人，對

面千里。故寒山子云：「可貴天然物，獨一無伴侶。促之在方寸，延之一切處。汝若不信受，相逢不相遇。」如明達之者，寓目開懷，悉能先覺。若未遇之者，可以事知，舉動施為，未嘗間斷。

（《宗鏡錄》卷九）

上堂：可貴天然物，獨一無門侶。覓他不可見，出入無門戶。促之在方寸，延之一切處。你若不信受，相逢不相遇。寒山子來也，不審！不審！

（《南石文琇禪師語錄》卷一）

以要言之，一切世出世間諸法，悉皆無有。如《首楞嚴經》云：「知見立知，即無明本。知見無見，斯即涅槃。」無漏真淨，云何是中更容他物？如上所說，世間生死出世涅槃等無量差別之名，皆從知見文字所立。若無知見文字，名體本空，於妙明心中，更有何物？如六祖偈云：「菩提亦非樹，明鏡亦非臺。本來無一物，何用拂塵埃。」融大師云：「至理無詮，非解非纏。靈通應物，常存目前。目前無物，無物宛然。不用人致，體自虛玄。」又云：「無物即天真，天真即大道。」寒山子詩云：「寒山居一窟，窟中無一物。淨潔空堂堂，皎皎明如日。糲食資微軀，布裘遮幻質。任汝千聖現，我有天真佛。」

（《宗鏡錄》卷三一）

問：《思益經》云：「入正位者，不從一地至十地。」《楞伽經》云：「寂滅真如，有何次第？」古德云：「寧可永劫沈淪，終不求諸聖解脫。」又云：「任汝千聖現，我有天真佛。」何乃揑目生華，強分行位？

（《萬善同歸集》卷中）

問古人云：「任汝千聖見，我有天真佛。如何是天真佛？」師曰：「千聖是弟。」

（《景德傳燈錄》卷二六，福州廣平院守威宗一禪師。）

雲門乾峯，立無字碑，天童歌詠，入無言詩。可謂：「楊脩見幼婦，一覽便知妙。」

（《萬松老人評唱》，第四十則雲門白黑）

又凡立真妄，皆是隨他意，語化門中收。若頓見性人，誰論斯事，如今不直悟一心者，皆為邪曲。設外求佛果者，皆不為正。如寒山子詩云：「男兒大丈夫，作事莫莽鹵。徑挺鐵石心，直取菩提路。邪道不用行，行之轉辛苦。不用求佛果，識取心王主。」是知若見有法可求，有道可行，皆失心王自宗之義。若直入宗鏡，萬事休息，凡聖情盡，安樂妙常。離此起心，皆成

疲苦。

（《宗鏡錄》卷六）

上堂：如來大師云：「不知了自心，如何知正道？」又寒山菩薩云：「一念了自心，開佛之知見。」大眾，是什麼直下了取？拈柱杖云：阿誰不見？阿誰不知？知見分明。又擊禪牀云：阿誰不聞？阿誰不了？心若平等。若此觀者，名為正觀；若他觀者，名為邪觀。卓柱杖，下座。

（《古尊宿語錄》卷四三，《寶峰雲庵真淨禪師住金陵報寧語錄》卷二。）

所言乘者，以運載為義，能運行人，直至薩婆若海。是知此海不遙，心寶常現，則趙璧非貴，隋珠未珍。善友徒泛滄波，卞和虛傳荊岫。若入宗鏡，不動神情，剎那之間，其寶自現。何須遍參法界，廣歷叢林。當親悟時，實非他得。如寒山子詩云：「昔年曾入大海中，為探摩尼誓懇求。直到龍宮深密藏，金關鎖斷鬼神愁。龍王守護安身裏，寶劍星寒勿處搜。賈客却歸門內去，明珠元在我心頭。」

（《宗鏡錄》卷十一）

問：「如何是千年石上古人蹤？」師云：「移易不得。」

（《建中靖國續燈錄》卷二，藍田縣真禪師。）

問：「如何是千年石上古人蹤？」師云：「碑碣上著不得。」

（《古尊宿語錄》卷三六，《投子和尚語錄》）

寒山子道：「千年石上古人蹤，萬丈巖前一點空。」此一點空不可取，天台雁蕩隨西東。衲僧行腳休輕議，略以虛懷標此位。非凡非聖強安名，高踏毗盧頂上行。

（《楚石梵琦禪師語錄》卷一七，〈送儀侍者游天台雁蕩〉）

上堂，師彈指一下曰：「大眾作麼生會？」眾無語。師曰：「不會出世師，空勞一彈指。最無分曉句，真是難接觜。倚天長　逼人寒，不是其人徒側耳。方知摩尼一顆珠，解用須是寒山子。」

（《五燈全書》卷六二，《建昌府壽昌無明慧經禪師語錄》卷一。）

上堂，舉寒山子道：「我見瞞人漢，如籃提水走。急急走歸家，籃裏何曾有。」保寧勇和尚舉了拍手大笑云：「有意氣時添意氣，不風流處也風流。」師云：「然則下坡不走，快便難逢。保寧老漢腳跟下好與三時棒。」

（《了菴清欲禪師語錄》卷一）

　　寒山子詩云：「寄語諸仁者，復以何為懷。達道自見性，見性即如來。天真元具足，修證轉差迴。棄本却逐末，只守一場獃。」

（《宗鏡錄》卷一九）

　　如是性戒，即法身也。法身者，即如來智慧也。如來智慧者，即正覺也。是故不同小乘有取捨故，然雖無取捨，於理行二門，亦不廢具修。如寒山子詩云：「五嶽俱成粉，須彌一寸山。大海一滴水，吸在我心田。生長菩提子，遍蓋天中天。為報慕道者，慎勿遶十纏。」夫九結十纏，性雖空寂，初心學者，且須離之。是以諸佛所說深經，先誡不可於新發意菩薩前說，慮種子習重，發起現行，又觀淺根浮信解不及。

（《宗鏡錄》卷二一）

　　中秋上堂：「十五日已前，掘地覓青天；十五日已後，携籃盛水走。正當十五日，天明月出頭，待到黃昏月到窗，無限清光滿虛空。豈不見寒山子曾有言：『巖前獨靜坐，圓月當天耀。萬象影現中，一輪本無照』若謂中秋分外圓，隨他光影何時了。」下座。

（《古林清茂禪師語錄》卷二）

　　如寒山子頌云：「萬機俱泯跡，方見本來人。」泯之一字，未必須泯。以心外元無一法，所見唯心，如谷應自聲，鏡寫我像。祇謂眾生不達，鼓動心機，立差別之前塵，如空華起滅；織無邊之妄想，似焰水奔騰，不復一心本源，故令泯絕。若入心體，雖云湛然，不落斷滅，自然從體起用，周遍恒沙。

（《宗鏡錄》卷九八）

　　中秋上堂：舉寒山子詩云：「高高峰頂上，四顧極無邊。獨坐無人知，明月照寒泉。泉中且無月，月自在青天。吟此一曲歌，歌中不是禪。」師云：「竹山未免下箇註腳，蘇盧蘇盧，口悉唎口悉唎。」便下座。

（《了堂唯一禪師語錄》卷一）

　　魂魄雖歸鬼界，身屍猶臥棺中，或隔三朝五朝；或當六月七月，腐爛則出虫出血；臭穢則熏地熏天，胖脹不堪觀，醜惡真可怕，催促付一堆野火；斷送埋萬里荒山。昔時要悄紅顏翻成灰爐，今日荒涼白骨變作泥堆。（寒山頌云：「胭脂畫面嬌千樣，龍麝薰衣悄百般。今日風流都不見，緣楊芳草髑髏寒。」從前恩愛到此成空，自昔英雄如今何在。淚雨洒時空寂寂，悲風動處冷颼颼。夜闌而鬼哭神號，歲久而鴟餐雀啄。荒畔漫留碑石綠，楊中空掛紙錢。下梢頭難免如斯，到這裏怎生不醒。

　　（寒山云：「雀啄鴉餐皮肉盡，風吹日炙髑髏乾。目前試問傍觀者，自把形骸子細看。」大家具眼休更埋頭，翻身逃出迷津，彈指裂開愛網，向休鬼窟裡作活計。要知肉圍上有真人，是男是女總堪修，若智若愚皆有分，但請迴光返照，便知本體元無。若未能學道參禪也，且勤持齋念佛，捨惡歸善改往修來，移六賊為六通神，離八苦得八自在，便好贊天。行化不妨代佛接人，對眾為大眾宣揚，歸家為一家解說，使處處齊知覺悟，教人人盡免沈淪，上助諸佛轉法輪，下拔眾生離苦海，佛言不信，何言可信；人道不修，他道難修。莫教一日換了彼，縱有千佛，難救汝。火急進步，時不待，各請直下承當，莫使此生空過。（寒山云：「百骸潰散離塵泥，一物長靈復是誰。不得此時通線路，骷髏著地幾人知。」

　　　　　　（《龍舒增廣淨土文》卷十二（附錄），獅子峯如如顏丙勸修淨業文。）
　　　　　　（編按：三處所引之寒山詩，實為宋‧慈受懷深〈枯髏酒色財氣頌〉（四首之二）與〈枯骨頌〉（五首之三、五）。參見項楚《寒山詩注》。）

　　師上堂，舉梵志詩云：「梵志死去來，魂魄見閻老。讀盡百王書，不兌被捶拷。一稱南無佛。皆以成佛道。」僧便問：「如何是一稱南無佛？」師云：「燈連鳳翅當堂照，月映鵝眉卑頁面看。」

　　　　　　（《天聖廣燈錄》卷一五，汝州風穴山延昭禪師。）
　　　　　　（編按：此為寒山佚詩。）

　　上堂，舉寒山詩曰：「梵志死去來，魂識見閻老。讀盡百王書，未免受捶拷。一稱南無佛，皆以成佛道。」僧問：「如何是一稱南無佛？」師曰：「燈連鳳翅當堂照，月映娥眉卑頁面看。」

　　　　　　（《五燈會元》卷一一，風穴延沼禪師。）
　　　　　　（編按：此為寒山佚詩。）

　　晚參：纔見季春回，不覺仲夏了。禾黍穗爭新，野地迷芳草。殿角閒薰風，說簡甚麼好。沈吟曰：諾。「梵志身死去，魂魄見閻老。讀盡百王書，未免受捶拷。」擲拄杖曰：「見彈求鴞炙，何其計太早。」

　　　　　　（《五燈全書》卷七三，廣潤巨靈自融禪師。）
　　　　　　（編按：此為寒山佚詩。）

　　大丈夫，宜自曉，有身終不了。讀盡百王書，未免受捶拷。一稱南無佛，皆以成佛道。天堂地獄不相干，本自無身須趁蚤。

　　　　　　（《無明慧經禪師語錄》卷四，〈勉袁太學〉）
　　　　　　（編按：此為寒山佚詩。）

上堂，舉寒山云：「井底生紅塵，高峯起白浪。石女生石兒，龜毛寸寸長。若要學菩提，但看此模樣。」良久曰：「還知落處也無？若也不知落處，看看菩提入僧堂裏去也。」久立。

（《五燈會元》卷一五，瑞州洞山曉聰禪師。）

（編按：此為寒山佚詩。）

問：承古德有言：「井底生紅塵，山頭波浪起。」未審此意如何？師曰：「若到諸方，但恁麼問。」曰：「和尚意旨如何？」師曰：「適來向汝道什麼？」師又曰：「古今相承皆云：『塵生井底，浪起山頭。結子空華，生兒石女。』且作麼生會？莫是和聲送事、就物呈心、句裏藏鋒、聲前全露麼？莫是有名無體，異唱玄譚麼？上座自會即得古人意旨，不然既恁麼會不得合作麼生會？上座欲得會麼？但看泥牛行處陽焰翻波，木馬嘶時空華墜影，聖凡如此，道理分明，何須久立，珍重。」

（《景德傳燈錄》卷二五，杭州光慶寺遇安禪師。）

（編按：此為寒山佚詩。）

舉寒山道：「我聞釋迦佛，不知在何方。思量得去處，不離我道場。」師云：「是什麼思量？釋迦老子在甚處？試定當看。」

（《寶覺祖錄心禪師語》）

（編按：此為寒山佚詩。）

四月八，舉寒山道：「我聞釋迦佛，未知在何方。思量得去處，不離我道場。」寒山恁麼道，作麼生說簡思量底道理。若以有心思，有心屬妄想，即墮增益謗。若以無心思，無心屬斷滅，即墮減損謗。若以不有不無思，即墮相違謗。若以亦有亦無思，即墮戲論謗。離此四謗，合作麼生體會？會得則釋迦老子時時降臨，不待雲門打殺，自然天下太平。其或未然，殿上燒香齊合掌，更將惡水驀頭澆。

（《續古尊宿語要》卷一，靈源清禪師語。）

（編按：此為寒山佚詩。）

少年懶讀書，三十業猶未。白首始得官，不過十鄉尉。
不如多種黍，供此伏家費。打酒詠詩眠，百年期彷彿。

（日‧白隱禪師《寒山詩闡提記聞》卷三，原藏臺灣大學圖書館善本書室。）

（編按：此為寒山佚詩。）

急急忙忙苦追求，寒寒冷冷度春秋。朝朝暮暮營活計，悶悶昏昏白了頭。

是是非非何日了，煩煩惱惱幾時休。明明白白一條路，萬萬千千不肯休。

（四庫全書本《寒山詩集》末首）

天台拾得頌云：「無瞋是持戒，心淨是出家。我性與汝合，一切法無差。」夫出塵之人，心不依物故。經云：「出家放曠，猶若虛空。」

（《宗鏡錄》卷二四）

老柳梢頭月半輪，一箇拍手一指陳。自家不省者箇意，卻道修行徒苦辛。

（《月江正印禪師語錄》卷下，寒巖二隱。）

更有箇拾得道：「不識這箇意，修行徒苦辛。」恁麼說話，自救不了。

（《續傳燈錄》卷二二，瑞州洞山梵言禪師。）

如天台拾得頌云：「東陽海水清，水清復見底。靈源流法泉，斫水刀無痕。我見頑愚士，燈心拄須彌。寸樵煮大海，足抹大地石。蒸沙成飯無，磨甎將為鏡。說食終不飽，直須著力行。恢恢大丈夫，堂堂六尺士。枉死埋塚下，可惜孤標物。」

（《宗鏡錄》卷三三）

（編按：此處之拾得頌，為宋本《寒山子詩集》〈拾得錄〉之「集語」。）

眾生久流轉生死，蓋為日用而不知，未登真覺，常處夢鄉。古人道：「昨夜得箇夢，夢見一團空。今朝擬說夢，舉頭又見空。」山僧亦得一夢與古人不同，夜來夢見土地向山僧道來：日野翁先生諸人入山，請和尚住持壽聖禪剎。

（《嘉泰普燈錄》卷三，湖州西余師子淨端禪師。）

（編按：此為拾得佚詩，參見項楚《寒山詩注》。）

眾生流轉於生死，蓋乃日用而不知，未登真覺，常處夢鄉。古人道：「昨夜得箇夢，夢見一團空。今朝擬說夢，舉頭又見空。為當空是夢，為復夢是空。料想浮生裏，還同此夢中。」

（《吳山淨端禪師語錄》卷上）

（編按：此為拾得佚詩，參見項楚《寒山詩注》。）

西來意未明，徒學諸知見。不識本真性，契道即懸遠。
若能明實相，豈用陳知見。一念了自心，開佛諸知見。

（宋‧釋子昇、如祐編《禪門諸祖偈頌》卷一，龍牙和尚偈頌之第九二、九三首）

寄語諸仁者，復以何為懷。達道自見性，見性即如來。

天真元具足，修證轉差迴。棄本却逐末，只守一場獃。

（宋‧釋子昇、如祐編《禪門諸祖偈頌》卷一，龍牙和尚偈頌之第九四、九五首）

二、歷代文人詩話、文集有關寒山、拾得詩之評論

寒山拾得

形模醜陋髮鬖鬖，留得生來面目真。拍手問誰能笑我，祇今笑殺世間人。

（《潛齋集》卷三。文淵閣本《四庫全書》集部，別集類。）

曇鸞大師紀

菩薩行化眾生，不辭舍尊就卑，以示出入之無間觀自在。之所以達磨、僧伽、文殊、普賢；之所以寒山、拾得、彌勒；之所以傅大士也。

（《弇州續稿》卷六六。文淵閣本《四庫全書》集部，別集類。）

題巖門

嵌空元不費敲推，彈指能令鐵鎖開。莫學寒山避人去，千年巉縫合蒼苔。

（《玉井樵唱》卷上。文淵閣本《四庫全書》集部，別集類。）

宋名人山水人物（節錄）

伍大夫拍堤勢有曰：「寒山、拾得者，偓寒自恣可掬，想為世尊作貴輔疲津梁，不得不托魚服以逃。」

（《弇州續稿》卷一六八。文淵閣本《四庫全書》集部，別集類。）

題和闐玉寒山拾得入巖圖

遯迹國清寺，往往狂士同。豐干忽饒舌，日在庫院中。
刺史胡相訪，把手歸碧峯。香藥齋供養，說偈報愚蒙。
呵呵入巖去，內空內外空。穴合弗更開，躅範覓何從。
玉人瞞不得，孰曰非形蹤。

（《御製詩集》三集卷三一。文淵閣本《四庫全書》集部，總集類。）

聽松堂

風來松韻清，風去松韻停。松堂得松韵，六月生清冰。
重陰覆瑤席，時作韶鈞鳴。世無寒山子，好在誰解聽。
我欲呼朱絃，和此太古音。忽聞深澗泉，悠然契吾心。

（《古今禪藻集》卷一三。文淵閣本《四庫全書》集部，總集類。）

跋東臯寺主僧知恭百吟集

友山師以倜儻氣，瀟洒心，棟宇一方風月地，鏜鼓鐘，体包笠，既成付之人，而身歸花墅湖之廬□，與雲遊戲，了無住，著詩，其土苴也。且知平生喜寒山子詩，故其句意多似之，有攜其百吟求著語者。寒山子詩云：「吾心似秋月，碧潭清皎潔。無物堪比倫，教我如何說。」師知寒山者也，此心何心？自說且不能說，余又奚贅？試以轉於友山，當一點頭。辛卯仲冬。

（《本堂集》卷四八。文淵閣本《四庫全書》集部，別集類。）

垂訪村居（節錄）

傚傚寒山題木葉，千齡得失寸心知。笑爾隨群走干謁，請君頭上巾，為君抖卻岐路塵；解君身上衣，為君拂去京洛緇，三濯三洗清泠池。一日失機械，二日忘是非，三日天籟呼吸吹。勇將漫剌付流水，開口盡作歡喜辭。天台石橋春已知，別有野鶴相追隨。苟欲避世不可遲，請君歸，君勿疑！

（《端平詩雋》卷一。文淵閣本《四庫全書》集部，別集類。）

文忠集

遂還翠岩，日方晡矣；同堅老登愈好亭，在寺後前，長老了因取寒山頌中：「微風吹幽松，靜聽聲愈好」之句，而為名自作記。

（卷一六九。文淵閣本《四庫全書》集部，別集類。）

題尚友軒

作者無如八老詩，古今模軌更求誰。淵明次及寒山子，太白還同杜拾遺。

白傳東坡俱可法，涪翁無已總堪師。胷中活底仍須悟，若泥陳言卻是癡。

（《南湖集》卷五。文淵閣本《四庫全書》集部，別集類。）

贈無諍和尚四首（之一）

佛祖曾經幾罵訶，卻稱無諍意云何？寒山拾得哈哈笑，更有人癡似汝麼？

（《朧軒集》卷一六。文淵閣本《四庫全書》集部，別集類。）

閱世（之一）

一懶一愚兼一癡，從教智士巧能為。坦途失腳溪山險，暗室萌心天地知。江水長流無盡意，夕陽雖好不多時。老夫閱遍人間事，欲和寒山拾得詩。

（《石屏詩集》卷五。文淵閣本《四庫全書》集部，別集類。）

贈輝書記二首（之一）

野老柴門不慣開，有僧飛錫自天臺。前身莫是寒山子？攜得清詩滿袖來。

（《後村集》卷九。文淵閣本《四庫全書》集部，別集類。）

睡寒山拾得贊

人居火宅無不有，你亦投身攜掃帚。一朝放下困騰騰，明月寒潭只依舊。

（《張氏拙軒集》卷六。文淵閣本《四庫全書》集部，別集類。）

寒山子

每見人家烹宰羊豕，即曰：「煮你爺，羹你娘。」
鍋裏爺娘語，寒山太猛生。不妨時着眼，直是得人驚。

（《孝詩》提要。文淵閣本《四庫全書》。）

為雙林化六齋

寺憑幽谷，門對雙峰。日陳一味之禪，歲仗千家之供。金軀灌沐，始興

離垢之方；軟草精持，次結護生之禁。主事柱拋油醬，寒山舉拂以生瞋；匡王自恣修營，慶喜持盂而啟教。象骨輥毬之暇，火焰上轉大法輪。虎谿種藕之餘，橘盤中深談實相。六時嘉會，百福具崇。幸開樂施之心，仰贊文明之化。

（《石門文字禪》卷二八。文淵閣本《四庫全書》集部，別集類。）

西峰開堂疏

迦葉拈花，世尊為之啟齒；寒山撫掌，拾得于焉點頭。不落言詮，自超正覺，厥後支分派別，想變體殊，坐斷聖凡，猶滯半途之趣；雙行棒喝，親獲向上之機；謂之宗風，名曰出世。允能上人談鋒穎悟，戒迹孤高，印可世于芳公禪師，衣受度于圓照大士，維長樂之精剎，矧西峰之上藍；實古道塲久虛，法席眾望所屬，當仁勿辭，即期象駕之進途，無慮螳螂之拒轍。敷揚祖意，上報國恩。

（《演山集》卷二九。文淵閣本《四庫全書》集部，別集類。）

次李漢臣韻漢臣有超然絕棄百事深入祖門之意而語與予合

禪版蒲團俱似誰，電光石火竟奚為。儻能徑作白鼻去，未信只教黃面知。柂樓故壘鳧鷖海，月魄端護兼葭池。一語休論偶相契，麤言且擬寒山詩。

（《北湖集》卷三。文淵閣本《四庫全書》集部，別集類。）

任价玉館東園（涵月亭）

亭外物清曠，人間多熱惱。夜晴登此亭，水月相媚皓。多君心鏡空，光明寫懷抱。憑誰持此意，舉似寒山老。

（《石門文字禪》卷八。文淵閣本《四庫全書》集部，別集類。）

跋山谷雲峰悅老語錄序

山谷筆回，三峽不露一言；雲峰舌覆，大千更無剩法，昔日龍山父子，雖被熱瞞；今朝虎溪兒孫，應增冷笑。咄！寒山子道底。

（《石門文字禪》卷二七。文淵閣本《四庫全書》集部，別集類。）

石門文字禪

　　山谷論詩，以寒山為淵明之流亞，世多未以為然；獨雲巖長老元悟以為是。此道人村氣，而俎豆山谷靈源之間也，已可驚駭；乃又能斷評詩之論，殊出意外，此寒山詩也，以山谷嘗喜書之，故多為林下人所得。

（卷二七。文淵閣本《四庫全書》集部，別集類。）

少室山房筆叢正集（節錄）

　　寒山詩云：「誰家一女子，雜珮何珊珊。鸚鵡花間弄，琵琶月下彈。長歌三日響，短舞萬人看。」云云，黎惟敬劇喜時為余誦之。

（卷三二。文淵閣本《四庫全書》子部，雜家類，雜鞭之屬。）

周易參同契解

　　寒山子詩云：「不得露其根」，根子自墜，蓋體用不同，施功亦異故也。

（卷中。文淵閣本《四庫全書》子部，道家類。）

戲題戎州作余真

　　妙舌寒山一居士，淨居金粟幾如來。玄關無鍵直須透，不得春風花不開。

（《山谷集》卷一五。文淵閣本《四庫全書》集部，別集類。）

盤山（節錄）

　　不聞戒律弛，反苦禮法設。始信寒山詩，即是真禪悅。

（《欽定盤山志》卷十四，文淵閣本《四庫全書》史部，山水之屬。）

湧幢小品（節錄）

　　佛語衍爲寒山詩；儒語衍爲擊壤集，此聖人平易近人，覺世喚醒之妙用。

（文淵閣本《四庫全書總目》卷一五九）

孝詩（節錄）

寒山子煮爺煮娘之類，亦愛無差等之談，不免於駁雜，然大旨主於敦飭人倫，感發天性，未可以其詞旨陳腐棄之。

（文淵閣本《四庫全書總目》卷一六四）

存餘堂詩話

近見寒山子一詩云：「有人兮山陘，雲卷兮霞纓。秉芳兮欲寄，路漫兮難征。心惆悵兮狐疑，褰獨立兮忠貞。」昔人以為無異〈離騷〉。寒山子，唐人。豈亦楚狂沮溺之流歟？

（據《明詩話全編》第二冊）

管錐篇

寒山詩所謂「饒邈（按當作「貌」字）虛空寫塵跡；喻不能作辦之事，較《易林·渙》之〈噬嗑〉：「抱空握虛」，更為新警。」

（第三冊之三四則）

管錐篇

釋氏更明以貧匱喻心體之淨，如《大般涅槃經·梵行品》第八之三：「菩薩觀時，如貧窮人，一切皆空」；寒山詩：「寒山有一宅，宅中無闌隔，六門左右通，堂中見天碧，其中一物無，免被人來借。」禪宗慣用此為話頭，如《五燈會元》卷四僧問：「貧子來，得什麼物與他？」趙州曰：「不欠少」，又曰：「守貧」，又香嚴偈：「去年貧，未是貧，今年貧，始是貧；去年無立錐之地，今年錐也無。」卷十三僧問：「古人得個什麼便休去？」龍牙曰：「如賊入空室」；後來枯木元偈：「無地無錐未是貧，知貧尚有守無身，儂家近日貧來甚，不見當初貧底人。」正《莊子》所謂「無無」、《維摩詰所說經》所謂「空空」之境。

（第四冊之一六七則）

次韻謝黃斌老送墨竹十二韻

　　「譬如刳心松，中有歲寒在。」任淵注：「寒山子詩曰：『有樹先林生，計年逾一倍。根遭陵谷變，葉為風霜改。咸笑外彫殘，不憐內文彩。皮膚既脫落，唯有真心在。』蓋用《涅槃經》語也。此句頗采其意。「歲寒」見《魯論》。」

（宋・任淵《山谷詩集注》卷第十二）

（編按：任淵所引之「皮膚既脫落，唯有真心在。」

寒山原詩作：「皮膚脫落盡，唯有真實在。」）

黃庭堅手書寒山詩墨迹

　　「寒山出此語，舉世狂癡半。百事對面說，所以足人怨。心真語亦直，直語無背面。君看渡奈何，誰是嘍囉漢。」

（《故宮書法》第十輯）

　　（編按：「寒山出此語，舉世狂癡半。百事對面說，所以足人怨。心真語亦直，直語無背面。」寒山原詩作：「寒山出此語，復似顛狂漢。有事對面說，所以足人怨。心真出語直，直心無背面。」「誰是嘍囉漢」下缺「冥冥泉臺路，被業相拘絆。」二句。項楚《寒山詩注》：「下面接寫『寄語諸仁者，仁以何為懷。歸源知自性，自性即如來。』四句，則是寒山詩第二三九首之前四句。論者或將以上文字聯為一首，而以「寄語諸仁者」四句為《全唐詩》所無的寒山佚詩，誤矣。」編按：項楚所引之「寄語諸仁者，仁以何為懷。歸源知自性，自性即如來。」寒山原詩作：「寄語諸仁者，復以何為懷。達道見自性，自性即如來。」《全唐詩》列為第二三七首。）

談藝錄

　　〈次韻楊明叔見餞〉云：「皮毛剝落盡，唯有真實在。」天社註引藥山答馬祖云：「皮膚脫落盡，惟有一真實。」又引《涅槃經》云：「如大村外，有娑羅林，中有一樹，先林而生，足一百年，其樹陳朽，皮膚枝葉悉脫落，惟真實在。」按天社說是矣而未盡。《寒山子詩集》卷上有：〈有樹先林生〉一詩，與《涅槃經》意同，結句曰：「皮膚脫落盡，惟有真實在。」山谷蓋全用其語。寒山，貞觀時人，在藥山前，《苕溪漁隱》前集卷四十八引《正法眼藏》藥山答石頭曰：「皮膚脫落盡，惟有真實在。」謂山谷全用寒山禪語，而不知藥山之用寒山語，亦失之矣。此喻佛典常見，如《雜阿含經》卷

三十四之九六三（原注：別譯卷十之一九六）等均有之。山谷詩人，好撦寒山、梵志及語錄，未必求其朔耳。

（頁18）

談藝錄

寒山自矜曰：「有人笑我詩，我詩合典雅。」拾得自矜曰：「我詩也是詩，有人喚作偈。」惜詞費如此，論文已須點煩，論禪更嫌老婆舌矣。

（頁267）

談藝錄

寒山妥貼流諧之作，較多於拾得，如杳杳寒山道一律，通首疊字，而不覺其堆垛。說理亦偶有妙喻；如比人性精靈於經霜老樹曰：「皮膚脫落盡，唯有真實在。」黃山谷、戴石屏等皆用以入詩。

（頁267）

談藝錄

予則激賞其〈昨到雲霞觀〉一首，譏道士求長生不死，即得大藥，仍未脫生死，因曰：「但看箭射空，須臾還墜地。」深入淺出，真能使難達之情，如同目覩者也。……寒山之射箭墜地以喻長生，……高箭終落，可以擬長生必死。

（頁267～277）

談藝錄

寒山此詩（編按：指〈昨到雲霞觀〉一首），比喻固妙，而議論仍是黨同伐異之常。《南齊書》卷五四載明僧紹《正二教論》，謂佛明其宗；老全其生，守生者蔽明宗者通，今道教謂長生不死，名補天正，大乖老之本義云云，即寒山之意。然釋氏末流，亦言天堂地獄修福而不修慧，以較道家末流之言不死飛昇，養生而不達生，宜如同浴者不得相識裸裎。道家之方士，祇可與釋家之俗僧，挈短論長，僧紹、寒山心存偏袒，遽折以佛法本源，適見其擬不於倫耳。

（附說十八，頁279～280。）

龍舒淨土文

按《楞嚴經》有十種仙，皆壽千萬歲，數盡還入輪迴，為不曾了得真性故，與六道眾生，同名七趣，是皆輪迴中人也。世人學仙者，萬不得一，縱得之亦不免輪迴，為著於形神而不能捨去也。且形神者，乃真性中所現之妄想，非為真實。故寒山詩曰：「饒汝得仙人，恰似守屍鬼。」非若佛家之生死自如而無所拘也。

（《樂邦文稿》卷三，後魏壁谷神鸞法師傳。）

出城送客過故人東平侯趙景珍墓

「嬋娟去作誰家妾？意氣都成一聚塵。」任淵注：「寒山子詩云：『始憶八尺漢，俄成一聚塵。黃泉無曉日，青草自知春（編按：「自知」應作「有時」）。』」

（據任淵注《山谷詩集注》卷一一）

一瓢詩話

寒山詩本無佳者，而「城中娥眉女，珠珮何珊珊。鸚鵡花間弄（編按：「間」應作「前」），琵琶月下彈。長歌三日響，短舞萬人看。未必常如此，芙蓉不耐寒。」江進之極賞之，以為是唐調。余謂「長歌」、「短舞」，緊緊作對，已屬不佳；而「未必長如此」五字，氣盡語漓，害殺「芙蓉不耐寒」之句。

（據郭紹虞主編《清詩話》）

艇齋詩話

呂東萊詩云：「非關秋後多霜露，自是芙蓉不耐寒。」蓋用寒山、拾得「芙蓉不耐寒」五字。

（據丁福保《歷代詩話續編》）

後村詩話（節錄）

半山擬寒山云：「我曾為牛馬，見草豆歡喜。又曾為女人，歡喜見男子。我若真是我，祇合長如此。若好惡不定，應知為物使。堂堂大丈夫，莫認物為己。」後有慈受和尚者擬作云：「姦漢瞞淳漢，淳漢總不知。姦漢做驢子，

却被淳漢騎。」半山大手筆，擬二十篇殆過之；慈受一僧爾，所擬四十八篇，亦逼真可喜也。寒山詩麤言細語，皆精詣透徹，所謂一死生，齊彭殤者；亦有絕工緻者，如「地中嬋娟女，玉佩響珊珊，鸚鵡花間弄，琵琶月下彈，長歌三日繞，短舞萬人看。未必長如此，芙蓉不耐寒。」殆不減齊梁人語。此篇亦見《山谷集》，豈谷喜而筆之，後人誤以入集歟？

（卷六。文淵閣本《四庫全書》集部，詩文評類。）

（編按：寒山詩：「城中娥眉女，珠珮何珊珊。鸚鵡花前弄，琵琶月下彈。長歌三日響，短舞萬人看。未必常如此，芙蓉不耐寒。」此為寒山詩混入《山谷集》。）

談藝錄

初寒山拾得二集，能不搬弄翻譯名義，自出手眼，而意在砭俗警頑，反復譬釋，言俚而指亦淺，後來仿作者，無過於鄭所南〈錦錢餘笑〉二十四首，腔吻逼肖，荊公輩所不及。

（頁 267）

風鳶圖

天台饒舌罵豐干，何事吟鳶巧弄搏。昨夜風餘收墮筊，喚回拾得換寒山。

（《御定歷代題畫詩類》卷一一六。文淵閣本《四庫全書》集部，總集類。）

巖棲集序（節錄）

闍梨自有本色禪，亦有本色詩，如寒山子輩，不歌不律，鳥鳴泉流而已。

（《文海》卷三二四。文淵閣本《四庫全書》集部，總集類。）

山中寄梁判官

歸臥東林計偶諧，柴門深向翠微開。更無塵事心頭起，還有詩情象外來。康樂公應頻結社，寒山子亦患多才。星郎雅是道中侶，六藝拘牽在隙臺。

（御定《全唐詩》卷六四三。文淵閣本《四庫全書》集部，總集類。）

寒山子

　　每見人家烹宰羊豕，即曰：「煮你爺，煮你娘。」鍋裏爺娘語，寒山太猛生。不妨時著眼，直是得人驚。

（《江湖小集》卷九五。文淵閣本《四庫全書》集部，總集類。）

天台三賢堂

豐干

　　從來清淨土，鼎足聖賢聚。騎虎歸故鄉，世人猶未悟。

寒山

　　家住天台寺，雲巖萬丈潭。本來人不識，饒舌是豐年。（編按：「年」為「干」之誤。）

拾得

　　拾得元無姓，山前拾得來。常攜一敝箒，不是掃塵埃。

（《兩宋名賢小集》卷八五。文淵閣本《四庫全書》集部，別集類。）

宿國清

　　殘燈吹了閉禪關，風約孤螢落砌閒。本為飲茶妨睡早，強尋詩句擬寒山。

（《天台前集》別編卷五《天台續集》。文淵閣本《四庫全書》集部，總集類。）

酒熟

　　濁醪初熟薦霜螯，不擬寒山不廣騷。清曉豆花籬下立，竹梢獨與月爭高。

（《江湖小集》卷九一。文淵閣本《四庫全書》集部，總集類。）

太平寺塵外閑題

　　高樹青圓不見天，小風微動竹梢偏。衣涵空翠元無雨，庭闊餘聲獨有蟬。

老去此心無所住，向來我見不須先。狂吟但過寒山子，薦得騰騰一味禪。

（《江湖後集》卷一一。文淵閣本《四庫全書》集部，別集類。）

詠竹刻寒山拾得筆筒

偶而明白偶而癡，饒舌豐干夫豈知。試問何時放下帚，眾生心各掃清時。

（《御製詩集》四集卷七七。文淵閣本《四庫全書》集部，別集類。）

靈璽禪師語錄序（節錄）

雲本無心，不待嶺頭遍踏；月如可指，還從水面曾看。聽迦陵之聲，無非和雅；說鸚鵡之法，自覺支離，信乎無著、天親攜手同為不二，豈必寒山、拾得饒舌，乃至再三耶？

（《林蕙堂全集》卷六。文淵閣本《四庫全書》集部，別集類。）

元人寒山拾得像贊

數珠在手，右持棕帚。一念一掃，十八二九。孰凡孰聖，開口呵呵。一二二一，與麼與麼。你即是我，我却非你。矍然嗒然，水不洗水。西天東土，如是國清。豐干饒舌，真頓置生。

（《御製文集》初集卷三十。文淵閣本《四庫全書》集部，別集類。）

崇儒書院記

鄒子曰：荊公儒而無欲者也，拜相之日，矢寒山以自老；罷相之後，托頹垣以終身。徬徨塵垢之外；逍遙無為之業，斯其人可得而磷淄耶？

（《願學集》卷五上。文淵閣本《四庫全書》集部，別集類。）

與姜鳳阿書

寒山、拾得詩曰：「養子未經師，不及長安鼠。何曾見好人，豈聞長者語。」弟向欲移居，蓋亦嘗計及此矣，惟兄道義骨肉不終棄之，幸甚！

（編按：寒山原詩：「養子不經師，不如都亭鼠。何曾見好人，豈聞長者語。」）

（《方麓集》。文淵閣本《四庫全書》集部，別集類。）

寒山拾得圖二

閒向青山掃白雲，青山那得有紅塵。白雲飛散紅塵盡，山色長如清淨身。
爨松燒竹自為徒，炊罷吟詩對竹爐。應是禪家風味別，世間烟火氣全無。

（《懷麓堂集》卷六十。文淵閣本《四庫全書》集部，別集類。）

和韻寄日華上人（二首之二）

當年曾會景隆池，千里難禁別後思。古寺春深花落後，小軒人靜月明時。
寒山笑謔都成偈，無本推敲酷愛詩。何日重來尋舊約，相逢一笑話襟期。

（《小鳴稿》卷五。文淵閣本《四庫全書》集部，別集類。）

聽松軒為朗上人題

「微風吹幽松，近聽聲愈好。」師非寒山子，安得此懷抱。天機內相會，
百體同浩浩。如適清涼境，大地絕熱惱。每從盡省歸，騎馬必一造。妙趣須
自知，難與別人道。

（《可閒老人集》卷一。文淵閣本《四庫全書》集部，別集類。）

寄謙上人

不見謙公二十年，石橋依舊駕晴川。定應和盡寒山集，倘許人間一句傳。

（《道園遺稿》卷五。文淵閣本《四庫全書》集部，別集類。）

竹林寺姚上人求月潭頌

月到天心無點綴，風來水面絕埃塵。寒山到此無人說，笑殺何由舉似人。

（《五峰集》卷八。文淵閣本《四庫全書》集部，別集類。）

贈秋月長老

秋月既虛明，禪心亦清淨。心月兩無虧，炯然大圓鏡。流光燭萬物，萬
物咸鮮瑩。倒影入千江，千江悉輝映。情塵苟不掃，倏忽迷真性。所以學道
人，于此分凡聖。視身等虛空，無得亦無證。偉哉寒山翁，與汝安心境。

（《鶴年詩集》卷一。文淵閣本《四庫全書》集部，別集類。）

李雪菴詩序古（節錄）

今詩僧至齊己、無本之流非不工，而超然特見，高出物表，逕與道合，未有若寒山子之詩。雲頂數之頌得其旨者，惟昭文館大學士雪菴大宗師乎？師以澹泊為宗；虛空為友，以堅苦之行為頭陀之首，蓋數十年矣。適然遇會，濡毫伸紙，發而為詩，有寒山雲頂之高；無齊己、無本之靡。

（《雪樓集》卷十五。文淵閣本《四庫全書》集部，別集類。）

清渭濱上人詩集序（節錄）

詩則一字不可不工，悟而工，以漸不以頓；寒山拾得詩，工不可言，殆亦書生之不得志，而隱於物外者，其用力非一日之積也。

（《桐江續集》卷三三。文淵閣本《四庫全書》集部，別集類。）

國清化人示寒山

師從天台來，示我一集詩。開編未及讀，涕淚已交頤。紛紛世間人，迷妄覺者誰。浮沉苦海中，欲出無端涯。寒山與拾得，旁觀為興悲。作詩三百篇，勸戒仍嘲嗤。覺此未覺者，當下成牟尼。此意亦良厚，奈何人罕知。師持國清鉢，欲救雲堂飢。贈言亦安用，聊以報所貽。

（《相山集》卷三。文淵閣本《四庫全書》集部，別集類。）

望峩嵋山作

普賢大開士，神足靡不周。世人妄指此，象馭昔所留。願觀百億身，奔走數十州。見者喜稱快，不見黙懷羞。紛紛相矜夸，隱晦蓋有由。正如官肆赦，盡出繫中囚。豈其得預聞，皆可除怨尤。一方每驚動，千乘時往游。返為斯民勞，實貽開士憂。我師寒山子，豐干非同流。

（《嵩山集》卷三。文淵閣本《四庫全書》集部，別集類。）

浸月亭

寥寥清夜月，現此亭中水。誰能同斯□，歸喚寒山子。

（《矗齋鉛刀編》卷十三。文淵閣本《四庫全書》集部，別集類。）

送蒙齋兄長游天台二首

方丈蓬萊去渺茫，天台秖在白雲傍。羽衣金策群仙過，珠閣瓊樓八桂香。采藥有時逢道侶，挑包遇夜宿僧房。寒山拾得如相見，指點人間笑幾場。山林勝處說天台，仙佛多從此地棲。司馬八篇通道妙，豐干一語指人迷。時逢好酒從容飲，莫把新詩取次題。白日看雲思我否，惠連無分共攀躋。

（《石屏詩集》卷五。文淵閣本《四庫全書》集部，別集類。）

寫懷二首

吾聞唐諸僧，往往多人傑。有攜至嵒廊，可並夔稷契。偉哉寒山子，拾菜衣百結。其文似離騷，但自寫木葉。往時陸荊門，自是天下雄。徒隸鮮散盡，何處尋樊翁。遂令一世士，黙黙逃虛空。至今大堤上，葉葉皆春風。

（《方泉詩集》卷四。文淵閣本《四庫全書》集部，別集類。）

隱者居

竹緣坡便當籬，野泉入戶自成池。床頭一卷麻衣易，更有寒山拾得詩。

（《方泉詩集》卷四。文淵閣本《四庫全書》集部，別集類。）

睡寒山拾得贊

人居火宅無不有，你亦投身攜掃帚。一朝放下困騰騰，明月寒潭只依舊。

（《張氏拙軒集》卷六。文淵閣本《四庫全書》集部，別集類。）

題布袋和尚豐干禪師寒山拾得畫卷

豐干禪師降猛虎，布袋和尚愚小兒，老夫見 未親見，唯喜寒山拾得詩。今有二異僧，一虎隨之入城市，一拽布袋引群小兒，民間不鼎沸喧闐乎？以人情觀之，書本相傳如此，既未親見不可信也。惟寒山、拾得，有道之士，實有其人，有其事，有其詩數十百篇，如：「秦樓有美女，雜佩何珊珊。鸚鵡花間養，琵琶月下彈。長歌三月響，短舞萬人看。未必常如此，芙蓉不耐寒。」詩律精妙，尾句有開有闔，朱文公深賞之，愚亦賞之，故作如是題并跋。

（《桐江續集》卷二四。文淵閣本《四庫全書》集部，別集類。）

（編按：寒山原詩作：「城中娥眉女，珠珮何珊珊。鸚鵡花前弄，琵琶月下彈。長歌三日響，短舞萬人看。未必常如此，芙蓉不耐寒。」下同。）

題寒山拾得畫像

　　予讀寒山拾得詩集，第一首：「城中嬌小女，雜佩何珊珊。鸚鵡籠中養，琵琶月下彈。長歌三日響，短舞萬人看。未必常如此，芙蓉不耐寒。」此詩朱文公尤喜之，今見二畫像而爲賦詩曰：「我讀寒山拾得詩，唐初武德貞觀時。此必前朝老進士，開皇大業不仕隋。長歌短舞芙蓉句，開元元和尚無之。一簫天台國清寺，掃滅人世貪嗔癡。文殊師利復現世，僧俗未妨疑傳疑。或題松下讀黃老，臆辨二叟果爲誰。」諺云：「橘皮錯認皮，九方皋馬遺黃驪。」嗚呼！甚矣，吾衰矣！郁郁都都馬雄雌。

　　　　　　（《桐江續集》卷二八。文淵閣本《四庫全書》集部，別集類。）

錦繡萬花谷

　　《寶積經》及《大毗婆沙論》，以利衰毀譽稱譏苦樂為八風。寒山子詩：「八風吹不動。」山谷詩：「八風吹得行。」又：得可意事，名利；失可意事，名衰；不見前排撥，名毀；不見前讚美，為譽；現前讚美，為稱；見前排撥，名譏；逼迫聲心，名苦；悦適心意，為樂。

　　　　　　（前集卷二九。文淵閣本《四庫全書》子部，類書類。）

錦繡萬花谷

　　寒山無心，自是豐干饒舌。馬祖多事，堅要黃梅出山。

　　　　　　（前集卷二九。文淵閣本《四庫全書》子部，類書類。）

林間錄

　　山谷禪師每曰：「世以相貌觀人之福，是大不然。福本無象，可以觀之，惟視其人量之淺深耳。」又曰：「觀人之壽夭，必視其用心。」夫動入欺誑者，豈長世之人乎？寒山子曰：「語直無背面，心真無罪福。」蓋心語相應，為人之常然者。而前聖貴之，有以見世道交喪甚矣。

　　　　　　（卷上。文淵閣本《四庫全書》子部，釋家類。）

林間錄

予嘗愛王梵志詩云：「梵志翻着襪，人皆謂是錯。寧可刺你眼，不可隱我脚。」寒山子詩云：「人是黑頭虫，剛作千年調。鑄鐵作門限，鬼見拍手笑。」道人自觀行處，又觀世間，當如是游戲耳。

（卷下。文淵閣本《四庫全書》子部，釋家類。）

（編按：「人是黑頭口，剛作千年調。鑄鐵作門限，鬼見拍
手笑。」亦見於任淵注《後山詩注》卷四〈臥疾絕句〉。）

說郛

世人不思積善，積惡殃慶各以類至，惟托緗黃誦經持咒，或謂保扶，或謂禳災，或謂薦亡，如此則有資財者，皆可免禍矣。昔寒山見人家懸幡，因作頌曰：「半作幡身半作脚，挂在空中驚鳥雀。行住坐臥思量着，只好把與窮漢做襖着。」達哉斯言。

（卷七三。文淵閣本《四庫全書》子部，雜家類，雜纂之屬。）

說郛

「若有人兮坐山楹，雲袞兮霞纓。秉芳兮欲寄，路漫兮難征。獨惆悵而狐疑，蹇獨立兮忠貞。」此寒山語，雖使屈宋復生，不能過也。

（卷八二下。文淵閣本《四庫全書》子部，雜家類，雜纂之屬。）

遵生八牋

寒山子曰：修生之道，除嗜去慾，嗇神保和，所以無累也；內抑其心，外檢其身，所以無過也；先人後己，知柔守謙，所以安身也；善推於人，不善歸己，所以積德也；功不在大，過不在小，去而不二，所以積功也；然後內行充而外丹至，可以冀道於彷彿耳。

（卷一。文淵閣本《四庫全書》子部，雜家類，雜品之屬。）

湛淵靜語

呂洞賓、寒山子，皆唐之士人，嘗應舉不利，不羣於俗，蓋楚狂沮溺之

流，觀其所存詩文可知。如寒山子詩，其一云：「有人分山陘，雲卷分霞纓。秉芳分欲寄，路漫分難征。心惆悵分狐疑，蹇獨立分忠貞。」前輩以為無異離騷語，今行於世者多混偽作以諧俗爾。

（卷二。文淵閣本《四庫全書》子部，雜家類，雜說之屬。）

朱子語類

先生偶誦寒山數詩，其一云：「城中娥眉女，珠佩何珊珊。鸚鵡花間弄，琵琶月下彈。長歌三日響，短舞萬人看。未必長如此，芙蓉不耐寒。」云如此類，煞有好處，詩人未易到此，公曾看否？壽昌對：「亦嘗看来。」近日送浩來此灑掃時，亦嘗書寒山一詩送行，云：「養子未經師，不及都亭鼠。何曾見好人，豈聞長者語。為染在薰蕕，應須擇朋侶。五月敗鮮魚，勿令他笑汝。」

（卷一百四十。文淵閣本《四庫全書》子部，儒家類。）

孝詩（節錄）

寒山子煮爺煮娘之璽，亦愛無差等之談，不免於駁雜，然大旨主於敦飭人倫、感發天性，未可以其詞旨陳腐棄之。

（卷　文淵閣本《四庫全書》）

勿失集（節錄）

余每謂寒山子何嘗學為詩，而詩之流出于肺腑者數十首，一一如巧匠所斲，良冶所鑄；惟大儒王荊擬其體似之，他人效顰，不公近傍也。荊公素崛強，非苟下人者。讀寒齋父子詩，當作如是觀。

（《後村先生大全集》卷九八，《四部叢刊》初編集部。）

渚宮莫問詩

莫問休行脚，南方已徧尋。了應湏自了，心不是他心。
赤水珠何覓，寒山偈莫吟。誰同論此理，杜口少知音。

（十五首之 11，《白蓮集》卷第五，《四部叢刊》初編集部。）

寄赤松舒道士（二首）

不見高人凡，空令鄙悋多。遙思青嶂下，無奈白雲何。
子愛寒山子，歌唯樂道歌。會應陪太守，一日到煙蘿。
余亦如君也，詩魔不敢魔。一飡兼午睡，萬事不知他。
雨陣衝溪月，蛛絲羂砌莎。近知山果熟，還擬寄來麼。

（《禪月集》卷第十一，《四部叢刊》初編集部。）

醉中題民家壁

壯歲羈遊厭故棲，暮年卻愛草堂低。交情最向貧中見，世事常於醉後齊。
松吹颼颼涼短髮，芒鞾奕策策響新泥。吾詩戲用寒山例，小市人家到處題。

（《劍南詩稿》卷四三。文淵閣本《四庫全書》集部，別集類。）

次韻范參政書懷（之二）

已著山林掃塔衣，洗除仕路劍頭炊。心光焰焰雖潛發，頷雪紛紛已太遲。
度日只今閑水牯，知時從昔羨山雌。掩關未必渾無事，擬徧寒山百首詩。

（《劍南詩稿》卷二四。文淵閣本《四庫全書》集部，別集類。）

次韻定慧欽長老見寄八首

蘇州定慧長老守欽，使其徒卓契順來惠州，問予安否，且寄擬寒山十頌，
語有璨忍之通，而詩無島可之寒；吾甚嘉之，爲和八首。（原注：記云定
慧禪院，本萬歲寺，院在長州縣東，祥符中改今額。《傳燈錄》云：天台寒山子者，
本無氏族，始豐縣西七十里有寒暗二巖，以其於寒巖中居止得名也，有頌三百餘首，
傳布人間。）左角看破楚，南柯聞長滕。（原注：次公莊子有國於蝸之左角，曰
蠻氏；右角曰觸氏，爭地而戰，高祖破項羽，又淳于棼夢入槐安國，爲南柯太守，既
覺乃一大槐樹南向之枝也。《左傳》滕侯薛侯來魯而爭長，卒長滕侯也。）鈎簾歸
乳燕，（原注：《杜詩》廉戶最宜通乳燕。）穴紙出癡蠅。（原注：《傳燈錄》：神
瓚禪師見蜂子投紙窗求出，師曰：世界如許廣闊，不肯出鑽它故紙。次公古靈見窗上
蠅曰：百年鑽故紙，未見出頭時。《韓詩》：癡如遇寒蠅。）

爲鼠常留飯，憐蛾不點燈。嶇嶇真可笑，（原注：子仁李白書云：白嶠嶇歷落，
可笑人也。）我是小乘僧。（原注：《傳燈錄》圭峯云：悟我空徧真之理而修者，

是小乘禪。）鐵橋本無柱，石樓豈有門。（原注：次公羅浮山有鐵橋石樓故云，本无柱也；又有二石樓，而延祥寺在南樓之下，相傳石樓有門可往，故云豈有門也。饒白鶴故居圖，鐵橋峯在大石樓峯東，大小二石樓在羅浮山之下。）舞空五色羽，（原注：先生在儋州，有五色雀詩云：粲粲五色羽。）吠雲千歲根。（原注：千歲根，言狗杞也；狗杞千歲，其根如犬之狀，白樂天詩云：不知靈藥根成狗，怪得時聞吠夜声。）

松花釀仙酒，（原注：《原化記》有老人雪中訪崔希真，献松花酒，老人云：花澁無味，乃取一丸藥投之，味頓別。）木客餽山殽。（原注：次公木客廣南有之，多居木中野人之類也。）我醉君且去，陶云吾亦云。（原注：援南史陶潛，有酒輒設，若先醉，更語客曰：我醉欲眠君且去。次公晋語叔向言：今我以忠謀諸侯，而以信覆之，荆之逆諸侯也，亦云蓋謂其說亦如此也。）羅浮高萬仞，下看扶桑卑。（原注：次公扶桑日所出也，劉夢得有詩記羅浮夜半見日事云：山不甚高，而夜見日，此可異也。）默坐朱明洞，（原注：《茅君内傳》：羅浮山之洞，周回五百里，名曰朱明曜真之天。次公洞在山中冲虛觀之後，云是蓬萊第七洞池。元龍白鶴故居圖，云朱明洞在麻姑峯之北。）玉池自生肥。（原注：《黃庭外景經》：丹田之中精氣微，玉池清水上生肥。）

從來性坦率，（原注：子仁《杜詩》：常恐坦率性，失身爲杯酒。）醉語漏天機，相逢莫相問。我不記吾誰，幽人白骨觀。（原注：次公《楞嚴經》優婆尼沙陁悟白骨微塵，歸於空虛，謂之白骨觀也。）大士甘露滅，（原注：《維摩經》始在佛樹力降魔得甘露滅覺道成。）根塵各清净。（原注：《楞嚴經》若復一切世間根塵陰處界等，皆如來藏清净本然。）心境兩奇絶，（原注：子仁李白詩：光景兩奇絶。）真源未純熟，習氣餘陋劣。譬如已放鷹，中夜時掣紲。（原注：次公已放鷹之義，盖鷹養而未放，則猶未知掣紲；已曾放之，每夜在韝紲輒有往意矣。紲所以係鷹，〈鷦鷯賦〉云：蒼鷹鷙而受紲也。）

誰言窮巷士，乃竊造化權。所見皆我有，安居受其全。（原注：次公凡萬物在前，我皆見之矣，則莫不備於我，可以安坐而全受之也。）戲作一篇書，千古發爭端。儒墨起相殺，予初本無言。

閑居蓄百毒，（原注：次公百毒百藥也，藥謂之毒，出《周禮》：聚毒藥以供醫事也。）救彼跛與盲。依山作陶穴，（原注：次公陶穴以塼甃穴也。詩云：陶復陶穴。）掩此憑骨橫，（原注：《左傳》：三軍暴骨。）區區效一漑，（原注：嵇康叔夜《養生論》：夫爲稼於湯世偏有一漑之功者，雖終歸於焦爛，必一漑者後枯也。）豈能濟含生。力惡不已出，（原注：《禮記》：大道之行，力惡其不出於身也，不

必爲已。）時哉非汝爭。（原注：次公《尚書》：時哉不可失。）

少壯欲及物，老閒餘此心。微生山海間，坐受瘴霧侵。可憐鄧道士，攝衣問呻吟。覆舟弔私渡，斷橋費千金。（原注：次公鄧道士，名守安，嘗問呻吟，問百姓之有呻吟者也，於是造橋見最後兩橋詩序，費千金以造橋，弔私渡而覆舟者。）

淨名毗耶中，（原注：《維摩經》：毗耶離城中，有長者名維摩詰，僧肇注云：維摩詰，秦言淨名也。）妙喜恒沙外。（原注：《維摩經》：佛言有國名妙喜，佛號無動，是維摩詰於彼國沒而來此生。）初無往來相，二土同一在。（原注：次公土字當從佛書，言國土之土音徒故切。）云何定慧師，尚欠行腳債。請判維摩憑，一到東坡界。

（《集註分類東坡先生詩》卷第四，《四部叢刊》初編集部。）

會上人詩序（節錄）

浮圖氏之入中國也，不以立言語文字爲宗，於詩乎何有？然以其超詣特卓之見，撐節隱括以爲辭，固有浩博宏達，大過於人者，則固詩之別出者也。而浮圖氏以詩言者，至唐爲盛，世傳寒山子之屬，音節清古，理致深遠，士君子多道之。

（《道園學古錄》卷第四五，《四部叢刊》初編集部。）

無題

巖頭有石人，爲我下嶙峋，腳踏破履五十兩，身披舊衲四十斤。
任重致遠香象力，餐霜坐雪金剛身。夜寒雙虎與溫足，雨後禿龍來伴宿。
手握頑磚鏡未光，舌底流泉梅未熟。夜來拾得遇寒山，翠竹黃花好共看。
同來問我安心法，還解將心與汝安。

（《陽明先生集要》文章編卷第四，《四部叢刊》初編集部。）

陳古公詩集序

吾嘗謂陶淵明、謝康樂、王摩詰之詩，皆可以爲偈頌，而寒山子之詩，則非李太白不能作也。

（《牧齋有學集》卷第十八，《四部叢刊》初編集部。）

蔣虎臣修撰述天台之遊賦贈

太史三茅隱，朱顏薄世榮。言尋沃洲路，遙向赤霞城。
語識寒山妙，詩同太白清。石梁橫地底，今夜蘿徑行。

（《漁洋山人精華錄》卷五，《四部叢刊》初編集部。）

題釋果仲詩

慧業何嘗不可珍，研思處處關清新。寒山拾得誠難企，正作人間休上人。

（《惜抱軒詩文集》詩集十，《四部叢刊》初編集部。）

曉行口占

日出煙消見遠邨，嵐光依約是蘇門。天容山色看無別，只認遙空抹一痕。
最愛寒山面目真，鉛華洗盡見精神。天然古澹仍堅瘦，比侶嶔崎磊落人。

（《潛研堂文集》詩集卷第七，《四部叢刊》初編集部。）

宿國清寺

出城數里便清奇，初地開堂智者師。當而峯知十回向，低頭樹習四威儀。
三乘禪教元無二，一宿津梁自不疲。聞說寒山詩偈妙，春來飛錫盍何之。
（原注小字：主僧寶林，有擬寒山詩，適它出，不值。）

（《潛研堂文集》續集卷第四，《四部叢刊》初編集部。）

三賢堂

此身何意別人牛，凡眼區區笑趙州。只向空山認蹤迹，誰知五百應真游。
（寒山）
挃揞多事遇寒山，無喜無嗔付等閑。掃地偶然义手立，不將姓氏落人閒。
（拾得）
冰壺無影月無胎，騎虎松門了不猜。日對文殊渾未識，五臺行腳笑空回。
（豐干）

（《潛研堂文集》續集卷第四，《四部叢刊》初編集部。）

題趙文俶水墨花鳥

石上靈芝竹外梅，離奇疏瘦了無埃。天然一種煙霞秀，侶帶寒山面目來。

（《潛研堂文集》續集卷第五，《四部叢刊》初編集部。）

題汪大紳蕘鼻圖

公案重重窠臼翻，口頭容易擔肩難。何當覓貌知歸子（原注小字：謂彭四尺木），便當寒山拾得看。

（《潛研堂文集》續集卷第六，《四部叢刊》初編集部。）

寒山

居天台寒巖，往還國清寺，樺皮為冠，布裘敝履，村野嘯歌，人莫識之。太守閭邱到官三日，親詣禮拜，乃入穴而去，其穴嘗自合云　本朝雍正十一年　勅封「妙覺普度和聖大士」。

（《嘉慶重修一統志》卷第 2331，《四部叢刊》續編史部。）

拾得

不知其姓，豐干禪師步城道上，見十歲子，引至國清寺中，寒山來，負之而去。後寺僧於南峯採薪，一僧巖間挑鎖子骨，云：「取拾得舍利。」知在此巖寂滅焉。　本朝雍正十一年　勅封「妙覺慈度合聖大士」。

（《嘉慶重修一統志》卷第 2331，《四部叢刊》續編史部。）

老杜寒山詩（節錄）

寒山子詩云：「吾心似秋月，碧潭清皎潔。無物堪比倫，教我如何說。」人亦有言：既似秋月碧潭，乃以爲無物堪比，何也？蓋其意謂：若無二物比倫，當如何說耳，讀者當以是求之。

（《容齋四筆》卷四，《四部叢刊》續編子部。）

再和答為之

碧潭浸寒月，（詩註：寒山子詩：「我心似秋月，碧潭清皎潔。」）

（《山谷外集詩註》卷一，《四部叢刊》續編集部。）

贈趙言

大梁卜肆傾賓客，二十餘年聲籍籍，得錢滿屋不經營。寒山子詩：「丈夫莫守困，無錢即經營。」

（《山谷外集詩註》卷一，《四部叢刊》續編集部。）

再答明略二首

我去丘園十年矣，種桑可蠶，牘生子，使年七十今中半。（詩註：山谷年二十三，治平四年擢進士第，至熙寧丁巳，七十將半矣。寒山子詩：「養得一牸牛，生得五犢子。犢子又生兒，積數无窮巳。」）

（《山谷外集詩註》卷一，《四部叢刊》續編集部。）

寄南陽謝外舅

白雲曲肱臥，青山滿牀書。（詩註：寒山子詩：「家中何所有，惟見一牀書。」）

（《山谷外集詩註》卷二，《四部叢刊》續編集部。）

和孫公善李仲同金櫻餌唱酬二首

人生欲長存，日月不肯遲。百年風吹過，忽成甘蔗滓。（詩註：寒山子詩：「更足三十年，還如甘蔗滓。」）

（《山谷外集詩註》卷七，《四部叢刊》續編集部。）

題落星寺四首

韋應物詩宴寢凝清香，畫圖妙絕（原注小字：一作絕筆）無人知。（詩註：元注云：「僧隆畫甚富，而寒山拾得畫最妙。」）

（《山谷外集詩註》卷九，《四部叢刊》續編集部。）

贈別李端叔

支頤聽晤語。（詩註：陳国風云可與晤語，《傳燈錄》〈天台丰干禅師傳〉：「居国清寺厨中，有二苦行，寒山拾得二人執爨，終日晤語，潛聽者都不解，獨與師相親。」

（《山谷外集詩註》卷九，《四部叢刊》續編集部。）

觀甯子儀所蓄維摩寒山拾得唐畫歌

君不見，寒山子垢面蓬頭何所似，戲拈柱杖喚拾公，似是同游國清寺；又不見，維摩老結習已空無可道，牀頭誰是散花人，墮地紛紛不須掃。嗚呼！妙處雖在不得言，尚有丹青傳百年。請公着眼落筆前，令我琢句逃幽禪。異時淨社看白蓮，莫忘只今香火緣。

（《東萊先生詩集》卷三，《四部叢刊》續編集部。）

臘日飲趙氏亭

城上高亭一再過，每看風物費吟哦。近詩頗效寒山子，往事徒成春夢婆。臘買十千燕市酒，閑聽二八越娘歌，梅花枉報春消息，祇遣經年別恨多。

（《張蛻庵詩集》卷三，《四部叢刊》續編集部。）

松軒為朗上人題

「微風吹幽松，近聽聲愈好。」師非寒山子，安得此懷抱。天機內相會，百體同浩浩。如適清涼境，大地絕熱惱。每從畫省歸，騎馬必一造。妙趣須自知，難與別人道。

（《張光弼詩集》卷一，《四部叢刊》初編集部。）

寒岩寺（寒山隱身處）

一片浮雲去不還，龍吟虎嘯出人間。豊干往日成饒舌，太守當時亦厚顏。秋至候蟲還唧唧，春來鳴鳥自關關。烟蘿古洞依然在，要問寒山即此山。

（《張光弼詩集》卷七，《四部叢刊》初編集部。）

同諸弟入西林庵

天親無着喜相隨，攜屐尋僧出每遲。白社青林成眷屬，黃花烏帽負心期。
同來蕭寺惟燒芋，況遇寒山且和詩。元亮只今新斷酒，遠師莫復笑攢眉。

（《茗齋集》第 2580 冊，《四部叢刊》續編集部。）

雲栖寺

夙昔懷真境，今來意不迷。安禪羣厈衛，施食衆禽栖。
灌木人踪冷，蒼苔草色齊。寒山多妙句，堵壁和新題。

（《茗齋集》第 2582 冊，《四部叢刊》續編集部。）

師訪余不遇因和余韻見贈再用前韻

出郭尋禪者，聯吟賡寒山。如風發萬籟，風止籟亦還。清響動春潮，激
石相廻環。對此離世踪，靜我物外顏。伐篠護笋稚，出生施魚鱉。一空有為
迹，沉冥水石間。機鋒忽迸觸，水流雲自閒。更唱再三和，林幽鳥關關。玄
言誰見賞，惟有劉與殷。臨淵坐忘荃，茲意問垂綸。

（《茗齋集》第 2583 冊，《四部叢刊》續編集部。）

智相閉關巢庵因為題卷

衲公懷避跡，不踏雲門寺。千篇和寒山，元屬無文字。愛此海山幽，攜
瓢偶焉至。掩關梧竹間，蒼翠滿庭墜。塔院風寥寥，鈴語警羣寐。笑指林月
升，欲言忘所自。門開落花積，已沒坐禪地。非關斷往還，誰歟知此意。清
溪與流雲，去住總不二。

（《茗齋集》第 2583 冊，《四部叢刊》續編集部。）

訪千峯和尚

立公入西林，荒院松栢蕭。立公去西林，堂空只棲蝠。千僧離白棒，草
屨散行麓。愧我嬰物網，未礼大士足。東風寒食松，春雨杏花粥。今年掃墓
田，雨過茆亭曲。知師臥林樾，清影潤樵牧。猥云蓮社踪，恥標高賢目。寒
山一相遇，糞掃共追逐。

（《茗齋集》第 2585 冊，《四部叢刊》續編集部。）

送默庵圓明和尚入塔（三首之二）

千偈瀾飜處，春潮撲講臺。傳衣留亦得，呵佛罵誰来。詩句寒山月，燈石□灰。無聲無縫塔，今日為公開。（原注小字：圓公與無聲和尚同創默庵）

（《茗齋集》第 2585 冊，《四部叢刊》續編集部。）

新秋出北郭訪南音和尚，和尚為設瓜果飯蔬，幷和匡庵五詩見寄。倒押元韻，韻續連珠呈印南老。

庵際何所有，開門七事無。沉瓜殄凍玉，採澗飯雕胡。白社人同往，寒山興不孤。唱訓忘主客，斜日下城隅。

（《茗齋集》第 2585 冊，《四部叢刊》續編集部。）

道旆遺詩恨不得同訪虛師依韻奉調

白嗾紅塵枉夢思，尋僧何必有前期。溪頭一笑誠無分，石上三生挖不奇。勃賀自憐空牧豕，寒山未見浪吟詩。市中廣額誰非佛，君過屠門且未知。（原注小字：道旆方賣豚故及之。）

（《茗齋集》第 2595 冊，《四部叢刊》續編集部。）

登東皋以舒嘯賦為渭臣五十壽（節錄）

一日可以當是年，人年五十不為殀。況復餘生在天，以茲沉冥空萬事，買紙焚香寫竺乾，寒山不廢詩；弥勒猶身光酒，詩酒能空諸所有。

（《茗齋集》第 2596 冊，《四部叢刊》續編集部。）

訓晦岩上人投贈韻二首（之一）

寂寂琴臺東海上，移情何處覓成連。種蓮邨社尋僧懶，采菊柴籬笑地偏。怳子行踪人不識，寒山詩句世空傳。當機只有凉暄語，二士相逢不道禪。

（《茗齋集》第 2597 冊，《四部叢刊》續編集部。）

送晦公返吳門即用留別韻

浮杯東下泛滄溟，殘暑催蟬露未零。別路平江通震澤，望中庮阜隔林坰。寒山小句誰謳和，船子㱕帆自杳冥。雲駛月移無去住，眠鷗隨意起沙汀。

（《茗齋集》第 2597 冊，《四部叢刊》續編集部。）

金粟寺（之五）

客來正及罷參時，詩和寒山共鬪奇。得句拈花題壁觀，喫茶烹雨供天池。法堂鐘鼓惺長寂，彼岸津梁禮大慈。傳取曇謨微妙義，東方亦自有流支。

（《茗齋集》七言律補遺，《四部叢刊》續編集部。）

尋僧次韻

草木幽鮮境不須，青溪行腳暫成閒。懶殘破竈初煨芋，剝啄柴門正對灣。邀客清齋開白社，飯猿小詠敵寒山。却憐短褐難留鎮，披毳依然托鉢還。

（《茗齋集》七言律補遺，《四部叢刊》續編集部。）

困學紀聞

寒山子詩，如施家兩兒事，出《列子・羊公鶴》，事出《世說》。如子張卜商；如侏儒方朔，涉獵廣博，非但釋子語也。對偶之工者，青蠅、白鶴；黃籍、白丁；青蚨、黃絹；黃口、白頭；七札、五行；綠熊席、青鳳裘，而楚辭尤超出筆墨畦逕，曰：有人兮山陘，雲卷兮霞纓；秉芳兮欲寄，路漫兮難征。心惆悵兮狐疑，蹇獨立兮忠貞。

（卷十八，《四部叢刊》三編子部）

題赤城霞圖送友歸台（節錄）

國清寺前千尺松，歲晚應歸望山雪。道逢寒山子，為寄相思情未絕。山人若欲知我心，五界峰頭看明月。

（《靜居集》卷三，《四部叢刊》三編集部。）

遊衡山蔡汝楠

為覜名嶽赴炎荒，更問禪宗壓上方。祇為新秋餘伏暑，不知初地俟清凉。南巖久廢傳燈室，諸寺空開説法堂。但對寒山證空寂，何勞半偈使心降。

（《湖廣通志》卷八八，文淵閣本《四庫全書》史部，都會郡縣之屬。）

姚宗典詩

姚宗典詩：寒山、拾得象已剝落矣！忽有人自天台來，塑畫如生，〈為賦喜寒山、拾得重來〉詩：「漫指滄桑認去來，楓江依舊笑容開。晨齋缽捧香雲蓋，夜課鐘沈實月台。意在毫端離語默，風生帶下絕塵埃。只看石罅人還在，肯信昆岡已劫灰。」（《百城煙水》）

（《寒山寺志》卷一）

書拾得子象後示蔣生

潘尊沂〈書拾得子象後示蔣生〉：「蔣生年十七，導之為正士。口誦孔孟言，亦頗知佛理。今歲秋八月，夜夢走村裏。道遇長髯叟，問生何所往？叟指古刹中，云有拾得子，此夢生未解。潘子聞之喜，謂言拾得者，即是普賢耳。普賢用心聞，初心那可契。授以行願品，信解從資始。」（《功甫小集》）

（《寒山寺志》卷一）

繪寒山、拾得象題詞

羅聘〈繪寒山、拾得象題詞〉，寒山、拾得二聖降乩詩曰：「呵呵呵！我若歡顏少煩惱，世間煩惱變歡顏。為人煩惱終無濟，大道還生歡喜閒。國能歡喜君臣和，歡喜庭中父子聯。手足多歡荊樹茂，夫妻能喜琴瑟賢。主賓何再看無喜，上下歡情分愈嚴。呵呵呵！」考寒山、拾得為普賢、文殊化身，今稱和聖、合聖，為寒山、拾得變相也。花之寺僧，羅聘書記。（《碑志篇》）

（《寒山寺志》卷一）

讀柳子送文暢上人序

清何焯〈讀柳子送文暢上人序〉效寒山體：「裴楷論守一，文殊説不二。

正許合儒墨，聊假釋疑滯。穢累脫去時，步武清涼界。吾書有祕寶，無事下臨代。迴躅可勤求，覺路非此地。亦不遍聲色，亦不殖貨利。佛出還作禮，何羨靈山會。臣受孔子戒，者漢也超詣。」（《義門集》）

（《寒山寺志》卷三）

寒拾問答

　　昔日，寒山問拾得曰：「世間謗我、欺我、辱我、笑我、輕我、賤我、惡我、騙我，如何處治乎？」拾得云：「只要忍他、讓他、由他、避他、耐他、敬他，不要理他，再待幾年，你且看他。」寒山云：「還有甚訣？可以躲得。」拾得云：「我曾看過彌勒菩薩訣，你請聽我念偈，云：『老拙穿衲襖，淡飯腹中飽。補破好遮寒，萬事隨緣了。有人罵老拙，老拙只說好。有人打老拙，老拙自睡倒。涕唾在面上，隨他自乾了。我也有力氣，他也無煩惱。這樣波羅蜜，便是妙中寶。若知這消息，何愁道不了？人弱心不弱，人貧道不貧。一心要修行，常在道中辦。世人愛榮華，我卻不待見。名利總成空，我心無足厭。堆金積如山，難買無常限。子貢他能言，周公有神算。孔明大智謀，樊噲救主難。韓信功勞大，臨死只一劍。古今多少人，那個活幾千？這個逞英雄，那個做好漢。看看兩鬢白，年年容顏變。日月穿梭織，光陰如射箭。不久病來侵，低頭暗嗟歎！自想少年時，不把修行辦。得病想回頭，閻王無轉限。三寸氣斷了，拏只那個辦？也不論是非，也不把家辦。也不爭人我，也不做好漢。罵著也不言，問著如啞漢。打著也不理，推著渾身轉。也不怕人笑，也不做臉面。兒女哭啼啼！再也不得見。好個爭名利，須把荒郊伴。他看世上人，都是精扯淡。勸君即回頭，爭他修行幹。作個大丈夫，一刀截兩斷。跳出紅火坑，做個清涼漢。悟得長生理，日月為鄰伴。』」（原注：此篇陸文節公錄示，不知所從出。雖釋子語難，以我法論，亦不似唐以前緇流筆墨，重在文節遺言，姑錄之。）

（《寒山寺志》卷三）

書王孝子孫寒山詩後

　　東川孝子，耳目聰明，能化五金八石於針砭，用草木以治人疾，時有出人意表處。自以不得稽古之方，諸兒又皆占工技以為食，有小孫性若可教，欲使為諸生求，予言丁寧之有性智者，觀寒山之詩，亦不暇寢飯矣。年月日戎州城南僦舍中試嘉陽嚴永獺毛筆。

（《山谷集》外集卷九。文淵閣本《四庫全書》集部，別集類。）

跋寒山詩贈王正仲（節錄）

此皆古人沃眾生業火之具，余聞王正仲閉關不交朝市之士，其子鑄參禪學道，不樂火宅之樂，因余姪檥求書，故書遺之。

（《山谷集》別集卷一二。文淵閣本《四庫全書》集部，別集類。）

四睡戲題

多少醒人作寐語，異形同趣誰知汝。四頭十足相枕眠，寒山拾得豐干虎。
（原注：其像三人交頭枕虎而睡。）

（《竹溪（獻去犬）齋十一藁續集》卷一。文淵閣本《四庫全書》集部，別集類。）

碧潭說

梅溪劉公之孫景淵，甫自號碧潭，蓋寒山子詩語也，所謂「無物堪比倫，教我如何說」者，亦不為無見，但以指晶熒作用者而言，與程子人生而靜，以上不容說之意雖同而實異。夫靜極而動，主靜工夫又在此意後，大率渣滓去得盡淨，則徹上徹下可達天德，明鏡止水同此一理。碧潭兩字，彼固不得而專之也，學者於此，須見得動靜互根，體用一源，則卑不溺於物欲，高不淪於空寂矣；否則殆不免指心見性之偏也，碧潭妙齡而靜，忘其昔日之富貴，安貧讀書，倘念慮澄然之際，知其所用力之地，不為外物回奪變遷，則墨言而儒行亦可也。晦翁晚歲頗取寒山子詩，予不能記此詩在其間否，姑以意言如此，然亦贅矣，觀者當有以識之。

（《牟氏陵陽集》卷一四。文淵閣本《四庫全書》集部，別集類。）

書《佛祖統載》後（節錄）

元僧華亭智常作《佛祖統載》，其名與《統紀》同，而立例却異。自七佛以至二十七祖，中國六祖一花五葉為主，而教典正傳淨行神足亡所不該。又效涑水《通鑑》編年之法為之，其用心亦勤矣，第有不滿人意者。釋迦既為始祖，且係教主，即當詳其罔明兜率之緣，與生時化導之跡，不宜大畧，一誤也；末世如觀音化身為寶誌，僧伽彌勒為傳士契此，文殊、普賢為寒山、拾得，尚猶記之，而此四大士親助世尊行化，瑰偉奇絕，舍利弗須菩提皆佛大弟子，而曾不得與諸　僧並記，二誤也。

（《弇州續稿》卷一五六。文淵閣本《四庫全書》集部，別集類。）

書真際禪師十二時歌

　　真際禪師從諗十二時歌，是百十二歲前於趙州觀音院作。多以其庸陋俚俗非師語，余獨謂為不然；寒山、拾得猶不能揜大士面目，今掩之盡矣。居然一退院頭陀耳。明潭老師百十一歲，吾不知所詣於趙州若何，老境彷彿近之，因手寫一通寄師，却下一轉語，此十二時歌會否？會則菩薩於異類中行，不會，則凡夫實際耳。

　　　　　　　　　（《弇州續稿》卷一五六。文淵閣本《四庫全書》集部，別集類。）

方山人研山見過

　　故人鴻飛客，棄家如濯洗。托身凌霄峰，誓重無生理。心遠藿食甘，形虛褐衣美。目中無完人，頗許寒山子。昨來多與偕，光華映冠履。竊恐素絲化，幽芳自今委。

　　　　　　　　　（《古今禪藻集》卷一八。文淵閣本《四庫全書》集部，總集類。）

國家圖書館出版品預行編目

寒山資料類編／葉珠紅編著. -- 一版.
臺北市：秀威資訊科技, 2005[民 94]
面 ；　　公分. --　參考書目：面
ISBN 978-986-7263-64-3（平裝）
1. (唐)釋寒山 - 作品研究
2. (唐)釋寒山 - 傳記

851.4411　　　　　　　　　　94016525

語言文學類　AG0030

寒山資料類編

作　　者 / 葉珠紅
發 行 人 / 宋政坤
執行編輯 / 李坤城
圖文排版 / 張慧雯
封面設計 / 羅季芬
數位轉譯 / 徐真玉　沈裕閔
圖書銷售 / 林怡君
網路服務 / 徐國晉
出版印製 / 秀威資訊科技股份有限公司
　　　　　台北市內湖區瑞光路 583 巷 25 號 1 樓
　　　　　電話：02-2657-9211　　傳真：02-2657-9106
　　　　　E-mail：service@showwe.com.tw
經 銷 商 / 紅螞蟻圖書有限公司
　　　　　台北市內湖區舊宗路二段 121 巷 28、32 號 4 樓
　　　　　電話：02-2795-3656　　傳真：02-2795-4100
　　　　　http://www.e-redant.com

2006 年 7 月 BOD 再刷
定價：500 元

讀 者 回 函 卡

感謝您購買本書，為提升服務品質，煩請填寫以下問卷，收到您的寶貴意見後，我們會仔細收藏記錄並回贈紀念品，謝謝！

1.您購買的書名：_____

2.您從何得知本書的消息？

□網路書店　□部落格　□資料庫搜尋　□書訊　□電子報　□書店

□平面媒體　□ 朋友推薦　□網站推薦　□其他_____

3.您對本書的評價：(請填代號　1.非常滿意 2.滿意 3.尚可 4.再改進)

封面設計____　版面編排____　內容____　文/譯筆____　價格____

4.讀完書後您覺得：

□很有收獲　□有收獲　□收獲不多　□沒收獲

5.您會推薦本書給朋友嗎？

□會　□不會，為什麼？_____

6.其他寶貴的意見：_____

_____

_____

_____

讀者基本資料

姓名：_____　年齡：_____　性別：□女 □男

聯絡電話：_____　E-mail：_____

地址：_____

學歷：□高中(含)以下　　□高中　　□專科學校　　□大學

　　　□研究所(含)以上 □其他_____

職業：□製造業 □金融業 □資訊業 □軍警 □傳播業 □自由業

　　　□服務業 □公務員 □教職　□學生 □其他_____

To：114

台北市內湖區瑞光路 583 巷 25 號 1 樓

秀威資訊科技股份有限公司　　　收

寄件人姓名：

寄件人地址：□□□

(請沿線對摺寄回,謝謝!)

秀威與 BOD

BOD（Books On Demand）是數位出版的大趨勢，秀威資訊率先運用 POD 數位印刷設備來生產書籍，並提供作者全程數位出版服務，致使書籍產銷零庫存，知識傳承不絕版，目前已開闢以下書系：

一、BOD 學術著作—專業論述的閱讀延伸
二、BOD 個人著作—分享生命的心路歷程
三、BOD 旅遊著作—個人深度旅遊文學創作
四、BOD 大陸學者—大陸專業學者學術出版
五、POD 獨家經銷—數位產製的代發行書籍

BOD 秀威網路書店：www.showwe.com.tw
政府出版品網路書店：www.govbooks.com.tw

永不絕版的故事・自己寫・永不休止的音符・自己唱